CASA de
TERRA e SANGUE

Obras da autora publicadas pela Editora Record

***Série* Trono de vidro**

A lâmina assassina

Trono de vidro

Coroa da meia-noite

Herdeira do fogo

Rainha das sombras

Império de tempestades

Torre do alvorecer

Reino de cinzas

***Série* Corte de espinhos e rosas**

Corte de espinhos e rosas

Corte de névoa e fúria

Corte de asas e ruína

Corte de gelo e estrelas

***Série* Cidade da Lua Crescente**

Casa de terra e sangue

SARAH J. MAAS

CIDADE DA LUA CRESCENTE

CASA de TERRA e SANGUE

Tradução de
Adriana Fidalgo

19ª edição

Galera
RIO DE JANEIRO
2025

CIP-BRASIL. CATALOGAÇÃO NA PUBLICAÇÃO
SINDICATO NACIONAL DOS EDITORES DE LIVROS, RJ

M11c 19ª ed.
Maas, Sarah J.
Casa de terra e sangue / Sarah J. Maas; tradução Adriana Fidalgo. – 19ª ed. – Rio de Janeiro: Galera Record, 2025.
(Cidade da lua crescente; 1)

Tradução de: House of earth and blood
ISBN: 978-65-5587170-8

1. Ficção americana. I. Fidalgo, Adriana. II. Título. III. Série

20-67580
CDD: 813
CDU: 82-3(81)

Meri Gleice Rodrigues de Souza – Bibliotecária – CRB-7/6439

Título original:
House of earth and blood

Mapa: Virginia Allyn
Leitura sensível: Iamara Viana

Texto revisado segundo o novo Acordo Ortográfico da Língua Portuguesa.

Direitos exclusivos de publicação em língua portuguesa somente para o Brasil adquiridos pela
EDITORA RECORD LTDA.
Rua Argentina, 171 – 20921-380 – Rio de Janeiro, RJ – Tel.: (21) 2585-2000,
que se reserva a propriedade literária desta tradução.

Impresso no Brasil

ISBN 978-65-5587170-8

Para Taran...
A mais brilhante estrela em meu céu.

AS QUATRO CASAS DE MIDGARD

Como decretado em 33 da Era Vanir pelo Senado Imperial na Cidade Eterna.

CASA DE TERRA E SANGUE

Metamorfos, humanos, bruxas, animais comuns e muitos outros a quem Cthona comanda, assim como alguns escolhidos de Luna

CASA DE CÉU E SOPRO

Malakim (anjos), feéricos, elementais, duendes* e aqueles abençoados por Solas, assim como alguns favorecidos por Luna

CASA DAS MUITAS ÁGUAS

Espíritos fluviais, sereias, bestas aquáticas, ninfas, kelpies, nøkken e outros protegidos por Ogenas

CASA DE CHAMA E SOMBRA

Daemonaki, ceifadores, espectros, vampiros, draki, dragões, necromantes e muitas criaturas perversas e inomináveis que mesmo Urd não pode ver

* *Duendes foram expulsos de sua Casa como punição pela participação na Queda, e agora são considerados Inferiores, embora muitos se recusem a aceitar o fato.*

PARTE I

O VAZIO

1

Havia uma loba à porta da galeria.

Sinal de que devia ser quinta-feira, sinal de que Bryce devia estar *mesmo* exausta se estava confiando nas idas e vindas de Danika para determinar que dia era aquele.

A pesada porta de metal do Antiquário Griffin sacudiu com o impacto da pata da loba; uma pata que Bryce sabia terminar em unhas pintadas de roxo metálico e precisar urgentemente de uma manicure.

— Abra logo, B. Está quente como o inferno aqui fora! — rosnou uma voz feminina meio abafada pelo metal, um piscar de olhos depois.

Sentada à mesa na modesta sala de exposição da galeria, Bryce sorriu e acessou a imagem da câmera de vídeo da porta da frente.

— Por que está imunda assim? Parece que andou chafurdando no lixo — perguntou ela pelo interfone, colocando uma mecha do cabelo cor de vinho atrás da orelha pontuda.

— O que diabo significa *chafurdando*?

Danika alternava o peso do corpo de um pé para o outro, o suor brilhando na testa. Ela enxugou o rosto com a mão suja, espalhando o líquido escuro salpicado ali.

— Saberia se pegasse em um livro, Danika.

Grata pela interrupção no que havia sido uma manhã monótona dedicada à pesquisa, Bryce sorriu ao se levantar da mesa. Na ausência de janelas, o equipamento de vigilância da galeria lhe permitia o único vislumbre de quem a aguardava além das paredes grossas. Mesmo com a aguçada audição semifeérica, ela não conseguia distinguir muita coisa do outro lado da porta de ferro, exceto o ocasional esmurrar de um punho. As paredes sem adornos do prédio de arenito escondiam tecnologia de ponta e feitiços de primeira, que o mantinham operante e preservavam muitos dos livros em seus arquivos no andar de baixo.

Como se a simples lembrança do pavimento sob os saltos altos de Bryce a tivesse invocado, uma voz baixa soou à esquerda, vinda do outro lado da porta de 15 centímetros de espessura que levava aos arquivos.

— É Danika?

— Sim, Lehabah.

Bryce torceu a maçaneta da porta da frente, os encantamentos zumbindo contra sua palma, deslizando como fumaça sobre a pele reluzente e sardenta. Ela cerrou os dentes e aguentou firme. Ainda não estava acostumada à sensação, mesmo depois de um ano trabalhando na galeria.

— Jesiba não a quer aqui — avisou Lehabah, do outro lado da ilusoriamente comum porta de metal que levava aos arquivos.

— *Você* não a quer aqui — argumentou Bryce, os olhos cor de âmbar se estreitando para a porta dos arquivos e para a pequena duende de fogo que, ela sabia, pairava do outro lado, bisbilhotando como sempre fazia quando alguém aguardava lá fora. — Volte ao trabalho.

Lehabah não retrucou, com certeza flutuando de volta ao andar inferior para vigiar os livros. Revirando os olhos, Bryce abriu a porta da frente e foi saudada por um calor tão intenso que dava a impressão de querer sugar sua alma. E o verão havia apenas começado.

Danika não apenas parecia ter chafurdado no lixo. Também cheirava como se o tivesse feito.

Mechas do cabelo louro-prateado — em geral uma suave cortina de seda — escapavam da longa trança apertada, os fios cor de ametista, cor de safira e cor-de-rosa salpicados por uma substância oleosa que fedia a metal e amônia.

— Por que demorou tanto? — gemeu Danika ao desfilar pela galeria, a espada presa às costas balançando a cada passo. A trança havia se emaranhado ao gasto punho de couro e, quando Danika parou na frente da mesa, Bryce tomou a liberdade de soltá-la.

Ela mal tinha acabado de desenrolar quando os dedos finos de Danika desafivelaram as correias que prendiam a bainha da espada à surrada jaqueta de couro estilo motoqueiro.

— Preciso guardar isto aqui por algumas horas — disse a loba, soltando a espada das costas e se dirigindo ao armário escondido atrás de um painel de madeira do outro lado da sala de exposição.

Bryce se apoiou na beirada da mesa e cruzou os braços, os dedos roçando no tecido elástico do vestido preto justo.

— Sua bolsa de ginástica já está empesteando o lugar. Jesiba volta hoje à tarde... ela vai jogar suas coisas no lixo outra vez, se ainda estiverem aqui.

Jesiba Roga libertaria as hordas de um inferno menor se provocada.

Uma feiticeira de 400 anos que nasceu bruxa e desertou, Jesiba se juntara à Casa de Chama e Sombra e agora respondia apenas ao Sub-Rei em pessoa. Chama e Sombra lhe caiu feito uma luva; ela possuía um arsenal de sortilégios digno de qualquer feiticeiro ou necromante da mais sombria das casas. Era famosa por transformar pessoas em animais quando irritada. Bryce jamais se atrevera a perguntar se as pequenas bestas nas dezenas de tanques e terrários sempre tinham sido assim.

E tentava não irritá-la. Não que houvesse opção segura quando o assunto era os vanir — um grupo que abrangia todo ser em Midgard, com exceção de humanos e animais comuns. Até mesmo o menos poderoso deles podia ser letal.

— Volto mais tarde — prometeu Danika, apertando o painel escondido para abri-lo.

Por três vezes, Bryce já havia lhe avisado que a despensa da sala de exposição não era seu armário privativo. No entanto, Danika argumentara que a galeria, localizada no coração da Praça da Cidade Velha, era mais perto que o Covil dos Lobos, em Bosque da Lua. E aquilo encerrara o assunto.

A despensa se abriu e Danika balançou uma das mãos na frente do rosto.

— *Minha* sacola de ginástica está empesteando o lugar? — Com a ponta da bota preta, ela chutou a mochila com o equipamento de dança de Bryce, no momento espremida entre o esfregão e o balde. — Quando foi a última vez que lavou essas malditas roupas?

Bryce franziu o nariz ao sentir o cheiro de sapatos velhos e roupa suada que emanava dali. Certo... ela se esquecera de levar para casa e lavar o *collant* e as meias após uma aula no horário do almoço, dois dias antes. Culpa de Danika, que lhe enviara um vídeo mostrando um punhado de raiz-alegre sobre o balcão da cozinha, a música estourando nas caixas de som na janela, e a chamara para voltar correndo para casa. Bryce obedecera. As duas tinham fumado tanto que havia uma boa chance de Bryce ainda estar chapada quando se arrastara até o trabalho na manhã seguinte.

Não existia, de fato, outra explicação para os dez minutos que gastara escrevendo um e-mail de duas frases naquele dia. Letra por letra.

— Não importa — respondeu Bryce. — Preciso ter uma conversa séria com você.

Danika rearranjou a bagunça no armário a fim de abrir espaço para as próprias coisas.

— Já pedi desculpas por comer o resto de seus noodles. Vou comprar mais hoje à noite.

— Não é isso, sua idiota! Se bem que, de novo: vá se foder. Era meu almoço de hoje.

Danika riu.

— Essa tatuagem dói pra diabo — reclamou Bryce. — Nem consigo encostar na cadeira.

— O tatuador avisou que ficaria dolorido por alguns dias — cantarolou Danika em resposta.

— Eu estava tão bêbada que errei ao assinar meu nome no termo de autorização. Obviamente não tinha condições de compreender o significado de "dolorido por alguns dias".

A tatuagem de Danika, o mesmo texto que agora enfeitava as costas de Bryce, já havia cicatrizado. Um dos benefícios de ser um vanir puro-sangue: tempo de recuperação menor comparado a humanos... ou mestiços, como Bryce.

Danika jogou a espada na bagunça do armário.

— Prometo que, hoje à noite, ajudo com as compressas para aliviar a dor. Só me deixe tomar uma chuveirada. Saio daqui a dez minutos.

Não era incomum que a amiga aparecesse na galeria, especialmente às quintas-feiras, quando sua ronda da manhã acabava a apenas alguns quarteirões, mas ela jamais usava o banheiro que ficava nos arquivos do andar inferior. Bryce apontou para a sujeira e o óleo na amiga.

— O que é *isso*?

Danika franziu o cenho, enrugando o rosto anguloso.

— Tive de separar uma briga entre um sátiro e um caçador noturno. — Ela exibiu os dentes brancos ao examinar a substância escura que lhe cobria as mãos. — Adivinhe qual dos dois derramou *suco* em mim?

Bryce bufou e apontou para a porta dos arquivos.

— O chuveiro é todo seu. Há algumas roupas limpas na última gaveta da escrivaninha lá de baixo.

Os dedos imundos de Danika começaram a girar a maçaneta da porta que levava aos arquivos. Ela cerrou os dentes, a antiga tatuagem em seu pescoço — o lobo com sorriso e chifres que servia como insígnia da Matilha dos Demônios — ondulou com a tensão.

Não com o esforço, percebeu Bryce enquanto observava as costas retesadas de Danika. Bryce deu uma olhada no armário, que a amiga não se incomodara em fechar. A espada, famosa tanto naquela cidade quanto além, estava apoiada na vassoura e no esfregão, a antiga bainha de couro quase escondida pelo galão de gasolina usado para abastecer o gerador de energia nos fundos.

Bryce sempre havia refletido sobre o motivo para Jesiba se importar com um gerador ultrapassado... até o primeiro blecaute total, na semana anterior. A energia caíra e apenas o gerador tinha mantido as trancas no lugar durante os saques que se seguiram, quando patifes deixaram o Mercado da Carne e começaram a bombardear a porta da frente da galeria com contrafeitiços para romper os encantamentos.

Mas... Danika deixar a espada no escritório. A necessidade de tomar um banho. As costas tensas.

— Você tem uma reunião com os Mestres da Cidade? — perguntou Bryce.

Desde que haviam se conhecido, quando ainda eram calouras na Universidade da Cidade da Lua Crescente, cinco anos antes, Bryce podia contar em uma das mãos as vezes em que Danika fora convocada para uma reunião com aquelas sete pessoas, importantes a ponto de merecerem um banho e uma troca de roupa. Mesmo quando se reportava ao avô, o Primo dos Lobos Valbaranos, e a Sabine, sua mãe, Danika em geral usava a jaqueta de couro, jeans e qualquer camiseta de banda vintage que não estivesse suja.

Claro, aquilo irritava profundamente Sabine, mas *tudo* em Danika — e em Bryce — irritava a Alfa da Matilha da Lua Ceifadeira, principal unidade metamorfa no Auxilia, as tropas auxiliares da cidade.

Pouco importava que Sabine fosse a Prima Presumível dos Lobos Valbaranos e a herdeira de seu velho pai havia uma eternidade, ou que Danika fosse a segunda na linha de sucessão. Não quando rumores de que Danika devia ser Prima Presumível, suplantando a mãe, vinham se intensificando ano a ano. Não quando o velho lobo dera à neta a espada, relíquia de família, quando estava prestes a morrer, mesmo depois de prometê-la a Sabine por séculos. A lâmina cantara para Danika em seu aniversário de 18 anos, como um uivo numa noite de luar, havia argumentado o Primo para explicar a súbita decisão.

Sabine jamais se esquecera de tal humilhação. Sobretudo quando Danika exibia a lâmina praticamente em todo canto — em especial na frente da mãe.

Danika hesitou sob a abertura em arco no alto dos degraus cobertos por carpete verde que levavam aos arquivos abaixo da galeria... onde se encontrava o verdadeiro tesouro do lugar, guardado dia e noite por Lehabah. Era o real motivo pelo qual a loba, que se graduara em história na UCLC, gostava de aparecer com tanta frequência: apenas apreciar a arte milenar e os livros, apesar de Bryce provocá-la em relação a seus hábitos de leitura.

Danika se virou, os olhos cor de caramelo fechados.

— Philip Briggs será solto hoje.

— *O quê?!* — exclamou Bryce, sobressaltada.

— Vão libertá-lo por algum maldito detalhe técnico. Alguém fez merda com a papelada. Vamos receber um relatório completo pela manhã. — Ela cerrou o maxilar esguio, o brilho de primalux nas arandelas de vidro ao longo da escadaria refletido no cabelo sujo. — É de foder.

Bryce sentiu o estômago embrulhar. A rebelião humana continuava confinada à região norte de Pangera, o vasto território além do mar Haldren, mas Philip Briggs tinha feito de tudo para levá-la até Valbara.

— Mas você e a matilha o detonaram naquele pequeno laboratório rebelde.

Danika bateu o pé no carpete verde.

— Maldita babaquice burocrática.

— Ele ia explodir uma *boate.* Você literalmente encontrou os planos de Briggs para destruir o Corvo Branco.

O Corvo Branco era uma das mais famosas boates da cidade, a perda de vidas teria sido catastrófica. Os atentados anteriores de Briggs, de menor proporção, mas não menos letais, haviam sido arquitetados para desencadear uma guerra entre humanos e vanir, na intenção de espelhar a que assolava os climas mais frios de Pangera. Briggs não escondia seu objetivo: um conflito global que custaria a vida de milhões de ambos os lados. Vidas descartáveis, se aquilo significasse a possibilidade de os humanos deporem quem os oprimia: os vanir, longevos e dotados de magia, e, acima destes, os asteri que, da Cidade Eterna, em Pangera, governavam o planeta Midgard.

Mas Danika e a Matilha dos Demônios deram fim à conspiração. A loba havia prendido Briggs e seus principais colaboradores, todos rebeldes da Keres, e poupado inocentes daquela peculiar espécie de fanatismo.

A Matilha dos Demônios, uma das unidades metamorfas de elite no Auxilia da Cidade da Lua Crescente, patrulhava a Praça da Cidade Velha, certificando-se de que turistas bêbados e mão boba não se tornassem turistas bêbados e mortos ao se aproximar da pessoa errada. Certificando-se de que bares e cafés e salas de concerto e lojas continuassem a salvo de qualquer escória que houvesse se esgueirado para dentro da cidade naquele dia. E certificando-se de que pessoas como Briggs estivessem na prisão.

A 33ª Legião Imperial alegava fazer o mesmo, mas os anjos que integravam as lendárias fileiras do exército pessoal do governador apenas brilhavam e prometiam o Inferno se desafiados.

— Acredite — começou Danika, marchando escada abaixo. — Vou deixar perfeitamente claro nessa maldita reunião que a libertação de Briggs é inaceitável.

E ela faria isso. Mesmo que precisasse rosnar na cara de Micah Domitus, Danika deixaria clara sua opinião. Não havia muitos que ousassem irritar o Arcanjo da Cidade da Lua Crescente, mas Danika não hesitaria. E, visto que todos os sete Mestres da Cidade compareceriam à reunião, a probabilidade de aquilo acontecer era grande. As coisas tendiam a se acirrar com rapidez quando estavam no mesmo cômodo. Não havia demonstrações de afeto entre os seis Mestres Inferiores da Cidade da Lua Crescente, a metrópole que, oficialmente, se chamava Lunathion. Cada mestre reinava em uma parte específica da cidade: o Primo dos lobos, no Bosque da Lua; o feérico Rei Outonal, em Cinco Rosas; o Sub-Rei, no Quarteirão dos Ossos; a Rainha Víbora, no Mercado da Carne; o Oráculo, na Praça da Velha Cidade; e a Rainha do Rio — que muito raramente fazia uma aparição e representava a Casa das Muitas Águas e sua Corte Azul —, nas profundezas, sob a superfície turquesa do Istros, que ela pouco se dignava a deixar.

Os humanos nos Prados de Asphodel não tinham mestre. Nem um assento no conselho. Philip Briggs havia atraído mais do que alguns simpatizantes por conta do fato.

Mas Micah, Mestre do Distrito Comercial Central, reinava sobre todos. Além de seus títulos, ele era Arcanjo de Valbara. Soberano de todo aquele maldito território, respondia apenas aos seis asteri, na Cidade Eterna, capital e coração pulsante de Pangera. De todo o planeta Midgard. Se alguém podia manter Briggs na cadeia, era ele

Danika chegou ao fim da escada, tão abaixo que saiu de vista por causa da inclinação do teto. Bryce se demorou na passagem, escutando.

— Oi, Syrinx — cumprimentou Danika.

Um pequeno guincho de prazer escapou da quimera de 13 quilos e subiu pela escada.

Jesiba adquirira a criatura inferior havia dois meses, para deleite de Bryce. *Ele não é um animal de estimação*, tinha avisado Jesiba. *É uma criatura rara e dispendiosa, comprada com o único propósito de ajudar Lehabah a guardar aqueles livros. Não interfira em seus deveres.*

Até então, Bryce ainda não tinha informado a Jesiba que Syrinx estava mais interessado em comer, dormir e conseguir carinhos na barriga do que em monitorar os preciosos livros. Mesmo que sua chefe pudesse constatar aquilo a qualquer momento, caso se desse o trabalho de verificar as imagens das dezenas de câmeras de segurança na biblioteca.

— O que a deixou puta dentro das calças, Lehabah? — perguntou Danika, em tom arrastado, o riso audível na voz.

— Não uso calças. Ou roupas. Não caem bem quando se é feita de chamas, Danika — resmungou a duende.

Danika riu entre dentes. Antes que Bryce decidisse se deveria descer e apitar a partida entre a duende e a loba, o telefone em sua mesa começou a tocar. Tinha um bom palpite de quem seria.

Com os saltos afundando no carpete fofo, Bryce atendeu o telefone antes que caísse na caixa postal, poupando a si mesma de um sermão de cinco minutos.

— Oi, Jesiba.

— Por favor, diga a Danika Fendyr que se ela continuar a usar a despensa como armário privativo, vou transformá-la em um *lagarto* — respondeu uma bela e melódica voz feminina.

2

Quando Danika ressurgiu no andar da sala de exposição da galeria, Bryce já tinha recebido uma reprimenda levemente ameaçadora de Jesiba por causa de sua inépcia, um e-mail de uma compradora irascível, exigindo que ela expedisse a documentação da urna antiga que comprara para se pavonear na festa de sua amiga igualmente irascível e duas mensagens de membros da matilha de Danika, perguntando se a alfa estava prestes a matar alguém por conta da liberação de Briggs.

Nathalie, terceira em comando de Danika, fora direto ao ponto: *Ela já havia perdido a linha com o lance de Briggs?*

Connor Holstrom, segundo de Danika, tomou um pouco mais de cuidado com o que soltava no éter. Havia sempre a possibilidade do vazamento de informações. *Falou com Danika?*, foi tudo o que perguntara.

Bryce estava respondendo a Connor — *Sim. Cuidei de tudo.* — quando uma grande loba cinzenta, do tamanho de um cavalo pequeno, fechou as portas de ferro dos arquivos com uma das patas, as garras estalando no metal.

— Odiou tanto assim minhas roupas? — perguntou Bryce, levantando-se da cadeira. Apenas os olhos cor de caramelo de Danika permaneciam os mesmos sob aquela forma; e apenas seus olhos atenuavam a ameaça e a elegância que a loba irradiava ao caminhar em direção à mesa.

— Estou com elas, não se preocupe. — Presas longas e afiadas reluziam a cada palavra. Danika levantou as orelhas peludas, observando o computador que tinha sido desligado, a bolsa que Bryce havia colocado sobre a mesa. — Vai sair comigo?

— Preciso investigar algumas coisas para Jesiba. — Bryce pegou o chaveiro com que abria as portas dos vários segmentos de sua vida. — Ela tem me atormentado para encontrar o Chifre de Luna outra vez. Como se eu não o tivesse procurado sem descanso na última semana.

Danika olhou para uma das câmeras visíveis na sala de exposição, colocada atrás da estátua decapitada de um fauno dançante, datada em mais de 10 mil anos. A cauda peluda balançou uma vez.

— Por que ela quer o chifre?

Bryce deu de ombros.

— Não tive coragem de perguntar.

Danika avançou até a porta da frente, com cuidado para não deixar as garras puxarem sequer um fio do tapete.

— Duvido que ela o devolva ao templo só por bondade.

— Tenho a sensação de que Jesiba usaria a devolução a seu favor — comentou Bryce.

Elas caminharam pela rua calma, a um quarteirão do rio Istros, o sol do meio-dia cozinhando os paralelepípedos, Danika como uma sólida muralha de pelos e músculos entre Bryce e o meio-fio.

O roubo do chifre sagrado durante o blecaute fora a notícia mais importante do incidente: saqueadores haviam se aproveitado da escuridão para invadir o Templo de Luna e surrupiar a antiga relíquia feérica de seu lugar de direito, o colo da enorme entidade entronizada.

O próprio arcanjo Micah oferecera uma robusta recompensa por qualquer informação sobre seu retorno, e prometera que o bastardo que tinha roubado a relíquia seria apresentado à Justiça.

Também conhecida como crucificação pública.

Bryce sempre fizera questão de não se aproximar da praça do Distrito Comercial Central, onde em geral acontecia a punição. Em certos dias, dependendo do vento e do calor, o cheiro de sangue e carne podre chegava a atravessar quarteirões.

Bryce caminhava em sincronia com Danika conforme a enorme loba esquadrinhava a rua, as narinas farejando qualquer ameaça. Como semifeérica, Bryce podia sentir o cheiro de pessoas com mais acuidade que a maioria dos humanos. Quando criança, sempre divertira os pais ao descrever o perfume de todos na pequena cidade montanhosa de Nidaros; humanos não possuíam tal ferramenta para interpretar o mundo. Mas a habilidade de Bryce não era nada em comparação à da amiga.

Enquanto Danika cheirava a rua, sua cauda balançou outra vez... e não de alegria.

— Relaxe — pediu Bryce. — Vai apresentar sua argumentação aos mestres, em seguida eles darão a sentença.

As orelhas de Danika pareciam coladas à cabeça.

— É foda, B. Tudo isso.

Bryce franziu o cenho.

— Quer mesmo me convencer de que algum dos mestres gostaria de um rebelde como Briggs solto? Eles vão encontrar algum detalhe técnico e jogar aquele babaca de volta na cadeia — disse Bryce. E acrescentou, porque Danika ainda não a encarava: — É impossível que a 33ª Legião não esteja vigiando cada passo de Briggs. Se ele sair da linha, o governador pode até mandar o Umbra Mortis atrás do sujeito. — O assassino particular de Micah, com o raro dom do relâmpago nas veias, podia eliminar quase qualquer ameaça.

Danika rosnou, as presas brilhando.

— Posso lidar com Briggs.

— Sei que pode. Todo mundo sabe, Danika.

Danika verificou a rua adiante, passando os olhos pelo cartaz dos seis asteri entronizados — um trono vazio para honrar a irmã caída — colado em um muro. Então suspirou.

Ela sempre carregou nos ombros fardos e expectativas com os quais Bryce jamais teria de se preocupar, e a semifeérica era grata por tal privilégio. Quando Bryce fodia com tudo, em geral Jesiba a desancava por alguns minutos e pronto. Quando Danika cometia um erro, a merda ganhava as manchetes dos noticiários e a interweb. Sabine se certificava daquilo.

Bryce e Sabine haviam se odiado desde o instante que a alfa esnobara a inapropriada companheira de quarto mestiça da única filha, naquele primeiro dia na UCLC. E Bryce tinha adorado Danika desde o instante que sua companheira de quarto, ainda assim, havia lhe estendido a mão e, em seguida, dissera que Sabine só estava irritada porque tivera esperança de encontrar um vampiro sarado pelo qual suspirar.

Era raro Danika deixar a opinião dos outros — em especial a de Sabine — minar seu orgulho e sua alegria. No entanto, em dias como aquele... Bryce ergueu uma das mãos e acariciou o flanco musculoso da loba, em um gesto amplo, reconfortante.

— Acha que Briggs vai se vingar de você e da matilha? — perguntou Bryce, sentindo um nó no estômago. A amiga não o pegara sozinha; seria um acerto de contas com todos.

Danika franziu o focinho.

— Não sei.

As palavras ecoaram entre as duas. Em um combate corpo a corpo, Briggs nunca derrotaria Danika. Mas uma de suas bombas poderia mudar tudo. Se Danika tivesse feito a Descida para a imortalidade, provavelmente sobreviveria. Mas, como não a fizera... como era a única na Matilha dos Demônios que ainda não mergulhara... A boca de Bryce secou.

— Tome cuidado — aconselhou Bryce, em voz baixa.

— Vou tomar — garantiu Danika, os olhos calorosos ainda cheios de sombras. Mas então ela balançou a cabeça, como se sacudisse água dos pelos; um movimento puramente canino. Com frequência, Bryce se admirava com aquilo, como Danika conseguia espantar seus medos, ou pelo menos enterrá-los o bastante para seguir em frente. De fato, Danika mudou de assunto. — Seu irmão estará na reunião.

Meio-irmão. Bryce não se importou em corrigi-la. *Meio-irmão e completo idiota feérico.*

— E?

— Só achei melhor avisar que vou vê-lo. — A expressão da loba se suavizou de leve. — Ele vai me perguntar sobre você.

— Diga a Ruhn que estou ocupada com coisas importantes e que ele pode ir para o Inferno.

Danika bufou, rindo.

— Onde exatamente você vai conduzir sua investigação sobre o chifre?

— No Templo — respondeu Bryce, com um suspiro. — Sinceramente, tenho estudado o assunto há dias e não descobri nada. Nenhum suspeito, nenhum boato sobre a venda da relíquia no Mercado da Carne, nenhum motivo pelo qual alguém se interessaria por ela. O Chifre de Luna é famoso o bastante para que seu ladrão o mantenha *bem* escondido. — Ela franziu o cenho para o céu. — Quase me pergunto se o blecaute está ligado à relíquia... se alguém cortou o fornecimento de energia para roubá-la em meio ao caos. Existem cerca de vinte pessoas na cidade com tamanha habilidade, e metade tem os recursos para conseguir a façanha.

A cauda de Danika crispou-se.

— Se foram capazes de fazer algo assim, sugiro manter distância. Enrole Jesiba por um tempo, faça-a acreditar que você está procurando pela relíquia, depois esqueça o assunto. O chifre terá aparecido até lá, ou ela vai pensar em outra missão estúpida.

— É só que... seria bom encontrar o chifre. Para minha carreira — admitiu Bryce.

Independentemente do que diabo aquilo significasse. Um ano de trabalho na galeria não lhe trouxera nada além de indignação pela obscena quantia de dinheiro que os ricos esbanjavam em velharias.

Os olhos de Danika brilharam.

— Sim, eu sei.

Bryce deslizou um pequeno pendente dourado — um nó com três círculos entrelaçados — pela delicada corrente ao redor do pescoço.

Danika saía em patrulha com garras, espada e armas, mas a armadura diária de Bryce consistia apenas de um amuleto archesiano que ela ganhara de Jesiba em seu primeiro dia de trabalho.

Um traje de proteção em forma de cordão, Danika havia ficado admirada quando Bryce lhe mostrara a eficácia do amuleto contra a influência de vários objetos mágicos. Os amuletos archesianos eram raros, mas Bryce não se iludia nem acreditava que o presente fora dado com outro interesse em vista que não o da própria chefe. Seria o pesadelo das seguradoras se Bryce não possuísse um.

Danika indicou o cordão.

— Não o tire do pescoço. Ainda mais se estiver se metendo em merdas como o chifre.

Muito embora o imenso poder do chifre tivesse se dissipado havia muito, se a relíquia tivesse sido roubada por alguém poderoso, Bryce precisaria de toda proteção contra os dois.

— Sim, sim — aquiesceu ela.

Danika tinha razão. Bryce jamais havia tirado o cordão desde que o ganhara. Se algum dia Jesiba a jogasse na sarjeta, sabia que teria de achar um jeito de se certificar que manteria o cordão. Danika dissera o mesmo muitas vezes, incapaz de ignorar o instinto protetor de alfa. Era parte do que Bryce amava na amiga... e o motivo pelo qual seu peito se contraiu naquele instante, com o mesmo amor e gratidão.

O telefone de Bryce vibrou na bolsa, e ela o pegou. Danika olhou de esguelha, viu quem era e balançou o rabo, orelhas em pé.

— Não diga uma palavra sobre Briggs — avisou Bryce, atendendo a ligação. — Oi, mãe.

— Oi, docinho. — A voz de Ember Quinlan encheu seu ouvido, arrancando um sorriso de Bryce, mesmo com os quase quinhentos quilômetros que as separavam. — Queria confirmar se podemos mesmo visitá-la no próximo fim de semana.

— Oi, mamãe! — latiu Danika na direção do telefone.

Ember riu. Danika a chamara de *mamãe* desde o primeiro encontro. E Ember, que jamais gerara outro bebê além de Bryce, havia ficado mais que satisfeita em acolher uma segunda filha — tão cabeça-dura e encrenqueira quanto a primeira.

— Danika, é você?

Bryce revirou os olhos e estendeu o telefone para a amiga. Entre um passo e outro, em meio a um clarão intenso, Danika se transformou. A enorme loba encolheu até se tornar uma esbelta silhueta humana.

Arrancando o telefone de Bryce, Danika o prendeu entre o ombro e a orelha conforme ajeitava a blusa de seda branca que Bryce lhe emprestara, enfiando a barra para dentro da calça jeans manchada. Tinha conseguido limpar grande parte da gosma do caçador noturno, tanto da calça quanto da jaqueta de couro, mas a camiseta, aparentemente, havia sido uma causa perdida.

— Bryce e eu estamos dando uma volta — respondeu Danika.

Com as orelhas pontudas, Bryce era capaz de ouvir a mãe com perfeição quando ela perguntou:

— Onde?

Ember Quinlan fazia da superproteção um esporte de competição.

A mudança de Bryce para Lunathion fora um duelo de vontades. Ember só cedera quando descobriu que Danika seria a colega de quarto da filha no primeiro ano... e então lhe deu um sermão sobre como manter Bryce segura. Por sorte, Randall, o padrasto de Bryce, havia interrompido a mulher depois de trinta minutos.

Bryce sabe como se defender, lembrou Randall. *Nós nos certificamos disso. E ela vai continuar o treinamento enquanto estiver aqui, não vai?*

A semifeérica com certeza o fizera. Poucos dias antes, ela havia visitado o campo de tiro, repassando os movimentos que Randall — seu verdadeiro pai, em sua opinião — tinha lhe ensinado desde a infância: montar uma arma, mirar, controlar a respiração.

Na maior parte do tempo, ela achava que armas eram máquinas assassinas brutais, e se sentia grata por serem altamente controladas pela República. Mas como seu arsenal de defesa contava apenas com rapidez e alguns golpes bem-ensaiados, havia aprendido que, para os humanos, uma arma poderia significar a diferença entre a vida e o massacre.

— Estávamos indo até uma das barracas da Praça da Cidade Velha... atrás de kebabs de cordeiro — inventou Danika. E, antes que Ember pudesse continuar com o interrogatório, acrescentou: — Ah! B deve ter se esquecido de comentar que vamos até Kalaxos no próximo fim de semana... Ithan tem uma partida de solebol, vamos dar uma força a ele.

Era uma meia-verdade. O jogo estava previsto, mas elas não haviam combinado uma viagem para ver o irmão mais novo de Connor, estrela do time da faculdade. Naquela tarde, a Matilha dos Demônios planejava, de fato, ir ao estádio da UCLC para torcer por Ithan, mas Bryce e Danika não se dignavam a acompanhar um jogo fora de casa desde o segundo ano, quando Danika tivera um caso com um dos defensores.

— É uma pena! — lamentou Ember. Bryce praticamente podia ver o rosto da mãe se fechando pelo seu tom de voz. — Estávamos ansiosos para vê-las.

Solas Flamejante! Aquela mulher era mestre em chantagem emocional. Bryce se encolheu e pegou o telefone de volta.

— Nós também, mas vamos remarcar para o mês que vem.

— Mas ainda demora tanto...

— Merda, um freguês está descendo a rua — mentiu Bryce. — Preciso desligar.

— Bryce Adelaide Quinlan...

— Tchau, mãe.

— Tchau, mãe! — ecoou Danika, assim que Bryce desligou.

A semifeérica suspirou na direção do céu, ignorando o planar e bater de asas dos anjos, as sombras dançando nas ruas banhadas pelo sol.

— Mensagem chegando em três, dois...

O telefone vibrou.

Se eu não a conhecesse bem, diria que está nos evitando, Bryce. Seu pai vai ficar muito magoado, tinha escrito Ember.

Danika soltou um assovio.

— Ah, ela é boa.

Bryce grunhiu.

— Não vou deixá-los vir à cidade com Briggs à solta.

O sorriso de Danika se apagou.

— Eu sei. Vamos continuar evitando os dois até que as coisas se resolvam. — Graças a Cthona por Danika... a amiga sempre tinha um plano para tudo.

Bryce guardou o telefone na bolsa, sem responder à mensagem da mãe.

* * *

Quando chegaram ao portão no coração da Praça da Cidade Velha, seu arco de quartzo tão cristalino quanto um lago congelado, o sol mal batia na trave superior, refletindo e projetando pequenos arco-íris nas paredes de um dos prédios ao redor. No solstício de verão, quando o sol se alinhava perfeitamente ao portão, toda a praça se enchia de arco-íris, tantos que era como se quem passasse por ali caminhasse dentro de um diamante.

Turistas perambulavam pelo local, uma fila de visitantes serpenteava pela praça, todos esperando a chance de tirar uma foto ao lado do monumento de 6 metros de altura.

O portão da Praça da Cidade Velha, um dos sete da cidade, com frequência era chamado de Portão do Coração, graças a sua localização, no centro de Lunathion, equidistante dos outros seis, todos talhados em blocos de quartzo extraídos das montanhas Laconian ao norte, cada qual servindo de passagem para uma das estradas que saía da cidade murada.

— Deviam fazer uma pista exclusiva para moradores — resmungou Bryce, enquanto as duas desviavam de turistas e vendedores ambulantes.

— E multar os turistas lerdos — retrucou Danika, mas lançou um sorriso lupino para um jovem casal de humanos boquiabertos, que a reconheceu e começou a tirar fotos.

— Me pergunto o que eles achariam se soubessem que está besuntada de molho especial de caçador noturno — murmurou Bryce.

Danika lhe deu uma cotovelada.

— Babaca. — A loba acenou amigavelmente para os turistas e seguiu caminho.

Do outro lado do Portão do Coração, em meio a um pequeno exército de barracas de comida e suvenires, uma segunda fila de pessoas aguardava para tocar o bloco dourado na faceta sul.

— Bem, vamos precisar passar por eles para atravessar — disse Bryce, franzindo o cenho para os turistas ociosos naquele calor de matar.

Mas Danika parou de forma abrupta, o rosto anguloso voltado para o portão e a placa.

— Vamos fazer um desejo.

— Não vou ficar na fila. — Em geral, elas apenas gritavam seus desejos para o éter, tarde da noite, quando cambaleavam bêbadas do Corvo Branco para casa e a praça estava vazia. Bryce verificou a hora em seu telefone. — Não precisa ir até o Comitium? — A fortaleza do governador, com suas cinco torres, ficava a pelo menos quinze minutos de caminhada.

— Tenho tempo — respondeu Danika, em seguida pegou a mão de Bryce e a puxou pela multidão, na direção da verdadeira atração turística do portão.

Em uma saliência a mais ou menos 1,20 metro do chão via-se o dial: um bloco de ouro maciço incrustado com sete diferentes pedras preciosas, uma para cada quadrante da cidade, a insígnia do distrito correspondente gravada abaixo.

Esmeralda e uma rosa, representando as Cinco Rosas; opala e um par de asas, para o Distrito Comercial Central; rubi e um coração, em homenagem à Praça da Cidade Velha; safira e um carvalho, símbolo do Bosque da Lua; ametista e um punho humano, para os Prados de Asphodel; olho-de-tigre e uma serpente, brasão do Mercado da Carne; e ônix — tão preto que sorvia a luz — e uma caveira com dois ossos cruzados, indicando o Quarteirão dos Ossos.

Embaixo do arco de joias e emblemas, um pequeno disco dourado se erguia de leve, o metal gasto pelas inúmeras mãos e patas e barbatanas e qualquer outra espécie de membro.

Uma placa ao lado dizia: *Toque por sua conta e risco. Não use entre o crepúsculo e a aurora. Violadores serão multados.*

As pessoas na fila, à espera de chegar ao disco, pareciam não se preocupar com os riscos.

Uma dupla risonha de adolescentes metamorfos — algum tipo de felino, pelo cheiro — empurrava, acotovelava e provocava um ao outro, desafiando-se a tocar o disco.

— Patético — censurou Danika, deixando para trás a fila e as cordas, até alcançar uma entediada guarda da cidade... uma jovem feérica. Ela pegou o distintivo de dentro da jaqueta de couro e o mostrou à sentinela, que ficou tensa ao se dar conta de quem havia furado a fila. A feérica nem mesmo olhou para a insígnia exibindo um arco em meia-lua com uma flecha encaixada antes de recuar.

— Assunto oficial do Aux — declarou Danika, com uma irritante expressão impassível. — Só levará um minuto.

Bryce prendeu o riso, ciente dos olhares fixos em suas costas.

— Se não vão tocar, então sumam — rosnou Danika para os adolescentes.

Eles se viraram para ela e ficaram brancos como a morte.

Danika sorriu, mostrando quase todos os dentes. Não era uma visão agradável.

— Puta merda — sussurrou um dos adolescentes.

Bryce também disfarçou o sorriso. Nunca falhava... a admiração. Principalmente porque sabia que Danika a tinha conquistado. Todo maldito dia, Danika conquistava a admiração espelhada na expressão de estranhos quando percebiam o cabelo sedoso e a tatuagem no pescoço. E o medo que fazia com que a escória da cidade pensasse duas vezes antes de se meter com ela e a Matilha dos Demônios.

Com exceção de Philip Briggs. Bryce fez uma prece para as profundezas azuis de Ogena, para que a deusa do mar sussurrasse sua sabedoria no ouvido de Briggs e assim ele se mantivesse longe de Danika se fosse, de fato, libertado.

Os garotos se afastaram, e levou apenas alguns milésimos de segundo para que notassem Bryce. A admiração na expressão deles se transformou em flagrante interesse.

Bryce bufou. *Vão sonhando.*

— Meu professor de história disse que os portões originalmente eram dispositivos de comunicação — gaguejou um deles, desviando a atenção de Bryce para Danika.

— Aposto que você conquista muitas garotas com esses incríveis factoides — respondeu Danika, sem encará-los, indiferente e fria.

Recado dado, eles se esgueiraram de volta à fila. Bryce sorriu e se aproximou da amiga, estudando o dial.

Mas o adolescente tinha razão. Os sete portões da cidade, cada um erguido junto a uma das linhas ley que cortavam Lunathion, haviam sido concebidos séculos antes, como um modo rápido para os guardas dos distritos conversarem entre si. Quando alguém apertava o disco dourado no centro do dial e falava, as palavras do mensageiro viajavam até os outros portões, e a pedra preciosa correspondente ao setor original da voz se acendia.

Claro, aquilo exigia uma certa dose de magia, que era literalmente sugada, como faz um vampiro, das veias da pessoa que tocava o dial, um *zap* formigante de poder consumido para sempre.

Bryce ergueu os olhos para a placa de bronze acima de sua cabeça. Os portões de quartzo eram memoriais, embora ela não soubesse de que guerra ou conflito. Mas cada um exibia o mesmo letreiro: *O poder será de quem der a vida pela cidade.*

Como era uma declaração que poderia ser interpretada como um questionamento à autoridade dos asteri, Bryce sempre se espantou por permitirem que os portões permanecessem de pé. Mas, depois de se tornarem obsoletos com o advento do telefone, os portais haviam ganhado novo fôlego quando crianças e turistas começaram a usá-los, combinando com amigos em outros portões da cidade para sussurrar obscenidades ou se maravilhar com a absoluta novidade de um meio de comunicação tão antiquado. Não era nenhuma surpresa que, nos fins de semana, babacas bêbados — uma categoria na qual

Bryce e Danika se enquadravam fielmente — causassem tantos problemas com sua gritaria através do dispositivo que a cidade instituiu um horário de funcionamento.

E, então, a tola superstição floresceu, alegando que os portões podiam transformar desejos em realidade e que fornecer uma gota de seu poder era fazer uma oferenda aos cinco deuses.

Era idiotice, Bryce sabia, mas se aquilo ajudava Danika a superar o medo da libertação de Briggs, bem, então valia a pena.

— O que vai pedir? — perguntou Bryce, quando Danika encarou o disco, as pedras escuras acima.

A esmeralda de CiRo se acendeu, a voz de uma jovem atravessando para gritar:

— *Peitos!*

As pessoas em volta gargalharam, o som como água borbulhando sobre pedra, e Bryce riu entre dentes.

Mas a expressão no rosto de Danika se tornara solene.

— Tenho muitos desejos a fazer — respondeu ela. Antes que Bryce pudesse replicar, Danika deu de ombros. — Mas acho que vou pedir que Ithan vença a partida de solebol hoje à noite.

Com isso, ela pressionou a palma contra o disco. Bryce observou enquanto a amiga estremecia e soltava uma risada abafada, dando um passo para trás. Os olhos cor de caramelo brilhavam.

— Sua vez.

— Sabe que mal tenho alguma mágica digna de roubo, mas tudo bem — argumentou Bryce, sem querer dar o braço a torcer, nem mesmo para uma loba alfa. Desde o momento em que Bryce entrou no quarto de Danika no dormitório dos calouros, elas faziam tudo juntas. Apenas as duas, como sempre seria.

Até planejaram fazer a Descida em dupla; congeladas na imortalidade ao mesmo tempo, com os integrantes da Matilha dos Demônios Ancorando as duas.

Tecnicamente, não era imortalidade; os vanir envelheciam e morriam, tanto de causas naturais como de outras tantas, mas o envelhecimento era tão retardado depois da Descida que, dependendo da espécie, poderia levar séculos para a primeira ruga aparecer. Os feéricos chegavam a 1.000 anos, os metamorfos e bruxas, a 5 séculos, os anjos ficavam entre os dois. Humanos puros não faziam a Descida, já que não possuíam magia. E comparados aos humanos e sua baixa expectativa de vida e lento processo de cura, os vanir *eram*, em essência, imortais; algumas espécies nem mesmo atingiam a maturidade antes dos 80 anos. E a maioria era muito, muito difícil de matar.

Raras vezes Bryce havia especulado sobre seu lugar no espectro... se o legado feérico lhe garantiria 100 ou 1.000 anos. Não importava, desde que Danika estivesse sempre presente. A começar pela Descida. Juntas, dariam o mergulho mortal para o interior de seu poder amadurecido, encontrariam o que as aguardava no fundo de suas almas, e, em seguida, voltariam depressa à vida, antes que a falta de oxigênio lhes causasse morte cerebral. Ou apenas morte.

Contudo, enquanto Bryce mal herdaria poder suficiente para fazer alguns truques, Danika reivindicaria um oceano de poder que superaria o de Sabine... e que provavelmente a colocaria no mesmo nível da realeza feérica, talvez até mesmo suplantasse o Rei Outonal em pessoa.

Era sem precedentes, um metamorfo ter tamanho poder, no entanto todos os testes-padrão na infância haviam confirmado: uma vez que Danika Descesse, ela se tornaria consideravelmente poderosa entre os lobos, algo que não se testemunhava desde os dias antigos, além-mar.

Danika não apenas se tornaria Prima dos Lobos da Cidade da Lua Crescente. Não, ela tinha potencial para se tornar alfa de *todos* os lobos. Do maldito planeta.

A amiga nunca pareceu dar a mínima para aquilo. Não planejava o futuro baseado no fato.

Vinte e sete era a idade ideal para a Descida, haviam decidido juntas, depois de anos julgando, sem piedade, vários imortais que contavam a vida em séculos ou milênios. Antes de quaisquer linhas de expressão ou rugas ou cabelos brancos. A quem lhes perguntava, apenas respondiam, *Qual a vantagem de ser imortais fodonas se o peito está caído?*

Babacas fúteis, sibilara Fury quando elas haviam explicado a decisão pela primeira vez.

Fury, que tinha completado a Descida aos 21 anos, não havia escolhido a idade por si mesma. Apenas acontecera, ou a forçaram; não sabiam ao certo. A presença de Fury na UCLC tinha sido somente fachada; grande parte de seu tempo era passado em Pangera, onde executava tarefas *verdadeiramente* repugnantes por quantias indecentes de dinheiro. Ela fazia questão de não dar detalhes.

Assassina, afirmava Danika. Mesmo Juniper, a doce fauna que ocupava o quarto vértice do quadrado de sua amizade, admitia a probabilidade de Fury ser uma mercenária. Se Fury era ou não ocasionalmente contratada pelos asteri e seu bichinho de estimação, o Senado Imperial, era uma pauta ainda em discussão. Mas nenhuma delas se importava; não quando Fury sempre as apoiou quando precisaram. E mesmo quando não era o caso.

A mão de Bryce pairou sobre o disco dourado. O olhar de Danika parecia um peso frio sobre sua pele.

— Vamos, B, não seja medrosa.

Bryce suspirou e colocou a mão no dial.

— Desejo que Danika consiga uma manicure. Suas unhas estão uma merda.

Um relâmpago a percorreu, um leve vácuo ao redor do umbigo, então Danika riu e a empurrou.

— Sua maldita *babaca.*

Bryce passou um dos braços sobre os ombros de Danika.

— Você mereceu.

Danika agradeceu à prestativa guarda, que parecia radiante com a atenção, e ignorou os turistas, ainda tirando fotos. As duas não conversaram até chegar ao lado norte da praça... de onde Danika se encaminharia na direção dos céus cheios de anjos e torres do DCC, para o amplo complexo do Comitium em seu centro, e Bryce seguiria para o Templo de Luna, a três quarteirões dali.

Danika indicou as ruas atrás de Bryce com o queixo.

— Vejo você em casa, certo?

— Tome cuidado. — Bryce suspirou, tentando afastar a inquietação.

— Sei como me cuidar, B — disse Danika, mas com amor nos olhos... uma gratidão que apertou o peito de Bryce... simplesmente pelo fato de alguém se importar se estava viva ou morta.

Sabine era um monte de merda. Nunca havia insinuado ou dado qualquer pista sobre a identidade do pai de Danika; então a amiga tinha crescido sem absolutamente ninguém, a não ser o avô, que era reservado e velho demais para poupar Danika da crueldade da mãe.

Bryce inclinou a cabeça na direção do Distrito Comercial Central.

— Boa sorte. Não emputeça muita gente.

— Você sabe que o farei — argumentou Danika, com um sorriso que não alcançou os olhos.

3

A Matilha dos Demônios já estava no apartamento quando Bryce chegou do trabalho.

Havia sido impossível ignorar a estrondosa gargalhada que a saudara antes mesmo que ela alcançasse o segundo patamar da escada... assim como os animados ganidos caninos. Ambos tinham persistido enquanto ela subia até o último andar do prédio, resmungando sobre seus malfadados planos de uma noite tranquila no sofá.

Recitando uma série de xingamentos que deixaria a mãe orgulhosa, Bryce destrancou a porta de ferro pintada de azul do apartamento, preparada para as investidas de autoritarismo, arrogância e intromissão lupina em todos os aspectos de sua vida. E isso apenas da parte de Danika.

A matilha de Danika fazia de cada uma daquelas coisas uma forma de arte. Em grande parte porque alegavam que Bryce era parte do bando, mesmo que ela não tivesse o emblema do grupo tatuado na lateral do pescoço.

Às vezes ela sentia pena do futuro parceiro de Danika, quem quer que fosse. O pobre sujeito nem saberia o que o aguardava quando se unisse a Danika. A não ser que também fosse algum tipo de lobo, embora Danika tivesse manifestado tanto interesse em dormir com um quanto Bryce.

Ou seja, absolutamente zero.

Empurrando a porta com o ombro — as laterais empenadas agarravam com frequência, principalmente graças às brincadeiras dos capetinhas que naquele momento estavam jogados nos diversos sofás e poltronas surrados —, Bryce suspirou ao encarar seis pares de olhos. E seis sorrisos.

— Como foi o jogo? — perguntou a ninguém em particular, largando as chaves na tosca tigela de cerâmica que Danika havia feito de qualquer maneira durante uma eletiva de artesanato na universidade. Danika não dera notícias referentes à reunião sobre Briggs, só um genérico *Falo com você em casa.*

Não podia ter sido tão ruim, já que Danika conseguira ir à partida de solebol. Ela até mesmo lhe enviara uma foto com todo o bando na frente do campo, Ithan uma pequena silhueta de capacete ao fundo.

Uma mensagem da estrela do time havia pipocado mais tarde: *Da próxima vez, é melhor que esteja com eles, Quinlan.*

O filhotinho sentiu minha falta?, digitara Bryce.

Sabe que sim, respondera Ithan.

— Ganhamos — grunhiu Connor do sofá, relaxado no canto favorito *de Bryce*, a camiseta cinza do time de solebol da UCLC amarfanhada, revelando os músculos definidos e a pele reluzente.

— Ithan marcou o gol da vitória — disse Bronson, ainda vestindo a camisa azul e prateada do time, o nome *Holstrom* escrito nas costas.

O irmão caçula de Connor, Ithan, era integrante de honra da Matilha dos Demônios. Por acaso, Ithan também era a pessoa predileta de Bryce, depois de Danika. A troca de mensagens dos dois era uma corrente ininterrupta de sarcasmo e provocações, fotos e lamentos bem-humorados sobre a tirania de Connor.

— De novo? — perguntou Bryce, chutando dos pés os sapatos branco-perolados de salto 10. — Ithan não pode dividir a glória com os outros rapazes?

Normalmente, Ithan estaria sentado ao lado do irmão no sofá, forçando Bryce a se espremer entre eles enquanto assistiam a qualquer programa na TV, mas, nas noites de jogo, em geral preferia comemorar com os companheiros de time.

Um meio-sorriso curvou o canto da boca de Connor quando Bryce sustentou seu olhar por mais tempo do que as pessoas julgariam prudente. Seus cinco companheiros, dois ainda na forma de lobo, com as caudas peludas balançando, sabiamente continuaram de boca e focinho fechados.

Era de conhecimento geral que Connor teria sido o Alfa da Matilha dos Demônios se não fosse por Danika. Mas Connor não se ressentia do fato. Suas ambições não envolviam a liderança. Ao contrário das de Sabine.

Bryce afastou a sacola reserva da aula de dança na prateleira do armário a fim de abrir espaço para sua bolsa.

— Estão assistindo ao quê? — perguntou ela aos lobos.

O que quer que fosse, ela já tinha decidido se aninhar com um livro no quarto. De porta fechada.

Nathalie, folheando revistas de fofoca no sofá, nem levantou a cabeça ao responder.

— Uma nova série criminal sobre um bando de leões que derrubou uma corporação feérica do mal.

— Parece digna de um prêmio — ironizou Bryce.

Bronson grunhiu sua desaprovação. Os gostos do enorme macho tendiam mais para filmes de arte e documentários. Não era de admirar que nunca o deixassem escolher o entretenimento na Noite do Bando.

Connor passou um dedo calejado pelo braço arredondado do sofá.

— Você chegou tarde.

— Tenho um emprego — justificou Bryce. — Talvez queira arrumar um e parar de ser uma pulga em meu sofá.

Aquilo não era exatamente justo. Como segundo em comando, Connor agia como o capanga de Danika. Para manter a cidade segura, ele costumava matar, torturar, aleijar e repetir tudo outra vez, antes mesmo de o sol raiar.

Ele jamais reclamara. Nenhum deles o fizera.

De que serve choramingar, tinha respondido Danika quando Bryce perguntou como a amiga suportava a brutalidade, *se não há escolha exceto se filiar ao Auxilia?*

Os metamorfos predadores eram destinados a certos bandos Aux antes mesmo de nascer.

Bryce tentou não encarar o lobo com chifres tatuado na lateral do pescoço de Connor, prova daquela existência fadada ao serviço. De sua eterna lealdade a Danika, à Matilha dos Demônios e ao Auxilia.

Connor apenas estudou Bryce com aquele meio-sorriso. O que a fez ranger os dentes.

— Danika está na cozinha. Comendo metade da pizza antes que possamos dar uma mordida.

— *Não estou!* — Veio a resposta abafada.

O sorriso de Connor se alargou.

Bryce perdeu ligeiramente o fôlego com aquele sorriso, o brilho ferino em seus olhos.

O restante da matilha permaneceu devidamente focado na televisão, fingindo prestar atenção ao noticiário noturno.

— Algo que eu deva saber? — perguntou ela, engolindo em seco. Tradução: *A reunião sobre Briggs foi um desastre?*

Connor entendeu o que ela quis dizer. Sempre entendia. Ele acenou com a cabeça na direção da cozinha.

— Você verá.

Tradução: *Nada bem.*

Bryce estremeceu, conseguindo desgrudar os olhos de Connor e caminhar silenciosamente até a cozinha estreita. Sentiu o olhar do lobo sobre ela a cada passo.

E talvez tenha requebrado os quadris. Só um pouco.

Danika estava mesmo enfiando uma fatia de pizza garganta abaixo, os olhos arregalados em uma súplica para que Bryce ficasse calada. Bryce captou o apelo mudo e apenas assentiu.

Uma garrafa de cerveja pela metade transpirava no balcão de plástico branco em que Danika se apoiava. A blusa de seda emprestada de Bryce estava molhada de suor ao redor da gola, a trança jogada sobre o ombro delicado, as mechas coloridas excepcionalmente apagadas. Até mesmo a pele pálida, em geral rosada e saudável, parecia macilenta.

Certo, a iluminação tosca da cozinha — dois minguados orbes embutidos de primalux — não favorecia ninguém, mas... Cerveja. Comida. A matilha mantendo distância. E aquele desânimo vazio nos olhos da amiga. Sim, alguma merda havia acontecido naquela reunião.

Bryce abriu a geladeira e pegou uma cerveja. O bando tinha suas preferências individuais e a tendência a aparecer quando sentia vontade, então o refrigerador estava abarrotado de garrafas, latas e o que ela poderia jurar ser uma jarra de hidromel... Coisa de Bronson, provavelmente.

Bryce escolheu uma das favoritas de Nathalie — uma cerveja leitosa, densa, carregada no lúpulo — e girou a tampa.

— Briggs?

— Oficialmente liberado. Micah, o Rei Outonal e o Oráculo destrincharam cada lei e estatuto e, ainda assim, não conseguiram achar uma brecha. Ruhn até obrigou Declan a tentar uma de suas sofisticadas buscas tecnológicas, mas ele não encontrou nada. Sabine ordenou que a Matilha da Lua Ceifadeira vigiasse Briggs hoje à noite, em companhia de alguns membros da 33ª.

As alcateias tinham uma noite de folga compulsória uma vez por semana, e aquela era a vez da Matilha dos Demônios; sem negociação. De outro modo, Bryce sabia que Danika estaria lá fora, observando cada passo de Briggs.

— Então estão todos de acordo — argumentou Bryce. — Pelo menos algo de bom.

— Sim, até que Briggs exploda alguma coisa ou alguém. — Danika balançou a cabeça, enojada. — Maldita babaquice.

Bryce estudou a amiga com cautela. A tensão ao redor da boca, o pescoço suado.

— O que há de errado?

— Não há nada de errado.

As palavras foram ditas rápido demais para soarem verossímeis.

— Algo a está corroendo. Essa merda com Briggs é séria, mas você sempre dá a volta por cima. — Bryce estreitou os olhos. — O que não está me contando?

Os olhos de Danika brilharam.

— Nada. — A loba tomou um gole da cerveja.

Havia somente uma outra resposta.

— Então suponho que Sabine estivesse confiante essa tarde.

Danika apenas atacou a pizza.

Bryce engoliu dois goles de cerveja, observando Danika estudar, impassível, os armários azul-petróleo sobre o balcão, a tinta descascando nos cantos.

A amiga mastigava devagar.

— Sabine me encurralou depois da reunião. No corredor, do lado de fora do escritório de Micah — confessou ela em meio a uma mordida na massa com queijo. — De modo que todos pudessem ouvir quando me disse que dois mestrandos da UCLC foram mortos nas imediações do Templo de Luna, semana passada, durante o blecaute. Meu turno. Meu setor. Minha culpa.

Bryce estremeceu.

— Levou *uma semana* para descobrirem?

— Parece que sim.

— Quem os matou?

Os alunos da Universidade da Cidade da Lua Crescente *sempre* invadiam a Praça da Cidade Velha, sempre causavam problemas. Mesmo quando ainda estavam na graduação, frequentemente Bryce e Danika lamentavam que não houvesse uma cerca elétrica confinando os estudantes da universidade a seu quadrante da cidade. Apenas para impedi-los de vomitar e mijar a praça inteira, de sexta-feira à noite até domingo pela manhã.

Danika tomou mais um gole da cerveja.

— Nenhuma pista do culpado. — Com um tremor, seus olhos cor de caramelo escureceram. — Mesmo com o cheiro definindo-os como humanos, levou vinte minutos para identificar quem eram. Foram destrinchados e parcialmente comidos.

Bryce tentou não visualizar a cena.

— Por que motivo?

Danika engoliu em seco.

— Nenhuma ideia. Mas Sabine me comunicou, em detalhes e na frente de todos, o que pensava sobre a chacina pública ter acontecido durante a minha vigília.

— O que o Primo disse sobre o assunto?

— Nada — respondeu Danika. — O velho caiu no sono durante a reunião e Sabine não se incomodou em acordá-lo antes de me encurralar.

Faltava pouco, todos diziam... apenas uma questão de um ou dois anos até que o atual Primo dos lobos, com quase 400 anos, embarcasse no Veleiro, atravessando o Istros até o Quarteirão dos Ossos para seu descanso final. Não havia como o barco preto tombar durante o rito fúnebre... era impossível que sua alma fosse considerada indigna e oferecida ao rio. O lobo seria recebido nos domínios do Sub-Rei, com passagem livre às margens ocultas pela névoa... e, então, o reinado de Sabine teria início.

Que os deuses tivessem piedade de todos.

— Não é sua culpa, você sabe — disse Bryce, abrindo a tampa de papelão das duas embalagens de pizza mais próximas. Uma de calabresa, pepperoni e almôndegas. A outra de carnes defumadas e queijos fedorentos; sem dúvida, escolha de Bronson.

— Eu sei — resmungou Danika, tomando o resto da cerveja, jogando a garrafa na pia e procurando outra no refrigerador. Cada músculo em seu corpo parecia contraído... prestes a reagir. Ela bateu a porta da geladeira e se apoiou ali. Danika não encarou Bryce enquanto sussurrava. — Eu estava a três quarteirões de distância naquela noite. *Três.* E não vi nem ouvi nada, nem senti o cheiro dos estudantes sendo esquartejados.

Bryce tomou consciência do silêncio no outro cômodo. A audição aguçada tanto na forma humana quanto lupina significava bisbilhotice *garantida*, infinita.

Elas podiam terminar aquela conversa mais tarde.

Bryce abriu o restante das embalagens de pizza, estudando a paisagem gastronômica.

— Não devia mostrar um pouco de compaixão e deixar que a matilha coma uma fatia antes que você acabe com tudo?

Tivera o prazer de testemunhar Danika engolir três grandes pedaços de uma só vez. Naquele humor, a loba logo quebraria o próprio recorde e chegaria a quatro.

— Por favor, deixe a gente comer — implorou Bronson da sala, em um tom de voz ruidoso, grave.

Danika tomou um gole da cerveja.

— Podem vir, seus vira-latas.

Os lobos se apressaram.

Na confusão, Bryce quase foi esmagada contra a parede dos fundos da cozinha, as costas amassando o calendário pendurado ali.

Droga... ela amava aquela folhinha: Os *Solteiros mais Cobiçados da Cidade da Lua Crescente — Edição Vestimenta Opcional*. Aquele mês exibia o daemonaki mais gato que ela já vira, a perna sobre um banquinho, único empecilho para uma visão *total*. Ela alisou as novas rugas nos músculos e pele bronzeada, os chifres sinuosos, então se virou para os lobos com uma carranca.

A um passo de Bryce, Danika estava em meio ao bando, como uma pedra no rio. A loba sorriu para a amiga.

— Alguma novidade na caça ao chifre?

— Não.

— Jesiba deve estar exultante.

Bryce fez uma careta.

— Felicíssima.

Bryce havia visto Jesiba talvez por dois minutos à tarde, antes que a feiticeira ameaçasse transformá-la em um burro e então sumisse em um sedã com chofer, só os deuses sabiam para onde. Talvez tivesse saído em alguma missão para o Sub-Rei e a casa sombria que ele comandava.

Danika sorriu.

— Você não tem um encontro com... Como é mesmo o nome dele?

A pergunta reverberou por Bryce.

— Merda. *Merda*. Sim. — Ela estremeceu ao olhar para o relógio da cozinha. — Em uma hora.

Connor, que pegava uma embalagem inteira de pizza para si, ficou tenso. Ele tinha expressado sua opinião sobre o namorado riquinho de Bryce desde o primeiro encontro dos dois, dois meses antes. Assim como Bryce deixara bem claro que não dava a mínima para os pitacos de Connor em sua vida amorosa.

Bryce examinou as costas musculosas de Connor enquanto ele saía da cozinha, mexendo os ombros largos. Danika franziu o cenho. Jamais perdia nada.

— Preciso me vestir — avisou ela, fazendo uma careta. — E o nome dele é Reid, você sabe.

Um sorriso lupino.

— Reid é um nome estúpido — opinou Danika.

— Em primeiro lugar, *eu* acho que é um nome sexy. E em segundo, Reid *é* sexy.

Que os deuses a ajudassem, Reid Redner era muitíssimo gostoso. Embora o sexo fosse... ok. Mediano. Ela gozava, mas precisava se esforçar um bocado. E não do jeito como às vezes *curtia* se esforçar. Mais numa linha, *Devagar, Coloque aqui, Podemos mudar de posição?* Mas ela havia dormido com ele apenas duas vezes. E dissera a si mesma que podia levar tempo até encontrar o ritmo certo com um parceiro. Mesmo se...

Danika acabou por completar:

— Se ele pegar novamente o telefone para verificar as mensagens antes mesmo de tirar o pau completamente, por favor, se dê o respeito e o acerte no saco, depois volte para casa.

— Porra, Danika! — sibilou Bryce. — Não pode falar mais alto?

Os lobos tinham ficado em silêncio. Até mesmo o mastigar havia parado. Em seguida recomeçou, alguns decibéis acima do normal.

— Pelo menos ele tem um bom emprego — retrucou Bryce para Danika.

Danika cruzou os braços esguios, braços que escondiam uma força e uma ferocidade tremendas, e lhe lançou um olhar que dizia: *Sim, um emprego que o papai de Reid deu a ele.*

— E pelo menos ele não é um alfa babaca psicótico que vai exigir uma maratona de três dias de sexo e depois me chamar de parceira, me prender em sua casa e nunca mais me deixar sair — Bryce completou.

Motivo pelo qual Reid, que era humano e fazia um sexo meia--boca, era perfeito.

— Uma maratona de três dias de sexo faria bem a você — brincou Danika.

— Você é a culpada, sabe disso.

Danika acenou com a mão.

— Sim, sim. Meu primeiro e último erro: juntar vocês dois.

Danika conhecia Reid por causa do trabalho de meio-expediente como segurança na empresa do pai do rapaz — um imenso conglomerado de magitecnologia, no Distrito Comercial Central. Danika alegava que o trabalho era chato demais para suscitar uma explicação, mas pagava bem o suficiente para fazê-la aceitar. Mais que isso: aquele era um trabalho que ela *escolhera*. Não a vida na qual fora jogada. Então, entre as rondas e as obrigações junto ao Aux, a loba podia ser encontrada com frequência no arranha-céu do Distrito Comercial Central, fingindo levar uma vida normal. Não havia precedente de qualquer integrante das tropas auxiliares com um segundo emprego — em especial, um alfa —, mas Danika conseguira aquela façanha.

O fato de que, atualmente, todos queriam um pedaço das Indústrias Redner também ajudava. Até mesmo Micah Domitus investia pesado nos experimentos revolucionários. O que não era nenhuma novidade, já que o governador investia em tudo, de tecnologia a vinhedos e escolas, mas, como Micah fazia parte da perpétua lista proibida de Sabine, irritar a mãe ao trabalhar para uma empresa humana que ele apoiava era ainda mais gratificante para Danika que a sensação de liberdade e o salário generoso.

Em uma tarde, meses antes, Danika e Reid participaram da mesma apresentação. Na mesma época, Bryce estava solteira e reclamava constantemente a respeito disso. Danika dera a Reid o telefone da amiga em um heroico e último esforço para preservar a própria sanidade.

Bryce alisou o vestido com uma das mãos.

— Preciso me trocar. Guarde uma fatia para mim.

— Vocês não vão sair para jantar?

Bryce se encolheu.

— Sim. Em um daqueles lugares frescos... onde dão a você mousse de salmão em um biscoito e chamam isso de refeição.

Danika estremeceu.

— Melhor forrar o estômago antes.

— Uma fatia — disse Bryce, apontando para Danika. — Lembre-se de minha fatia. — Ela deu uma olhada no conteúdo da caixa restante e saiu da cozinha.

Agora, com exceção de Zelda, todos os membros da Matilha dos Demônios estavam na forma humana, as embalagens de pizza equilibradas sobre os joelhos ou espalhadas pelo tapete azul puído. Bronson de fato bebia da jarra de hidromel, os olhos castanhos atentos ao noticiário noturno. A notícia da libertação de Briggs, acompanhada de um vídeo granulado de um macho humano em um macacão branco sendo escoltado para fora do complexo penitenciário, começava a surgir. Quem quer que estivesse com o controle remoto mudou rapidamente para outro canal, que exibia um documentário sobre o delta do rio Preto.

Nathalie abriu um sorriso largo e estúpido enquanto Bryce se dirigia para o quarto, no canto oposto da sala. Ah, Bryce não se livraria tão cedo daquele pequeno detalhe sobre a performance sexual de Reid. Ainda mais quando Nathalie, com certeza, considerara aquilo reflexo das habilidades de Bryce.

— Nem vem — avisou Bryce à loba.

Nathalie pressionou os lábios, como se mal pudesse conter o malicioso uivo de prazer. O cabelo liso e preto parecia tremer com seu esforço para segurar o riso, os olhos cor de ônix quase incandescentes.

Bryce ignorou acintosamente Connor enquanto o intenso olhar dourado dele a acompanhava pelo cômodo.

Lobos. Malditos lobos enfiando o focinho em seus assuntos.

Não havia como confundi-los com humanos, embora suas silhuetas fossem praticamente idênticas. Muito altos, muito musculosos, impassíveis. Até mesmo a maneira como partiam suas pizzas, cada movimento deliberado e gracioso, era um lembrete silencioso do que podiam fazer a qualquer um que cruzasse seu caminho.

Bryce pulou as longas pernas esticadas de Zach, evitando pisar na cauda branco-neve de Zelda, deitada no chão ao lado do irmão. Os lobos gêmeos, ambos brancos, esguios e com cabelo preto na forma humana, eram absolutamente aterrorizantes quando se transformavam. *Fantasmas.* O apelido sussurrado os acompanhava por toda parte.

Então, sim. Bryce tentou com afinco não pisar na cauda peluda de Zelda.

Thorne, pelo menos, abriu um sorriso compreensivo de seu posto na poltrona de couro meio roída que ficava perto da televisão, o boné do time de solebol da UCLC virado para trás. Era a única pessoa no apartamento, além de Bryce, que entendia como o bando podia ser intrometido. E que se importava com os sentimentos de Danika. Com a crueldade de Sabine.

Era quase impossível para um ômega como Thorne ser notado por uma alfa como Danika. Não que ele tenha dado sequer uma pista para qualquer um. Mas Bryce conseguia ver a atração gravitacional que parecia unir os dois quando Danika e Thorne estavam na mesma sala, como se fossem duas estrelas orbitando uma à outra.

Graças aos deuses, Bryce chegou ao quarto sem nenhum comentário sobre a destreza sexual de seu pseudonamorado, e fechou a porta atrás de si com uma força que queria dizer para todos aqueles lobos se foderem.

Mal dera três passos na direção da cômoda verde empenada quando uma gargalhada latida ecoou pelo apartamento. Foi silenciada logo depois por um rosnado feroz, quase inumano. Grave, ruidoso e absolutamente letal.

Não era o rugido de Danika, que parecia a morte encarnada, suave, rouco e frio. Aquele era Connor. Cheio de fogo, atitude e sentimento.

Bryce lavou o pó e a sujeira que pareciam grudar em sua pele sempre que caminhava os quinze quarteirões entre o estreito prédio de arenito do Antiquário Griffin e seu apartamento.

Alguns grampos estrategicamente colocados resolveram a falta de definição que, em geral, acometia o cabelo ruivo-escuro no fim do dia. Então, apressadamente, aplicou uma nova camada de rímel para reavivar os olhos cor de âmbar. Do chuveiro até calçar os sapatos pretos de salto alto gastou um total de vinte minutos.

Prova, se deu conta, de quão pouco se importava com aquele encontro. Ela gastava *uma maldita hora* no cabelo e na maquiagem toda manhã. Sem contar o banho de trinta minutos para deixá-la brilhando, depilada e hidratada. Mas vinte minutos? Para um jantar no Rosa e Pérola?

Sim, Danika tinha razão. E Bryce sabia que a cachorra estava de olho no relógio e que, com certeza, perguntaria se a rapidez em se aprontar era um reflexo do tempo exato do sexo com Reid.

Bryce olhou na direção dos lobos que estavam do outro lado da porta de seu quarto acolhedor antes de observar o tranquilo refúgio a sua volta. Cada parede estava forrada com pôsteres de performances lendárias do Balé da Cidade da Lua Crescente. No passado, ela havia se imaginado no palco com os ágeis vanir, explodindo em pirueta após pirueta, ou levando o público às lágrimas com uma agonizante cena de morte. No passado, sonhara que haveria um lugar para uma humana mestiça na ribalta.

Mesmo os repetidos avisos de que tinha *o tipo físico inadequado* não a impediram de amar a dança. Não foram capazes de conter a sensação inebriante de assistir a uma apresentação de dança ao vivo, ou de impedi-la de ter aulas particulares de dança depois do trabalho, ou que acompanhasse a carreira dos bailarinos do BCLC, do mesmo modo que Connor, Ithan e Thorne seguiam seus times. Nada jamais poderia impedi-la de buscar a sublime emoção que sentia quando dançava, fosse na aula ou em uma boate ou até mesmo na maldita rua.

Juniper, pelo menos, não fora dissuadida. Havia decidido que não importava quanto demorasse, uma fauna tentaria o *impossível* e chegaria a um palco destinado a feéricos e ninfas e sílfides... e os deixaria comendo poeira. E ela assim o fizera.

Bryce soltou um longo suspiro. Hora de ir. Era uma caminhada de vinte minutos até o Rosa e Pérola, e, naqueles saltos, ela levaria vinte e cinco. Não fazia sentido pegar um táxi em meio ao caos e ao engarrafamento de uma noite de quinta-feira na Praça da Cidade Velha, quando o carro ficaria apenas *parado*.

Ela colocou os brincos de pérola nas orelhas, na esperança de que emprestassem um pouco de sofisticação a um vestido que poderia ser considerado um tanto escandaloso. Mas ela tinha 23 anos e o direito de tirar proveito da silhueta curvilínea. Enquanto girava na frente do espelho de corpo inteiro encostado à parede, Bryce sorriu para as pernas salpicadas de dourado, admirando a curva de sua bunda naquele vestido cinza colado à pele, a tatuagem ainda dolorida se insinuando pelo decote generoso. Então voltou à sala.

Danika soltou um riso malicioso que abafou o programa sobre natureza a que os lobos estavam assistindo.

— Aposto 50 marcos de prata que os seguranças não vão deixá-la entrar vestida assim.

Bryce ignorou a amiga enquanto o bando gargalhava.

— Lamento se a faço se sentir insegura quanto a sua bunda chapada, Danika.

Thorne latiu uma risada.

— Pelo menos Danika compensa com uma personalidade cativante.

Bryce sorriu para o belo ômega.

— Isso explica por que tenho um encontro e ela não tem um há... Há quanto tempo mesmo? Três anos?

Thorne deu uma piscadela, os olhos azuis se desviando para a carranca no rosto de Danika.

— Deve ser por isso.

Danika se esparramou no sofá e colocou os pés descalços em cima da mesinha de centro. Cada unha estava pintada de uma cor diferente.

— Só faz dois anos — resmungou ela. — Babacas.

Bryce deu tapinhas na cabeça sedosa de Danika quando passou pela amiga. A loba ameaçou lhe morder os dedos, os dentes à mostra.

A semifeérica riu, entrando na cozinha estreita. Tateou nos armários de cima, copos tilintando conforme procurava por...

Ah. O gin.

Ela virou uma dose. Então outra.

— Noite difícil à vista? — perguntou Connor, apoiado na soleira da porta da cozinha, braços cruzados sobre o peito musculoso.

Uma gota de gin tinha escorrido pelo queixo de Bryce. Ela quase limpou o batom vermelho-pecado dos lábios com o dorso da mão, mas, em vez disso, optou por secá-los com um guardanapo remanescente da pizzaria. Como uma pessoa educada.

Essa cor devia se chamar Vermelho Boquete, comentara Danika na primeira vez que Bryce o havia usado. *Porque é tudo no que qualquer macho vai pensar ao vê-la com esse batom.* De fato, o olhar de Connor tinha pulado direto para seus lábios.

— Sabe que gosto de aproveitar minhas noites de quinta. Por que não começar mais cedo? — perguntou Bryce, do modo mais displicente de que foi capaz.

Ela se equilibrou na ponta dos pés enquanto guardava o gin de volta no armário, a bainha do vestido subindo ainda mais. Connor estudou o teto como se fosse muito interessante, o olhar encontrado o da semifeérica apenas quando ela fincou os pés de volta no chão. No outro cômodo, alguém aumentou o volume da televisão até um nível ensurdecedor.

Obrigada, Danika.

Nem mesmo a audição de um lobo conseguiria destrinchar aquela cacofonia para bisbilhotar.

A boca sensual de Connor se contraiu, mas ele continuou na porta. Bryce engoliu em seco, imaginando se seria muito ruim rebater a ardência do gin com a cerveja que deixara esquentando no balcão.

— Olhe. Nós nos conhecemos há um tempo... — começou Connor.

— Ensaiou esse discurso?

Ele se endireitou, o rubor tingindo seu rosto. O Segundo da Matilha dos Demônios, o mais temido e letal das unidades do Auxilia, estava *corando.*

— Não.

— Soou como uma introdução ensaiada, para mim.

— Pode me deixar convidá-la para sair, ou antes precisamos discutir minha oratória?

Ela bufou, mas sentiu um nó no estômago.

— Não saio com lobos.

Connor lhe lançou um sorriso presunçoso.

— Abra uma exceção.

— Não. — Mas ela sorriu de leve.

— Você me quer. Eu quero você. Isso já rola há um tempo, e brincar com esses machos humanos não a ajudou em nada a me esquecer, ajudou? — constatou Connor simplesmente, com a arrogância inabalável que apenas um predador imortal podia reunir.

Não, não ajudou. Mas, com uma voz calma apesar do coração trovejante, Bryce disse:

— Connor, não vou sair com você. Danika é mandona o bastante. Não preciso de outro lobo, especialmente um *macho*, tentando controlar minha vida. Não preciso de mais um vanir se metendo em meus assuntos.

Seus olhos dourados se anuviaram.

— Não sou seu pai.

Ele não quis dizer Randall.

Bryce se afastou do balcão, marchando na direção de Connor. E da porta do apartamento. Ela chegaria atrasada.

— Ele não tem nada a ver com isso... com você. Minha resposta é não.

Connor não se mexeu, e ela parou a poucos centímetros dele. Mesmo com os saltos altos, mesmo sendo mais alta que a média, ele assomava sobre ela; dominava todo o espaço com o simples ato de respirar.

Como um perfeito alfa babaca. Como seu pai fizera com a Ember Quinlan de 19 anos, quando a tinha cortejado, seduzido, tentado prendê-la e se embrenhado tão fundo no território da possessividade que, no momento em que a mulher descobriu carregar no ventre um filho do feérico — Bryce —, ela fugiu antes que ele pudesse pressentir e trancá-la na vila em CiRo até que fosse velha demais para despertar seu interesse.

O que era algo em que Bryce não gostava de pensar. Não depois que os exames de sangue foram feitos e ela saíra do consultório da medbruxa com a certeza de que herdara do pai feérico mais do que o cabelo ruivo e as orelhas pontudas.

Bryce teria de enterrar a mãe um dia, enterrar Randall também. O que era totalmente esperado, considerando que eram humanos. Mas o fato de que continuaria viva por mais alguns séculos, com apenas as fotos e vídeos para se lembrar de suas vozes e rostos, fazia seu estômago revirar.

Ela devia ter tomado mais uma dose de gin.

Connor continuava imóvel na soleira.

— Um encontro não desencadearia um frenesi de possessividade. Nem precisa ser um encontro. Apenas... uma pizza — concluiu ele, olhando para a pilha de embalagens.

— Você e eu já passamos muito tempo juntos. — E passavam; nas noites em que Danika era convocada para uma reunião com Sabine ou com os outros comandantes do Aux, Connor sempre aparecia no apartamento com comida, ou se encontrava com ela em um dos muitos restaurantes do vibrante quarteirão. — Se não é um encontro, qual a diferença?

— Seria um teste. Para um encontro — respondeu Connor, entre dentes.

Ela ergueu uma das sobrancelhas.

— Um encontro para decidir se quero ter um encontro com você?

— Você é impossível. — Ele se afastou do batente da porta. — A gente se vê mais tarde.

Sorrindo, ela o seguiu para fora da cozinha, encolhendo-se diante do volume surreal da televisão a que os lobos assistiam muito, *muito* atentamente.

Até mesmo Danika sabia haver limites para o quanto Bryce podia provocar Connor sem consequências graves.

Por um instante, Bryce cogitou agarrar o segundo pelos ombros e explicar que seria melhor que arrumasse uma loba gentil e doce, cujo sonho fosse uma ninhada de filhotes, e que, na verdade, ele não gostaria de alguém tão fodida, que ainda curtia uma balada até vomitar na sarjeta como um aluno da UCLC, e que não tinha certeza se *podia* amar alguém, não quando Danika era tudo de que precisava afinal.

Mas não agarrou Connor e, quando pegou as chaves na tigela ao lado da porta, ele tinha se esparramado no sofá — novamente no lugar *dela* — e encarava a tela acintosamente.

— Tchau — Bryce se despediu de ninguém em particular.

Do outro lado da sala, Danika a encarou, a expressão ainda desconfiada, mas levemente alegre. Ela deu uma piscadela.

— Relaxe, vaca.

— Relaxe, babaca — replicou Bryce, a despedida escorregando da língua com os anos de prática.

Mas foi o *Amo você* extra, enquanto saía para o corredor sombrio, que fez Bryce hesitar com a mão na maçaneta.

Danika havia demorado alguns anos para pronunciar aquelas palavras, e ainda as usava com parcimônia. A princípio, a loba tinha odiado quando Bryce as pronunciara — mesmo depois de a semifeérica explicar que havia passado a vida toda dizendo aquilo, para o caso de ser a última vez. Para o caso de não ter a chance de se despedir das pessoas com quem mais se importava. E foi preciso uma de suas aventuras mais dramáticas — uma batida de moto e, literalmente, armas apontadas para sua cabeça — para convencer Danika a proferir as palavras, mas, pelo menos, agora ela o fazia. Às vezes.

Esqueça a libertação de Briggs. Sabine devia mesmo ter afetado Danika.

Os saltos de Bryce ecoavam nas lajotas gastas do piso enquanto ela se dirigia para as escadas no fim do corredor. Talvez devesse cancelar o encontro com Reid. Podia comprar alguns potes de sorvete no mercado da esquina e se aninhar com Danika enquanto assistiam a uma de suas comédias absurdas favoritas.

Talvez devesse ligar para Fury e ver se ela podia fazer uma visitinha a Sabine.

Mas... nunca pediria aquilo a Fury. A amiga mantinha o profissional longe de sua vida pessoal, e já sabiam muito bem que era melhor não fazer muitas perguntas. Apenas Juniper podia se safar dos interrogatórios.

Sinceramente, não fazia sentido que fossem amigas: a futura alfa de todos os lobos, uma mercenária assassina travando uma guerra além-mar, uma incrivelmente talentosa dançarina e *única* fauna a abrilhantar o palco do Balé da Cidade da Lua Crescente e... ela.

Bryce Quinlan. Assistente de feiticeira. Aspirante a bailarina *com tipo físico inadequado*. Pegadora crônica de humanos convencidos e frágeis, que não faziam ideia de como lidar com ela. Quanto mais com Danika, se chegassem perto o bastante da prova suprema do namoro.

Bryce desceu as escadas, franzindo o cenho para um dos orbes de primalux que banhava com um brilho tênue a tinta cinza-azulada descascada. O senhorio esbanjava mesquinharia quando o assunto era primalux, provavelmente recorrendo a um gato em vez de pagar à companhia como todo mundo.

Para ser honesta, tudo naquele prédio era um lixo.

Danika podia morar melhor. Bryce com certeza não. E Danika a conhecia bem o bastante para sequer sugerir pagar sozinha o aluguel de um daqueles sofisticados arranha-céus à margem do rio ou no DCLC. Então, depois da formatura, as duas procuraram apenas os apartamentos que caberiam no orçamento de Bryce; aquele buraco sendo o menos pior de todos.

Às vezes, Bryce desejava ter aceitado a quantia incalculável de dinheiro do pai; desejava não ter decidido desenvolver alguma noção de moral no exato instante em que o canalha lhe oferecera montanhas de marcos de ouro em troca de seu eterno silêncio. Pelo menos agora Bryce estaria na piscina de alguma cobertura, flertando com anjos besuntados de bronzeador, e não evitando um zelador inconveniente que secava seu decote toda vez que ela precisava reclamar que a calha da lixeira estava entupida outra vez.

A porta de vidro no fim da escada se abriu para a rua escura, já apinhada de turistas, baladeiros e moradores abatidos tentando abrir caminho pela multidão barulhenta depois de um longo e quente dia de verão. Um draki macho de terno e gravata passou apressado, a bolsa-carteiro batendo no quadril enquanto ele desviava de uma família de metamorfos equinos — talvez cavalos, a julgar pelo cheiro de céu aberto e campos verdejantes —, todos muito ocupados tirando fotos de tudo, alheios a qualquer um que estivesse tentando chegar a algum lugar.

Na esquina, uma dupla de malakim entediados, vestidos com a armadura preta da 33ª, mantinha as asas dobradas junto aos corpos vigorosos, sem dúvida para evitar que algum trabalhador a caminho de casa ou um bêbado idiota as tocasse. Toque as asas de um anjo sem permissão e terá sorte de perder apenas a mão.

Fechando a porta com força atrás de si, Bryce mergulhou no caldeirão de sensações que era aquela antiga e vibrante metrópole: o calor seco do verão que ameaçava quebrar seus ossos; as buzinas cortando o constante sibilar e gotejar de música que se derramava dos salões de festa; a brisa do rio Istros, a três quarteirões de distância, agitando as palmeiras e ciprestes; a nota de maresia do mar turquesa vizinho; o sedutor perfume noturno do jasmim agarrado à cerca de ferro do parque próximo; o fedor de vômito, mijo e cerveja choca; o chamado fumegante das especiarias do kebab de cordeiro da barraca da esquina... Tudo a atingiu como um único beijo, despertando-a.

Tentando não torcer o tornozelo nos paralelepípedos, Bryce inspirou a oferenda noturna da Cidade da Lua Crescente, bebeu-a e sumiu na rua fervilhante.

4

O Rosa e Pérola era a síntese de tudo o que Bryce odiava na cidade.

Mas, pelo menos, Danika lhe devia 50 marcos de prata.

Os seguranças a deixaram passar, subir os três degraus e atravessar as portas de bronze do restaurante.

Mas 50 marcos de prata não fariam a menor diferença naquela conta. Não, a refeição certamente entraria na zona do *ouro*.

Reid com certeza podia pagar. Dada a saúde de sua conta bancária, ele provavelmente mal olharia o total antes de entregar seu cartão black ao garçom.

Sentada à mesa no coração do salão de jantar dourado, sob o lustre de cristal que pendia de um teto com afrescos intrincados, Bryce tomou dois copos d'água e meia garrafa de vinho enquanto esperava.

Vinte minutos depois, seu telefone vibrou dentro da bolsa preta de seda. Se fosse Reid cancelando o encontro, ela o mataria. Nem por um decreto ela poderia pagar pelo vinho; não sem precisar desistir das aulas de dança por um mês. Na verdade, por dois.

Mas as mensagens não eram de Reid, e Bryce as leu três vezes antes de enfiar o telefone de volta na bolsa e se servir de outra taça daquele vinho muito, muito caro.

Reid era rico *e* estava atrasado. Ele ia se ver com ela.

Especialmente porque o alto escalão da Cidade da Lua Crescente parecia se divertir zombando de seu vestido, a pele à mostra — as orelhas feéricas, mas o corpo evidentemente humano.

Mestiça... quase podia ouvir o termo odioso que sussurravam. Na melhor das hipóteses, a consideravam uma trabalhadora inferior. Na pior, uma presa, uma catadora de lixo.

Bryce pegou o telefone e releu as mensagens pela quarta vez.

Connor havia escrito: *Você sabe que sou uma merda com palavras. Mas o que eu queria dizer — antes que, em vez disso, você tentasse brigar comigo, a propósito — era que acho que vale a pena. Você e eu. Darmos uma chance a nós.*

E acrescentado: *Sou louco por você. Não quero mais ninguém. Há tempos. Um encontro. Se não funcionar, lidaremos com isso. Apenas me dê uma chance. Por favor.*

Bryce ainda encarava as mensagens, a cabeça girando por conta de todo aquele maldito vinho, quando Reid enfim apareceu. Quarenta e cinco minutos atrasado.

— Desculpe, baby — disse ele, inclinando-se para beijá-la no rosto antes de se sentar. O terno cinza-chumbo continuava imaculado, a pele radiante acima do colarinho da camisa branca brilhava. Nenhum fio do cabelo escuro parecia fora de lugar.

Reid tinha o comportamento despojado de alguém criado com dinheiro e educação e que jamais ouvira um não. Os Redner eram uma das poucas famílias humanas que prosperaram na alta sociedade vanir... e se vestiam para o papel. Reid era meticuloso quanto à aparência, até os mínimos detalhes. Toda gravata, Bryce havia aprendido, era escolhida para destacar o tom esverdeado de seus olhos castanho-claros. O corte dos ternos sempre impecável no corpo sarado. Ela talvez o chamasse de fútil, como se também não se preocupasse com as próprias roupas. Se não soubesse que Reid tinha um personal trainer pela mesma razão que ela continuava a dançar... além de seu amor pela arte, queria se certificar de que o corpo estaria no auge quando sua força fosse necessária para fugir de um potencial predador à caça nas ruas.

Desde o dia em que, uma eternidade antes, os vanir haviam se esgueirado pela Fenda do Norte e tomado Midgard, um evento que os historiadores batizaram de Travessia, fugir era a melhor opção caso um deles decidisse transformá-lo em refeição. Isso se você não tivesse nenhuma arma ou bombas ou quaisquer das coisas terríveis que pessoas como Philip Briggs haviam desenvolvido para matar até mesmo uma criatura imortal com incrível capacidade de regeneração.

Com frequência, Bryce se perguntava como tinha sido a vida antes de o planeta ser invadido por criaturas de tantos mundos diferentes, todos mais avançados e *civilizados* que aquele, quando existiam apenas humanos e animais comuns. Até seu calendário remontava à Travessia, a contagem do tempo dividida entre antes e depois, E.H. e E.V. *Era Humana* e *Era Vanir.*

Reid levantou as sobrancelhas castanho-escuras para a garrafa de vinho quase vazia.

— Boa pedida.

Quarenta e cinco minutos. Sem uma ligação ou mensagem para avisar que se atrasaria.

Bryce rangeu os dentes.

— Algum imprevisto no trabalho?

Reid deu de ombros, esquadrinhando o restaurante à procura de algum alto oficial com quem socializar. Como filho de um homem que tinha o nome estampado em letras de 6 metros em três prédios no Distrito Comercial Central, em geral as pessoas faziam fila para conversar com ele.

— Alguns malakim estão inquietos com os desdobramentos do conflito pangerano. Precisam de garantias de que seus investimentos são sólidos. A ligação demorou.

O conflito pangerano... a guerra que Briggs tanto quis trazer para aquele território. O vinho havia subido à cabeça de Bryce e rodopiava em uma poça oleosa em seu estômago.

— Os anjos acham que a guerra pode chegar até aqui?

Sem conseguir encontrar ninguém de interesse no restaurante, Reid abriu o menu forrado de couro.

— Não. Os asteri não deixarão que isso aconteça.

— Os asteri deixaram que isso acontecesse por lá.

Os lábios dele se contraíram.

— É uma questão complicada, Bryce.

Fim de conversa. Ela deixou que ele voltasse a estudar o cardápio.

Os relatos do território além do mar Haldren eram sombrios. A resistência humana preferia ser dizimada a se submeter aos asteri e ao governo de seu Senado "eleito". Por quarenta anos, a guerra havia assolado o território pangerano, devastando cidades, arrastando-se para o mar tempestuoso. Se o conflito o atravessasse, a Cidade da Lua Crescente, situada na costa sudeste de Valbara — a meio caminho da Mão, península assim chamada pelo modo como a terra árida e montanhosa se projetava —, seria um dos primeiros lugares em sua trajetória.

Fury se recusava a falar sobre o que via por lá. O que fazia por lá. Por qual lado lutava. A maioria dos vanir não achava divertido um levante contra mais de quinze mil anos de dominação.

A maioria dos humanos também não achava divertidos quinze mil anos de quase escravidão, na condição de caça e comida e brinquedo sexual. Pouco importava que, nos últimos séculos, o Senado Imperial tivesse conferido mais direitos aos humanos... com a aprovação dos asteri, claro. O que não alterava o fato de que quem saía da linha era catapultado de volta ao ponto de partida: literalmente, escravizados da República.

Pelo menos, os escravizados existiam predominantemente em Pangera. Uns poucos viviam na Cidade da Lua Crescente, sobretudo entre os guerreiros angélicos da 33ª, a legião pessoal do governador, os punhos marcados com a tatuagem da escravidão, *SPQM*. Mas, na maior parte das vezes, passavam despercebidos.

A Cidade da Lua Crescente, apesar da elite de superbabacas, ainda era um caldeirão. Um dos poucos lugares onde ser humano não significava, necessariamente, uma vida de servidão. Muito embora não desse direito a muito mais.

Uma feérica de cabelo preto e olhos azuis chamou a atenção de Bryce enquanto ela corria os olhos pelo salão, o jovem amante a sua frente indicando que ela era alguma espécie de nobre.

Bryce jamais conseguira decidir a quem odiava mais: aos alados malakim ou aos feéricos. Provavelmente aos feéricos, cuja considerável magia e graça os faziam crer que tinham permissão para se comportar como bem entendessem, com quem bem entendessem. Um traço compartilhado com muitos membros da Casa de Céu e Sopro: os arrogantes anjos, as sublimes sílfides e os fervilhantes elementais.

Casa dos Idiotas e Degenerados, como Danika os apelidara. Muito embora a aliança com a Casa de Terra e Sangue possa ter influenciado um pouco sua opinião; em especial quando feéricos e metamorfos viviam em eterna discórdia.

Fruto de duas Casas, Bryce fora forçada a renunciar sua lealdade à Casa de Terra e Sangue, condição para aceitar a posição de civitas que o pai lhe conseguira. Fora o preço a pagar pelo cobiçado status de cidadã: ele pediria cidadania plena, mas ela teria de escolher Céu e Sopro como sua Casa. Ela havia se ressentido do bastardo por fazê-la escolher, mas até mesmo a mãe tinha compreendido que os prós superavam os contras.

Não que houvesse muitas vantagens ou proteção para os humanos dentro da Casa de Terra e Sangue. Com certeza, não para o jovem sentado com a fêmea feérica.

Bonito, louro, não mais de 20 anos, provavelmente tinha um décimo da idade de sua acompanhante feérica. A pele bronzeada dos punhos não exibia nenhum sinal das quatro letras da tatuagem de escravizado. Portanto, estava com ela por escolha própria... ou por cobiçar o que a feérica podia lhe oferecer: sexo, dinheiro, influência. Mas era um péssimo negócio. Ela o usaria até se entediar, ou até que ficasse velho, e então lhe daria um pé naquela bunda ainda ávida pelas riquezas da fêmea.

Bryce inclinou a cabeça para a nobre, que arreganhou os dentes brancos diante da insolência. A fêmea era bonita... mas a maioria dos feéricos eram.

Ela encontrou o olhar de Reid, o cenho franzido no belo rosto. Ele balançou a cabeça — para *ela* — e continuou a ler o menu.

Bryce tomou um gole do vinho. Sinalizou para que o garçom trouxesse outra garrafa.

Sou louco por você.

Connor não toleraria o escárnio, os sussurros. Nem Danika. Bryce havia testemunhado *os dois* desancarem os babacas estúpidos que tinham lhe falado alguma gracinha, ou que a haviam confundido com umas das muitas fêmeas vanir mestiças que ganhavam a vida vendendo o corpo no Mercado da Carne.

A maioria dessas mulheres não tinha a oportunidade de completar a Descida; fosse porque não atingiam a maturidade ou porque já saíam em desvantagem, com uma expectativa de vida mortal. Havia predadores, tanto natos quanto em treinamento, que usavam o Mercado da Carne como território de caça.

O telefone de Bryce vibrou no exato momento em que o garçom enfim apareceu com uma nova garrafa de vinho. Reid franziu o cenho outra vez, sua reprovação palpável, o que fez com que Bryce desistisse de ler a mensagem até ter pedido seu sanduíche de rosbife com espuma de queijo.

Danika havia escrito: *Dê um perdido no babaca de pinto mole e tenha compaixão por Connor. Um encontro não vai matá-la. Ele está esperando há anos, Bryce. Anos. E me dê uma razão para sorrir esta noite.*

Bryce se encolheu quando guardou o telefone de volta na bolsa. Ela ergueu o olhar para flagrar Reid encarando o próprio aparelho, polegares ágeis, as feições angulosas iluminadas pelo brilho da tela. A invenção dos telefones havia acontecido cinco décadas antes, no famoso laboratório de tecnologia das Indústrias Redner, e rendido à companhia uma fortuna sem precedentes. Uma nova era na comunicação interpessoal, era o que todos alegavam. Bryce achava que apenas tinha dado às pessoas uma desculpa para banir o contato visual. Ou se tornarem péssimas companhias.

— Reid — começou ela. Ele apenas ergueu um dedo.

Bryce tamborilou com a unha vermelha na base da taça. Ela mantinha as unhas longas... e tomava um elixir diário para mantê-las fortes. Não eram tão eficazes quanto talões e garras, mas podiam causar algum dano. Pelo menos o bastante para eventualmente se livrar de um agressor.

— Reid — ela repetiu.

Ele continuava digitando, e ergueu os olhos somente quando o primeiro prato chegou.

Era uma mousse de salmão. Sobre uma lasca de pão torrado e envolta em uma espécie de treliça de folhas verdes. Talvez samambaias. Ela engoliu o riso.

— Vá em frente e se sirva — aconselhou Reid, distante, digitando de novo. — Não espere por mim.

— Uma mordida e terei terminado — resmungou ela, levantando o garfo, mas imaginando como comer aquela coisa.

Ninguém ao redor usava os dedos, mas... A feérica a olhou com desdém novamente.

Bryce pousou o garfo. Dobrou o guardanapo em um quadrado perfeito antes de se levantar.

— Estou indo.

— Tudo bem — disse Reid, os olhos grudados na tela.

Obviamente, achava que ela estava indo ao banheiro. Bryce podia sentir os olhos do anjo elegante na mesa ao lado devorando a extensão de sua perna nua, e em seguida ouviu a cadeira guinchar quando ele se inclinou para admirar sua bunda.

Era por isso que mantinha as unhas compridas.

— Não... estou indo. Obrigada pelo jantar — esclareceu ela, então.

Aquilo o fez erguer o olhar.

— O quê? Bryce, sente-se. Coma.

Como se o atraso e o tempo que ele passava ao telefone não tivessem nada a ver com aquilo. Como se ela fosse apenas algo que ele precisava alimentar antes de trepar.

— Isso não está funcionando — explicou ela, claramente.

Reid comprimiu os lábios.

— Desculpe?

Ela duvidava de que ele já tivesse sido dispensado.

— Tchau, Reid. Boa sorte no trabalho — disse, com um sorriso doce.

— Bryce.

Mas a semifeérica tinha bastante dignidade para não o deixar se explicar, para não aceitar um sexo mediano em troca de refeições em restaurantes que nunca poderia se dar ao luxo de frequentar e de um homem que já havia literalmente saído de cima dela para olhar o telefone. Então ela pegou a garrafa de vinho e se afastou da mesa, mas não na direção da saída.

Ela foi direto até a pedante feérica fêmea e seu brinquedinho humano e disse, em um tom de voz frio o bastante para intimidar até mesmo Danika:

— Gosta do que vê?

A fêmea avaliou Bryce, dos saltos até o cabelo ruivo e a garrafa de vinho pendente em seus dedos. A feérica deu de ombros, fazendo os cristais pretos em seu vestido brilhar.

— Pago um marco de ouro para assistir a vocês dois. — Ela indicou com a cabeça o humano em sua mesa.

Ele sorriu para Bryce, a expressão ausente sugeria que estava sob a influência de alguma droga.

Bryce sorriu com escárnio para a fêmea.

— Não sabia que as fêmeas feéricas tinham ficado tão mão de vaca. Os boatos costumavam dizer que nos pagariam pilhas de ouro para fingir que não são tão apáticos quanto ceifadores entre os lençóis.

O rosto bronzeado da feérica ficou pálido. As unhas brilhantes, afiadas como navalhas, se engancharam na toalha. O homem à frente nem mesmo piscou.

Bryce colocou a mão no ombro do humano; não tinha certeza se para confortá-lo ou para irritar a fêmea. Ela apertou de leve, mais uma vez inclinando a cabeça para a feérica, e saiu caminhando.

Tomou um gole da garrafa de vinho e mostrou o dedo para a recepcionista afetada no caminho até as portas de bronze. Em seguida, pegou um punhado de caixas de fósforos da tigela na bancada.

As desculpas sussurradas de Reid para a nobre pairavam a suas costas quando Bryce pisou na rua quente e seca.

Merda. Eram nove horas, ela estava decentemente arrumada e, se voltasse para o apartamento, caminharia de um lado para o outro até Danika surtar. E os lobos meteriam o focinho naquele assunto, o qual ela não queria discutir com eles *de forma alguma*.

O que lhe deixava uma única opção. Sua opção favorita, felizmente.

Fury atendeu ao primeiro toque.

— O quê?

— Você está deste lado do Haldren ou do lado errado?

— Estou em Cinco Rosas. — A voz fria e impassível traía um quê de divertimento; praticamente uma gargalhada retumbante, em se tratando de Fury. — Mas não vou assistir televisão com os filhotes.

— Quem diabos iria querer fazer isso?

Uma pausa na linha. Bryce se apoiou na parede de pedra pálida do Rosa e Pérola.

— Achei que tivesse um encontro com... Como é mesmo o nome dele?

— Você e Danika não prestam, sabia?

Ela praticamente ouviu o sorriso malicioso de Fury pelo telefone.

— Encontro você no Corvo daqui a meia hora. Preciso terminar um serviço.

— Pegue leve com o pobre infeliz.

— Não fui paga para isso.

A ligação ficou muda. Bryce xingou e rezou para que Fury não fedesse a sangue quando chegasse à boate preferida das duas. Ela ligou para outro número.

Juniper estava sem fôlego quando atendeu, ao quinto toque, antes que a ligação caísse na caixa postal. Ela devia estar no estúdio, ensaiando depois do expediente. Como sempre fazia. Como Bryce amava fazer sempre que encontrava tempo. Dançar e dançar e dançar, o mundo se dissipando em música, suor e respiração ofegante.

— Ah, você deu um fora no sujeito.

— Aquela filha da puta da Danika mandou mensagem para *todo mundo*?

— Não — respondeu a doce, adorável fauna. — Mas você só ficou uma hora com o cara. Como em geral a ligação com o resumo do encontro só acontece na manhã seguinte...

— Vamos ao Corvo — disparou Bryce. — Esteja lá em meia hora. — Ela desligou antes que a risada mercurial de Juniper a emputecesse.

Ah, ela acharia um meio de punir Danika por ter contado a elas. Muito embora soubesse que a amiga tinha feito aquilo com o intuito de preparar as outras caso precisassem juntar seus cacos. Do mesmo modo que Bryce tinha perguntado a Connor sobre o humor de Danika mais cedo, naquela noite.

O Corvo Branco ficava a apenas cinco minutos de caminhada, bem no coração da Praça da Cidade Velha. O que dava a Bryce tempo suficiente para se meter em uma encrenca ou encarar o que estivera evitando até então.

Ela optou pela encrenca.

Muita encrenca, o bastante para torrar os suados 7 marcos de ouro em sua bolsa, entregues a uma sorridente fêmea draki que passou para a palma estendida de Bryce tudo que a semiféerica poderia querer. A fêmea havia tentado lhe vender uma dessas novas drogas — *Sintez vai fazê-la se sentir uma deusa*, dissera ela —, mas os 30 marcos de ouro por uma única dose estavam bem acima de seu orçamento.

Ela ainda tinha cinco minutos. Parada na frente do Corvo Branco, a boate fervilhando de boêmios apesar do plano frustrado de Briggs para explodi-la, Bryce pegou o telefone e abriu a conversa com Connor. Podia apostar todo o dinheiro que acabara de gastar em raiz-alegre que o lobo checava o telefone a cada dois segundos.

Carros passavam devagar, o grave de seus sistemas de som ecoando nos paralelepípedos e ciprestes, as janelas abertas para revelar passageiros ansiosos para começarem sua quinta-feira: bebendo, fumando, acompanhando a música, mandando mensagens para amigos, traficantes ou quem quer que pudesse liberar sua entrada em uma das dezenas de boates que ladeavam a rua do Arqueiro. Filas já serpenteavam das portas, incluindo a do Corvo. Vanir espiavam ávidos a fachada de mármore branco, peregrinos bem-vestidos à espera nos portões do templo.

O Corvo era justamente aquilo: um templo. Ou tinha sido. O prédio agora abarcava as ruínas, mas a pista de dança fora preservada, as antigas pedras do templo de alguma divindade havia muito esquecida e os vários pilares de pedra lavrada ainda de pé. Dançar era adorar a um deus sem nome, sussurrado nos entalhes desgastados de sátiros e faunos, bebendo e dançando e trepando em meio a videiras. Um templo dedicado ao prazer... é o que já fora um dia. E o que se tornara de novo.

Um grupo de metamorfos leões-da-montanha à espreita passou por ela, alguns se virando para rosnar um convite. Bryce ignorou os rapazes e se espremeu até uma alcova à esquerda da porta de serviço do Corvo. Ela se apoiou na pedra lisa, prendeu a garrafa de vinho na dobra do braço, pôs um dos pés na parede a suas costas enquanto balançava a cabeça ao som da música de um carro próximo. Enfim digitou: *Pizza. Sábado às seis. Caso se atrase, está acabado.*

No mesmo instante, Connor começou a digitar. Então o balão sumiu. Em seguida, reapareceu.

Finalmente a mensagem chegou.

Jamais a faria esperar.

Ela revirou os olhos e escreveu: *Não faça promessas que não pode cumprir.*

Mais digitar, apagar, digitar. E então: *Falou sério... sobre a pizza?*

Pareço estar de brincadeira, Connor?

Você parecia deliciosa quando saiu do apartamento.

Um calor a envolveu e Bryce mordeu o lábio. Maldito canalha charmoso. *Diga a Danika que estou no Corvo com Juniper e Fury. Vejo você em dois dias.*

Feito. E o... Como é mesmo o nome dele?

REID levou um pé na bunda oficial.

Ótimo. Já estava imaginando que teria de matá-lo.

Ela sentiu o estômago revirar.

Ele acrescentou rapidamente: *Brincadeirinha, Bryce. Não vou dar uma de alfa babaca com você, prometo.*

Antes que pudesse responder, seu telefone vibrou de novo.

Era Danika. *COMO OUSA IR AO CORVO SEM MIM? TRAIDORA.*

Bryce bufou. *Aproveite a Noite do Bando, otária.*

NÃO SE DIVIRTA SEM MIM. EU PROÍBO.

Ela sabia que, por mais que odiasse ficar em casa, Danika não abandonaria sua alcateia. Não na única noite que passavam juntos, a noite que usavam para fortalecer os laços entre eles. Não depois daquele dia de merda. E especialmente não enquanto Briggs estivesse à solta, com um motivo para se vingar da Matilha dos Demônios.

Aquela lealdade era a razão pela qual os lobos amavam Danika, razão pela qual lutavam com tanta ferocidade e iam à guerra repetidas vezes por ela, enquanto Sabine questionava, publicamente, se a filha era digna das responsabilidades e do status de segunda na linha de sucessão. A hierarquia entre os lobos da Cidade da Lua Crescente era determinada por pura dominância, mas a linhagem de três gerações que constituíram o Primo dos lobos, o Primo Presumível e o que quer que fosse Danika (a Presumível Prima Presumível?) era uma raridade. Uma poderosa casta ancestral era a explicação mais comum.

Danika havia passado incontáveis horas estudando a história dos bandos dominantes de metamorfos em outras cidades — por que leões governavam em Hilene, por que tigres dirigiam Korinth, por que falcões reinavam em Oia. Se a supremacia que determinava o status de Primo Alfa era herdada dentro de uma mesma família ou passada adiante. Metamorfos não predadores podiam chefiar as tropas auxiliares de uma cidade, mas era raro. Sinceramente, a maior parte daquilo fazia Bryce chorar de tédio. E se Danika alguma vez descobrira por que a família Fendyr reivindicava uma fatia tão grande da torta da supremacia, jamais havia lhe contado.

Bryce voltou a escreveu para Connor: *Boa sorte com Danika.*

Ele simplesmente respondeu: *Ela me desejou o mesmo em relação a você.*

Bryce estava prestes a guardar o telefone quando a tela acendeu de novo. Connor havia acrescentado: *Não vai se arrepender. Tive muito tempo para pensar nas diferentes maneiras de mimar você. Em toda a diversão que vamos ter.*

Stalker. Mas ela sorriu.

Vá se divertir. Vejo você em alguns dias. Me mande uma mensagem quando chegar em casa.

Ela releu a conversa duas vezes, porque era uma completa e absoluta idiota e estava cogitando pedir a Connor que deixasse a espera de lado e a encontrasse *já*, quando algo frio e metálico pressionou sua garganta.

— E você morre — cantarolou uma voz feminina.

Bryce ganiu, tentando acalmar o coração, que havia ido de estupidamente inebriado a estupidamente assustado em uma batida.

— Porra, *não* faça isso — sibilou ela, enquanto Fury afastava a faca de sua garganta e a embainhava às costas.

— Não seja um alvo fácil — retrucou Fury, com frieza, o longo cabelo cor de ônix preso em um rabo de cavalo alto que destacava os traços angulosos do rosto marrom claro.

Ela analisou a fila do Corvo, os profundos olhos castanhos absorvendo tudo e prometendo morte a qualquer um que cruzasse seu caminho. Mas sob tudo aquilo... graças aos deuses, a legging de couro preto, o top de veludo justo e as botas de matar *não* cheiravam a sangue.

Fury estudou Bryce.

— Quase não se maquiou. Aquele humano deve ter dado uma olhada em você e sacado que ia levar um pé na bunda.

— Ele estava muito ocupado com o telefone para notar.

Fury olhou acintosamente para o telefone de Bryce, ainda preso no aperto mortal de seus dedos.

— Danika vai comer seu fígado quando eu contar que a peguei distraída assim.

— É culpa da própria Danika — disparou Bryce.

Um sorriso mordaz foi a única resposta. Bryce sabia que Fury era vanir, mas não fazia ideia da espécie. Também não fazia ideia de a que casa pertencia. Perguntar era falta de educação, e a mercenária, fora a velocidade, a graça e os reflexos sobrenaturais, nunca havia revelado outra forma, nem qualquer leve indício de magia, além do básico.

Mas ela era uma civitas. Uma cidadã plena. Ou seja, Fury tinha de ser alguma coisa considerada valiosa. Levando em conta suas habilidades, a Casa de Chama e Sombra era o lugar mais adequado para ela — mesmo que Fury, com certeza, não fosse uma daemonaki, uma vampira ou mesmo um espectro. Ou uma necromante, já que seu dom parecia ser tirar vidas, não as trazer ilegalmente de volta.

— Onde está a pernuda? — perguntou Fury, pegando a garrafa de vinho da mão de Bryce e tomando um gole enquanto estudava as boates fervilhantes e os bares ao longo da rua do Arqueiro.

— Não faço ideia — respondeu Bryce. Ela deu uma piscadela para Fury e levantou o saco de raiz-alegre, balançando os doze cigarros pretos. — Descolei umas guloseimas.

O sorriso de Fury foi um lampejo de lábios vermelhos e perfeitos dentes brancos. Ela levou a mão até o bolso de trás da calça e pegou um saco de pó branco, que cintilava com uma ígnea iridescência sob o brilho do poste.

— Eu também.

Bryce estudou o pó com olhos semicerrados.

— É o que a traficante acaba de tentar me vender?

Fury ficou tensa.

— O que ela disse que era?

— Alguma nova droga recreativa... dá uma onda divina. Não sei. Supercara.

Fury franziu o cenho.

— Sintez? Fique longe disso. É uma parada sinistra.

— Certo. — Ela confiava o bastante em Fury para acatar seu conselho. Bryce espiou o pó que a amiga ainda trazia na mão. — Não posso usar nada que me faça alucinar por dias, por favor. Preciso trabalhar amanhã.

Ela precisava, ao menos, fingir ter alguma noção de como encontrar o maldito chifre.

Fury guardou a droga no sutiã preto. Tomou mais um gole do vinho antes de devolvê-lo a Bryce.

— Jesiba não será capaz de sentir nada em você, não se preocupe.

Bryce deu o braço à assassina esguia.

— Então vamos fazer nossos ancestrais se revirarem em suas tumbas.

5

Ter um encontro marcado com Connor não queria dizer que precisava se comportar agora.

Portanto, no santuário do Corvo Branco, Bryce saboreou cada prazer que lhe foi oferecido.

Fury conhecia o dono, Riso, fosse profissionalmente ou pelo que quer que ela fizesse na vida pessoal, e, assim, elas nunca precisavam ficar na fila. O extravagante metamorfo borboleta sempre deixava uma mesa reservada para elas.

Nenhum dos alegres garçons com roupas coloridas nem ao menos piscou para as carreiras de cintilante pó branco que Fury arrumou com um golpe da mão, ou para as plumas de fumaça que serpenteavam dos lábios entreabertos de Bryce enquanto ela inclinava a cabeça para o teto curvo e espelhado e gargalhava.

Juniper tinha um ensaio pela manhã, por isso se absteve de pó e fumaça e álcool. Mas aquilo não a impediu de sair furtivamente com um musculoso macho feérico, que se encantou por sua pele negra, o rosto primoroso, o crespo cabelo escuro e as pernas longas que terminavam em cascos delicados, e praticamente implorou, de joelhos, para que a fauna o tocasse.

Bryce se converteu à batida pulsante da música, à euforia que cintilava em seu sangue, mais veloz que um anjo mergulhando do céu, ao suor escorrendo por seu corpo enquanto se contorcia no antigo piso de pedra. Mal seria capaz de andar no dia seguinte, teria meio cérebro, mas puta merda... *mais, mais, mais.*

Rindo, ela mergulhou na direção da mesa baixa em sua cabine privativa entre dois pilares quase em ruínas; rindo, arqueou o corpo, uma unha pressionando uma das narinas conforme ela se jogava no banco de couro escuro; rindo, entornou água e vinho de sabugueiro e tropeçou de volta à turba de dançarinos.

A vida era boa. A vida era *boa pra caralho*, e ela mal podia esperar para fazer a Descida com Danika e repetir aquela noite até a terra virar pó.

Ela encontrou Juniper dançando em meio a um bando de fêmeas sílfides que comemoravam a Descida bem-sucedida de uma amiga. As cabeças prateadas adornadas com tiaras de bastões luminosos em tons neon, repletos da cota exclusiva de primalux que a própria amiga havia gerado quando completara com êxito o ritual. Juniper conseguira roubar um halo luminoso para si mesma, e seu cabelo brilhava com luz azulada conforme ela estendia as mãos para Bryce, seus dedos entrelaçados enquanto dançavam.

O sangue de Bryce pulsava em sincronia com a música, como se ela tivesse sido criada apenas para aquilo: o momento em que *se transmutava* em notas e ritmo e batidas, quando se tornava uma canção viva. Os olhos brilhantes de Juniper lhe diziam que ela compreendia, sempre havia compreendido a peculiar liberdade e alegria e liberação que a dança oferecia. Como se seus corpos estivessem tão cheios de som que mal podiam contê-lo, mal podiam suportá-lo, e apenas *a dança* podia expressá-lo, aplacá-lo, honrá-lo.

Machos e fêmeas se reuniram para assistir, sua luxúria cobrindo a pele de Bryce como se fosse suor. Cada movimento de Juniper espelhava os da amiga, sem nem mesmo um sopro de hesitação, como se elas fossem pergunta e resposta, sol e lua.

A bela e discreta Juniper Andromeda... era uma exibicionista. Mesmo dançando no antigo e sagrado coração do Corvo, era doce e contida, mas brilhava.

Ou talvez aquilo fosse resultado de todo caça-luz que Bryce tinha inalado.

O cabelo estava grudado no pescoço suado, os pés, totalmente entorpecidos devido ao ângulo inclinado dos saltos, a garganta arranhando de tanto gritar as músicas que explodiam pela boate.

Bryce conseguiu gravar alguns áudios para Danika... e um vídeo, porque mal conseguia ler o que chegava.

Estaria completamente ferrada se aparecesse para trabalhar no dia seguinte incapaz de *ler*.

O tempo desacelerou e se exauriu. Ali, dançando entre pilares e sobre as pedras desgastadas do templo que havia renascido, o tempo não existia afinal.

Talvez ela vivesse ali.

Abandonasse o emprego na galeria e fosse morar na boate. Eles poderiam contratá-la como dançarina de uma das gaiolas de aço penduradas no teto alto das ruínas do templo que delimitavam a pista de dança. Com certeza, não vomitariam babaquices sobre *tipo físico inadequado*. Não, eles lhe pagariam para fazer o que amava, o que a fazia se sentir mais viva que qualquer outra coisa.

Parecia um plano bem razoável, pensou Bryce enquanto tropeçava pela própria rua mais tarde, sem nenhuma lembrança de deixar o Corvo, de se despedir das amigas ou de como diabos havia chegado até ali. Táxi? Ela havia torrado todos os seus marcos em drogas. A não ser que alguém tivesse pago...

Enfim. Pensaria naquilo no dia seguinte. Isso se conseguisse dormir. Queria ficar acordada, dançar para o maldito *sempre*. Só que... Ai, os pés *doíam pra caralho*. E estavam quase pretos e *grudentos*...

Bryce hesitou do lado de fora da porta de seu prédio e gemeu enquanto desafivelava os sapatos de salto e os segurava com uma das mãos. Um código. O prédio tinha um código de entrada.

A semifeérica contemplou o teclado como se do painel fosse se abrir um par de olhos. Alguns prédios faziam aquilo.

Merda. Meeerda. Ela pegou o telefone, a ofuscante luz da tela queimava sua vista. Estreitando os olhos, conseguiu discernir algumas dezenas de alertas de mensagem. Estavam borrados. Seus olhos tentavam, sem êxito, focar o bastante para ler uma única letra que fizesse sentido. Mesmo se conseguisse, de algum modo, ligar para Danika, a amiga arrancaria seu fígado.

A campainha do interfone irritaria Danika ainda mais. Bryce se encolheu, mudando o peso do corpo de um pé para o outro.

Qual era o código? O código, o código, o cóóóóódigo...

Ah, ali estava. Enfiado em um bolso de trás de sua mente.

Com alegria, pressionou os números, em seguida ouviu o zumbido conforme a fechadura se abria com um leve sonido.

Ela fez uma careta para o fedor da escada. Aquele maldito zelador. Ela ia chutar o traseiro dele; empalá-lo com aqueles inúteis saltos vagabundos que tinham detonado seus pés...

Bryce colocou o pé descalço no degrau e estremeceu. Aquilo ia doer. Seria como andar sobre vidro.

Largou os sapatos no piso de ladrilhos, murmurando uma promessa de encontrá-los no dia seguinte, e agarrou com as duas mãos o corrimão de metal, pintado de preto. Talvez pudesse montar ali e deslizar escada acima.

Pelos deuses, como fedia. O que as pessoas naquele prédio *comiam*? Ou, a propósito, *quem* comiam? Com sorte, não semifeéricas chapadas, megadopadas, incapazes de subir uma escada.

Se Fury tivesse batizado o caça-luz com algo mais, Bryce ia *matá-la*.

Bufando com a ideia de sequer tentar matar a infame Fury Axtar, Bryce se arrastou pela escada, degrau por degrau.

Ela cogitou dormir no patamar do segundo andar, mas o cheiro era insuportável.

Talvez tivesse sorte e Connor continuasse no apartamento. E, então, ela *realmente* teria sorte.

Deuses, como queria uma boa trepada. Sexo sem barreiras, escandaloso. Sexo de quebrar a cama. Ela sabia que seria assim com Connor. Mais que isso. Não seria apenas algo físico com ele. Sinceramente, aquilo podia derreter o que havia sobrado de sua mente depois daquela noite.

Por isso vinha sendo uma covarde, por isso tinha evitado pensar no assunto desde o instante em que ele se apoiara no batente de sua porta cinco anos antes, quando fora dar um alô para Danika e conhecer a nova colega de quarto da loba, e os dois apenas... ficaram encarando um ao outro.

O fato de Connor morar a apenas quatro portas tinha sido o pior tipo de tentação em seu primeiro ano de faculdade. Mas Danika ordenara que ele mantivesse distância até que *Bryce* desse um sinal, e, apesar de ainda não fazerem parte da Matilha dos Demônios, Connor obedeceu. Parecia que Danika havia revogado a ordem naquela noite.

A adorável e maliciosa Danika. Bryce sorriu enquanto meio que se arrastava até o terceiro andar, recobrava o equilíbrio e pescava as chaves na bolsa... o que, por algum milagre, foi capaz de fazer. Cambaleou alguns passos pelo corredor que compartilhavam com outro apartamento.

Ah, Danika ficaria tão puta. *Tão* puta que Bryce não apenas tivesse se divertido sem ela, mas que tivesse ficado tão chapada que esquecera como se lia. Ou o código do prédio.

A radiância da primalux feria seus olhos de modo que ela semicerrou-os de novo, até quase fechá-los, e avançou pelo hall. Ela devia tomar um banho, se conseguisse se lembrar de como abrir a torneira. Lavar os pés imundos e dormentes.

Principalmente porque havia pisado em uma poça gelada sob o vazamento de um cano no teto. Ela estremeceu, apoiando a mão na parede, mas continuou em frente.

Merda. Muitas drogas. Mesmo seu sangue feérico não conseguia metabolizá-las com rapidez suficiente.

Mas lá estava a porta. Chaves. Certo... ela já estava com elas na mão.

Havia seis. Qual delas? Uma abria a galeria; uma abria os diversos tanques e jaulas nos arquivos; uma abria a gaiola de Syrinx; uma era da corrente de sua lambreta; uma era a chave da própria lambreta... e uma era da porta. Aquela porta.

As chaves de bronze tilintavam e balançavam, brilhando sob as primaluces, então se confundiram com a tinta metálica do corredor. Elas escorregaram dos dedos de Bryce, retumbando no piso.

— *Meeeeerda.* — A palavra saiu como um longo suspiro.

Apoiando uma das mãos no batente da porta para evitar cair de bunda no chão, Bryce se abaixou para pegar as chaves.

Algo gelado molhou a ponta de seus dedos.

Ela fechou os olhos, na tentativa de fazer o mundo parar de rodar. Quando os abriu, estudou o piso ao pé da porta.

Vermelho. E o cheiro... não era o fedor de antes.

Era sangue.

E a porta do apartamento já estava aberta.

A fechadura havia sido arrombada, a maçaneta completamente arrancada.

Ferro... a porta era de *ferro* e encantada com os melhores feitiços que o dinheiro podia comprar para repelir visitantes indesejados, agressores ou magia. Aqueles encantamentos foram a única concessão da semifeérica ao dinheiro de Danika. Bryce nem quisera saber quanto haviam custado, não quando provavelmente tinha sido o dobro do salário anual de seus pais.

Mas a porta agora parecia um pedaço de papel amassado.

Bryce se endireitou, piscando furiosa. Foda-se a droga em seu organismo... foda-se Fury. Ela havia prometido: sem alucinações.

Bryce *não* beberia ou poluiria seu corpo com aquelas drogas *nunca mais.* Seria a primeira coisa que diria a Danika pela manhã. Nunca mais. Nunca. Mais.

Ela esfregou os olhos, o rímel borrando seus dedos. Os dedos manchados de sangue...

O sangue ainda estava ali. A porta destroçada também.

— Danika? — crocitou. Se o agressor ainda estivesse dentro do apartamento... — Danika?

Aquela mão ensanguentada — sua própria mão — abriu ainda mais a porta meio destruída.

A escuridão a saudou.

O cheiro metálico de sangue... e aquele odor de podridão... golpearam Bryce.

Todo o seu corpo tensionou, cada músculo em alerta, cada instinto gritando *fuja, fuja, fuja...*

Mas sua visão feérica se ajustou ao escuro, assimilando o apartamento.

O que restava dele.

O que restava deles.

Ajuda... ela precisava buscar *ajuda*, mas...

Bryce cambaleou para dentro do apartamento revirado.

— Danika? — A palavra saiu crua, quebrada.

Os lobos tinham lutado. Não havia nem uma peça de mobília intacta, nada que não estivesse em retalhos ou estilhaçado.

Não havia nem um corpo intacto, tampouco. Membros e tufos eram tudo o que restava.

— DanikaDanikaDanika...

Ela precisava chamar alguém, precisava gritar por ajuda, precisava de Fury ou de seu irmão ou de seu pai, precisava de Sabine...

A porta do quarto de Bryce estava destruída, o batente coberto de sangue. Os pôsteres de balé em tiras. E em cima da cama...

Bryce sabia, bem no fundo, que não era uma alucinação o que via na cama, ela sabia, bem no fundo, que o que sangrava naquele peito era o próprio coração.

Danika estava deitada ali. Em frangalhos.

E, no pé da cama, o monte sobre o carpete rasgado, em pedaços ainda menores, como se tivesse tombado enquanto defendia Danika... ela sabia ser Connor.

Sabia que a pilha do lado direito da cama, mais perto de Danika... Aquele era Thorne.

Bryce encarava. E encarava.

Talvez o tempo tivesse parado. Talvez ela estivesse morta. Não podia sentir o próprio corpo.

Um estampido metálico ecoou do lado de fora. Não no apartamento, mas no corredor.

Ela se moveu. O apartamento se deformou, encolhendo e expandindo, como se respirasse, o piso subindo a cada inspiração. Mas ela conseguiu se mexer.

A pequena mesa da cozinha estava em pedaços. Seus dedos trêmulos e escorregadios por causa do sangue envolveram uma das pernas de madeira, levantando-a, em silêncio, acima do ombro. Ela espiou o corredor.

Levou algumas piscadas até a visão clarear. As malditas drogas...

A portinhola da lixeira estava aberta. Sangue com cheiro de lobo cobria a superfície de metal enferrujada, e pegadas que não pertenciam a um humano manchavam o piso de ladrilhos na direção das escadas.

Era real. Ela piscou, repetidas vezes, cambaleando contra a porta...

Real. O que significava...

De muito longe, ela se viu disparar pelo corredor.

Ela se viu bater na parede oposta e ricochetear, então se atrapalhar em uma arrancada até a escada.

O que quer que os houvesse matado devia ter ouvido quando ela chegou e se escondido dentro do duto da lixeira, esperando para surpreendê-la ou fugir despercebido...

Bryce chegou aos degraus, uma brilhante névoa branca se esgueirando em sua visão. Aquilo queimou qualquer inibição, ignorou qualquer alarme.

A porta de vidro no pé das escadas já estava estilhaçada. Pessoas gritavam do lado de fora.

Bryce saltou do alto do patamar.

Os joelhos estalaram e dobraram quando deixou para trás a escada, os pés descalços se cortando no vidro espalhado pelo chão do hall de entrada. Em seguida, se rasgaram ainda mais ao se arremessar pela porta e para a rua, procurando...

À direita, pessoas arfavam. Outras gritavam. Carros haviam parado, motoristas e passageiros olhando fixamente para o beco estreito entre seu prédio e o do lado.

Seus rostos embaçados e distendidos, transmutando o horror em algo grotesco, algo bizarro e primitivo e...

Aquilo não era nenhuma alucinação.

Bryce disparou pela rua, seguindo os gritos, o *fedor*...

A respiração rasgava seus pulmões conforme ela corria pelo beco, desviando de pilhas de lixo. O que quer que estivesse perseguindo tivera apenas uma pequena vantagem.

Onde estava? Onde estava?

Todo pensamento racional era como uma fita tremulando sobre sua cabeça. Ela os lia, como cotações da bolsa projetadas na lateral de um prédio no Distrito Comercial Central.

Um vislumbre, mesmo que não pudesse matar o assassino. Um vislumbre, apenas para identificá-lo, por Danika...

Bryce cruzou o beco, dobrando na movimentada avenida Central, a rua cheia de pessoas apressadas e buzinas de carros. Ela pulou sobre os capôs, escalando um após o outro, cada movimento suave como seus passos de dança. *Salto, giro, arco* — o corpo não a traiu. Não enquanto perseguia o fedor de podridão até outra viela. E outra e outra.

Estavam quase no Istros. Um rosnar e rugir cortou o ar à sua frente. Vinha de outro beco, quase uma alcova sem saída entre dois prédios de tijolos.

Ela ergueu a perna da mesa, desejando, em vez disso, ter trazido a espada de Danika, imaginando se a loba tivera tempo de desembainhá-la...

Não. A espada estava na galeria, onde Danika, ignorando o aviso de Jesiba, a deixara dentro do armário. Bryce dobrou a esquina do beco.

Sangue por toda parte. *Por toda parte.*

E a coisa a meio caminho do beco... não era um vanir. Pelo menos, não um que Bryce tivesse visto antes.

Um demônio? Algo feroz, com suave pele cinzenta, quase translúcida. Andava de quatro, membros espigados, mas parecia vagamente humanoide. E estava se deliciando com alguém.

Com... com um malakh.

Sangue cobria o rosto do anjo, encharcando seu cabelo e ocultando as feições inchadas, brutalizadas. As asas brancas estavam abertas e quebradas, o corpo forte arqueado em agonia conforme a besta lhe rasgava o peito com uma mandíbula de presas claras, cristalinas, que se enterravam com facilidade em pele e osso...

Bryce não pensou, não sentiu.

Ela se moveu, rápida como Randall havia lhe ensinado, brutal como ele a fizera aprender a ser.

Desceu a perna da mesa com tanta força na cabeça da criatura que osso e madeira racharam.

A criatura foi jogada para longe do anjo e girou, as pernas traseiras crispadas sob o corpo, enquanto as dianteiras — *os braços* — talhavam sulcos no paralelepípedo.

A criatura não tinha olhos. Apenas uma extensão lisa de osso sobre gretas profundas... o nariz.

E o sangue que pingava de sua têmpora... era translúcido, não vermelho.

Bryce ofegou, o macho malakh gemendo alguma súplica ininteligível enquanto a criatura a farejava.

A semifeérica piscou e piscou, forçando o caça-luz e a raiz-alegre a saírem de seu organismo, forçando a imagem adiante a parar de embaçar...

A criatura atacou. Não a ela... mas ao anjo. De volta ao torso e ao coração que tentava alcançar. A presa mais notável.

Bryce se lançou à frente, a perna da mesa de novo em riste. O choque contra o osso ecoava em sua palma. A criatura rugiu, investindo às cegas.

A semifeérica se desviou, mas as presas afiadas e cristalinas rasgaram sua coxa conforme ela se virava.

Bryce gritou, perdendo o equilíbrio, e golpeou para cima enquanto a criatura saltava de novo, daquela vez para sua garganta.

Madeira acertou aqueles dentes claros. O demônio guinchou, tão alto que os tímpanos feéricos quase se romperam, e Bryce ousou apenas olhar...

Raspar de garras, um sibilar, e então o monstro se foi.

Já virava a esquina do prédio em que o malakh se apoiava. Ela podia seguir a criatura pelas ruas, não perdê-la de vista pelo tempo necessário para que o Aux ou a 33ª chegassem...

Bryce ousara dar um passo adiante quando o anjo gemeu de novo. A mão contra o peito, pressionando debilmente. Não com a força necessária para estancar o sangue que corria da ferida mortal.

Mesmo com a cicatrização rápida, mesmo que tivesse completado a Descida, os ferimentos eram graves o bastante para serem fatais.

Alguém gritou em uma rua próxima quando a criatura saltou entre os prédios.

Vá, vá, *vá*.

O rosto do anjo estava tão ferido que era pouco mais que um pedaço de carne inchada.

A perna da mesa retumbou em uma poça de sangue quando Bryce se precipitou na direção do anjo, engolindo o grito de dor pelo talho ardente em sua coxa. Alguém havia vertido *ácido* em sua pele, seus ossos.

Uma escuridão insuportável e impenetrável a envolvia como um cobertor.

Mas ela enfiou a mão na ferida do anjo, não se permitindo sentir o sangue, a carne rasgada, o osso partido do esterno fendido... A criatura tentara abrir caminho a dentadas até seu coração...

— Telefone — ofegou ela. — Você tem um telefone?

A asa branca do anjo estava tão destroçada que parecia feita de aguilhões rubros. Mas ele se virou de leve para revelar o bolso do jeans preto. O volume quadrado no interior.

Como ela conseguiu pegar o telefone com apenas uma das mãos era um mistério. O tempo ainda rasgava, acelerava e parava; a dor em sua perna lancinante a cada respiração.

Mas ela agarrou o lustroso aparelho preto nas mãos trêmulas, as unhas vermelhas quase se quebrando com a força com que digitou o número de emergência.

Uma voz masculina atendeu ao primeiro toque.

— Emergência da Cidade da Lua Crescente...

— Socorro. — A voz falhou. — *Socorro.*

Uma pausa.

— Senhorita, preciso que especifique onde está, qual a situação.

— Praça da Cidade Velha. Rio... à margem do rio, perto da rua Cisne Novo... — Mas aquele era seu endereço. Estava a quarteirões de lá. Não conhecia as transversais. — Por favor... por favor, me ajude.

O sangue do anjo empapava seu colo. Seus joelhos estavam sangrando, em carne viva.

E Danika estava

E Danika estava

E Danika estava

— Senhorita, preciso que me diga onde está... podemos mandar lobos até o local em um minuto.

Então ela soluçou, e os dedos flácidos do anjo roçaram seu joelho ferido. Como se para confortá-la.

— Telefone — conseguiu dizer, interrompendo o atendente. — O telefone dele... rastreie o aparelho, nos rastreie. Ache a gente.

— Senhorita, você...

— *Rastreie esse número de telefone.*

— Senhorita, preciso de um minuto para...

Ela abriu a tela inicial do telefone, passando apressada pelos aplicativos, até que encontrou o número sozinha.

— *112 03 0577.*

— Senhorita, os registros são...

— *112 03 0577*! — berrou ela no telefone, repetidas vezes. — *112 03 0577*!

Era tudo de que conseguia se lembrar. Aquele estúpido número.

— Senhorita... pelos deuses. — A linha crepitou. — Eles estão indo — sussurrou o atendente.

Ele tentou perguntar sobre os ferimentos do macho, mas Bryce deixou o telefone do anjo cair quando as drogas a reivindicaram outra vez, puxando-a para baixo, e então ela cambaleou. O beco parecia disforme e ondulante.

O olhar do anjo encontrou o seu, tão cheio de agonia que Bryce imaginou se tratar da própria alma.

O sangue do malakh fluía entre os dedos da semifeérica. E não parou.

6

A fêmea semifeérica parecia um demônio.

Não, não um demônio, Isaiah Tiberian se deu conta ao observá-la pelo espelho falso do centro de detenção da legião. Ela parecia a morte.

Parecia os soldados que ele vira entrincheirados nos sangrentos campos de batalha de Pangera.

Ela estava sentada à mesa de metal no meio da sala de interrogatório, olhando para o vazio. Como fizera nas últimas horas.

Bem diferente da fêmea que Isaiah e sua unidade encontraram aos gritos e se debatendo no beco da Praça da Cidade Velha, o vestido cinza rasgado, a coxa esquerda jorrando sangue suficiente para ele acreditar que ela desmaiaria. Havia parecido quase enlouquecida, talvez por conta do terror que testemunhara, do pesar que lhe dominava ou das drogas que corriam em suas veias.

Provavelmente uma combinação dessas três coisas. E, levando em conta que não apenas era uma fonte de informação sobre o ataque, como também um perigo para si mesma, Isaiah tomou a decisão de levá-la ao estéril centro de triagem subterrâneo, a alguns quarteirões do Comitium. Uma testemunha, deixara bem claro nos registros. Não uma suspeita.

Ele suspirou profundamente, resistindo ao impulso de encostar a testa no vidro da janela de observação. Apenas o incessante zumbido das primaluces sobre sua cabeça enchia o espaço.

O primeiro momento de tranquilidade de que havia gozado em horas. Não tinha a menor dúvida de que acabaria em breve.

Como se a ideia tivesse tentado a própria Urd, uma ríspida voz de macho perguntou da porta a suas costas.

— Ela ainda não falou?

Foram precisos quase dois séculos de treinamento, dentro e fora do campo de batalha, para que Isaiah não se encolhesse ao som daquela voz. Para que se virasse lentamente na direção do anjo que sabia estar apoiado no batente da porta, vestido com o costumeiro traje de batalha preto; um anjo que tanto a razão quanto a história lhe lembravam que era um aliado, embora seu instinto bradasse o contrário.

Predador. Assassino, Monstro.

Entretanto, os cortantes olhos sombrios de Hunt Athalar permaneciam fixos na janela. Em Bryce Quinlan. Nem uma das penas cinzentas de suas asas farfalhou. Desde os primeiros dias na 17ª Legião, no sul de Pangera, Isaiah tentara ignorar o fato de que Hunt parecia existir dentro de um permanente ondular de quietude. Era o silencioso arauto do trovão, como se toda a terra prendesse o fôlego em sua presença.

Levando em conta o que vira Hunt fazer com inimigos e alvos designados, não parecia nenhuma surpresa.

O olhar de Hunt se desviou em sua direção.

Certo. Ele lhe fizera uma pergunta.

— Ela não disse uma palavra desde que foi trazida para cá.

Mais uma vez, Hunt observou a fêmea através do vidro.

— A ordem para transferi-la de sala já chegou?

Isaiah sabia muito bem a que tipo de sala Hunt se referia. Salas destinadas a fazer as pessoas falarem. Até mesmo testemunhas.

Isaiah endireitou a gravata de seda preta e dirigiu uma hesitante súplica aos cinco deuses, pedindo que seu terno cinza-chumbo não acabasse manchado de sangue antes do nascer do sol.

— Ainda não.

Hunt assentiu uma vez, o rosto marrom não traía emoção alguma.

Isaiah examinou o anjo, já que tinha certeza absoluta de que Hunt não iria dizer nada sem que ele perguntasse. Nenhum sinal do elmo em forma de caveira que lhe rendera o apelido sussurrado em cada corredor e rua da Cidade da Lua Crescente: o *Umbra Mortis*.

A Sombra da Morte.

Incapaz de decidir se ficava aliviado ou preocupado pela ausência do infame elmo de Hunt, Isaiah entregou, sem dizer uma palavra, o dossiê fino ao assassino particular de Micah.

Ele se certificou de que os dedos não tocassem a mão enluvada de Hunt. Não quando sangue ainda manchava o couro, o forte odor se esgueirando pela sala. Ele reconheceu a essência angélica naquele sangue, então o outro cheiro tinha de ser o de Bryce Quinlan.

Isaiah acenou com o queixo para a sala de interrogatório revestida de azulejos brancos.

— Bryce Quinlan, 23 anos, semifeérica, mestiça humana. Testes de sangue feitos há dez anos confirmam expectativa de vida imortal. Nível de poder quase insignificante. Ainda não fez a Descida. Listada como civitas plena. Encontrada no beco, tentando impedir, com as próprias mãos, que o coração de um dos nossos pulasse para fora.

As palavras soaram absurdamente técnicas. Mas ele julgava Hunt bem versado nos detalhes. Aliás, ambos. Afinal, os dois haviam estado naquele beco. E sabiam que, mesmo ali, na segurança da sala de observação, seria uma tolice arriscar dizer qualquer coisa delicada em voz alta.

Foram necessários os dois para ajudar Bryce a se levantar, apenas para que ela desmoronasse contra Isaiah; não de angústia, mas de dor.

Hunt fora o primeiro a perceber: a coxa da semifeérica tinha sido lacerada.

Mesmo assim, ela se comportara de modo quase selvagem, debatendo-se quando os dois a sentaram de novo no chão; Isaiah chamara uma medbruxa enquanto o sangue jorrava da ferida. Uma artéria havia sido atingida. Fora um maldito milagre que não tivesse morrido antes que chegassem.

Hunt havia soltado uma sucessão de impropérios ao se ajoelhar a sua frente, e Bryce reagira, quase acertando-o no saco. Mas, então, ele havia tirado o elmo. E a olhado nos olhos.

E mandado que se acalmasse, porra.

Ela ficara em completo silêncio. Apenas encarara Hunt, impassível e apática. Nem mesmo piscara a cada golpe do grampeador que Hunt havia pegado no pequeno estojo de primeiros-socorros embutido em sua armadura. Bryce havia apenas encarado e encarado e encarado o Umbra Mortis.

Hunt, por sua vez, não tinha se demorado depois de fechar o ferimento na perna da fêmea. Havia se lançado na noite para fazer o que fazia melhor: caçar seus inimigos e eliminá-los.

Como se percebendo o sangue nas luvas, Hunt xingou e as descalçou, jogando-as na lixeira de metal ao lado da porta.

Em seguida, o macho folheou o pequeno arquivo sobre Bryce Quinlan, o cabelo preto na altura dos ombros escondia a expressão indecifrável.

— Parece que é a típica garota festeira e mimada — disse ele, virando as páginas, o canto de sua boca curvando-se em um meio-sorriso que era tudo, menos divertido. — E, que surpresa: ela divide apartamento com Danika Fendyr, a Princesa Baladeira em pessoa.

Ninguém além da 33ª usava aquele apelido... porque ninguém mais em Lunathion, nem mesmo a realeza feérica, teria ousado. Mas Isaiah sinalizou para que prosseguisse. Hunt havia deixado o beco antes que conhecesse o verdadeiro escopo daquela tragédia.

Hunt continuou a ler. As sobrancelhas dele se ergueram.

— Puta Urd.

Isaiah estava preparado.

Os olhos sombrios de Hunt se arregalaram.

— Danika Fendyr está morta? — Ele leu mais um pouco. — Assim como toda a Matilha dos Demônios. — Hunt balançou a cabeça e repetiu: — Puta Urd.

Isaiah pegou o arquivo de volta.

— Estamos completa e totalmente fodidos, meu amigo.

Hunt rangeu os dentes.

— Não encontrei nenhuma pista do demônio que fez isso.

— Eu sei. — Diante do olhar questionador de Hunt, Isaiah esclareceu: — Se tivesse encontrado, estaria segurando uma cabeça decapitada em suas mãos neste exato momento, e não um arquivo.

Isaiah estivera presente nas diversas ocasiões em que Hunt havia feito exatamente aquilo: retornado triunfante de uma missão caça-demônios para a qual fora recrutado por qualquer que fosse o arcanjo no comando.

A boca de Hunt se franziu de leve, como se o anjo se lembrasse da última vez que apresentara uma execução de tal maneira, mas ele cruzou os braços fortes. Isaiah ignorou a inerente superioridade naquela postura. Havia uma hierarquia entre eles, o time de cinco guerreiros que compunha a triários — a elite entre todas as unidades da Legião Imperial. A pequena cabala de Micah.

Embora Micah tivesse nomeado Isaiah Comandante da 33ª, jamais o havia declarado oficialmente seu líder. Mas Isaiah sempre presumira estar no topo... implícito, o melhor soldado entre os triários, apesar do terno e gravata sofisticados.

Onde Hunt se encaixava, entretanto... na verdade ninguém tinha decidido desde que chegara de Pangera, fazia dois anos. E Isaiah tampouco estava bem certo de que queria saber.

Rastrear e eliminar quaisquer demônios que se esgueiravam pelas rachaduras na Fenda do Norte ou entravam naquele mundo por invocação ilegal era sua função oficial, e mais que adequada ao peculiar conjunto de habilidades de Hunt. Somente os deuses sabiam quantos demônios ele havia caçado ao longo dos séculos, desde aquela primeira unidade pangerana em que serviram juntos, a 17ª, dedicada a mandar as criaturas para o além-túmulo.

Mas o trabalho que Hunt executava nas sombras para os arcanjos — no momento para Micah — era o que havia lhe rendido sua alcunha. Hunt respondia diretamente a Micah, e o restante da Legião ficava fora de seu caminho.

— Naomi acaba de prender Philip Briggs pelos assassinatos — revelou Isaiah, referindo-se à capitã da infantaria da 33ª. — Briggs saiu da cadeia hoje... e Danika e a Matilha dos Demônios foram os responsáveis por sua prisão em primeiro lugar. — Que tal honra tenha escapado à 33ª era algo que irritava profundamente Isaiah. Pelo menos, Naomi tinha sido quem o recapturara naquela noite. —

Como diabos um humano como Briggs conseguiu invocar um demônio tão poderoso, não faço ideia.

— Suponho que logo iremos descobrir — disse Hunt, sombrio. Sim, com certeza.

— Briggs precisa ser um imbecil completo para planejar uma chacina de tal porte logo depois de ter sido libertado.

Mas o líder dos rebeldes da Keres — um ramo da insurreição maior, Ophion — jamais parecera um imbecil. Apenas um fanático determinado a começar um conflito que espelhasse a guerra travada além-mar.

— Ou talvez Briggs tenha aproveitado para agir em sua única chance de liberdade, antes que encontrássemos uma desculpa para colocá-lo sob custódia outra vez — argumentou Hunt. — Ele sabia que seu tempo era curto, e fez questão de levar a melhor sobre os vanir.

Isaiah balançou a cabeça.

— Que bagunça. — Era o eufemismo do século.

Hunt suspirou.

— A imprensa desconfia de algo?

— Ainda não — respondeu Isaiah. — E há pouco recebi ordens para ficarmos de boca fechada... mesmo se o assunto estampar as manchetes amanhã pela manhã.

Os olhos de Hunt brilharam.

— Não tenho a quem contar.

De fato, Hunt desconhecia o conceito de *amigos*. Mesmo entre os triários, depois de dois anos de convivência, ele continuava reservado. Ainda trabalhava incansavelmente em busca de uma coisa: liberdade. Ou melhor, a vaga hipótese de liberdade.

Isaiah suspirou.

— Quanto tempo até Sabine chegar?

Hunt checou seu telefone.

— Sabine está a caminho neste... — A porta se escancarou. Os olhos de Hunt pestanejaram. — Instante.

Sabine parecia pouca coisa mais velha que Bryce Quinlan, o rosto anguloso e comprido, o cabelo louro platinado, a raiva imortal brilhando em seus olhos azuis.

— Onde está aquela puta mestiça... — A loba fervilhava quando avistou Bryce pela janela. — Vou *matá-la*...

Isaiah estendeu uma asa branca para barrar o caminho da Prima Presumível até a porta e a sala de interrogatório, alguns passos à esquerda.

Hunt assumiu uma postura relaxada do outro lado de Sabine. Relâmpagos dançavam nos nós de seus dedos.

Uma leve demonstração do poder que Isaiah já testemunhara ser disparado contra seus inimigos: raios capazes de destruir um prédio.

Quando se tratava de um anjo comum ou arcanjo, o poder era sempre alguma variação do mesmo tema: chuva, tempestades, um tornado ocasional... O próprio Isaiah podia conjurar ventos capazes de repelir um ataque, mas não havia registro de ninguém que possuísse a habilidade de Hunt para comandar relâmpagos. Tinha sido sua salvação e sua destruição.

Isaiah soprou uma de suas brisas gélidas pelo cabelo cor de trigo de Sabine, até onde estava Hunt.

Os dois sempre trabalharam bem juntos; Micah tivera consciência do fato quando colocou Hunt com Isaiah dois anos antes, apesar da coroa de espinhos tatuada em suas testas. A maior parte da marca de Hunt ficava escondida sob o cabelo escuro, mas não havia como disfarçar a fina faixa em seu cenho.

Isaiah mal se lembrava da aparência do amigo antes que aquelas bruxas pangeranas o marcarem, entrelaçando os feitiços infernais na própria tinta para que seus crimes jamais fossem esquecidos, de modo que a bruxaria controlasse a maior parte de seu poder.

O halo, como o chamavam... um arremedo da auréola divina com a qual os primeiros humanos retrataram os anjos.

Não havia como esconder na testa de Isaiah, tampouco, a tatuagem igual à de Hunt e às dos quase dois mil anjos rebeldes que tinham sido tão idealistas, tolos corajosos, dois séculos atrás.

Os asteri haviam criado os anjos para serem perfeitos soldados e servos leais. Os anjos, dotados de tamanho poder, haviam apreciado seu lugar no mundo. Até Shahar, a arcanja que um dia chamaram de Estrela da Manhã. Até Hunt e os outros que haviam voado em sua unidade de elite, a 18ª Legião.

Sua rebelião tinha fracassado... apenas para que os humanos começassem a própria, quarenta anos antes. Uma causa diferente, um grupo e uma espécie de guerreiros diferentes, mas o sentimento era essencialmente o mesmo: a República era o inimigo, as rígidas hierarquias, pura bobagem.

Quando os rebeldes humanos começaram sua guerra, um dos idiotas devia ter perguntado aos anjos caídos como sua rebelião terminara, muito antes daqueles humanos sequer terem nascido. Com certeza, Isaiah poderia ter lhes dado algumas dicas do que não fazer. E explicado sobre as consequências.

Porque não havia como esconder a segunda tatuagem, estampada em seu punho direito: *SPQM*.

As quatro letras adornavam cada bandeira e papel timbrado da República — cercadas por sete estrelas — e adornavam o punho de cada ser possuído por ela. Até mesmo se Isaiah arrancasse o braço fora, o membro regenerado ostentaria a marca. Tamanho o poder da tinta de bruxa.

Um destino pior que a morte: tornar-se um eterno escravizado daqueles a quem tentaram derrubar.

Decidido a poupar Sabine do método Hunt de solução de problemas, Isaiah perguntou, suavemente:

— Entendo que esteja sofrendo, mas tem algum motivo, Sabine, para querer Bryce morta?

Sabine rosnou, apontando para Bryce.

— Ela pegou a espada. Aquela aspirante à loba pegou a espada de Danika. Sei que foi ela. Não está no apartamento... e é *minha*.

Isaiah havia repassado aqueles detalhes: que a relíquia da família Fendyr tinha desaparecido. Mas não havia provas de que Bryce Quinlan estava com ela.

— O que a espada tem a ver com a morte de sua filha?

Raiva e angústia guerreavam no semblante feroz da loba. Sabine balançou a cabeça, ignorando a pergunta.

— Danika não conseguia ficar longe de problemas. Jamais conseguira manter a boca *fechada*. Não sabia quando se calar na presença de inimigos. E veja o que lhe aconteceu. Aquela cadela estúpida está ali, respirando, e Danika *não* — disse ela, a voz quase falhando. — Danika devia ter tido mais juízo.

— Ter tido mais juízo sobre o quê? — perguntou Hunt, com um tom mais gentil.

— Tudo — disparou Sabine, e de novo balançou a cabeça, espantando a dor. — A começar por aquela vadia com quem dividia o apartamento. — Ela se virou para Isaiah, o retrato da ira. — Conte-me *tudo*.

— Ele não tem de lhe dizer porra nenhuma, Fendyr — retrucou Hunt, com frieza.

Como Comandante da 33ª Legião Imperial, Isaiah ocupava a mesma posição hierárquica que Sabine: ambos tinham assentos nos mesmos conselhos governamentais, ambos respondiam a machos de grande poder nas próprias fileiras e casas.

Os caninos de Sabine se alongaram enquanto a loba estudava Hunt.

— Por acaso falei com você, Athalar?

Os olhos de Hunt brilharam. Mas Isaiah pegou seu telefone enquanto interrompia calmamente os dois.

— Ainda estamos reunindo provas. No momento, Viktoria está a caminho para conversar com a Srta. Quinlan.

— Vou falar com ela — sibilou Sabine, os dedos crispados, como se prontos a rasgar a garganta de Hunt.

O anjo lhe lançou um sorriso incisivo como se a desafiasse a tentar, os relâmpagos se enrodilhando dos nós dos dedos até o punho dele.

E, para a sorte de Isaiah, a porta da sala de interrogatório se abriu e uma mulher de cabelo escuro, em um imaculado tailleur azul--marinho, entrou.

Eram uma fachada, aqueles terninhos que Viktoria usava. Uma espécie de armadura, sim, mas também uma tentativa desesperada de fingir que eram, ao menos remotamente, mundanos.

Não era de admirar que Hunt jamais tenha se importado com aquilo.

Conforme Viktoria se aproximava graciosamente, Bryce nem tomou conhecimento da deslumbrante fêmea que, em geral, virava a cabeça das pessoas de *todas* as casas ao passar.

Mas Bryce estivera daquela maneira havia horas. Sangue ainda manchava a atadura branca em sua coxa nua. Viktoria farejou com delicadeza, os olhos verde-claros se estreitando abaixo do halo tatuado em sua testa. A espectro tinha sido um dos poucos não malakim que se rebelara dois séculos antes. Ela fora entregue a Micah pouco depois, e sua punição extrapolara a tatuagem no cenho e as marcas de escravidão. Nem remotamente tão brutal quanto a que Isaiah e Hunt sofreram no calabouço dos asteri e, posteriormente, nas várias masmorras dos arcanjos, mas uma forma particular de tormento, que perdurou mesmo depois que o deles havia acabado.

— Srta. Quinlan — disse Viktoria.

Bryce não respondeu.

A espectro pegou uma cadeira de metal de perto da parede e a arrastou até o outro lado da mesa.

— Pode me dizer quem foi o responsável pelo massacre de hoje à noite?

Nem mesmo um suspiro. Sabine rosnou suavemente.

A espectro cruzou as mãos cor de alabastro no colo, a excepcional elegância era o único sinal do poder milenar que ondulava sob a superfície calma.

Vik não possuía um corpo próprio. Embora a espectro tenha lutado na 18ª, Isaiah só tomara conhecimento da história dela quando chegara ali, dez anos antes. Como Viktoria tinha adquirido aquele corpo em particular, a quem pertencera antes, ele jamais perguntou. Ela não lhe contara. Espectros vestiam corpos como as pessoas compravam carros. Espectros vaidosos os trocavam com frequência, em geral ao primeiro sinal de desgaste, mas Viktoria se apegara àquele por mais tempo que o normal, gostava do biotipo e da mobilidade, dissera.

Agora ela se agarrava a ele porque não tinha escolha. Fora o castigo por sua rebelião: Micah prendeu-a dentro daquele corpo. Para sempre. Sem mais mudanças, sem mais trocas por um modelo mais novo e sofisticado. Por duzentos anos, Vik fora contida, forçada a suportar a lenta erosão do corpo, já plenamente visível: as linhas finas ao redor dos olhos, o vinco profundo na testa, acima da coroa de espinhos tatuada ali.

— Quinlan está em choque — observou Hunt, monitorando cada respiração de Bryce. — Não vai falar.

Isaiah estava inclinado a concordar, até que Viktoria abriu a pasta e examinou um pedaço de papel.

— Na minha opinião, acredito que você não esteja em completo controle de seu corpo e de suas ações no momento — comentou a espectro.

Em seguida, leu uma lista de drogas e álcool capaz de parar um coração humano. A propósito, o de um vanir menor também.

Hunt xingou de novo.

— Há alguma coisa que ela não tenha cheirado ou fumado esta noite?

Sabine se eriçou.

— Lixo mestiço...

Isaiah lançou um olhar para Hunt. Era tudo de que precisava para dar seu recado.

Nunca uma ordem... ele jamais ousaria mandar em Hunt. Não quando o macho possuía um temperamento explosivo que já havia transformado unidades inteiras do exército imperial em cinzas. Mesmo que os feitiços do halo restringissem aqueles relâmpagos a um décimo da força, a habilidade do anjo como guerreiro mais que compensava.

Mas Hunt baixou o queixo, único sinal de que concordara com o pedido de Isaiah.

— Vai precisar preencher uma papelada lá em cima, Sabine. — Hunt suspirou, como se lembrasse que a loba era uma mãe que havia perdido a única filha naquela noite, e acrescentou: — Se precisar de um tempo sozinha, tudo bem, mas precisa assinar...

— Foda-se assinar coisas e foda-se um tempo para mim. Crucifique a vadia se precisar, mas faça-a depor.

Sabine cuspiu nos ladrilhos aos pés das botas de Hunt.

Éter saturou a língua de Isaiah conforme Hunt lançava à loba um olhar frio, único aviso a seus oponentes no campo de batalha. Nenhum jamais havia sobrevivido ao que acontecia em seguida.

Sabine pareceu se lembrar daquilo e, sabiamente, se precipitou pelo corredor. Flexionou a mão quando o fez, quatro garras afiadas como navalhas aparecendo, e golpeou a porta de metal.

Hunt sorriu para a silhueta em retirada. Um alvo sob sua mira. Não naquele dia, nem sequer no dia seguinte, mas em algum momento no futuro...

E as pessoas alegavam que metamorfos se davam melhor com anjos que com feéricos.

— Temos imagens de vídeo da Corvo Branco que confirmam sua localização. Temos imagens de sua caminhada para casa — dizia Viktoria para Bryce, com gentileza.

Câmeras monitoravam toda Lunathion, com cobertura audiovisual sem precedentes, mas o prédio de Bryce era velho e os monitores obrigatórios nos corredores não tinham sofrido reparos em décadas. O senhorio receberia uma visita naquela noite, por causa das violações do código que haviam fodido com toda a investigação. Um fiapo mínimo de áudio foi tudo o que as câmeras do prédio conseguiram captar... apenas o áudio. Não mostravam nada que já não soubessem. Os telefones de toda a Matilha dos Demônios haviam sido destruídos no ataque. Nenhuma mensagem fora enviada.

— O que não temos, Bryce — continuou Viktoria —, são imagens do que aconteceu naquele apartamento. Pode me contar?

Devagar, como se flutuasse de volta ao corpo maltratado, Bryce virou os olhos cor de âmbar para Viktoria.

— Onde está a família da garota? — perguntou Hunt, ríspido.

— A mãe humana vive com o parceiro em uma cidade nas montanhas do norte... ambos peregrini — respondeu Isaiah. — Pai desconhecido ou se recusou a assumir a paternidade. Feérico, claro. E provavelmente de alguma projeção, já que se preocupou em lhe conseguir status de civitas.

A maioria dos filhos de mães humanas herdava sua condição de peregrini. E, embora Bryce tivesse algo da elegante beleza feérica, o rosto a distinguia como humana — a pele reluzente, o punhado de sardas no nariz e os malares angulosos, os lábios cheios. Mesmo que as mechas de sedoso cabelo ruivo e as orelhas pontudas fossem puramente feéricos.

— Os pais humanos foram notificados?

Isaiah passou a mão pelos curtos cachos castanhos. Ele fora despertado pelo toque agudo do telefone às duas da manhã, deixara o quartel às pressas um minuto depois, e agora começava a sentir os efeitos de uma noite insone. Com certeza, a aurora não tardava.

— A mãe ficou histérica. Não parava de perguntar se sabíamos por que atacaram o apartamento, ou se fora Philip Briggs. Ela viu no noticiário que ele tinha sido libertado por algum detalhe técnico, e está certa de seu envolvimento. Despachei uma patrulha da 31ª imediatamente; os pais estarão no ar em uma hora.

A voz de Viktoria vazou pelo intercomunicador enquanto continuava o interrogatório.

— Pode descrever a criatura que atacou seus amigos?

Mas Bryce Quinlan se retraíra outra vez, olhos vagos.

Eles tinham imagens indistintas graças às câmeras da rua, mas o demônio havia se movido mais rápido que o vento, com o cuidado de se manter fora do alcance das lentes. Ainda não haviam sido capazes de identificá-lo. Tudo o que tinham era um borrão vago e cinzento, que nenhuma câmera lenta podia elucidar. E Bryce Quinlan, correndo descalça pelas ruas.

— Aquela garota não está pronta para um depoimento — constatou Hunt. — Isso é perda de tempo.

— Por que Sabine odeia tanto Bryce... por que insinuar que a garota tem alguma coisa a ver com isso? — perguntou Isaiah, no entanto. Quando Hunt não respondeu, Isaiah indicou com o queixo os dois arquivos sobre a mesa. — Dê uma olhada no de Quinlan. Apenas um crime comum antes disso... por atentado ao pudor durante o desfile do Solstício de Verão. Ela se animou contra um muro e foi pega no flagra. Passou a noite na cadeia, pagou a fiança no dia seguinte, fez serviço comunitário por um mês e saiu com a ficha limpa.

Isaiah poderia jurar que uma sombra de sorriso curvou os lábios de Hunt.

Mas bateu com o dedo calejado na impressionante pasta ao lado.

— Esta é parte de *um* dos arquivos sobre Danika Fendyr. De sete. Começa com um pequeno furto aos 10 anos, continua até atingir a maioridade, há cinco anos. Então, misteriosamente, silêncio. Se quer saber minha opinião, Bryce foi levada para o mau caminho... e, depois, talvez tenha guiado Danika para fora do mesmo.

— Não o bastante para impedi-la de cheirar caça-luz o suficiente para derrubar um cavalo — argumentou Hunt. — Suponho que ela não tenha festejado sozinha. Havia outras pessoas com ela?

— Duas. Juniper Andromeda, fauna solista do Balé da Cidade, e... — Isaiah abriu o arquivo e resmungou uma prece. — Fury Axtar.

Hunt praguejou baixinho ao ouvir o nome da mercenária.

Fury Axtar tinha licença para matar em meia-dúzia de países. Incluindo aquele.

— Fury estava com Quinlan esta noite? — perguntou Hunt.

Seus caminhos haviam cruzado com o da mercenária vezes o bastante para preferirem manter distância. Micah até mesmo ordenara a Hunt que a matasse. Duas vezes.

Mas a assassina tinha aliados poderosos. Alguns, diziam os boatos, no Senado Imperial. Portanto, em ambas as ocasiões, Micah havia decidido que a transformação de Fury Axtar em torrada pelas mãos do Umbra Mortis traria mais problemas do que valia a pena.

— Sim — respondeu Isaiah. — Fury estava com ela na boate.

Hunt franziu o cenho. Viktoria se inclinou para falar uma vez mais com Bryce.

— Estamos tentando descobrir o culpado. Pode nos dar a informação de que precisamos?

Sentada à frente da espectro havia apenas uma casca.

— Quero ajudá-la. Quero encontrar quem fez isso. E puni-lo — continuou Viktoria naquele ronronar que, geralmente, fazia as pessoas comerem em sua mão.

Viktoria enfiou a mão no bolso, pegou o telefone e o colocou sobre a mesa, a tela voltada para cima. Imediatamente, seu conteúdo digital apareceu no pequeno monitor da sala de Isaiah e Hunt. Os anjos alternavam o olhar entre o espectro e a tela em que uma série de mensagens se abria.

— Baixamos os dados de seu telefone. Pode repassá-los comigo?

Olhos vidrados acompanharam uma pequena tela que se ergueu de um compartimento secreto no piso de linóleo. O monitor exibia as mesmas mensagens que Isaiah e Hunt liam naquele momento.

A primeira, enviada por Bryce, dizia: *Noites de TV são para filhotes de rabinho abanando. Venha brincar com as cachorronas.*

Em seguida, um vídeo curto, escuro e tremido, ao fundo uma gargalhada, enquanto Bryce virava a câmera, se inclinava sobre uma carreira de pó branco — caça-luz — e cheirava com o nariz sardento. Ela ria, tão viva e alegre que a mulher à frente dos anjos naquela sala parecia um cadáver estripado, então gritou para a câmera: *RELAXE, DANIKAAAAA!*

A resposta de Danika era precisamente o que Isaiah esperava da Prima Presumível dos lobos, a quem somente tinha visto a distância, em ocasiões formais, e que lhe havia parecido pronta a espalhar o caos por onde passasse: *CARALHO, ODEIO VOCÊ. PARE DE CHEIRAR CAÇA-LUZ SEM MIM. BABACA.*

Uma princesa baladeira, de fato.

Bryce havia escrito vinte minutos depois: *Acabo de pegar alguém no banheiro. Não conte a Connor.*

Hunt balançou a cabeça.

Mas Bryce continuou sentada ali, enquanto Viktoria lia as mensagens em voz alta, a expressão da espectro impassível.

Danika retrucou: *Foi bom?!!?*

Apenas para desopilar.

— Isso não é relevante — murmurou Hunt. — Tire Viktoria de lá.

— Temos nossas ordens.

— Fodam-se as ordens. Aquela mulher está próxima do colapso, e não de um modo vantajoso.

Então Bryce parou de responder a Danika.

Mas Danika continuou a enviar mensagens. Uma após a outra. Por duas horas.

O programa acabou. Onde vocês estão, babacas?

Por que não está atendendo o telefone? Vou ligar para Fury.

Onde DIABOS está Fury?

Juniper nunca leva o telefone, por isso nem vou me incomodar em tentar. Onde você está?!!!

Devo ir até a boate? A matilha sai em dez minutos. Pare de trepar com estranhos no banheiro, porque Connor vai comigo.

BRYYYYCE. Quando olhar seu telefone, espero que os 1.000 alertas te deixem puta.

Thorne está dizendo para eu não mandar mais mensagens. Mandei ele cuidar da própria vida.

Connor pede que você cresça e pare de usar drogas sinistras, porque só idiotas fazem essa merda. Ele não ficou nada feliz quando eu disse que não tinha certeza de poder deixar você namorar um puritano caga-regra.

Ok, vamos sair em cinco. Vejo você em breve, boqueteira. Se anime.

Bryce encarava a tela sem nem piscar, o rosto de uma palidez doentia devastado sob a luz do monitor.

— Quase todas as câmeras do prédio estão quebradas, mas a do corredor ainda foi capaz de registrar algum som, embora as imagens de vídeo não estejam disponíveis — explicou Viktoria, com calma. — Devo reproduzi-lo?

Nenhuma resposta. Então Viktoria rodou a gravação.

Um rosnar abafado e gritos encheram os alto-falantes... tão baixo que parecia óbvio que a câmera do corredor tinha registrado apenas os sons mais altos vindo do apartamento. E, em seguida, alguém rugia... um feroz rosnado lupino. *Por favor, por favor...*

As palavras foram interrompidas. Mas o áudio da câmera não.

Danika Fendyr gritava. Alguma coisa rolou e se espatifou ao fundo... como se ela tivesse sido lançada contra a mobília. E a câmera do corredor continuou a gravar.

A gritaria prosseguiu, mais e mais. Interrompida apenas pelo sistema defeituoso da câmera. Os grunhidos e rugidos pareciam molhados e perversos. E Danika implorava, chorando enquanto pedia por misericórdia, urrava e gritava que aquilo parasse...

— Desligue isso — ordenou Hunt, saindo da sala. — Desligue isso *agora.*

Ele se moveu tão rápido, cruzando o espaço até a porta e a abrindo sem hesitação, que Isaiah não conseguiu impedi-lo antes que se fosse.

Mas ali estava Danika, o áudio falhando, o som de sua voz, ainda implorando por misericórdia, crepitava dos alto-falantes no teto. Danika, sendo devorada e dilacerada.

O silêncio do assassino era tão assustador quanto os gritos soluçados de Danika.

Viktoria se virou quando Hunt irrompeu pela porta, a expressão carregada de fúria, as asas abertas. A Sombra da Morte enfim liberta.

Isaiah sentiu gosto de éter. Relâmpagos serpenteavam pelos dedos de Hunt.

Os infindáveis gritos abafados de Danika enchiam a sala.

Isaiah entrou na câmara a tempo de testemunhar a explosão de Bryce.

Ele invocou uma muralha de vento ao redor de Vik e de si mesmo, com certeza Hunt também o fizera, quando Bryce disparou da cadeira e virou a mesa. O móvel pairou sobre a cabeça da espectro e se espatifou contra a janela de observação.

Um grunhido feroz tomou a sala conforme ela agarrava a cadeira em que estivera sentada e a jogava na parede com tanta força que a armação de metal trincou e amassou.

Ela vomitou todo o chão. Se o poder do anjo não blindasse Viktoria, o jorro teria borrifado os absurdamente caros sapatos feitos sob medida.

Finalmente, o áudio foi cortado quando a câmera do corredor travou de novo... e continuou assim.

Bryce ofegava, encarando o que fizera. Então caiu de joelhos no meio da bagunça.

E vomitou de novo. E de novo. E, em seguida, abraçou os joelhos, o cabelo sedoso varrendo o vômito enquanto ela se balançava no silêncio atônito.

Ela era semifeérica, seu nível de poder mal chegava à curva. O que acabara de fazer àquela mesa, àquela cadeira... Era raiva, pura e física. Até mesmo o mais reservado dos feéricos não podia reprimir uma manifestação de fúria primitiva quando o sentimento o acometia.

Impassível, Hunt se aproximou, as asas cinzentas levantadas para não se arrastarem pelo vômito.

— Ei.

Hunt se ajoelhou ao lado de Bryce. Estendeu o braço para seu ombro, mas abaixou a mão. Quantas pessoas o Umbra Mortis já havia tocado sem uma insinuação de violência?

Hunt assentiu na direção da mesa destruída e da cadeira.

— Impressionante.

Bryce se encolheu ainda mais, os nós dos dedos bronzeados quase brancos se cravavam às costas com força o bastante para machucar. Sua voz parecia um sussurro rouco.

— Quero ir para casa.

Os olhos castanhos de Hunt brilharam. Mas ele não disse nada.

Viktoria franziu o cenho e saiu atrás de alguém para limpar a bagunça.

— Temo que não possa ir para casa — disse Isaiah. — É uma cena de crime. E tão devastada que, nem mesmo se a esfregassem com alvejante, um vanir seria capaz de entrar ali e não sentir o cheiro da carnificina. Não é seguro voltar até que descubramos quem fez isso. E por quê.

Então Bryce suspirou.

— S... Sabine...

— Sim — interrompeu Isaiah, com gentileza. — Todos que faziam parte da vida de Danika foram informados.

O mundo inteiro saberia em algumas horas.

— Podemos transferi-la para um quarto com cama e banheiro. Conseguir algumas roupas — grunhiu Hunt, ainda ajoelhado ao seu lado.

O vestido de Bryce estava tão rasgado que deixava à mostra uma grande extensão de pele; um rasgo na cintura revelava a tatuagem em suas costas. Ele havia visto prostitutas no Mercado da Carne com roupas mais castas.

O telefone no bolso de Isaiah vibrou. Naomi. A voz da capitã da infantaria da 33ª parecia tensa quando o comandante atendeu.

— Deixe a garota ir. Agora. Tire-a do prédio, e por tudo o que é mais sagrado, *não* coloque ninguém em sua cola. Especialmente Hunt.

— Por quê? O governador nos ordenou o contrário.

— Recebi uma ligação — respondeu Naomi. — Do maldito Ruhn Danaan. Ele está furioso porque não notificamos Céu e Sopro sobre a prisão da garota. Diz que faz parte da jurisdição feérica e essas merdas. Então foda-se o que o governador quer... ele vai nos agradecer mais tarde por evitar essa maldita dor de cabeça colossal. Deixe a garota ir *já*. Ela pode voltar com um acompanhante feérico, se é o que aqueles babacas querem.

Hunt, que ouviu toda a conversa, brindou Bryce com um minucioso exame predatório. Como uma dos triários, Naomi Boreas respondia apenas a Micah e não lhes devia qualquer explicação, mas desobedecer uma ordem direta em favor dos feéricos...

— Obedeça, Isaiah — ela acrescentou, e em seguida desligou.

Apesar das orelhas feéricas pontudas, o olhar vidrado de Bryce não exibia nenhum sinal de que ela tivesse ouvido.

Isaiah guardou o telefone no bolso.

— Está livre para ir.

Ela esticou as pernas, surpreendentemente firmes apesar do curativo em uma delas. No entanto, sangue e sujeira cobriam os pés descalços. Bastante do primeiro para que Hunt dissesse:

— Temos uma medbruxa disponível.

Mas Bryce o ignorou e saiu mancando pela porta aberta, até o corredor.

Os olhos de Hunt continuaram fixos na soleira enquanto o arrastar dos passos da fêmea desvanecia.

Por um longo minuto, ninguém falou. Então Hunt suspirou e se levantou.

— Em que sala Naomi vai colocar Briggs?

Isaiah não teve a chance de responder antes que passos ecoassem pelo corredor, se aproximando com rapidez. Definitivamente, não eram de Bryce.

Mesmo dentro de um dos lugares mais seguros da cidade, Isaiah e Hunt levaram as mãos às armas, o primeiro cruzando os braços de modo a sacar a arma escondida sob o terno, o último deixando a mão ao lado da coxa, a centímetros da faca de punho preto embainhada ali. Relâmpagos outra vez crepitavam nos dedos de Hunt.

Um macho feérico de cabelo longo e preto como as asas de um corvo irrompeu pela porta da sala de interrogatório. Apesar da argola de prata no lábio inferior, apesar da lateral da cabeça raspada, apesar do braço repleto de tatuagens escondido sob a jaqueta de couro, não havia como disfarçar a linhagem que a beleza estonteante daquele rosto transmitia.

Ruhn Danaan, Príncipe Herdeiro dos Feéricos Valbaranos. Filho do Rei Outonal e atual senhor de Áster, notória lâmina dos antigos feéricos Estrelados. Prova do status de Escolhido entre os feéricos... independentemente do que diabos aquilo significasse.

Aquela espada estava agora embainhada às costas de Ruhn, o punho preto devorando as cintilantes primaluces. Certa vez, Isaiah ouvira que a lâmina era feita de iridium extraído de um meteorito, forjada em outro mundo... antes da passagem dos feéricos pela Fenda do Norte.

Os olhos azuis de Danaan brilhavam como o coração de uma chama... embora o próprio Ruhn não possuísse tal magia. Magia de fogo era comum entre os feéricos valbaranos, empunhada pelo Rei Outonal em pessoa. Mas havia boatos de que a magia de Ruhn se alinhava com a dos parentes que governavam a ilha sagrada de Avallen, além-mar: o poder de conjurar sombras e névoa, que poderiam não apenas velar o mundo físico, como a mente. Talvez até telepatia.

Ruhn olhou para o vômito, farejando a fêmea que acabara de partir.

— Onde diabos ela está?

Hunt ficou imóvel com o comando frio no tom do príncipe.

— Bryce Quinlan foi liberada — respondeu Isaiah. — Nós a mandamos para cima há alguns minutos.

Ruhn devia ter entrado por uma porta lateral se não havia cruzado com ela e se os anjos não foram avisados de sua chegada pela recepção. Talvez ele tivesse usado aquela magia para se esgueirar pelas sombras.

O príncipe se virou para a saída.

— O que você tem a ver com isso? — perguntou Hunt.

Ruhn estremeceu.

— Ela é minha prima, idiota. Cuidamos dos nossos.

Uma prima distante, já que o Rei Outonal não tinha irmãos, mas, aparentemente, o príncipe conhecia Bryce bem o bastante para intervir.

Hunt abriu um sorriso para Ruhn.

— Onde esteve esta noite?

— Vá se foder, Athalar! — Ruhn arreganhou os dentes. — Suponho que tenha ouvido que Danika e eu nos desentendemos por causa de Briggs na reunião dos mestres. Que pista! Bom trabalho. — Cada palavra soou mais trincada que a anterior. — Se eu quisesse matar Danika, não teria invocado um maldito demônio para fazê-lo. Onde diabos está Briggs? Quero falar com ele.

— Está chegando. — Hunt ainda sorria. Aquele relâmpago ainda dançava em seus dedos. — E você não será o primeiro a tentar a sorte com ele. — Em seguida, acrescentou: — O dinheiro e a influência do papai têm limites, príncipe.

Não fazia diferença que Ruhn chefiasse a divisão feérica do Aux e que fosse tão competente quanto qualquer outro dos guerreiros de elite. Ou que a espada a suas costas não fosse apenas decorativa.

Não importava para Hunt. Não quando se tratava de membros da realeza e hierarquias rígidas.

— Continue falando, Athalar. Vamos ver aonde isso o leva — provocou Ruhn.

Hunt sorriu com malícia.

— Estou tremendo.

Isaiah pigarreou. Solas Flamejante, a última coisa de que precisava naquela noite era uma briga entre um de seus triários e um príncipe feérico.

— Pode nos dizer se o comportamento da Srta. Quinlan antes dos assassinatos desta noite parecia incomum ou...

— O dono do Corvo me disse que ela estava bêbada e cheirou uma pilha de caça-luz — disparou Ruhn. — Mas você vai encontrar essa merda em sua corrente sanguínea ao menos uma noite por semana.

— Por que ela faz isso, afinal? — perguntou Isaiah.

Ruhn cruzou os braços.

— Ela faz o que quer. Sempre fez. — Havia bastante amargura para sugerir uma história pregressa... ruim.

— Vocês são muito próximos? — perguntou Hunt, em um tom arrastado.

— Se está perguntando se a gente trepa — sibilou Ruhn —, a resposta, babaca, é não. Ela é da família.

— Família distante — salientou Hunt. — Ouvi dizer que os feéricos não gostam de manchar a linhagem.

Ruhn sustentou seu olhar. E, quando Hunt sorriu de novo, éter encheu a sala, a promessa de uma tempestade serpenteando pela pele de Isaiah.

— Estamos apenas tentando fazer nosso trabalho, príncipe — explicou Isaiah, rápido, imaginando se seria idiota o bastante para se colocar entre os dois quando Ruhn tentasse quebrar os dentes de Hunt e o anjo transformasse o príncipe em uma pilha fumegante de ossos.

— Se vocês, idiotas, houvessem vigiado Briggs, como era sua obrigação, talvez nada disso tivesse acontecido.

As asas cinzentas de Hunt se agitaram de leve; uma postura comum quando malakim se preparavam para um confronto físico. E aqueles olhos sombrios... eram os olhos do temido guerreiro, o anjo caído. Aquele que havia destroçado os campos de batalha sobre os quais fora enviado para lutar. Aquele que matava por mero capricho de um arcanjo, e o fazia tão bem que o batizaram Sombra da Morte.

— Cuidado — aconselhou Hunt.

— Fique longe de Bryce — rosnou Ruhn antes de marchar porta afora, presumivelmente atrás da prima. Pelo menos, Bryce teria uma escolta.

Hunt fez um gesto obsceno para a soleira vazia.

— O rastreador que Quinlan ingeriu com a água. Qual o tempo de ação? — sussurrou ele, após um momento.

— Três dias — respondeu Isaiah.

Hunt examinou a faca embainhada em sua coxa.

— Danika Fendyr era uma das mais poderosas vanir da cidade, mesmo sem fazer a Descida. Ela implorou como uma humana no fim. Sabine jamais superaria a vergonha.

— Não conheço um demônio que mate assim — ponderou Hunt. — Ou que desapareça com tamanha facilidade. Não consegui nenhuma pista... como se ele tivesse desaparecido de volta para o Inferno.

— Se Briggs está por trás dos assassinatos, logo descobriremos sobre o demônio — argumentou Isaiah.

Se Briggs falasse, afinal. Com certeza, não o fizera quando o capturaram no laboratório de bombas, apesar dos esforços dos inquisidores da 33ª e do Aux.

— Vou pedir a toda patrulha disponível que vigie as jovens alcateias nas tropas auxiliares — acrescentou Isaiah. — Se acabar não tendo relação com Briggs, então pode ser o início de um padrão.

— E se encontrarmos o demônio? — perguntou Hunt, sombrio.

Isaiah deu de ombros.

— Então certifique-se de que não será mais um problema, Hunt.

Os olhos de Hunt se estreitaram em uma expressão letal.

— E Bryce Quinlan... quando os três dias chegarem ao fim?

Isaiah franziu o cenho ao olhar para a mesa, a cadeira amassada.

— Se for esperta, vai ficar quieta e não atrair a atenção de qualquer outro imortal poderoso pelo resto da vida.

7

Os degraus pretos que margeavam a costa enevoada do Quarteirão dos Ossos machucaram a pele de Bryce quando ela se ajoelhou na frente dos enormes portões de marfim.

O Istros se derramava como um espelho cinzento a suas costas, silencioso sob a luz do quase amanhecer.

Tão silencioso e imóvel quanto ela havia se tornado, vazia e sem chão.

A névoa se enrodilhava a seu redor, velando tudo, exceto os degraus de obsidiana nos quais Bryce se ajoelhara e os portões de osso entalhado que assomavam a sua frente. O pútrido barco preto atrás de Bryce era sua única companhia, a corda bolorenta e antiga amontoada nos degraus que faziam as vezes de atracador. Ela pagara o pedágio... o barco ficaria ali até que tivesse terminado. Até que tivesse dito o que precisava dizer.

O reino dos vivos permanecia a um mundo de distância, as torres e os arranha-céus da cidade escondidos no rodopio da bruma, as buzinas dos carros e o burburinho das vozes emudecidas. A semifeérica havia deixado para trás quaisquer posses materiais. Não teriam valor algum ali, entre ceifadores e mortos.

Ficara feliz por deixá-las... especialmente o telefone, tão cheio de raiva e ódio.

A última mensagem deixada por Ithan na caixa postal tinha chegado havia apenas uma hora, despertando Bryce do estupor insone no qual passara as últimas seis noites, encarando o teto sombrio do quarto de hotel que dividia com a mãe; ignorando cada ligação e cada mensagem.

Mas as palavras de Ithan a haviam marcado quando Bryce se esgueirou até o banheiro para ouvir.

Não assista à passagem do Veleiro amanhã. Você não é bem-vinda.

Ela as havia ouvido repetidas vezes, as primeiras palavras a ecoar em sua mente silenciosa.

A mãe não tinha despertado na cama ao lado da sua quando Bryce deixara o quarto de hotel com suaves passos feéricos, pegado o elevador de serviço e saído despercebida pela porta lateral. Ela não tinha deixado o quarto por seis dias, apenas ficara ali, encarando com expressão vazia o papel de parede floral do hotel. E agora, na alvorada do sétimo dia... Sairia somente para aquilo. Lembraria como mover o próprio corpo, como falar.

O Veleiro de Danika partiria ao amanhecer, e os Veleiros do restante da matilha navegariam em seguida. Bryce não estaria presente para assistir. Mesmo que os lobos não a tivessem banido da cerimônia, ela não teria suportado. Ver o barco preto se afastar do cais, levando consigo tudo que restava de Danika, sua alma prestes a ser julgada merecedora ou não de entrar na ilha sagrada na margem oposta do rio.

Havia apenas silêncio ali. Silêncio e bruma.

Seria assim a morte? Silêncio e névoa?

Bryce correu a língua pelos lábios ressecados, feridos. Não se lembrava da última vez que havia bebido qualquer coisa. Ou comido uma refeição. Somente da mãe insistindo para que bebesse um gole de água.

Uma luz se apagara dentro de si. Uma luz fora extinta.

Podia muito bem estar olhando para dentro de si mesma. Escuridão. Silêncio. Bruma.

Bryce ergueu a cabeça, espiando através dos portões de osso entalhado, esculpidos das costelas de um leviatã morto havia muito tempo, que outrora assolara os profundos mares do norte. A névoa rodopiou mais perto, a temperatura caía. Prenúncio da chegada de algo antigo e terrível.

Bryce continuou ajoelhada. Inclinou a cabeça.

Não era bem-vinda na cerimônia. Então precisou ir até ali para se despedir. Para dar a Danika aquele último adeus.

A criatura que vivia na névoa emergiu e até o rio a suas costas tremeu.

Bryce abriu os olhos. E, lentamente, ergueu o olhar.

PARTE II

A TRINCHEIRA

8

VINTE E DOIS MESES DEPOIS

Bryce Quinlan tropeçou para fora do banheiro do Corvo Branco, um metamorfo leão fuçando seu pescoço, as mãos largas agarrando sua cintura.

Foi, fácil, o melhor sexo que tivera em três meses. Talvez mais que isso. Talvez ela ficasse com ele por um tempo.

Talvez devesse perguntar o nome dele. Não que aquilo importasse. Seu encontro era no bar VIP no outro extremo da boate em... bem, merda. Naquele instante.

A batida da música reverberava em seus ossos, ecoando dos pilares entalhados, um incessante chamado que Bryce ignorou, negou. Como fizera todos os dias dos últimos dois anos.

— Vamos dançar. — As palavras do leão de cabelo dourado ressoaram no ouvido de Bryce quando ele pegou a mão dela para arrastá-la na direção da multidão fervilhante nas pedras seculares da pista de dança.

Ela fincou os pés com toda a firmeza que os saltos de 10 centímetros permitiam.

— Não, obrigada. Tenho uma reunião de negócios. — Não era mentira, mas ela o teria dispensado de qualquer forma.

Os cantos da boca do leão se ergueram enquanto ele estudava o vestido preto de Bryce, curto como o pecado, as pernas nuas que lhe haviam enlaçado a cintura alguns momentos antes. Que Urd a ajudasse, as maçãs daquele rosto eram irreais. Assim como os olhos dourados que se estreitavam, divertidos.

— Você sempre se veste assim para reuniões de negócios?

Sim, quando os clientes de sua chefe insistiam em um encontro em solo neutro, como o Corvo, temerosos de quaisquer feitiços de monitoramento que Jesiba usasse na galeria.

Bryce jamais teria entrado ali — muito raramente havia voltado — por vontade própria. Estivera bebendo água gasosa no bar *comum* dentro da boate, não no VIP do mezanino, onde supostamente deveria ter se sentado, quando o leão se aproximou com aquele sorriso espontâneo e aqueles ombros largos. Bryce sentira tamanha necessidade de uma distração para esquecer a tensão que se avolumava a cada minuto passado ali que mal havia terminado o drinque antes de arrastá-lo para o banheiro. O leão tinha ficado mais que contente em obedecer.

— Obrigada pela companhia — agradeceu Bryce. *Seja qual for seu nome.*

Levou o tempo de um piscar de olhos para que o metamorfo se desse conta de que ela falava sério sobre a reunião de negócios. Rubor corou suas bochechas bronzeadas.

— Não posso pagá-la — disparou então.

Foi a vez de Bryce piscar. Em seguida, jogou a cabeça para trás e gargalhou.

Simplesmente perfeito: ele achava que ela era uma das prostitutas a serviço de Riso. Prostituição *sagrada*, explicara o empresário certa vez... Como a boate fora construída sobre as ruínas de um templo do prazer, era seu dever manter a tradição.

— É por conta da casa — cantarolou ela, dando um tapinha na bochecha do leão antes de se virar na direção do cintilante bar dourado no mezanino de vidro debruçado sobre o espaço cavernoso.

Bryce não se permitiu olhar para a cabine aninhada entre os dois pilares desgastados. Não se permitiu ver quem poderia estar sentado ali. Não era Juniper, ocupada demais para algo além de um brunch ocasional, e com certeza não era Fury, que nem se importava em atender suas ligações ou responder a suas mensagens ou mesmo visitar a cidade.

Bryce endireitou os ombros, afastando aqueles pensamentos.

Os metamorfos jaguares, montando guarda no topo da luzente escadaria dourada que ligava o templo convertido ao mezanino VIP, afastaram a corda de veludo preto para deixá-la passar. Vinte banquetas de vidro ladeavam o bar de ouro maciço, e apenas um terço delas estava ocupado. Vanir de todas as casas se sentavam ali. Nenhum humano, no entanto.

Exceto Bryce, se é que a semifeérica contava.

Seu cliente já ocupava um assento na extremidade oposta do bar, o terno preto apertado na silhueta avantajada, o longo cabelo esticado para trás, revelando um rosto anguloso e olhos retintos.

Bryce desfiou os detalhes para si mesma enquanto caminhava até ele, rezando para que não fosse o tipo capaz de salientar que ela estava tecnicamente dois minutos atrasada.

Maximus Tertian: vampiro, 200 anos; solteiro e sem parceiros; filho de Lorde Cedrian, o mais rico e mais monstruoso dos vampiros pangeranos, se havia alguma verdade nos boatos. Conhecido por encher banheiras com o sangue de virgens humanas, banhando-se em juventude, em sua gélida fortaleza nas montanhas...

Nada de grande valia. Bryce estampou um sorriso no rosto e se apossou do banco ao lado do dele, pedindo uma água com gás ao barman.

— Sr. Tertian — disse ela, à guisa de cumprimento, estendendo a mão.

O sorriso do vampiro era tão sedutor que Bryce tinha certeza de que dez mil calcinhas haviam entrado em combustão espontânea com aquela visão ao longo dos séculos.

— Srta. Quinlan — ronronou ele, pegando a mão de Bryce e roçando um beijo no dorso. Os lábios do vampiro se demoraram o bastante para que ela precisasse suprimir o impulso de puxar os dedos. — É um prazer conhecê-la pessoalmente. — O olhar dele encontrou seu pescoço, em seguida desceu para o colo exposto pelo decote do vestido. — Sua empregadora pode ter uma galeria cheia de arte, mas é você a verdadeira obra-prima.

Ah, por favor.

Bryce abaixou a cabeça, forçando um sorriso.

— Você diz o mesmo para todas as garotas.

— Apenas para as apetitosas.

Uma oferta de como aquela noite poderia acabar, se quisesse: com ela sendo chupada e fodida. Ela não se importou em informar a ele que já tinha saciado aquela necessidade em particular, exceto a parte da chupada. Gostava de seu sangue onde estava, muito obrigada.

Ela enfiou a mão na bolsa, pegando uma estreita pasta de couro; uma réplica perfeita das usadas no Corvo para entregar a conta aos clientes mais exclusivos.

— Seu drinque é por minha conta. — Ela deslizou a pasta na direção dele com um sorriso.

Maximus espiou a documentação de propriedade do busto de ônix, com mais de 5 mil anos, de um lorde vampiro morto havia muito. O acordo tinha sido um triunfo pessoal de Bryce, depois de semanas sentindo o terreno, estudando potenciais compradores com a chance de arrematar um artefato raro antes dos rivais. Havia observado Maximus e, durante as intermináveis conversas telefônicas e mensagens, ela o enganara direitinho, aproveitando-se de seu ódio pelos outros lordes vampiros, seu ego frágil, sua insuportável arrogância.

Foi preciso força de vontade para suprimir o sorriso quando Maximus — *nunca Max* — assentiu enquanto lia. Dando a ele a ilusão de privacidade, Bryce girou no banco para observar a boate fervilhante abaixo.

Um grupo de jovens fêmeas enfeitadas com halos luminosos feitos de bastões de primalux dançava perto de um pilar, rindo e cantando e compartilhando uma garrafa de espumante.

Bryce sentiu um aperto no peito. No passado, havia planejado fazer sua festa da Descida no Corvo. Havia planejado ser tão vulgar quanto aquelas fêmeas, festejando com os amigos desde o momento que emergisse da Ascensão até desmaiar ou ser jogada na sarjeta.

Com sinceridade, a festa era no que queria se concentrar. No que a maioria das pessoas se concentrava. Em vez de no puro horror do ritual da Descida por si só.

Mas era um rito necessário. Porque a rede de energia era alimentada pela luz pura e íntegra emitida por cada vanir ao mergulhar. E apenas durante a Descida o lampejo da primalux surgia... magia crua, bruta. Podia curar e destruir, e qualquer coisa entre os dois.

Capturada e engarrafada, a primalux era sempre usada nas curas, mas o restante era enviado para as usinas de energia, a fim de abastecer lâmpadas e carros e máquinas e tecnologia. Uma parte era usada em feitiços e outra reservada para qualquer merda secreta orquestrada pela República.

A "doação" de primalux por cada cidadão era um elemento-chave da Descida, parte do motivo pelo qual o ritual sempre era feito em uma instalação governamental: uma sala esterilizada onde a luz da pessoa em meio ao mergulho era coletada durante a transição para a imortalidade e o verdadeiro poder. Tudo rastreado pelo sistema eleusiano, capaz de monitorar cada movimento através das vibrações na magia do mundo. De fato, às vezes familiares assistiam a tudo de uma sala vizinha.

A Descida era a parte fácil: cair dentro do próprio poder. Mas, uma vez que se chegava ao fundo, o corpo mortal morria. E, então, começava a contagem regressiva.

Poucos minutos eram concedidos para a corrida de volta à vida antes que o cérebro desligasse por completo pela falta de oxigênio. Seis minutos para começar a percorrer uma pista psíquica ao longo do cerne do próprio poder, uma única tentativa desesperada de se lançar na direção do céu e da vida. Caso o tempo não fosse suficiente, a alternativa era cair em um infinito buraco negro e esperar a morte.

Motivo pelo qual outra pessoa devia agir como Âncora — um farol, uma corda de segurança, um elástico de bungee jumping que traria o companheiro de volta à vida assim que se lançasse daquela pista. Fazer a Descida sozinho era morrer... chegar ao fundo do próprio poder, sentir o coração parar de bater ao atingir aquele nadir.

Ninguém sabia se a alma continuava viva lá embaixo, perdida para sempre, ou se morria com o corpo deixado em vida.

Por isso, Âncoras geralmente eram da família — pais ou irmãos — ou amigos leais. Alguém que não o deixaria para trás. Ou um funcionário público que tinha a obrigação legal de não o fazer. Alguns alegavam que os seis minutos eram a Busca... que, durante esse tempo, a pessoa encarava as profundezas da própria alma. Mas, depois disso, não havia esperança de sobrevivência.

Apenas ao se fazer a Ascensão e alcançar o limiar da ressurreição, transbordando com poder renovado, era que a imortalidade podia ser conquistada, o processo de envelhecimento retardado a um gotejar glacial e o corpo tornado quase indestrutível depois de banhado em toda aquela primalux subsequente, tão brilhante que chegaria a cegar a olho nu. E, no fim de tudo, quando os sofisticados painéis de energia do Centro de Descida tivessem desviado a primalux, tudo que restava como marco da ocasião era uma migalha daquela luz em uma garrafa. Um belo suvenir.

Atualmente, com as festas de Descida, como aquela a todo vapor no andar de baixo, os recém-imortais transformavam o suprimento da própria primalux em lembranças para presentear os amigos. Bryce havia imaginado bastões luminosos e chaveiros com os dizeres *Beije Meu Traseiro Brilhante!* Danika só queria copos de shot.

Bryce enterrou a antiga dor no peito enquanto Maximus fechava a pasta com um estalo, a leitura concluída. Uma pasta idêntica aparecera na mão do vampiro, em seguida ele a deslizou pela superfície dourada do bar.

Bryce deu uma olhada no cheque em seu interior — na quantia exorbitante que o vampiro oferecia, como se não passasse de papel colorido — e sorriu outra vez. Mesmo que alguma parte da semifeérica se encolhesse devido ao pequeno detalhe de que ela não receberia nenhuma parte da comissão por aquela peça. Por qualquer peça na galeria de Jesiba. Aquele dinheiro tinha outro destino.

— Foi um prazer negociar com você, Sr. Tertian.

Pronto. Feito. Hora de ir para casa, pular na cama e se aninhar com Syrinx. A melhor comemoração em que podia pensar no momento.

Mas uma forte e pálida mão pousou na pasta.

— Já de saída? — O sorriso de Maximus se alargou de novo. — Seria uma pena uma belezinha como você sair quando eu estava prestes a pedir uma garrafa de Serat.

A garrafa do espumante do sul de Valbara custava no mínimo cem marcos de ouro. E, aparentemente, fazia babacas como aquele acreditarem que lhes dava direito a companhia feminina.

Bryce lhe deu uma piscadela, tentando guardar a pasta com o cheque na bolsa aberta.

— Achei que seria você a lamentar caso uma belezinha como eu partisse, Sr. Tertian.

A mão do vampiro continuava sobre a pequena pasta de couro.

— Pelo que paguei a sua chefe por esse acordo, imagino que tenha direito a algumas regalias.

Bem, aquilo era um recorde: ser confundida com uma prostituta duas vezes em menos de dez minutos. Ela não tinha o menor desprezo pela profissão mais antiga do mundo, apenas respeito e, às vezes, pena. Mas ser confundida com uma daquelas mulheres havia levado a mais incidentes infelizes do que gostaria.

— Lamento, mas tenho outro compromisso — disse Bryce, mantendo a calma.

A mão de Maximus deslizou para seu punho, segurando com força, deixando claro que poderia quebrar cada osso sem pensar duas vezes.

Ela se recusou a permitir que o próprio cheiro mudasse conforme o estômago se revirava.

— Tire as mãos de mim, por favor.

Ela acrescentou as últimas palavras como uma tentativa de soar educada, em consideração a Jesiba.

Mas Maximus estudou seu corpo com toda a arrogância de um macho imortal.

— Alguns gostam de presas difíceis. — Ele sorriu novamente. — Por acaso sou um deles. Vou fazer valer a pena, você vai ver.

Bryce sustentou seu olhar, odiando que uma parte de si quisesse recuar. Que reconhecesse a ele como predador, e a ela como a presa que teria sorte de sequer conseguir correr antes de ser devorada inteira.

— Não, obrigada.

O mezanino VIP ficou mudo, a onda de silêncio um sinal claro de que um predador maior, mais perigoso, havia chegado. Ótimo. Talvez aquilo distraísse o vampiro tempo o bastante para que ela recuperasse o pulso. E aquele cheque. Jesiba a esfolaria viva se saísse sem ele.

De fato, o olhar de Maximus pairava acima do ombro da semifeérica, na direção de quem quer que tivesse entrado. O aperto no punho de Bryce se intensificou. Apenas o bastante para que ela olhasse.

Um macho feérico caminhava até a outra ponta do bar. Olhando diretamente para ela.

Bryce tentou não gemer. E não do modo como gemeu com aquele leão metamorfo.

O macho feérico continuava a encará-la quando Maximus arreganhou os dentes, revelando os caninos alongados que tanto queria cravar em Bryce. O vampiro rosnou um aviso.

— Você é minha. — As palavras tão guturais que ela mal conseguiu entender.

Bryce suspirou quando o macho feérico se sentou no bar e pediu uma bebida ao sílfide de cabelo prateado atrás do balcão.

— É meu primo — disse Bryce. — Relaxe.

O vampiro piscou.

— O quê?

A surpresa cobrou seu preço: os dedos do vampiro relaxaram, e Bryce guardou a pasta com o cheque na bolsa conforme se afastava. Pelo menos sua herança feérica lhe garantia movimentos rápidos quando necessário.

— Para sua informação... não curto o tipo possessivo-agressivo — ronronou por sobre o ombro, indo embora.

Maximus rosnou outra vez, mas havia visto quem era o "primo" de Bryce. Não ousou segui-la.

Mesmo que o mundo julgasse serem apenas parentes distantes, ninguém fodia com a família de Ruhn Danaan.

Se soubessem que Ruhn era seu irmão — bem, tecnicamente meio--irmão —, nenhum macho jamais se aproximaria de Bryce. Mas, por sorte, o mundo acreditava que eram primos, e ela estava feliz com o estado das coisas. Não somente por causa da identidade do pai e do segredo que tinha jurado manter havia tanto tempo. Não somente porque Ruhn era filho legítimo, o maldito Escolhido, e ela era... nada.

Ruhn já bebericava seu uísque, os impressionantes olhos azuis fixos em Maximus. Uma promessa de morte.

Bryce estava quase tentada a deixar Ruhn escorraçar Maximus de volta ao castelo dos horrores do papai, mas tinha trabalhado duro naquele acordo, havia convencido o idiota a pagar quase o triplo do preço pelo busto. E seria preciso apenas um telefonema de Maximus a seu banqueiro para aquele cheque em sua bolsa ganhar asas.

Então Bryce se aproximou de Ruhn, enfim desviando sua atenção do vampiro.

A camiseta preta e a calça jeans escura do irmão pareciam justas o bastante para exibir os músculos pelos quais os feéricos se matavam, e que um bocado de pessoas no andar VIP agora secava. Os braços marrons, completamente tatuados, entretanto, eram coloridos o suficiente para irritar seu pai. Assim como a fileira de argolas em uma orelha pontuda e o liso cabelo preto que batia na cintura, exceto na lateral, raspada. O conjunto anunciava aos berros: *Vá se foder, pai!*

Mas Ruhn ainda era um macho feérico. Ainda cinquenta anos mais velho. Ainda um babaca tirânico sempre que Bryce o encontrava ou a seus amigos; ou seja, sempre que não podia evitar.

— Ora, ora, ora — começou Bryce, acenando um agradecimento ao barman quando uma garrafa de água gasosa apareceu a sua frente. Ela tomou um gole, bochechando as bolhas para limpar o gosto de leão e alfa babaca. — Veja quem decidiu parar de frequentar boates de rock *poseur* e começar a andar com as crianças descoladas. Parece que o Escolhido finalmente ficou legal.

— Sempre esqueço como você é irritante — comentou Ruhn à guisa de cumprimento. — E não que seja de sua conta, mas não estou aqui para me divertir.

Bryce observou o irmão. Nenhum sinal de Áster naquela noite... e, olhando para ele, salvo pelos óbvios sinais do legado físico da linhagem Estrelada, nada indicava que pudesse ser ungido por Luna ou pela genética a fim de alçar seu povo aos píncaros. Mas fazia anos que não conversavam de verdade. Talvez Ruhn tenha rastejado de volta à fenda. O que seria uma pena, levando em conta a merda que fora tirá-lo de lá em primeiro lugar.

— Há uma razão para sua presença aqui, outra que não arruinar minha noite? — perguntou Bryce.

Ruhn bufou.

— Vejo que ainda fica feliz em bancar a secretária vadia.

Babaca mimado. Por alguns cintilantes anos, os dois haviam sido melhores amigos, uma dupla dinâmica contra o Filho da Puta Número Um, também conhecido como o macho feérico que os gerou, mas aquilo eram águas passadas. Ruhn havia se certificado disso.

Ela franziu o cenho para a pista lotada abaixo, esquadrinhando a multidão em busca de qualquer sinal dos dois amigos que seguiam Ruhn para todo canto, ambos um pé no saco.

— Como entrou aqui, afinal?

Mesmo um príncipe feérico tinha de enfrentar a fila para entrar no Corvo. No passado, Bryce havia se deleitado em assistir a feéricos esnobes e babacas serem barrados.

— Riso é meu camarada — respondeu Ruhn. — Ele e eu jogamos pôquer nas noites de terça.

Claro que Ruhn havia, de algum modo, conseguido fazer amizade com o dono do Corvo. De uma rara espécie de metamorfo borboleta, o que lhe faltava em tamanho, Riso compensava com uma personalidade vibrante, sempre rindo, sempre esvoaçando pela boate e dançando sobre a multidão. Alimentando-se da alegria, como se fosse néctar. Mas era exigente em sua escolha de amigos... gostava de cultivar grupos *interessantes* de pessoas para entretê-lo. Bryce e Danika jamais preencheram os requisitos, mas apostava que Fury participava do pôquer. Pena que a mercenária não atendesse mais as ligações de Bryce, para que ela pudesse ao menos perguntar.

Ruhn arreganhou os dentes para Maximus quando o vampiro se dirigiu aos degraus dourados.

— Riso me ligou há alguns minutos, disse que você estava aqui. Com aquele maldito verme.

— Desculpe? — A voz de Bryce soou aguda. Nenhuma relação com o fato de que ela muito duvidava de que o diplomático dono da boate tivesse usado aquelas palavras. Riso era mais o tipo que diria: *Ela está com alguém que talvez acabe com a dança.* O que teria correspondido à ideia que Riso fazia do Inferno.

— Riso não pode se dar ao luxo de expulsar Tertian... mas insinuou que o babaca estava cheio de mãos e que você precisava de ajuda. — Um brilho puramente predatório iluminou os olhos do irmão. — Não sabe o que o pai de Tertian *faz*?

Bryce riu, mas sentiu que o sorriso não havia chegado a seus olhos. Nos últimos tempos, nenhum de seus sorrisos o fazia.

— Sei — respondeu, com doçura.

Ruhn balançou a cabeça, enojado. Bryce se inclinou para a frente e estendeu a mão para a sua bebida, cada movimento controlado... mesmo que apenas com o intuito de evitar pegar a água para jogá-la no rosto do irmão.

— Não deveria estar em casa? — perguntou Ruhn. — É dia de semana. Você tem de *trabalhar* daqui a seis horas.

— Obrigada, mamãe — ironizou ela.

Embora voltar para casa e tirar o sutiã soasse mesmo fantástico. Ela havia acordado antes do amanhecer outra vez, ofegante e encharcada de suor, e o dia só havia piorado dali em diante. Talvez naquela noite ficasse cansada o bastante para, de fato, dormir.

Mas, quando Ruhn não deu nenhuma indicação de que estava de saída, Bryce suspirou.

— Desembuche.

Havia outro motivo para Ruhn ter se despencado até ali; sempre havia, considerando quem os gerara.

Ruhn tomou um gole da bebida.

— O Rei Outonal quer que seja discreta. A Cimeira será daqui a pouco mais de um mês, e ele quer todas as pontas soltas amarradas.

— O que a Cimeira tem a ver comigo?

A reunião de cúpula acontecia a cada dez anos, um encontro dos poderes vigentes em Valbara, com a finalidade de debater quaisquer questões e diretrizes que os asteri assim ordenassem. Cada território da República organizava a própria Cimeira, em um esquema de rodízio, de modo que havia uma anualmente... e Bryce tinha prestado atenção a exatamente zero delas.

— O Rei Outonal exige comportamento exemplar de qualquer um associado aos feéricos; há boatos de que os asteri vão enviar alguns de seus mais estimados comandantes. E ele quer que todos nós pareçamos súditos bons e obedientes. Sinceramente, não dou a mínima, Bryce. Só recebi ordens de lhe dizer que não... se meta em confusão até o fim do encontro.

— Quer dizer, não faça nada embaraçoso.

— Basicamente — disse ele, tomando outro gole. — E olhe: além disso, a merda engrossa durante a Cimeira, então tome cuidado, ok? As pessoas saem da obscuridade para defender os próprios interesses. Fique atenta.

— Não sabia que papai se importava com minha segurança.

Ele nunca o fizera.

— Não se importa — argumentou Ruhn, pressionando os lábios, a argola de prata no inferior se torcendo com o movimento. — Mas vou obrigá-lo a se importar.

Bryce estudou a raiva nos olhos azuis de Ruhn... não era direcionada a ela. Ruhn ainda não entrara na linha, então. Não havia embarcado naquele lance de Escolhido. Ela tomou outro gole de água.

— Desde quando ele ouve você?

— Bryce. Apenas fique longe de confusão... em todos os sentidos. Seja qual for o motivo, a Cimeira é importante para o rei. Ele tem estado uma pilha... muito além de toda essa besteirada de "todos precisam se comportar". — Ruhn suspirou. — Não o vejo tão aborrecido há dois anos, desde que...

As palavras morreram quando ele se conteve. Mas ela sabia o que ele quisera dizer. Dois anos. Desde Danika. E Connor.

O copo nas mãos dela trincou.

— Calma — murmurou Ruhn. — Calma.

Bryce não conseguia parar de apertar o copo, não conseguia conter a fúria primitiva que assomava, assomava...

O pesado copo de cristal explodiu em suas mãos, salpicando de água o bar dourado. O barman deu meia-volta, mas se manteve a distância. Ninguém ao redor se atreveu a olhar por mais que um segundo... não para o Príncipe Herdeiro dos Feéricos Valbaranos.

Ruhn segurou o rosto de Bryce com uma das mãos.

— *Respire.*

Aquele horrível e inútil lado feérico obedeceu à autoridade daquela ordem, o corpo seguindo os instintos incutidos em seu âmago, apesar das tentativas de ignorá-los.

Bryce inspirou, mais uma vez. Um som arfado e tremido.

Mas, a cada inspiração, a raiva cega recuava. Desvanecia.

Ruhn sustentou seu olhar até que ela parasse de rosnar, até que pudesse enxergar com clareza. Em seguida, devagar, soltou seu rosto...

— Porra, Bryce.

Parada sobre pernas trêmulas, Bryce ajustou a alça da bolsa no ombro, verificando se o ultrajante cheque de Maximus ainda estava ali dentro.

— Mensagem recebida. Vou ficar na minha e agir como uma dama até a Cimeira.

Ruhn franziu o cenho e deslizou do banco com a familiar graça feérica.

— Deixe eu acompanhá-la até sua casa.

— Não precisa.

Além do mais, ninguém ia até o apartamento dela. Que, tecnicamente, nem sequer era *dela*, mas aquilo não vinha ao caso. Somente a mãe e Randall, e Juniper, quando eventualmente deixava o estúdio de dança. Ninguém mais tinha permissão de entrar. Era seu santuário, e ela não queria nenhuma essência feérica nem perto dali.

Mas Ruhn ignorou a recusa e examinou o bar.

— Onde está seu casaco?

Ela rangeu os dentes.

— Não trouxe.

— A primavera mal chegou.

Ela marchou por ele, desejando estar de botas, em vez de saltos.

— Então meu suéter de álcool vem bem a calhar, não?

Uma mentira. Não havia tocado em um drinque em quase dois anos.

Mas Ruhn não sabia. Nem ninguém mais.

Ele a seguiu.

— Você é hilária. Fico feliz que todo o dinheiro gasto em sua educação tenha servido de alguma coisa.

Ela desceu a escada.

— Pelo menos fiz faculdade, não fiquei em casa sentada em uma pilha de dinheiro do papai, jogando videogame com meus amigos panacas.

Ruhn grunhiu, mas Bryce já estava entre a escada e a pista de dança. Um momento depois, abria caminho a cotoveladas pela multidão espremida entre os pilares, em seguida flanava pelos poucos degraus do pátio envidraçado — dois lados ainda margeados pelas paredes de pedra originais do templo — e em direção às enormes portas de ferro. Não esperou para ver se Ruhn ainda a acompanhava antes de sair, acenando para os seguranças, metade lobo, metade daemonaki, que devolveram o gesto.

Eram bons rapazes; anos antes, em noites intensas, sempre se asseguravam de que Bryce conseguisse um táxi. E de que o motorista entendesse perfeitamente o que aconteceria se ela não chegasse em casa sem um arranhão.

Percorreu um quarteirão antes de pressentir a aproximação de Ruhn, uma tempestade de mau humor a suas costas. Não perto o bastante para que alguém pensasse que eram um casal, mas quase o bastante para que seus sentidos fossem bombardeados pelo perfume e pela irritação de Ruhn.

Pelo menos, aquilo mantinha predadores em potencial a distância.

Quando Bryce chegou ao saguão de mármore e vidro de seu prédio, Marrin, o metamorfo ursino da recepção, liberou sua entrada com um aceno amigável. Hesitante, a mão na porta de vidro, Bryce olhou por cima do ombro para Ruhn, apoiado em um poste pintado de preto. Ele ergueu a mão em um gesto de adeus... ou o arremedo de um.

Ela o ignorou e entrou no prédio. Um rápido olá para Marrin, uma subida de elevador até a cobertura, cinco andares acima, e o pequeno corredor cor de creme surgiu. Ela suspirou, os saltos afundando na felpuda passadeira azul-cobalto que ligava seu apartamento ao do outro lado do corredor, e abriu a bolsa. Achou as chaves com a ajuda do brilho do orbe de primalux do abajur sobre a mesa de madeira preta encostada à parede, sua radiância banhando a orquídea branca derramada sobre a madeira.

Bryce destrancou a porta, primeiro com a chave, em seguida pôs o dedo no leitor ao lado da maçaneta. As sólidas travas e os feitiços sibilaram conforme se dissipavam, e ela entrou no apartamento sombrio. O perfume de óleo de lilases do difusor a acariciou quando Syrinx uivou um cumprimento e exigiu ser imediatamente libertado da gaiola. Mas Bryce recostou-se contra a porta.

Odiava saber que Ruhn ainda espreitava da rua, o Príncipe Herdeiro dos Alfas Babacas Possessivos-Agressivos, encarando a enorme parede envidraçada na extremidade da sala a sua frente, esperando que as luzes se acendessem.

A batida na porta em três minutos seria inevitável se ela se recusasse a acender a luz. Marrin não seria estúpido o bastante para impedi-lo. Não a Ruhn Danaan. Nunca houve uma porta fechada em seu caminho, sequer uma vez em toda a sua vida.

Mas ela não estava com disposição para a batalha. Não naquela noite.

Apertou o interruptor de luz ao lado da porta, iluminando o piso de madeira pálida, os sofás de camurça branca, as coordenadas paredes brancas. Tudo tão impecável quanto no dia em que havia se mudado, quase dois anos antes... tudo muito acima de seu orçamento.

E tudo pago por Danika. Por aquele estúpido testamento.

Syrinx rosnou, a gaiola tremeu. Outro alfa babaca possessivo--agressivo. Mas, pelo menos, um pequeno e felpudo.

Com um suspiro, Bryce chutou os sapatos dos pés, tirou finalmente o sutiã e foi libertar a pequena fera de sua jaula.

9

— Por favor.

O lamento do macho era quase ininteligível com o sangue que enchia sua boca e suas narinas. Mas ele tentou de novo.

— Por favor.

A espada de Hunt Athalar pingava sangue no carpete do apartamento sombrio nos Prados. Respingos pontilhavam a viseira de seu elmo, manchando sua linha de visão conforme ele estudava o homem solitário parado ali.

Tecnicamente, ajoelhado.

Os amigos do macho maculavam o chão da sala de estar, um deles ainda jorrando sangue do que era agora um pescoço mutilado. A cabeça decepada estava no sofá deformado, o rosto boquiaberto voltado para as almofadas estropiadas.

— Vou contar tudo que sei — implorou o macho, soluçando enquanto pressionava a mão contra o talho em seu ombro. — Eles não disseram tudo, mas eu direi.

O terror do homem enchia o cômodo, sobrepujando o cheiro de sangue, seu odor tão forte quanto mijo rançoso em um beco.

A mão enluvada de Hunt apertou o punho da lâmina. O macho percebeu e começou a tremer, uma nódoa mais pálida que sangue se alastrava em suas calças.

— Vou contar mais. — Arriscou outra vez.

Hunt fincou os pés, enraizando a força no chão, e a lâmina cortou o ar.

As entranhas do macho espirraram sobre o tapete com uma pancada úmida. Ele ainda continuou a gritar.

Então Hunt prosseguiu com seu trabalho.

* * *

Hunt chegou ao quartel-general do Comitium sem que ninguém o visse.

Àquela hora, a cidade ao menos parecia adormecida. Os cinco prédios que integravam o complexo do Comitium também. Mas as câmeras espalhadas pelo quartel da 33ª Legião — segundo pináculo do Comitium — viam tudo. Ouviam tudo.

Os corredores de azulejos brancos pareciam sombrios, sem sinal do burburinho que viria com o amanhecer.

O visor do elmo deixava tudo em evidência, os receptores de áudio captando sons por trás das portas fechadas dos quartos que ladeavam o corredor: sentinelas subalternas em um jogo de videogame, tentando ao máximo não se exaltar ao xingar uns aos outros; uma sentinela mulher ao telefone; dois anjos trepando loucamente e vários roncadores.

Hunt passou pela porta de seu quarto, preferindo se dirigir ao banheiro comunitário no meio do corredor comprido, acessível apenas pela sala comunal. Qualquer esperança de um retorno despercebido se esvaiu ao perceber a luz dourada pelo vão embaixo da porta e o som de vozes além dela.

Muito cansado, muito sujo, Hunt não se incomodou em cumprimentar ninguém quando entrou na sala comunal, passando pelos sofás e poltronas espalhados, na direção do banheiro.

Naomi estava esparramada no velho sofá verde em frente à TV, as asas pretas abertas. Viktoria relaxava na poltrona ao lado, assistindo ao noticiário esportivo, e, ocupando a outra ponta do sofá, Justinian, ainda usando a armadura preta de legionário.

A conversa morreu quando Hunt entrou.

— Ei — cumprimentou Naomi, a trança retinta se derramando sobre o ombro. Vestia o habitual preto, o habitual preto dos triários, embora não houvesse vestígio de suas impiedosas armas nos coldres.

Viktoria parecia contente em respeitar o silêncio de Hunt. Era por isso que ele gostava mais da espectro que de qualquer outra pessoa no círculo restrito de guerreiros de Micah Domitus; gostara dela desde o início, na 18ª, quando tinha sido um dos poucos não anjos que aderiram à causa. Vik nunca pressionava Hunt quando ele não queria ser incomodado. Já Justinian...

O anjo fungou, farejando o sangue nas roupas de Hunt, nas armas. A quantas pessoas diferentes pertencia. Justinian assoviou.

— Você é um maldito doente, sabia?

Hunt continuou na direção da porta do banheiro. O relâmpago nem mesmo sibilava dentro de si.

— Teria sido mais limpo usar uma arma — insistiu Justinian.

— Micah não queria uma arma para o serviço — explicou Hunt, a voz vazia até mesmo para os próprios ouvidos. Fora assim por séculos; mas, naquela noite, as pessoas que havia matado, o que tinham feito para despertar a ira do arcanjo... — Eles não mereciam uma arma — emendou ele. Ou o súbito raio de seu relâmpago.

— Não quero saber — resmungou Naomi, aumentando o volume da televisão. Então apontou o controle remoto para Justinian, o mais jovem dos triários. — E nem você. Portanto, cale a boca.

Não, não queriam mesmo saber.

— Isaiah me disse que Micah quer que vocês dois banquem os detetives amanhã, algo sobre uma merda na Praça da Cidade Velha. Isaiah vai ligar depois do café com os detalhes — avisou Naomi, a única dos triários que não havia Caído.

As palavras mal faziam sentido. Isaiah. Amanhã. Cidade Velha.

— Boa sorte, cara — bufou Justinian, tomando um gole de sua cerveja. — Odeio a Praça da Cidade Velha; só tem universitários mimados e turistas bizarros.

Naomi e Viktoria grunhiram em concordância.

Hunt não perguntou por que estavam acordados, ou onde estava Isaiah para que não pudesse dar o recado. Provavelmente, em companhia do belo macho da vez.

Como Comandante da 33ª, Isaiah tinha aproveitado cada segundo desde que chegara à cidade, havia mais de uma década. Em quatro anos, Hunt ainda não tinha entendido o apelo de Lunathion, apenas uma versão mais limpa e organizada de qualquer metrópole pangerana, com avenidas amplas em vez de ruelas sinuosas que, com frequência, se dobravam sobre si mesmas, como se não tivessem pressa de chegar a lugar algum.

Mas, pelo menos, não era Ravilis. E, pelo menos, era governada por Micah, não por Sandriel.

Sandriel... Arcanjo e Governadora do Quadrante Noroeste de Pangera, e antiga senhora de Hunt antes de Micah tê-lo negociado, ávido por livrar a Cidade da Lua Crescente de quaisquer inimigos. Sandriel, a irmã gêmea de sua amante morta.

Os documentos oficiais estipulavam que os deveres de Hunt incluíam rastrear e se livrar de quaisquer demônios intrusos. Mas, levando em conta que aquele tipo de episódio acontecia somente uma ou duas vezes por ano, era notoriamente óbvio o verdadeiro motivo pelo qual havia sido recrutado. Ele tinha assassinado em nome de Sandriel — a arcanjo cuja face espelhava a de sua amada — pelos cinquenta e três anos que ela o possuíra.

Uma rara ocorrência... duas irmãs ostentarem o título e poder de um arcanjo. Um bom presságio, haviam acreditado as pessoas. Até Shahar — até Hunt liderar seu exército — ter se rebelado contra tudo em que os anjos acreditavam. E traído a irmã no processo.

Sandriel havia sido sua terceira dona depois da derrota no monte Hermon, e fora arrogante o suficiente para acreditar que, apesar do fracasso dos dois arcanjos que a precederam, seria ela a dobrá-lo. Primeiro, na casa de horrores de sua masmorra. Em seguida, na arena encharcada de sangue, no coração de Ravilis, onde duelava com guerreiros que jamais tiveram a menor chance. Por último, obrigando Hunt a fazer o que fazia melhor: se esgueirar nos locais e exterminar vidas. Uma após outra, ano após ano, década após década.

Com certeza, Sandriel tinha motivos para subjugá-lo. Durante a breve batalha no Hermon, foram seus exércitos que Hunt dizimara, os relâmpagos do Umbra Mortis que transformaram soldado após soldado em crostas carbonizadas, antes que pudessem desembainhar as espadas. Sandriel tinha sido o alvo principal de Shahar, e Hunt havia recebido ordens de eliminá-la. Custasse o que custasse.

E Shahar tinha razão em hostilizar a irmã. Seus pais eram arcanjos cujos títulos passaram para as filhas depois que um assassino, de algum modo, conseguiu rasgá-los em pedaços.

Ele nunca se esquecera da teoria de Shahar: de que Sandriel tinha matado os pais e incriminado o assassino. Que ela o fizera por si mesma e pela irmã, para que pudessem governar sem *interferência*. Jamais encontraram provas para responsabilizar Sandriel, mas Shahar acreditou em sua culpa até o dia de sua morte.

Shahar, a Estrela da Manhã, havia se rebelado contra os companheiros arcanjos e os asteri por causa disso. Ela ambicionara um mundo livre de hierarquias rígidas, sim... teria levado sua rebelião até o palácio de cristal dos asteri se tivesse sido bem-sucedida. Mas ela também desejara que a irmã pagasse por seus atos. Então Hunt fora libertado.

Tolos. Todos eles foram tolos.

Não fez diferença que tivesse admitido sua insensatez. Sandriel acreditava que ele havia atraído sua irmã gêmea para a rebelião, que *ele* tinha jogado Shahar contra ela. Que, de algum modo, quando irmã ergueu espada contra irmã, quase tão idênticas fisicamente e em técnica de luta que era como assistir a alguém combater o próprio reflexo, fora *sua maldita culpa* que uma delas acabasse morta.

Pelo menos, Micah havia lhe oferecido uma chance de redenção. De provar sua total lealdade e submissão aos arcanjos, ao império, e, então, um dia ter o halo removido. Dali a décadas, possivelmente séculos, mas levando em conta que o mais velho dos anjos viveu até os 800 anos... talvez conquistasse a liberdade em tempo de aproveitar a velhice. Ele poderia, virtualmente, morrer livre.

Micah propusera a barganha no primeiro dia de Hunt na Cidade da Lua Crescente: uma morte para cada vida que ele ceifara naquele maldito dia no monte Hermon. Ele teria de pagar cada vida angélica que havia dizimado durante aquela malfadada batalha. Na forma de mais morte. *Morte por morte*, decretara Micah. *Quando tiver pagado sua dívida, Athalar, discutiremos a remoção da tatuagem em sua testa.*

Hunt jamais havia contado quantos matara naquele dia. Mas Micah, que estivera no campo de batalha, que assistira quando Shahar caiu pela mão da irmã gêmea, tinha a lista. Ele tivera de pagar a comissão de cada um dos legionários. Hunt quase perguntara como tinham sido capazes de precisar quais golpes mortais foram fruto de sua lâmina, e não da de outro guerreiro, quando vira o número.

Dois mil duzentos e dezessete.

Parecia impossível que tivesse matado tantos em uma única batalha. Sim, seu relâmpago havia sido libertado; sim, ele tinha explodido unidades inteiras, mas tudo aquilo?

Ele ofegara. *Você era o general de Shahar*, disse Micah. *Você comandou a 18ª. Então você terá de expiar, Athalar, não apenas as vidas que tirou, mas também aquelas que sua legião traidora tomou.* Diante do silêncio de Hunt, Micah havia acrescentado: *Não é uma tarefa impossível. Algumas de minhas missões contarão por mais de uma vida. Comporte-se, obedeça e será capaz de atingir esse número.*

Por quatro anos, ele havia se comportado. Havia obedecido. E naquela noite alcançara um total de malditas oitenta e duas morte.

Era o melhor que podia fazer. Tudo pelo que havia trabalhado. Nenhum outro arcanjo sequer havia lhe oferecido a oportunidade. Por isso tinha feito tudo que Micah ordenara que fizesse naquela noite. Motivo pelo qual cada pensamento parecia distante, o corpo lhe escapava, a cabeça cheia de um rugido abafado.

Micah era um arcanjo. Um governador nomeado pelos asteri. Era um rei entre anjos, e a lei personificada, especialmente em Valbara... tão longe das sete colinas da Cidade Eterna. Se ele considerasse alguém uma ameaça ou passível de punição, então não haveria investigação nem julgamento.

Apenas seu comando. Em geral, dado a Hunt.

Chegaria a sua caixa de correio no quartel, na forma de uma pasta, com o selo imperial na frente. Nenhuma menção a seu nome. Apenas *SPQM*, e as sete estrelas ao redor das letras.

O arquivo continha tudo de que precisava: nomes, datas, crimes e um cronograma para Hunt fazer o que fazia melhor. Mais quaisquer exigências de Micah quanto ao método empregado.

Naquela noite, havia sido bem simples... nenhuma arma. Hunt leu nas entrelinhas: faça-os sofrer. Então ele fez.

— Tem uma cerveja com seu nome aguardando você na volta — avisou Viktoria, o olhar encontrando o de Hunt dentro do elmo. Nada além de um convite frio, casual.

Hunt seguiu para o banheiro, as primaluces despertando tremeluzentes conforme ele empurrava a porta com o ombro e se aproximava de um dos chuveiros. Ele ajustou a temperatura da água antes de caminhar de volta para a fileira de pias.

No espelho acima de uma delas, o reflexo que o encarava de volta era tão vil quanto um ceifador. Pior.

Sangue salpicava o elmo, logo acima da caveira pintada de prata. Um brilho tênue nas intrincadas escamas de couro de sua armadura, nas luvas pretas, nas espadas gêmeas despontando sobre os ombros. Gotas manchavam as asas cinzentas.

Hunt arrancou o elmo e apoiou as mãos na pia.

Sob a forte iluminação do banheiro, a pele marrom-clara parecia pálida em contraste com a coroa escura de espinhos em sua testa. A tatuagem... aprendera a viver com ela. Mas se encolheu com o brilho nos olhos sombrios. Vidrados. Vazios. Era como encarar o Inferno.

Orion, sua mãe o batizara. Hunter... caçador. Ele duvidava de que ela o tivesse feito, de que o chamaria tão carinhosamente de Hunt, se soubesse no que se transformaria.

Hunt olhou para onde as luvas haviam deixado manchas vermelhas na pia de porcelana.

Descalçando-as com brutal eficiência, marchou para o chuveiro, onde a água tinha atingido uma temperatura quase escaldante. Desafivelou as armas, em seguida a armadura, deixando mais manchas de sangue nos ladrilhos.

Ele entrou debaixo do jato e se submeteu ao calor implacável.

10

Não eram nem dez da manhã, e a terça-feira já parecia cagada.

Com um sorriso estampado no rosto, Bryce aguardou perto da mesa de pau-ferro enquanto um casal de feéricos perambulava pela sala de exposição da galeria.

O elegante dedilhar de violinos se derramava dos alto-falantes embutidos no espaço de pé-direito duplo revestido de madeira, o movimento de abertura de uma sinfonia que ela havia sintonizado assim que o interfone tocara. A julgar pelos trajes do casal — uma saia plissada bege e uma blusa de seda branca para a fêmea, e um terno cinza para o macho —, ela duvidava de que teriam apreciado a batida vibrante da trilha sonora de seu treino.

Mas eles já estavam observando as peças havia dez minutos, tempo bastante para que Bryce perguntasse, com educação:

— Estão procurando algo específico, ou só dando uma olhadinha?

O macho feérico, louro e envelhecido para sua espécie, a dispensou com a mão, guiando a companheira até a vitrine mais próxima: um fragmento de mármore das ruínas de Morrah, recuperado de um templo destruído. A peça era do tamanho de uma mesinha de centro, um hipocampo rampante ocupava quase toda a sua extensão. As criaturas, metade cavalo, metade peixe, haviam habitado as águas cerúleas do mar Rhagan, em Pangera, até que guerras imemoriais as tivessem dizimado.

— Dando uma olhadinha — respondeu o macho, com frieza, a mão repousando na curva das costas esbeltas da parceira enquanto os dois estudavam as ondas cinzeladas.

Bryce conjurou um outro sorriso.

— Fiquem à vontade. Estou à disposição.

A fêmea assentiu, em agradecimento, mas o macho abriu uma careta de desdém. A companheira franziu o cenho para ele.

O silêncio na pequena galeria parecia palpável.

Bryce havia deduzido, desde o momento em que os dois entraram na galeria, que o macho estava ali para impressionar a fêmea, fosse comprando algo absurdamente caro ou fingindo ter os meios para tanto. Talvez aquele fosse um relacionamento arranjado, e eles estivessem testando as águas antes de assumir um compromisso.

Se Bryce fosse uma feérica puro-sangue, se o pai a tivesse reconhecido como herdeira, talvez precisasse se sujeitar àquelas coisas. Ruhn, em especial por causa de seu status de Estrelado, um dia se curvaria a um casamento arranjado, quando surgisse uma jovem fêmea considerada digna de dar continuidade à preciosa linhagem real.

Ruhn talvez gerasse algumas crianças antes, mas não seriam reconhecidas como parte da realeza a não ser que o pai escolhesse tal caminho. A não ser que fossem consideradas *merecedoras*.

O casal de feéricos passou pelo mosaico do pátio do outrora grandioso palácio de Altium, então examinou a intrincada caixa-segredo de jade, que pertencera a uma princesa de uma esquecida terra ao norte.

Jesiba era a responsável pela maior parte das aquisições, por isso suas frequentes ausências, mas Bryce em pessoa havia rastreado e comprado um bom número de peças. E depois as revendido com um lucro considerável.

O casal havia se aproximado de um conjunto de estátuas da fertilidade de Setmek quando a campainha da porta da frente soou.

Bryce olhou para o relógio em cima da mesa. A reunião com o cliente da tarde só aconteceria dali a três horas. Ter vários curiosos na galeria era uma raridade, levando em conta os preços exorbitantes dos objetos expostos, mas talvez desse sorte e vendesse alguma coisa naquele dia.

— Com licença — murmurou Bryce, dando a volta na enorme mesa e abrindo as imagens da câmera externa em seu computador. Ela mal havia clicado no ícone quando a campainha tocou outra vez.

Bryce contemplou quem estava parado na calçada e congelou.

De fato, a terça-feira estava cagada.

* * *

Nenhuma janela adornava a fachada de arenito do estreito prédio de dois andares a um quarteirão do rio Istros. Apenas uma placa de bronze do lado direito da pesada porta de ferro indicava a Hunt Athalar se tratar de um estabelecimento comercial.

Antiquário Griffin fora gravado ali em grossas letras arcaicas. Sob as palavras, um par de atentos olhos de coruja entalhados, como um desafio a eventuais clientes. Abaixo, o interfone com botão de bronze combinando.

Isaiah, com o costumeiro terno e gravata, havia observado a campainha por tanto tempo que Hunt enfim dissera:

— Não há nenhum encantamento na campainha, você sabe. — Apesar da identidade da dona.

Isaiah lhe lançou um olhar, ajeitando a gravata.

— Eu devia ter tomado uma segunda xícara de café — murmurou ele, enquanto pressionava o dedo no botão de metal. Um zumbido fraco soou através da porta.

Ninguém atendeu.

Hunt esquadrinhou o exterior do prédio, à procura de uma câmera escondida. Nenhum brilho ou sinal. Na verdade, a mais próxima estava presa à porta cromada do abrigo antibombas a meio caminho da esquina.

O anjo observou a fachada de arenito outra vez. Parecia impossível que Jesiba Roga não tivesse câmeras monitorando cada centímetro do prédio, tanto do lado de fora quanto do de dentro.

Ele liberou uma fração do próprio poder, pequenas línguas de relâmpago provando campos de energia.

Quase invisíveis no sol da manhã, os relâmpagos ricochetearam em um encantamento viscoso, que revestia as pedras, a argamassa, a porta. Um feitiço inteligente, frio, que parecia zombar de qualquer tentativa de invasão.

— Roga não está de brincadeira, está? — murmurou Hunt.

Isaiah apertou a campainha de novo, com mais força que o necessário. Eles tinham ordens... urgentes o bastante para que mesmo Isaiah, apesar da falta de café, parecesse impaciente.

Embora aquilo também pudesse ter a ver com o fato de que Isaiah ficara fora até quatro da manhã. Mas Hunt não o havia questionado. Tinha apenas ouvido Naomi e Justinian fofocando na sala comunal, cogitando se aquele novo namorado significava que Isaiah estava enfim recuperado.

Hunt não se importara em responder que nem fodendo. Não quando Isaiah só obedecia Micah por causa do generoso salário semanal que o arcanjo pagava a todos, independentemente de a lei declarar não ser obrigatório remunerar escravizados. O dinheiro que Isaiah economizava compraria a liberdade de outro alguém. Assim como a merda que Hunt fazia para Micah garantiria a própria.

Isaiah apertou a campainha uma terceira vez.

— Talvez ela não esteja.

— Ela está — disse Hunt.

O cheiro da semifeérica ainda permanecia na calçada, lilás e noz-moscada e algo que ele não conseguia identificar... como o brilho das primeiras estrelas ao anoitecer.

E, de fato, um momento depois, uma sedosa voz feminina que, definitivamente, não pertencia à dona da galeria irrompeu pelo interfone.

— Não pedi pizza.

A contragosto, apesar da contagem regressiva mental, Hunt engoliu uma risada.

Isaiah farfalhou as asas brancas, e estampou um sorriso charmoso.

— Somos da 33ª Legião. Estamos aqui para ver Bryce Quinlan — disse ao interfone.

— Estou com clientes. Voltem mais tarde. — O tom de voz era incisivo.

Hunt tinha quase certeza de que "voltem mais tarde" queria dizer "vão se foder".

O sorriso charmoso de Isaiah vacilou.

— É um assunto urgente, Srta. Quinlan.

Um zumbido baixo.

— Lamento, mas precisam marcar uma hora. Que tal... em três semanas? Estou livre no dia 28 de abril. Vou agendá-los para o meio-dia.

Bem, ela tinha coragem, Hunt precisava admitir.

Isaiah afastou as pernas. Uma típica postura de luta da legião, incutida em ambos desde os primeiros dias como recrutas.

— Infelizmente, precisamos conversar agora.

Nenhuma resposta. Como se ela tivesse apenas se afastado do interfone.

O grunhido de Hunt fez o pobre fauno que passava atrás dos anjos disparar pela rua, os delicados cascos ecoando pelos paralelepípedos.

— Ela é uma vadia mimada. O que esperava?

— Ela não é idiota, Hunt — argumentou Isaiah.

— Tudo o que vi e ouvi sugere o contrário.

O que o anjo tinha descoberto ao dissecar o arquivo de Bryce dois anos antes, somado ao que ouvira naquela manhã e às fotos que analisara, pintava um retrato fiel de como acreditava que aquele encontro se desenrolaria. Era uma pena para ela que as coisas estivessem prestes a ficar bem mais sérias.

Hunt indicou a porta com o queixo.

— Veremos se há mesmo um freguês aí dentro.

Ele recuou até o lado oposto da rua, onde se apoiou em um carro azul estacionado. Algum bêbado tinha usado o capô como tela para um grafite desnecessariamente detalhado de um imenso pau... alado. Uma sátira, percebeu, ao símbolo da 33ª Legião: uma espada com asas. Ou apenas o logotipo despido de qualquer pretensão.

Isaiah também se deu conta e riu, seguindo o exemplo de Hunt e se encostando no carro.

Um minuto se passou. Hunt não se moveu um centímetro. Não tirou os olhos da porta de ferro. Tinha coisas melhores a fazer do que brincar com uma pirralha, mas ordens eram ordens. Depois de cinco minutos, um lustroso sedã preto apareceu e a porta de ferro se abriu.

O motorista feérico saltou do carro, que valia mais do que a maioria das famílias humanas economizava em uma vida inteira. Em um piscar de olhos, chegou ao outro lado do veículo e abriu a porta de passageiros. Dois feéricos desfilaram para fora da galeria, um macho e uma fêmea. Cada respiração da bela feérica irradiava o tipo de autoconfiança nascida de uma vida de riqueza e privilégio.

Ao redor do pescoço, um fio de diamantes, cada pedra do tamanho de uma das unhas de Hunt. O macho embarcou no sedã, a expressão carregada enquanto batia a porta antes que o chofer pudesse fazê-lo. A fêmea milionária apenas disparou pela rua, o telefone já encostado à orelha, resmungando com quem quer que estivesse do outro lado da linha, *Sem mais encontros às escuras, pelo amor de Urd.*

A atenção de Hunt voltou para a porta da galeria, onde uma ruiva curvilínea aguardava.

Somente quando o carro dobrou a esquina Bryce desviou os olhos na direção dos anjos.

Ela inclinou a cabeça, as mechas sedosas deslizando sobre o ombro do vestido branco colado ao corpo, e sorriu com vivacidade. Acenou. O delicado amuleto de ouro brilhou no pescoço bronzeado.

Hunt se afastou do carro e caminhou até ela, as asas cinzentas se abrindo.

Um lampejo dos olhos cor de âmbar assimilou Hunt, da tatuagem até a ponta das botas matadoras. Seu sorriso se alargou.

— Vejo vocês em três semanas — disse a semifeérica, alegre, e bateu a porta.

Hunt atravessou a rua em poucos passos. Um carro freou, cantando os pneus, mas o motorista não foi tolo de apertar a buzina. Não quando relâmpagos serpenteavam pelo punho de Hunt conforme ele esmurrava o botão do interfone.

— Não desperdice meu maldito tempo, Quinlan.

Isaiah deixou o motorista quase histérico passar antes de seguir Hunt, semicerrando os olhos castanhos.

— Minha chefe não gosta de legionários em sua loja. Lamento — retrucou Bryce, com doçura.

Hunt esmurrou a porta de ferro. Aquele mesmo soco havia amassado carros, destruído paredes e estilhaçado ossos. E isso sem o auxílio da tempestade em suas veias. O ferro nem mesmo tremeu; o raio ricocheteou.

Ao Inferno com ameaças, então. Ele miraria direto na jugular, tão certeiro e violento como qualquer um de seus golpes físicos.

— Viemos por causa de um assassinato — disse Hunt pelo interfone.

Isaiah estremeceu, escaneando a rua e os céus à procura de qualquer um que pudesse ter ouvido.

Hunt cruzou os braços enquanto o silêncio se alongava.

Então a porta de ferro sibilou e estalou, e uma fresta se abriu.

Na mosca.

Ao abrigo do sol, Hunt precisou de um piscar de olhos para se adaptar ao interior sombrio, e usou aquele primeiro passo dentro da galeria para examinar cada ângulo e cada saída e detalhe.

O felpudo carpete verde-floresta se estendia de parede a parede na sala de exposição de pé-direito duplo. Pontilhando o cômodo, nichos com iluminação indireta exibiam artefatos: pedaços de afrescos antigos, pinturas e estátuas de vanir tão estranhos e raros que até mesmo Hunt desconhecia seus nomes.

Bryce Quinlan se encostou na grande mesa de pau-ferro no centro do salão, o vestido branco-neve marcando cada reentrância e curva generosa.

Hunt abriu um sorriso preguiçoso, mostrando todos os dentes.

Esperou pela reação: a percepção de quem ele era. Esperou que ela se encolhesse, que se atrapalhasse ao procurar o botão de alarme ou a arma ou o que quer que acreditasse que a salvaria de criaturas como ele.

Mas talvez ela fosse estúpida, afinal, porque seu sorriso em resposta parecia sacarino ao extremo. As unhas pintadas de vermelho tamborilavam indolentes na imaculada superfície de madeira.

— Vocês têm quinze minutos.

Hunt não esclareceu que, provavelmente, aquele encontro se prolongaria por bem mais que aquilo.

Isaiah se virou para fechar a porta, mas Hunt sabia que já estava trancada. Assim como sabia, graças à informação reunida pela inteligência da legião ao longo dos anos, que a pequena porta de madeira atrás da mesa levava ao andar de cima e ao escritório de Jesiba Roga — onde uma janela envidraçada do chão ao teto dava para a sala onde estavam —, e a porta simples de ferro à direita levava a outro andar, onde estavam guardadas coisas que legionários não deveriam encontrar. Os encantamentos naquelas duas portas, com certeza, eram ainda mais potentes do que os do lado de fora.

Isaiah soltou um de seus longos suspiros sofridos.

— Houve um assassinato nos arredores do Mercado da Carne ontem à noite. Acreditamos que você conhecia a vítima.

Hunt registrou cada reação fugaz daquele rosto enquanto ela continuava empoleirada no canto da mesa: o ligeiro arregalar de olhos, a pausa no tamborilar de unhas, a piscada única, que sugeria que ela tinha uma pequena lista de possíveis vítimas e nenhuma das opções parecia agradável.

— Quem? — Foi tudo o que ela disse, a voz firme.

Os filetes de fumaça do difusor em formato cônico ao lado do computador pairavam ao redor, carregando o aroma vibrante e limpo de menta. Claro que ela era uma daquelas fanáticas por aromaterapia, induzida a trocar seus marcos pela promessa de se sentir mais feliz, ou se tornar boa de cama, ou desenvolver meio cérebro, para combinar com a metade que já possuía.

— Maximus Tertian — respondeu Isaiah. — Temos relatos de que você se encontrou com ele no mezanino VIP do Corvo Branco, duas horas antes do assassinato.

Hunt podia jurar que os ombros de Bryce se curvaram ligeiramente.

— Maximus Tertian está morto — disse ela. Eles assentiram. Ela inclinou a cabeça. — Quem fez isso?

— É o que estamos tentando descobrir — respondeu Isaiah, neutro.

Hunt ouvira falar de Tertian; um vampiro canalha que não aceitava não como resposta e a quem o pai rico e sádico havia ensinado bem. E protegido de qualquer consequência resultante de seu comportamento hediondo. Se Hunt fosse honesto, diria que Midgard estava melhor sem ele. A não ser pela dor de cabeça que teriam quando o pai de Tertian descobrisse que o filho predileto havia sido assassinado... Aquela reunião seria apenas o começo.

— Você deve ter sido uma das últimas pessoas a vê-lo com vida. Pode recapitular seu encontro com ele? Nos mínimos detalhes.

Bryce olhou de um anjo para o outro.

— Esse é o jeito de vocês sondarem se eu o matei ou não?

Hunt abriu um sorriso cínico.

— Não parece triste com a morte de Tertian.

Aqueles olhos cor de âmbar se voltaram para ele com um brilho de indignação.

Tinha de admitir: machos fariam coisas bem execráveis por alguém com aquela aparência.

No passado, fizera precisamente tais coisas por Shahar. Como consequência, agora ostentava o halo tatuado em seu cenho e a marca de escravizado no punho. Sentiu um aperto no peito.

— Tenho certeza de que alguém já disse que Maximus e eu nos despedimos de modo hostil. Nós nos encontramos para fechar um acordo para a galeria, e, quando terminamos, ele achou que tinha direito a... um tratamento especial.

Hunt a entendeu perfeitamente. Aquilo batia com tudo o que ouvira sobre Tertian e o pai. Também configurava um bom motivo.

— Não sei para onde ele foi depois do Corvo — prosseguiu Bryce. — Se foi morto nas imediações do Mercado da Carne, creio que estivesse atrás do que tentou conseguir comigo. — Palavras frias, incisivas.

A expressão de Isaiah se tornou impassível.

— O comportamento do vampiro na noite passada diferiu de como agia em reuniões prévias?

— Só havíamos interagido antes por e-mail e telefone, mas eu diria que não. Na noite passada, em nosso primeiro encontro cara a cara, ele agiu exatamente de acordo com suas atitudes anteriores.

— Por que não o encontrou aqui? Por que o Corvo? — perguntou Hunt.

— Ele parecia empolgado em agir como se nossa reunião fosse secreta. Alegou que não confiava que minha chefe não gravaria a conversa, mas, na verdade, apenas queria que as pessoas o notassem... o vissem fechando um acordo. Tive de passar a papelada em uma pasta de couro, e ele me devolveu uma igual, esse tipo de coisa. — Seu olhar encontrou o de Hunt. — Como ele morreu?

A pergunta foi direta, e ela não sorriu ou hesitou. Uma garota acostumada a ser respondida, obedecida, atendida. Os pais não eram ricos — ou, pelo menos, era o que o arquivo dizia —, no entanto, seu apartamento, a quinze quarteirões de distância, sugeria uma riqueza exorbitante. Resultado daquele trabalho ou de alguma merda nebulosa que tinha escapado até mesmo aos vigilantes olhos da legião.

Isaiah suspirou.

— Todos os detalhes são confidenciais.

Ela balançou a cabeça.

— Não posso ajudá-los. Tertian e eu fechamos o acordo, ele tentou uma mão boba e foi embora.

Cada quadro da gravação da câmera de vigilância e os depoimentos das testemunhas oculares confirmavam aquilo. Mas não era o motivo da presença dos anjos. O que foram enviados para fazer.

— E quando o príncipe Ruhn apareceu? — perguntou Isaiah.

— Se já sabem de tudo, por que o incômodo de me interrogar? — Ela não esperou uma resposta antes de continuar. — A propósito, vocês não me disseram seus nomes.

Hunt não conseguia ler sua expressão, a linguagem corporal relaxada. Não haviam travado contato desde aquela noite no centro de detenção da legião... e nenhum deles tinha se apresentado então. Ela sequer registrara o rosto deles naquela apatia induzida pelas drogas?

Isaiah ajeitou as imaculadas asas brancas.

— Sou Isaiah Tiberian, Comandante da 33ª Legião Imperial. E esse é Hunt Athalar, meu...

Isaiah vacilou, como se tivesse se dado conta de que havia se passado um longo tempo desde que tiveram de se apresentar com alguma espécie de patente. Então Hunt fez um favor ao anjo e terminou por ele.

— Seu segundo em comando.

Se Isaiah ficou surpreso ao ouvir aquilo, o rosto calmo e bonito não demonstrou. O comandante era, tecnicamente, seu superior nos triários e na 33ª como um todo, mesmo que a merda que Hunt fizesse para Micah o colocasse diretamente sob as ordens do governador.

Isaiah nunca havia se aproveitado da posição. Como se lembrasse daqueles dias antes da Queda, e quem estivera no comando então.

Como se aquilo tivesse alguma maldita importância.

Não, tudo o que importava naquela merda toda era que Isaiah tinha matado pelo menos três dezenas de legionários imperiais naquele dia, aos pés do monte Hermon. E Hunt carregava o fardo de pagar cada uma dessas vidas à República. Para honrar a barganha com Micah.

Os olhos de Bryce dardejaram para suas testas... para as tatuagens gravadas ali. Hunt se preparou para o comentário zombeteiro... para qualquer umas das observações idiotas que as pessoas ainda gostavam de fazer sobre a Legião Caída e sua rebelião fracassada. Mas ela disse somente:

— Então o quê... vocês investigam crimes nas horas vagas? Achei que fosse jurisdição do Auxilia. Não têm nada melhor para fazer na 33ª do que bancarem os detetives?

— Alguém pode confirmar onde você estava depois que saiu do Corvo Branco? — perguntou Isaiah, um pouco rude, nada feliz, ao que parecia, por alguém naquela cidade não cair a seus pés.

Bryce sustentou o olhar de Isaiah. Em seguida, desviou os olhos para Hunt. E ele ainda não conseguia ler a máscara de tédio enquanto ela se afastava da mesa e dava alguns passos deliberados na direção de ambos, antes de cruzar os braços.

— Só meu porteiro... e Ruhn Danaan, mas vocês já sabiam disso.

Como alguém podia caminhar com aqueles saltos estava além de sua compreensão. Como alguém conseguia respirar em um vestido tão justo também era um mistério. Era comprido o bastante para cobrir a área onde a cicatriz daquela noite, dois anos antes, estaria... quer dizer, se ela não tivesse pago a alguma medbruxa para apagá-la. Ele não tinha a menor dúvida de que uma pessoa que obviamente se esforçava tanto para se vestir bem já a teria removido.

Garotas baladeiras não gostavam de cicatrizes estragando sua aparência em um biquíni.

As asas brancas de Isaiah se moveram.

— Considera Ruhn Danaan um amigo?

Bryce deu de ombros.

— Ele é um primo distante.

Mas, aparentemente, dedicado o bastante para invadir a sala de interrogatório dois anos antes. E aparecer no bar VIP na véspera. Se ele se preocupava tanto assim com Quinlan, aquilo também podia ser um maldito motivo. Mesmo que Ruhn e o pai transformassem o inquérito em um pesadelo.

Bryce abriu um sorriso perspicaz, como se também se lembrasse da ocasião.

— Boa sorte ao conversar com ele.

Hunt rangeu os dentes, mas ela caminhou até a porta da frente, requebrando os quadris, como se soubesse precisamente quanto sua bunda era espetacular.

— Só um instante, Srta. Quinlan — disse Isaiah. A voz do comandante parecia calma, mas resoluta.

Hunt disfarçou um sorriso. Ver Isaiah zangado era sempre divertido. Contanto que não fosse o alvo de sua ira.

Quinlan ainda não sabia do detalhe quando olhou por cima do ombro.

— Sim?

Hunt a observava conforme Isaiah, enfim, revelava a verdadeira razão para aquela visita.

— Não viemos aqui apenas para perguntar sobre seu paradeiro.

Ela indicou a galeria.

— Querem comprar algo bonito para o governador?

Hunt abriu um meio-sorriso.

— Engraçado ter tocado no assunto. Ele está a caminho neste exato momento.

Um piscar lento. Ainda, nenhum sinal ou cheiro de medo.

— Por quê?

— Micah apenas nos mandou interrogá-la sobre a noite passada, e então nos certificarmos de que estivesse disponível, e que a fizéssemos colocar sua chefe na linha.

Levando em conta a raridade com que Hunt era chamado para ajudar nas investigações, o anjo havia ficado perplexo com a ordem. Mas como Isaiah e ele tinham estado presentes no beco naquela noite, supunha que o fato os tornava a escolha ideal para chefiar tal tipo de coisa.

— Micah está vindo para cá. — Ela engoliu em seco uma vez.

— Vai chegar em dez minutos — confirmou Isaiah, assentindo para o telefone. — Sugiro que ligue para sua chefe, Srta. Quinlan.

A respiração de Bryce tornou-se levemente ofegante.

— Por quê?

Hunt enfim soltou a bomba.

— Porque os ferimentos de Maximus Tertian eram idênticos aos sofridos por Danika Fendyr e a Matilha dos Demônios.

Triturados e desmembrados.

Os olhos da semifeérica se fecharam.

— Mas... Philip Briggs os matou. Invocou aquele demônio para acabar com eles. E está na prisão. — A voz ficou aguda. — Está na prisão há *dois anos*.

Em um lugar pior que a prisão, mas aquilo não vinha ao caso.

— Nós sabemos — disse Hunt, mantendo o rosto impassível.

— Ele não pode ter matado Tertian. Como poderia invocar um demônio da cadeia? — argumentou Bryce. — Ele... — Bryce engoliu em seco, se contendo. Compreendendo, talvez, o motivo da visita de Micah. Várias pessoas que conhecera haviam sido assassinadas, poucas horas depois de interagir com ela. — Acham que Briggs não é o culpado. Que ele não matou Danika e seu bando.

— Não sabemos ao certo — interrompeu Isaiah. — Mas os detalhes específicos de como todos morreram jamais vazaram, então temos bons motivos para acreditar que não se trata de um imitador.

— Vocês se encontraram com Sabine? — perguntou Bryce, sem rodeios.

— *Você* se encontrou? — rebateu Hunt.

— Fazemos o máximo para que nossos caminhos não se cruzem.

Talvez fosse a única coisa inteligente que Bryce já decidira fazer. Hunt se lembrava da malícia com que Sabine a fuzilara com os olhos pela janela da sala de observação, dois anos antes, e ele não tinha a menor dúvida de que a loba apenas aguardava o tempo necessário para que a infeliz e prematura morte da semifeérica não fosse considerada nada além de uma eventualidade.

Bryce caminhou de volta a sua mesa, evitando-os. A seu favor, o andar continuava firme e compassado. Ela pegou o telefone sem nem mesmo um olhar para os dois.

— Vamos esperar lá fora — propôs Isaiah.

Hunt abriu a boca para protestar, mas o comandante lhe lançou um olhar de aviso.

Certo. Ele e Quinlan poderiam duelar mais tarde.

* * *

Com o fone preso em um aperto visceral, Bryce ouviu um toque do outro lado da linha. Dois. Então...

— Bom dia, Bryce.

O coração de Bryce reverberava em seus braços, pernas, estômago.

— Dois legionários estão aqui. — Ela engoliu em seco. — O Comandante da 33ª Legião e... — Suspirou. — O Umbra Mortis.

Tinha reconhecido Isaiah Tiberian... ele estampava o noticiário noturno e as colunas de fofoca com frequência suficiente para que não houvesse a menor possibilidade de confundir o belo comandante.

E também tinha reconhecido Hunt Athalar, embora ele nunca aparecesse na televisão. Todos sabiam quem era Hunt Athalar. Ela ouvira falar do anjo ainda na infância, em Nidaros, quando Randall relembrava suas batalhas em Pangera e sussurrava ao mencionar Hunt. O *Umbra Mortis*. A Sombra da Morte.

Na época, o anjo não trabalhava para Micah Domitus e sua legião, mas para a arcanjo Sandriel... ele havia voado em sua 45ª Legião. Caça-demônios, os boatos diziam ser seu trabalho. E pior.

— Por quê? — sibilou Jesiba.

Bryce apertou o telefone.

— Maximus Tertian foi morto ontem à noite.

— *Solas* Flamejante...

— Do mesmo modo que Danika e o bando.

Ela bloqueou qualquer imagem vaga, inalando a essência leve e calmante dos vapores de menta dispersados pelo difusor sobre a mesa. Havia comprado o estúpido cone plástico dois meses depois que Danika fora assassinada, imaginando que não faria mal apelar para a aromaterapia durante as longas e silenciosas horas do dia, quando seus pensamentos fervilhavam e a invadiam, corroendo-a de dentro para fora. No final da semana, tinha comprado mais três e os espalhado pela casa.

Bryce suspirou.

— Parece que Briggs pode não ter matado Danika.

Por dois anos, parte da semifeérica havia se agarrado àquilo... que nos dias seguintes ao crime, eles haviam encontrado evidências suficientes para condenar Briggs, que quisera se vingar de Danika por ter desbaratado seu círculo rebelde de atentados. Briggs tinha negado, mas tudo se encaixava: ele fora flagrado comprando sais pretos para invocação nas semanas anteriores a sua prisão, aparentemente a fim de alimentar algum novo e horrível tipo de arma.

Que Danika houvesse sido morta por um demônio do Fosso — que teria exigido o mortal sal preto para ser conjurado — não podia ter sido mera coincidência. Parecia claro que Briggs havia sido libertado, colocado as mãos no sal preto, invocado o demônio e o instigado contra Danika e a Matilha dos Demônios. O monstro atacara o soldado da 33ª que patrulhava o beco e, missão cumprida, fora enviado de volta ao Inferno por Briggs. Embora o rebelde jamais tivesse confessado ou revelado de que espécie era a criatura, ela não havia sido vista novamente em dois anos. Desde que Briggs fora preso. Caso encerrado.

Por dois anos, Bryce se apegara àqueles fatos. Que, mesmo que seu mundo tivesse desmoronado, a pessoa responsável estava atrás das grades. Para sempre. E merecia cada horror que seus carcereiros lhe infligissem.

Jesiba soltou um longo, longo suspiro.

— Os anjos a acusaram de alguma coisa?

— Não. — Não exatamente. — O governador está vindo para cá.

Outra pausa.

— Para interrogá-la?

— Espero que não. — Bryce gostava de seus membros onde estavam. — Ele também quer falar com você.

— O pai de Tertian sabe que ele morreu?

— Não sei.

— Preciso fazer algumas ligações — disse Jesiba, mais para si mesma. — Antes que o governador chegue. — Bryce entendeu muito bem sua intenção: não queria que o pai de Maximus aparecesse na galeria exigindo respostas. Culpando Bryce por sua morte. Seria o caos.

Bryce enxugou as palmas das mãos suadas nas coxas.

— O governador logo estará aqui.

Uma tênue batida ecoou da porta de ferro dos arquivos.

— BB? Você está bem? — sussurrou Lehabah.

Bryce cobriu o bocal do telefone.

— Volte para seu posto, Lele.

— Aqueles dois eram anjos?

Bryce trincou os dentes.

— Sim. Volte para baixo. Mantenha Syrinx quieto.

Lehabah soltou um suspiro, audível mesmo através dos 15 centímetros de ferro. Mas a duende de fogo não falou mais nada, indicando que ou tinha retornado aos arquivos embaixo da galeria ou ainda estava xeretando. Bryce não se importava, contanto que ela e a quimera ficassem quietas.

— Quando Micah chega? — Jesiba estava perguntando.

— Em oito minutos.

Jesiba ponderou.

— Tudo bem.

Bryce tentou não se surpreender com o simples fato de a chefe não exigir mais tempo; em especial diante da morte de um cliente. Mas até mesmo Jesiba sabia que era melhor não se meter com um arcanjo. Ou talvez tivesse, finalmente, cultivado um pouco de empatia quando se tratava do assassinato de Danika. Com certeza, não havia demonstrado nenhuma quando ordenara que Bryce voltasse ao trabalho, ou seria transformada em uma porca, duas semanas depois da morte da loba.

— Não preciso lhe dizer para se certificar de que tudo está sob controle — avisou Jesiba.

— Vou verificar uma segunda vez. — Mas havia se assegurado antes de os anjos colarem o pé na galeria.

— Então sabe o que fazer, Quinlan — disse a chefe, o som do farfalhar de papel ou de roupas ao fundo. Duas vozes masculinas grunhiram em protesto. Em seguida, a linha ficou muda.

Soltando um suspiro, Bryce entrou em ação.

11

O arcanjo apertou a campainha exatamente sete minutos mais tarde.

Acalmando a respiração ofegante, Bryce examinou a galeria pela décima vez, conferindo se tudo estava no lugar, a arte espanada, qualquer contrabando escondido no andar inferior...

As pernas pareciam bambas, a antiga dor em sua coxa chegando até o osso, mas as mãos continuaram firmes enquanto estendia o braço para a porta da frente e a abria.

O arcanjo era lindo. Terrível e indecentemente lindo.

Hunt Athalar e Isaiah Tiberian estavam parados atrás dele, quase tão bonitos quanto; o último dirigia a Bryce um sorriso suave que obviamente acreditava ser charmoso. O primeiro... Os olhos sombrios de Hunt nada perdiam.

Bryce inclinou a cabeça para o governador, recuando um passo, os estúpidos saltos instáveis no carpete.

— Seja bem-vindo, Vossa Graça. Por favor, entre.

Os olhos castanhos de Micah Dominus a devoravam. O poder comprimia sua pele, sugava o ar da sala, de seus pulmões. Enchia o espaço com a tessitura de tempestades à meia-noite, sexo e morte.

— Presumo que sua chefe vá se juntar a nós por vídeo — disse o arcanjo, deixando a ofuscante luz da rua.

Maldito Inferno, aquela *voz*... seda e aço e pedra arcaica. Com certeza, conseguiria fazer alguém gozar apenas sussurrando obscenidades em seu ouvido.

Mesmo que não tivesse aquela voz, teria sido impossível esquecer o que Micah era, o que o governador irradiava a cada sopro, a cada piscar de olhos. No momento, havia dez arcanjos que governavam os vários territórios da República, todos ostentando o título de governador... todos se reportando apenas aos asteri. A magia de um anjo comum, considerado poderoso, podia alimentar um prédio. O poder de um arcanjo podia sustentar uma metrópole inteira. Não havia como prever de onde vinha a força extra que diferenciava um arcanjo de um anjo. Às vezes era herdada, em geral por meio de cuidadosas ordens de procriação ditadas pelos asteri. Às vezes surgia em linhagens ordinárias.

Ela não conhecia muito da biografia de Micah; jamais prestara atenção nas aulas de história, ocupada demais em admirar aquele rosto perfeito, agora a sua frente, para dar ouvidos ao discurso da professora.

— A Srta. Roga está esperando sua ligação — conseguiu dizer, tentando não respirar alto demais enquanto o Governador de Valbara passava por ela.

Uma das imaculadas penas brancas roçou sua clavícula. Teria se arrepiado... não fossem os dois anjos no encalço de Micah.

Isaiah apenas lhe fez um aceno de cabeça enquanto seguia Micah até as cadeiras atrás da mesa.

Hunt Athalar, entretanto, se demorou, sustentando seu olhar, antes de estudar sua clavícula. Como se a pena tivesse deixado uma marca. A tatuagem de espinhos na testa do anjo ficou mais sombria.

E, simples assim, aquele cheiro de sexo exsudado pelo arcanjo se transmutou em podridão.

Os asteri e arcanjos podiam facilmente ter encontrado outra maneira de conter o poder dos anjos caídos, no entanto os escravizaram com os feitiços urdidos nas tatuagens mágicas que estamparam na testa deles como malditas coroas. E as tatuagens em seus punhos: *SPQM*.

Senatus Populesque Midgard.

Senado e Povo de Midgard. Total babaquice. Como se o Senado fosse algo além de uma marionete. Como se os asteri não fossem imperadores e imperatrizes, governando a tudo e a todos pela eternidade, as almas pervertidas regenerando-se de uma forma para outra.

Bryce afastou aquele pensamento enquanto fechava a porta de ferro atrás de Hunt, por pouco não acertando as penas cinzentas. Os olhos castanho-escuros brilharam em advertência.

Ela abriu um sorriso para expressar suas emoções em relação àquela emboscada, tudo o que não ousava dizer em voz alta. *Enfrentei coisa bem pior que você, Umbra Mortis. Não tenho medo de cara feia.*

Hunt piscou, um único sinal de sua surpresa, mas Bryce já se virava para a mesa, tentando não mancar quando a dor atravessou sua perna. A semifeérica tinha arrastado uma terceira cadeira da biblioteca, o que havia sobrecarregado ainda mais o músculo.

Ela não se atreveu a massagear a cicatriz curva e grossa em sua coxa, escondida pelo vestido branco.

— Deseja alguma coisa, Vossa Graça? Café? Chá? Algo mais forte?

Ela já havia arrumado garrafas de água mineral gasosa nas mesinhas entre as cadeiras.

O arcanjo havia reivindicado o assento do meio, e, enquanto Bryce lhe sorria de maneira polida, o peso de seu olhar a envolvia como um cobertor macio.

— Estou bem. — Bryce olhou para Hunt e Isaiah, que haviam ocupado suas cadeiras. — Eles também estão bem — acrescentou Micah.

Muito bem, então. Ela deu a volta na mesa, deslizando a mão sob a borda para apertar o botão de bronze, e rezou à misericordiosa Cthona para que a voz permanecesse calma, muito embora sua mente insistisse em se apegar a um único pensamento: *Briggs não matou Danika, Briggs não matou Danika, Briggs não matou Danika...*

O painel de madeira na parede atrás de Bryce se abriu, revelando uma tela grande. Conforme o monitor brilhava, tomando vida, ela pegou o telefone na mesa e discou.

Briggs fora um monstro, que planejara machucar pessoas e merecia estar na cadeia, mas... fora acusado injustamente de assassinato.

O assassino de Danika ainda estava livre.

— A tela está pronta? — perguntou Jesiba ao primeiro toque.

— Quando quiser. — Bryce digitou os códigos em seu computador, tentando ignorar o governador, que a olhava como se ela fosse um filé e ele... alguma coisa que comia filés. Crus. E gemendo. — Estou conectando você — declarou.

Um instante depois, Jesiba Roga apareceu na tela... e as duas desligaram seus telefones.

Atrás da feiticeira, a suíte do hotel exibia o esplendor pangerano: painéis brancos com molduras douradas, felpudos carpetes cor de creme e cortinas de seda rosa-claras, uma cama de dossel feita em carvalho, grande o bastante para Jesiba e os dois machos que Bryce ouvira quando ligou mais cedo.

Jesiba se divertia tão intensamente quanto trabalhava em suas viagens pelo imenso território à procura de peças para a galeria; fosse visitando escavações arqueológicas ou cortejando clientes poderosos.

Apesar de terem se passado menos de dez minutos e apesar de usar a maior parte daquele tempo para fazer algumas ligações muito importantes, o vestido azul-marinho esvoaçante de Jesiba parecia imaculado, revelando tentadores vislumbres de um voluptuoso corpo feminino adornado com pérolas de água doce nas orelhas e no pescoço. O curtíssimo cabelo louro-acinzentado brilhava sob as lâmpadas de primalux... mais curto nas laterais, mais comprido no topo. Chique e casual, sem esforço. Seu rosto...

Seu rosto parecia ao mesmo tempo jovem e sábio, acessível e sinistro. Os olhos cinza-pálidos reluziam com magia cintilante, sedutores e mortais.

Bryce jamais se atrevera a perguntar por que Jesiba havia desertado das bruxas séculos antes. Por que havia se aliado à Casa de Chama e Sombra e a seu líder, o Sub-Rei, e o que fazia para ele. Ela se autodenominava feiticeira. Nunca bruxa.

— Bom dia, Micah — cumprimentou Jesiba, com suavidade. Um tom de voz cortês e vulnerável se comparado ao de outros membros de Chama e Sombra... o raspar rouco dos ceifadores, ou o timbre sedoso dos vampiros.

— Jesiba — ronronou Micah.

Jesiba abriu um ligeiro sorriso, como se tivesse ouvido aquele ronronar múltiplas vezes, de múltiplos machos.

— Por mais que me agrade ver seu belo rosto, gostaria de saber por que convocou essa reunião. A não ser que o lance de Danika seja uma desculpa para conversar com a doce Bryce.

O lance de Danika. Bryce manteve a expressão neutra, mesmo sob o escrutínio de Hunt. Parecia que ele podia ouvir as batidas de seu coração, farejar o suor umedecendo suas palmas.

Mas Bryce respondeu com um olhar entediado.

Micah se recostou na cadeira, cruzando as longas pernas.

— Por mais tentadora que seja sua assistente, temos assuntos mais importantes a tratar — disse o arcanjo, sem sequer olhar para Bryce.

Ela ignorou a permissividade descarada. O timbre daquela voz. *Tentadora...* como se ela fosse um pedaço de sobremesa em um prato. Estava habituada àquilo, mas... os malditos machos vanir.

Jesiba acenou com graça etérea para que continuasse, as unhas prateadas brilhando sob a iluminação do hotel.

— Acredito que meus triários informaram à Srta. Quinlan sobre o assassinato de ontem à noite. Cujo *modus operandi* foi o mesmo das mortes de Danika Fendyr e da Matilha dos Demônios, há dois anos — explicou Micah, devagar.

Bryce se manteve imóvel, imperturbável. Com sutileza, inspirou os fiapos calmantes de menta do difusor ali perto.

Micah continuou:

— O que eles não informaram foi a outra conexão.

Os dois anjos ladeando o governador enrijeceram de forma quase imperceptível. Claramente, era a primeira vez que ouviam aquilo.

— Ah? — fez Jesiba. — E preciso pagar por essa informação?

Um poder vasto e frio crepitou na galeria, mas o rosto do arcanjo continuou indecifrável.

— Estou compartilhando essa informação para que possamos combinar esforços.

Jesiba arqueou uma sobrancelha loura com sobrenatural fleuma.

— Para fazer o quê?

— Para que Bryce Quinlan encontre o verdadeiro assassino por trás desses crimes, é claro — respondeu Micah.

12

Bryce havia ficado tão imóvel que Hunt imaginou se ela sabia que aquilo era uma prova cabal. Não de seu autocontrole, mas de sua origem. Apenas feéricos conseguiriam ficar tão imóveis.

Sua chefe, a feiticeira de rosto jovem, suspirou.

— A 33ª anda tão incompetente que precisa mesmo da ajuda de minha assistente? — A voz adorável não foi suficiente para suavizar a pergunta. — Embora, eu suponha, você já tem minha resposta, uma vez que condenou equivocadamente Philip Briggs.

Hunt não ousou sorrir diante do franco desafio. Poucas pessoas sairiam impunes ao empregar aquele tom com Micah Domitus, ou com qualquer outro arcanjo.

Ele observou a feiticeira de 400 anos na tela. O anjo tinha ouvido os rumores: de que Jesiba respondia ao Sub-Rei, de que podia transformar pessoas em animais comuns se provocada, de que um dia havia sido uma bruxa que desertou de seu clã por razões ainda desconhecidas. Provavelmente péssimas, se ela havia acabado como membro da Casa de Chama e Sombra.

— Não sei nada sobre isso. Ou sobre quem gostaria de matar Tertian — murmurou Bryce.

Jesiba semicerrou os olhos.

— De qualquer forma, você é *minha* assistente. Não trabalha para a 33ª.

Micah pressionou os lábios. Hunt pôs-se de prontidão.

— Eu a convidei para esta reunião por cortesia, Jesiba. — Os olhos castanhos se estreitaram em desagrado. — Realmente, ao que tudo indica, Philip Briggs foi injustamente condenado. Mas isso não muda o fato de que Danika Fendyr e a Matilha dos Demônios o prenderam em seu laboratório, com evidência irrefutável dos planos para explodir inocentes no Corvo Branco. E, muito embora ele tenha sido inicialmente libertado por uma brecha legal, nos últimos dois anos reunimos provas suficientes de sua participação em crimes anteriores para condená-lo. Assim, Briggs vai continuar atrás das grades e cumprir sua pena pelas ações cometidas enquanto líder da agora inativa seita Keres e por sua participação na ampla rebelião humana.

Bryce pareceu relaxar, aliviada.

Mas, então, Micah prosseguiu:

— Entretanto, isso significa que continua à solta nesta cidade um perigoso assassino capaz de conjurar um demônio letal. Se por diversão ou por vingança, não sabemos. Admito que minha 33ª e o Auxilia exauriram seus recursos. Mas a Cimeira será em menos de um mês. Alguns participantes vão encarar esses assassinatos como prova de que mal consigo controlar minha cidade, quanto mais o território, e tentar usar esse fato contra mim.

Era óbvio que aquilo não tinha a ver com a prisão de um assassino mortal. Não, aquilo era puramente relações públicas.

Mesmo com a Cimeira ainda distante, Hunt e os outros triários vinham se preparando havia semanas, aprontando as unidades da 33ª para a pompa e a babaquice que cercavam o encontro dos poderes de Valbara a cada dez anos. Líderes de todo o território iam comparecer, manifestando suas preocupações, talvez com algumas aparições especiais dos líderes babacas do outro lado do Haldren.

Hunt ainda não havia comparecido a uma reunião de cúpula em Valbara, mas tinha participado de muitas Cimeiras em Pangera, com governantes que fingiam ter algum arremedo de autonomia. Em geral, as Cimeiras se resumiam a uma semana de discussões entre poderosos vanir até o arcanjo supervisor decretar suas leis.

Ele não tinha dúvida de que com Micah não seria diferente. Isaiah já estivera em uma e o avisara de que o arcanjo gostava de exibir seu poderio militar durante o encontro. Gostava de fazer a 33ª Legião desfilar, na terra e nos céus, seus membros paramentados com a pompa imperial.

O peitoral marrom já estava sendo polido. A ideia de vestir a armadura formal, as sete estrelas do brasão dos asteri estampadas sobre o coração, provocava em Hunt ânsia de vômito.

Jesiba estudou as unhas prateadas.

— Algo emocionante vai acontecer na Cimeira dessa vez?

— A nova rainha-bruxa será formalmente reconhecida — respondeu Micah, enquanto parecia pesar a expressão casual de Jesiba

Jesiba não demonstrou um pingo de emoção.

— Soube da morte de Hecuba — disse a feiticeira. Nenhum sinal de pesar ou satisfação. Apenas constatava um fato.

Mas Quinlan ficou tensa. Sua vontade era gritar que voltassem ao assassinato.

— E os asteri estão enviando Sandriel para apresentar um relatório do Senado sobre o conflito rebelde — acrescentou Micah.

Todo pensamento se esvaiu da cabeça de Hunt. Até mesmo o normalmente inabalável Isaiah enrijeceu.

Sandriel. *Ali.*

— Sandriel chegará ao Comitium na próxima semana, e, a pedido dos asteri, será minha hóspede até a Cimeira — explicava Micah.

Um mês. Aquele maldito monstro ficaria na cidade por um mês.

Jesiba inclinou a cabeça com graça enervante. Ela podia não ser uma ceifadora, mas com certeza se movia como uma.

— O que minha assistente tem a oferecer na busca pelo assassino?

Hunt reprimiu... o rugido, o tremor, o silêncio. Reprimiu bem fundo e fundo e fundo, até que não passasse de outra onda bramindo no abismo profundo dentro de si. Ele se forçou a se concentrar na conversa. E não na psicopata que estava a caminho da cidade.

O olhar de Micah pousou em Bryce, que empalidecera de tal modo que as sardas pareciam sangue salpicado na ponte do nariz.

— A Srta. Quinlan é, até agora, a única testemunha do demônio que o assassino invocou.

— E quanto ao anjo no beco? — Bryce teve a audácia de perguntar.

A expressão de Micah continuou impassível.

— Ele não se lembra do ataque. Foi uma emboscada. — Antes que Bryce pudesse pressioná-lo, o arcanjo continuou: — Dada a natureza delicada da investigação, agora estou disposto a pensar fora da caixa, como dizem por aí. E buscar ajuda para solucionar esses assassinatos, antes que se tornem um problema real.

Ou seja, o arcanjo precisava manter as aparências diante das autoridades. Diante de Sandriel, que reportaria tudo aos asteri e a seu Senado de estimação.

Um assassino à solta, capaz de invocar um demônio que podia matar um vanir com a mesma facilidade de um humano? Ah, aquilo era precisamente o tipo de merda que Sandriel adoraria contar aos asteri. Em especial se custasse a Micah seu posto. E ela o conseguisse para si. O que era o quadrante noroeste de Pangera comparado a *toda* Valbara? E a queda de Micah significava que seus escravizados — Hunt, Isaiah, Justinian e tantos outros — seriam passados para quem quer que herdasse o título de governador.

Sandriel jamais honraria o acordo de Micah e Hunt.

Micah se virou para Hunt, os lábios num ângulo cruel.

— Pode imaginar, Athalar, quem Sandriel trará com ela. — Hunt ficou petrificado. — Pollux também adoraria relatar suas descobertas.

Hunt lutou para controlar a respiração, para manter a expressão neutra.

Pollux Antonius, o comandante triário de Sandriel... o *Malleus*, como o chamavam. O Martelo. Tão cruel e impiedoso quanto Sandriel. E um maldito filho da puta.

Jesiba pigarreou.

— Ainda não sabe de que tipo de demônio se trata? — Ela se reclinou na cadeira, um esgar nos lábios cheios.

— Não — respondeu Micah, entre os dentes.

Era verdade. Nem mesmo Hunt havia sido capaz de identificá-lo, e o anjo tivera o distinto prazer de matar mais demônios do que podia se lembrar. Eles vinham em inúmeras raças e níveis de inteligência, variando de bestas que pareciam híbridos felino-caninos até humanoides, príncipes metamorfos que reinavam sobre os sete territórios do Inferno, cada um mais sombrio que o anterior: o Vazio, a Trincheira, o Cânion, a Ravina, o Desfiladeiro, o Abismo e o pior de todos... o Fosso.

Mas, mesmo sem uma identificação específica, considerando a velocidade e o que fizera, a criatura parecia pertencer ao Fosso, talvez uma mascote do Comedor de Estrelas. Somente nas profundezas do Fosso algo assim se desenvolveria... um demônio que jamais vira luz, que nunca havia precisado dela.

Não importava, imaginou Hunt. Se a criatura fosse ou não suscetível à luz, as habilidades específicas do Umbra Mortis ainda poderiam transformá-la em pedaços calcinantes de carne. Um raio de luz, e o demônio iria fugir ou estrebuchar de dor.

A voz de Bryce invadiu a tempestade na cabeça de Hunt.

— Você disse que havia outra ligação entre os assassinatos do passado e o de agora. Além do... estilo.

Micah a encarou. A seu favor, Bryce não baixou os olhos.

— Maximus Tertian e Danika Fendyr eram amigos.

As sobrancelhas de Bryce se uniram em uma linha.

— Danika não conhecia Tertian.

Micah suspirou para o teto forrado em madeira.

— Suspeito que havia muita coisa que ela não contava a você.

— Eu saberia se ela fosse amiga de Maximus Tertian — insistiu Bryce.

O poder de Micah ciciou pelo cômodo.

— Cuidado, Srta. Quinlan.

Ninguém falava assim com um arcanjo, pelo menos ninguém com praticamente zero poder nas veias. Foi o bastante para Hunt esquecer Sandriel e se concentrar na conversa.

— Há também o detalhe de que *você* conhecia tanto Danika quanto Maximus Tertian — continuou Micah. — De que você estava no Corvo Branco nas noites em que os assassinatos ocorreram. A similaridade é suficiente para torná-la... suspeita.

Jesiba se endireitou.

— Está insinuando que Bryce tem alguma culpa?

— Ainda não — respondeu Micah, com frieza. — Mas tudo é possível.

Os dedos de Bryce se crisparam em punhos cerrados, os nós embranquecendo conforme ela, sem dúvida, tentava se controlar para não ofender o arcanjo. Ela optou por mudar de assunto.

— E quanto a investigar os outros membros da Matilha dos Demônios? Qualquer um podia ter sido o alvo!

— Já investigamos e descartamos a hipótese. Danika continua sendo o nosso foco.

— Acha realmente que posso descobrir alguma coisa, quando nem o Auxilia nem a 33ª Legião conseguiram? Por que não pedir aos asteri que mandem alguém como a Corça?

A questão reverberou pelo cômodo. Bryce não podia ser tão estúpida a ponto de desejar aquilo. Jesiba lançou um olhar de censura para a assistente.

Micah, imperturbável com a menção a Lidia Cervos, a mais notória caça-espiões — e torturadora — da República, retrucou:

— Como já disse, não gostaria que o conhecimento desses... fatos ultrapasse as muralhas de minha cidade.

Hunt leu nas entrelinhas: apesar de fazer parte dos triários de Sandriel, a metamorfa cervídea conhecida como a Corça se reportava diretamente aos asteri e era amante declarada de Pollux.

O Martelo e a Corça... o devastador de campos de batalha e a destruidora dos inimigos da República. Hunt havia visto a Corça algumas vezes na fortaleza de Sandriel, e sempre batera em retirada, perturbado por seus imperscrutáveis olhos dourados. Lidia era tão linda quanto era implacável em sua caça a espiões rebeldes. O par perfeito para Pollux. A única que poderia ser ainda mais compatível que a Corça era a Harpia, mas, sempre que podia evitar, Hunt tentava não pensar na segunda em comando de Sandriel.

Ele sufocou sua angústia crescente.

— As estatísticas criminais sugerem que é provável que Danika conhecesse o assassino. — Outro silêncio sugestivo, que deixou Bryce indignada. — E, apesar das coisas que ela pode não ter lhe contado, você continua a ser a pessoa que melhor conhecia Danika Fendyr. Acredito que possa oferecer uma percepção sem precedentes.

Jesiba se inclinou para a tela em seu luxuoso quarto de hotel, toda graça e poder contido.

— Muito bem, governador. Digamos que determine que Bryce investigue o assunto. Eu gostaria de uma compensação.

Micah sorriu, um gesto incisivo e vibrante que Hunt somente testemunhara antes de o arcanjo explodir alguém em cacos varridos pelo vento.

— Independentemente de sua lealdade ao Sub-Rei, e da proteção que acredita que o juramento lhe confere, você ainda é uma cidadã da República.

E me deve obediência, ele não precisou acrescentar.

— Achei que fosse versado nas leis, governador. Seção 57: se um oficial do governo contrata os serviços de um empregado terceirizado, deve pagar...

— Certo. Mande um recibo para mim. — As asas de Micah farfalharam, único sinal de sua impaciência. Mas, pelo menos, a voz soou gentil quando se dirigiu a Bryce. — Estou sem opções e logo ficarei sem ideias. Se há alguém capaz de refazer os últimos passos de Danika e descobrir quem a matou, é você. É o único elo entre as vítimas.

Ela apenas arfou.

— Creio que seu posto aqui na galeria também lhe garanta acesso a indivíduos talvez pouco dispostos a conversar com a 33ª ou com o Auxilia. Isaiah Tiberian vai reportar a mim qualquer progresso e ficará atento à investigação. — Os olhos castanhos do arcanjo avaliaram Hunt, como se pudessem ler cada linha de tensão no corpo do anjo, o pânico inundando-lhe as veias com a notícia da chegada de Sandriel. — Hunt Athalar é um experiente caça-demônios. Ele será seu guarda-costas, protegendo-a durante a busca pelo responsável.

Os olhos de Bryce se estreitaram, mas Hunt não ousou dizer uma palavra. Nem piscar seu desprazer... e alívio.

Ao menos teria uma desculpa para não ficar no Comitium durante a visita de Sandriel e Pollux. Mas ser uma babá de luxo, impossibilitado de trabalhar na diminuição de sua *dívida*...

— Muito bem — concedeu Jesiba, o olhar se desviando para sua assistente. — Bryce.

— Vou encontrá-lo — assegurou Bryce calmamente, os olhos cor de âmbar brilhando com um fogo gélido. Em seguida, encarou o arcanjo. — E então quero que você o varra do maldito planeta.

Sim, Bryce era corajosa. Era estúpida e impetuosa, mas pelo menos não era covarde. A combinação, no entanto, provavelmente a mataria antes que completasse a Descida.

Micah sorriu, como se também se desse conta do fato.

— O destino do assassino cabe ao sistema judiciário.

Um castigo leve e burocrático, embora o poder do arcanjo trovejasse pela sala, quase uma promessa de que Micah faria exatamente o que Bryce desejava.

— Certo — resmungou ela.

Jesiba Roga franziu o cenho para a assistente, percebendo que seu rosto queimava com o mesmo brilho frio.

— Tente não morrer, Bryce. Eu odiaria o inconveniente de ter de treinar um substituto.

A transmissão foi cortada.

Bryce se levantou naqueles sapatos absurdos. Deu a volta na mesa, jogando a sedosa cortina de cabelo ruivo por sobre o ombro, as pontas levemente cacheadas quase tocando a curva do quadril.

Micah ficou de pé, os olhos deslizando pela semiféerica como se ele também houvesse percebido aquele detalhe.

— Acabamos por aqui — disse ele, para ninguém em particular.

O vestido de Bryce era tão justo que Hunt conseguia discernir a contração dos músculos das coxas enquanto ela abria a porta de ferro para o arcanjo. Um ligeiro crispar marcou suas feições... depois desapareceu.

Hunt a alcançou enquanto o arcanjo e o comandante aguardavam do lado de fora. Ela apenas abriu um sorriso afável e radiante, e começou a fechar a porta em cima do anjo antes que ele houvesse saído para a rua empoeirada. Ele enfiou um pé entre a porta e o batente, e os encantamentos tiniram e estalaram contra sua pele conforme buscavam se alinhar a sua volta.

— *O que foi?* — Os olhos cor de âmbar de Bryce flamejaram.

Hunt abriu um sorriso sugestivo.

— Faça uma lista de suspeitos ainda hoje. Qualquer um que pudesse querer Danika e seu bando mortos. — Se a loba conhecia o assassino, era provável que Bryce também o conhecesse. — E faça uma lista com as últimas atividades de Danika, os locais visitados nos dias antes do assassinato.

Bryce apenas sorriu de novo, como se não tivesse ouvido nenhuma maldita palavra do que ele dissera. Então, apertou um botão ao lado da porta que fez com que os encantamentos *queimassem* feito ácido... Hunt deu um pulo para trás, seu relâmpago cintilando em resposta a um inimigo ausente.

A porta se fechou.

— Eu entrarei em contato. Não me incomode até lá — ronronou ela pelo interfone.

Que Urd tivesse piedade dele.

13

Pouco depois, no telhado da galeria com Isaiah em silêncio ao seu lado, Hunt observava o sol do fim da manhã dourar as impecáveis asas brancas de Micah e tornar as mechas de ouro em seu cabelo quase incandescentes enquanto o arcanjo inspecionava a cidade murada espraiada ao redor.

Hunt, por sua vez, examinava o telhado plano cortado apenas por equipamentos e pelo alçapão para a galeria abaixo.

As asas de Micah tremeram, único sinal de que estava prestes a falar.

— O tempo não é nosso aliado.

— Acha mesmo que Quinlan pode encontrar quem está por trás disso? — Foi a única coisa que Hunt falou. Ele deixou que a pergunta resumisse a dimensão da própria fé na semifeérica.

Micah inclinou a cabeça. Um predador primitivo e letal avaliando a presa.

— Acho que esse assunto exige cada arma de nosso arsenal, não importa quão heterodoxa seja. — Ele suspirou ao encarar outra vez a cidade.

Lunathion foi construída nos moldes das antigas cidades da margem do mar Rhagan, quase uma réplica, que incluía as muralhas de arenito, o clima árido, os olivais, as pequenas fazendas que ladeavam as distantes colinas ao norte, além das fronteiras da cidade, e até mesmo o grande templo em seu centro, dedicado a uma deusa protetora. Mas, ao contrário daquelas cidades, a da Lua Crescente pudera se adaptar: as ruas dispostas de forma ordenada, e não em um emaranhado; os prédios modernos se projetando como lanças do coração do Distrito Comercial Central, ultrapassando os estritos gabaritos de altura de Pangera.

Micah havia sido o responsável por tudo aquilo... por enxergar a cidade como um tributo a um velho modelo, mas também como um lugar de futuro próspero. Ele até mesmo abraçara o nome de Cidade da Lua Crescente em vez de Lunathion.

Um macho progressista. Tolerante, diziam.

Com frequência, Hunt se perguntava qual seria a sensação de rasgar a garganta do arcanjo.

Havia cogitado aquilo tantas vezes que perdera a conta. Havia cogitado lançar um raio de seu relâmpago no rosto bonito, a máscara perfeita, que escondia o brutal e exigente bastardo em seu interior.

Talvez fosse injusto. Micah nascera com aquele poder, jamais vivenciara uma existência que não a de uma das maiores potências do planeta. Um semideus que não estava acostumado a ter sua autoridade questionada, e que aniquilaria quaisquer ameaças a ela.

Uma rebelião liderada por uma camarada arcanjo e três mil guerreiros fora justamente aquilo. Muito embora quase a totalidade dos triários fosse composta dos Caídos. Aparentemente, a oferta de uma segunda chance. Hunt não conseguia imaginar por que Micah tinha se importado em demonstrar tamanha misericórdia.

— Sabine com certeza já colocou gente sua no caso e vai me visitar para dizer em detalhes como fodemos tudo com Briggs. — Um olhar gélido entre os dois. — Quero que sejamos *nós* a encontrar o assassino, não os lobos.

— Morto ou vivo? — perguntou Hunt, com frieza.

— Vivo, de preferência. Mas morto é melhor do que livre.

— E essa investigação conta para minha meta? Pode levar meses. — Hunt se atreveu a perguntar.

Isaiah enrijeceu. Mas a boca de Micah se curvou para cima. Por um longo momento, não disse nada. Hunt nem mesmo piscou.

— O que me diz deste incentivo, Athalar: você soluciona rapidamente o caso, antes da Cimeira, e diminuo sua dívida para dez — disse, então, Micah.

O próprio vento pareceu estagnar.

— Dez — Hunt conseguiu dizer — missões?

Era ultrajante. Micah não tinha motivo para lhe oferecer nada. Não quando apenas sua palavra bastava para que Hunt obedecesse.

— Mais dez missões — confirmou Micah, como se não houvesse jogado uma bomba no meio da vida de Hunt.

Podia ser um embuste. Micah podia arrastar aquelas dez missões por décadas, mas... Solas Flamejante.

— Não conte a ninguém, Athalar — completou o arcanjo.

Que ele não tivesse se incomodado em também alertar Isaiah deixava implícito quanto confiava em seu comandante.

— Tudo bem — concordou Hunt, com a calma de que foi capaz.

Mas o olhar de Micah se tornou impiedoso. Ele estudou Hunt da cabeça aos pés. Em seguida, a galeria sob suas botas. A assistente ali dentro.

— Mantenha o pau dentro das calças e as mãos em si mesmo — grunhiu Micah. — Ou vai ficar sem eles por um longo tempo.

Os membros se regenerariam, é claro. Todo imortal que completou a Descida podia se recuperar de qualquer ferimento, desde que não tivesse sido decapitado ou severamente mutilado, as artérias esguichando sangue, mas... a recuperação seria dolorosa. Lenta. E virar um eunuco, mesmo que por alguns meses, não estava nos planos de Hunt.

De qualquer forma, trepar com uma assistente mestiça não era prioridade, ainda mais com sua liberdade em potencial a apenas dez mortes.

Isaiah assentiu para ambos.

— Vamos ser profissionais.

Micah se virou na direção do Distrito Comercial Central, apreciando a brisa do rio, as imaculadas asas se contraindo.

— Esteja em meu escritório em uma hora — disse para Isaiah.

O comandante fez uma reverência para o arcanjo, um gesto pangerano que fez os pelos de Hunt se eriçarem. Ele foi forçado a fazer o mesmo, sob risco de ter as penas arrancadas, queimadas, cortadas. As primeiras décadas pós-Queda não foram gentis.

As asas que ele sabia estarem expostas em uma parede na sala do trono dos asteri eram a prova.

Mas Isaiah sempre soubera como dançar conforme a música, como tolerar os protocolos e hierarquias. Como se vestir como eles, comer e foder como eles. Ele havia Caído e ascendido de volta ao posto de comandante por conta disso. Não seria surpresa se Micah recomendasse aos asteri que o halo de Isaiah fosse retirado durante o Conselho do Governador, após o Solstício de Inverno.

Sem necessidade de assassinatos, massacres ou tortura.

Micah nem lhes dirigiu o olhar antes de disparar para o céu. Em poucos segundos, ele se tornou um ponto branco em meio ao azul.

Isaiah suspirou, franzindo o cenho para os pináculos no topo das cinco torres do Comitium, uma coroa de metal e vidro se projetando do coração do DCC.

— Acha que é algum ardil? — perguntou Hunt ao amigo.

— Micah não é um conspirador. — Como Sandriel e a maioria dos arcanjos. — Ele fala a sério. Deve estar desesperado, se está disposto a oferecer esse tipo de motivação.

— Ele é meu dono; seu desejo é uma ordem.

— Com a chegada de Sandriel, talvez ele tenha se dado conta de que seria vantajoso se você estivesse inclinado a ser... leal.

— De novo: escravizado.

— Então não faço a menor ideia, Hunt. Talvez apenas esteja disposto a ser generoso. — Isaiah balançou a cabeça outra vez. — Não morda a mão que Urd lhe ofereceu.

Hunt suspirou.

— Eu sei.

Era provável que a verdade fosse uma combinação de tudo aquilo.

Isaiah arqueou a sobrancelha.

— Acha que pode descobrir quem está por trás das mortes?

— Não tenho escolha.

Não com aquele novo acordo sobre a mesa. Ele provou o vento seco, quase ouvindo a música farfalhada através dos ciprestes sagrados ladeando a rua abaixo... os milhares plantados na cidade em honra da deusa protetora.

— Você vai encontrar os assassinos — disse Isaiah. — Sei que vai.

— Não consigo parar de pensar na visita de Sandriel. — Hunt suspirou, passando as mãos pelo cabelo. — Não posso acreditar que ela esteja vindo para *cá*. Com aquele canalha do Pollux.

— Diga para mim que tem noção de que Micah lhe fez *outra* grande concessão ao ordenar que proteja Quinlan em vez de mantê-lo no Comitium durante a estada de Sandriel — comentou Isaiah, com cautela.

Hunt sabia disso, sabia que Micah estava ciente de como ele se sentia em relação a Sandriel e Pollux, mas revirou os olhos.

— Dane-se. Pode apregoar à vontade o quanto Micah é fantástico, mas lembre-se de que aquele bastardo a está recebendo de braços abertos.

— Os asteri ordenaram que ela comparecesse à Cimeira — argumentou Isaiah. — É praxe mandarem um dos arcanjos como emissário para essas reuniões. O governador Ephraim veio à última. Micah também o recebeu.

— O fato é que ela ficará aqui por um mês inteiro. Naquele maldito complexo — disse Hunt, apontando para os cinco prédios do Comitium. — Lunathion não faz seu gênero. Não há nada para entretê-la aqui.

Com a maioria dos Caídos espalhados aos quatro ventos ou mortos, Sandriel adorava passear pelas masmorras de seu castelo, entupidas de humanos rebeldes, e escolher um, dois ou três de uma vez. A arena no coração de sua cidade era destinada apenas ao prazer de destruir aqueles prisioneiros de diferentes maneiras. Duelos até a morte, tortura pública, libertar Inferiores e colocar animais primitivos contra eles... Não havia limites para sua criatividade. Hunt havia testemunhado e suportado tudo aquilo.

Com a atual escalada do conflito, aqueles calabouços, com certeza, estavam lotados. Sandriel e Pollux deviam estar adorando a dor que fluía do coliseu.

O pensamento fez Hunt se enrijecer.

— Pollux será uma maldita ameaça nesta cidade.

O Martelo era conhecido por suas atividades favoritas: carnificina e tortura.

— Pollux será enquadrado. Micah sabe como ele é... o que faz. Os asteri podem ter ordenado que o arcanjo receba Sandriel, mas ele não dará carta branca a Pollux. — Isaiah hesitou, o olhar distante conforme parecia sopesar algo internamente. — Mas posso deixar você indisponível durante a visita de Sandriel... em caráter permanente.

Hunt ergueu uma sobrancelha.

— Se está se referindo a promessa de Micah de cortar meu pau, eu passo.

Isaiah sorriu discretamente.

— Micah ordenou que você ajudasse Quinlan na investigação. E essa ordem vai deixá-lo muito, muito ocupado. Especialmente se ele quer Bryce resguardada.

Hunt lhe lançou um meio-sorriso.

— Tão ocupado que não terei tempo de visitar o Comitium.

— Tão ocupado que terá de ficar no telhado em frente ao prédio de Quinlan para monitorá-la.

— Já dormi em condições piores. — Assim como Isaiah. — E será uma boa desculpa para ficar de olho em Quinlan, e não apenas para protegê-la.

Isaiah franziu o cenho.

— Acha mesmo que ela pode ser culpada?

— Não descarto essa possibilidade — respondeu Hunt, dando de ombros. — Micah também não. Então, até que ela prove o contrário, não está fora de *minha* lista de suspeitos. — Hunt se perguntava quem estaria na lista de Quinlan. Quando Isaiah apenas assentiu, ele indagou: — Você vai contar a Micah que pretendo vigiá-la o tempo todo?

— Se ele perceber que você não está dormindo no quartel, sim. Mas, até lá, o que os olhos não veem, o coração não sente.

— Obrigado.

Não era uma palavra comum no vocabulário de Hunt, nem no de qualquer um com asas, mas foi sincero. Isaiah sempre foi o melhor deles... o melhor dos Caídos e dos legionários com que Hunt já serviu. Isaiah devia fazer parte da Guarda Asteriana, com suas habilidades e imaculadas asas brancas, mas, assim como Hunt, o anjo viera da sarjeta. Apenas a nobreza era boa o bastante para a privada legião de elite dos asteri. Mesmo que aquilo excluísse ótimos soldados, como Isaiah.

Hunt, com asas cinzentas e sangue plebeu, apesar dos relâmpagos, nunca estivera no páreo. O convite para se juntar à 18ª, a legião de elite de Shahar, já havia sido privilégio o bastante. Toda a 18ª fora recrutada assim: soldados que ela escolhera não pelo status, mas pelas habilidades. Pelo verdadeiro valor.

Isaiah gesticulou para o DCC e o Comitium no centro dele.

— Pegue seu equipamento no quartel-general. Preciso fazer uma parada antes de me encontrar com Micah. — Hunt pestanejou. Isaiah estremeceu. — Farei uma visita ao príncipe Ruhn para confirmar o álibi de Quinlan.

Era a última maldita coisa que Hunt queria fazer, e a última maldita coisa que, sabia, Isaiah queria fazer, mas protocolos eram protocolos.

— Quer que eu o acompanhe? — indagou Hunt. Era o mínimo que podia oferecer.

O canto da boca de Isaiah se ergueu.

— Levando em conta que você quebrou o nariz de Danaan na última vez que ocuparam o mesmo cômodo, vou passar a oferta.

Sábia decisão.

— Ele mereceu — grunhiu Hunt.

Micah, misericordiosamente, havia achado todo o episódio — o Incidente, como Naomi o batizara — divertido. Não era todo dia que um feérico levava a pior em um confronto, então até mesmo o governador havia, de forma discreta, se vangloriado da altercação durante as celebrações do Equinócio da Primavera, no ano anterior. Ele dera a Hunt uma semana de folga como recompensa. *Uma suspensão,* havia alegado... mas aquela suspensão viera acompanhada de um gordo cheque. E de menos três mortes para expiar.

— Ligo mais tarde para saber como estão as coisas — disse Isaiah.

— Boa sorte.

Isaiah abriu um sorriso cansado, abatido — único indício do peso de todos aqueles anos com as duas tatuagens — e foi atrás de Ruhn Danaan, o Príncipe Herdeiro dos Feéricos.

* * *

Bryce percorreu a sala de exibição duas vezes, sibilando com a dor na perna, e descalçou os sapatos com tanta força que um pé acertou a parede, fazendo um vaso antigo tremer.

— Quando pregar as bolas de Hunt Athalar na parede, pode me fazer um favor e tirar uma foto? — pediu uma voz fria a suas costas.

Ela fuzilou com os olhos o monitor, que havia acendido outra vez... e a feiticeira sentada ali.

— Quer mesmo se meter nisso, chefe?

Jesiba se recostou na cadeira dourada, uma rainha à vontade.

— A boa e velha vingança perdeu o apelo?

— Não faço a menor ideia de quem queria Danika e o bando mortos. Nenhuma. — Fizera sentido quando parecia que Briggs havia invocado o demônio para assassinar seus amigos: ele fora libertado naquele dia, Danika estava tensa e chateada com o fato e, em seguida, morreu. Mas, se não tinha sido Briggs, e com a morte de Maximus Tertian... Bryce não sabia por onde começar.

Mas ela começaria. Acharia quem quer que tivesse planejado aquilo. Em parte, porque gostaria de fazer Micah engolir a declaração de que ela podia ser *suspeita* no caso, mas sobretudo... Cerrou os dentes. Bryce encontraria o responsável por aquilo e o faria se arrepender de ter nascido.

Tentando não mancar, a semifeérica caminhou até a mesa e se empoleirou na beirada.

— O governador deve estar desesperado.

E louco, se queria sua ajuda.

— Não me importo com as intenções do governador — disse Jesiba. — Pode bancar a detetive vingativa quanto quiser, Bryce, mas lembre-se de que tem um emprego. Reuniões com clientes não devem ficar em segundo plano.

— Eu sei. — Bryce mordeu a própria bochecha. — Se quem quer que seja o culpado é forte o bastante para conjurar um demônio como aquele para fazer seu trabalho sujo, provavelmente vou acabar morta também.

Muito provavelmente, visto que ainda não havia decidido fazer a Descida.

Aqueles brilhantes olhos cinzentos examinaram seu rosto.

— Então mantenha Athalar por perto.

Bryce se eriçou. Como se ela fosse uma fêmea indefesa que necessitasse de um forte e grande guerreiro para protegê-la.

Mesmo que *fosse*, em parte, verdade. Completamente verdade.

Total e definitivamente verdade, se aquele demônio aparecesse de novo.

Mas... fazer uma lista de suspeitos, de fato. E a outra tarefa que ele lhe designara, fazer uma lista dos últimos locais que Danika visitara... Seu corpo enrijeceu com aquela ideia.

Ela podia aceitar a proteção de Athalar, mas não precisava facilitar as coisas para aquele babaca arrogante.

O telefone de Jesiba tocou. A fêmea olhou para a tela.

— É o pai de Tertian. — Ela lançou um olhar de advertência a Bryce. — Se eu começar a perder dinheiro porque você está brincando de detetive com o Umbra Mortis, vou transformá-la em uma tartaruga. — Ela levou o telefone ao ouvido, e a imagem se apagou.

Bryce soltou um longo suspiro antes de apertar o botão que embutia a tela na parede.

O silêncio na galeria espiralava ao seu redor, corroendo seus ossos.

Pela primeira vez, Lehabah parecia não estar bisbilhotando. Nenhuma pancada na porta de ferro ressoava no silêncio. Nenhum murmúrio da pequena, e irremediavelmente abelhuda, duende de fogo.

Bryce encostou o braço na superfície fria da mesa, apoiando a testa na mão.

Danika jamais mencionara conhecer Tertian. Elas nunca haviam falado do vampiro... nem sequer uma vez. E aquela era sua única pista?

Sem Briggs como o assassino e invocador, a chacina não fazia sentido. Por que o demônio havia escolhido aquele apartamento, se ficava no terceiro andar de um prédio supostamente monitorado? Com certeza, fora intencional. Danika e os outros, inclusive Tertian, deviam ter sido os alvos, a ligação de Bryce com o último apenas uma coincidência doentia.

Bryce brincou com o amuleto preso à corrente dourada, deslizando-o de um lado para o outro.

Mais tarde. Pensaria naquilo à noite, porque... olhou para o relógio. Merda.

Ela tinha um cliente em quarenta e cinco minutos, ou seja, precisava organizar o tsunami de burocracia relativo à escultura em madeira de Svadgard, comprada na véspera.

Ou talvez devesse trabalhar naquela candidatura de emprego que arquivara sob o secreto, enganoso nome de *Planilha de Fornecedores de Papel*.

Jesiba, que a deixara no comando de tudo, desde a reposição do papel higiênico até as encomendas de papel para a impressora, jamais abriria o arquivo. Ela nunca perceberia que, entre os documentos que Bryce salvara ali, havia uma pasta — *Faturas Material de Escritório*

Março — que não continha nenhuma planilha. E sim uma carta de apresentação, um currículo e fichas de inscrição incompletas para inúmeras vagas em pelo menos dez diferentes lugares.

Algumas eram ambiciosas. *Curador-Assistente do Museu de Arte da Cidade da Lua Crescente.* Como se ela fosse conseguir o emprego, quando não tinha um diploma de arte nem de história. E quando a maioria dos museus acreditava que lugares como o Antiquário Griffin deveriam ser proibidos.

Outras funções — *Assistente-Pessoal da Srta. Advogada Esnobe* — seriam mais do mesmo. Um ambiente diferente e uma chefe diferente, mas a velha palhaçada de sempre.

Mas eram uma saída. Sim, ela precisaria entrar em alguma espécie de acordo com Jesiba em relação a sua dívida, e evitar descobrir se a simples menção do desejo de partir a transformaria em um animal rastejante. Procrastinar com as fichas, porém, burilando o currículo indefinidamente... a fazia se sentir melhor, pelo menos. Às vezes.

Entretanto, se o assassino de Danika havia reaparecido, se continuar naquele emprego sem perspectivas podia ajudar a pegá-lo... Os currículos eram perda de tempo.

A tela escura de seu telefone mal refletia as luzes do teto alto.

Suspirando de novo, Bryce digitou a senha e abriu o feed de mensagens.

Não vai se arrepender. Tive muito tempo para pensar nas diferentes maneiras de mimar você. Em toda a diversão que vamos ter.

Ela poderia recitar de cor as mensagens de Connor, mas vê-las doía ainda mais. O bastante para reverberar por todo o corpo, pelos recônditos sombrios de sua alma. Então ela sempre olhava.

Vá se divertir. Vejo você em alguns dias.

A tela branca queimava seus olhos. *Me mande uma mensagem quando chegar em casa.*

Ela fechou aquela janela. E não ousou abrir a caixa postal. Em geral, a semifeérica tinha de vivenciar um de seus espirais da morte mensais para fazer aquilo; ouvir a voz animada de Danika outra vez.

Bryce soltou um longo suspiro, então outro, e mais outro.

Encontraria a pessoa por trás daquilo. E o faria por Danika, pela Matilha dos Demônios. Faria qualquer coisa por eles.

Ela abriu o telefone novamente e começou a digitar uma mensagem no grupo que tinha com Juniper e Fury. Não que Fury fosse responder... não, o grupo se resumia a uma conversa bilateral entre Bryce e June. A semifeérica já havia escrito metade da mensagem — *Philip Briggs não matou Danika. Os assassinatos recomeçaram, e eu* — quando a apagou. Micah lhe dera ordens de manter o assunto em segredo, e, se seu telefone tivesse sido hackeado... Ela não arriscaria ser afastada do caso.

Fury já devia saber. Que sua suposta *amiga* não a tivesse procurado... Bryce baniu aquele pensamento. Contaria a Juniper pessoalmente. Se Micah tivesse razão e existisse uma ligação entre Bryce e o modo como as vítimas eram escolhidas, não podia arriscar deixá-la sem saber. Não perderia mais ninguém.

Bryce olhou para a porta de ferro fechada. Massageou a dor profunda na perna uma vez antes de se levantar.

O silêncio a acompanhou durante todo o percurso até o andar inferior.

14

Parado à frente das imponentes portas de carvalho do escritório do pai, Ruhn Danaan inspirou fundo para se acalmar e tomar coragem.

Aquilo nada tinha a ver com a corrida de trinta quarteirões entre seu escritório não oficial, na sobreloja de um boteco na Praça da Cidade Velha, e a ampla vila de mármore do pai, no coração de CiRo. Ruhn suspirou e bateu.

Não era tolo de invadir.

— Entre. — A voz fria do macho se esgueirou pelas portas, por Ruhn. Mas o príncipe abafou qualquer indício do coração trovejante e avançou, fechando a porta atrás de si.

O escritório pessoal do Rei Outonal era maior que a casa de muitas famílias. Em cada parede, estantes recobriam o pé-direito duplo, atulhadas de tomos e artefatos tanto antigos quanto novos, mágicos e ordinários. Um balcão dourado dividia o espaço retangular, acessível por qualquer uma das escadas em caracol, na frente ou nos fundos, e pesadas cortinas de veludo preto bloqueavam a luz da manhã filtrada pelas janelas altas, que se abriam para o pátio interno da vila.

O planetário no outro extremo da sala atraiu a atenção de Ruhn: um modelo eficaz de seu sistema de sete planetas, luas e sol. Feito de ouro maciço. O objeto havia maravilhado Ruhn quando criança, quando ainda era ingênuo o bastante para acreditar que o pai se importava de verdade com ele e passava horas ali dentro, observando o rei registrar quaisquer anotações e cálculos nos cadernos de couro preto. Certa vez, tinha perguntado ao pai o que procurava, exatamente.

Padrões, foi tudo que ele respondeu.

O Rei Outonal estava sentado a uma das quatro enormes escrivaninhas, cada qual bagunçada com livros e uma variedade de dispositivos de metal e vidro. Experiências para o que quer que o pai pretendesse com aqueles malditos *padrões*. Ruhn passou por uma das mesas, sobre a qual um líquido iridescente borbulhava dentro de um orbe de vidro em cima de um queimador — a chama com certeza obra do pai —, lufadas de fumaça violeta espiralando da substância.

— Devia ter vestido um traje de proteção? — perguntou Ruhn, dirigindo-se à estação de trabalho onde o pai olhava através de um prisma de 30 centímetros, embutido em alguma delicada engenhoca prateada.

— Diga a que veio, príncipe — ordenou o rei, sem rodeios, um olho cor de âmbar fixo no aparato de visualização acima do prisma.

Ruhn se absteve de comentar sobre qual seria a reação dos contribuintes da cidade se soubessem como um de seus sete mestres gastava o dinheiro. Os seis mestres inferiores foram todos indicados por Micah, e não eleitos por qualquer processo democrático. Havia conselhos dentro de conselhos, destinados a dar aos cidadãos a ilusão de controle, mas a ordem principal das coisas era simples: o governador mandava, e os Mestres da Cidade lideravam os próprios distritos, sob a chancela do arcanjo. Além disso, a 33ª Legião respondia ao governador, enquanto o Auxilia obedecia aos mestres, dividido em unidades organizadas por distritos e espécies. A partir desse ponto, a organização ficava nebulosa. Os lobos alegavam que os bandos de metamorfos eram os comandantes do Aux... mas os feéricos insistiam que a honra, em vez disso, pertencia a eles. O que tornava dividir — *e assumir* — responsabilidades uma tarefa complicada.

O príncipe já vinha chefiando a divisão feérica do Aux havia quinze anos. O pai lhe dera o comando, e ele obedecera. Não tinha outra escolha. Felizmente, havia treinado a vida toda para ser um matador letal, eficiente.

Não que aquilo lhe trouxesse qualquer alegria.

— Aconteceu uma grande merda — avisou Ruhn, parando do outro lado da mesa. — Acabo de receber a visita de Isaiah Tiberian. Maximus Tertian foi assassinado ontem à noite... exatamente do mesmo modo que Danika e seu bando perderam a vida.

O pai ajustou um dial no artefato do prisma.

— Recebi o relatório mais cedo. Parece que Philip Briggs não era o assassino.

Ruhn ficou tenso.

— Quando você ia me contar?

Seu pai desviou o olhar do prisma.

— Devo obediência a você, príncipe?

O bastardo com certeza não devia, independentemente do título. Embora fossem próximos em poder, a verdade era que Ruhn, apesar do status de Estrelado e da posse de Áster, teria sempre um pouco menos de magia que o pai. Ele jamais se decidira, após ter passado por seu Ordálio e completado a Descida, cinquenta anos antes, se aquilo era um alívio ou uma maldição... sua ineficiência no quesito poder. Por um lado, se tivesse suplantado o pai, o jogo teria virado a seu favor. Por outro, aquilo o teria definido de vez como um rival.

Tendo visto o que o pai fazia com os inimigos, foi melhor não entrar na lista.

— Essa informação é vital. Já dei ordens a Flynn e Declan para ampliarem as patrulhas no CiRo. Vamos vigiar cada rua.

— Então não me parece que eu precisava avisá-lo, parece?

O pai tinha quase 500 anos, usara a coroa dourada de Rei Outonal durante a maior parte desse tempo e fora um babaca completo na totalidade do mesmo. E ainda não mostrava sinais de envelhecimento... não como era comum aos feéricos, com o gradual desgaste até a morte, como uma blusa lavada vezes demais.

Então seriam mais alguns séculos daquilo. Bancar o príncipe. Precisar bater à porta e esperar a permissão para entrar. Ajoelhar e obedecer.

Ruhn era um entre quase uma dezena de príncipes feéricos em todo o planeta de Midgard... e havia conhecido a maioria deles ao longo das décadas. Mas se destacava como o único Estrelado entre eles. Entre todos os feéricos.

Como Ruhn, os outros príncipes serviam a reis vaidosos e fúteis, lotados nos vários territórios como mestres de distritos municipais ou faixas de mata. Alguns vinham esperando por um trono havia séculos, contando cada década como se fossem meros meses.

Aquilo o enojava. Sempre o fizera sentir assim. Bem como o fato de que tudo que possuía era financiado pelo canalha a sua frente: o escritório em cima do bar, a vila em CiRo, decorada com antiguidades que ganhara do pai quando conquistara Áster durante seu Ordálio, a provação por que passara. Ruhn nunca usava a vila, preferia morar na casa que dividia com seus dois melhores amigos, perto da Praça da Cidade Velha.

Também comprada com o dinheiro do pai.

Oficialmente, o dinheiro vinha do "salário" que Ruhn recebia por chefiar as patrulhas do Auxilia feérico. Mas a assinatura do pai autorizava os pagamentos semanais.

O Rei Outonal ergueu o dispositivo do prisma.

— O Comandante da 33ª Legião disse algo digno de nota?

O encontro tinha beirado o desastre.

Primeiro, Tiberian o havia questionado sobre o paradeiro de Bryce na noite anterior até que o feérico estivesse prestes a acertar a cara do anjo, fosse ele o comandante da 33ª ou não. Então Tiberian tivera a audácia de perguntar sobre o paradeiro de *Ruhn*.

O príncipe se recusara a informar ao comandante que sentira tentado a esmurrar Maximus Tertian por ter assediado Bryce.

Ela teria arrancado a cabeça do irmão em resposta. E Bryce havia se saído bem, poupando Ruhn do pesadelo diplomático de começar um feudo de sangue entre suas duas casas. Não apenas entre Céu e

Sopro e Chama e Sombra, mas entre os Danaan e os Tertian. E, por conseguinte, entre cada feérico e cada vampiro de Valbara e Pangera. Os feéricos não desrespeitavam feudos de sangue. Nem os vampiros.

— Não — respondeu Ruhn. — Mas Maximus Tertian morreu poucas horas depois de uma reunião de negócios com Bryce.

O pai abaixou o prisma, franzindo os lábios.

— Mandei você avisar àquela garota que ficasse *quieta.*

Aquela garota. Bryce sempre fora *aquela garota* ou *a garota* para o pai. Ruhn não ouvira o macho pronunciar seu nome em doze anos. Não desde sua primeira e última visita àquela vila.

Tudo tinha mudado depois daquela visita. Bryce fora até ali pela primeira vez, uma garota vivaz de 13 anos, pronta para enfim conhecer o pai e seu povo. Para conhecer Ruhn, que estava intrigado com a perspectiva de descobrir uma meia-irmã depois de ser filho único por mais de sessenta anos.

O Rei Outonal tinha insistido que a visita fosse discreta... silenciando o óbvio: *até que o Oráculo sussurre sobre seu futuro.* O que se passara tinha sido um desastre completo, não apenas para Bryce, mas também para Ruhn. Ele ainda sentia o peito se confrangir quando lembrava da irmã deixando a vila em lágrimas de raiva, recusando-se a olhar para trás sequer uma vez. O modo como o pai havia tratado Bryce abrira os olhos de Ruhn para a verdadeira natureza do Rei Outonal... e o frio macho feérico a sua frente nunca se esquecera daquele fato.

Nos três anos seguintes, Ruhn visitara Bryce com frequência na casa dos pais da meia-irmã. Ela fora o lado bom… o melhor, se fosse sincero. Até aquela estúpida e vergonhosa briga entre os dois, que arruinara as coisas de tal forma que Bryce ainda o odiava. Ele não a culpava; não depois das palavras que lhe dissera, das quais se arrependera imediatamente, assim que saíram de sua boca.

— O encontro de *Bryce* com Maximus antecedeu meu aviso para que ela se comportasse. Cheguei quando ela se preparava para partir — dizia Ruhn no momento. Quando recebeu a ligação de Riso Sergatto, a voz risonha do metamorfo borboleta excepcionalmente séria, Ruhn correu para o Corvo Branco, não se permitindo um segundo para sopesar a sensatez de sua reação. — Sou seu álibi, de acordo com Tiberian... Eu disse a ele que a acompanhei até em casa, e que fiquei lá até bem depois da hora da morte de Tertian.

O rosto do pai não revelava nada.

— No entanto, não parece muito animador que a garota estivesse na boate em ambas as noites, e que interagisse com as vítimas horas antes.

— Bryce não tem nada a ver com os assassinatos — disse Ruhn, resoluto. — Apesar do álibi de merda, o governador também deve acreditar em sua inocência, porque Tiberian jurou que Bryce está sendo protegida pela 33ª.

Teria sido admirável que tivessem se dignado a fazê-lo, se todos os anjos não fossem babacas arrogantes. Por sorte, não havia sido o mais arrogante daqueles babacas quem lhe fizera aquela visita em particular.

— Aquela garota sempre teve um talento espetacular para se meter onde não deve.

Ruhn sufocou a raiva trovejando em si, a magia das sombras querendo velar o príncipe, ocultá-lo. Outro motivo pelo qual o pai se ressentia: além dos dons de Estrelado, a maior parte da magia de Ruhn se alinhava aos parentes da mãe; os feéricos que regiam Avallen, a ilha envolta em bruma ao norte. O coração sagrado do Reino Feérico. O pai teria incinerado Avallen se pudesse. Que Ruhn não envergasse as chamas do pai, as labaredas da maioria dos feéricos valbaranos, que em vez disso ostentasse — mais do que o príncipe deixava transparecer — as habilidades avallenas de chamar e caminhar pelas sombras, tinha sido um insulto imperdoável.

O silêncio ecoou entre pai e filho, interrompido apenas pelo tiquetaquear de metal do planetário no outro extremo da sala, conforme os astros se moviam em suas órbitas.

O pai ergueu o prisma, segurando-o contra as primaluces que cintilavam em um dos três candelabros de cristal.

— Tiberian disse que o governador quer discrição quanto aos assassinatos, mas eu gostaria de sua permissão para avisar a minha mãe.

Cada palavra uma ofensa. *Gostaria de sua permissão.*

O pai gesticulou com uma das mãos.

— Permissão concedida. Que ela respeite o aviso.

Tal como a mãe de Ruhn havia obedecido a todos a vida inteira.

Ela ouviria e evitaria chamar atenção, e, sem dúvida, aceitaria feliz as sentinelas extras enviadas a sua vila, a um quarteirão de distância da do filho, até que a merda tivesse sido resolvida. Talvez ele até mesmo passasse aquela noite com a mãe.

Ela não era rainha... nem mesmo consorte ou parceira. Não, sua doce e gentil mãe fora selecionada para um único propósito: reprodução. O Rei Outonal havia decidido, depois de alguns séculos no poder, que queria um herdeiro. Como filha de uma proeminente e nobre casa, que desertara da corte de Avallen, ela tinha cumprido seu dever de bom grado, grata pelo eterno privilégio que lhe fora concedido. Em todos os seus 75 anos de vida, Ruhn jamais a ouvira falar mal do pai. Da vida para a qual havia sido recrutada.

Mesmo quando Ember e o rei mantiveram seu secreto e nefasto caso amoroso, a mãe não sentira ciúmes. Existiram tantas fêmeas antes dela, e outras tantas depois. No entanto, nenhuma havia sido formalmente escolhida, não como ela, para continuar a linhagem real. E, quando Bryce entrara em cena, nas poucas vezes que a encontrara, a mãe havia sido gentil. Até mesmo amorosa.

Ruhn não sabia dizer se admirava a mãe por nunca questionar a gaiola dourada em que vivia. Se havia algo de errado com *ele* por ressentir-se disso.

Talvez jamais entendesse a mãe. No entanto, aquilo não diminuía o orgulho atroz de ter puxado a sua linhagem, que seu caminhar pelas sombras o destacasse daquele babaca a sua frente, um constante e bem-vindo lembrete de que não *precisava* se transformar em um imbecil tirânico. Mesmo que a maioria de seus parentes de Avallen fosse pouco melhor. Em especial os primos.

— Talvez devesse ligar para ela — sugeriu Ruhn. — Dar o aviso você mesmo. Ela apreciaria sua preocupação.

— Já tenho outros planos — avisou o pai, calmamente. A frieza do pai, apesar da chama ardente em suas veias, era algo que sempre havia deixado Ruhn atônito. — Você pode informá-la. E abstenha-se de me dizer como conduzir meu relacionamento com sua mãe.

— Não é um relacionamento. Você a montou como uma égua e a soltou no pasto.

Brasas brilharam no cômodo.

— E você se beneficiou o bastante dessa *montada*, Estrelado.

Ruhn não ousou pronunciar as palavras que lhe subiram à boca. *Mesmo que meu estúpido título tenha lhe trazido ainda mais influência no Império e entre seus colegas reis, ainda o incomoda, não? Que seu filho, não você, tenha retirado Áster da Caverna dos Príncipes, no coração sombrio de Avallen. Que seu filho, não você, tenha se destacado entre os Príncipes Estrelados, há muito recolhidos em seus sarcófagos, e fosse considerado digno de libertar a espada de sua bainha? Quantas vezes você tentou desembainhar a espada quando era jovem? Quanta pesquisa fez neste mesmo escritório para encontrar meios de empunhá-la apesar de não ser o Escolhido?*

O pai crispou um dedo em sua direção.

— Tenho uma missão para seu *dom*.

— Por quê?

As habilidades de Estrelado de Ruhn eram pouco mais que um brilho de luz na palma de sua mão. Os talentos sombrios eram seu dom mais interessante. Nem mesmo sensores de temperatura em câmeras de alta tecnologia espalhadas pela cidade eram capazes de detectá-lo ao caminhar pelas sombras.

O pai ergueu o prisma.

— Convirja um feixe de luz estelar por aqui. — Sem esperar resposta, mais uma vez o pai colocou um dos olhos no visor de metal acima do prisma.

Normalmente, era preciso muita concentração a fim de que Ruhn invocasse a magia estelar, e em geral aquilo o deixava com dor de cabeça por horas, mas... estava suficientemente intrigado para tentar.

Pousando o dedo indicador no cristal do prisma, Ruhn fechou os olhos e se concentrou em sua respiração. Deixou o tique-taque do planetário guiá-lo cada vez mais fundo no abismo profundo dentro de si, além do poço vibrante de suas sombras, até o vazio abaixo delas. Ali, enrolada sobre si mesma como uma criatura em hibernação, jazia a singular semente de luz iridescente.

Com gentileza, ele a segurou nas mãos em concha, despertando--a enquanto, cuidadosamente, a trazia para a superfície, como se carregasse água nas mãos. Através de si mesmo, o poder cintilava em antecipação, quente e adorável, praticamente a única parte de si mesmo de que gostava.

Ruhn abriu os olhos e viu a luz estelar dançando na ponta dos dedos, sendo refratada através do prisma.

O pai ajustou alguns discos no aparelho, tomando notas com a outra mão.

A semente de luz se tornou escorregadia, desintegrando-se no ar ao redor.

— Só mais um instante — ordenou o rei.

Ruhn cerrou os dentes, como se o gesto, de algum modo, impedisse a luz de desvanecer.

Outro clique da engenhoca, e outra anotação feita por mão rígida, milenar. A Velha Língua dos Feéricos; o pai registrava tudo na língua quase esquecida que seu povo usara quando tinha chegado a Midgard, através da Fenda do Norte.

A luz estelar estremeceu, tremeluziu e desapareceu. O Rei Outonal grunhiu, aborrecido, mas Ruhn mal o escutou devido ao latejar em sua cabeça.

Ele havia se controlado o bastante para prestar atenção enquanto o pai completava suas notas.

— Que diabo está fazendo com essa coisa?

— Estudando como a luz se move pelo mundo. Como pode ser moldada.

— Não temos cientistas na UCLC fazendo essa merda?

— Os interesses deles não são os mesmos que os meus. — O pai o observou, então acrescentou, sem sombra de aviso: — Está na hora de analisar fêmeas para um casamento apropriado.

Ruhn piscou.

— Para você?

— Não se faça de bobo. — O pai fechou o caderno e se recostou na cadeira. — Você deve a sua linhagem um herdeiro... e a expansão de nossas alianças. O Oráculo previu que seria um rei justo e bom. Esse é o primeiro passo na direção certa.

Aos 13 anos, todo feérico, macho ou fêmea, fazia uma visita ao Oráculo como parte de um dos dois Grandes Ritos de passagem: primeiro o Oráculo, e então, alguns anos ou décadas mais tarde, o Ordálio.

Ruhn sentiu um nó no estômago ao se lembrar do primeiro rito, de muitos modos pior que o angustiante Ordálio.

— Não vou me casar.

— Casamento é um contrato político. Gere um herdeiro, então volte a foder quem bem entender.

Ruhn rosnou.

— *Não vou me casar.* Muito menos um casamento arranjado.

— Vai fazer o que lhe mandam.

— Você não é casado.

— Eu não precisava da aliança.

— Mas agora precisamos?

— Há uma guerra sendo travada além-mar, caso não tenha percebido. O conflito se agrava a cada dia e pode muito bem chegar até aqui. Não pretendo lutar sem garantias.

Com a pulsação martelando, Ruhn encarou o pai. O rei parecia absolutamente sério.

— Planeja me obrigar a casar para que tenhamos aliados sólidos na guerra? Não somos aliados dos asteri? — Ruhn conseguiu perguntar.

— Somos. Mas a guerra é um prelúdio. Estruturas de poder podem facilmente ser rearranjadas. Devemos mostrar como somos vitais e influentes.

Ruhn avaliou as palavras.

— Está se referindo a um casamento com alguém que não é feérico.

O pai devia estar mesmo preocupado, para sequer considerar algo tão raro.

— A rainha Hecuba morreu mês passado. Sua filha, Hypaxia, foi coroada a nova rainha-bruxa de Valbara.

Ruhn havia assistido aos noticiários. Hypaxia Enador era jovem, não tinha mais do que 26 anos. Não havia fotos da princesa, já que a mãe a mantivera enclausurada em sua fortaleza nas montanhas.

— Seu reinado será oficialmente reconhecido pelos asteri na Cimeira, no mês que vem. Vou uni-la aos feéricos pouco depois — continuou o pai.

— Está se esquecendo de que Hypaxia tem a própria opinião. Pode muito bem rir de sua proposta.

— Meus espiões dizem que ela vai acatar a velha amizade da mãe com nosso povo... estará insegura o bastante como jovem monarca para aceitar a mão amiga que oferecemos.

Ruhn tinha a nítida sensação de estar sendo conduzido para uma teia, o Rei Outonal o atraindo cada vez mais para seu centro.

— Não vou me casar com ela.

— Você é o Príncipe Herdeiro dos Feéricos Valbaranos. Não tem escolha. — O rosto frio do pai se tornou tão parecido com o de Bryce que Ruhn se virou, incapaz de suportar. Era um milagre que ninguém ainda tivesse descoberto seu segredo. — O Chifre de Luna continua desaparecido.

Ruhn se voltou para o pai.

— E daí? O que uma coisa tem a ver com a outra?

— Quero encontrá-lo.

O príncipe olhou para os cadernos, o prisma.

— Está desaparecido há dois anos.

— E agora tenho interesse em localizá-lo. O chifre pertencia aos feéricos. O interesse público em reavê-lo esmoreceu; agora é a hora de recuperá-lo.

O rei tamborilou um dedo na mesa. Algo o havia aborrecido. Ruhn repassou o que havia visto na agenda do pai naquela manhã, quando fez sua varredura superficial como comandante das tropas auxiliares feéricas. Reuniões com a nobreza feérica, um treino com sua guarda privada e...

— O encontro com Micah esta manhã correu bem, imagino.

O silêncio do pai confirmou suas suspeitas. O Rei Outonal o perfurou com os olhos cor de âmbar, assimilando a postura de Ruhn, sua expressão, tudo. Ruhn sabia que sempre deixaria a desejar, mas o pai disse:

— Micah queria discutir o fortalecimento das defesas da cidade, caso o conflito além-mar chegue até aqui. Ele deixou claro que os feéricos... não são mais o que um dia foram.

Ruhn enrijeceu.

— As unidades do Aux feérico estão tão em forma quanto as dos lobos.

— Não tem a ver com nossa força bruta, mas com nossa força como povo. — A voz do pai exsudava desgosto. — Há muito os feéricos têm esvanecido... nossa magia mingua a cada geração, como vinho aguado. Ele franziu o cenho para Ruhn. — O primeiro Príncipe Estrelado podia cegar um inimigo com um lampejo da própria luz. Você mal consegue invocar um brilho momentâneo.

Ruhn cerrou os dentes.

— O governador o provocou. E daí?

— Ele insultou nossa força. — O cabelo do pai fervilhava com fogo, como se os fios tivessem derretido. — Ele disse que primeiro desistimos do chifre, depois o perdemos, dois anos atrás.

— Foi roubado do Templo de Luna. Porra, não o *perdemos.* — Ruhn não sabia nada sobre o objeto, nem se importara quando sumiu, dois anos antes.

— Deixamos um artefato sagrado de nosso povo ser usado como atração turística barata — disparou o pai. — E quero que *você* o encontre. — Para que pudesse esfregá-lo na cara de Micah.

Um macho mesquinho e irritante. Era tudo o que o pai era.

— O chifre não tem poder — lembrou Ruhn.

— É um símbolo... e símbolos sempre carregam um poder próprio. — O cabelo do pai brilhou mais forte.

Ruhn controlou a vontade de se encolher, o corpo ficando tenso com a lembrança da sensação da mão ardente do rei ao redor de seu braço, escaldando sua carne. Nenhuma sombra jamais fora capaz de apagá-la da memória.

— Ache o chifre, Ruhn. Se a guerra chegar a nossas praias, nosso povo vai precisar da relíquia de um jeito ou de outro.

Os olhos cor de âmbar do pai se inflamaram. O macho não havia lhe contado tudo.

Ruhn só podia pensar em uma coisa capaz de despertar tamanha ira: mais uma vez, a sugestão de Micah para que Ruhn substituísse o pai como Mestre de Cinco Rosas. Os rumores haviam circulado por anos, e o príncipe não tinha dúvida de que o arcanjo era esperto o bastante para saber quanto aquilo enfureceria o Rei Outonal. Com a proximidade da Cimeira, Micah sabia que irritar o rei feérico com uma alusão a seu poder debilitado era um bom modo de assegurar que o Aux feérico se comportaria à altura, independentemente de qualquer guerra.

Ruhn arquivou a informação.

— Por que *você* não procura o chifre?

O pai soltou um suspiro pelo longo e fino nariz, e o fogo em sua postura se fundiu em brasas. O rei assentiu para a mão de Ruhn, onde a luz estelar brilhara.

— Tenho procurado. Por dois anos. — Ruhn piscou, mas o pai continuou: — O chifre pertencia, originalmente, a Pelias, o primeiro Príncipe Estrelado. É possível que os semelhantes se atraiam. Uma simples pesquisa pode revelar coisas a você que permanecem veladas aos outros.

Ruhn mal se importava em ler qualquer coisa atualmente, com exceção das manchetes e os relatórios do Aux. A perspectiva de se debruçar sobre tomos antigos para o caso de alguma coisa o surpreender enquanto um assassino corria solto...

— Vamos ter problemas com o governador se ficarmos com o chifre para nós.

— Então seja discreto, príncipe.

O pai abriu o caderno novamente. Fim de conversa.

Sim, aquilo nada mais era que uma massagem política no ego. Micah havia provocado o rei, insultado sua força... e agora seu pai queria mostrar do que os feéricos eram capazes.

Ruhn rangeu os dentes. Ele precisava de uma bebida. Um maldito drinque.

A cabeça girava conforme caminhava até a porta, a dor de conjurar a luz estelar serpenteando com cada palavra arremessada contra ele.

Mandei você avisar àquela garota que ficasse quieta.

Ache o chifre.

Semelhantes se atraem.

Um casamento apropriado.

Gere um herdeiro.

Você deve a sua linhagem.

Ruhn bateu a porta atrás de si. Somente quando estava no meio do corredor foi que soltou uma gargalhada, um som áspero e penoso. Pelo menos o idiota ainda não sabia que o filho havia mentido sobre a previsão do Oráculo, tantas décadas antes.

A cada passo que dava para longe da vila do pai, Ruhn podia mais uma vez ouvir o sussurro sobrenatural do Oráculo interpretando a fumaça, enquanto ele tremia na sombria câmara de mármore:

A linhagem real acabará com você, príncipe.

15

Syrinx bateu com a pata na janela, o focinho espremido contra a vidraça. Havia sibilado sem descanso pelos últimos dez minutos, e Bryce, ansiosa para se acomodar nas almofadas fofas do sofá em L e assistir ao seu reality show favorito de terça à noite, enfim se virou para ver o motivo da confusão.

Pouco maior que um terrier, a quimera bufou e deu patadas na janela, o sol poente dourando a eriçada pelagem loura. A cauda comprida, com um tufo de penugem escura na ponta, como a de um leão, balançava de um lado para o outro. As pequenas orelhas caídas estavam coladas à cabeça redonda e peluda, as dobras de gordura e os pelos longos do pescoço — não exatamente uma juba — vibravam com seu ronronar, e as patas enormes, que terminavam em unhas como as de aves, agora pareciam...

— *Pare com isso!* Está arranhando o vidro!

Syrinx olhou por sobre as costas fortes e musculosas, o focinho enrugado, mais canino que qualquer outra coisa, e estreitou os olhos escuros. Bryce devolveu o olhar.

O restante do dia fora longo e bizarro e exaustivo, em especial depois que ela recebera a mensagem de Juniper dizendo que Fury a tinha alertado sobre a inocência de Briggs e o novo assassinato, e pedindo que Bryce tomasse cuidado. Ela duvidava de que a amiga soubesse de seu envolvimento na investigação, ou o anjo designado para trabalhar com a semifeérica, mas aquilo a havia magoado... só um pouco. Que Fury não tivesse se dignado a avisá-la pessoalmente. E que mesmo June o tivesse feito por mensagem, e não cara a cara.

Bryce tinha a impressão de que o dia seguinte seria igualmente cansativo... se não pior. Por isso brincar de cabo de guerra com uma quimera de mais de dez quilos não era sua definição de descontração.

— Você acabou de dar um passeio — lembrou a Syrinx. — *E* de ganhar uma porção extra de ração.

Syrinx soltou um *hmpf* e arranhou a janela outra vez.

— *Pare!* — sibilou ela. Sem convicção, claro, mas *tentou* soar autoritária.

Quando se tratava da pequena besta, controle era algo que ambas fingiam que a semifeérica possuía.

Gemendo, Bryce se levantou do ninho de travesseiros e, silenciosamente, caminhou pelo piso de madeira e carpete até a janela. Na rua abaixo, os carros passavam, alguns retardatários se arrastavam de volta para casa, e alguns clientes perambulavam de braços dados até um dos sofisticados restaurantes ao longo do rio, no fim do quarteirão. Acima deles, o sol poente manchava o céu de vermelho e dourado e cor-de-rosa, palmeiras e ciprestes oscilavam na fresca brisa primaveril, e... E um macho alado estava sentado no telhado em frente. Olhando para ela.

Ela conhecia aquelas penas cinzentas e o cabelo preto na altura dos ombros e o desenho dos ombros largos.

Guarda-costas, Micah dissera.

Besteira. Bryce tinha a nítida impressão de que o governador não confiava nela, independentemente do álibi que ela tivesse.

A semifeérica abriu um sorriso ofuscante para Hunt Athalar e fechou as cortinas pesadas.

Syrinx uivou quando foi surpreendido pelo movimento, desenganchando o pequeno corpo troncudo das dobras do tecido. A cauda chicoteava de um lado para o outro, e Bryce se preparou, as mãos no quadril.

— Estava *admirando* a vista?

Syrinx exibiu os dentes pontudos enquanto soltava outro uivo, trotava até o sofá e se jogava nas almofadas aquecidas em que a semifeérica estivera sentada. O retrato do desespero.

Um momento depois, seu telefone vibrou na mesinha de centro. Bem na hora que o programa começava.

Ela não reconheceu o número, mas não ficou surpresa quando atendeu, jogando-se nas almofadas, e ouviu Hunt grunhir:

— Abra as cortinas. Quero ver o programa.

Ela colocou os pés descalços na mesa.

— Não sabia que anjos se permitiam assistir a porcarias na TV.

— Preferiria assistir ao jogo de solebol que está sendo transmitido agora, mas me contento com qualquer coisa.

A ideia do Umbra Mortis assistindo a uma competição de namoro era hilária o bastante para que Bryce pausasse o programa ao vivo. Pelo menos, poderia avançar os comerciais. — O que está fazendo no telhado, Athalar?

— Recebi ordens.

Que os deuses a livrassem.

— O fato de ter de me proteger não lhe dá o direito de invadir minha privacidade. — Ela podia ver a vantagem de tê-lo como guarda-costas, mas não precisava passar dos limites.

— Outras pessoas discordariam. — Ela abriu a boca, mas ele a interrompeu: — Recebo ordens. Não posso desobedecê-las.

Ela sentiu um nó no estômago. Não, Hunt Athalar, com certeza, não desobedeceria suas ordens.

Nenhum escravizado o faria, vanir ou humano.

— E como, exatamente, conseguiu esse número? — perguntou ela, então, mudando de assunto.

— Está em seu arquivo.

Ela batucou o pé na mesa.

— Você fez uma visita ao príncipe Ruhn? — Ela teria dado um marco de ouro para ver o irmão enfrentar o assassino particular de Micah.

Hunt grunhiu.

— Isaiah fez. — Ela sorriu. — Procedimento-padrão.

— Então mesmo depois que seu chefe me incumbiu de encontrar o assassino, vocês acharam necessário checar meu álibi?

— Eu não criei as malditas regras, Quinlan.

— Hmm.

— Abra as cortinas.

— Não, obrigada.

— Ou você poderia me convidar e facilitar meu trabalho.

— Definitivamente não.

— Por quê?

— Porque você pode fazer seu trabalho muito bem desse telhado.

A risada de Hunt reverberou por seus ossos.

— Recebemos ordens de investigar esses assassinatos a fundo. Então odeio lhe dizer isso, amor, mas nossa relação está prestes a se tornar íntima e pessoal.

O modo como ele disse *amor* — com uma arrogância condescendente e depreciativa — a fez cerrar os dentes.

Bryce se levantou, andando na ponta dos pés até a janela sob o olhar atento de Syrinx, e abriu as cortinas o suficiente para ver o anjo parado no telhado à frente, telefone na orelha, as asas cinzentas ligeiramente afastadas, como contrapeso ao vento.

— Tenho certeza de que você se excita com todo esse lance de donzela em perigo, mas pediram a *mim* que chefiasse a investigação. Você é o reforço.

Mesmo do outro lado da rua, ela o viu revirar os olhos.

— Podemos ignorar essa babaquice de hierarquia?

Syrinx enfiou o focinho na panturrilha de Bryce, então se esfregou nas pernas dela para espiar o anjo.

— O que *é* esse seu bichinho de estimação?

— É uma quimera.

— Parece caro.

— Foi.

— Seu apartamento também parece bem caro. Aquela feiticeira deve pagá-la bem.

— Ela paga. — Verdade e mentira.

As asas do anjo se abriram.

— Já tem meu número. Me ligue se algo der errado ou parecer errado, ou se precisar de alguma coisa.

— Como uma pizza?

Ela viu com clareza o dedo médio que Hunt ergueu sobre a cabeça. Sombra da morte, com certeza.

— Você daria um ótimo entregador, com essas asas — ronronou Bryce. Mas anjos em Lunathion jamais desciam tão baixo. Nunca.

— Mantenha as malditas cortinas abertas, Quinlan. — Ele desligou.

Ela apenas acenou com ironia. E fechou as cortinas completamente.

O telefone vibrou com uma mensagem assim que ela se sentou de novo.

Você tem feitiços de proteção para o apartamento?

Ela revirou os olhos, digitando uma resposta: *Pareço estúpida?*

Hunt disparou uma réplica: *Alguma merda está acontecendo na cidade, e você foi agraciada com proteção de primeira... no entanto, está torrando meu saco por causa de limites. Acho que isso diz bastante sobre sua inteligência.*

Os dedos de Bryce correram pela tela enquanto ela franzia o cenho e digitava, *Por gentileza, vá voando se foder.*

Ela apertou enviar antes que pudesse refletir sobre a sensatez de dizer aquilo ao Umbra Mortis.

Ele não respondeu. Com um sorriso presunçoso, Bryce pegou o controle remoto.

Um *baque* contra a vidraça a sobressaltou, fazendo Syrinx disparar para as cortinas, uivando como se a cabeça peluda fosse explodir.

Bryce marchou ao redor do sofá, abrindo as cortinas, imaginando o que diabos Hunt havia jogado em sua janela...

O anjo caído pairava bem ali. Fuzilando-a com o olhar.

Bryce se recusou a recuar, apesar do coração acelerado. Recusou-se a fazer qualquer coisa, exceto abrir a janela com força, o vento das poderosas asas desarrumando seu cabelo.

— *O quê?*

Os olhos castanhos nem mesmo piscaram. Formidável... foi a única palavra que Bryce encontrou para descrever o belo rosto do anjo, cheio de linhas poderosas e malares angulosos.

— Você pode levar essa investigação do jeito mais fácil, ou escolher o mais difícil.

— Eu não...

— Me poupe. — O cabelo preto de Hunt balançava ao vento. O farfalhar e bater das asas abafava o tráfego abaixo... humanos e vanir agora o encarando boquiabertos. — Você não gosta de ser vigiada, ou paparicada, ou o que seja. — Ele cruzou os braços musculosos. — Nenhum de nós tem voz ativa nesse acordo. Então, em vez de gastar saliva falando de limites, por que não faz aquela lista de suspeitos e dos movimentos de Danika?

— E por que você não para de me dizer o que devo fazer com meu tempo?

Ela podia jurar que sentiu cheiro de éter quando ele grunhiu.

— Vou ser bem claro com você.

— Óóótimo!

Hunt dilatou as narinas.

— Farei o que for preciso para resolver o caso. Mesmo que precise amarrá-la em uma cadeira até que escreva essas listas.

Ela sorriu.

— Sadomasoquismo. Bacana.

Os olhos de Hunt se anuviaram.

— Não. Se. Meta. Comigo.

— Sim, sim, você é o Umbra Mortis.

Ele arreganhou os dentes.

— Me chame do que quiser, Quinlan, desde que faça o que lhe mandam.

Maldito alfa babaca.

— Imortalidade é um tempo muito longo para se ter um pau gigante enfiado no rabo. — Bryce colocou as mãos no quadril. Pouco importava que sua bravata perdesse efeito com Syrinx pulando e dançando a seus pés.

Desviando o olhar da semifeérica, o anjo observou a mascote com as sobrancelhas arqueadas. A cauda de Syrinx acenou e abanou. Hunt bufou, como se a contragosto.

— Você é um bichinho esperto, não é? — Ele lançou um olhar condescendente para Bryce. — Mais esperto que a dona, ao que parece.

Mude o título para Rei dos Alfas Babacas.

Mas Syrinx se empinou. E Bryce sentiu o impulso estúpido e avassalador de esconder a quimera de Hunt, de qualquer um, de qualquer coisa. Era *sua*, de mais ninguém, e a semifeérica não parecia particularmente inclinada a receber outro alguém em sua pequena bolha...

O olhar de Hunt encontrou novamente o de Bryce.

— Tem alguma arma? — O puro brilho masculino naquele olhar lhe dizia que ele supunha que ela não tivesse.

— Me incomode novamente — disse Bryce, com doçura, antes de fechar a janela na cara do anjo. — E vai descobrir.

* * *

Hunt se perguntou em quanta confusão se meteria se jogasse Bryce Quinlan no Istros.

Depois da manhã que tivera, começava a achar que qualquer punição de Micah, ou até ser transformado em porco por Jesiba Roga, valeria a pena.

Apoiado em um poste, o rosto úmido pela garoa que pairava sobre a cidade, Hunt cerrou os dentes com força o bastante para doer. Àquela hora, os trabalhadores entupiam as ruas estreitas da Praça da Cidade Velha; alguns a caminho de seus postos nas inúmeras lojas e galerias, outros se dirigindo aos pináculos do DCC. Todos, entretanto, contemplavam suas asas, seu rosto, e desviavam dele.

Hunt os ignorou e checou as horas em seu telefone. Oito e quinze. Havia esperado o bastante para fazer a ligação. Digitou o número e levou o telefone à orelha, ouvindo o toque uma, duas vezes...

— Por favor, me diga que Bryce está viva — atendeu Isaiah, a voz ofegante, de um modo que dizia a Hunt que o comandante estava no ginásio do quartel ou desfrutando da companhia do namorado.

— Por enquanto.

Uma máquina apitou, como se Isaiah diminuísse a velocidade de uma esteira.

— Vou querer saber por que está me ligando tão cedo? — instou ele. — Por que está na rua Samson?

Embora provavelmente Isaiah tenha rastreado sua localização através do sinal do telefone, Hunt ainda franziu o cenho para a câmera visível mais próxima. Havia algumas escondidas nos ciprestes e palmeiras que ladeavam as calçadas, ou disfarçadas como irrigadores, despontado da grama úmida nos canteiros de flores, ou embutidas nos postes de ferro, como aquele em que se apoiava.

Alguém estava sempre observando. Em toda aquela maldita cidade, aquele maldito território, aquele maldito mundo, sempre havia alguém observando, as câmeras tão enfeitiçadas e tão bem guardadas que eram à prova de bombas. Mesmo que a cidade virasse pó sob a magia letal dos mísseis de enxofre da Guarda Asteriana, as câmeras continuariam a gravar.

— Está ciente — começou Hunt, a voz um grasnado baixo conforme uma fila de codornas serpenteava pela rua; alguma pequena família metamorfa, sem dúvida — que quimeras são capazes de arrombar fechaduras, abrir portas e saltar entre dois lugares como se estivessem caminhando de uma sala a outra?

— Não...? — respondeu Isaiah, arfando.

Aparentemente, Quinlan também não, já que se preocupava em manter uma gaiola para a criatura. Embora, talvez, a maldita criatura se destinasse, mais que qualquer outra coisa, a um tipo de distração específica, como as pessoas faziam com seus cães. Pois não havia como a quimera ser contida sem um conjunto de encantamentos.

Os Inferiores, classe de vanir à qual a quimera pertencia, tinham todo um arsenal de pequenos e interessantes poderes como aqueles. Era parte do motivo pelo qual atingiam preços exorbitantes no mercado. E por que, mesmo um milênio mais tarde, o Senado e os asteri haviam derrubado quaisquer tentativas de mudar as leis que os definiam como propriedade negociável. Os Inferiores eram muito poderosos, tinham alegado... incapazes de compreender as leis, com poderes e feitiços que poderiam se tornar disruptivos se eximidos dos vários encantamentos e tatuagens mágicas que os controlavam.

E eram muito lucrativos, em especial para os poderes vigentes, cujas famílias faturavam com o comércio.

Então permaneciam Inferiores.

Hunt recolheu as asas, uma de cada vez. A água refletia nas penas cinzentas como gemas cristalinas.

— Isso parece um pesadelo.

Isaiah tossiu.

— Você vigiou Quinlan por uma noite.

— Dez horas, para ser exato. Até sua quimera de estimação simplesmente *aparecer* do meu lado pela manhã, morder minha bunda para me despertar de um suposto cochilo, e, então, sumir novamente... de volta ao apartamento. Assim que Quinlan saiu do quarto e abriu as cortinas para me flagrar segurando meu traseiro como um maldito idiota. *Você sabe* como são afiados os dentes de uma quimera?

— Não. — Hunt podia jurar que ouviu o riso na voz de Isaiah.

— Quando voei até sua janela para me explicar, ela ligou a música no máximo e me ignorou como uma pirralha mimada. — Com encantamento ao redor do apartamento suficiente para manter afastada uma horda de anjos, Hunt nem mesmo tentara entrar pela vidraça, já que tinha testado todas elas durante a noite. Então fora forçado a olhar ameaçadoramente pela janela... e retornar ao telhado pouco depois de Bryce sair do quarto vestindo nada mais que um top preto e uma calcinha fio-dental. O sorriso irônico para suas asas em retirada foi praticamente felino. — Só a vi de novo quando saiu para correr. Ela me mostrou o dedo do meio ao passar por mim.

— Então você foi até a rua Samson só para se aborrecer. Por que a urgência?

— A urgência, babaca, é que talvez eu a mate antes de encontrarmos o verdadeiro assassino. — Ele tinha muito a perder naquele caso.

— Só está puto porque ela não está se encolhendo de medo ou puxando seu saco.

— Como se eu quisesse alguém *puxando*...

— Onde está Quinlan agora?

— Fazendo as unhas.

A pausa de Isaiah soava como se ele estivesse prestes a explodir em uma gargalhada.

— Daí sua presença na rua Samson antes das nove.

— Espiando pela janela de um *salão de beleza* como um maldito stalker.

O fato de que Quinlan parecia indiferente ao assassino o irritava tanto quanto o comportamento dela. E Hunt não conseguia evitar a suspeita. Ele não sabia como ou por que ela teria matado Danika, o bando e Tertian, mas a semifeérica estivera ligada a todas aquelas mortes. Ela sabia alguma coisa... ou tinha feito algo

— Vou desligar agora. — O idiota estava sorrindo. Hunt sabia. — Você enfrentou exércitos inimigos, sobreviveu à arena de Sandriel, lidou com os arcanjos de igual para igual. — Isaiah riu. — Com certeza, uma garota baladeira não será um desafio. — O telefone ficou mudo.

Hunt cerrou os dentes. Através da janela de vidro do salão, ele podia discernir perfeitamente a silhueta de Bryce, sentada a uma mesa de mármore, as mãos esticadas para uma bela draki fêmea de escamas vermelho-douradas, que passava *outra* camada de esmalte em suas unhas. De quantas *precisava*?

Àquela hora, apenas algumas freguesas estavam sentadas ali dentro, unhas ou garras em meio ao processo de serem lixadas e pintadas e o que quer que se fizesse em um salão de beleza. Mas todas continuavam a olhar pela janela. Para ele.

O anjo já havia recebido um olhar de advertência da metamorfa falcão de cabelo azul na recepção, mas ela não se atrevera a sair e pedir que parasse de incomodar as clientes e fosse embora.

Bryce continuava sentada, ignorando-o solenemente. Conversando e rindo com as fêmeas em meio à manicure.

Levara apenas alguns minutos para Hunt se lançar aos céus quando Bryce saíra do apartamento. Ele a seguira de cima, ciente de que as pessoas que se deslocavam para o trabalho o filmariam se aterrissasse ao lado da semifeérica no meio da rua e a estrangulasse.

Aparentemente, a corrida a guiou por quinze quarteirões. Bryce sequer tinha suado quando chegou ao salão, as roupas esportivas e justas molhadas pela garoa, e lhe lançou um olhar de advertência para que ficasse do lado de fora.

Aquilo havia acontecido uma hora antes. Uma hora inteira de brocas e lixas e tesouras sendo aplicadas em suas unhas, de um modo que teria feito a Corça em pessoa estremecer. Pura tortura.

Cinco minutos. Quinlan tinha mais cinco malditos minutos, então ele iria arrancá-la de lá. Micah devia ter enlouquecido... era a única explicação para pedir a ajuda da garota, em especial se ela priorizava as *unhas* em detrimento de solucionar o assassinato da amiga.

O anjo não sabia por que estava surpreso. Depois de tudo que vira, de todos que conhecera e suportara, aquele tipo de merda deveria ter parado de aborrecê-lo havia muito tempo.

Alguém com a aparência de Quinlan teria se acostumado às portas que aquele corpo e rosto lhe abriam, sem nem um murmúrio de protesto. Ser mestiça tinha algumas desvantagens, sim... muitas, se fosse honesto sobre o funcionamento do mundo. Mas ela havia se dado bem. Na verdade, bem pra caralho, se o apartamento servia como indicativo.

A draki deixou o vidro de lado e agitou os dedos terminados em garras sobre as unhas de Bryce. A magia cintilou, esvoaçando o rabo de cavalo de Bryce como se um vento seco houvesse soprado.

Como a magia dos feéricos valbaranos, a dos drakis pendia para o fogo ou o vento. Nos climas ao norte de Pangera, ele havia conhecido drakis e feéricos cujo poder era capaz de conjurar água, chuva, bruma — magia elemental. Mas, até mesmo entre os reclusos, drakis e feéricos não empunhavam o relâmpago. Ele sabia, porque tinha procurado desesperadamente, na juventude, por qualquer um que pudesse ensiná-lo como controlar aquilo. No fim, teve de aprender sozinho.

Bryce examinou as unhas e sorriu. Em seguida, abraçou a fêmea. Ela a *abraçou*, porra. Como se fosse uma maldita heroína de guerra por ter feito suas unhas.

Hunt ficou surpreso que não tivesse desgastado os dentes até cotocos de tanto rangê-los quando a semifeérica enfim se dirigiu à saída, acenando para a metamorfa falcão na recepção, que presumivelmente lhe emprestara um guarda-chuva transparente.

A porta de vidro se abriu, e os olhos de Bryce encontraram os de Hunt.

— Está *brincando* comigo? — As palavras irromperam do anjo.

Ela abriu a sombrinha, quase arrancando um olho de Hunt.

— Tem algo melhor a fazer com seu tempo?

— Você me fez esperar na chuva.

— Você é um macho grande e durão. Acho que pode aguentar um pouco de água.

Hunt emparelhou com ela.

— Eu a mandei fazer aquelas listas. Não ir a um maldito salão de beleza.

Ela parou em um cruzamento, esperando que a fila de carros, para-choque com para-choque, passasse, e se aprumou. Não era nem de longe tão alta quanto ele, mas, de algum modo, parecia olhá-lo de cima, enquanto o encarava *de baixo*.

— Se é tão bom em investigar coisas, por que não se vira sozinho e me poupa o trabalho?

— Você recebeu uma ordem do governador. — As palavras soaram ridículas até mesmo para ele. Ela atravessou a rua, e ele a seguiu. — E achei que se sentiria pessoalmente motivada a descobrir quem está por trás disso.

— Não faça suposições sobre meus motivos. — Ela se desviou de uma poça de chuva. Ou de mijo. Na Praça da Cidade Velha, era impossível afirmar.

Ele se conteve para não empurrá-la para dentro da poça.

— Você tem algum problema comigo?

— Na verdade, não me importo o bastante com você para ter um problema.

— Idem.

Então os olhos de Bryce brilharam de verdade, como se um fogo distante fervilhasse dentro da semifeérica. Ela o estudou, medindo cada milímetro, e, de alguma maneira, de alguma maldita maneira, fez Hunt se sentir com 3 centímetros de altura.

Ele não disse nada até finalmente dobrarem na rua de Bryce.

— Você precisa fazer a lista de suspeitos e das atividades de Danika em sua última semana de vida — grunhiu ele.

Ela estudou as unhas, agora pintadas em um dégradé que ia do cor-de-rosa ao violeta. Como o céu da aurora.

— Ninguém gosta de um resmungão, Athalar.

Eles chegaram ao arco em vidro do prédio de Bryce — concebido como uma barbatana, ele se dera conta na noite anterior —, e as portas se abriram, deslizando.

— Tchau — disse ela, alegre, o rabo de cavalo balançando.

— As pessoas podem vê-la procrastinando, Quinlan, e pensar que está tentando obstruir uma investigação oficial — disse ele, pausadamente. Se não podia forçá-la a trabalhar no caso, talvez conseguisse assustá-la para tanto.

Em especial com a verdade: ela não estava livre. Nem mesmo perto disso.

Os olhos dela faiscaram de novo, e, caramba, foi gratificante.

— Melhor se apressar. Não vai querer se atrasar para o trabalho — acrescentou ele, a boca em um meio-sorriso.

* * *

A ida à manicure havia valido a pena em tantos níveis, mas o ponto alto talvez tenha sido irritar Athalar.

— Não entendo por que não pode deixar o anjo entrar — queixou-se Lehabah, empoleirada sobre um velho círio. — Ele é tão bonito.

Nas entranhas da biblioteca da galeria, a papelada de clientes espalhada na mesa a sua frente, Bryce olhou de esguelha para a labareda em forma de fêmea.

— *Não* pingue cera nesses documentos, Lele.

A duende de fogo resmungou e sentou a bunda no pavio da vela mesmo assim. A cera escorreu pelos lados, o emaranhado de cabelos amarelos flutuando sobre sua cabeça... como se fosse, de fato, uma chama no formato de uma fêmea voluptuosa.

— Ele só fica sentado no telhado, nesse tempo horrível. Deixe ele descansar no sofá aqui embaixo. Syrinx disse que o anjo pode acariciar seus pelos, se precisar de uma tarefa.

Bryce suspirou para o teto pintado... o céu noturno retratado com amorosa dedicação. O imenso candelabro dourado pendurado no centro do espaço foi moldado como um sol, todas as outras luminárias em perfeito alinhamento com os sete planetas.

— A presença do anjo — começou ela, franzindo o cenho para a figura adormecida de Syrinx, no sofá de veludo verde — não é permitida aqui.

Lehabah soltou um muxoxo.

— Um dia, a chefe vai trocar meus serviços pelos de algum velhaco lascivo e você vai se arrepender de um dia ter me negado alguma coisa.

— Um dia, aquele velhaco lascivo vai obrigá-la a fazer seu trabalho e guardar esses livros, então você vai se arrepender de ter passado todas essas horas de relativa liberdade emburrada.

A cera chiou na mesa. Bryce jogou a cabeça para cima.

Lehabah estava esparramada de bruços na vela, uma das mãos pendurada ao lado do corpo. Perigosamente perto dos documentos sobre os quais Bryce havia se debruçado pelas últimas três horas.

— *Não* ouse.

Lehabah girou o braço, de modo que a tatuagem em meio à carne incandescente ficasse à mostra. As letras tinham sido estampadas em seu braço logo depois do nascimento, confessara a duende. *SPQM*. Desenhadas na pele de todo duende — de fogo ou água ou terra, não importava. Punição por terem se juntado à rebelião dos anjos duzentos anos antes, quando ousaram protestar contra seu status de peregrini. De Inferiores. Os asteri foram ainda mais longe do que escravizar e torturar os anjos. Após o levante, haviam decretado que todo duende — não apenas os que se juntaram a Shahar e a sua legião — seriam escravizados e expulsos da Casa de Céu e Sopro. Todos os seus descendentes seriam andarilhos e escravizados também. Para sempre.

Foi um dos episódios mais espetacularmente fodidos da história da República.

Lehabah suspirou.

— Compre minha liberdade de Jesiba. E então posso ir morar em seu apartamento e aquecer sua comida e seus banhos.

Ela podia fazer bem mais que aquilo, Bryce sabia. Tecnicamente, a magia de Lehabah ultrapassava a de Bryce. Mas a maioria dos não humanos podia alegar o mesmo. E, muito embora maior que o de Bryce, o poder de Lehabah era ainda uma brasa quando comparado às chamas dos feéricos. Às chamas de seu pai.

Bryce pousou o recibo de compras do cliente.

— Não é tão fácil, Lele.

— Syrinx me disse que você se sente sozinha. Eu posso animá-la.

Em resposta, a quimera expôs a barriga, a língua pendurada para fora do focinho, e roncou.

— Primeiro, meu prédio não permite duendes de fogo. *Ou* de água. São o pesadelo das seguradoras. Segundo, não posso simplesmente pedir a Jesiba para levá-la. Ela pode muito bem querer se livrar de você *porque* eu pedi alguma coisa.

Lehabah apoiou o queixo redondo na mão e pingou outra gota de cera perigosamente próximo da papelada.

— Ela lhe vendeu Syrinx.

Cthona lhe desse paciência!

— Jesiba *me deixou comprar* Syrinx porque minha vida estava fodida e eu tinha surtado quando ela ficou entediada e tentou se livrar da quimera.

— Porque Danika morreu — disse a duende de fogo, baixinho.

Bryce fechou os olhos por um instante.

— Sim — admitiu então.

— Não devia xingar tanto, BB.

— Então você não vai gostar nada do anjo.

— Ele liderou meu povo em batalha... *e* é um membro de minha casa. Mereço conhecê-lo.

— Até onde sei, essa batalha acabou mal e, graças a ela, os duendes de fogo foram expulsos da Casa de Céu e Sopro.

Lehabah se sentou, pernas cruzadas.

— A filiação às casas não é algo que um governo possa decretar. Nosso banimento foi apenas no papel.

Era verdade. Mas, ainda assim, Bryce argumentou:

— O que os asteri e seu Senado dizem é o que vale.

Lehabah tinha sido a guardiã da biblioteca da galeria por décadas. A lógica ditava que sagrar um duende de fogo para vigiar uma biblioteca era uma ideia idiota, mas, quando um terço dos livros no local não queria outra coisa se não fugir, matar ou comer alguém — não necessariamente nessa ordem —, ter um duende de fogo para mantê-los na linha valia o risco. Assim como aturar o incansável tagarelar de Lehabah, ao que parecia.

Uma pancada no mezanino. Como se um livro tivesse mergulhado da estante por vontade própria.

Lehabah sibilou naquela direção, ficando de um azul profundo. Papel e couro sussurraram quando o livro encontrou seu lugar novamente.

Bryce sorriu, em seguida o telefone do escritório tocou. Uma olhada para a tela a fez estender a mão para o aparelho enquanto sibilava para a duende:

— Volte para o seu poleiro, *agora*.

Lehabah havia acabado de alcançar o domo de vidro, de onde mantinha sua vigília de fogo sobre os errantes livros da biblioteca, quando Bryce atendeu.

— Boa tarde, chefe.

— Algum progresso?

— Ainda investigando. Como está Pangera?

Jesiba não se dignou a responder.

— Temos um cliente às duas horas — disse a feiticeira em vez disso. — Esteja pronta. E pare de deixar Lehabah fofocar. Ela tem trabalho a fazer. — A linha ficou muda.

Bryce se levantou da mesa em que estivera trabalhando durante toda a manhã. Os painéis de carvalho da biblioteca abaixo da galeria pareciam antigos, mas eram equipados com tecnologia avançada e os melhores encantamentos que o dinheiro podia comprar. Sem contar o sistema de som de primeira, do qual se aproveitava com frequência quando Jesiba estava na outra margem do Haldren.

Não que dançasse ali embaixo... não mais. Atualmente, a música servia apenas para evitar que o zumbido das primaluces a enlouquecesse. Ou para abafar os monólogos de Lehabah.

Prateleiras revestiam cada parede, intercaladas apenas por mais ou menos uma dúzia de pequenos tanques e terrários, ocupados por toda sorte de pequenos animais comuns: lagartos e cobras e tartarugas e vários roedores. Bryce sempre se perguntava se eram pessoas que haviam irritado Jesiba. Nenhum exibia sinais de consciência, o que parecia ainda mais aterrorizante se fosse verdade. Não teriam apenas sido transformados em animais, mas também se esquecido totalmente de que um dia foram algo mais.

Naturalmente, Lehabah havia batizado todos eles, cada nome mais ridículo que o outro. *Noz-moscada* e *Gengibre* eram os nomes das lagartixas no tanque perto de Bryce. Irmãs, alegara Lehabah. *Srta. Papoula* era como se chamava a cobra alvinegra no mezanino.

Mas Lehabah nunca dera nome a nada no tanque maior. O enorme aquário que ocupava uma parede inteira da biblioteca e cuja extensão de vidro emanava um brilho aquoso. Por misericórdia, no momento estava vazio.

No ano anterior, Bryce tentou advogar em favor de Lehabah pela compra de algumas enguias iridescentes para encher o azul sombrio com uma cintilante luz de arco-íris. Jesiba havia negado e, em vez disso, adquirido um kelpie de estimação, que se esfregava no vidro com toda a *finesse* de um universitário doidão.

Bryce havia se assegurado de que aquele filho da puta fosse presenteado a um cliente *bem* depressa.

A semifeérica se preparou para o trabalho que a aguardava. Não a papelada ou o cliente... mas o que tinha de fazer naquela noite. Que os malditos deuses a ajudassem quando Athalar descobrisse.

Mas a ideia da expressão do anjo quando percebesse o que ela planejara... Sim, seria satisfatório.

Se ela sobrevivesse.

16

A raiz-alegre que Ruhn fumara com Flynn havia dez minutos talvez fosse mais potente do que o amigo insinuara.

Deitado na cama, com fones de ouvido feéricos especialmente desenhados para as orelhas pontudas, o príncipe fechou os olhos e deixou o baque surdo e o fervilhar crescente do sintetizador da música o alçar às alturas.

O pé calçado na bota marcava o ritmo constante, o batucar dos dedos entrelaçados sobre o estômago ecoando cada tremor das notas bem, bem acima. Cada fôlego o afastava ainda mais da consciência, como se a própria mente tivesse sido arrancada uns bons metros de onde em geral repousava, como um capitão no leme do navio.

Uma calma densa o derreteu, osso e sangue se metamorfoseando em ouro líquido. Cada nota ondulava através do feérico. Cada agressão e palavra afiada e irritação se esvaía dele e rastejava da cama, como uma serpente.

Ruhn ignorou esses sentimentos conforme se esgueiravam para longe. Sabia que havia sido tão afetado pela raiz-alegre de Flynn graças às horas que passara ruminando as ordens idiotas do pai.

Seu pai podia ir para o Inferno.

A raiz-alegre envolveu sua mente com braços macios e doces, e o arrastou para sua piscina brilhante.

Ruhn se deixou afogar, sereno demais para fazer outra coisa que não deixar a música inundá-lo, o corpo afundando no colchão, até que atravessasse sombra e luz estelar. Os acordes da música pairavam acima, fios dourados que brilhavam com som. Ainda mexia o próprio corpo? As pálpebras pareciam muito pesadas para que as abrisse e verificasse.

O perfume de lilás e noz-moscada encheu o quarto. Fêmea, feérica...

Se uma das fêmeas se divertindo no andar de baixo tivesse invadido seu quarto, na esperança de uma boa e suada cavalgada em um príncipe dos feéricos, ficaria profundamente desapontada. Ele não estava em condições de trepar no momento. Pelo menos, não uma foda que valesse a pena.

Suas pálpebras pareciam absurdamente pesadas. Ele devia abri-las. Onde diabo estava o controle de seu corpo? Até mesmo suas sombras o abandonaram, longe demais para invocá-las.

O perfume se intensificou. Ele conhecia aquele cheiro. Conhecia tão bem quanto...

Ruhn se levantou, sobressaltado, os olhos se abrindo para se deparar com a irmã, parada ao pé da cama.

A boca de Bryce se movia, olhos da cor do uísque cheios de humor ácido, mas ele não conseguia ouvir uma palavra do que ela dizia, nem uma...

Ah. Certo. Os fones de ouvido. A música estrondosa.

Piscando com força, rangendo os dentes para resistir às tentativas da droga de arrastá-lo outra vez para baixo, baixo, baixo, Ruhn tirou os fones e apertou o botão de pausa.

— O que foi?

Bryce se recostou na cômoda de madeira lascada. Pelo menos, vestia roupas normais para variar. Mesmo que o jeans parecesse pintado no corpo e que o suéter cor de creme não deixasse nada à imaginação.

— Eu disse que você vai explodir os tímpanos ouvindo música nessa altura.

A cabeça de Ruhn girou conforme ele estreitava os olhos, piscando diante do halo de luz estelar que dançava ao redor da cabeça da irmã a seus pés. Ele piscou de novo, sufocando as auras que enevoavam sua visão, e o brilho se foi. Outro piscar, e estava lá.

Bryce bufou.

— Não está alucinando. Estou parada aqui.

A boca do príncipe parecia a milhares de quilômetros, mas ele conseguiu falar.

— Quem a deixou entrar?

Declan e Flynn estavam no andar de baixo, acompanhados de meia-dúzia de seus melhores guerreiros feéricos. O tipo de gente que não queria nem a um quarteirão da irmã.

Bryce ignorou a pergunta, franzindo o cenho para o canto do quarto. Para uma pilha de roupa suja coroada por Áster, que ele havia jogado ali. A espada também brilhava com luz estelar. Ele poderia jurar que a maldita espada cantava. Ruhn balançou a cabeça, como se para clarear os ouvidos.

— Preciso falar com você — dizia Bryce enquanto isso.

A última vez que havia visitado aquele quarto, Bryce tinha 16 anos e Ruhn passara as horas anteriores limpando o lugar... e a casa toda. Cada bong e garrafa de álcool, cada calcinha que jamais fora devolvida à dona, cada traço e cheiro de sexo e de drogas e de toda merda estúpida que ele fazia ali haviam sido escondidos.

E a irmã tinha ficado naquele mesmo lugar em sua última visita. Parada ali enquanto gritavam um com o outro.

Passado e presente se confundiam, a silhueta de Bryce encolhendo e expandindo, o rosto adulto se fundindo à suavidade adolescente, a luz nos olhos cor de âmbar quente e fria, a visão do príncipe assimilando a cena que cintilava com luz estelar, luz estelar, luz estelar.

— Droga — resmungou Bryce, e se encaminhou para a porta. — Você é patético.

— Aonde vai? — Ruhn conseguiu perguntar.

— Pegar água. — Ela escancarou a porta. — Não posso falar com você assim.

Ocorreu a ele, então, que aquilo tinha de ser importante, se ela não apenas havia ido até ali, como parecia ansiosa para deixá-lo desperto. E que ainda existia uma chance de tudo não passar de alucinação, mas ele não a deixaria se aventurar por aquele antro de pecado desacompanhada.

Com pernas que pareciam ter 15 quilômetros de extensão, pés que pesavam meia tonelada, Ruhn saiu tropeçando atrás da irmã. O corredor sombrio escondia a maior parte das manchas na tinta branca... fruto das inúmeras festas que ele e os amigos haviam organizado nos cinquenta anos em que haviam dividido a casa. Bem, eles tinham aquela casa havia vinte anos... e só se mudaram porque a primeira tinha literalmente começado a desabar. A bem da verdade, a casa atual talvez não durasse mais que dois anos.

Bryce estava na metade da grande escadaria em curva, as primaluces do candelabro de cristal refletiam o cabelo ruivo naquele halo brilhante. Como não notara que o lustre estava torto? Devia ter acontecido quando Declan pulara do corrimão e se pendurara ali, tomando impulso e bebendo goles da garrafa de uísque. Ele caíra um instante depois, bêbado demais para conseguir se segurar.

Se o Rei Outonal ou qualquer Mestre da Cidade soubesse das merdas que faziam naquela casa, jamais permitiria que Ruhn liderasse a divisão feérica do Aux. E Micah jamais o indicaria como sucessor do pai naquele conselho.

Mas ficar chapado era apenas para as noites de folga. Nunca quando estava de serviço ou de sobreaviso.

Bryce alcançou o piso gasto de carvalho no primeiro andar, contornando a mesa de beer-pong que ocupava quase todo o hall de entrada. Alguns copos se espalhavam pela manchada superfície de compensado, decorada com o que todos consideravam uma obra-prima de Flynn: uma enorme cabeça de um macho feérico devorando um anjo inteiro, apenas as asas esfarrapadas visíveis entre os dentes. A pintura parecia ondular conforme Ruhn descia as escadas, e o príncipe poderia jurar que a imagem havia piscado para ele.

Sim, água. Precisava de água.

Bryce cruzou a sala de estar, onde a música retumbava tão alta que fez os dentes de Ruhn chacoalharem dentro do crânio.

Ele chegou em tempo de ver Bryce passando pela mesa de bilhar nos fundos do cômodo longo e cavernoso. Alguns guerreiros do Aux reunidos ao seu redor, fêmeas também, estavam concentrados no jogo.

Tristan Flynn, filho de Lorde Hawthorne, presidia a competição de uma poltrona ali perto, com uma bela dríade no colo. A luz vidrada em seus olhos castanhos espelhava os de Ruhn. Flynn abriu um sorriso torto quando Bryce se aproximou. Em geral, bastava um olhar e as fêmeas se esgueiravam para o colo de Tristan Flynn, como a ninfa das árvores, ou — se o olhar fosse mais ameaçador — os inimigos batiam em retirada.

Charmoso como o diabo e letal pra caralho. Deveria ter sido o lema da família Flynn.

Bryce não parou ao cruzar por ele, indiferente à clássica beleza feérica e aos músculos consideráveis, mas exigiu, por sobre o ombro:

— Que porra deu a ele?

Flynn se inclinou para a frente, desenganchando o curto cabelo castanho dos dedos longos da dríade.

— Como sabe que fui eu?

Bryce caminhou na direção da entrada em arco para a cozinha, nos fundos do cômodo.

— Porque você também parece chapado.

Declan chamou do sofá em L no outro canto da sala, um laptop no colo e um macho draki *muito* interessante meio esparramado sobre ele, passando as garras por seu cabelo ruivo escuro.

— Ei, Bryce, a que devemos o prazer da visita?

Bryce apontou o polegar na direção de Ruhn.

— Tomando conta do Escolhido. Como andam as frescuras tecnológicas?

Em geral, Declan Emmet não gostava que ninguém depreciasse a lucrativa carreira que havia construído para si, calcada em invasões a websites da República, seguidas de cobranças indecentes para revelar as fragilidades do sistema, mas o feérico sorriu.

— Ainda acumulando marcos.

— Bacana — disse Bryce, entrando na cozinha e saindo de vista.

Alguns dos guerreiros do Aux agora encaravam a cozinha com flagrante interesse nos olhos.

— Ela não é para o bico de vocês, idiotas — rosnou Flynn, devagar.

Bastou apenas aquilo. Não foi preciso nem mesmo um açoite com a hera mágica da terra de Flynn, rara entre os feéricos valbaranos, propensos ao fogo. Os outros imediatamente voltaram sua atenção ao jogo de sinuca. Ruhn lançou um olhar agradecido ao amigo e seguiu a irmã...

Mas Bryce já estava de volta à soleira, garrafa de água na mão.

— Sua geladeira é pior que a minha — declarou ela, empurrando a garrafa para ele e voltando à sala. Ruhn tomou um gole enquanto o sistema de som ao fundo martelava as notas de abertura de uma canção, guitarras trinando, e ela inclinou a cabeça, ouvindo, analisando.

Era um instinto feérico... a atração, e o amor, pela música. Talvez o único aspecto de sua herança que ela não renegava. Ele se lembrou de quando, adolescente, ela lhe mostrava suas coreografias. A irmã sempre lhe parecera tão incrivelmente feliz. Ruhn nunca tivera a chance de perguntar por que parara de dançar.

Ruhn suspirou, procurando se *concentrar.*

— Por que está aqui? — perguntou a ela.

Bryce parou perto do sofá em L.

— Já disse: preciso falar com você.

Ruhn manteve a expressão impassível. Não se lembrava da última vez que a irmã havia se importado em procurá-lo.

— Por que sua prima precisaria de um motivo para conversar conosco? — perguntou Flynn, murmurando algo ao ouvido delicado da dríade, que a fez caminhar até o grupo de três amigas perto da mesa de bilhar, os quadris estreitos balançando, como um lembrete do que ele perderia se esperasse demais. — Flynn grunhiu: — Ela sabe que somos os machos mais charmosos da cidade.

Nenhum de seus amigos jamais desconfiou da verdade... ou, pelo menos, revelou suas suspeitas. Bryce afastou o cabelo do ombro enquanto Flynn levantava da cadeira.

— Tenho coisas melhores a fazer...

— Que perder tempo com feéricos fracassados — terminou Flynn por ela, caminhando até o bar embutido na parede. — Sim, sim. Você já disse isso centenas de vezes. Mas veja só: aqui está você, perdendo tempo conosco em nosso humilde lar.

Apesar do jeito despreocupado, um dia Flynn herdaria o título do pai: Lorde Hawthorne. O que significava que, nas últimas décadas, o guerreiro fez tudo o que podia para se esquecer daquele pequeno detalhe... e dos séculos de responsabilidades que isso implicava. Ele se serviu de um drinque, em seguida preparou um segundo, que deu a Bryce.

— Beba, docinho.

Ruhn revirou os olhos. Mas... era quase meia-noite e ela estava na casa deles, em uma das ruas mais perigosas da Praça da Cidade Velha, com um assassino à solta.

— Você recebeu ordens para *ser discreta*...

Ela acenou com a mão, sem tocar o uísque na outra.

— Minha escolta imperial está lá fora espantando todo mundo, não se preocupe.

A dupla de amigos ficou imóvel. O macho draki interpretou aquilo como a deixa para se afastar, indo na direção do jogo de bilhar atrás deles enquanto Declan se virava para encará-la.

— Quem? — perguntou Ruhn, apenas.

Um sorriso discreto.

— Esta casa é mesmo digna do *Escolhido*? — perguntou Bryce, girando o uísque no copo.

Os lábios de Flynn tremeram. Ruhn lhe lançou um olhar de aviso, como se desafiasse o amigo a trazer à tona aquela merda de Estrelado. Fora da vila e da corte do pai, tudo que aquilo lhe trouxera fora uma vida de provocações dos amigos.

— Vamos ouvir Bryce — grunhiu Ruhn.

Era bem provável que ela estivesse ali apenas para irritá-lo.

Mas ela não respondeu de imediato. Não, Bryce traçava círculos em uma almofada, completamente alheia aos três guerreiros feéricos. Tristan e Declan eram os melhores amigos de Ruhn desde que ele podia se lembrar, e sempre o defenderam, incondicionalmente. Que fossem guerreiros altamente treinados e eficientes era irrelevante, muito embora tenham salvado um ao outro mais vezes do que Ruhn poderia enumerar. Passar por seus Ordálios juntos havia apenas consolidado aquela ligação.

O Ordálio por si só variava de acordo com cada pessoa: para algumas, podia ser tão simples quanto superar uma doença ou um conflito íntimo. Para outras, podia ser matar uma hidra ou um demônio. Quanto maior o feérico, maior o Ordálio.

Ruhn estivera aprendendo a controlar suas sombras com os detestáveis primos de Avallen, acompanhado dos dois amigos, quando todos passaram pelo Ordálio, quase morrendo no processo. Tudo culminara com a entrada de Ruhn na nubilosa Caverna dos Príncipes, então sua aparição com Áster, salvando a todos.

E, quando ele havia completado a Descida semanas depois, fora Flynn, recém-saído da própria experiência, que o tinha ancorado.

— O que está havendo? — perguntou Declan, a voz profunda trovejando sobre a música e as conversas.

Por um segundo, a confiança de Bryce pareceu vacilar. Ela os estudou: suas roupas casuais, os esconderijos onde guardavam as armas naquela casa, as botas pretas e as facas ali dentro. Os olhos de Bryce encontraram os de Ruhn.

— Sei o que essa expressão significa — gemeu Flynn. — Significa que não quer que a gente escute.

Bryce não desviou os olhos de Ruhn ao dizer:

— Sim.

Declan fechou o laptop.

— Vai mesmo ficar cheia de mistério e essas merdas?

Ela olhou de Declan para Flynn, inseparáveis desde o nascimento.

— Vocês, babacas, são dois bocudos.

Flynn deu uma piscadela.

— Achei que gostasse de minha boca.

— Vai sonhando, lordezinho. — Bryce sorriu com malícia.

Declan riu, o que lhe rendeu uma cotovelada de Flynn e o copo de uísque de Bryce.

Ruhn tomou um gole de sua água, na tentativa de clarear as ideias.

— Chega dessa merda — vociferou ele. Toda aquela raiz-alegre ameaçava cobrar seu preço conforme guiava Bryce de volta ao quarto. Quando chegaram, ele se sentou na cama. — E aí?

Bryce se apoiou na porta, a madeira salpicada pelos buracos de todas as facas que Ruhn cravara ali em preguiçosos treinos de pontaria.

— Preciso que me diga se ouviu algum boato sobre o que a Rainha Víbora anda tramando.

Aquilo não era nada bom.

— Por quê?

— Porque preciso falar com ela.

— Você ficou *maluca*?

De novo, aquele sorriso irritante.

— Maximus Tertian foi morto em seus domínios. O Aux tem alguma informação sobre a movimentação da rainha naquela noite?

— Sua chefe mandou você investigar? — Aquilo cheirava a Roga.

— Talvez. Sabe de alguma coisa? — Ela inclinou a cabeça outra vez, a sedosa cortina de cabelo, igual à do pai, oscilou com o gesto.

— Sim. O assassinato de Tertian foi... igual ao de Danika e do bando.

Qualquer traço de sorriso sumiu do rosto da irmã.

— Não foi Philip Briggs. Quero descobrir o que a Rainha Víbora andou aprontando naquela noite. Se o Aux sabe algo sobre seus movimentos.

Ruhn balançou a cabeça.

— Por que está metida nisso?

— Porque me pediram para investigar.

— Não se meta nessa merda. Peça dispensa a sua chefe. Isso é um problema para o governador.

— E o governador ordenou que eu procurasse o assassino. Ele acredita que sou a ligação entre os crimes.

Ótimo. Simplesmente fantástico. Isaiah Tiberian havia se esquecido de mencionar aquele detalhe.

— Você falou com o governador?

— Apenas responda à pergunta. O Aux sabe alguma coisa sobre o paradeiro da Rainha Víbora na noite do assassinato de Tertian?

Ruhn suspirou.

— Não. Ouvi dizer que ela tirou seu pessoal das ruas. Alguma coisa a assustou. Mas é tudo que sei. E, mesmo que soubesse do álibi da Rainha Víbora, não diria a você. Fique longe dessa porra. Vou ligar para o governador e avisá-lo de que sua carreira de detetive particular chegou ao fim.

Aquela expressão gélida — a expressão do pai — cruzou o rosto de Bryce. O tipo de expressão que lhe dizia haver uma tempestade cruel e selvagem se armando sob o exterior frio. E poder e adrenalina, tanto para pai quanto para filha, não tinham a ver com força bruta, mas com controle pessoal, dos impulsos.

O mundo via sua Bryce como impulsiva, descontrolada... mas Ruhn sabia que a irmã havia se tornado senhora do próprio destino antes mesmo de conhecê-la. Ela apenas era uma daquelas pessoas que, quando decidia o que queria, não deixava nada se colocar em seu caminho. Se queria trepar por aí, ela o fazia. Se queria farrear por três dia, ela o fazia. Se queria pegar o assassino de Danika...

— Vou descobrir quem está por trás das mortes — disse ela, com fúria velada. — Se tentar interferir, vou transformar sua vida num Inferno.

— O demônio que aquele assassino conjurou é *letal*. — Ele havia visto as fotos da cena do crime. A ideia de que Bryce fora salva por meros minutos, por pura estupidez alcoólica, ainda o consumia. Ruhn continuou antes que ela pudesse responder: — O Rei Outonal *ordenou* que você se mantivesse discreta até a Cimeira... isso é o completo oposto, Bryce.

— Bem, faz parte de minhas funções agora. Jesiba assinou embaixo. Não posso simplesmente recusar, posso?

Não. *Ninguém* dizia não àquela feiticeira.

Ele enfiou as mãos nos bolsos de trás da calça jeans.

— Ela já mencionou alguma coisa sobre o Chifre de Luna?

Bryce ergueu as sobrancelhas com a mudança de assunto, mas, considerando a área de atuação de Jesiba Roga, a irmã era a pessoa ideal para responder.

— Ela me pediu para procurá-lo, há dois anos — respondeu Bryce, desconfiada. — Mas não encontrei nada. Por quê?

— Deixe pra lá. — Ruhn encarou o pequeno amuleto de ouro no pescoço da irmã. Pelo menos Jesiba havia providenciado aquele grau de proteção. Cara... e poderosa. Amuletos archesianos não eram baratos, não quando havia tão poucos no mundo. Ele assentiu para o pendente. — Não o tire do pescoço.

Bryce revirou os olhos.

— Todo mundo nesta cidade acha que sou idiota?

— Falo sério. Além das merdas de sua vida profissional, se está procurando por alguém forte o bastante para invocar um demônio como aquele, não tire o cordão.

Ao menos podia lembrá-la de ser esperta.

Ela apenas abriu a porta.

— Se ouvir qualquer coisa sobre a Rainha Víbora, me ligue.

Ruhn enrijeceu, o coração retumbante.

— *Não a provoque.*

— Tchau, Ruhn.

O feérico estava desesperado o bastante para dizer:

— Vou com você para...

— *Tchau.* — Em seguida, ela desceu as escadas, acenando daquele jeito irritante pra caralho para Declan e Flynn, antes de rebolar porta afora.

Os amigos lançaram olhares curiosos na direção de Ruhn, parado no patamar do segundo andar. Declan interrompeu um gole no uísque a meio caminho dos lábios.

Ruhn contou até dez, no mínimo para não partir o objeto mais próximo em dois, depois pulou sobre a balaustrada e aterrissou com tanta força que as arranhadas tábuas de carvalho tremeram.

Ele sentiu, mais do que viu, os amigos se posicionarem a suas costas, as mãos alcançando as armas escondidas, drinques esquecidos quando viram a fúria em seu semblante. Ruhn irrompeu pela porta da frente para a noite vibrante.

Bem a tempo de ver Bryce desfilando pela rua. Na direção do maldito Hunt Athalar.

— Que diabos — murmurou Declan, parando ao lado de Ruhn no alpendre.

O Umbra Mortis parecia irritado, braços cruzados, asas ligeiramente abertas, mas Bryce apenas valsou por ele sem nem um olhar. Obrigando Athalar a se virar *devagar*, os braços relaxando na lateral do corpo, como se tal coisa jamais tivesse acontecido em sua longa e miserável existência.

Foi a gota d'água para deixar Ruhn com um humor assassino.

O príncipe atravessou a varanda e o gramado, parando no meio da rua, e ergueu a mão para um carro que freou, guinchando os pneus. A mão acertou o capô, dedos crispados. O metal dentado abaixo do punho.

O motorista, sabiamente, não gritou.

Ruhn marchava entre dois sedãs estacionados, Declan e Flynn logo atrás, no momento que Hunt deu meia-volta para descobrir o motivo da confusão.

Um brilho de compreensão surgiu nos olhos do anjo, rapidamente substituído por um meio-sorriso.

— Príncipe.

— Que diabo está fazendo aqui?

Hunt ergueu o queixo na direção de Bryce, já desaparecendo rua abaixo.

— Serviço de proteção.

— Certamente não a está vigiando. — Isaiah Tiberian havia se esquecido de mencionar *aquilo* também.

Um dar de ombros.

— Não por escolha. — O halo em sua testa pareceu mais sombrio conforme avaliava Declan e Flynn. A boca de Athalar arqueou, os olhos cor de ônix faiscando com um desafio mudo.

A concentração do poder de Flynn fez a terra sob a calçada vibrar. O sorriso presunçoso de Hunt apenas se alargou.

— Diga ao governador que coloque outra pessoa no caso — ordenou Ruhn.

O sorriso de Hunt se aguçou.

— Sem chance. Não quando se trata de minha especialidade.

O príncipe se exasperou com a arrogância. Claro, Athalar era um dos melhores caça-demônios que havia, mas, porra, Ruhn aceitaria até Tiberian naquele caso no lugar do Umbra Mortis.

Um ano antes, o Comandante da 33ª Legião não fora estúpido o bastante para se interpor entre os dois quando Ruhn, já farto dos comentários ferinos de Athalar, atracou-se com o anjo na requintada festa do Equinócio de Primavera, que Micah organizava todo mês de março. Ele havia quebrado algumas costelas do anjo, mas o babaca havia acertado um soco que tinha deixado o nariz do guerreiro feérico quebrado e espirrado sangue pelo piso de mármore do salão de baile na cobertura do Comitium. Nenhum dos dois havia se enfurecido o bastante para libertar seus poderes no meio de um salão lotado, mas os punhos de ambos fizeram um bom trabalho.

Ruhn avaliou em quanta encrenca se meteria se socasse o assassino particular do governador outra vez. Talvez fosse o bastante para fazer Hypaxia Enador recusar sua mão.

— Já descobriu que tipo de demônio fez aquilo? — perguntou Ruhn.

— O tipo que come princesinhas no café da manhã — cantarolou Hunt.

Ruhn arreganhou os dentes.

— Vá se foder, Athalar.

Um relâmpago cintilou nos dedos do anjo.

— Deve ser fácil rosnar quando se é bancado pelo papai. — Hunt apontou para a casa. — Ele a comprou para você também?

As sombras de Ruhn assomaram para encarar o relâmpago que coroava os punhos de Athalar, fazendo os carros parados a suas costas cintilarem. Ele havia aprendido com os primos de Avallen como tornar as sombras sólidas... e a empunhá-las como chicotes e escudos e a provocar puro tormento. Físico e mental.

Mas misturar magia e drogas nunca foi uma boa ideia. Então os punhos teriam de bastar. E só precisaria de um golpe, bem no rosto de Athalar...

— Não é a hora nem o lugar — rosnou Declan.

Não, não era. Até mesmo Athalar pareceu notar as pessoas atônitas, os telefones erguidos, gravando tudo. E a fêmea ruiva que chegava ao fim do quarteirão.

— Tchau, babacas. — Hunt sorriu, irônico, e seguiu Bryce, relâmpagos lambendo a calçada em seu encalço.

— Não a deixe encontrar a porra da Rainha Víbora — grunhiu Ruhn para as costas do anjo.

Athalar olhou por sobre o ombro, as asas cinzentas recolhidas. Um piscar de olhos disse a Ruhn que o Umbra Mortis não estava ciente dos planos de Bryce. Um arrepio de satisfação trespassou o feérico. Mas Athalar continuou a descer a rua, as pessoas coladas aos prédios para lhe abrir passagem. A atenção do guerreiro permanecia no pescoço exposto de Bryce.

Flynn sacudiu a cabeça como um cão molhado.

— Literalmente não sei dizer se estou alucinando no momento.

— Bem que eu queria estar — resmungou Ruhn.

Ele precisaria fumar outra montanha de raiz-alegre para relaxar novamente. Mas, se Hunt Athalar estava vigiando Bryce... Ele ouvira rumores suficientes para saber o que Hunt era capaz de fazer a um adversário. Além de ser um desgraçado de primeira, ele tinha a fama de ser incansável, obstinado e absolutamente brutal quando se tratava de eliminar ameaças.

Hunt tinha de obedecer a ordem de protegê-la. Custasse o que custasse.

Ruhn os estudou conforme se afastavam. Bryce acelerava; Hunt a alcançava. Ela diminuía o passo; ele fazia o mesmo. Ela o forçava para fora, para fora, para fora do meio-fio, na direção do trânsito; ele mal evitava um carro se desviando e voltava à calçada.

O príncipe ficou tentado a segui-los, apenas para assistir ao cabo de guerra.

— Preciso de um drinque — murmurou Declan.

Flynn concordou, e os dois voltaram para a casa, deixando Ruhn sozinho na rua.

Podia ser mesmo coincidência os assassinatos recomeçarem justo quando o pai lhe dera a ordem para achar um objeto que havia desaparecido uma semana antes da morte de Danika?

Parecia... estranho. Como um sussurro de Urd, guiando a todos.

Ruhn planejava descobrir o motivo. Começando por achar aquele chifre.

17

— Vou ganhar uma explicação para o motivo de precisar segui-la como um cachorro a noite toda? — perguntou Hunt, assim que a semifeérica havia conseguido empurrá-lo para o meio do trânsito.

Bryce enfiou a mão no bolso do jeans e pegou um pedaço de papel. Depois o entregou ao anjo, sem dizer uma palavra.

Ele franziu o cenho.

— O que é isso?

— Minha lista de suspeitos — respondeu ela, deixando que ele lesse os nomes antes de arrancar o papel de suas mãos.

— Quando fez isso?

— Na noite passada. No sofá — respondeu ela, com doçura.

Um músculo latejou no queixo de Hunt.

— E quando ia me dizer?

— Depois que você passasse um dia inteiro me imaginando como uma fêmea insípida e idiota, mais interessada em fazer as unhas do que em resolver o caso.

— Você *fez* as unhas.

Ela balançou as belas unhas pintadas em dégradé diante do rosto dele. Hunt parecia quase inclinado a mordê-las.

— Sabe o que *mais* fiz na noite passada? — O silêncio do anjo soava delicioso. — Pesquisei um pouco sobre Maximus Tertian. Porque, apesar do que o governador alega, não há como Danika tê-lo conhecido. E sabe do que mais? Eu tinha razão. E sabe como eu sei que tinha razão?

— Cthona, dai-me a porra da paciência — murmurou ele.

— Porque xeretei o perfil do vampiro no Spark.

— O site de relacionamentos?

— O site de relacionamentos. Acontece que, bem lá no fundo, até mesmo vampiros esquisitos querem encontrar o amor. E dizia que ele estava em um relacionamento. O que, aparentemente, não o impediu de dar em cima de mim, mas isso não vem ao caso. Então eu investiguei um pouco *mais*. E descobri a namorada.

— Porra.

— Não tem gente na 33ª que devia estar fazendo essas coisas? — Quando ele se recusou a responder, ela sorriu. — Adivinhe onde a namorada de Tertian trabalha?

Os olhos de Hunt faiscaram.

— No salão de beleza da rua Samson — respondeu ele, entre os dentes.

— E adivinhe quem fez minhas unhas e fofocou sobre a terrível perda do namorado podre de rico?

Ele passou as mãos pelo cabelo, parecendo tão incrédulo que ela soltou uma gargalhada.

— Pare com a porra das perguntas e apenas me diga, Quinlan — rosnou ele.

Ela examinou as lindas unhas novas.

— A namorada de Tertian não sabia nada sobre quem poderia querê-lo morto. Ela disse que a 33ª a interrogou vagamente, mas só isso. Então eu lhe disse que também tinha perdido alguém. — Precisou se esforçar para manter a voz firme quando se lembrou daquele apartamento sujo de sangue. — Ela me perguntou quem, eu respondi, então me encarou com uma expressão tão perplexa que sondei se Tertian era amigo de Danika. Ela me disse que não. Disse que saberia se fosse o caso, porque Danika era famosa o bastante para Maximus se gabar de uma amizade com ela. O mais próximo de Danika que ela ou Tertian haviam chegado fora a dois graus de separação... por intermédio da Rainha Víbora. Cujas unhas ela faz aos domingos.

— Danika conhecia a Rainha Víbora?

Bryce ergueu a lista.

— O trabalho de Danika nas tropas auxiliares a fazia amiga e inimiga de muitas pessoas. A Rainha Víbora era uma delas.

Hunt empalideceu.

— Acha mesmo que a Rainha Víbora matou Danika?

— Tertian foi encontrado morto em seus domínios. Ruhn disse que ela recolheu seu pessoal naquela noite. E ninguém sabe que tipo de poderes a rainha empunha. Pode muito bem ter conjurado aquele demônio.

— É uma acusação bem grave de se fazer.

— Motivo pelo qual preciso sondá-la. É a única pista que temos.

Hunt balançou a cabeça.

— Tudo bem. Posso engolir essa teoria. Mas precisamos acionar os canais certos para contatá-la. Pode levar dias ou semanas até que ela se digne a nos receber. Até mais, se desconfiar de nossas intenções.

Para alguém como a Rainha Víbora, até a lei era flexível.

Bryce bufou.

— Não seja tão caga-regra.

— As regras foram feitas para nos manter vivos. Nós as seguiremos ou esqueça a rainha.

Ela acenou com a mão.

— Certo.

Um músculo latejou no queixo do anjo novamente.

— E quanto a Ruhn? Acaba de arrastar seu primo para essa confusão.

— Meu primo — começou ela, tensa — vai ser incapaz de resistir à tentação de contar ao pai que um membro da raça feérica foi recrutado para uma investigação imperial. Como ele vai reagir, com quem vai se comunicar, pode ser digno de nota.

— O que... Acha que o Rei Outonal pode ser o responsável?

— Não. Mas, na noite do assassinato de Tertian, Ruhn recebeu ordens para me avisar que ficasse longe de problemas... talvez o maldito velho saiba de alguma coisa também. Sugiro que avise a sua gente para vigiá-lo. O que faz e aonde vai.

— Pelos Deuses — murmurou Hunt, passando pelos atônitos pedestres. — Você quer que eu coloque alguém na cola do Rei Outonal, como se isso não violasse umas dez leis diferentes?

— Micah disse para fazer o que fosse necessário.

— O Rei Outonal tem carta branca para matar qualquer um que seja surpreendido vigiando-o.

— Então é melhor pedir a seus espiões que sejam discretos.

Hunt estalou as asas.

— Não faça mais joguinhos. Se souber de algo, me conte.

— Eu ia contar tudo essa manhã, quando terminasse no salão. — Ela colocou as mãos no quadril. — Mas então você surtou.

— Dane-se, Quinlan. Não repita isso. Precisa me contar antes de fazer qualquer coisa.

— Estou ficando de saco cheio de suas ordens e proibições.

— Dane-se — repetiu ele.

Ela revirou os olhos, mas haviam chegado a seu prédio.

Nenhum deles se incomodou em se despedir antes que Hunt se lançasse aos céus, na direção do telhado oposto, o telefone já colado ao ouvido.

Bryce pegou o elevador até seu andar, remoendo tudo aquilo em silêncio. Falara a sério quando conversara com Hunt... não acreditava que o pai estivesse por trás das mortes de Danika e do bando. Mas não tinha dúvidas de que ele havia matado outras pessoas. E de que faria qualquer coisa para manter a coroa.

O título de Rei Outonal era uma cortesia que acompanhava o papel do pai como Mestre da Cidade, assim como acontecia com os demais reis feéricos. Nenhum reino era realmente deles. Até mesmo Avallen, a ilha verde governada pelo Rei Cervo, ainda se curvava à República.

Os feéricos tinham convivido com a República desde sua fundação, obedecendo às leis, mas, em última instância, tendo a permissão de governar a si mesmos e preservar os antigos títulos de reis e príncipes e coisas afins. Ainda eram respeitados por todos... e temidos. Não tanto quanto os anjos, com seus hediondos e destrutivos poderes de tempestade, mas podiam infligir dor, se assim quisessem. Estrangular o ar dos pulmões ou congelar e queimar alguém de dentro para fora. Solas sabia que Ruhn e seus dois amigos podiam criar o caos se provocados.

Mas ela não queria provocar caos naquela noite. Queria deslizar, discretamente, para seu equivalente em Midgard.

Precisamente por isso, esperou trinta minutos antes de enfiar uma faca na bota de cano curto de couro preto e esconder algo ainda mais perigoso na parte de trás da cintura da calça jeans escura, coberto pela jaqueta de couro. Deixou as luzes e a televisão ligadas, as cortinas parcialmente fechadas... apenas o suficiente para impedir a visão que Hunt tinha da porta da frente enquanto saía.

Bryce se esgueirou pela escada dos fundos até o beco estreito onde sua lambreta estava estacionada, e inspirou fundo para tomar coragem antes de colocar o capacete.

O trânsito estava engarrafado quando desacorrentou a Firebright 3500 marfim do poste e a guiou até os paralelepípedos. Ela esperou outras lambretas, riquixás e motos passarem antes de se lançar no fluxo, o mundo afunilado pela viseira de seu capacete.

A mãe ainda reclamava da lambreta, implorando que guiasse um carro até completar a Descida, mas Randall sempre insistiu que Bryce ficaria bem. Claro, ela nunca contara a eles sobre os vários *incidentes* envolvendo a máquina, mas a mãe tinha uma expectativa de vida humana. Bryce não precisava subtrair mais anos do total.

Bryce desceu uma das principais vias da cidade, perdendo-se no ritmo de costurar entre os carros e se desviar de pedestres. O mundo era um borrão de luz dourada e sombras profundas, néon berrante acima, tudo acentuado pelos estouros e brilhos tremeluzentes de magia de rua. Até mesmo as estreitas pontes que atravessava, espraiadas sobre os pequenos afluentes do Istros, eram enfeitadas por luzes cintilantes, que dançavam sobre a sombria correnteza abaixo.

Bem acima da rua Principal, uma luminosidade prateada cobria o céu noturno, pintando as nuvens fugidias onde os malakim se divertiam e jantavam. Apenas um reflexo vermelho interrompia o brilho pálido, cortesia do imenso letreiro luminoso sobre o arranha-céu das indústrias Redner, no coração do Distrito Comercial Central.

Poucas pessoas caminhavam pelas ruas do DCC àquela hora, e Bryce se certificou de atravessar os cânions de arranha-céus o mais rápido possível. Soube que havia chegado ao Mercado da Carne não por qualquer rua ou referência, mas por conta da mudança nas trevas.

Nenhuma luz manchava os céus acima do amontoado de prédios de tijolos. E, ali, as sombras pareciam permanentes, presas aos becos e embaixo dos carros, a maioria dos postes de luz quebrados e nunca consertados.

Bryce entrou em uma rua apertada, onde alguns caminhões de entrega amassados estavam no processo de descarregar caixas de espinhosas frutas verdes e engradados de criaturas com jeito de crustáceo, que pareciam muito cientes de sua prisão e iminente morte nas panelas de água fervente em uma das muitas barracas de comida.

Tentou não encarar os olhos sombrios esbugalhados daquelas coisas que imploravam por ajuda através das barras de madeira enquanto estacionava a alguns metros de um armazém duvidoso, tirava o capacete e aguardava.

Vendedores e comerciantes a observavam para apurar se estava vendendo ou à venda. Nos viveiros abaixo, talhados a fundo no seio de Midgard, havia três diferentes níveis apenas para carne. A maioria humana; a maioria viva, embora a semifeérica tenha ouvido falar de alguns locais especializados em atender determinados gostos. Todo fetiche podia ser comprado; nenhum tabu era vil demais. Mestiços eram valorizados: podiam cicatrizar mais rápido e mais satisfatoriamente do que humanos puros. Um investimento melhor a longo prazo. Um vanir eventual se encontrava escravizado, preso com tantos encantamentos que não tinha a menor esperança de escapar. Apenas os mais ricos podiam se dar o luxo de pagar algumas horas em sua companhia.

Bryce verificou as horas no relógio do painel da lambreta. Cruzando os braços, ela se recostou no assento de couro preto.

O Umbra Mortis se chocou contra o chão, rachando os paralelepípedos em um círculo encrespado.

Os olhos de Hunt praticamente brilharam conforme dizia, na frente de todos que se encolhiam na rua:

— *Vou matá-la.*

18

Hunt investiu contra Bryce, pisando nos fragmentos de paralelepípedos de sua aterrissagem. Havia captado seu perfume de lilás e noz-moscada no vento assim que a semifeérica saíra pela porta dos fundos do prédio, e, quando ele descobriu para onde, exatamente, ela dirigia aquela lambreta...

Bryce tivera a ousadia de arregaçar a manga da jaqueta de couro, franzir o cenho para o punho, como se estivesse usando um maldito relógio, e dizer:

— Está dois minutos atrasado.

Ele ia esganá-la. Alguém devia ter feito isso há muito tempo.

Bryce sorriu como se dissesse que gostaria de vê-lo tentar e rebolou até o anjo, lambreta e capacete esquecidos.

Inacreditável. Inacreditável, porra.

— Não existe a menor chance de a lambreta estar aqui quando voltarmos.

Bryce pestanejou, ajeitando o cabelo amassado pelo capacete.

— Ainda bem que você fez uma entrada dramática. Ninguém vai ousar tocar nela agora. Não com o Umbra Mortis como meu companheiro irascível.

De fato, as pessoas se encolhiam sob seu escrutínio, algumas se escondendo atrás de engradados enquanto Bryce se dirigia para as portas abertas de um labirinto de armazéns, interconectados pelo subterrâneo, que compunha os quarteirões do distrito.

Nem mesmo Micah postava legionários ali. O Mercado da Carne tinha as próprias leis e os próprios meios de cumpri-las.

— Eu disse a você que há protocolos a observar se quisermos a chance de encontrar a Rainha Víbora...

— Não estou aqui para encontrar a Rainha Víbora

— O quê? — A Rainha Víbora tinha governado o Mercado da Carne por mais tempo do que qualquer um podia lembrar. Hunt fazia questão, assim como qualquer civil ou legionário, de ficar fora da porra do caminho da metamorfa serpentina cuja forma de cobra, diziam os rumores, era um verdadeiro horror de se contemplar. Antes que Bryce pudesse responder, ele continuou: — Estou cansado dessa merda, Quinlan.

Ela arreganhou os dentes.

— Lamento — sibilou a semifeérica — se seu frágil ego não consegue lidar com o fato de que *eu sei o que estou fazendo, porra.*

Hunt abriu e fechou a boca. Tudo bem, ele a havia julgado mal naquela manhã, mas ela não tinha lhe dado o menor sinal de que estivesse remotamente interessada na investigação. Ou de que não estivesse tentando obstruí-la.

Bryce atravessou as portas do armazém sem mais nenhuma palavra.

Ser da 33ª Legião — ou qualquer outra — era como exibir um alvo pintado nas costas, e, antes de seguir Bryce, Hunt havia verificado se as armas estavam posicionadas nas bainhas ardilosamente embutidas em sua armadura.

O ranço de corpos e fumaça recobria o lugar como óleo. Hunt recolheu bem as asas.

Qualquer medo que houvesse incutido nas pessoas das ruas não tinha relevância no mercado, abarrotado de tendas decrépitas, vendedores e barracas de comida, a fumaça pairando por toda parte, o fedor de sangue e centelha de magia acre em suas narinas. E, acima de tudo, de encontro à parede ao fundo do enorme espaço, havia um imponente mosaico, os azulejos retirados de um antigo templo em

Pangera, restaurado e recriado nos mínimos detalhes, apesar de sua horrível representação: a morte com seu manto, o rosto esquelético sorrindo do capuz, foice em uma das mãos; ampulheta na outra. Sobre sua cabeça, palavras foram talhadas na mais antiga língua da República.

Memento Mori.

Lembre-se de que és mortal. O propósito era um convite à diversão, ao gozo de cada momento como se fosse o último, como se o amanhã não fosse garantido, mesmo para os longevos vanir. *Lembre-se de que você vai morrer e aproveite cada prazer que o mundo tem a oferecer. Lembre-se de que você vai morrer e nada dessa merda ilegal fará a menor diferença. Lembre-se de que você vai morrer, então, que importa quantas pessoas possam sofrer devido a suas ações?*

Bryce passou pela imagem, o cabelo brilhando como o coração de um rubi. As luzes iluminavam o couro gasto da jaqueta, deixando em evidência as palavras pintadas em letras coloridas e femininas. A tradução foi instintiva, também da antiga língua, como se a própria Urd tivesse escolhido aquele momento para esfregar as velhas palavras em seu rosto.

Por amor, tudo é possível.

Uma frase tão bonita parecia piada em um lugar como aquele. Olhos brilhantes, que cobiçavam Quinlan das barracas e sombras, rapidamente se desviavam quando o notavam ao seu lado.

Hunt precisou de força de vontade para não a arrastar daquele buraco. Muito embora quisesse solucionar o caso, com apenas dez lindas mortes entre ele e a liberdade, ir até ali fora um risco colossal. De que lhe valeria a liberdade se acabasse em uma lixeira atrás de um daqueles armazéns?

Talvez aquele fosse o objetivo da semifeérica. Atraí-lo até ali... usar o próprio Mercado da Carne para matá-lo. Parecia improvável, mas ele ficaria de olho na fêmea.

Bryce conhecia o caminho. Conhecia alguns dos vendedores, pelos acenos trocados. Hunt catalogou cada um: o metalúrgico especializado em intrincados mecanismos; a vendedora de frutas com exóticos produtos em exibição; a fêmea com rosto de coruja e seu mostruário de pergaminhos e livros encadernados em materiais que eram tudo, menos couro de vaca.

— O metalúrgico me ajuda a identificar se um artefato é falso — explicou Bryce, sussurrando, enquanto serpenteavam pelo vapor e pela fumaça de um mercado de comida. Como ela notara que ele estava observando, Hunt não fazia ideia. — E a mulher das frutas recebe remessas de durião no início da primavera e do outono... a comida predileta de Syrinx. Empesteia a casa toda, mas ele adora. — Ela se desviou de uma lata de lixo quase transbordando com pratos descartáveis e ossos e guardanapos sujos antes de subir uma escada instável até o mezanino que ladeava o piso do armazém, com portas a cada poucos metros.

— E os livros? — Hunt não conseguiu se controlar.

Ela parecia estar contando as portas, em vez de olhar a numeração. Não *havia* números, ele percebeu.

— Os livros — respondeu Bryce — são história para outra ocasião.

Ela parou na frente de uma porta verde-ervilha, descascada e profundamente lascada em alguns pontos. Hunt farejou, tentando discernir o que havia por trás. Nada, até onde conseguia detectar. Sutilmente, ele assumiu uma posição de ataque, levando as mãos às armas.

Bryce abriu a porta sem se importar em bater, revelando velas luzidias e... salmoura. Sal. Fumaça e algo mais que ressecou os olhos do anjo.

Ela atravessou o corredor estreito até a espaçosa sala de estar deteriorada à frente. Franzindo o cenho, Hunt fechou a porta e a seguiu, as asas bem fechadas para evitar que tocassem as paredes oleosas e em ruínas. Se ela morresse, Micah retiraria sua oferta.

Velas brancas e marfim queimavam de modo irregular enquanto Bryce caminhava sobre o tapete verde puído, e Hunt controlou a agitação. Um sofá velho e rasgado parecia jogado contra uma parede, uma suja poltrona de couro, com metade do enchimento exposta, estava encostada na outra, e, ao redor da sala, sobre mesas e pilhas de livros e cadeiras meio quebradas, havia jarras e tigelas e xícaras cheias de sal.

Sal branco, sal preto, sal cinzento... em grãos de todos os tamanhos: de quase pó e flocos, até enormes e grosseiros pedaços. Sais para proteção contra poderes sombrios. Contra demônios. Muitos vanir haviam construído suas casas com placas de sal como pedra angular. Havia boatos de que toda a fundação do palácio de cristal dos asteri era uma laje de sal. De que ele fora erguido sobre um depósito natural.

Maldito Inferno. Ele nunca havia visto um sortimento assim. Quando Bryce espiou pelo corredor à esquerda, onde as sombras davam lugar a três portas, Hunt sibilou:

— Por favor, me diga...

— Guarde a cara feia e o revirar de olhos para si mesmo — vociferou ela na escuridão. — Estou aqui para comprar, não cobrar.

Uma das portas se entreabriu, e um sátiro de pele pálida e cabelo preto gingou até eles, as pernas peludas escondidas por calças. O chapéu de mensageiro devia ocultar pequenos chifres curvos. O som de cascos o denunciava.

O macho mal batia no peito de Bryce, o corpo encolhido e sinuoso tinha a metade do tamanho dos touros que Hunt já vira destroçar pessoas nos campos de batalha. E que ele mesmo havia enfrentado nas arenas de Sandriel. As pupilas horizontais do macho, com cantos arredondados como as de um bode, se expandiram.

Medo... e não pela presença de Hunt, o anjo se deu conta, sobressaltado.

Bryce mergulhou os dedos em uma vasilha de estanho com sal rosa, pegando alguns cristais e os deixando cair no prato com um tamborilar fraco e oco.

— Preciso de obsidiana.

O sátiro se remexeu, batendo os cascos de leve, e esfregou o pálido pescoço peludo.

— Não trabalho com isso.

Ela sorriu com suavidade.

— Ah? — Ela foi até outra tigela, mexendo o sal fino e preto. — Rocha pura de sal de obsidiana da melhor qualidade. Sete quilos e sete gramas. Agora.

— É ilegal. — O macho engoliu em seco.

— Está citando o lema do Mercado da Carne ou tentando me dizer que, de algum modo, *não* tem o que preciso?

Hunt esquadrinhou o cômodo. Sal branco para limpeza; rosa para proteção; cinza para feitiços, vermelho para... esqueceu para que diabos servia aquele. Mas obsidiana... Merda.

Recorreu a séculos de prática para manter a expressão impassível. Sais pretos eram usados para conjurar demônios diretamente — evitando por completo a Fenda do Norte — ou para vários feitiços sombrios. Um sal que ia além do preto, um como a *obsidiana*... podia invocar algo grande.

O Inferno fora segregado de seu mundo no tempo e no espaço, mas ainda era acessível através dos portais gêmeos selados nos polos Norte e Sul, a Fenda do Norte e a Fenda do Sul, respectivamente. Ou por idiotas que tentavam conjurar demônios através de sais de diferentes intensidades.

Um monte de merda, sempre pensara Hunt. A vantagem do uso de sais, pelo menos, era que apenas um demônio podia ser invocado por vez. Embora, se as coisas corressem mal, o invocador pudesse acabar morto. E o demônio acabar preso em Midgard, faminto.

Era o motivo pelo qual as aberrações existiam em seu mundo, afinal: a maioria tinha sido caçada depois daquelas guerras havia muito travadas entre os reinos, mas, de vez em quando, demônios se libertavam. Eles se reproduziam, em geral pela força.

O resultado daquelas uniões horríveis: os daemonaki. A maioria dos que andavam por aí eram encarnações mais fracas, diluídas e híbridas dos demônios puro-sangue no Inferno. Muitos eram párias, não por qualquer pecado cometido, mas pela própria genética, e, em geral, trabalhavam duro pela inclusão na República. Mas o mais débil demônio puro-sangue recém-saído do Inferno podia parar uma cidade inteira em sua voracidade. E, por séculos, Hunt fora encarregado da tarefa de rastreá-los.

Aquele sátiro devia ser um excepcional traficante, se negociava sal de obsidiana.

Bryce deu um passo na direção do sátiro. O macho recuou. Os olhos cor de âmbar brilhavam com diversão feroz, sem dúvida uma herança de seu lado feérico. Muito diferente da baladeira de unhas feitas.

Hunt ficou tenso. Ela não podia ser tão tola, podia? A ponto de lhe mostrar que sabia como e quão facilmente adquirir o mesmo tipo de sal que provavelmente fora usado para conjurar o demônio que matara Tertian e Danika? Outro *X* se desenhou na coluna de "Suspeita" na mente do anjo.

Bryce ergueu um dos ombros.

— Posso chamar sua rainha. Ver o que ela acha disso.

— Você... você não tem hierarquia para *convocá-la.*

— Não — concordou Bryce. — Não tenho. Mas aposto que se for até o andar principal e começar a chamar pela Rainha Víbora, ela vai se arrastar daquela arena para ver o motivo da confusão.

Solas Flamejante, ela falava sério, não?

Suor brotou da testa do sátiro.

— Obsidiana é muito perigosa. Não posso, em sã consciência, vendê-la.

— Foi o que falou quando a vendeu a Philip Briggs para fabricar suas bombas? — cantarolou Bryce.

Hunt enrijeceu. O sátiro exibia uma palidez doentia. Ele olhou para Hunt, notando a tatuagem em seu cenho, a armadura que usava.

— Não sei do que está falando. Eu... eu fui inocentado pelos investigadores. Nunca vendi nada a Briggs.

— Tenho certeza de que ele pagou à vista para não rastrearem o dinheiro — argumentou Bryce, bocejando. — Olhe, estou cansada e faminta, e nada a fim de brincar. Diga seu preço para que eu possa ir embora.

Aqueles olhos caprinos encontraram os da semifeérica.

— Cinquenta mil marcos de ouro.

Bryce sorriu enquanto Hunt segurava a língua.

— Sabia que minha chefe pagou cinquenta mil para assistir a um bando de cães infernais destroçarem um sátiro? Disse que foi o melhor minuto de toda a sua miserável vida.

— Quarenta e cinco.

— Não me faça perder tempo com ofertas sem sentido.

— Meu mínimo é trinta. Para esse absurdo de obsidiana.

— Dez.

Dez mil marcos de ouro ainda era uma quantia exorbitante. Mas sais de invocação eram extraordinariamente valiosos. Quantos demônios Hunt havia caçado por causa deles? Quantos corpos desmembrados tinha visto, fruto de conjurações malsucedidas? Ou bem, se fosse um ataque coordenado?

Bryce ergueu o telefone.

— Em cinco minutos, devo ligar para Jesiba, dizendo que o sal está em meu poder. Em seis minutos, se eu *não* fizer a ligação, alguém vai bater àquela porta. E não vai estar atrás de mim.

Sinceramente, Hunt não sabia dizer se Quinlan estava blefando. Com certeza, não teria lhe contado... podia ter recebido a ligação da chefe enquanto ele ainda estava sentado no telhado. Se Jesiba Roga lidava com qualquer merda que exigisse obsidiana, tanto para uso próprio quanto em nome do Sub-Rei... Talvez Bryce não fosse culpada, mas, em vez disso, cúmplice.

— Quatro minutos — anunciou Bryce.

Suor escorria pela têmpora e caía na barba cerrada do sátiro. Silêncio.

Apesar das próprias suspeitas, Hunt tinha o péssimo pressentimento de que a missão ia ser uma moleza ou um pesadelo. Se lhe rendesse o prêmio desejado, pouco importava qual dos dois.

Bryce se empoleirou no braço puído da cadeira e começou a digitar no telefone, o retrato de uma jovem mulher evitando interação social.

O sátiro se virou para Hunt.

— Você é o Umbra Mortis. — Ele engoliu em seco, nitidamente. — É um dos triários. Você nos protege... serve ao governador.

Antes que Hunt conseguisse responder, Bryce ergueu o telefone para lhe mostrar a foto de dois filhotes gordos, rechonchudos.

— Veja o que meu primo acaba de adotar — comentou ela. — Este aqui é Osíris, e o da direita, Set. — Ela abaixou o telefone antes que ele pudesse responder, os polegares voando sobre a tela.

Mas ela olhou para Hunt por entre os cílios fartos. *Siga minha deixa*, parecia dizer.

— Cachorros fofos — disse ele, então.

O sátiro soltou um pequeno ganido de desespero. Bryce levantou a cabeça, a cortina de cabelo ruivo banhado de prata pela luz da tela.

— Achei que estaria correndo para pegar o sal a essa altura. Talvez devesse, considerando que tem... — um olhar para o telefone, dedos voando — ah. Noventa segundos.

Ela abriu o que parecia ser uma tela de conversa e começou a digitar.

— V-vinte mil — sussurrou o sátiro.

Ela ergueu um dedo.

— Estou respondendo a meu primo. Me dê dois segundos.

O sátiro tremia tanto que Hunt quase sentiu pena. Quase, até...

— Dez, dez, maldição! Dez!

Bryce sorriu.

— Não precisa gritar — ronronou ela, e pressionou um botão que fez o telefone começar a chamar.

— Sim? — A feiticeira atendeu ao primeiro toque.

— Prenda seus cachorros.

Uma risada rouca, feminina.

— Feito.

Bryce abaixou o telefone.

— Bem?

O sátiro se apressou até os fundos, cascos ecoando no piso gasto, e, um minuto depois, apresentou um pacote embrulhado. Cheirava a mofo e sujeira. Bryce ergueu uma das sobrancelhas.

— Coloque em uma sacola.

— Não tenho uma...

Bryce o encarou. O sátiro encontrou uma. Uma sacola de compras manchada e reaproveitada, mas melhor que carregar a lasca em público.

Bryce pesou o sal em suas mãos.

— Tem peso a mais.

— Tem sete e sete! Exatamente o que pediu! Está tudo dividido em sete!

Sete... o número sagrado. Ou profano, dependendo de a quem se adorava. Os sete asteri, as sete colinas da Cidade Eterna, os sete distritos e sete portões da Cidade da Lua Crescente; os sete planetas e os sete círculos do Inferno, com seus sete príncipes, cada um mais sombrio que o anterior.

Bryce inclinou a cabeça.

— Se eu pesar e não tiver...

— Tem! — gritou o sátiro. — Inferno Sombrio, tem!

Bryce apertou alguns botões em seu telefone.

— Dez mil, transferidos para você!

Hunt ficou a suas costas quando ela saiu, o sátiro meio furioso meio trêmulo atrás dos dois.

Ela abriu a porta, sorrindo, e Hunt estava prestes a exigir respostas quando ela estacou. Quando ele também contemplou quem estava do lado de fora.

A mulher alta, de pele clara como a lua, vestia um macacão dourado e trazia, penduradas nas orelhas, argolas de esmeralda mais compridas que o cabelo preto, cortado na altura do queixo. Os lábios cheios estavam pintados com um roxo tão escuro que parecia preto, e os impressionantes olhos verdes... Hunt a reconheceu apenas pelos olhos.

Humanoide em todos os aspectos, exceto por eles. Completamente verdes, um mármore jade e dourado. Cortado apenas por uma pupila vertical, no momento fina como uma lâmina sob as luzes do armazém. Os olhos de uma serpente.

Ou da Rainha Víbora.

19

Bryce ajeitou a bolsa de lona no ombro, observando a Rainha Víbora.

— Belo traje.

A metamorfa serpentina sorriu, revelando brilhantes dentes brancos... e caninos ligeiramente alongados. E ligeiramente afiados demais.

— Belo guarda-costas.

Bryce deu de ombros quando aqueles olhos de cobra se demoraram em cada centímetro de Hunt.

— Não tem nada no andar de cima, mas tudo funciona bem onde importa.

Hunt enrijeceu. Mas os lábios roxos da fêmea se curvaram para cima.

— Jamais ouvi Hunt Athalar ser descrito assim, mas tenho certeza de que o general aprova.

À menção do título já quase esquecido, o anjo cerrou os dentes. Sim, a Rainha Víbora provavelmente já existia durante a Queda. Teria conhecido Hunt não como um dos triários da 33ª ou como a Sombra da Morte, mas como o General Hunt Athalar, Alto-Comandante das Legiões de Arcanjos de Shahar.

E Bryce o havia enrolado por dois dias. Ela olhou por sobre o ombro e flagrou Hunt avaliando a Rainha Víbora e os quatro machos feéricos que a flanqueavam. Desertores da corte de seu pai; assassinos treinados não apenas em armas, mas na especialidade da rainha: veneno e peçonha.

Nenhum dos guerreiros se dignou a cumprimentá-la.

A Rainha Víbora inclinou a cabeça de lado, o penteado impecável ondulando como seda escura. No andar de baixo, clientes perambulavam, alheios ao fato de que a soberana os havia agraciado com sua presença.

— Parece que está fazendo compras.

Bryce encolheu um ombro.

— Barganhar é um hobby. Seu reino é o melhor lugar para isso.

— Pensei que sua chefe lhe pagasse bem o bastante para que não precisasse apelar para descontos. E para sais.

Bryce se forçou a sorrir, a acalmar os batimentos cardíacos, sabendo muito bem que a fêmea podia ouvi-los. Podia farejar o medo. Podia, provavelmente, farejar a variedade exata de sal guardada na sacola pendurada em seu ombro.

— Só porque ganho bem não significa que posso ser explorada.

A Rainha Víbora alternava o olhar entre os dois.

— Ouvi dizer que foram vistos juntos pela cidade.

— É confidencial — rosnou Hunt.

A Rainha Víbora arqueou uma das bem-feitas sobrancelhas pretas, o pequeno sinal logo abaixo do canto externo do olho se deslocando com o movimento. As unhas pintadas de dourado cintilaram quando ela levou a mão ao bolso do macacão, pegando um isqueiro com rubis incrustados no desenho de uma víbora em meio ao bote. Um cigarro apareceu entre os lábios roxos um segundo depois, e eles a observaram em silêncio, os guardas vigiando cada respiração dos dois conforme a soberana acendia a ponta e inalava profundamente. Fumaça serpenteou daqueles lábios enquanto ela falava.

— A porra toda anda ficando interessante esses dias.

Bryce deu meia-volta em direção à saída.

— Sim. Vamos, Hunt.

Um dos guardas cortou seu caminho, 1,98 metro de pura graça e músculos feéricos.

Bryce parou de súbito, Hunt quase se chocando em suas costas... o grunhido do anjo possivelmente o primeiro e último aviso ao macho. Mas o guarda apenas lançou um olhar para sua rainha, vago e subserviente. Com certeza viciado no veneno que a metamorfa secretava e distribuía para seu círculo íntimo.

A semifeérica olhou por sobre o ombro para a Rainha Víbora, ainda encostada no corrimão, ainda fumando aquele cigarro.

— É um bom momento para os negócios — comentou a rainha. — Quando peças-chave convergem para a Cimeira. Tantas elites dominantes, cada uma com os... próprios interesses.

Hunt estava tão próximo das costas de Bryce que ela podia sentir o tremor atravessando o corpo poderoso do anjo, podia jurar que relâmpago formigava em sua coluna. Mas ele não disse nada.

A Rainha Víbora apenas estendeu a mão para a passarela a suas costas, unhas douradas refletindo a luz.

— Meu escritório, por favor.

— Não — disse Hunt. — Estamos de saída.

Bryce se aproximou da Rainha Víbora.

— Mostre o caminho, Majestade.

A rainha obedeceu. Hunt parecia impaciente ao lado de Bryce, mas a semifeérica não tirava os olhos do balanço do cabelo sedoso da fêmea a sua frente. Os guardas vinham um pouco atrás... longe o bastante para que o anjo achasse seguro sussurrar:

— Isso é uma péssima ideia.

— De manhã, você estava reclamando que eu não fazia nada de útil — resmungou Bryce, enquanto seguiam a Rainha Víbora por um arco e um lance de escadas nos fundos. Do andar de baixo, gritos e aplausos subiam para saudá-los. — E agora que estou fazendo algo, você também reclama? — Ela bufou. — Tente se controlar, Hunt Athalar.

Ele cerrou os dentes outra vez. Mas olhou para sua bolsa, o bloco de sal a deformava.

— Comprou o sal porque sabia que chamaria a atenção da rainha.

— Você me disse que levaria semanas para conseguirmos um encontro com ela. Decidi pegar um atalho para cortar a babaquice. — Ela deu tapinhas na bolsa, o sal emitindo um ruído oco sob sua mão.

— Pelas tetas de Cthona — murmurou ele, balançando a cabeça.

Eles desceram mais um andar, as paredes agora de concreto maciço. Mas a Rainha Víbora flanava à frente, atravessando portas de metal enferrujadas. Até abrir uma indistinta e entrar, sem nem mesmo olhar para trás. Bryce não pode evitar um sorriso presunçoso.

— Não pareça tão satisfeita — sibilou Hunt. — Podemos nem sair vivos deste lugar. — Verdade. — Eu faço as perguntas.

— Não.

Eles se fuzilaram com o olhar, e Bryce podia jurar que viu raios cortarem os olhos do anjo. Mas os dois alcançaram a porta, que se abria para...

Ela havia imaginado a opulência confortável do Antiquário Griffin escondida atrás daquela porta: espelhos com molduras douradas e divãs de veludo e cortinas de seda e uma escrivaninha de carvalho tão velha quanto aquela cidade.

Não aquela... bagunça. Pouco melhor que o estoque de um boteco. Uma mesa de metal amassada ocupava grande parte do espaço apertado, uma cadeira roxa, toda arranhada, por trás dela... tufos do forro saindo pelo encosto de cima, e a tinta verde-clara das paredes estava descascada em dezenas de lugares. Sem falar nas manchas de umidade enfeitando o teto, agravadas pelo brilho fluorescente das primaluces. Encostada a uma das paredes, uma estante exibia de tudo, de arquivos a engradados de bebida e armas descartadas; na oposta, caixas de papelão em pilhas mais altas que a semifeérica.

Um olhar para Hunt e Bryce soube que ele pensava o mesmo: a Rainha Víbora, senhora do submundo, temida especialista em venenos e regente do Mercado da Carne chamava aquele pardieiro de escritório?

A fêmea se sentou na cadeira, entrelaçando os dedos sobre a confusão de papéis espalhados na mesa. Um computador, defasado em pelo menos vinte anos, parecia uma pedra roliça a sua frente, uma pequena estátua de Luna sobre o monitor, o arco da deusa apontado para o rosto da metamorfa.

Um dos guardas fechou a porta, incitando Hunt a levar a mão ao quadril, mas Bryce já havia se sentado em uma das cadeiras vagabundas de alumínio.

— Não tão chique quanto o escritório de sua chefe — disse a Rainha Víbora, lendo a incredulidade na expressão de Bryce. — Mas dá pro gasto.

Bryce não se incomodou em concordar que aquele espaço estava longe de parecer algo digno da metamorfa serpentina cuja forma era uma píton albina, com escamas que brilhavam como opalas... e cujo poder tinha fama de ser... distinto. Algo *extra* mesclado a seu veneno, algo peculiar e antigo.

Hunt se sentou ao lado de Bryce, virando a cadeira ao contrário para acomodar as asas. O estrondo da arena ressoava pelo piso de concreto a seus pés.

A Rainha Víbora acendeu outro cigarro.

— Estão aqui para perguntar sobre Danika Fendyr.

Bryce manteve a expressão impassível. Para seu bem, Hunt fez o mesmo.

— Estamos tentando obter uma imagem clara da situação — disse o anjo, com cautela.

Os olhos notáveis se estreitaram com prazer.

— Se é o que preferem alegar, então tudo bem. — Fumaça serpenteava de seus lábios. — Mas vou direto ao ponto. Danika era uma ameaça para mim, e em mais sentidos do que vocês talvez entendam. Mas ela era esperta. Nosso relacionamento era estritamente profissional. — Outra baforada. — Tenho certeza de que Athalar pode confirmar minha alegação — falou devagar, atraindo um olhar de advertência do anjo. — Mas, para resolver algumas merdas, às vezes o Aux e a 33ª precisam trabalhar com aqueles de nós que habitam nas sombras.

— E Maximus Tertian? Ele foi morto nos limites de seu território — perguntou Hunt.

— Maximus Tertian era um canalha mimado, mas eu não seria estúpida a ponto de comprar uma briga com seu pai. Só me traria dor de cabeça.

— Quem o matou? — Quis saber Bryce. — Fui informada de que tirou seu pessoal das ruas. Você sabe de algo.

— Por precaução. — Ela deslizou a língua pelos dentes inferiores. — Nós, serpentes, podemos pressentir quando alguma merda está prestes a acontecer. Como uma descarga no ar. Posso senti-la agora... envolvendo a cidade.

O relâmpago de Hunt trovejou pela sala.

— Não cogitou avisar ninguém?

— Avisei meu povo. Contanto que o problema não cruze as fronteiras de meu distrito, não me importo com o que acontece no restante de Lunathion.

— Quanta nobreza de sua parte — ironizou Hunt.

— Quem você acha que matou Tertian? — insistiu Bryce.

Ela deu de ombros.

— Sinceramente? É o Mercado da Carne. Merdas acontecem. Ele provavelmente veio comprar drogas, e foi o preço que pagou.

— Que tipo de drogas? — perguntou Bryce, mas Hunt emendou:

— O relatório do legista diz que não havia drogas no organismo dele.

— Então não posso ajudá-los — alegou a metamorfa. — Não faço a menor ideia. — Bryce nem se incomodou em perguntar sobre as câmeras de vídeo, não quando a 33ª já havia destrinchado o assunto.

A Rainha Víbora pegou algo de uma gaveta e jogou em cima da mesa. Um pendrive.

— Meus álibis para a noite em que Tertian foi morto e para o dia dos assassinatos de Danika e sua alcateia e os dias que os antecederam.

Bryce não tocou no minúsculo pendrive de metal, menor que um batom.

Os lábios da Rainha Víbora se curvaram outra vez.

— Eu estava no spa na noite do assassinato de Tertian. E, na noite da morte de Danika e da Matilha dos Demônios, um de meus associados deu uma festa de Descida para a filha. Acabou descambando para três dias de... Bem, vocês verão.

— Esse pendrive contém imagens de uma orgia de três dias? — perguntou Hunt.

— Me avise se ficar excitado, Athalar. — A Rainha Víbora deu outra tragada no cigarro, os olhos verdes se desviando para o colo do anjo. — Ouvi dizer que você é uma excelente montaria quando esquece o mau humor por tempo suficiente.

Ah, por favor. Hunt arreganhou os dentes em um rosnado silencioso, então Bryce disse:

— Deixando de lado a orgia e a destreza sexual de Hunt, você tem um traficante de sal neste mercado. — Ela deu um tapinha na sacola equilibrada nos joelhos.

— Não uso o que vendo — respondeu a Rainha Víbora, incisiva, desgrudando os olhos do ainda enfurecido Hunt. — Embora não ache que você siga essa regra em sua sofisticada galeria. — Ela deu uma piscadela. — Quando se cansar de rastejar por aquela feiticeira, me procure. Tenho clientes fiéis que rastejariam por você. E pagariam para isso.

A mão de Hunt parecia quente no ombro da semifeérica.

— Ela não está à venda.

Bryce se desvencilhou de seu toque, lançando um olhar de advertência ao anjo.

— Todo mundo, general, está à venda. Só é preciso descobrir o preço — argumentou a Rainha Víbora. Fumaça saía de suas narinas como um dragão cospe-fogo. — Me dê um dia ou dois, Athalar, e vou descobrir o seu.

O sorriso de Hunt era algo de uma beleza letal.

— Talvez eu já tenha descoberto o seu.

A Rainha Víbora sorriu.

— Torço para que sim. — Ela amassou o cigarro e encarou Bryce. — Um pequeno conselho para sua investigação. — Bryce enrijeceu diante da fria ironia. — Procure onde dói mais. É onde as respostas sempre estão.

— Obrigada pelo aviso — grunhiu Bryce.

A metamorfa apenas estalou os dedos de pontas douradas. A porta do escritório se abriu, e aqueles machos feéricos viciados em veneno apareceram.

— Eles estão de saída — disse a Rainha Víbora, ligando a antiguidade que era seu computador — Certifiquem-se de que saiam. *E de que não bisbilhotem por aí.*

Bryce colocou a bolsa com o bloco de sal no ombro conforme Hunt agarrava o pendrive e o guardava no bolso.

O guarda foi esperto o bastante para se afastar enquanto Hunt guiava Bryce pela porta. A semifeérica deu três passos antes que a Rainha Víbora dissesse:

— Não subestime o sal de obsidiana, Quinlan. Ele pode invocar o pior tipo de Inferno.

Um calafrio percorreu a espinha de Bryce, mas ela apenas ergueu uma das mãos sobre o ombro e acenou quando chegou ao corredor.

— Bem, pelo menos vou me divertir, não?

* * *

Deixaram o Mercado da Carne incólumes, graças aos malditos cinco deuses... em especial à própria Urd. Hunt não tinha certeza de como haviam conseguido escapar da Rainha Víbora sem o corpo cravejado de balas peçonhentas, mas... Franziu o cenho para a ruiva agora inspecionando a lambreta branca à procura de danos. Até mesmo o capacete fora deixado em paz.

— Acredito nela — disse Hunt. Nem fodendo assistiria ao vídeo daquele pendrive. Ele o enviaria direto para Viktoria. — Não acho que tenha alguma coisa a ver com as mortes.

Quinlan e Roga, entretanto... Ele ainda não as tinha riscado de sua lista mental.

Bryce encaixou o capacete na dobra do braço.

— Concordo.

— O que nos leva de volta à estaca zero.

Ele controlou o impulso de andar em círculos, imaginando sua contagem de morte ainda em milhares.

— Não — argumentou Bryce. — Não leva. — Ela prendeu a sacola de sal no pequeno compartimento na garupa da lambreta. — A rainha disse para procurar por respostas onde dói mais.

— Ela estava apenas vomitando besteiras para nos confundir.

— Provavelmente — concordou Bryce, colocando o capacete na cabeça antes de abrir a viseira e revelar os olhos cor de âmbar. — Mas, talvez, esteja involuntariamente certa. Amanhã... — Seus olhos se anuviaram. — Tenho de refletir um pouco amanhã. Na galeria, ou então Jesiba vai ter um treco.

— Acha que conseguiu uma pista? — Hunt se sentia intrigado o bastante para perguntar.

— Ainda não. Mais uma diretriz geral. Melhor que nada.

Ele apontou com o queixo para o compartimento em sua lambreta.

— Para que o sal de obsidiana? — Ela devia ter outro destino para aquilo. Apesar de Hunt rezar para que não fosse tão idiota a ponto de usá-lo.

— Temperar meus hambúrgueres — respondeu apenas, mordaz.

Certo. Ele havia pedido por aquilo.

— Como pagou pelo sal? — Não acreditava que ela tivesse dez mil disponíveis na conta bancária.

Bryce fechou o zíper da jaqueta de couro.

— Coloquei na conta de Jesiba. Ela gasta muito dinheiro em produtos de beleza por mês, então duvido que perceba.

Hunt não fazia ideia de como responder àquilo, então cerrou os dentes e a examinou, sentada na moto.

— Sabe, até mesmo uma lambreta é algo estúpido de pilotar antes de completar a Descida.

— Obrigada, mamãe.

— Devia pegar o ônibus.

Ela apenas soltou uma gargalhada e zuniu pela noite.

20

Procure onde dói mais.

Bryce se esquivara de dizer a Athalar como o conselho da Rainha Víbora havia sido certeiro. Já tinha dado a ele sua lista de suspeitos... mas o anjo não havia perguntado sobre sua outra exigência.

Então, eis o que decidira fazer: compilar uma lista com cada um dos movimentos de Danika uma semana antes de sua morte. No entanto, no momento em que terminava de abrir a galeria para o dia de trabalho, no momento em que descia até a biblioteca para fazer a lista... a náusea a golpeara.

Então ela ligou o laptop e começou a esmiuçar os e-mails trocados com Maximus Tertian, seis semanas antes. Talvez encontrasse alguma ligação ali... ou, pelo menos, uma pista dos planos do vampiro para aquela noite.

A cada mensagem profissional e insípida que relia, porém, as lembranças dos últimos dias de Danika raspavam a porta vedada de sua mente. Sibilavam e sussurravam como espectros ameaçadores, e Bryce tentava ignorá-las, procurando se concentrar nos e-mails de Tertian, mas...

Lehabah a olhou de onde estava, esparramada no minúsculo divã que Bryce havia lhe dado muitos anos antes, cortesia de uma casa de bonecas de sua infância. Assistia a sua série predileta, um drama vanir, no tablet. A redoma de vidro da duende estava atrás dela, em cima de uma pilha de livros, e as pétalas de uma orquídea roxa se inclinavam sobre sua cabeça.

— Você podia deixar o anjo descer aqui e ajudá-la com o que quer que esteja lhe causando tanta dificuldade.

Bryce revirou os olhos.

— Seu fascínio por Athalar está beirando o assédio.

Lehabah suspirou.

— Sabe o que Hunt Athalar *parece*?

— Considerando que ele está morando no telhado em frente ao meu apartamento, eu diria que sim.

Lehabah pausou a série, reclinando a cabeça no encosto de seu pequeno divã.

— Ele parece um *sonho*.

— Sim, experimente falar com ele.

Bryce fechou a mensagem que estivera lendo... uma das centenas trocadas entre ela e Tertian, e a primeira em que o vampiro parecia ligeiramente sedutor.

— Hunt é bonito o bastante para estrelar uma série. — Lehabah apontou com um dos delicados dedos do pé para o tablet posicionado a sua frente.

— Infelizmente, acho que a diferença de tamanho entre você e Athalar seria um problema na cama. Acho que você não conseguiria nem abraçar o pau daquele anjo.

Fumaça rodopiou ao redor de Lehabah com seu suspiro de embaraço.

— BB!

Bryce riu, então gesticulou para o tablet.

— Não sou eu quem está maratonando uma série que é basicamente um pornô com trama. Qual é o nome mesmo? *Fadas e Fodas*?

Lehabah ficou roxa.

— Não é esse o título, você sabe muito bem! E é *artístico*. Eles fazem *amor*. Não... — Ela engasgou.

— Fodem? — sugeriu Bryce, seca.

— Exatamente — disse Lehabah, com um aceno afetado.

Bryce riu, deixando aquilo espantar o enxame de fantasmas do passado, e a duende, apesar de pudica, a acompanhou.

— Duvido que Hunt Athalar seja do tipo que *faz amor.*

Lehabah escondeu o rosto com as mãos, cantarolando de vergonha.

Bryce acrescentou, apenas para torturá-la um pouco mais:

— Ele é do tipo que a amarra em uma mesa e...

O telefone tocou.

Bryce olhou para o teto, imaginando se Athalar havia, de algum modo, escutado a conversa, mas... não. Era pior.

— Oi, Jesiba — cumprimentou ela, acenando para que Lehabah voltasse ao seu poleiro de guardiã, caso a feiticeira as estivesse vigiando pelas câmeras da biblioteca.

— Bryce. Fico feliz em ver que Lehabah está trabalhando duro.

Lehabah rapidamente desligou o tablet e se esforçou para parecer atenta.

— Era a pausa do meio da manhã. Ela tem direito a uma — argumentou Bryce.

Lehabah lhe lançou um olhar agradecido que penetrou fundo.

Jesiba apenas começou a vociferar ordens.

* * *

Trinta minutos depois, à mesa da sala de exposição da galeria, Bryce encarava a porta fechada. O tique-taque do relógio enchia o espaço, um constante lembrete de cada segundo perdido. Cada segundo em que o assassino de Danika e do bando vagava pelas ruas enquanto ela ficava ali sentada, verificando aquela papelada idiota.

Inaceitável. No entanto, a ideia de abrir a porta para aquelas memórias...

Ela sabia que se arrependeria. Sabia que, provavelmente, era uma estupidez sem fim. Mas ligou antes que pudesse pensar duas vezes.

— Qual o problema? — A voz de Hunt soou incisiva, cheia de espinhos.

— Por que acha que há um problema?

— Porque você nunca me ligou antes, Quinlan.

Aquilo era burrice... uma maldita burrice. Bryce pigarreou, pensando em inventar uma desculpa sobre pedir comida para o almoço, mas ele perguntou:

— Descobriu alguma coisa?

Por Danika, pela Matilha dos Demônios, ela podia fazer aquilo. Faria aquilo. Não havia espaço para orgulho.

— Preciso... de sua ajuda com uma coisa.

— Com o quê?

Antes que as palavras terminassem de soar, um punho esmurrou a porta. Bryce não precisava consultar a imagem da câmera de segurança para saber que era ele.

A semifeérica abriu a porta e foi recebida por asas e cedro molhado de chuva.

— Vai me fazer implorar para entrar ou podemos pular essa babaquice? — perguntou Hunt, irônico.

— Apenas entre. — Bryce deixou Hunt na soleira, caminhou até a mesa e abriu a gaveta do fundo para pegar uma garrafa reutilizável. Ela bebeu direto do gargalo.

Hunt fechou a porta atrás de si.

— Um pouco cedo para um drinque, não?

Ela não se incomodou em corrigi-lo, apenas tomou mais um gole e se sentou.

Ele a observou.

— Vai me dizer do que se trata?

Um polido, porém insistente, *tum-tum-tum* veio da porta de ferro da biblioteca. As asas de Hunt se recolheram com um estalo e ele virou a cabeça na direção da grossa placa de metal.

Outro *tap tap tap* encheu o átrio da sala de exposição.

— BB — choramingou Lehabah do outro lado da porta. — BB, você está bem?

Bryce revirou os olhos. Que Cthona lhe desse paciência.

— Quem é essa? — perguntou Hunt, num tom casual.

Um terceiro *toc toc toc* de leve.

— BB? BB, por favor, diga que está bem.

— Estou bem — gritou Bryce. — Volte para baixo e para o trabalho.

— Quero ver com meus próprios olhos — exigiu Lehabah, soando, para quem quisesse ouvir, como uma tia preocupada. — Não posso me concentrar no trabalho enquanto não o fizer.

As sobrancelhas de Hunt se franziram no mesmo instante em que seus lábios se projetavam para a frente.

— Primeiro, a hipérbole é uma arte para ela — disse a semifeérica.

— Ah, BB, você pode ser tão terrivelmente cruel...

— *Segundo*, poucas pessoas têm permissão para descer, então, se você contar a Micah a respeito dessa visita, acabou.

— Prometo — garantiu Hunt, desconfiado. — Embora Micah tenha meios para me fazer falar, se insistir.

— Então não alimente a curiosidade dele.

Bryce pousou a garrafa na mesa e descobriu que suas pernas estavam surpreendentemente firmes. Hunt ainda assomava sobre ela. A terrível coroa de espinhos tatuada em sua testa parecia sugar a luz da sala.

Mas Hunt esfregou o queixo.

— Muitas das coisas lá embaixo foram contrabandeadas, não foram?

— Imagino que saiba que *a maioria* dessas merdas aqui são contrabando. Alguns daqueles livros e pergaminhos são a última cópia existente conhecida. — Ela franziu os lábios, então acrescentou, calmamente: — Muita gente sofreu e morreu para preservar o que está arquivado naquela biblioteca.

Mais que aquilo, ela não revelaria. Bryce ainda não tinha conseguido ler a maioria dos livros, já que foram escritos em línguas mortas havia muito tempo, ou em códigos tão complexos que apenas linguistas e historiadores eram capazes de decifrá-los, mas, no ano anterior, tinha enfim descoberto do que a maioria tratava. E que os asteri e o Senado haviam ordenado sua destruição. Tinham destruído todas as outras cópias. Havia livros normais, também, que Jesiba comprara sobretudo para uso próprio... possivelmente para o Sub-Rei. Mas os que Lehabah guardava... aqueles eram os que as pessoas matariam para ter. Já haviam matado.

Hunt assentiu.

— Não direi uma palavra.

Ela o estudou por um momento, em seguida se virou para a porta de ferro.

— Considere isso seu presente de aniversário, Lele — murmurou através do metal.

A porta de ferro se abriu com um suspiro, revelando a escadaria acarpetada em verde-floresta que levava direto à biblioteca. Hunt quase se chocou contra ela quando Lehabah flutuou entre eles, seu fogo brilhando intensamente, e ronronou:

— Olá.

O anjo examinou a duende de fogo que pairava a centímetros de seu rosto. Ela era menor que a mão de Bryce, o cabelo flamejante rodopiando sobre a cabeça.

— Ora, mas você é linda — elogiou Hunt, a voz baixa e suave, de um modo que mexeu com cada instinto de Bryce.

Lehabah lampejou conforme envolvia o corpo com os braços roliços e abaixava a cabeça.

Bryce ignorou os efeitos da voz do anjo.

— Pare de fingir que é tímida.

Lehabah lhe lançou um olhar zangado, mas Hunt ergueu um dedo para a duende se empoleirar.

— Vamos?

Lehabah brilhou como um rubi. Em seguida, flutuou até o dedo coberto de cicatrizes dele e se sentou, sorrindo para o anjo por entre os cílios.

— Ele é muito agradável, BB — comentou Lehabah, enquanto Bryce descia a escada, o candelabro em formato de sol despertando para a vida outra vez. — Não sei por que reclama tanto.

Bryce franziu o cenho por sobre o ombro. Mas Lehabah encarava, extasiada, o anjo, que lançou a Bryce um sorriso zombeteiro enquanto a seguia até o coração da biblioteca.

Bryce olhou depressa para a frente.

Talvez Lehabah tivesse razão sobre a aparência de Athalar.

* * *

A semiféerica estava ciente de cada passo, de cada farfalhar das asas de Hunt a poucos centímetros a suas costas. De cada sopro de ar que ele enchia com seu hálito, seu poder, sua vontade.

Com exceção de Jesiba, Syrinx e Lehabah, apenas Danika já a havia acompanhado até ali embaixo.

Syrinx despertou o suficiente de sua soneca para reparar no visitante... e a pequena cauda de leão chicoteou o sofá de veludo.

— Syrie diz que você pode coçá-lo agora — avisou Lehabah a Hunt.

— Hunt está ocupado — interrompeu Bryce, seguindo para a mesa onde deixara o livro aberto.

— Syrie fala, não fala?

— De acordo com Lehabah, sim — resmungou Bryce, esquadrinhando a mesa à procura de... certo, ela havia deixado a lista na mesa da duende. Ela se dirigiu para lá, os saltos afundando no carpete.

— Deve haver milhares de livros aqui — comentou Hunt, estudando as imponentes estantes.

— Ah, sim — confirmou Lehabah. — Mas metade é da coleção particular de Jesiba. Alguns livros datam do tempo...

— Ahãm — pigarreou Bryce.

Lehabah fez uma careta.

— BB está mal-humorada porque não conseguiu terminar a lista — explicou a duende para Hunt, em um sussurro conspiratório.

— Estou mal-humorada porque estou com fome e você passou a manhã enchendo meu saco.

Lehabah flutuou depressa do dedo de Hunt até a própria mesa, onde se esparramou em seu sofá de boneca e disse para o anjo, que parecia indeciso entre rir ou franzir o cenho.

— BB finge ser má, mas é um doce. Ela comprou Syrie porque Jesiba ia dá-lo de presente a um senhor da guerra nas montanhas Farkaan...

— *Lehabah...*

— É verdade.

Hunt estudou os vários tanques espalhados pelo cômodo e a variedade de répteis dentro deles, em seguida as águas vazias do imenso aquário.

— Achei que ele era um tipo de bichinho de estimação chique.

— Ah, ele é — disse Lehabah. — Syrinx foi roubado da mãe quando era filhote, então comercializado por dez anos ao redor do mundo, até que Jesiba o comprou para ser seu animal de estimação, e aí *Bryce* o comprou... comprou a liberdade dele, quero dizer. Ela até mandou homologar a prova de sua liberdade. Ninguém pode comprá-lo novamente. — Ela apontou para a quimera. — Não dá para ver com ele deitado assim, mas Syrie tem a marca da liberdade na pata dianteira direita. O *C* oficial e tudo.

Hunt deixou para trás as águas sombrias a fim de observar Bryce. Ela cruzou os braços.

— O que foi? Você tirou as próprias conclusões.

Os olhos de Hunt brilharam. Independentemente do que diabos aquilo significava.

Bryce tentou não olhar para o punho do anjo... o *SPQM* tatuado ali. Ela se perguntou se ele resistia ao mesmo impulso; se imaginava algum dia conseguir aquele *C*.

— Quanto *você* custa, Athie? — perguntou, então, Lehabah.

Bryce interrompeu.

— Lele, isso foi grosseiro. E não o chame de Athie.

A duende soltou uma lufada de fumaça.

— Ele e eu somos da mesma casa, e ambos somos escravizados. Minha tataravó lutou na 18ª Legião durante a rebelião. Tenho o direito de perguntar.

O rosto inteiro de Hunt se anuviou à menção da rebelião, mas ele se aproximou do sofá, deixou Syrinx lhe farejar os dedos, então coçou atrás das orelhas aveludadas da quimera. Syrinx emitiu um rosnado baixo de prazer, a cauda de leão relaxando.

Bryce tentou reprimir o aperto em seu peito com aquela visão.

As asas de Hunt farfalharam.

— Fui vendido a Micah por 85 milhões de marcos de ouro.

Os saltos de Bryce se agarraram ao tapete enquanto ela avançava para a pequena escrivaninha de Lehabah e pegava o tablet. Mais uma vez, a duende flutuou até o anjo.

— Custei 90 mil marcos de ouro — confessou Lehabah. — Syrie custou 233 mil marcos de ouro.

Os olhos de Hunt dispararam até Bryce.

— Você pagou tudo isso?

Bryce se sentou à escrivaninha e indicou a cadeira vazia ao lado da sua. Hunt aquiesceu obedientemente, para variar.

— Tenho um desconto de funcionária de quinze por cento. E chegamos a um acordo.

Assunto encerrado.

Até que Lehabah declarou:

— Jesiba desconta um pouco de cada contracheque. — Bryce gemeu, controlando a vontade de sufocar a duende com um travesseiro. — BB ainda vai estar pagando quando tiver trezentos anos. A não ser que ela não faça a Descida. Então vai morrer primeiro.

Hunt se jogou na cadeira, a asa roçando o braço de Bryce. Mais macia que veludo, mais suave que seda. Ele a recolheu ao toque, como se não pudesse suportar o contato.

— Por quê?

— Porque aquele senhor da guerra queria machucá-lo e subjugá-lo até que se transformasse em uma fera de combate, e Syrinx é meu amigo, e eu já estava farta de perder amigos.

— Achei que fosse rica.

— Não. — Ela terminou a palavra com um som estalado.

Hunt franziu o cenho.

— Mas seu apartamento...

— O apartamento é de Danika. — Bryce não conseguia encará-lo. — Ela o comprou como investimento. Fez a escritura em nosso nome. Eu nem sabia da existência do lugar até ela morrer. E eu o teria vendido, mas a segurança era bastante reforçada, com encantamentos de primeira...

— Entendo — disse ele, e ela se retraiu diante da gentileza naquele olhar. Da pena.

Danika havia morrido, e ela estava sozinha e... Bryce não conseguia respirar.

Havia se recusado a fazer terapia. A mãe tinha agendado sessão após sessão naquele primeiro ano, e Bryce fugira de todas. Havia comprado um difusor de aromaterapia, pesquisado sobre técnicas de respiração, e só.

Bryce sabia que devia ter comparecido às sessões. A terapia ajudava tantas pessoas... salvava tantas vidas. Juniper tinha uma terapeuta desde a adolescência, e dizia, a quem quisesse ouvir, quão vital e brilhante era o tratamento.

Mas Bryce não tinha aparecido; não porque não acreditasse que funcionaria. Não, sabia que funcionaria, e a ajudaria, e, com certeza, a faria se sentir melhor. Ou pelo menos lhe daria as ferramentas para tentar.

E esse era precisamente o motivo que a impedira de ir.

Pelo modo como Hunt a olhava, ela se perguntou se o anjo sabia daquilo... se era capaz de adivinhar o motivo para seu longo suspiro.

Procure onde dói mais.

Idiota. A Rainha Víbora podia ir para o Inferno com seus conselhos.

Ela ligou o tablet de Lehabah. A tela revelou uma vampira e um lobo entrelaçados, gemendo, nus...

Bryce riu.

— Você parou de assistir no meio *dessa* cena para vir me incomodar, Lele?

A atmosfera na biblioteca se desanuviou, como se a mágoa de Bryce tivesse evaporado com a visão do lobo penetrando o corpo da vampira escandalosa.

Lehabah corou como um rubi.

— Queria conhecer Athie — murmurou ela, voltando ao sofá.

Hunt, mesmo a contragosto, riu.

— Você assiste a *Fadas e Fodas*?

Lehabah se sobressaltou.

— *Não é* esse o título! Você mandou ele dizer isso, Bryce?

Bryce mordeu o lábio para não rir. Em vez disso, pegou seu laptop, acessando os e-mails trocados com Tertian.

— Não, não mandei.

Hunt ergueu uma sobrancelha, com aquele humor cauteloso.

— Vou tirar uma soneca com Syrie — declarou Lehabah para ninguém em especial.

Assim que terminou de falar, algo pesado caiu no mezanino.

A mão de Hunt foi para o flanco, com certeza para a arma escondida ali, mas a duende ciciou para o teto:

— *Não interrompam minha soneca.*

Um sibilo encheu a biblioteca, seguido de um baque e um farfalhar. Não veio do tanque da Srta. Papoula.

— Não deixe os livros o convencerem a levá-los com você — avisou Lehabah a Hunt.

Ele abriu um meio-sorriso.

— Você está fazendo um ótimo trabalho se certificando de que isso não aconteça.

Lehabah ficou radiante e se aninhou ao lado de Syrinx. Ele ronronou com o deleite daquele calor.

— Eles fariam qualquer coisa para dar o fora daqui: se esgueirar para sua bolsa, para o bolso de seu casaco, até saltitar pelas escadas. Estão desesperados para ver o mundo outra vez. — Ela flutuou até as prateleiras mais distantes, atrás dos dois, onde um livro havia caído nos degraus. — Livro feio! — ralhou ela.

Os dedos de Hunt deslizaram para perto da faca em sua coxa quando o livro, como se carregado por mãos invisíveis, pairou sobre os degraus, flutuou até a prateleira e encontrou seu lugar novamente, zumbindo uma vez com uma luz dourada... como se tivesse sido contrariado.

Lehabah lançou um lampejo de advertência em sua direção, em seguida enrolou a cauda de Syrinx em volta do corpo, como um xale de pelos.

Bryce balançou a cabeça, mas um olhar de esguelha lhe disse que Hunt agora a encarava. Não do modo como os machos costumavam encará-la.

— Qual é o lance com todas essas pequenas criaturas?

— São antigos amantes e rivais de Jesiba — sussurrou a duende de seu cobertor de pelos.

As asas de Hunt farfalharam.

— Ouvi os rumores.

— Jamais a vi transformar ninguém em um animal — revelou Bryce. — Mas tento não irritá-la. Gostaria mesmo de não ser transformada em uma porca se Jesiba ficar puta comigo por ferrar algum acordo.

Os lábios de Hunt se arquearam para cima, como se presos entre o riso e o horror.

Lehabah abriu a boca, com certeza para revelar a Hunt os nomes com que batizara todas as criaturas da biblioteca, mas Bryce a cortou, dizendo para o anjo:

— Liguei para você porque comecei a fazer a lista com os movimentos de Danika em seus últimos dias de vida. — Ela deu um tapinha na página meio rabiscada.

— Sim? — Os olhos sombrios ainda a encaravam.

Bryce pigarreou.

— É, hmm, difícil — admitiu Bryce — me obrigar a lembrar. Pensei... talvez você pudesse me fazer algumas perguntas. Me ajudar a... fazer as lembranças fluírem.

— Ah. Ok. — O silêncio pareceu mais uma vez se agitar enquanto ela aguardava que ele a lembrasse de que o tempo não estava do seu lado, de que ele tinha um maldito trabalho a fazer e ela não devia ser tão fraca, blá-blá-blá.

Mas Hunt observou os livros; os tanques; a porta para o banheiro nos fundos; as lâmpadas muito acima, camufladas como as estrelas espalhadas pelo teto. E então, em vez de perguntar sobre Danika, ele quis saber:

— Estudou antiguidades na faculdade?

— Fiz algumas aulas, sim. Gostava de aprender sobre velharias. Eu era a típica formanda de literatura clássica. — E acrescentou: — Aprendi a Velha Língua dos Feéricos quando era criança.

Ela aprendera sozinha graças a uma súbita curiosidade em saber mais sobre seu legado. Quando havia visitado a casa do pai um ano depois, pela primeira vez na vida, tivera esperanças de usá-la para impressioná-lo. Depois que a merda bateu no ventilador, Bryce havia se recusado a estudar outra língua. Era uma atitude infantil, mas ela não se importava.

Ao menos o domínio da mais antiga das línguas feéricas tinha sido proveitoso para seu trabalho. Para a caça às poucas antiguidades feéricas que não estavam guardadas nos cofres cintilantes de seu povo.

Hunt mais uma vez observou o espaço.

— Como conseguiu esse emprego?

— Depois que me formei, não conseguia emprego em lugar nenhum. Os museus não me queriam porque não tinha experiência, e as outras galerias de arte da cidade eram administradas por canalhas que me achavam... apetitosa. — Os olhos do anjo ficaram sombrios, e Bryce se forçou a ignorar a raiva solidária que via ali. — Mas minha amiga Fury... — Hunt enrijeceu de leve à menção do nome; claramente conhecia sua reputação. — Bem, ela e Jesiba trabalharam juntas em Pangera, em dado momento. E, quando Jesiba comentou que precisava de uma nova assistente, Fury praticamente lhe enfiou meu currículo goela abaixo. — Ela bufou com a lembrança. — Jesiba me ofereceu o emprego porque não queria ninguém metido à besta. O trabalho é muito sujo, os clientes, muito nebulosos. Ela precisava de alguém com traquejo social e algum conhecimento de arte antiga. E foi isso.

— Qual sua ligação com Fury Axtar? — perguntou Hunt, depois de pensar um pouco.

— Ela está em Pangera. Fazendo o que Fury faz de melhor. — Não era exatamente uma resposta.

— Alguma vez Axtar lhe contou o que fazia por lá?

— Não. E gosto das coisas assim. Meu pai me contou histórias suficientes sobre o que acontece na região. Não gosto de pensar no que Fury vê ou em que está metida. — Sangue e lama e morte, ciência *versus* magia, máquinas *versus* vanir, bombas químicas e primalux, balas e presas.

O próprio alistamento de Randall tinha sido obrigatório, uma condição de vida para qualquer não Inferior entre os peregrini: todos os humanos tinham de servir no Exército por três anos. Randall jamais dissera nada, mas Bryce sempre soubera que os anos no front tinham deixado cicatrizes além das visíveis. Ser forçado a matar a própria espécie não era tarefa fácil. Mas a ameaça dos asteri permanecia: quem recusasse, perderia a vida. E então a vida de seus familiares. Quaisquer sobreviventes seriam escravizados, os punhos para sempre marcados com as mesmas letras que desfiguravam a pele de Hunt.

— Há alguma chance de que o assassino de Danika esteja ligado a...

— Não — rosnou Bryce. Sua amizade com Fury podia estar fodida no momento, mas Bryce tinha certeza daquilo. — Os inimigos de Fury não eram os inimigos de Danika. Assim que Briggs foi preso, ela desapareceu. — A semifeérica não a vira desde então. Procurando qualquer coisa para mudar de assunto, perguntou: — Quantos anos você tem?

— Duzentos e trinta e três.

Ela fez as contas, franzindo o cenho.

— Era assim tão novo quando se rebelou? E já comandava uma legião?

A fracassada rebelião dos anjos havia acontecido duzentos anos antes; ele era incrivelmente jovem, pelos padrões dos vanir, para tê-la liderado.

— Meus dons me tornaram inestimável para meu povo. — Ele ergueu uma das mãos, o relâmpago serpenteava ao redor de seus dedos. — O assassino perfeito.

Bryce resmungou, concordando. Hunt a olhou.

— Já matou antes?

— Sim.

Um brilho de surpresa se acendeu nos olhos do anjo. Mas ela não queria tocar no assunto... no que havia acontecido com Danika e ela no ano da formatura, como acabaram no hospital, seu braço estilhaçado e uma carcaça de moto roubada.

— BB pare de ser misteriosa! — interrompeu Lehabah, do outro lado da biblioteca. — Venho perguntando há anos, Athie, mas ela nunca me conta nada que preste...

— Esqueça, Lehabah. — As lembranças daquela viagem a alvejaram. O rosto sorridente de Danika no leito ao lado do seu. Como Thorne havia carregado Danika pelas escadas até seu dormitório quando chegaram em casa, apesar dos protestos da loba. Como a matilha as havia paparicado por uma semana, a noite que Nathalie e Zelda expulsaram os machos para que pudessem fazer uma maratona de filmes exclusiva para garotas. Mas nada daquilo tinha se comparado ao que havia mudado entre as duas naquela viagem. A última barreira que ruíra, a verdade nua e crua.

Eu amo você, Bryce. Lamento tanto.

Feche os olhos, Danika.

Um buraco se abriu em seu peito, soluçando e uivando.

Lehabah ainda resmungava. Mas Hunt observava o rosto de Bryce.

— Que lembrança feliz tem de Danika daquela última semana da loba?

Bryce sentiu o sangue latejar por todo o seu corpo.

— Eu... eu tenho várias lembranças felizes daquela semana.

— Escolha uma, e vamos começar daí.

— É assim que faz as testemunhas falarem?

Ele se recostou na cadeira, as asas se ajustando ao encosto baixo.

— É como você e eu vamos fazer a lista.

Ela sopesou aquele olhar, aquela presença sólida, pulsante. Engoliu em seco.

— A tatuagem em minhas costas... ela e eu a fizemos naquela semana. Bebemos demais uma noite, e fiquei tão doida que nem mesmo soube o que ela tinha mandado escrever em minha coluna até curar a ressaca.

Os lábios do anjo se contraíram.

— Espero que tenha sido algo agradável, pelo menos.

Seu peito doía, mas ela sorriu.

— Foi.

Hunt se inclinou e indicou o papel.

— Escreva.

Ela obedeceu.

— O que Danika fez naquele dia, antes da tatuagem? — perguntou ele.

A pergunta soou calma, mas Hunt analisava cada movimento de Bryce. Como se estivesse lendo alguma coisa nela, avaliando algo que a semifeérica não podia ver.

Ansiosa por escapar daquele exame minucioso, Bryce pegou a caneta e começou a escrever, uma lembrança após a outra. Continuou escrevendo suas reminiscências dos movimentos de Danika naquela semana: o desejo bobo na Praça da Cidade Velha; a pizza que Danika e ela haviam devorado no balcão da lanchonete, enquanto bebiam cerveja e falavam besteira; o salão de beleza onde Bryce tinha folheado revistas de fofoca enquanto Danika retocava as mechas roxas, azuis e cor-de-rosa; a mercearia a dois quarteirões do apartamento, onde Thorne e ela encontraram Danika se entupindo de batata frita antes mesmo de chegar ao caixa, então a sacanearam por horas; a arena de solebol da UCLC, onde Danika e ela secaram os jogadores gatos do time de Ithan durante os treinos, dividindo-os entre as duas... Ela continuou a escrever e escrever, até que as paredes a sufocaram outra vez.

O joelho balançava sem descanso embaixo da mesa.

— Acho que podemos encerrar por hoje.

Hunt abriu a boca, estudando a lista... mas o telefone de Bryce vibrou.

Agradecendo a Urd pela intervenção providencial, a semifeérica olhou a mensagem na tela e franziu o cenho. Ao que parecia, sua expressão era intrigante o suficiente para que Hunt espiasse por sobre seu ombro.

Ruhn havia escrito: *Me encontre no Templo de Luna em trinta minutos.*

— Acha que tem a ver com a noite passada? — perguntou Hunt.

Bryce não respondeu enquanto digitava: *Por quê?*

Ruhn replicou: *Porque é um dos poucos lugares sem câmeras nessa cidade.*

— Interessante — murmurou ela. — Acha que devo avisá-lo que estamos a caminho?

O sorriso de Hunt era pura malícia.

— Porra, não.

Bryce não conseguiu segurar um sorriso.

21

Ruhn Danaan se apoiou em um dos pilares de mármore do santuário interno do Templo de Luna e esperou pela chegada da irmã. Os turistas passavam, tirando fotos, mas nenhum percebia sua presença, graças ao véu de sombras que havia conjurado ao seu redor.

A câmara era longa, o teto, abobadado. Tinha de ser, para acomodar a estátua entronizada ao fundo.

Com 9 metros de altura, Luna ocupava um trono esculpido em dourado, a deusa cuidadosamente retratada em brilhante pedra da lua. A coroa de prata, uma lua cheia sustentada por duas luas crescentes, enfeitava o cabelo cacheado preso em um coque. Aos pés calçados em sandálias da estátua, jaziam dois lobos gêmeos, os olhos sinistros desafiando qualquer peregrino a se aproximar. Na parte de trás do trono, um arco de ouro maciço havia sido pendurado, a aljava cheia de flechas de prata. As pregas da túnica na altura das coxas se dobravam sobre seu colo, escondendo os dedos finos pousados ali.

Tanto lobos como feéricos reivindicavam Luna como sua deusa protetora — guerrearam por seus favores havia muitos milênios. E, enquanto a ligação dos lobos com a deusa fora talhada na estátua em impressionantes detalhes, o vínculo com os feéricos estava perdido havia dois anos. Talvez o Rei Outonal tivesse razão quanto a restaurar a glória dos feéricos. Não do modo arrogante e desdenhoso pretendido pelo pai, mas... a ausência do legado feérico na estátua enervava Ruhn.

Passos ecoaram no pátio além das portas do santuário, seguidos de sussurros e o clique de câmeras.

— O próprio pátio foi inspirado no da Cidade Eterna — dizia uma voz feminina, enquanto um novo bando de turistas entrava no templo, seguindo a guia como patinhos.

E na retaguarda do grupo... uma cabeça de cabelo ruivo.

E um par facilmente identificável de asas cinzentas.

Ruhn rangeu os dentes, ainda envolto em sombras. Pelo menos, ela havia aparecido.

A horda de turistas parou no centro do santuário interno, a guia falando mais alto conforme todos se espalhavam, as câmeras pipocando na escuridão, como os relâmpagos de Athalar.

— E aqui está, pessoal: a estátua da própria Luna. A deusa protetora de Lunathion foi esculpida em um único bloco de mármore, talhado das famosas pedreiras Caliprian, ao norte do rio Melanthos. Este templo foi a primeira construção da cidade na ocasião de sua fundação, há quinhentos anos; a localização escolhida precisamente pelo modo como o rio Istros forma uma enseada na costa. Alguém pode me dizer qual o desenho que o rio faz?

— Uma lua crescente! — gritou alguém, as palavras ecoando das colunas de mármore, cortando a fumaça ondeante da tigela de incenso colocada entre os lobos aos pés da deusa.

Ruhn observou Bryce e Hunt esquadrinharem o santuário a sua procura, então se despiu das sombras tempo suficiente para que percebessem sua localização. A expressão de Bryce não revelava nada. Athalar apenas sorriu.

Ah, que ótimo.

Com os turistas concentrados na guia, ninguém notou a inusitada dupla cruzar o espaço. Ruhn manteve as sombras a distância até que Bryce e Hunt o alcançaram... em seguida, ordenou que os envolvessem também.

— Belo truque — disse Hunt, apenas.

Bryce não disse nada. Ruhn tentou não se lembrar de como, no passado, a irmã ficava encantada sempre que ele demonstrava como suas sombras e sua luz estelar funcionavam; ambas metades de seu poder, trabalhando unidas.

— Pedi que você viesse. Não ele — protestou Ruhn.

Bryce passou o braço pelo de Athalar, a imagem que transmitiam era hilária: Bryce usando o vestido sofisticado de trabalho e salto alto; o anjo usando sua armadura de batalha.

— Infelizmente para você, somos unha e carne agora. Melhores amigos da vida.

— Os melhores — ecoou Hunt, o sorriso inabalável.

Luna o trespassasse. Aquilo não acabaria bem.

Bryce assentiu para o grupo de turistas ainda seguindo sua líder pelo templo.

— Este lugar pode não ter câmeras, mas eles sim.

— Estão concentrados na guia — argumentou Ruhn. — E o barulho que fazem vai abafar nossa conversa.

As sombras podiam apenas mascarar visão, não som.

Através das ondulações das sombras, podiam discernir um jovem casal se aproximando da estátua, tão concentrados nas fotos que nem sequer perceberam o adensar da escuridão naquele canto distante. Mas Ruhn emudeceu, e Bryce e Athalar o imitaram.

Enquanto esperavam que o casal se afastasse, a guia continuou:

— Vamos nos aprofundar em outras maravilhas arquitetônicas do santuário interno em um minuto, mas agora prestem atenção à estátua. A aljava, claro, é de ouro verdadeiro, as flechas, de prata pura com pontas de diamante.

Alguém soltou um assovio de admiração.

— De fato — concordou a guia. — Foram doadas pelo arcanjo Micah, que é benfeitor e investidor de várias instituições de caridade, fundações e empresas inovadoras. — A guia prosseguiu: — Infelizmente, há dois anos, o terceiro dos tesouros de Luna foi roubado deste templo. Alguém sabe me dizer o quê?

— O chifre — respondeu alguém. — Apareceu em todos os noticiários.

— Foi um roubo terrível. Um artefato que não pode ser substituído facilmente.

O casal se afastou, e Ruhn descruzou os braços.

— Certo, Danaan. Vá direto ao ponto. Por que pediu a Bryce que viesse? — exigiu Hunt.

Ruhn gesticulou na direção dos turistas, que tiravam fotos da mão da deusa. Em especial, dos dedos, agora crispados no vazio, onde outrora um rachado chifre de caça de marfim repousava.

— Porque o Rei Outonal me incumbiu de encontrar o Chifre de Luna.

Hunt inclinou a cabeça, mas Bryce bufou.

— Por isso perguntou por ele ontem?

Foram interrompidos de novo pelas palavras da guia enquanto se dirigia para os fundos do salão.

— Se me seguirem, temos uma autorização especial para ver a câmara onde os cervos eram sacrificados e preparados para queimar em homenagem a Luna.

Pelas sombras brumosas, Bryce podia discernir uma pequena porta se abrindo na parede.

— O que é o chifre, exatamente? — perguntou Hunt, quando os turistas a haviam atravessado.

— Um bando de besteira de contos de fadas — resmungou Bryce. — Você me arrastou até aqui para isso? Para... impressionar seu papai?

Rosnando, Ruhn pegou o telefone, certificando-se de que o escudo de sombras os escondia, e abriu as fotos que havia tirado nos Arquivos Feéricos na noite anterior.

Mas não as compartilhou, não antes de responder a Athalar:

— O Chifre de Luna era uma arma, empunhada por Pelias, o primeiro Príncipe Estrelado, durante as Primeiras Guerras. Os feéricos o forjaram em seu mundo natal, batizando-o em homenagem à deusa em seu novo lar, e o usaram em batalha para combater as hordas de demônios quando estes fizeram a Travessia. Pelias empunhou o chifre até sua morte. — Ruhn levou a mão ao peito. — Meu antepassado... cujos poderes correm em minhas veias. Não sei como funcionava, como Pelias o enchia com sua magia, mas o chifre se tornou um estorvo tão grande para os príncipes do Inferno que eles fizeram de tudo para tomá-lo.

Ruhn ergueu o telefone, a foto do manuscrito iluminado brilhava forte nas sombras densas. A ilustração do chifre entalhado colado aos lábios de um macho feérico que usava um elmo parecia tão nítida como quando fora pintada, um milênio antes. Sobre a figura cintilava uma estrela de oito pontas, o emblema do Estrelado.

Bryce ficou completamente imóvel. A quietude feérica, como um cervo paralisado em um bosque.

— O Comedor de Estrelas em pessoa criou um novo horror apenas para caçar o chifre, usando um pouco do sangue que conseguiu derramar do príncipe Pelias em batalha e a própria essência terrível. Uma besta tecida do choque entre luz e escuridão — continuou Ruhn, então deslizou o dedo pela tela e a nova ilustração apareceu. A razão pela qual havia ido até ali... o motivo pelo qual havia assumido o risco.

Bryce se recolheu diante do corpo pálido, grotesco, os dentes translúcidos arreganhados em um rugido.

— Você o reconhece — constatou Ruhn, com suavidade.

Bryce estremeceu, como se para voltar à realidade, e esfregou a coxa, distraída.

— É o demônio que vi atacar o anjo no beco, naquela noite.

Hunt lhe lançou um olhar incisivo.

— O que também a atacou?

Bryce deu um aceno curto, afirmativo.

— O que é?

— A criatura habita as profundezas mais sombrias do Abismo — respondeu Ruhn. — Tão sem luz que o Comedor de Estrelas o batizou de Kristallos, pelos dentes e sangues vítreos.

— Nunca ouvi falar — comentou Athalar.

Bryce admirou o desenho.

— A coisa... Jamais houve qualquer menção a um maldito *demônio* em minha pesquisa sobre o chifre. — Ela o encarou. — Ninguém ligou os pontos há dois anos?

— Acredito que *levou* dois anos para juntar os pontos — argumentou Ruhn, com cautela. — O livro estava enterrado nos Arquivos Feéricos, junto de documentos cuja cópia é proibida. Nenhuma pesquisa que você fizesse sequer o encontraria. A maldita coisa estava toda escrita na Velha Língua dos Feéricos.

E a tradução custara a Ruhn a maior parte da noite. O persistente entorpecimento da raiz-alegre não tinha ajudado.

Bryce franziu o cenho.

— Mas o chifre estava quebrado... era basicamente um acessório, certo?

— Certo — respondeu Ruhn. — Durante a batalha final das Primeiras Guerras, o príncipe Pelias e o Príncipe do Fosso se enfrentaram. Os dois lutaram por três malditos dias até que o Comedor de Estrelas desferiu o golpe fatal. Mas não antes que Pelias fosse capaz de invocar todo o poder do chifre e banir o Príncipe do Fosso, os irmãos e seus Exércitos de volta ao Inferno. Ele selou a Fenda do Norte para sempre... de modo que agora apenas pequenas fissuras ou conjurações com sal podem trazê-los para nosso mundo.

Hunt franziu o cenho.

— Então está querendo me dizer que esse artefato mortal, que fez o Príncipe do Fosso *literalmente* criar uma nova espécie de demônio apenas para caçá-lo, estava simplesmente exposto aqui? Neste templo? E *ninguém* deste mundo ou do Inferno tentou roubá-lo até o blecaute? Por quê?

Bryce encontrou o olhar incrédulo do anjo.

— O chifre se partiu em dois quando Pelias selou a Fenda do Norte. Seu poder estava exaurido. Por anos, os feéricos e os asteri tentaram, sem sucesso, reavivá-lo através de magia e feitiços, e toda essa bobagem. Foi dado a ele um lugar de honra nos Arquivos dos Asteri, mas, quando fundaram Lunathion, alguns milênios mais tarde, eles o consagraram ao templo local.

Ruhn balançou a cabeça.

— Que os feéricos tenham aberto mão do artefato sugere que subestimaram seu valor... que mesmo meu pai pode ter se esquecido de sua importância. — Até que ele foi roubado... e o rei havia metido na cabeça que o chifre seria um revivido símbolo de poder em uma possível guerra.

— Pensei que se tratava de uma réplica até Jesiba me mandar começar a procurá-lo — acrescentou Bryce. Ela se virou para Ruhn. — Então acha que alguém vem invocando esse demônio para caçar o chifre? Mas por que, quando não possui mais nenhum poder? E como esse fato explica qualquer uma das mortes? Acha que, de algum modo, as vítimas... tiveram contato com o chifre, e isso atraiu o kristallos? — Ela prosseguiu antes que qualquer um dos dois pudesse responder: — E por que o intervalo de dois anos?

— Talvez o assassino tenha esperado as coisas se acalmarem o bastante para retomar a busca — arriscou Hunt.

— Não faço a menor ideia — admitiu Ruhn. — Mas não me parece coincidência que o chifre tenha desaparecido pouco antes da aparição do demônio, e, se os assassinatos começaram de novo...

— Pode significar que alguém está procurando mais uma vez o chifre — completou Bryce, franzindo o cenho.

— A presença do kristallos em Lunathion sugere que o chifre ainda está dentro das muralhas da cidade — disse Hunt.

Bryce o fuzilou com o olhar.

— Por que o súbito interesse do Rei Outonal no chifre?

Ruhn escolheu as palavras com cautela.

— Chame de orgulho. Ele o quer de volta às mãos dos feéricos. E quer que eu o encontre discretamente.

— Mas por que pedir a *você* que procure o chifre? — perguntou Hunt.

A cortina de sombras ondulou.

— Porque o poder Estrelado do príncipe Pelias foi urdido no próprio chifre. E está em meu sangue. Meu pai acredita que eu possa ter algum dom sobrenatural para encontrá-lo — confessou

Ruhn. — Quando estava pesquisando nos Arquivos ontem à noite, esse livro... pulou em mim.

— Literalmente? — perguntou Bryce, as sobrancelhas arqueadas.

— Simplesmente pareceu... faiscar. Não sei, porra. Tudo que sei é que eu estava lá embaixo havia horas, então senti o livro e, quando vi aquela ilustração do chifre... Pronto. A merda que traduzi confirmou tudo.

— Então o kristallos pode rastrear o chifre — disse Bryce, os olhos brilhando. — Assim como *você*.

A boca de Athalar se curvou em um meio-sorriso, entendendo aonde Bryce queria chegar.

— Pegamos o demônio, pegamos quem está por trás das mortes. E, se encontrarmos o chifre...

Ruhn fez uma careta.

— O kristallos virá até nós.

Bryce olhou para a estátua de mãos vazias atrás dos três.

— Melhor se apressar, Ruhn.

* * *

Hunt se apoiou nas colunas de entrada no alto da escadaria do Templo de Luna, o telefone colado ao ouvido. Tinha deixado Bryce do lado de dentro com o primo, já que precisava fazer aquela ligação antes de organizar toda a logística. O anjo teria feito a ligação de imediato, mas, assim que acessara a lista de contatos, havia recebido uma reprimenda de Bryce sobre celulares em lugares sagrados.

Cthona lhe desse paciência. Desistindo de mandar a semifeérica se foder, tinha decidido evitar um escândalo e marchar pelo pátio ladeado de ciprestes até os degraus da frente.

Cinco acólitas saíram da espaçosa vila atrás do templo carregando vassouras e mangueiras para limpar a escadaria e as lajes à frente, na limpeza do meio-dia.

Desnecessário, queria dizer às jovens fêmeas. Com a garoa mais uma vez coroando a cidade, as mangueiras eram supérfluas.

Cerrando os dentes, o anjo ouviu o telefone chamar e chamar.

— Atende, porra — resmungou ele.

Uma acólita de pele negra, cabelo preto, túnica branca e não mais que 12 anos passou por ele, boquiaberta, segurando a vassoura junto ao peito. Hunt quase se encolheu ao se dar conta do retrato de ira que encarnava, e controlou a expressão.

A garota feérica ainda mantinha distância, o crescente dourado, pendurado em uma delicada corrente sobre a testa, brilhava na luz cinzenta. Uma lua crescente... até que se tornasse uma sacerdotisa plena, ao atingir a maioridade, quando trocaria o crescente pelo círculo completo de Luna. E, quando seu corpo imortal começasse a envelhecer e murchar, e seu ciclo com ele, ela trocaria de novo o pendente, dessa vez por uma lua minguante.

Cada sacerdotisa tinha as próprias razões para se doar a Luna. Para renunciar à vida além dos jardins do templo e adotar a eterna virgindade da deusa. Como Luna não tivera parceiro ou amante, assim elas viveriam.

Hunt sempre havia considerado o celibato um tédio. Até Shahar tê-lo arruinado para qualquer outra.

O anjo ofereceu à tímida acólita sua melhor tentativa de sorriso. Para surpresa dele, a garota feérica sorriu de volta. A menina tinha coragem.

Justinian Gelos atendeu ao sexto toque.

— Como está o trabalho de babá?

Hunt se endireitou.

— Não soe tão feliz.

Justinian deu uma gargalhada.

— Tem certeza de que Micah não o está punindo?

Hunt havia analisado a questão minuciosamente nos últimos dois dias. Do outro lado da rua vazia, as palmeiras pontilhando os gramados molhados de chuva do Parque do Oráculo brilhavam na luz cinzenta e o abobadado prédio cor de ônix do Templo do Oráculo estava escondido pela bruma que havia soprado do rio.

Até mesmo ao meio-dia, o Parque do Oráculo estava quase deserto, exceto pelas silhuetas curvadas e sorumbáticas dos vanir e dos humanos desesperados que vagavam pelos caminhos e jardins esperando a vez de entrar nos corredores carregados de incenso. E, se as respostas buscadas não fossem o que imaginavam... Bem, o templo de pedras brancas em cujos degraus Hunt estava poderia oferecer algum consolo.

O anjo olhou por sobre o ombro para o interior sombrio do templo, visível pelas imponentes portas de bronze. Sob a primalux de uma fileira de faiscantes braseiros, ele mal conseguia discernir o brilho do cabelo vermelho na silenciosa escuridão do santuário interno, reluzindo como metal derretido conforme Bryce conversava animadamente com Ruhn.

— Não — respondeu Hunt enfim. — Não creio que essa missão seja um castigo. Ele não tinha alternativa e sabia que eu causaria mais problemas se me colocasse na equipe de segurança de Sandriel. — E Pollux.

Não mencionou a barganha que fizera com Micah. Não quando Justinian ostentava o mesmo halo e Micah jamais havia demonstrado interesse pelo triário além de sua popularidade com a infantaria da 33ª. Se existia qualquer acordo para comprar sua liberdade, Justinian nunca dissera uma palavra.

Justinian suspirou.

— Sim... a merda está engrossando por aqui. As pessoas parecem no limite, e ela ainda nem chegou. Você está melhor aí.

Um macho feérico de olhar vidrado tropeçou nos degraus do templo, deu uma boa olhada em quem estava obstruindo a entrada do santuário... e se dirigiu para a rua, marchando na direção do Parque do Oráculo e do prédio abobadado no meio dele. Outra alma condenada, procurando por respostas na fumaça e nos sussurros.

— Não tenho certeza disso — argumentou Hunt. — Preciso que pesquise uma coisa para mim... um demônio da velha-guarda. O kristallos. Apenas acesse os arquivos e veja se algo aparece.

Ele teria pedido a Vik, mas a espectro estava ocupada com o vídeo do álibi da Rainha Víbora.

— Vou checar — disse Justinian. — Mando os resultados por mensagem. Boa sorte — desejou.

— Vou precisar — admitiu Hunt. De uma centena de malditas maneiras diferentes.

— Mas já ajuda que sua *parceira* seja uma visão tão agradável — acrescentou Justinian, com malícia.

— Preciso ir.

— Ninguém ganha uma medalha por sofrer mais que todos, sabia? — pressionou Justinian, a voz ganhando um incomum tom sério. — Já faz dois séculos que Shahar morreu, Hunt.

— Tanto faz.

Ele não queria ter aquela conversa. Nem com Justinian, nem com ninguém.

— É admirável que ainda espere por ela, mas vamos ser realistas...

Hunt desligou. Cogitou arremessar o telefone contra um dos pilares.

O anjo tinha de ligar para Isaiah e Micah para falar sobre o chifre. Merda. Quando o artefato desaparecera dois anos antes, os melhores investigadores da 33ª e do Aux haviam varrido o templo. Não tinham encontrado nada. E como câmeras não eram permitidas no interior do santuário, não havia sequer uma pista de quem podia tê-lo roubado. Não havia sido nada mais que uma brincadeira idiota, disseram todos.

Todos, exceto o Rei Outonal, ao que parecia.

Hunt não havia prestado muita atenção ao roubo do chifre e, com certeza, também não havia prestado atenção às aulas sobre as Primeiras Guerras quando criança. E, depois dos assassinatos de Danika e da Matilha dos Demônios, tivera coisas mais importantes com que se preocupar.

Não sabia o que era pior: o chifre supostamente ser uma peça vital para o caso, ou o fato de que agora teria de trabalhar com Ruhn Danaan para encontrá-lo.

22

Bryce esperou que as costas musculosas e as belas asas de Hunt tivessem desaparecido atrás dos portões do santuário interno antes de se virar para Ruhn.

— O Rei Outonal tem algo a ver com isso?

Os olhos azuis de Ruhn cintilaram em seu ninho de sombras ou como quer que se chamasse aquilo.

— Não. Ele é um monstro de muitos modos, mas não mataria Danika.

Ela havia chegado à mesma conclusão na outra noite.

— Como pode ter tanta certeza? — perguntou a semifeérica mesmo assim. — Você não faz a menor ideia das malditas intenções dele a longo prazo.

Ruhn cruzou os braços.

— Por que me pediria para procurar o chifre se está invocando o kristallos?

— Dois rastreadores são melhores que um? — O coração dela ribombava no peito.

— Ele não está por trás disso. Está apenas tentando se aproveitar da situação... para alçar os feéricos a sua antiga glória. Você sabe como ele gosta de se iludir com essa babaquice.

Bryce passou os dedos através da muralha de sombras, a escuridão lambendo sua pele como bruma.

— Ele sabe que você veio me encontrar?

— Não.

Ela sustentou o olhar do irmão.

— Por que... — Bryce lutou para encontrar as palavras. — Por que se importa?

— Porque quero ajudá-la. Porque essa merda põe toda a cidade em risco.

— Que... Escolhido de sua parte.

O silêncio se prolongou entre eles, tão tenso que vibrava.

— Só porque estamos trabalhando juntos não significa que as coisas entre nós vão mudar — disparou ela. — Você vai encontrar o chifre, e vou encontrar quem está por trás disso. Ponto final.

— Ótimo — disse Ruhn, os olhos frios. — Jamais tive esperança de que me desse ouvidos, afinal.

— Por que eu lhe daria ouvidos? — sibilou ela. — Sou apenas uma *vadia mestiça*, certo?

Ruhn se retesou, corando.

— Sabe que foi uma discussão idiota e que eu não *quis dizer* aquilo...

— Sim, você quis — cuspiu ela, dando meia-volta. — Você pode se vestir como um punk rebelde contrariando as regras do papai, mas, bem no fundo, não é melhor que o restante dos babacas feéricos que puxam seu saco de Escolhido.

Ruhn rosnou, mas Bryce nem esperou para se arremessar contra as sombras, piscando quando a onda de luz a saudou, e seguir na direção de Hunt, que estava parado à porta.

— Vamos — disse ela, sem se importar com o que ele tivesse ouvido.

Hunt se demorou no lugar, os olhos castanhos cintilando conforme olhava para o canto sombrio do cômodo, onde o suposto primo de Bryce estava mais uma vez oculto pela escuridão. Felizmente, o anjo não disse nada enquanto a alcançava, e ela não disse mais nada a ele.

* * *

Bryce praticamente correu de volta à galeria. Em parte, para recomeçar sua pesquisa sobre o chifre, mas também graças à enxurrada de mensagens de Jesiba exigindo saber onde ela estava, se ainda queria o emprego e se preferia ser transformada em um rato ou uma pomba. E, em seguida, uma ordem para voltar *imediatamente* para receber um cliente.

Cinco minutos depois de Bryce chegar, o cliente de Jesiba — o babaca furioso de um metamorfo leopardo que acreditava ter o direito de colocar as patas na bunda de Bryce — estava à espreita e comprou uma estátua de Solas e Cthona, retratados como um sol com feições masculinas enterrando o rosto em um par de montanhas em formato de seios. A imagem sagrada era conhecida simplesmente como o Abraço. Sua mãe até usava a versão simplificada — um círculo aninhado no topo de dois triângulos — em um pendente de prata. Mas Bryce sempre achara o Abraço piegas e banal em qualquer interpretação. Trinta minutos e duas rejeições aos avanços pegajosos do cliente depois, misericordiosamente Bryce se viu sozinha de novo.

Pelo tempo que pesquisou, porém, o banco de dados da galeria sobre o Chifre de Luna não revelou nada além do que ela já sabia e do que o irmão havia contado naquela manhã. Nem mesmo Lehabah, a excepcional rainha da fofoca, sabia nada sobre o chifre.

Com a volta de Ruhn aos Arquivos Feéricos para checar se alguma outra informação evocava sua sensibilidade Estrelada, Bryce imaginava que teria de esperar por alguma novidade.

Hunt havia voado para reassumir sua vigília no telhado. Aparentemente, tinha de ligar para o chefe — ou o que quer que Micah fingisse ser — e Isaiah para contar do chifre. O anjo não havia tentado voltar à biblioteca, como se sentisse que ela precisava de espaço.

Procure onde dói mais. É onde as respostas sempre estão.

Bryce se pegou olhando para a lista inacabada que havia começado naquela manhã.

Talvez não fosse capaz de descobrir muito sobre o chifre por conta própria, mas talvez conseguisse entender como diabos Danika se encaixava em tudo aquilo.

Com as mãos trêmulas, ela se obrigou a terminar a lista com os últimos passos de Danika... até onde sabia.

Quando o sol estava quase se pondo e Syrinx parecia pronto para ser levado para casa, Bryce sentia que poderia vender o que restava da própria alma a um ceifador em troca do conforto silencioso de sua cama. Tinha sido um dia longo, cheio de informações que precisava processar e uma lista que abandonara na gaveta da escrivaninha.

Também devia ter sido um dia longo para Hunt, porque ele seguiu a quimera e a semifeérica dos céus sem lhes dirigir uma palavra.

Ela estava na cama às oito, e nem mesmo se lembrava de ter caído no sono.

23

Na manhã seguinte, Bryce estava sentada à mesa da recepção, na sala de exibição da galeria, olhando para a lista dos últimos locais visitados por Danika, quando o telefone tocou.

— O acordo com o leopardo foi fechado — disse ela a Jesiba à guisa de cumprimento.

A papelada havia ficado pronta uma hora antes.

— Preciso que vá até meu escritório e me mande um arquivo de meu computador.

Bryce revirou os olhos, tentando não soltar um *De nada.*

— Está sem acesso? — perguntou.

— Fiz questão de não salvá-lo em rede.

Bufando, Bryce se levantou, a perna latejando de leve, e caminhou até a pequena porta na parede adjacente à mesa. Com uma das mãos, desativou os encantamentos no painel ao lado, a porta se abrindo para revelar uma estreita e acarpetada escadaria.

— Quando peço alguma coisa, Bryce, faça. Sem perguntas.

— Sim, Jesiba — resmungou a semiféerica, subindo a escada.

Ao se desviar dos avanços do metamorfo leopardo na véspera, tinha dado algum mau jeito na perna ruim.

— Gostaria de ser um verme, Bryce? — ronronou Jesiba, a voz se aproximando assustadoramente do triscar de um ceifador. Pelo menos, Jesiba não era um... mesmo que Bryce soubesse que a feiticeira sempre lidava com eles na Casa de Chama e Sombra. Graças aos deuses, nenhum jamais havia aparecido na galeria. — Gostaria de ser um besouro do esterco ou uma centopeia?

— Prefiro uma libélula. — Bryce entrou no pequeno e confortável escritório no andar de cima. Uma das paredes era uma vidraça que se debruçava sobre a galeria abaixo, o material totalmente à prova de som.

— Tenha cuidado com o que deseja — continuou Jesiba. — Vai descobrir que essa sua insolência seria bem fácil de calar se eu a transformasse. Não teria voz nenhuma, afinal.

Bryce calculou o fuso horário entre Lunathion e a costa ocidental de Pangera e se deu conta de que Jesiba tinha, muito provavelmente, acabado de voltar do jantar.

— O vinho pangerano é o melhor, não?

Já estava quase na mesa quando as primaluces piscaram. Uma fileira de lâmpadas iluminava o rifle desmontado e pendurado na parede atrás da mesa. O Matador de Deuses brilhava tão novo como no dia em que fora forjado. Bryce poderia jurar que um lamento fraco irradiava do ouro e do aço... como se a lendária e letal arma ainda cantasse após um disparo.

A presença do rifle a enervava, apesar de Jesiba tê-lo dividido em quatro partes, dispostas como uma obra de arte atrás da escrivaninha. Quatro partes que ainda podiam ser montadas com facilidade, mas aquilo deixava os clientes à vontade, mesmo quando os lembrava de quem estava no comando.

Bryce sabia que a feiticeira nunca lhes contara sobre a bala de ouro gravada que ficava no cofre ao lado do quadro na parede da direita. Jesiba a mostrara a ela apenas uma vez, deixando que Bryce lesse as palavras desenhadas na lateral: *Memento Mori*.

As mesmas palavras exibidas no mosaico do Mercado da Carne.

Tinha soado melodramático, mas uma parte da semifeérica havia se maravilhado com aquilo... com a bala e o rifle, tão raro que existiam apenas alguns em Midgard.

Bryce ligou o computador de Jesiba, deixando a feiticeira ditar instruções antes de enviar o arquivo.

— Soube de alguma novidade sobre o Chifre de Luna? — perguntou, quando já estava de volta no meio da escada.

Uma longa e contemplativa pausa.

— Isso tem algo a ver com essa sua investigação?

— Talvez.

A voz fria e baixa de Jesiba parecia a personificação da casa a que servia.

— Não ouvi nada. — Então desligou.

Bryce rangeu os dentes conforme voltava para sua mesa, na sala de exibição.

— Posso ver Athie agora? — Lehabah interrompeu-a, sussurrando, pela porta de ferro.

— Não, Lele.

Ele havia mantido distância naquela manhã também. Ótimo.

Procure onde dói mais.

Bryce tinha a lista dos paradeiros de Danika. Infelizmente, sabia o que precisava fazer em seguida. O que ela temia ao acordar naquela manhã. O telefone tocou em sua mão crispada, e Bryce se preparou para ouvir Jesiba desancá-la porque tinha ferrado com o arquivo, mas era Hunt.

— Sim? — perguntou ela, à guisa de cumprimento.

— Houve outro assassinato. — A voz do anjo era tensa... fria.

Ela quase deixou cair o telefone.

— Quem...

— Ainda estou reunindo os detalhes. Mas foi a uns dez quarteirões daqui... perto do portão na Praça da Cidade Velha.

O coração de Bryce batia tão rápido que ela mal conseguia tomar fôlego.

— Alguma testemunha?

— Não. Mas vamos até lá.

— Estou ocupada — mentiu ela, as mãos trêmulas.

Hunt hesitou.

— Não estou de brincadeira, Quinlan.

Não. Não, ela não podia fazer aquilo, suportar, rever...

Bryce se forçou a respirar, praticamente inalando os vapores de menta do difusor.

— Tem um cliente a caminho...

Ele esmurrou a porta da galeria, selando seu destino.

— Estamos indo.

* * *

O corpo inteiro de Bryce parecia retesado ao ponto de tremer quando o anjo e ela se aproximaram das magicercas que bloqueavam o beco a alguns quarteirões do Portão do Coração.

Ela tentou respirar pausadamente, tentou todas as técnicas sobre as quais aprendera ou lera para controlar a sensação de pânico, a náusea que pressionava seu estômago. Nada funcionou.

Anjos, feéricos e metamorfos perambulavam pelo beco, alguns falando ao rádio ou ao telefone.

— Um corredor encontrou os restos — disse Hunt, enquanto as pessoas abriam caminho para deixá-los passar. — Acham que aconteceu em algum momento da noite passada. — Ele acrescentou, com cautela: — A 33ª ainda está tentando conseguir uma identificação, mas, pelas roupas, parece uma acólita do Templo de Luna. Isaiah já está interrogando as sacerdotisas do templo para descobrir quem pode estar ausente.

Todos os sons se mesclaram em um zumbido estridente. Ela não se lembrava direito da caminhada até ali.

Hunt se desviou de uma magicerca que ocultava a cena do crime, deu uma olhada no que o aguardava ali e xingou. Então se virou para Bryce, como se enfim percebesse o que aquilo a fazia recordar, mas já era tarde demais.

Sangue havia espirrado nos tijolos do prédio e estava empoçado nas pedras gretadas do chão do beco, salpicado nas laterais da lixeira. Ao lado da lixeira, como se alguém os tivesse jogado fora, havia pedaços de polpa vermelha. Uma túnica rasgada jazia ao lado da carnificina.

O zumbido se tornou um rugido. O corpo de Bryce se desligou ainda mais.

Danika uivando de rir, Connor piscando para ela, Bronson e Zach e Zelda e Nathalie e Thorne, todos histéricos...

Então nada além de polpa vermelha. Todos eles, tudo que tinham sido, tudo o que ela havia sido com eles se tornou nada mais que pilhas de polpa vermelha.

Mortos, mortos, mortos...

Um punho apertou seu ombro. Mas não era o de Hunt. Não, ele continuava onde estava, a expressão agora dura como pedra.

Ela se encolheu quando Ruhn disse ao seu ouvido:

— Você não precisa ver isso.

Aquele era outro assassinato. Outro corpo. Outro ano.

Uma medbruxa até mesmo se ajoelhara ao lado do corpo, a varinha vibrando com a primalux em suas mãos, tentando remendar o cadáver... a *garota.*

Ruhn a puxou na direção da cerca e do céu aberto.

O movimento a libertou do transe. Interrompeu o zumbido em seus ouvidos.

Ela se desvencilhou do irmão, sem se importar se alguém veria, sem se importar com o fato de que ele, como líder das unidades do Aux feérico, tivesse o direito de estar ali.

— Não toque em mim.

Ruhn comprimiu os lábios. Mas olhou por sobre o ombro, para Hunt.

— Você é um babaca.

Os olhos de Hunt faiscaram.

— Eu a avisei sobre a situação no caminho. — O anjo acrescentou, com pesar: — Não me dei conta da bagunça que encontraríamos.

Ele a avisara, não? Ela havia se distanciado tanto que mal ouvira Hunt. Tão atordoada como se tivesse cheirado uma carreira de caça-luz.

Ele emendou:

— Ela é uma mulher adulta. Não precisa de você para decidir o que consegue suportar. — O anjo assentiu para a saída do beco. — Não devia estar pesquisando? Ligaremos para você, caso sua presença seja necessária, principezinho.

— Vá se foder — vociferou Ruhn, sombras rodopiando em seu cabelo. Outros reparavam agora. — Não acha que é coincidência demais que uma acólita tenha sido assassinada depois de visitarmos o templo?

As palavras não faziam sentido. Nada daquilo fazia.

Bryce deu as costas para o beco, para os investigadores.

— Bryce... — começou Ruhn.

— Me deixe em paz — interrompeu ela, com calma, e continuou andando.

Não devia ter deixado Athalar convencê-la a acompanhá-lo, não devia ter visto aquilo, não devia ter sido obrigada a lembrar.

No passado, talvez tivesse ido direto para o estúdio de dança. Teria dançado e se movido até que o mundo entrasse nos eixos outra vez. Sempre fora seu refúgio, seu modo de entender o mundo. Havia visitado o estúdio sempre que tivera um dia de merda.

Já fazia dois anos que não pisava em um. Ela havia jogado fora todas as roupas de dança e sapatilhas. As sacolas. Aquela no apartamento tinha ficado toda salpicada de sangue; o de Danika, Connor e Thorne nas roupas no quarto, e o de Zelda e Bronson em sua sacola reserva, que ela havia deixado pendurada ao lado da porta. Padrões de respingo iguais...

Um perfume de chuva acariciou seu nariz quando Hunt a alcançou. E lá estava ele. Outra memória daquela noite.

— Ei — disse Hunt.

Ei, tinha sussurrado ele havia tanto tempo. Bryce tinha se sentido destruída, um fantasma, e então ele aparecera, ajoelhado a seu lado, aqueles olhos sombrios indecifráveis conforme dizia: *Ei.*

Ela não contara a ele... que se lembrava daquela noite na sala de interrogatório. E, com certeza, não confessaria naquele momento.

Se tivesse de conversar com alguém, ia explodir. Se tivesse de fazer *qualquer coisa* naquele instante, Bryce se entregaria a um daqueles ataques de ira primal dos feéricos...

Sua visão começou a se anuviar, os músculos tensionados de forma dolorosa, a ponta dos dedos crispada, como se fantasiasse cravá-las...

— Dê tempo ao tempo — murmurou Hunt.

— Me deixe em paz, Athalar.

Ela se recusava a encará-lo. Não conseguia engolir o anjo ou o irmão ou *ninguém*. Se o assassinato daquela acólita *tivesse* a ver com sua presença no templo, talvez um aviso ou, quem sabe, porque ela vira algo relacionado ao chifre, se eles acidentalmente foram os responsáveis por aquela morte... Suas pernas continuavam a se mover, cada vez mais rápido. Hunt não hesitou nem por um segundo.

Ela não ia chorar. Não ia se dissolver em um caos histérico na esquina. Não ia gritar ou vomitar...

— Eu estava lá naquela noite — disse Hunt rouco, depois de outro quarteirão.

Ela continuou andando, os passos comendo a calçada.

— Como sobreviveu ao kristallos? — perguntou o anjo.

Sem dúvida, ele estava analisando seu corpo naquele exato instante, imaginando a resposta. Como ela, uma patética mestiça, havia sobrevivido quando vanir puros-sangues não conseguiram?

— Não sobrevivi — murmurou ela, cruzando uma rua e se desviando de um carro que fechava o cruzamento. — Ele escapou.

— Mas o kristallos imobilizou Micah, rasgou o peito dele...

Ela quase tropeçou no meio-fio e deu meia-volta, queixo caído.

— Aquele era Micah?

24

Bryce salvara Micah Domitus naquela noite.

Não um legionário qualquer, mas o maldito arcanjo. Não era de admirar que o atendente do serviço de emergência tivesse entrado em ação quando rastreou o número do telefone.

A informação reverberou em Bryce, distorcendo e dispersando um pouco o nevoeiro que encobria suas lembranças.

— Salvei o governador naquele beco.

Hunt apenas assentiu, lenta e dolorosamente.

— Por que o segredo? — A voz dela era incisiva.

Hunt esperou até que um grupo de turistas tivesse passado antes de responder:

— Pelo bem do arcanjo. Se viesse a público que o governador fora completamente subjugado, pegaria muito mal.

— Em especial quando ele foi salvo por uma mestiça?

— Ninguém em nosso grupo *jamais* usou esse termo... sabe disso, certo? Mas sim. De fato, cogitamos como seria a repercussão se soubessem que uma semifeérica humana de 23 anos, que ainda não havia completado a Descida, salvara o arcanjo quando ele próprio não fora capaz de se salvar.

O sangue latejava nos seus ouvidos.

— Mas por que não *me* contar? Procurei em todos os hospitais, apenas para saber se ele havia sobrevivido.

Mais que aquilo, na verdade. Ela havia exigido respostas sobre a recuperação do guerreiro, mas foi colocada em espera ou ignorada ou convidada a se retirar.

— Eu sei — confessou Hunt, estudando seu rosto. — Foi considerado mais sábio manter segredo. Em especial quando seu telefone foi hackeado logo depois...

— Então, eu seria mantida na ignorância para sempre...

— Queria uma medalha ou algo assim? Um desfile?

Bryce estacou tão rápido que Hunt precisou abrir as asas a fim de parar também.

— *Vá se foder.* O que eu queria... — Ela tentou reprimir a respiração brusca e entrecortada que a cegava, assomando e assomando sob a pele. — O que eu queria — sibilou, voltando a andar enquanto ele apenas a encarava — era saber que *alguma atitude* que tomei naquela noite fez diferença. Achei que o tivessem jogado no Istros... que fosse algum legionário raso, indigno da honra de um Veleiro.

Hunt balançou a cabeça.

— Olhe, sei que foi uma cagada. E lamento, ok? Lamento por tudo, Quinlan. Lamento que não tenhamos contado a você e lamento que esteja em minha lista de suspeitos e lamento...

— Estou na sua *o quê*? — cuspiu ela. Uma cortina vermelha toldou sua visão conforme ela arreganhava os dentes. — Depois de tudo *isso* — sibilou ela —, você me considera uma *maldita suspeita*? — Ela berrou as últimas palavras. Apenas a pura força de vontade a impediu de pular no anjo e dilacerar o rosto dele.

Hunt ergueu as mãos.

— Isso... Merda, Bryce. Isso não soou como devia. Veja bem... eu precisava levar em consideração cada ângulo, cada possibilidade, mas sei agora... Solas, quando vi seu rosto naquele beco, eu me dei conta de que jamais poderia ter sido você, e...

— Saia da *porra* da minha frente.

O anjo a observou, curioso, então estendeu as asas. Ela se recusou a recuar, dentes ainda à mostra. O vento daquelas asas despenteou seu cabelo, soprando o perfume de cedro e chuva em seu rosto enquanto ele se lançava aos céus.

Procure onde dói mais.

Foda-se a Rainha Víbora. Foda-se *tudo aquilo.*

Bryce saiu em disparada... uma corrida firme, rápida, apesar das frágeis sapatilhas que havia calçado na galeria. Não corria para algum lugar ou de alguma coisa, mas tão somente... movimento. Os golpes dos pés na calçada, a respiração ofegante.

Ela correu e correu, até que os sons retornassem e o nevoeiro retrocedesse e ela conseguisse escapar do labirinto turbulento da própria mente. Não era dança, mas teria de bastar.

* * *

Bryce correu até o corpo implorar que parasse. Correu até que o telefone vibrasse e ela se perguntasse se a própria Urd havia lhe estendido a mão. A ligação foi rápida, sem fôlego.

Minutos depois, Bryce passou a caminhar conforme se aproximava do Corvo Branco. E, em seguida, parou completamente diante da alcova embutida na parede ao lado da porta de serviço. O suor escorria pelo pescoço, pelo vestido, ensopando o tecido verde quando ela mais uma vez pegou o telefone.

Ela não ligou para Hunt. O anjo não a havia interrompido, mas ela sabia que ele estava lá em cima.

Algumas gotas de chuva salpicaram a calçada. Ela desejou que as nuvens se derramassem sobre Hunt Athalar a noite inteira.

Os dedos hesitaram sobre a tela, e ela suspirou, sabendo que não devia.

Mas o fez. Parada ali, naquela mesma alcova em que trocara com Danika algumas de suas últimas mensagens, ela abriu a conversa. Aquilo queimou seus olhos.

Ela deslizou para cima, passando por aquelas derradeiras palavras felizes e provocações. Até a foto que Danika havia lhe enviado naquela tarde: a loba e a matilha no jogo de solebol, enfeitados com as cores da UCLC. Ao fundo, Bryce podia discernir os jogadores em campo... a silhueta poderosa de Ithan entre eles.

Seu olhar, porém, se desviou para o rosto de Danika. Aquele sorriso largo que Bryce conhecia tão bem quanto o seu próprio.

Amo você, Bryce. A lembrança já gasta daquele dia de maio do ano da formatura a provocava, a consumia.

A estrada quente pinicava os joelhos de Bryce através do jeans rasgado, as mãos arranhadas tremiam enquanto as mantinha entrelaçadas na nuca, onde haviam mandado que as colocasse. A dor no braço cortava como uma faca. Quebrado. Os machos tinham obrigado a semifeérica a levantá-lo mesmo assim.

A moto roubada parecia ferro-velho na estrada empoeirada, o reboque sem identificação estava parado uns 6 metros à frente, motor ligado. O rifle fora jogado em um olival além da estrada montanhosa, arrancado das mãos de Bryce no acidente que as colocara naquela situação. O acidente em que Danika a protegera, envolvendo o corpo de Bryce com o seu. Danika havia sofrido o impacto no asfalto pelas duas.

A uns 3 metros, mãos também na nuca, Danika sangrava em tantos lugares que as roupas pareciam ensopadas. Como chegaram àquilo? Como as coisas tinham dado tão errado?

— Onde estão as malditas *balas? — guinchou o macho do reboque para seus comparsas, a arma descarregada, aquela arma milagrosa e inesperadamente descarregada, nas mãos.*

Os olhos cor de caramelo de Danika se arregalaram, inquisitivos, conforme permaneciam no rosto de Bryce. Mágoa e dor e medo e arrependimento. . tudo escrito ali.

— Amo você, Bryce. — Lágrimas rolavam pelo rosto de Danika. — E lamento.

Ela jamais dissera aquelas palavras antes. Nunca. Bryce a havia atormentado nos últimos três anos com o assunto. Mas Danika tinha se recusado a enunciá-las.

Um movimento à esquerda chamou a atenção de Bryce. Balas foram encontradas na cabine do caminhão. Mas seu olhar continuava fixo em Danika. Naquele rosto lindo, selvagem.

Ela se libertou, como uma chave girando em uma maçaneta. Os primeiros raios de sol no horizonte.

E Bryce sussurrou, conforme aquelas balas se aproximavam da arma à espera e do monstruoso macho que a empunhava:

— Feche os olhos, Danika.

Bryce piscou, a vívida lembrança substituída pela foto ainda brilhando em sua tela. De Danika e da Matilha dos Demônios anos mais tarde... tão felizes e jovens e vivos.

A poucas horas do fim.

Os céus se abriram, e asas farfalharam acima, lembrando a ela da presença vigilante de Hunt. Mas Bryce não se deu o trabalho de olhar enquanto entrava na boate.

25

Hunt sabia que tinha ferrado com tudo. E que estaria fodido... *se* Micah descobrisse que ele havia contado a verdade sobre aquela noite.

Duvidava de que Bryce tivesse dado aquele telefonema — fosse para a feiticeira ou para o escritório de Micah —, e se certificaria de que não o fizesse. Talvez pudesse suborná-la com um novo par de sapatos ou uma bolsa ou qualquer coisa tentadora o bastante para que ficasse calada. Um erro, um deslize, e não tinha ilusões sobre como Micah reagiria.

Deixou que a semiféerica corresse pela cidade, seguindo-a da Praça da Cidade Velha até os terrenos baldios dos Prados de Asphodel, em seguida pelo Distrito Comercial Central e de volta à Praça.

Hunt planava acima da fêmea, ouvindo a sinfonia das buzinas de carros, das batidas da música e dos sussurros do irrequieto vento de abril através das palmeiras e dos ciprestes. Bruxas em vassouras voavam pelas ruas, algumas baixo o bastante para tocar o capô dos carros pelos quais passavam. Tão diferente dos anjos, que sempre se mantinham acima dos prédios enquanto estavam no ar. Como se as bruxas quisessem se tornar parte do burburinho que os anjos evitavam por definição.

Enquanto Hunt seguia Bryce, Justinian havia ligado com a informação sobre o kristallos, que totalizava um monte de nada. Alguns mitos que corroboravam o que já sabiam. Vik tinha entrado em contato cinco minutos depois: o álibi da Rainha Víbora era sólido.

Em seguida, fora a vez de Isaiah, confirmando que a vítima no beco era, de fato, uma acólita desaparecida. Hunt soube que as suspeitas de Danaan estavam certas: não podia ser coincidência que tivessem visitado o templo na véspera, para falar sobre o chifre e o demônio que havia matado Danika e a Matilha dos Demônio, e que agora uma das acólitas estivesse morta pelas garras do kristallos.

Uma garota feérica. Pouco mais que uma criança. Hunt sentiu o estômago queimar com o pensamento.

Não devia ter levado Bryce à cena do crime. Não devia tê-la obrigado a ir. Cego pela maldita necessidade de resolver o caso rapidamente, não titubeou diante da hesitação da jovem.

Ele não havia se dado conta — até que a vira olhar para aquele corpo destroçado, até o rosto dela ter ficado pálido como a morte — que sua quietude não era calma, afinal. Era choque. Trauma. Horror. E o anjo a havia jogado naquilo.

Tinha fodido com tudo, e Ruhn tivera razão quando o acusara, mas... merda.

Hunt olhara uma única vez para o rosto cinzento de Bryce e soubera que ela não estava por trás daqueles assassinatos, nem remotamente envolvida. E ele era um grandíssimo babaca por sequer contemplar a hipótese. Por sequer *dizer* a ela que a havia colocado na lista.

O anjo esfregou o rosto. Queria que Shahar estivesse ali, planando ao seu lado. Ela sempre o deixara desabafar diversas estratégias ou problemas durante os cinco anos que passaram juntos na 18ª, sempre ouvia e o questionava. Ela o desafiava de um modo que ninguém mais ousava.

Quando havia se passado uma hora e a chuva começado a cair, Hunt tinha ensaiado um discurso completo. Duvidava de que Bryce quisesse ouvi-lo, ou de que admitiria como havia se sentido naquele dia, mas ele lhe devia desculpas. Ele perdera muitas partes essenciais de si mesmo ao longo dos séculos de escravidão e guerra, mas gostava de pensar que não tinha pedido a decência. Pelo menos, não ainda.

Entretanto, depois de executar aquelas duas mil almas a mais que ainda teria de matar se fracassasse em resolver o caso, não conseguia imaginar se ainda lhe restaria alguma. Se a pessoa que seria àquela altura mereceria a liberdade, não sabia. Não queria pensar no assunto.

Mas então Bryce recebeu uma ligação — recebeu, não fez, ainda bem — e não diminuiu o ritmo para atender. Muito alto para ouvir, só lhe restava observar enquanto ela mudava de direção novamente e embicava — percebeu dez minutos depois — para a rua do Arqueiro.

Assim que a chuva apertou, ela havia parado do lado de fora do Corvo Branco e passado alguns minutos ao telefone. Mas, apesar da visão aguçada, Hunt não foi capaz de discernir o que ela estava fazendo no aparelho. Então a observara do telhado adjacente, e devia ter checado o próprio telefone uma centena de vezes naqueles cinco minutos, como um patético babaca apaixonado, na esperança de que Bryce tivesse lhe enviado uma mensagem.

E, no exato momento que a chuva se transformou em um aguaceiro, ela guardou o telefone, passou pelos seguranças com um aceno e desapareceu no interior do Corvo Branco, sem nem mesmo um olhar para cima.

Hunt aterrissou, dispersando vanir e humanos pela calçada. O segurança — meio lobo, meio daemonaki — teve a audácia de erguer uma das mãos.

— A fila é à direita — trovejou o macho a sua esquerda.

— Estou com Bryce — informou Hunt.

— Caguei. A fila é à direita — disse o outro segurança.

Apesar de ainda ser cedo, a fila já chegava ao fim do quarteirão.

— Estou aqui para um assunto oficial da legião — avisou Hunt, procurando o distintivo, onde quer que o tivesse colocado...

A porta se entreabriu, e uma deslumbrante garçonete feérica espiou.

— Riso disse para deixá-lo entrar, Crucius.

O segurança que havia falado primeiro apenas sustentou o olhar do anjo.

Hunt abriu um sorriso irônico.

— Fica pra próxima. — E seguiu a fêmea para dentro.

O cheiro de sexo e bebida e suor que o atingiu deixou seus instintos em alerta com desconcertante rapidez conforme cruzavam o salão envidraçado e subiam a escada. Os pilares em ruínas estavam iluminados por lâmpadas roxas.

O anjo jamais havia pisado no clube; sempre enviara Isaiah ou um dos outros. Em grande parte porque sabia que não era melhor que os palácios e as casas de campo dos arcanjos pangeranos, onde banquetes se transformavam em orgias que duravam dias enquanto o povo passava fome a poucos passos daquelas vilas e tanto humanos quanto vanir reviravam o lixo na esperança de encontrar qualquer coisa para alimentar os filhos. Hunt conhecia o próprio temperamento e seus gatilhos bem o bastante para ficar longe dali.

Algumas pessoas sussurravam ao vê-lo passar. Mas ele não desviava os olhos de Bryce, que já ocupava uma cabine entre duas colunas esculpidas, bebericando um copo de algo transparente; vodca ou gin. Com tantos cheiros ali dentro, ele não conseguia diferenciar.

Os olhos da semifeérica o fitaram por cima da borda do copo enquanto ela bebia.

— Como *você* conseguiu entrar?

— É um lugar público, não é?

Ela não disse nada. Hunt suspirou e estava prestes a se sentar e se desculpar quando sentiu perfume de jasmim e baunilha e...

— Com licença, senhor... Ah. Hmm. Err. — Ele se viu cara a cara com uma adorável fauna que usava um top branco e uma saia curta o bastante para exibir as longas pernas nuas e os cascos delicados. Os chifres, levemente arqueados, estavam quase escondidos pelo cabelo crespo, preso em um coque bagunçado, a pele negra parecia salpicada de dourado e brilhava na luz da boate. Deuses, ela era linda.

Juniper Andromeda: a amiga de Bryce do balé. Ele também lera os arquivos sobre ela. A dançarina olhava de Hunt para Bryce.

— Eu... Eu espero não ter interrompido nada...

— Ele já estava de saída — disse Bryce, virando a bebida.

Hunt enfim deslizou para a cabine.

— Acabei de chegar. — Ele estendeu a mão para a fauna. — Prazer em conhecê-la. Sou Hunt.

— Sei quem você é — admitiu a fauna, com voz rouca.

O aperto de Juniper foi breve, mas firme. Bryce reabasteceu o copo com o líquido cristalino de um decantador e bebeu avidamente.

— Pediu comida? — perguntou Juniper. — Acabei de sair do ensaio e estou *faminta*.

Apesar de magra, a fauna era musculosa e forte como um demônio sob o exterior gracioso.

Bryce ergueu seu drinque.

— Estou na dieta líquida.

Juniper franziu o cenho. Mas perguntou a Hunt:

— Quer algo para comer?

— Claro que sim.

— Pode pedir o que quiser... eles providenciam. — Ela ergueu a mão, chamando a garçonete. — Vou querer o hambúrguer vegetariano, sem queijo, com fritas, óleo vegetal apenas para cozinhar, e dois pedaços de pizza; queijo à base de plantas, por favor. — Ela mordeu o lábio, então explicou para Hunt: — Não como produtos de origem animal.

Como fauna, carne e laticínios eram repugnantes. Leite era apenas para bebês.

— Entendi — disse ele. — Se importa se eu comer? — Ele havia lutado ao lado de faunos ao longo dos séculos. Alguns não eram capazes nem de suportar a visão de carne. Alguns não se importavam. Sempre valia a pena perguntar.

Juniper piscou, mas balançou a cabeça.

Ele abriu um sorriso para a garçonete.

— Vou querer um filé de costela, com osso, e vagem grelhada — pediu.

Que diabos. Ele olhou para Bryce, que estava atacando seu drinque como se fosse um shake de proteína.

A semifeérica não jantara na véspera, e, muito embora Hunt estivesse distraído pela manhã quando ela deixou o quarto usando apenas um sutiã de seda rosa-shocking e calcinha combinando, notara, pela janela da sala, que ela também tinha pulado o café da manhã; e, como não levara comida para a galeria ou pedido almoço, seria capaz de apostar que ainda não tinha comido nada.

Então Hunt disse:

— Ela vai querer kafta de cordeiro com arroz, grão-de-bico assado e picles para acompanhar. Obrigado.

Ele a vira sair para almoçar algumas vezes, e havia sentido precisamente o que estava nas embalagens para viagem. Bryce abriu a boca, mas a garçonete já tinha partido. Juniper os observava, nervosa. Como se soubesse exatamente o que Bryce estava prestes a fazer...

— Vai dar comida na minha boca também?

— O quê?

— Só porque você é um grande babaca durão não significa que tem o direito de decidir quando devo comer... ou quando *eu* não estou cuidando de meu corpo. Sou eu que vivo nele, *eu* sei quando quero comer. Então mantenha sua babaquice possessiva-agressiva para si mesmo.

Juniper engoliu em seco, um som nítido por sobre a música.

— Dia longo no trabalho, Bryce?

Bryce estendeu o braço para o copo outra vez. Mas Hunt foi mais rápido, a mão lhe envolvendo o punho e o prendendo na mesa antes que ela pudesse entornar mais álcool.

— Tire sua maldita mão de mim — rosnou ela.

Hunt abriu um meio-sorriso.

— Não seja tão clichê. — Os olhos da fêmea faiscaram. — Você teve um dia ruim e vem afogar as mágoas em vodca? — O anjo bufou, soltando o punho de Bryce e pegando o copo. Ele o levou aos lábios, sustentando o olhar de Bryce por sobre a borda conforme dizia: — Ao menos me diga que tem bom gosto em... — Ele cheirou o drinque. Provou. — Isto é água.

Os dedos de Bryce se fecharam sobre a mesa.

— Eu não bebo.

— Eu convidei Bryce esta noite. Já fazia tempo que não nos víamos, e tenho de encontrar alguns dos bailarinos da companhia aqui mais tarde, então...

— Por que não bebe? — perguntou Hunt a Bryce.

— Você é o Umbra Mortis. Tenho certeza de que pode descobrir. — Bryce se espremeu para fora da cabine, forçando Juniper a se levantar. — Mas, levando em conta que acreditava que eu tinha matado minha melhor amiga, talvez não consiga. — Hunt se eriçou, mas Bryce apenas declarou: — Vou ao banheiro. — Em seguida, ela atravessou a multidão na antiga pista de dança, a massa a engolindo conforme serpenteava na direção de uma porta distante, entre duas colunas nos fundos.

— Vou com ela. — O rosto de Juniper parecia tenso.

Então a fauna se foi, movendo-se com rapidez e leveza, enquanto dois machos a fitavam, boquiabertos. Juniper os ignorou. Ela alcançou Bryce no meio da pista de dança, parando a semifeérica com a mão em seu braço. Juniper sorriu — tão radiante quanto as luzes ao seu redor — e começou a falar, gesticulando para a cabine, a boate. O rosto de Bryce continuava frio como pedra. Mais frio.

Os machos se aproximavam, viam aquela expressão, e não se aventuravam a chegar mais perto.

— Bem, se ela está puta com você, talvez eu tenha uma chance — falou pausadamente uma voz de macho ao seu lado.

Hunt não se preocupou em parecer agradável.

— Me diga que encontrou alguma coisa.

O Príncipe Herdeiro dos Feéricos Valbaranos se reclinou contra o limite da cabine, os deslumbrantes olhos azuis presos em Bryce. Com certeza, havia recorrido àquelas sombras para se esgueirar até ali sem que Hunt percebesse.

— Negativo. Recebi uma ligação do dono do Corvo me dizendo que ela estava aqui. Bryce parecia péssima quando deixou a cena do crime, e quis me certificar de que estava bem.

Hunt não podia refutar aquilo. Então ficou calado.

Ruhn assentiu para as fêmeas paradas no meio do mar de dançarinos.

— Ela costumava dançar, sabia? Se fosse possível, teria entrado no balé com Juniper.

Ele não sabia... não de verdade. Aqueles fatos eram apenas detalhes em seu arquivo.

— Por que ela desistiu?

— Vai ter de perguntar a ela. Mas ela parou de dançar de vez depois da morte de Danika.

— E de beber, ao que tudo indica. — Hunt olhou para o copo de água esquecido.

Ruhn seguiu sua linha de visão. Se estava surpreso, o príncipe não demonstrou.

Hunt tomou um gole da água de Bryce e balançou a cabeça. Não era uma baladeira afinal... apenas parecia ficar feliz em deixar que o mundo pensasse o pior dela.

Inclusive ele. Hunt balançou os ombros, as asas acompanhando o movimento, enquanto a observava na pista de dança. Sim, ele havia fodido com tudo. Solenemente.

Bryce virou o rosto na direção da cabine e, quando viu o primo ali... Havia trincheiras no Inferno mais calorosas que o olhar que dirigiu a Ruhn.

Juniper seguiu o olhar da amiga.

Bryce mal deu um passo na direção da cabine quando a boate explodiu.

26

Num minuto, Hunt e Ruhn estavam conversando. Num minuto, Bryce estava prestes a desancar os dois por conta de sua proteção alfa babaca, que a sufocava mesmo à distância. Num minuto, ela tentava apenas não se perder na força que a tinha arrancado da familiar superfície preta. Por mais que corresse, não conseguiria se livrar daquilo, ter um respiro.

No outro, seus ouvidos estalaram, a terra foi arrancada de sob seus pés, o teto choveu sobre ela, pessoas gritaram, sangue espirrou, medo perfumou o ar e ela se virou, se lançando na direção de Juniper...

* * *

Zumbido estridente, incessante, lhe enchia cabeça.

O mundo havia saído dos eixos.

Ou talvez assim lhe parecesse porque ela estava caída no piso destruído, detritos e estilhaços e *partes de corpos* ao seu redor.

Mas Bryce ficou calma, continuou inclinada sobre Juniper, que podia estar gritando...

Aquele zumbido estridente não cessava. Engolia qualquer outro som. Líquido metálico em sua boca... sangue. Gesso revestia sua pele.

— *Levante-se.* — A voz de Hunt penetrou o zumbido, os gritos, o pânico; e os braços fortes envolveram seus ombros.

Bryce se debatia, estendendo os braços para Juniper...

Mas Ruhn já estava lá, sangue escorrendo de sua têmpora enquanto ele ajudava sua amiga a ficar de pé...

Bryce examinou cada centímetro da fauna: gesso e poeira e o sangue verde de alguém, mas nem um arranhão, nem um arranhão...

A semifeérica se voltou para Hunt, que segurava seus ombros.

— Precisamos sair... *agora* — dizia o anjo para Ruhn, dando ordens a seu irmão como se o feérico fosse um soldado raso. — Pode haver mais.

Juniper se desvencilhou das mãos de Ruhn e gritou para Bryce:

— *Está louca?*

Seus ouvidos... seus ouvidos não paravam de zunir, talvez fosse o cérebro escorrendo por eles, porque ela não conseguia andar, não parecia capaz de se lembrar de como usar as pernas...

Juniper golpeou. Bryce não sentiu o impacto no rosto. Juniper soluçava como se o corpo fosse estilhaçar.

— *Eu fiz a Descida, Bryce! Há dois anos! Você não! Perdeu completamente o juízo?*

Um braço forte e quente envolveu sua cintura, amparando-a.

— Juniper, ela está em choque. Dê um tempo — disse Hunt, a boca colada ao ouvido de Bryce.

— *Fique fora disso!* — disparou a fauna.

Mas as pessoas estavam lamentando, gritando, e destroços ainda choviam do teto. Colunas jaziam ao redor, como árvores caídas. June pareceu perceber, pareceu se dar conta...

Seu corpo, deuses, seu corpo não funcionava...

***

O anjo não fez objeção quando Ruhn lhe deu um endereço próximo e mandou que o esperassem no local. Era mais perto que o apartamento de Bryce, e, sinceramente, Hunt não tinha certeza se ela o deixaria entrar lá... e se a fêmea estivesse em choque e ele não conseguisse passar pelos encantamentos... Bem, Micah espetaria sua cabeça em uma lança nos portões do Comitium se ela morresse sob seus cuidados.

O arcanjo poderia muito bem fazê-lo porque Hunt não pressentiu o ataque iminente.

Bryce não parecia notar que ele a carregava no colo. Era mais pesada do que aparentava; a pele bronzeada escondia mais músculos do que ele havia imaginado.

Hunt encontrou a familiar casa de colunas brancas a alguns quarteirões de distância; a chave que Ruhn lhe dera abria uma porta pintada de verde. No imenso hall de entrada, o cheiro de mais dois machos se misturava ao do príncipe. Um toque no interruptor de luz revelou uma grandiosa escadaria, que parecia ter sobrevivido a uma guerra, pisos de carvalho arranhados e um candelabro de cristal pendurado de modo precário.

Abaixo do lustre, uma mesa de beer pong, pintada com habilidade impressionante, retratava um gigantesco macho feérico engolindo um anjo inteiro.

Ignorando aquele peculiar *foda-se* a sua espécie, ele se dirigiu à sala de estar, à esquerda da entrada. Um sofá em L manchado ocupava a parede oposta do cômodo comprido, e Hunt colocou Bryce em cima das almofadas enquanto corria até o bar igualmente detonado a meio caminho. Água... ela precisava de água.

Não havia ataques na cidade fazia anos... desde Briggs. Ele sentira o poder da bomba conforme a onda de choque atravessava a boate, despedaçando o antigo templo e seus frequentadores. Deixaria a cargo dos investigadores saber do que se tratava exatamente, mas...

Nem mesmo seu relâmpago tinha sido rápido o bastante para pôr fim àquilo. Não que seu poder fosse de grande valia contra uma bomba em uma emboscada como aquela... Ele havia causado destruição suficiente nos campos de batalha para saber como interceptá-la com seu poder, como combater morte com morte, mas aquilo não fora um míssil de longo alcance disparado de um tanque.

Os explosivos foram plantados em algum lugar da boate e detonados em um momento predeterminado. Havia um punhado de pessoas capazes de tal feito, e, no topo da lista de Hunt, novamente estava... Philip Briggs. Ou seus seguidores, pelo menos; o próprio Briggs continuava encarcerado na prisão de Adrestia. O anjo analisaria aquilo mais tarde, quando sua cabeça deixasse de rodar, quando o relâmpago deixasse de estalar em seu sangue faminto por eliminar o inimigo.

Hunt voltou sua atenção para a mulher sentada no sofá, olhando para o nada.

O vestido verde de Bryce estava arruinado; a pele, coberta de gesso e do sangue de outra pessoa; o rosto, pálido... exceto pela marca vermelha em sua bochecha.

Hunt pegou um saco de gelo no freezer embaixo do balcão do bar e um pano de prato para enrolá-lo. Pousou o copo de água na mesinha de madeira manchada, em seguida entregou o gelo à semifeérica.

— Ela acertou você em cheio.

Devagar, aqueles olhos cor de âmbar se ergueram. Sangue coagulara dentro de seus ouvidos.

Uma busca rápida na cozinha lamentável e no armário do banheiro revelou mais toalhas e um estojo de primeiros socorros.

Ele se ajoelhou à frente dela no gasto tapete cinzento, recolhendo bem as asas para evitar que esbarrassem nas latas de cerveja espalhadas pela mesinha de centro.

Ela continuou encarando o vazio enquanto ele lhe limpava as orelhas ensanguentadas.

O anjo não possuía medmagia, como uma bruxa, mas acumulara bastante experiência em cuidados emergenciais nos campos de batalha para cuidar das orelhas pontudas. A audição feérica devia ter amplificado horrivelmente a explosão... e o sangue humano retardava o processo de cura. Graças aos deuses, não encontrou mais sinais de hemorragia ou danos.

Começou pelo ouvido esquerdo. Quando havia terminado, percebeu os joelhos esfolados, com pedaços de pedra presos à carne.

— Juniper tem chance de ser promovida a primeira bailarina — disse enfim Bryce, com voz rouca. — A primeira fauna na história. A temporada de verão começará em breve... ela é a substituta da bailarina principal em dois dos espetáculos. Solista em cinco deles. Essa temporada é crucial. Se ela se machucasse, poderia atrapalhar.

— Ela completou a Descida. Teria se recuperado rapidamente.

Hunt pegou um par de pinças no estojo.

— Ainda assim.

Bryce sibilou quando, com cuidado, ele retirou os estilhaços de metal e pedras de seu joelho. Ela havia acertado o chão com força. Mesmo com a explosão, ele a vira agir.

A semifeérica tinha se jogado por cima de Juniper, protegendo-a do ataque.

— Isso vai arder — disse a ela, franzindo o cenho para o frasco de solução cicatrizante. Coisa sofisticada, cara. Era de surpreender que estivesse ali, visto que o príncipe e os colegas já haviam todos feito a Descida. — Mas vai impedir que deixe uma cicatriz.

Ela deu de ombros, estudando uma enorme e escura tela de TV por sobre o ombro do anjo.

Hunt encharcou a perna de Bryce com a solução, e ela se debateu. Ele agarrou sua panturrilha esquerda com força o bastante para imobilizá-la, mesmo enquanto ela xingava.

— Eu avisei.

Bryce suspirou entre dentes. A barra do vestido já curto tinha subido ainda mais com os movimentos, e Hunt tentou se convencer de que olhava apenas para checar se havia outros ferimentos, mas...

A cicatriz grossa e vermelha marcava a macia e irritantemente perfeita coxa.

Hunt ficou imóvel. Ela jamais a mandara apagar.

E sempre que a flagrara mancando, de rabo de olho... Não era por causa dos malditos sapatos idiotas. Mas por causa daquilo. *Dele.* De seus toscos instintos de guerreiro, que a haviam grampeado como um soldado.

— Quando machos se ajoelham entre minhas coxas, Athalar, em geral não fazem cara feia — zombou ela.

— O quê?

Mas as palavras atingiram o alvo, assim que Hunt se deu conta de que ainda segurava aquela panturrilha, a pele sedosa roçando contra os calos em sua palma. Assim que se deu conta de que estava, de fato, ajoelhado entre as coxas de Bryce, e de que tinha se inclinado ainda mais para perto a fim de ver a cicatriz.

Hunt cambaleou para trás, incapaz de evitar o calor lhe invadindo o rosto. Ele soltou a perna dela.

— Desculpe — balbuciou.

— Quem você acha que fez aquilo... na boate? — perguntou Bryce, nenhum traço de zombaria nos olhos.

O calor daquela pele suave ainda queimava a palma do anjo.

— Não faço ideia.

— Pode ter alguma coisa a ver com nossa investigação?

A culpa já anuviava seus olhos, e ele sabia que a lembrança do corpo da acólita irrompera em sua mente.

Ele balançou a cabeça.

— Provavelmente, não. Se alguém quisesse nos parar, uma bala na cabeça seria um modo bem mais preciso do que explodir uma boate. Pode facilmente ter sido um rival do dono. Ou um dos rebeldes remanescentes da Keres, tentando começar alguma merda na cidade.

— Acha que a guerra chegará aqui? — perguntou Bryce.

— Alguns humanos desejam isso. Alguns vanir desejam isso. Para se livrar dos humanos, dizem.

— Algumas partes de Pangera foram destruídas na guerra — murmurou ela. — Vi os vídeos. — Ela o encarou, deixando a pergunta no ar. *Foi muito ruim?*

— Magia e máquinas. Nunca uma boa combinação — disse Hunt, apenas.

As palavras pairavam entre os dois.

— Quero ir para casa — suspirou ela. O anjo tirou a jaqueta e a colocou sobre os ombros de Bryce. A peça praticamente a engolia. — Quero lavar tudo isso. — Ela gesticulou para o sangue na pele nua.

— Ok.

Mas a porta do hall de entrada se abriu. Um par de pés calçados com botas.

Enquanto se virava, Hunt sacou a arma que levava escondida junto à coxa. Ruhn entrou, as sombras em seu encalço.

— Vocês não vão gostar disso — anunciou o príncipe.

* * *

Bryce queria ir para casa. Queria ligar para Juniper. Queria ligar para a mãe e para Randall, apenas para ouvir suas vozes. Queria ligar para Fury e descobrir o que a mercenária sabia, apesar de ela nunca atender ou responder suas mensagens. Queria ligar para Jesiba e *obrigá-la* a investigar o que tinha acontecido. Mas, de modo geral, só queria *ir para casa e tomar um banho.*

Ruhn, o rosto impassível e coberto de sangue, hesitou na passagem em arco.

Hunt devolveu a pistola ao coldre na coxa antes de se sentar ao lado de Bryce no sofá.

O feérico foi até o bar e encheu um copo com água da pia. Cada movimento contido, o sussurro das sombras ao seu redor. Mas o príncipe suspirou e as sombras e a tensão desapareceram.

Hunt poupou Bryce de pedir que Ruhn se explicasse.

— Presumo que isso tenha a ver com a pessoa por trás da explosão da boate.

Ruhn assentiu e bebeu um gole d'água.

— Todos os indícios apontam para os rebeldes humanos. — O sangue de Bryce gelou. Ela e Hunt se entreolharam. A discussão de momentos antes não estava longe da verdade. — A bomba foi contrabandeada para dentro da boate na forma de um novo explosivo líquido, escondido em uma entrega de vinho. Deixaram o cartão de visitas no engradado... a própria marca.

— Alguma possível conexão com Philip Briggs? — cortou Hunt.

— Briggs continua atrás das grades — respondeu Ruhn. Um modo educado de descrever a punição a que o líder rebelde estava submetido, pelas mãos dos vanir, na prisão de Adrestia.

— O restante de seu grupo não — crocitou Bryce. — Foi Danika que liderou o ataque a Briggs em primeiro lugar. Mesmo que ele não a tenha matado, ainda está cumprindo pena por seus crimes de rebelde. Pode ter instruído seus seguidores a continuar com os atentados.

Ruhn franziu o cenho.

— Achei que tinham debandado... se juntado a outras facções ou voltado para Pangera. Mas eis o que não vão gostar: ao lado do logo, no engradado, havia uma imagem gravada. Meu time e o seu pensaram se tratar de um *C*, de Cidade da Lua Crescente, mas analisei melhor as imagens do estoque antes da detonação da bomba. É difícil discernir, mas também pode se tratar de um chifre curvo.

— O que o chifre tem a ver com a revolta dos humanos? — perguntou Bryce. Então sua boca ficou seca. — Espere. Acha que era uma mensagem para *nós*? Para nos dissuadir de procurar pelo Chifre de Luna? Como se a acólita não fosse o bastante?

— Pode ser apenas coincidência que estivéssemos na boate no momento da explosão — ponderou Hunt. — Ou que uma das imagens no engradado se pareça com o chifre, quando estamos envolvidos até o pescoço na investigação. Antes de ser preso por Danika, Briggs planejava explodir o Corvo. A facção Keres está inativa desde que ele foi mandado para a prisão, mas...

— Podem estar se reorganizando — insistiu Bryce. — Procurando continuar o legado de Briggs, ou até seguindo suas ordens, mesmo agora.

Hunt parecia soturno.

— Ou foi um dos seguidores de Briggs o tempo todo... o atentado fracassado, a morte de Danika, *este* atentado... Briggs pode não ser culpado, mas talvez saiba quem é. Pode estar protegendo alguém. — Ele pegou o telefone. — Precisamos falar com ele.

— Ficou maluco? — perguntou Ruhn.

Hunt o ignorou e discou o número, ficando de pé.

— Ele está na prisão de Adrestia, então a autorização pode levar alguns dias — explicou a Bryce.

— Certo.

Ela reprimiu o pensamento de como, exatamente, o encontro seria. Danika havia se irritado com o fanatismo de Briggs em relação à causa humana, e raramente quisera falar sobre ele. Capturar a ele e a seu grupo, a Keres, uma dissidência da aliança rebelde principal, chamada Ophion, tinha sido um triunfo, uma legitimação da Matilha dos Demônios. Mas não fora o bastante para conquistar a aprovação de Sabine.

Hunt levou o telefone ao ouvido.

— Ei, Isaiah. Sim, estou bem.

Ele foi para o hall de entrada, e Bryce o observou se afastar.

— O Rei Outonal sabe que a envolvi na procura pelo chifre — revelou Ruhn, em voz baixa.

Ela ergueu olhos graves para o irmão.

— Quão puto ele ficou?

O sorriso sombrio de Ruhn não servia de consolo.

— Ele me advertiu contra o *veneno* que você iria destilar em meu ouvido.

— Devo encarar como um elogio, acho.

Ruhn não sorriu daquela vez.

— Ele quer saber o que vai fazer com o chifre se o encontrarmos.

— Usá-lo como caneco nos dias de jogo.

Hunt soltou uma risada conforme voltava à sala, a ligação encerrada.

— Ele falou sério — apenas advertiu Ruhn.

— Vou devolvê-lo ao templo — disse Bryce. — Não a ele.

Ruhn olhou de uma para o outro quando Hunt novamente se sentou no sofá.

— Meu pai disse que, já que a envolvi em algo tão perigoso, Bryce, precisa de um guarda-costas que... fique com você o tempo todo. More com você. Eu me voluntariei.

Cada parte de seu corpo doía.

— Nem sobre meu maldito cadáver.

Hunt cruzou os braços.

— Por que seu rei se importa se Quinlan vive ou morre?

Os olhos de Ruhn ficaram frios.

— Perguntei a mesma coisa. Ele argumentou que, como semi-feérica, ela cai em sua jurisdição, e que ele não quer ter de limpar nenhuma bagunça. *A garota é um risco,* decretou o rei.

Bryce podia ouvir o tom cruel em cada palavra que Ruhn imitou. Podia ver o rosto do pai enquanto as pronunciava. Repetidas vezes, ela imaginou a sensação de acertar aquele rosto perfeito com os punhos. De lhe dar uma cicatriz como a que a mãe exibia na maçã do rosto; pequena e fina, não mais que uma unha, mas um lembrete do golpe que o rei tinha desferido quando o temperamento desprezível o fizera perder o controle.

O golpe que incitara Ember Quinlan a fugir... grávida de Bryce.

Canalha. Canalha velho e detestável.

— Então ele está apenas preocupado com o pesadelo para a sua imagem que seria a morte de Quinlan antes da Cimeira — resumiu Hunt, a expressão carregada de asco.

— Não pareça tão chocado — disse Ruhn, então acrescentou para Bryce: — Sou apenas o mensageiro. Pense bem se é inteligente fazer disso um cavalo de batalha.

Nenhuma chance de ela receber *Ruhn* e seus desmandos em seu apartamento. Sem contar aqueles seus amigos. Já era ruim o bastante ter de trabalhar com o irmão naquele caso.

Deuses, a cabeça de Bryce latejava.

— Muito bem — concordou ela, contendo a irritação. — Ele disse que eu precisava de um guarda-costas... não de você especificamente, certo? — Diante do silêncio tenso de Ruhn, Bryce continuou: — Foi o que pensei. Athalar fica comigo em vez disso. Ordem cumprida. Feliz?

— Ele não vai gostar disso.

Bryce sorriu com malícia, mesmo com o sangue fervendo.

— Ele não disse o nome da sentinela. O maldito devia ter sido mais preciso com as palavras.

Nem mesmo Ruhn pôde contestar.

* * *

Se Hunt tinha ficado surpreso com a escolha de Bryce, não demonstrou.

Ruhn observou o olhar do anjo se alternar entre os dois... cuidadosamente.

Merda. Será que Hunt Athalar tinha, enfim, começado a juntar as peças e perceber... que eles eram mais ligados do que primos deveriam ser? Que o pai de Ruhn *não devia* estar tão interessado na semifeérica?

— Você contou ao seu pai o que aconteceu? — sibilou Bryce.

— Não — respondeu Ruhn. O pai o havia interrogado sobre a visita ao templo assim que ele deixou os escombros da boate. Sinceramente, do jeito que o rei estava furioso, parecia um milagre que Ruhn não estivesse morto em uma sarjeta. — O rei tem uma rede de espionagem que até eu desconheço.

Bryce o olhou com desconfiança, mas a expressão se tornou uma careta quando ela se levantou do sofá, a mão de Hunt a poucos centímetros de seu cotovelo, caso precisasse de ajuda.

O celular de Ruhn vibrou e ele o tirou do bolso pelo tempo de ler a mensagem na tela. Outras começaram a entrar.

Declan havia escrito no grupo que eles tinham com Flynn: *Cadê você, caralho?*

Flynn respondera: *Estou na boate. Sabine mandou Amelie Ravenscroft para liderar as matilhas do Aux na varredura dos destroços e socorro aos feridos. Amelie disse que o viu sair da boate, Ruhn. Você está bem?*

Ruhn respondeu, apenas para que não ligassem: *Estou bem. Encontro vocês na boate em breve.*

Apertou o celular em seu punho enquanto Bryce se dirigia para a porta da frente e para o caos lá fora. Sirenes azuis e vermelhas soavam, lançando sua luz sobre as tábuas de carvalho do vestíbulo.

Mas a irmã hesitou antes de segurar a maçaneta, então se virou.

— Por que estava no Corvo? — perguntou a Ruhn.

Pronto. Se mencionasse o telefonema de Riso, se confessasse que a vinha rastreando, ela arrancaria sua cabeça. Optou por uma meia verdade.

— Quero visitar a biblioteca de sua chefe.

Hunt estacou, um passo atrás de Bryce. Era impressionante, na verdade, assistir aos dois talharem expressões confusas no rosto.

— Que biblioteca? — perguntou ela, a imagem da inocência.

Ruhn podia jurar que Hunt tentava não rir.

— A que todos dizem ficar debaixo da galeria — respondeu Ruhn, tenso.

— É a primeira vez que ouço falar no assunto — comentou Hunt, com um dar de ombros.

— Vá se foder, Athalar. — O maxilar de Ruhn doía depois cerrar os dentes com tanta força.

— Veja bem, entendo que queira entrar em nosso grupo dos populares, mas há um rigoroso processo seletivo.

Sim, Hunt se controlava bastante para não rir.

— Quero pesquisar os livros da biblioteca. Ver se alguma coisa sobre o chifre se apresenta — grunhiu Ruhn.

Ela hesitou diante do tom em sua voz, o quê de dominância com o qual Ruhn a imbuiu. O príncipe não era contra se valer da hierarquia. Não quando se tratava do chifre.

— Visitei os Arquivos Feéricos duas vezes e... — disse ele para a irmã, embora Hunt o fuzilasse com o olhar. Ruhn balançou a cabeça. — Não paro de pensar na galeria. Talvez isso signifique que há algo por lá.

— Vasculhei o lugar — argumentou Bryce. — Não há nada sobre o chifre além de referências vagas.

Ruhn abriu um meio-sorriso.

— Então admite que existe uma biblioteca.

Bryce franziu o cenho. Ele conhecia aquela expressão pensativa.

— O quê?

Bryce jogou o cabelo por sobre um ombro sujo, machucado.

— Faço uma troca com você: pode caçar o chifre na biblioteca, e vou ajudar da maneira como puder. Se... — Hunt virou a cabeça em sua direção, o ultraje em sua expressão quase encantador. Bryce continuou, assentindo para o telefone na mão de Ruhn: — Se colocar Declan a minha disposição.

— Então vou ter de contar a ele sobre o caso. E o que ele fica sabendo, Flynn descobre dois segundos depois.

— Certo. Vá em frente e lhes dê os detalhes. Mas diga a Dec que preciso de informações sobre os últimos passos de Danika.

— Não sei onde ele pode conseguir isso — admitiu Ruhn.

— O Covil tem as informações — revelou Hunt, encarando Bryce quase com admiração. — Diga a Emmet para hackear os arquivos do Covil.

Em seguida, Ruhn assentiu.

— Certo. Vou pedir a ele mais tarde.

Bryce abriu aquele sorriso que não chegava a seus olhos.

— Nesse caso, passe na galeria amanhã.

Ruhn precisou de um instante para controlar o espanto pela facilidade com que conseguira acesso.

— Tome cuidado lá fora — disse ele por fim.

Se Hunt e Bryce estivessem certos e aquilo *fosse* obra de alguns rebeldes da Keres, agindo a mando ou em honra de Briggs... o caos político seria um pesadelo. E se Ruhn não se enganara sobre aquele *C* ser, na verdade, a imagem do chifre, se aquele atentado e o assassinato da acólita foram avisos destinados a eles por causa de sua busca pelo artefato... então a ameaça a todos havia se tornado bem mais letal.

— Diga a seu papai que mando lembranças... e que ele pode se foder — disse Bryce, com doçura, antes de sair.

Ruhn rangeu os dentes novamente, o que lhe rendeu outro sorriso de Hunt. Babaca alado.

Os dois atravessaram a porta, e o celular de Ruhn tocou um piscar de olhos depois.

— Sim — disse ele.

Ruhn podia jurar que conseguiu ouvir o pai enrijecer antes que grunhisse:

— É assim que se dirige a seu rei?

Ruhn não se preocupou em responder.

— Já que parece incapaz de manter segredo, quero deixar um ponto claro em relação ao chifre. — Ruhn se preparou. — Não quero que caia nas mãos dos anjos.

— Certo. — Se dependesse de Ruhn, o chifre não cairia nas mãos de *ninguém*. A relíquia voltaria direto para o templo, com uma escolta feérica permanente.

— Não tire o olho daquela garota.

— Os olhos.

— Falo sério, garoto.

— Eu também. — Deixou o pai ouvir o rosnado de sinceridade em sua voz.

— Você, como Príncipe Herdeiro, revelou os segredos de seu rei àquela garota e a Athalar. Tenho todo o direito de puni-lo, você sabe — continuou o pai.

Vá em frente, Ruhn queria dizer. *Vá em frente e me castigue. Faça--me um favor e aproveite para retirar meu título. A linhagem real termina comigo, afinal.*

Ruhn havia vomitado depois de ouvir o presságio pela primeira vez, aos 13 anos, quando fora enviado ao Oráculo para um vislumbre do futuro, como todos os feéricos. No passado, o ritual tinha o objetivo de prever casamentos e alianças. Atualmente, era mais um teste vocacional para as crianças, um sinal sobre se seriam ou não absolutamente inúteis. Para Ruhn — e para Bryce, anos mais tarde — havia sido um desastre.

Ruhn tinha implorado ao Oráculo para lhe explicar se ele morreria antes de gerar um filho, ou se quisera dizer que ele era estéril.

O Oráculo apenas repetiu as palavras. *A linhagem real acabará com você, príncipe.*

Tinha sido covarde demais para contar ao rei o que descobrira. Então havia mentido, incapaz de suportar o desapontamento e a raiva do pai. *O Oráculo previu que eu seria um rei justo e bom.*

Seu pai havia ficado desapontado, mas apenas porque a falsa profecia não tinha sido mais grandiosa.

Então, sim. Se o rei queria confiscar seu título, estaria lhe fazendo um favor. Ou até mesmo, involuntariamente, cumprindo aquela profecia afinal.

Ruhn havia se preocupado com seu significado um dia... o dia em que descobrira que tinha uma irmã caçula. Havia imaginado que aquilo previa uma morte prematura para a menina. Mas seus medos tinham sido aplacados pelo fato de que ela não foi, e jamais seria, reconhecida oficialmente como parte da linhagem real. Para seu alívio, ela nunca questionara — naqueles primeiros anos, quando ainda eram próximos — o motivo pelo qual ele não havia insistido que o pai a assumisse publicamente.

— Infelizmente, o castigo que você merece o deixaria incapacitado de procurar pelo chifre — prosseguiu o Rei Outonal.

As sombras de Ruhn o envolveram.

— Vou fazer um vale, então.

O pai rosnou, mas Ruhn desligou.

27

As ruas estavam abarrotadas de vanir saindo do ainda caótico Corvo Branco, todos procurando por respostas para o que diabos tinha acontecido. Vários legionários, feéricos e membros das matilhas das tropas auxiliares haviam erguido uma barricada ao redor do local, uma parede mágica, opaca e bruxuleante, mas as pessoas ainda convergiam para a boate.

Hunt olhou para Bryce, caminhando ao seu lado, em silêncio, olhos vidrados. Descalça, ele percebeu.

Estava descalça havia quanto tempo? Devia ter perdido os sapatos na explosão.

O anjo cogitou carregá-la no colo novamente, ou sugerir que voassem até seu apartamento, mas ela se abraçava com tanta força que ele tinha a impressão de que uma palavra poderia empurrá-la para um poço sem fundo de ira.

O olhar que Bryce dirigira a Ruhn antes de sair... Fez Hunt agradecer por ela não ser uma víbora cospe-ácido. O rosto do feérico teria *derretido.*

Que os deuses os ajudassem quando o príncipe chegasse à galeria no dia seguinte.

O porteiro de Bryce se levantou de um pulo quando eles entraram no saguão impecável, perguntando se ela estava bem, se havia visitado a boate. Ela balbuciou que estava bem, e o metamorfo ursino observou Hunt com uma concentração predatória. Percebendo aquele olhar, ela acenou para ele, apertando o botão do elevador, e os apresentou. *Hunt, este é Marrin; Marrin, este é Hunt; ele vai ficar comigo pelo futuro próximo, infelizmente.* Em seguida, entrou no elevador, na ponta dos pés, e precisou se apoiar na barra cromada no fundo, como se estivesse prestes a desabar...

Hunt se espremeu para dentro quando as portas estavam se fechando. O elevador era muito pequeno, muito apertado para suas asas, e ele as manteve junto ao corpo enquanto disparavam para a cobertura...

A cabeça de Bryce pendeu para a frente, os ombros curvados...

— Por que não faz a Descida? — soltou Hunt.

As portas do elevador se abriram, e ela se apoiou ali antes de entrar no elegante corredor creme e azul-cobalto. Mas estacou à porta do apartamento. Em seguida, virou-se para ele.

— Minhas chaves estavam em minha bolsa.

A bolsa estava agora nos escombros do templo.

— O porteiro tem uma chave reserva?

Ela grunhiu uma confirmação, olhando para o elevador como se fosse uma montanha a escalar.

Marrin encheu o saco de Hunt por quase um minuto, verificando se Bryce ainda estava viva, perguntando pelo videocom no hall se ela aprovava... o que lhe rendeu um sinal de positivo com o polegar.

Quando voltou, Hunt a encontrou sentada, apoiada na porta, as pernas encolhidas e um pouco separadas, deixando à mostra a calcinha rosa-shocking. Felizmente, as câmeras do corredor não tinham visão daquele ângulo, mas Hunt não tinha dúvida de que o metamorfo as monitorava enquanto ele a ajudava a se levantar e lhe dava a chave reserva.

Devagar, ela enfiou a chave na fechadura, depois colocou a palma no painel enfeitiçado ao lado da porta.

— Eu estava esperando — murmurou ela, quando as trancas se abriram e as luzes no apartamento escuro se acenderam. — Devíamos fazer a Descida juntas. Daqui a dois anos.

Ele sabia de quem Bryce falava. A razão pela qual a semifeérica não mais bebia, ou dançava, ou parecia viver a própria vida. A razão pela qual ela mantinha aquela cicatriz na coxa macia e bonita. Ogenas e todos os seus Mistérios sabiam que Hunt punira a si mesmo por um longo tempo depois do fracasso colossal que havia sido a Batalha do Monte Hermon. Mesmo enquanto era torturado nas masmorras dos asteri, havia se punido, martirizando a própria alma de um modo que nenhum inquisidor jamais poderia fazer.

Então talvez fosse uma pergunta estúpida, mas ele a fez mesmo assim, quando entraram no apartamento.

— Por que esperar agora?

Hunt avançou e deu uma boa olhada no lugar que Bryce chamava de lar. O apartamento de conceito aberto lhe havia parecido bacana da janela, mas pelo lado de dentro...

Danika, ou a semifeérica, não havia poupado na decoração: um macio sofá branco ocupava o terço direito do espaço, colocado diante de uma mesa de centro de madeira de demolição e a enorme televisão sobre o aparador de carvalho trabalhado. Uma mesa de jantar de vidro jateado, com cadeiras de couro branco, ocupava o terço esquerdo do apartamento, e no centro ficava a cozinha — armários brancos, eletrodomésticos de inox e balcões de mármore branco. Tudo impecavelmente limpo, suave, aconchegante.

Hunt assimilou tudo, parado como um dois de paus ao lado da ilha da cozinha conforme Bryce atravessava um corredor de carvalho claro para soltar Syrinx, que uivava dentro da gaiola.

Ela estava no meio do corredor quando respondeu, sem olhar para trás:

— Sem Danika... Devíamos ter feito o ritual juntas — insistiu. — Connor e Thorne iriam nos Ancorar.

A escolha da Âncora durante a Descida era primordial... e uma escolha sobretudo pessoal. Mas Hunt afastou da lembrança o antipático funcionário público que ele designara, já que não lhe havia mesmo restado família ou amigos para Ancorá-lo. Não quando a mãe tinha morrido apenas poucos dias antes.

Syrinx disparou pelo apartamento, as garras ecoando no piso claro de madeira, guinchando enquanto pulava em Hunt, lambendo suas mãos. Bryce se arrastava, passo a passo, até o balcão da cozinha.

— Você e Danika eram amantes? — perguntou o anjo, não suportando a pressão do silêncio.

Ele fora informado, dois anos antes, de que não era o caso, mas amigos não lamentavam a perda um do outro se fechando completamente para o mundo, como Bryce parecia ter feito. Como ele fizera por Shahar.

O tamborilar de ração batendo na lata encheu o apartamento antes que Bryce pousasse a tigela no chão e Syrinx, abandonando Hunt, praticamente se jogasse dentro da vasilha enquanto engolia sua comida.

Hunt se virou enquanto Bryce contornava a ilha e abria a enorme geladeira para examinar o conteúdo escasso.

— Não — respondeu ela, a voz inexpressiva, fria. — Danika e eu não tínhamos esse tipo de relacionamento. — O aperto no puxador da geladeira se intensificou, os nós dos dedos brancos. — Connor e eu... Quer dizer, Connor Holstrom. Ele e eu... — Ela hesitou. — Era complicado. Quando Danika morreu, quando todos eles morreram... uma luz se apagou em mim.

Ele se lembrou dos detalhes do relacionamento entre ela e o mais velho dos irmãos Holstrom. Ithan também não estivera presente naquela noite... e era agora o segundo em comando da matilha de Amelie Ravenscroft. Um fraco substituto para o que a Matilha dos Demônios havia sido. Aquela cidade também perdera algo naquela noite.

Hunt abriu a boca para dizer a Bryce que entendia. Não apenas o lance do relacionamento complicado, mas a perda. Acordar numa manhã cercado de amigos e de sua amante... e, então, terminar o dia com todos mortos. O anjo compreendia como aquilo dilacerava os ossos e o sangue e a própria alma de uma pessoa. Como nada, jamais, poderia atenuar a dor.

Como cortar o álcool e as drogas, como abrir mão das coisas que mais amava — a dança — ainda não atenuaria a dor. Mas as palavras ficaram engasgadas na garganta dele. Hunt não sentira vontade de desabafar duzentos anos antes, e, com certeza, não sentia vontade de desabafar agora.

Um telefone fixo em algum lugar do apartamento começou a tocar, e uma agradável voz feminina cantarolou, *Ligação de... Casa.*

Bryce fechou os olhos, como se reunisse forças, então atravessou o corredor que levava até seu quarto. Um instante mais tarde, disse, com um tom de voz alegre, que deveria lhe render um prêmio de Melhor Atriz da Porra Toda em Midgard:

— Oi, mãe. — O colchão gemeu. — Não, eu não estava lá. Meu celular caiu na privada do trabalho... Sim, totalmente morto. Vou comprar um novo amanhã. Sim, estou bem. June também não estava lá. Estamos todas bem. — Uma pausa. — Eu sei... Tive um dia puxado no trabalho. — Outra pausa. — Olhe, tenho companhia. — Uma risada rouca. — Não esse tipo de companhia. Não se anime. Falo sério. Sim, eu o deixei entrar por livre e espontânea vontade. Por favor, não ligue para a recepção. O nome? Não vou contar. — Uma leve hesitação. — *Mãe.* Ligo amanhã. Não vou mandar um alô para ele. Tchau... *Tchau*, mãe. Amo você.

Syrinx tinha acabado a ração e encarava Hunt com expectativa... silenciosamente implorando por mais, abanando a cauda de leão.

— *Não* — sibilou ele para a quimera no momento que Bryce voltava para a sala.

— Ah! — exclamou ela, como se tivesse se esquecido de sua presença ali. — Vou tomar um banho. O quarto de hóspedes é todo seu. Use o que precisar.

— Vou passar no Comitium amanhã para pegar mais roupas. — Bryce apenas assentiu como se a cabeça pesasse uma tonelada. — Por que mentiu? — Ele havia decidido que deixaria por conta da semiférica qual das desculpas usar.

Ela hesitou, Syrinx trotando pelo corredor até o quarto.

— Minha mãe ficaria preocupada à toa e viria me visitar. Não a quero por perto se as coisas se complicarem. E não contei a ela sobre você porque só levaria a mais perguntas. É mais fácil assim.

Mais fácil não aproveitar a vida, mais fácil manter todo mundo a distância.

A marca dos dedos de Juniper em seu rosto mal havia esmaecido. Mais fácil se jogar sobre uma amiga em meio a uma explosão do que arriscar perdê-la.

— Preciso encontrar quem fez isso, Hunt — disse ela, baixinho.

Ele encontrou seu olhar vulnerável, doído.

— Eu sei.

— Não — argumentou ela, rouca. — Não sabe. Não me importo com os motivos de Micah... Se não encontrar quem está por trás disso, vai me *comer viva*. — Não o assassino ou o demônio, mas a dor e o luto que ele apenas começava a vislumbrar como a corroíam. — Preciso encontrar o responsável.

— Nós vamos — prometeu ele.

— Como pode ter tanta certeza? — Ela balançou a cabeça.

— Porque não temos outra escolha. *Eu* não tenho outra escolha. — Diante do olhar confuso, Hunt suspirou e disse: — Micah me ofereceu um acordo.

Os olhos da semifeérica brilharam desconfiados.

— Que tipo de acordo?

Hunt cerrou o maxilar. Ela havia oferecido um pedaço de si mesma. Ele podia devolver a gentileza. Em especial agora que dividiriam um maldito apartamento.

— Quando cheguei à cidade, Micah me ofereceu uma barganha: se eu compensasse cada vida que a 18ª tirou naquele dia, no monte Hermon, teria minha liberdade. Todas as duas mil duzentas e dezessete. — O anjo se aprumou, compelindo-a a ler nas entrelinhas.

Bryce mordeu a lábio.

— Imagino que *compensar* seja um eufemismo...

— Sim — grunhiu ele. — Significa fazer aquilo em que sou bom. Morte por morte.

— Micah tem mais de duas mil pessoas para assassinar?

Hunt soltou uma gargalhada ríspida.

— Micah é governador de todo um território e deve viver por, pelo menos, outros duzentos anos. Provavelmente, vai ter o dobro desse número em sua lista antes de partir. — O horror se infiltrou nos olhos da semifeérica, e Hunt se apressou em apagar aquilo, incerto do porquê. — Faz parte das funções. Dele e minhas. — O anjo passou uma das mãos pelo cabelo. — Olhe, é horrível, mas ao menos ele me ofereceu uma saída. E, quando os assassinatos recomeçaram, o arcanjo me fez uma nova proposta: se eu pegar o assassino antes da Cimeira, ele vai reduzir minha dívida a dez vidas.

Hunt esperou pelo julgamento de Bryce, a repugnância que sentia por ele e Micah. Mas ela inclinou a cabeça.

— Por isso você tem sido um babaca prepotente.

— Sim — respondeu, tenso. — Mas Micah me proibiu de dizer qualquer coisa. Então se deixar escapar uma palavra...

— A oferta será revogada.

Hunt assentiu, estudando o rosto abatido. Ela não disse mais nada.

— E? — exigiu ele, depois de um piscar de olhos.

— E, o quê? — Ela se dirigia outra vez para o quarto.

— Não vai me dizer que sou um egoísta de merda?

Ela estacou novamente, um leve raio de luz se infiltrando em seu olhar.

— Por que me dar o trabalho, Athalar, se você acaba de fazê-lo por mim?

Ele não pôde evitar. Embora ela estivesse coberta de sangue e detritos, ele a perscrutou. Cada centímetro e cada curva. Tentando não pensar na lingerie rosa-shocking sob o justo vestido verde.

— Lamento se a considerei suspeita. E, mais que isso, lamento tê-la julgado — disse ele, no entanto. — Achei que fosse apenas uma garota baladeira, e agi como um babaca.

— Não há nada de errado em ser uma garota que curte se divertir. Não entendo por que todo mundo acha que há. — Mas ela sopesou as palavras. — É mais fácil para mim... quando as pessoas acreditam no pior a meu respeito. Me deixa ver quem são de verdade.

— Então está me dizendo que acha que sou mesmo um idiota? — Um canto de sua boca se ergueu.

Mas os olhos da semifeérica demonstravam total seriedade.

— Já lidei com muitos babacas, Hunt. Você não é um deles.

— Não era o que pensava um minuto atrás.

Ela apenas voltou a se encaminhar para o quarto.

— Quer que eu peça comida? — perguntou Hunt, então.

De novo, ela hesitou. Parecia prestes a dizer que não, mas no lugar respondeu:

— Cheesebúrguer... com batata frita. E um milk-shake de chocolate.

Hunt sorriu.

— Feito.

* * *

O elegante quarto de hóspedes, do outro lado da cozinha, era espaçoso, decorado em tons de cinza e creme, com detalhes em rosa-pálido e azul-centáurea. A cama parecia grande o bastante para as asas de Hunt, felizmente — com certeza comprada com os vanir em mente —, e algumas fotos em porta-retratos sofisticados estavam dispostos ao lado de uma tosca e lascada tigela de cerâmica que enfeitava uma cômoda do lado direito da porta.

Havia pedido sanduíches e fritas para os dois, e Bryce tinha atacado o dela com uma ferocidade que Hunt só vira antes entre leões reunidos ao redor da presa. Ele havia jogado algumas batatas para Syrinx por baixo da mesa de vidro, já que a semifeérica, com certeza, não parecia inclinada a compartilhar.

O cansaço havia se instaurado de modo tão absoluto que nenhum dos dois falava, e, assim que terminara de traçar o milk-shake, Bryce simplesmente recolhera o lixo, jogara-o na lixeira e se retirara para o quarto. Deixando Hunt encontrar o dele.

A essência da mortalidade pairava no ar, o que presumiu ser cortesia dos pais de Bryce, e, conforme Hunt abria as gavetas, encontrou algumas cheias de roupas; suéteres leves, meias, calças, roupas de ginástica... Estava xeretando. Admitia ser parte do trabalho, mas, ainda assim, era bisbilhotice.

Fechou as gavetas e estudou as fotos.

Ember Quinlan tinha sido deslumbrante. Não era de admirar que aquele babaca feérico a houvesse perseguido até que ela tivesse fugido. Longos cabelos pretos emolduravam um rosto que poderia estampar um outdoor: pele sardenta, lábios cheios e maçãs do rosto que tornavam os olhos sombrios e insondáveis acima magníficos.

O rosto de Bryce; apenas a coloração era diferente. Um macho humano de cabelo preto e pele marrom, igualmente atraente, o braço ao redor de seus ombros, sorria como um maníaco para quem quer que estivesse atrás da câmera. Hunt mal conseguia discernir as letras na placa de identificação que pulava da camisa cinza do homem.

Bem, puta merda.

Randall Silago era o padrasto de Bryce? O atirador de elite e lendário herói de guerra? Hunt não fazia ideia de como tinha deixado passar aquele fato, embora suspeitasse de que havia apenas passado os olhos pela informação quando estudara a ficha da semifeérica, anos antes.

Não era de admirar que a filha fosse tão destemida. E ali, à direita de Ember, estava Bryce.

Não tinha mais de 3 anos, aquele cabelo ruivo preso em marias-chiquinhas. Ember encarava a filha — com uma expressão levemente exasperada — como se Bryce, *supostamente*, devesse estar vestida com as mesmas roupas sofisticadas que os dois adultos. Mas lá estava ela, devolvendo o olhar petulante à mãe, as mãos nos quadris gorduchos, pernas separadas em uma inegável postura de luta. Coberta de lama da cabeça aos pés.

Hunt riu e desviou a atenção para a outra foto em cima da cômoda.

Um belo registro de duas mulheres — garotas, na verdade — sentadas em pedras avermelhadas no topo de uma montanha no deserto, de costas para a câmera, ombro a ombro, enquanto encaravam a vegetação e a areia abaixo delas. Uma era Bryce; ele podia dizer pela cortina de cabelo ruivo. A outra usava uma familiar jaqueta de couro, as costas pintadas com aquelas palavras, na mais antiga língua da República. *Por amor, tudo é possível.*

Só podiam ser Bryce e Danika. E... era a jaqueta de Danika que Bryce agora vestia.

Ela não tinha nenhuma outra foto da loba no apartamento.

Por amor, tudo é possível. Era um ditado milenar, que remontava a algum deus de que não conseguia se lembrar. Cthona, provavelmente... que presidia todas as coisas ligadas ao sagrado feminino. Havia muito Hunt deixara de frequentar os templos, ou de prestar atenção às ultrazelosas sacerdotisas que apareciam nos programas de entrevista matinais de tempos em tempos. Nenhum dos cincos deuses jamais o havia ajudado... ou a qualquer um que amou. Urd, em especial, tinha fodido com sua vida muitas vezes.

O rabo de cavalo louro de Danika caía pelas costas de Bryce, a cabeça da Loba no ombro da amiga. Bryce vestia uma camiseta branca folgada, que deixava à mostra um braço enfaixado sobre o joelho. Hematomas cobriam seu corpo. E, deuses... aquilo era uma espada jogada à esquerda de Danika. Embainhada e limpa, mas... ele conhecia aquela lâmina.

Sabine tinha enlouquecido à procura da espada quando descobriram que não estava no apartamento onde a filha havia sido assassinada. Aparentemente, era alguma relíquia dos lobos. Mas ali estava ela, ao lado de Bryce e Danika, no deserto.

Sentadas naquelas pedras, empoleiradas sobre o mundo, elas pareciam dois soldados que haviam acabado de atravessar os salões mais sombrios do Inferno e desfrutavam de um merecido descanso.

Hunt deu às costas para o retrato e esfregou a tatuagem em sua testa. Uma faísca de seu poder fez as pesadas cortinas cinzentas se fecharem diante das janelas duplas com um vento gélido. Ele tirou a roupa, peça por peça, e descobriu que o banheiro era tão espaçoso quanto o quarto.

O anjo tomou um banho rápido e caiu na cama com a pele ainda úmida. A última coisa que viu antes de cair no sono foi a foto de Bryce e Danika, imortalizadas em um momento de paz.

28

Hunt acordou no instante em que farejou o macho em seu quarto, os dedos envolvendo a faca sob seu travesseiro. Abriu um dos olhos, o aperto se intensificando no cabo, e repassou cada janela e porta, cada arma em potencial que podia usar em vantagem própria...

Ele deu de cara com Syrinx sentando no travesseiro ao seu lado, o rosto enrugado da quimera espreitando o seu.

Hunt gemeu, um suspiro explodindo de seus lábios. Syrinx apenas acertou seu rosto.

O anjo rolou para longe.

— Bom dia para você também — resmungou, esquadrinhando o quarto. *Definitivamente*, tinha trancado a porta na noite anterior. Agora estava escancarada. Ele verificou o relógio.

Sete. Não havia pressentido Bryce se arrumando para o trabalho... não a ouvira zanzando pelo apartamento ou a música que ela gostava de escutar.

Reconhecia que também não havia ouvido a própria porta se abrir. Tinha dormido como um morto. Syrinx pousou a cabeça no ombro de Hunt e bufou um lamento.

Solas lhe desse paciência.

— Por que tenho a impressão de que, se eu lhe der o café, vai ser sua segunda ou terceira refeição do dia?

Um inocente piscar dos olhos redondos.

Incapaz de se conter, Hunt coçou a pequena besta atrás das orelhas idiotas.

O apartamento ensolarado além do quarto estava silencioso, a luz aquecia o piso de madeira clara. Ele saiu da cama, vestindo a calça. A camisa estava uma bagunça por conta dos eventos da véspera, então a deixou no chão e... Merda. O telefone. Ele o pegou na mesinha de cabeceira e checou as mensagens. Nada novo, nenhuma *missão* de Micah, graças aos deuses.

Deixou o telefone em cima da cômoda ao lado da porta e seguiu descalço até a sala.

Nenhum som ou sinal. Se Bryce tivesse *saído*...

Ele atravessou o espaço, até o corredor do outro lado. A porta do quarto da semifeérica estava aberta, como se Syrinx tivesse se soltado e...

Adormecida. As cobertas estavam enroladas e reviradas, e ela estava deitada de bruços na cama, abraçada a um travesseiro. A posição quase idêntica àquela da véspera, jogada sobre Juniper.

Hunt tinha quase certeza de que a maioria das pessoas confundiria a decotada camisola cinza, debruada com renda cor-de-rosa, com uma camiseta. Syrinx passou trotando, pulou na cama e fuçou o ombro nu de Bryce.

A tatuagem nas costas da semifeérica — belas letras cursivas de um alfabeto que Hunt não conhecia — subia e descia a cada respiração. Hematomas que ele não havia notado na noite anterior salpicavam a pele reluzente, já esverdeados graças ao sangue feérico.

E ele a estava espionando. Como um maldito tarado.

Hunt se virou para o corredor, as asas subitamente muito grandes, a pele muito tensa, quando a porta da frente se abriu. Um movimento suave e ele empunhava a faca atrás do corpo...

Juniper valsou para dentro do apartamento, um saco de papel marrom que cheirava a folhado de chocolate em uma das mãos, um par de chaves extras na outra. Ela hesitou quando o viu no corredor do quarto.

Sua boca formou um silencioso *Ah*.

A fauna o encarou; não do modo que as fêmeas costumavam fazer quando percebiam as tatuagens, mas de um modo que sugeria que se dera conta de que havia um *macho* seminu no apartamento da amiga, às sete da manhã.

Ele abriu a boca para explicar que aquilo não era o que parecia, mas Juniper apenas passou batido, os cascos delicados ecoando no piso de madeira. Ela invadiu o quarto, equilibrando o saco, e Syrinx ficou louco, a cauda enrolada balançando enquanto Juniper cantarolava:

— Trouxe croissants de chocolate, então levante o rabo nu dessa cama e vista umas calças.

Bryce ergueu a cabeça para flagrar Juniper, seguida de Hunt, no corredor. Não se preocupou em puxar a barra da camisola sobre a lingerie azul-petróleo enquanto estreitava os olhos.

— O quê?

Juniper marchou até a cama e parecia prestes a pular no colchão, mas encarou o anjo.

Hunt enrijeceu.

— Não é o que parece.

Juniper apenas sorriu com doçura.

— Então um pouco de privacidade viria a calhar.

Hunt voltou pelo corredor, na direção da cozinha. Café. Aquilo parecia uma boa ideia.

Abriu um armário, pegando algumas canecas. A voz das duas o alcançou mesmo assim.

— Tentei ligar para você, mas seu telefone estava desligado... Imaginei que talvez o tivesse perdido — disse Juniper.

Farfalhar de cobertores.

— Você está bem?

— Perfeitamente bem. A imprensa continua especulando, mas acham que os rebeldes humanos de Pangera estão por trás do atentado, querendo causar problemas por aqui. Há imagens de vídeo do estoque que mostram a insígnia do grupo em uma caixa de vinho. Acham que foi assim que levaram a bomba para dentro.

Então a teoria se sustentara durante a noite. Se tinha algo a ver com o chifre ainda era uma incógnita. Hunt fez uma anotação mental para verificar com Isaiah, assim que Juniper saísse, o status do requerimento para encontrar Briggs.

— O Corvo foi totalmente destruído?

Um suspiro.

— Sim... completamente. Não temos a menor ideia de quando vai reabrir. Na noite passada, consegui finalmente falar com Fury, e ela disse que Riso está tão puto que ofereceu uma recompensa pela cabeça do responsável.

Nenhuma surpresa. O anjo havia ouvido rumores de que, apesar da natureza alegre, o metamorfo borboleta não tinha escrúpulos quando se irritava.

— Com certeza, Fury vai voltar para casa por conta disso. Sabe que ela não resiste a um desafio — continuou a fauna.

Solas Flamejante. Adicionar Fury Axtar àquela bagunça era uma péssima ideia. Hunt colocou uma colher de grãos de café na brilhante máquina cromada embutida na parede da cozinha.

— Então ela voltaria por uma recompensa, mas não para nos ver? — perguntou Bryce, inflexível.

Silêncio. Em seguida...

— Você não foi a única que perdeu Danika naquela noite, B. Cada uma de nós reagiu de um modo diferente. A resposta de Fury à própria dor foi fugir.

— Foi sua terapeuta que lhe disse isso?

— Não vou brigar com você de novo por causa desse assunto.

Mais silêncio. Juniper pigarreou.

— B, me desculpe pelo que eu fiz. Seu rosto...

— Tudo bem.

— Não, não está...

— Está. Eu entendo, eu...

Hunt ligou o moedor de café para dar alguma privacidade às duas. Talvez tenha exagerado na moagem e acabado com um pó fino em vez de pequenos cristais, mas, quando terminou, Juniper dizia:

— Então, e o anjo deslumbrante que está fazendo seu café neste exato instante...

Hunt sorriu para a máquina de café. Fazia um longo, longo tempo desde que alguém se preocupara em descrevê-lo como algo além de *Umbra Mortis, a Lâmina dos Arcanjos.*

— Não, não e não — interrompeu Bryce. — Jesiba me delegou um serviço confidencial, e Hunt foi designado para me proteger.

— Vagar sem camisa por seu apartamento faz parte da missão?

— Sabe como são esses machos vanir. Vivem para exibir os músculos.

Hunt revirou os olhos enquanto Juniper soltava uma gargalhada.

— Estou passada que o tenha deixado ficar aqui, B.

— Não tive escolha.

— Humm.

Um bater de pé descalço no chão.

— Sabe que ele está ouvindo, certo? As penas devem estar tão eriçadas que ele, provavelmente, nem vai passar pela porta.

O anjo se apoiou no balcão, a máquina de café grunhindo por ele conforme Bryce marchava pelo corredor.

— Eriçado?

Com certeza Bryce não havia se preocupado em obedecer à exigência da amiga no quesito vestimenta. A cada passo, a renda rosa-clara da bainha de sua camisola se agarrava a suas coxas, subindo de leve para revelar aquela cicatriz grossa e brutal na perna esquerda. O estômago do anjo se embrulhou com a visão do que fizera a ela.

— Olhos aqui em cima, Athalar — indicou Bryce.

Hunt franziu o cenho.

Mas Juniper vinha logo atrás da semifeérica, os cascos batendo no piso de madeira enquanto levantava o saco com os croissants.

— Só vim deixar isso aqui. Tenho um ensaio em... — A fauna pegou o telefone no bolso de trás da legging preta. — Ah, merda.

Agora. Tchau, B. — Ela correu para a porta, jogando o saco na mesa com pontaria perfeita.

— Boa sorte... me ligue mais tarde — disse Bryce, já indo inspecionar a oferta de paz da amiga.

Juniper se demorou na porta tempo o bastante para dizer:

— Faça seu trabalho, *Umbra.*

Em seguida, se foi.

Bryce se sentou em uma das cadeiras de couro branco à mesa de vidro e suspirou enquanto pegava um dos croissants de chocolate. Ela o mordeu e gemeu.

— Legionários comem croissants?

Ele continuou apoiado no balcão.

— Isso é uma pergunta séria?

Nhac-chomp-chomp-gulp.

— Por que se levantou tão cedo?

— São quase sete e meia. Não configura cedo para a maioria das pessoas. Mas sua quimera praticamente sentou na minha cara, então como eu podia *não* acordar? E quantas pessoas têm a chave deste lugar?

Ela terminou o croissant.

— Meus pais, Juniper e o porteiro. E, falando nele... vou precisar devolver aquelas chaves e fazer outra cópia para mim.

— E uma para mim.

O segundo croissant estava a meio caminho da boca de Bryce quando ela o pousou.

— Não vai acontecer.

Ele sustentou o olhar dela.

— Sim, vai. E você vai mudar o encantamento para que eu tenha acesso...

Ela deu uma mordida no croissant.

— Não é *exaustivo* ser um alfabaca o tempo todo? Vocês têm um manual? Talvez grupos de apoio secretos?

— Alfa *o quê*?

— Alfabaca. Possessivo-agressivo. — Ela apontou para o torso nu de Hunt. — Você sabe... vocês, machos que rasgam a camisa à menor provocação, que sabem como matar uma pessoa de vinte maneiras diferentes, que têm uma legião de fêmeas a seus pés e, quando enfim trepam com uma, ficam neuróticos com o relacionamento, se recusando a deixar outro macho olhar ou conversar com ela, decidindo o que e quando ela precisa comer, o que deve vestir, quando vê os amigos...

— Do que *diabos* você está falando?

— Seus passatempos prediletos são ficar emburrado, lutar e rugir; têm especialização em trinta grunhidos e rosnados diferentes; têm um bando de amigos gostosos e, assim que um de vocês encontra uma parceira, os outros também caem, como peças de um dominó, e os deuses os ajudem quando começarem a ter filhos...

Ele arrancou o croissant de sua mão. Aquilo a calou.

Bryce olhou para ele boquiaberta, em seguida para o croissant, e Hunt se perguntou se ela morderia sua mão quando levou o doce à boca. Porra, mas estava uma delícia.

— *Um* — enumerou ele, puxando uma cadeira e a virando para se acomodar. — A última coisa que quero é trepar com você, então podemos tirar esse lance de Sexo, Relacionamento e Bebês da jogada. *Dois*, não tenho amigos, então com certeza não vão rolar programas a quatro tão cedo. *Três*, se está reclamando de meu estilo de vestimenta... — Ele terminou o croissant e a encarou, incisivo. — Não sou eu quem desfila pelo apartamento de calcinha e sutiã toda manhã enquanto me apronto para o trabalho.

Ele havia se esforçado para se esquecer daquele detalhe em particular. De como, depois da corrida matinal, ela fazia cabelo e maquiagem, numa rotina que demorava mais de uma hora do início ao fim. Usando apenas o que parecia uma extensa e espetacular coleção de lingeries.

Hunt imaginava que, se tivesse aquela aparência, vestiria a mesma merda.

Bryce apenas o encarou — a boca, a mão — e resmungou:

— Esse croissant era meu.

A máquina de café apitou, mas ele continuou sentado.

— Vai me conseguir uma nova chave. E me adicionar aos encantamentos. Porque faz parte do *meu trabalho,* e ser assertivo não é sinônimo de ser um *alfa babaca...* mas um sinal de que quero me assegurar de que você não acabe *morta.*

— Pare de praguejar tanto. Está perturbando Syrinx.

Ele se aproximou o bastante para discernir as pintas douradas nos olhos cor de âmbar dela.

— Tem a boca mais suja que já vi, amor. E do modo como *você* age, acho que talvez seja o alfa babaca da relação.

Ela sibilou.

— Viu? — incitou ele. — O que foi que você disse mesmo? Uma variedade de rosnados e grunhidos? — Ele acenou. — Bem, aí está.

Ela tamborilou as unhas azul-escuras no tampo de vidro.

— Nunca mais coma meu croissant. E pare de me chamar de amor.

Hunt abriu um sorriso malicioso e se levantou.

— Preciso ir até o Comitium pegar mais roupas. Onde você vai estar?

Bryce franziu o cenho e não disse nada.

— A resposta — continuou Hunt — é comigo. De agora em diante, onde quer que um de nós vá, o outro irá junto. Entendeu?

Ela o ignorou. Mas não discutiu mais.

29

Micah Domitus podia ser um babaca, mas, pelo menos, dava aos triários o fim de semana de folga; ou o equivalente, caso uma missão em particular exigisse que trabalhassem em meio ao descanso.

Jesiba Roga, nenhuma surpresa, parecia não acreditar em fins de semana. E, já que Bryce era esperada no trabalho, Hunt havia decidido que os dois iriam ao quartel do Comitium na hora do almoço, enquanto a maioria das pessoas estava distraída.

A densa névoa matinal ainda não havia se dissipado, mas Hunt já seguia Bryce no caminho até o trabalho. Nenhuma novidade sobre o atentado fora enviada ao anjo, e não havia nenhuma menção a outros ataques com o modus operandi do kristallos.

Mas Hunt ainda se mantinha atento, analisando cada um que passava pela ruiva abaixo. A maioria das pessoas dava uma olhada em Syrinx, desfilando em sua coleira, e se afastava. Quimeras eram animais de estimação voláteis... propensos a pequenas magias e mordidas. Pouco importava que Syrinx parecesse mais interessado em qualquer petisco que pudesse extorquir das pessoas.

Naquele dia, Bryce escolhera um vestido preto e curto, a maquiagem mais sutil, olhos mais marcados, lábios mais suaves... Eram como uma armadura, ele se deu conta conforme ela e Syrinx ziguezagueavam pelos outros pedestres e turistas, se desviando de carros que já buzinavam com impaciência em meio ao habitual engarrafamento da Praça da Cidade Velha. As roupas, o cabelo, a maquiagem; eram como o couro e o aço e as armas que ele vestia toda manhã.

Só que ele não usava lingerie por baixo.

Independentemente do motivo, ele se descobriu pousando nos paralelepípedos atrás da semifeérica. Ela nem mesmo titubeou, os altíssimos saltos pretos inabaláveis. Era impressionante que ela conseguisse caminhar pelas velhas ruas sem torcer o tornozelo. Syrinx bufou um cumprimento e continuou trotando, orgulhoso como um cavalo em um desfile imperial.

— Sua chefe nunca lhe dá uma folga?

Ela bebericou o café que equilibrava na mão livre. Consumia uma quantidade sem dúvida ilegal daquela coisa ao longo do dia. A começar por não menos de três xícaras antes de deixar o apartamento.

— Tenho os domingos livres — respondeu ela. Acima deles, folhas de palmeira oscilavam na brisa fresca. A pele bronzeada de suas pernas se arrepiou com o frio. — Muitos de nossos clientes são ocupados e não podem vir durante a semana. Sábado é seu dia de lazer.

— Pelo menos folga nos feriados?

— A loja fecha nos principais. — Ela mexia distraída no amuleto de três nós em seu pescoço.

Um amuleto archesiano como aquele tinha de ter custado... Solas Flamejante, devia ter custado uma fortuna. Hunt pensou na pesada porta de ferro dos arquivos. Talvez não tivesse sido posta ali para manter os ladrões do lado de fora... mas para manter coisas do lado de *dentro*.

Tinha a sensação de que ela não lhe contaria nenhum detalhe sobre o motivo de peças de arte exigirem que usasse aquele amuleto, então, em vez disso, perguntou:

— Qual é o problema entre você e seu primo?

Ruhn visitaria a galeria em algum momento daquela manhã.

Bryce puxou a coleira de Syrinx, com gentileza, quando a quimera se lançou na direção de um esquilo que escalava uma palmeira

— Ruhn e eu fomos próximos por alguns anos, na adolescência, e então tivemos uma briga horrível. Parei de falar com ele depois disso. E as coisas... bem, você viu como as coisas estão agora.

— Qual o motivo da briga?

A névoa da manhã rodopiava ao seu redor quando ela emudeceu, como se sopesasse o que revelar.

— Começou como uma discussão sobre o pai de Ruhn — respondeu ela. — Sobre como o Rei Outonal é um merda, e como Ruhn faz tudo que ele quer. Acabou descambando para uma gritaria sobre os defeitos de cada um. Fui embora quando Ruhn me disse que eu estava dando em cima de seus amigos como uma vadia e me mandou ficar longe deles.

Ruhn dissera coisa bem pior, lembrou Hunt. No Templo de Luna, o anjo havia ouvido Bryce mencionar que ele a chamara de *vadia mestiça*.

— Sempre soube que Danaan era um idiota, mas até para ele isso foi baixo.

— Foi — admitiu ela, com suavidade. — Mas... sinceramente, acho que ele só queria me proteger. Na verdade, esse foi o motivo da discussão. Seu comportamento autoritário, como o de qualquer feérico. Como o de meu pai.

— Alguma vez entrou em contato com ele? — perguntou Hunt. Havia algumas dezenas de nobres feéricos que podiam ser cruéis o bastante para encorajar Ember Quinlan a fugir anos antes.

— Só quando não posso evitar. Acho que o odeio mais que qualquer coisa em Midgard. Exceto Sabine. — Ela suspirou para o céu, observando anjos e bruxas zunindo entre os prédios ao redor. — Quem é o número um em sua lista proibida?

Hunt esperou até que passassem por um vanir de aparência reptiliana, digitando ao telefone, antes de responder, ciente de cada câmera colocada nos prédios ou escondida nas árvores ou latas de lixo.

— Sandriel.

— Ah. — Apenas o primeiro nome de Sandriel já bastava para qualquer um em Midgard. — Pelo que vi na TV, ela parece... — Bryce fez uma careta.

— O que quer que tenha visto é seu lado agradável. A realidade é dez vezes pior. É um monstro, sádica. — No mínimo. Ele acrescentou: — Fui forçado a... trabalhar para ela por mais de meio século. Até Micah. — Não conseguia dizer a palavra... *dona*. Jamais deixaria Sandriel exercer aquele tipo de poder sobre ele. — Ela e o comandante de seus triários, Pollux, elevaram crueldade e castigo a novos patamares. — Hunt cerrou os dentes, afastando as memórias sanguinárias. — Não são histórias para uma rua lotada. — Nem para lugar algum.

Mas ela o encarou.

— Quando quiser desabafar, Athalar, estou aqui.

A semifeérica disse aquilo de modo casual, mas Hunt podia ver a sinceridade em seu rosto.

— Idem. — Assentiu.

Passaram pelo Portão da Praça da Cidade Velha, onde turistas já se enfileiravam para tocar o disco no centro do dial, ofertando, felizes, uma gota de seu poder ao fazê-lo. Nenhum parecia ciente do corpo que havia sido encontrado a alguns quarteirões de distância. Sob o véu de bruma, o portão de quartzo parecia quase etéreo, como se tivesse sido talhado em gelo milenar. Nem um arco-íris enfeitava os prédios ao redor... não naquele nevoeiro.

Syrinx farejava uma lata de lixo transbordando com restos de comida das barracas em volta da praça.

— Já tocou o disco e fez um pedido? — perguntou Bryce.

Ele balançou a cabeça.

— Achei que era coisa apenas de crianças e turistas.

— Verdade. Mas é divertido. — Ela jogou o cabelo por sobre o ombro, sorrindo para si mesma. — Fiz um desejo quando tinha 13 anos... quando visitei a cidade pela primeira vez. Ruhn me trouxe.

Hunt ergueu uma sobrancelha.

— E o que desejou?

— Que meus peitos crescessem.

Uma gargalhada irrompeu do anjo, dispersando quaisquer sombras que a conversa sobre Sandriel tivesse invocado.

— Parece que seu desejo se realizou, Quinlan — disse ele, mas evitando olhar para o decote de Bryce. Eufemismo. Grande, maldito, envolto em renda.

Ela riu.

— Cidade da Lua Crescente: onde os sonhos viram realidade.

Hunt cutucou Bryce na costela, incapaz de se impedir de tocá-la. Ela o afastou.

— O que desejaria, se soubesse que seu pedido seria realizado?

A mãe viva, segura e feliz. A morte de Sandriel e Micah e de todos os arcanjos e asteri. O fim do acordo com Micah e a remoção do halo e das tatuagens de escravizado. A derrocada das rígidas hierarquias dos malakim.

Mas não podia dizer nada daquilo. Não estava pronto para dizer a ela aquelas coisas em voz alta.

— Como sou perfeitamente feliz com o tamanho de meus *atributos*, desejaria que você parasse de ser um pé no saco — respondeu ele, em vez disso.

— Babaca.

Mas Bryce ria, e até o sol da manhã, enfim, resolvera dar o ar de sua graça à visão daquele sorriso.

* * *

A biblioteca embaixo do Antiquário Griffin despertaria a inveja até mesmo do Rei Outonal.

Ruhn Danaan estava sentado à escrivaninha no coração do cômodo, ainda se ambientando ao espaço... e à duende de fogo que havia flertado com ele e lhe perguntado se seus piercings tinham doído.

Bryce e Hunt estavam sentados do outro lado da mesa; ela digitando em um laptop, ele folheando uma pilha de livros antigos. Lehabah se encontrava no que parecia um divã de boneca, um tablet apoiado a sua frente, assistindo a um dos mais populares dramas vanir.

— Então — começou Bryce, sem desviar os olhos do computador. — Vai explorar a biblioteca ou apenas ficar sentado aí, admirando?

Hunt riu entre dentes, mas não disse nada, o dedo traçando uma linha de texto.

Ruhn o fuzilou com o olhar.

— O que está fazendo?

— Pesquisando sobre o kristallos — respondeu Hunt, erguendo os olhos sombrios do livro. — Matei uma dezena de demônios nível 6 ao longo dos séculos, e queria ver se são similares.

— O kristallos é um nível 6? — perguntou Ruhn.

— Presumo que sim — retrucou Hunt, estudando o livro outra vez. — Os nível 6 são de uso exclusivo dos príncipes, e, pelo que essa coisa consegue fazer, aposto que é considerado um 6. — O anjo tamborilou os dedos na antiga página. — Mas não encontrei muitas similaridades.

— Talvez esteja procurando no lugar errado — cantarolou Bryce. — Talvez... — Ela virou o laptop para Hunt, os dedos voando sobre o teclado. — Estamos procurando informações sobre algo que não entra neste mundo há quinze mil anos. O fato de que ninguém conseguiu identificá-lo sugere que não deve figurar em muitos livros de história, e apenas alguns desses livros resistiriam todo esse tempo. Mas... — Ela digitou mais um pouco e Ruhn inclinou o pescoço para verificar os dados que ela recolhera. — Onde estamos agora? — perguntou a Hunt.

— Em uma biblioteca.

— Uma galeria de *antiguidades*, estúpido.

Uma página carregou, cheia de imagens de vasos e ânforas, mosaicos e estátuas. Bryce havia digitado *demônio + feérico* na barra de pesquisa. Ela deslizou o laptop até Hunt.

— Talvez possamos encontrar o kristallos em arte antiga.

Hunt resmungou, mas Ruhn notou o brilho de admiração em seu olhar antes de começar a estudar as páginas de resultados.

— Jamais conheci um príncipe — suspirou Lehabah do sofá.

— São supervalorizados — disse Ruhn por sobre o ombro.

Hunt grunhiu sua aprovação.

— Como é — perguntou a duende, apoiando a cabeça flamejante no punho em brasa — ser o Escolhido?

— Um tédio — confessou Ruhn. — Nada além da espada e de alguns truques de mágica.

— Posso ver Áster?

— Eu a deixei em casa. Não estava a fim de lidar com o assédio dos turistas, pedindo uma foto a cada quarteirão.

— Pobre pequeno príncipe — arrulhou Bryce.

Hunt grunhiu sua aprovação novamente.

— Tem alguma coisa a dizer, Athalar? — disparou Ruhn.

O anjo ergueu os olhos do laptop.

— Ela já disse tudo.

Ruhn rosnou, mas Bryce perguntou, estudando os dois:

— Qual o problema de vocês?

— Ah, por favor, contem — implorou Lehabah, pausando seu programa para se endireitar no sofá.

Hunt voltou a analisar os resultados.

— Quebramos a cara um do outro em uma festa. Danaan ainda está magoado.

O sorriso de Bryce era a definição de deboche.

— Por que vocês brigaram?

— Porque ele é um babaca arrogante — disparou Ruhn.

— Idem — disse Hunt, a boca se curvando em um meio-sorriso.

Bryce lançou um olhar condescendente para Lehabah.

— Garotos e seus paus na mesa.

Lehabah soltou um ganido afetado.

— Não são maduros como nós, garotas.

Ruhn revirou os olhos, surpreso ao flagrar Hunt fazendo o mesmo.

Bryce apontou para as inúmeras estantes que enchiam a biblioteca.

— Bem, primo — disse ela —, fique à vontade. Deixe seus poderes Estrelados guiarem você até a revelação.

— Engraçadinha — retrucou ele, mas começou a caminhar até as estantes, esquadrinhando os títulos. Ele hesitou junto aos vários tanques e terrários embutidos nas prateleiras, os animais em seu interior completamente indiferentes a sua presença. Ele não ousou perguntar se os boatos sobre sua origem eram verdadeiros, em especial não quando Lehabah berrava do sofá.

— O nome da tartaruga é Marlene!

Ruhn lançou um olhar de pânico para a irmã, mas Bryce estava digitando algo no telefone.

Música começou a tocar um instante depois, fluindo dos alto-falantes escondidos em painéis de madeira. Ruhn ouviu os primeiros acordes da canção... apenas uma guitarra e duas magníficas vozes femininas.

— Ainda gosta dessa banda? — Quando criança, ela havia sido obcecada pela dupla folk de irmãs.

— Josie e Laurel continuam fazendo boa música, então sigo ouvindo.

Ela deslizou o dedo pela tela do telefone.

Ruhn continuou sua busca indolente.

— Você sempre teve bom gosto.

Ele havia jogado uma corda no mar tempestuoso que era aquele relacionamento.

— Obrigada — agradeceu, com tranquilidade, sem erguer o olhar.

Hunt, sabiamente, não abriu a boca.

Ruhn estudou as prateleiras, na esperança de sentir uma afinidade com qualquer coisa que não a irmã, com quem trocara mais palavras naqueles dias que nos últimos nove anos. Os títulos estavam na língua comum, na Antiga Língua dos Feéricos, na das sereias e em alguns outros alfabetos que não reconhecia.

— A coleção é incrível.

Ruhn estendeu o braço para um tomo azul cuja lombada brilhava com lâminas de ouro. *Palavras dos deuses.*

— Não toque nisso — avisou a duende. — Pode mordê-lo.

Ruhn recolheu a mão conforme o livro despertava, ressoando na prateleira. As sombras murmuraram dentro de si, prontas para atacar. Ele as apaziguou.

— Por que o livro *se move*?

— Porque é especial... — começou Lehabah.

— Basta, Lele — advertiu Bryce. — Ruhn, não toque em nada sem permissão.

— Sua ou do livro?

— Ambas — disse ela.

Como resposta, um livro numa prateleira alta farfalhou. Ruhn virou o pescoço para encará-lo, e viu um tomo verde brilhando. Chamando-o. As sombras sussurraram, como se o encorajassem. Tudo bem, então.

Foi uma questão de instantes até arrastar uma escada de bronze e subir os degraus.

— Ignorem-no — disse Bryce, aparentemente para a própria biblioteca, antes que Ruhn retirasse um livro de seu local de descanso. Ele passou os olhos pelo título. *Grandes romances dos feéricos.*

Poder Estrelado, de fato. Prendendo o livro na curva do braço, desceu a escada e voltou para a mesa.

Bryce engoliu uma risada ao ver o título.

— Tem certeza de que seu poder Estrelado não é para achar pornografia? — Ela chamou Lehabah. — Esse é a sua cara.

Lehabah ficou da cor de uma framboesa.

— BB, você é horrível.

Hunt piscou para o príncipe.

— Divirta-se.

— Eu vou — disparou Ruhn, abrindo o livro. Seu telefone vibrou antes que pudesse começar a leitura. Ele o pegou no bolso de trás e olhou para a tela. — Dec conseguiu a informação que você queria.

Bryce e Hunt ficaram imóveis. Ruhn abriu o e-mail, em seguida os dedos pararam sobre o campo de encaminhar mensagem.

— Eu, ahn... seu e-mail continua o mesmo? — perguntou a ela. — E não tenho o seu, Athalar.

Hunt rabiscou o dele, mas Bryce franziu o cenho para Ruhn por um longo instante, como se cogitasse se queria abrir outra porta em sua vida.

— Sim, continua — respondeu então, suspirando.

— Pronto — disse Ruhn, e abriu o arquivo que Declan havia enviado.

Estava cheio de coordenadas e os locais correlatos. A rotina diária de Danika como Alfa da Matilha dos Demônios a fazia se deslocar pela Praça da Cidade Velha e além. Sem contar sua saudável vida social noturna. A lista cobria tudo, do apartamento ao Covil e ao escritório do Mestre da Cidade, no Comitium, passando por um tatuador, uma hamburgueria, muitas pizzarias para sequer enumerar, bares, um lugar de shows, o campo de solebol na UCLC, salões de beleza, academia... Porra, a loba dormira em algum momento? A lista datava de duas semanas antes do assassinato. Pelo silêncio ao redor da mesa, sabia que Bryce e Hunt também a estavam estudando. Então...

Um brilho de surpresa acendeu os olhos de Hunt conforme o anjo encarava Bryce.

— Danika não patrulhava apenas os arredores do Templo de Luna — murmurou ela. — Aqui diz que ela estava posicionada *no* Templo de Luna por dois dias antes do roubo do chifre. E durante a noite do blecaute.

— Acha que ela testemunhou o roubo e o culpado a matou para encobrir o crime? — perguntou Hunt.

Poderia ser assim tão simples? Ruhn rezou para que fosse.

Bryce balançou a cabeça.

— Se Danika visse o chifre ser levado, teria reportado o roubo. — Ela suspirou novamente. — Em geral, Danika não ficava aquartelada no templo, mas Sabine mudava sua agenda com frequência, por despeito. Talvez Danika tivesse absorvido um pouco do cheiro do chifre em sua vigília e o demônio a rastreou.

— Olhe de novo — insistiu Ruhn. — Talvez haja algo que passou despercebido.

Um dos cantos da boca de Bryce se curvou, o retrato do ceticismo.

— Melhor que nada — disse Hunt, no entanto.

Bryce sustentou o olhar do anjo por mais tempo do que as pessoas julgariam prudente.

Nada de bom resultaria daquilo... Bryce e Hunt trabalhando juntos. Morando juntos.

Mas Ruhn manteve a boca fechada e começou a ler.

* * *

— Alguma boa cena de sexo? — perguntou Bryce a Ruhn, inutilmente repassando os dados com os passos de Danika pela terceira vez.

As primeiras movimentações da loba, ela se deu conta, a tinham levado até o laboratório de explosivos de Philip Briggs, além das muralhas da cidade. Inclusive na noite da prisão dele.

Ela ainda se lembrava de Danika e Connor mancando de volta ao apartamento naquela noite, depois de prender Briggs e seu grupo da Keres, dois anos antes. Danika parecia bem, mas Connor ostentara um lábio cortado e um olho roxo, prova de que alguma merda havia acontecido. Jamais lhe disseram o que, e ela não tinha perguntado. Apenas fizera Connor se sentar à mesa detonada da cozinha e o obrigou a deixar que o limpasse.

Ele não desviara os olhos de seu rosto, de sua boca, durante todo tempo em que a semifeérica havia gentilmente cuidado do corte na boca do lobo. Ela percebera, naquele instante, o que estava por vir... que Connor estava farto de esperar. Aqueles cinco anos de amizade, de pisar em ovos na presença um do outro, iriam mudar, e ele agiria em breve. Pouco importava que estivesse saindo com Reid. Connor a deixara cuidar de seus machucados, os olhos quase cintilantes, e ela tinha entendido que chegara a hora.

Quando Ruhn não respondeu de imediato à provocação, Bryce ergueu o olhar do laptop. O irmão havia continuado a ler... e não parecia ouvi-la.

— Ruhn.

Hunt parou a própria busca no banco de dados da galeria.

— Danaan.

Ruhn ergueu a cabeça, piscando.

— Achou alguma coisa? — perguntou Bryce.

— Sim e não — respondeu Ruhn, se recostando na cadeira. — Isto é apenas um relato de três páginas sobre o príncipe Pelias e sua noiva, Lady Helena. Mas não me dei conta de que Pelias era, na verdade, alto general da rainha feérica Theia quando fizeram a Travessia para este mundo; Helena era filha de Theia. Pelo que parece, a rainha *também* era Estrelada, e a filha possuía o mesmo poder. Theia tinha uma irmã mais nova com o mesmo dom, mas apenas Lady Helena é citada. — Ruhn pigarreou e leu: — *Helena, cabelo como a noite, e cuja pele vertia luz estelar e sombras.* Parece que Pelias era apenas um dos vários feéricos com o poder Estrelado naquela altura.

Bryce piscou.

— E daí? O que isso tem a ver com o chifre?

— Diz aqui que os artefatos sagrados foram criados apenas para feéricos como eles. Que o chifre só funcionava quando luz estelar fluía através dele, quando estava repleto de poder. O relato alega que a magia Estrelada, somada a um monte de besteira, pode ser canalizada pelos artefatos sagrados... trazendo-os à vida. Tenho certeza de que jamais fui capaz de fazer nada assim, mesmo com Áster. O texto fala que o Príncipe do Fosso teve de roubar o sangue de Pelias para conseguir que o kristallos rastreasse o chifre... pois continha sua essência. Mas acho que o chifre poderia ter sido empunhado por qualquer um dos Estrelados.

— Mas se o Príncipe do Fosso tivesse colocado as mãos no chifre, não poderia tê-lo usado a não ser que conseguisse um feérico Estrelado para operar o artefato. — Hunt assentiu para Ruhn. — Mesmo que a pessoa que esteja atrás do chifre o encontre agora, vai precisar de você.

Ruhn considerou a hipótese.

— Mas não vamos nos esquecer de que, seja lá quem for que esteja conjurando o demônio para rastrear o chifre e matar pessoas, o assassino ainda não *tem* o chifre. Outra pessoa o roubou. Então, em suma, estamos procurando por duas pessoas diferentes: o assassino e o ladrão do chifre.

— Bem, de qualquer modo, o chifre está quebrado — argumentou Bryce.

Ruhn bateu de leve no livro.

— Ao que parece, permanentemente quebrado. Diz aqui que, uma vez rachado, alegam os feéricos, pode ser reparado apenas pela *luz que não é luz; magia que não é magia.* Resumindo, um modo hermético de dizer que nem fodendo ele funcionaria de novo.

— Então precisamos descobrir por que alguém precisaria do chifre — argumentou Hunt, franzindo o cenho para Ruhn. — Seu pai o quer para quê... alguma campanha de divulgação sobre os velhos e bons tempos do domínio feérico?

Ruhn bufou, e Bryce sorriu de leve. Com tiradas assim, Hunt corria o risco de se tornar uma de suas pessoas preferidas.

— Basicamente, sim — admitiu Ruhn. — Os feéricos estão em *declínio,* de acordo com ele, há vários milênios. Ele alega que nossos antepassados podiam incinerar florestas inteiras com meio pensamento... ao passo que ele consegue, no máximo, queimar um bosque, e olhe lá. — Ruhn cerrou o maxilar. — E o fato de meus poderes de Escolhido serem pouco mais que um grão o deixa louco.

Bryce tinha noção de que a própria falta de poder fora um dos motivos da decepção do pai com ela.

Prova da decadente influência feérica.

Ela sentiu o olhar de Hunt, como se ele pudesse enxergar a amargura que a agitava.

— Meu próprio pai jamais mostrou nenhum interesse em mim pelo mesmo motivo. — Uma meia-verdade.

— Em especial depois de sua visita ao Oráculo — emendou Ruhn.

As sobrancelhas de Hunt se ergueram, mas Bryce balançou a cabeça, franzindo o cenho.

— É uma longa história.

Mais uma vez, o anjo a encarava daquele modo especulativo, perspicaz. Então Bryce espiou o livro de Ruhn, passou os olhos por algumas linhas, e, em seguida, encarou o irmão novamente.

— Toda essa seção é dedicada a seus primos chiques de Avallen. Caminhar pelas sombras, leitura de mentes... Fico surpresa que não reclamem o status de Estrelados.

— Bem que queriam — resmungou Ruhn. — São um bando de babacas.

A semifeérica tinha uma vaga lembrança de Ruhn lhe contar os detalhes do porquê, exatamente, ele se sentia daquele jeito. Mas perguntou:

— Nada de leitura de mentes para você?

— É telepatia — grunhiu ele. — E não tem nada a ver com o lance de Estrelado. Ou com o caso.

Hunt, aparentemente, parecia concordar, porque interrompeu:

— E se perguntarmos ao Oráculo sobre o chifre? Talvez ele consiga ver por que alguém estaria atrás de uma relíquia quebrada.

Bryce e Ruhn enrijeceram.

— Melhor apelar para os místicos — disse Bryce.

Hunt se encolheu.

— Os místicos são uma merda sombria e fodida. Melhor consultar o Oráculo primeiro.

— Bem, eu não vou — avisou logo Bryce.

Os olhos de Hunt ficaram sombrios.

— Por causa do que aconteceu em sua visita?

— Sim — respondeu ela, tensa.

Ruhn se intrometeu.

— Vá você então — disse ao anjo.

Hunt riu entre dentes.

— Também teve uma experiência ruim, Danaan?

Bryce se flagrou observando o irmão com cautela. Ruhn jamais mencionara o Oráculo.

— Sim — confessou ele, dando de ombros.

Hunt levantou as mãos.

— Certo, idiotas. Eu vou. Nunca visitei o Oráculo. Sempre me pareceu muito enigmático.

Não era. Bryce bloqueou a imagem da esfinge dourada que havia se sentado em um buraco a sua frente, no piso da sombria câmara... como o rosto da mulher tinha monitorado cada fôlego seu.

— Precisa agendar. — Ela conseguiu dizer.

Silêncio. Um zumbido cortou o ar, e Hunt suspirou ao pegar seu telefone.

— Preciso atender — avisou, sem esperar pela resposta de ambos antes de marchar escada acima e sair da biblioteca.

Um momento depois, a porta da frente da galeria bateu.

Com Lehabah ainda assistindo a sua série atrás dos dois, Ruhn disse:

— Sabe que a intensidade de seu poder jamais importou para mim, certo, Bryce?

Ela retomou a análise dos últimos passos de Danika.

— Sim, eu sei. — Ela ergueu uma das sobrancelhas. — Qual seu problema com o Oráculo?

A expressão do irmão se anuviou.

— Nenhum. Ela me disse tudo o que o Rei Outonal queria ouvir.

— O quê... ficou chateado que não era nada tão desastroso quanto minha previsão?

Ruhn se levantou, os piercings brilhando sob as primaluces.

— Olhe, tenho uma reunião do Aux essa tarde para a qual preciso me preparar, mas vejo você mais tarde.

— Certo.

Ruhn hesitou, como se cogitasse falar mais, então seguiu até as escadas e saiu.

— Seu primo é um sonho — suspirou Lehabah do sofá.

— Achei que Hunt Athalar fosse seu verdadeiro amor — comentou Bryce.

— Não podem ser os dois?

— Considerando que nenhum deles aprendeu a compartilhar, acredito que o poliamor não seja uma opção para você.

Seu e-mail apitou no laptop. Já que seu telefone estava em frangalhos nos escombros do Corvo, Hunt havia enviado uma mensagem: *Vi seu primo sair. Partimos para o Comitium em cinco minutos.*

Ela respondeu: *Não me dê ordens, Athalar.*

Quatro minutos, amor.

Já disse: não me chame de amor.

Três minutos.

Rosnando, ela se levantou e massageou a perna. Os saltos já a castigavam, e, conhecendo Hunt, o anjo a faria caminhar todo o caminho até o complexo do Comitium. O vestido ficaria ridículo com outro par de sapatos, mas, felizmente, ela guardava uma muda de roupas na última gaveta da escrivaninha da biblioteca, para o caso de um dia chuvoso ameaçar arruinar o look do dia.

— É bacana... ter companhia — disse Lehabah.

Bryce sentiu um aperto no peito.

— Volto mais tarde — disse a semifeérica, simplesmente.

30

Hunt mantinha uma distância casual de Bryce enquanto eles atravessavam o saguão do Comitium lado a lado, na direção do grupo de elevadores que os levaria até o quartel da 33ª. Os outros halls de elevadores espalhados pelo átrio central envidraçado levavam às quatro diferentes torres do complexo: uma para as salas de reunião dos Mestres da Cidade e a administração de Lunathion, uma para a residência e o escritório oficial de Micah, outra para a babaquice administrativa generalizada e a última para as reuniões públicas e eventos. Milhares e milhares de pessoas viviam e trabalhavam entre aquelas paredes, mas, mesmo em meio à efervescência do lobby, Bryce, de algum modo, se destacava.

A semifeérica havia trocado de roupa e usava sapatilhas de camurça vermelhas e uma blusa branca de botão enfiada para dentro da calça jeans. Ela havia prendido os cachos sedosos em um rabo de cavalo alto que balançava de modo atrevido a cada passo sincronizado com os de Hunt.

Ele colocou a palma sobre o disco circular ao lado das portas do elevador, liberando o acesso até seu piso, trinta andares acima. Em geral, voava até o balcão de pouso do quartel, tanto pela facilidade quanto para evitar os intrometidos que agora o encaravam, boquiabertos, no saguão. Com certeza se perguntando se Hunt havia levado Bryce até ali para trepar com ela ou para interrogá-la.

O legionário sentado em um sofá baixo não parecia particularmente habilidoso em disfarçar seus olhares para a bunda da semi-feérica. Bryce olhou por sobre o ombro, como se um sexto sentido lhe dissesse que alguém a observava, e abriu um sorriso para o soldado.

O legionário enrijeceu, Bryce mordeu o lábio, os cílios se fechando de leve.

Hunt esmurrou o botão do elevador com força quando o macho lançou para Bryce um meio-sorriso que, Hunt tinha certeza, o canalha dirigia a qualquer fêmea que cruzasse seu caminho. Como engrenagens de uma grande máquina, legionários — mesmo os da famosa 33ª — não podiam ser exigentes.

As portas do elevador se abriram, e legionários e burocratas saltaram — aqueles sem asas tomando o cuidado de não pisar nas penas de ninguém. E todos tomando o cuidado de não encarar Hunt.

Não que ele fosse hostil. Se alguém lhe abria um sorriso, o anjo em geral se esforçava para devolver o gesto. Mas todos haviam ouvido as histórias. Todos sabiam para quem ele havia trabalhado — cada um de seus *mestres* — e o que fazia para eles.

Eles se sentiriam mais confortáveis em dividir o elevador com um tigre faminto.

Então Hunt mantinha distância, diminuindo as chances de interação. Bryce deu meia-volta para encarar o elevador, o rabo de cavalo quase chicoteando o rosto do anjo.

— Cuidado com essa coisa — disparou Hunt, enquanto o elevador enfim esvaziava e eles embarcavam. — Vai arrancar um olho meu.

Ela se apoiou displicentemente na parede de vidro. Por sorte, não havia ninguém ali dentro com eles. Hunt não era ingênuo a ponto de acreditar que fora puro acaso.

Os dois haviam parado apenas uma vez no caminho, para comprar um novo telefone para Bryce e substituir o que ela perdera na boate. Ela havia até desembolsado alguns marcos a mais por um feitiço de proteção padrão para o aparelho.

A loja, feita de vidro e aço, estava praticamente vazia, mas Hunt não pudera deixar de notar quantos consumidores em potencial o avistavam pelas janelas e mantinham distância. Bryce não parecia ter se dado conta e, enquanto esperavam que o vendedor lhe trouxesse um novo aparelho, tinha pedido o do anjo emprestado, para que pudesse checar os feeds de notícias atrás de qualquer novidade sobre o ataque à boate. De algum modo, ela acabara bisbilhotando as fotos dele. Ou a ausência delas.

— Tem 36 fotos neste celular — dissera ela, sem rodeios.

Hunt tinha franzido a testa.

— E?

Ela deslizou a barra pelo álbum insignificante.

— Em *quatro anos*. — Desde que havia chegado a Lunathion e conseguido o primeiro telefone e o gostinho de uma vida sem um monstro como mestre. Bryce quase vomitara quando abriu a foto de uma perna amputada em cima de um tapete ensanguentado. — Que *porra* é essa?

— Às vezes sou requisitado em cenas de crime e preciso tirar algumas fotos como evidência.

— Algumas dessas pessoas fazem parte de sua barganha com...

— Não — respondeu ele. — Não as fotografo.

— Há um total de 36 fotos em seu celular de quatro anos, e todas de corpos desmembrados — constatou ela.

Alguém arfou do outro lado da loja.

Hunt rangeu os dentes.

— Fale mais alto, Quinlan.

Ela franziu o cenho.

— Nunca tira nenhuma outra?

— Do quê?

— Ah, sei lá... da *vida*? Uma flor bonita ou uma boa refeição ou algo do gênero?

— Para quê?

Ela piscou, em seguida balançou a cabeça.

— Bizarro.

E, antes que Hunt pudesse impedi-la, ela havia inclinado o telefone na frente do próprio rosto, sorrido de orelha a orelha, tirado uma selfie e devolvido o celular a ele.

— Pronto. Uma foto de um não cadáver.

Hunt tinha revirado os olhos, mas guardou o telefone.

O elevador zumbia ao seu redor, disparando para cima. Bryce observava os números em ordem crescente.

— Sabe quem era aquele legionário? — perguntou, de modo displicente.

— Qual deles? O que estava babando no tapete traskiano, aquele cuja língua estava no chão ou o que olhava para sua bunda como se ela fosse falar com ele?

Ela riu.

— Eles devem mantê-los famintos por sexo nos quartéis, se a presença de uma fêmea os deixa tão excitados. Então... sabe o nome dele? Daquele que queria conversar com minha bunda?

— Não. Somos mais de três mil só na 33ª. — Ele a olhou de soslaio, observando-a monitorar o número dos andares. — Talvez não valha a pena conhecer um sujeito que seca sua bunda antes mesmo de dizer oi.

As sobrancelhas da semifeérica se ergueram quando o elevador parou e as portas se abriram.

— É *precisamente* esse tipo de pessoa que procuro.

Bryce saiu para o corredor e o anjo a seguiu, hesitando ao perceber que era *ele* quem sabia o caminho, enquanto ela apenas fingia que sabia.

Virou à esquerda. Seus passos ecoavam no piso de granito bege do longo corredor. A pedra estava rachada e lascada em alguns pontos — pela queda de armas, disputas idiotas envolvendo magia, brigas de verdade —, mas, ainda assim, o piso era polido o bastante para refletir a silhueta de ambos.

Bryce observou o corredor, os nomes em cada porta.

— Machos, apenas, ou misto?

— Misto — respondeu ele. — Embora haja mais machos que fêmeas na 33ª.

— Tem namorada? Namorado? Alguém cuja bunda *você* admire?

Ele balançou a cabeça, tentando combater o gelo em suas veias enquanto parava diante de sua porta e a abria, deixando-a entrar.

Esforçando-se para bloquear a imagem de Shahar despencando até o chão, empalada com a espada de Sandriel, as asas brancas das duas manchadas de sangue. As duas irmãs gritando, o rosto de uma a imagem espelhada da outra.

— Nasci bastardo.

Ele fechou a porta atrás de ambos, observando-a enquanto ela estudava o pequeno cômodo. A cama era grande o bastante para suas asas, mas não havia espaço para nada além de um armário e uma cômoda, uma mesa com livros e papéis e armas abandonadas.

— E?

— E minha mãe não tinha dinheiro ou uma linhagem nobre que compensasse o fato. Não há uma fila de fêmeas na minha porta, apesar desse rostinho. — A risada soou amarga enquanto ele abria o armário de pinho barato e pegava uma grande bolsa de viagem. — Tive alguém no passado, alguém que não se importava com status, mas não acabou bem. — Cada palavra queimava sua língua.

Bryce envolveu o corpo com os braços, as unhas enterradas na seda delicada da camisa. Ela parecia ter percebido a quem ele se referia. A semifeérica deu uma olhada ao redor, como se procurando algo a dizer.

— Quando fez a Descida? — De algum modo, foi o que escolheu perguntar.

— Eu tinha 28.

— Por que nessa idade?

— Minha mãe tinha acabado de morrer.

A tristeza invadiu os olhos de Bryce. Hunt não conseguia suportar o olhar dela, não podia abrir aquela ferida. Então acrescentou:

— Fiquei descontrolado depois do que aconteceu. Então requisitei um Âncora público e completei a Descida. Mas não fez diferença. Mesmo que eu tivesse herdado o poder de um arcanjo, ou de uma ratazana, quando recebi as tatuagens, cinco anos mais tarde, a tinta de bruxa me deixou de joelhos.

Ele podia ouvi-la acariciando seu cobertor.

— Alguma vez se arrependeu da rebelião dos anjos?

Hunt olhou por sobre o ombro e a encontrou apoiada na cama.

— Ninguém nunca me perguntou isso. — Ninguém ousaria. Mas ela sustentou o olhar dele. Hunt admitiu: — Não sei o que pensar.

Ele deixou o olhar transmitir o restante. *E não diria uma maldita palavra sobre esse assunto neste lugar.*

Ela assentiu. Em seguida, olhou para as paredes; nenhum quadro, nenhum pôster.

— Não curte decoração?

O anjo enfiou as roupas na sacola, lembrando que a semifeérica tinha uma máquina de lavar no apartamento.

— Micah pode me vender quando bem entender. Dá azar fincar raízes assim.

Ela esfregou os braços, embora o quarto estivesse quente, quase abafado.

— Se o governador tivesse morrido naquela noite, o que teria acontecido a você? E a todos os Caídos e escravizados que ele possui?

— Nosso título de propriedade seria transferido para seu substituto. — Ele odiou cada palavra que saía de sua boca. — Se ele não deixasse herdeiros, seus bens seriam divididos entre os outros arcanjos.

— Que não honrariam seu acordo.

— Definitivamente, não.

Hunt começou a separar as armas guardadas nas gavetas da mesa.

Podia sentir os olhos de Bryce observando cada movimento seu, como se contasse cada lâmina e arma que tirava do lugar.

— O que você faria se conquistasse sua liberdade? — perguntou ela.

Hunt verificou a munição para as armas que havia colocado em cima da mesa e ela se aproximou para olhar. Ele jogou algumas na bolsa. Bryce pegou uma faca comprida como se fosse uma meia suja.

— Ouvi dizer que seu relâmpago é único entre os anjos... nem mesmo os arcanjos conseguem reproduzi-lo.

Ele recolheu as asas.

— Sim?

Um dar de ombros.

— Então por que Isaiah é o Comandante da 33ª?

Ele pegou a faca de sua mão e a colocou na sacola.

— Porque emputeço muita gente e não dou a mínima.

Sempre fora assim, mesmo antes do monte Hermon. No entanto, Shahar havia encarado aquilo como uma vantagem. Ela fizera dele seu general. Ele tinha tentado honrar tal confiança. E falhara.

Bryce abriu um sorriso cúmplice.

— Temos algo em comum, Athalar.

* * *

Certo. O anjo não era de todo ruim. Havia feito os curativos nela depois do atentado, sem prepotência machista. E tinha uma puta razão para querer o caso. E irritava Ruhn infinitamente.

Quando acabara de arrumar suas coisas, ele tinha recebido uma ligação de Isaiah, que revelara que a solicitação para visitar Briggs fora aprovada; mas levaria alguns dias para preparar Briggs e transferi-lo da Prisão de Adrestia. Bryce escolhera ignorar o que exatamente aquilo dizia sobre o atual estado do humano.

A boa notícia, segundo informou Isaiah, era que o Oráculo havia encaixado Hunt em sua agenda, na manhã do dia seguinte.

Bryce encarou Hunt conforme entravam outra vez no elevador, seu estômago dando voltas enquanto mergulhavam para o saguão central do Comitium. Qualquer que fossem as credenciais do anjo, de algum modo incluíam ignorar os comandos do elevador de parar em outros andares. Fofo.

Na verdade, Bryce jamais conhecera um malakim além dos legionários em patrulha ou dos membros de sua elite se pavoneando pela cidade. A maioria preferia os bares nos rooftops do Distrito Comercial Central. E como putas mestiças não eram permitidas ali, a semifeérica nunca tivera a chance de levar um para casa.

Bem, agora ela *estava* levando um para casa, embora não do modo como imaginara enquanto admirava aqueles músculos. Certa vez, no verão, ela e Danika haviam levado duas semanas inteiras passando o intervalo de almoço sentadas em um telhado vizinho à área de treinamento de uma legião. Com o calor, os machos se despiam da cintura para cima enquanto duelavam. E ficavam suados. Muito, muito suados.

Ela e Danika teriam continuado a passar cada hora de almoço ali, se não tivessem sido flagradas pelo zelador do prédio, que as chamou de pervertidas e impediu para sempre o acesso ao telhado.

O elevador diminuiu a velocidade até parar, fazendo o estômago de Bryce rodar outra vez. As portas se abriram, e eles foram saudados por uma muralha de legionários impacientes... que trataram de rearrumar a expressão para uma de cuidadosa reserva quando viram Hunt.

A Sombra da Morte. Ela havia espiado o elmo infame no quarto dele, guardado ao lado da mesa. Ele o havia deixado para trás, graças aos deuses.

O saguão do Comitium além dos elevadores estava lotado. Cheio de asas e halos e aqueles encantadores corpos musculosos, todos olhando para as portas da frente, esticando o pescoço para ver por cima um do outro, mas nenhum sobrevoava o espaço aéreo do átrio...

Hunt enrijeceu no limite da multidão, que praticamente bloqueava o hall de elevadores do quartel. Bryce mal deu um passo na direção do anjo quando o elevador a sua direita se abriu e Isaiah disparou para fora, estacando quando se deparou com Hunt.

— Acabei de saber...

Uma onda de poder no outro extremo do saguão fez as pernas da semifeérica fraquejarem.

Como se aquele poder tivesse derrubado a multidão, todos se ajoelharam e curvaram a cabeça.

Deixando os três com uma visão perfeita da arcanjo que estava parada à gigantesca porta de vidro do átrio, com Micah ao seu lado.

31

Sandriel se virou na direção de Hunt, Bryce e Isaiah no mesmo instante em que Micah o fez. Um brilho de reconhecimento faiscou nos olhos da fêmea de cabelos escuros quando seu foco parou em Hunt, ignorando completamente Bryce, e passou para Isaiah.

Bryce a reconheceu, claro. Ela aparecia na TV com frequência suficiente para que ninguém no planeta deixasse de identificá-la.

Um passo a sua frente, Hunt tremia como uma vara verde. Bryce jamais o vira assim.

— Abaixe-se — murmurou Isaiah, e se ajoelhou.

Hunt não se mexeu. Não o faria, Bryce se deu conta. As pessoas olharam por sobre os ombros, ainda ajoelhadas.

— Pollux não está com ela. Apenas se ajoelhe, porra — grunhiu Isaiah.

Pollux... o Martelo. Hunt relaxou um pouco, mas continuou de pé.

Parecia perdido, paralisado em algum lugar entre a raiva e o terror. Nem mesmo um lampejo de relâmpago na ponta de seus dedos. Bryce se postou ao lado do anjo, jogando o rabo de cavalo sobre um dos ombros. Ela pegou seu telefone novo em folha no bolso, certificando-se de que o volume estivesse no máximo, de forma que todo mundo pudesse ouvir o alto *clique clique clique* enquanto ela tirava fotos dos dois arcanjos. Em seguida, ela se virou, enquadrando-se na tela, para fazer uma selfie com os governadores ao fundo...

As pessoas murmuravam em choque. Bryce inclinou a cabeça, um sorriso largo no rosto, e tirou outra foto.

Então se virou para Hunt, ainda trêmulo, e disse, da maneira mais irreverente que conseguiu:

— Obrigada por me trazer para vê-los. Vamos?

Não deu ao anjo a chance de fazer mais nada enquanto passava o braço pelo dele, virando a ambos para tirar uma foto com os dois impassíveis arcanjos e a multidão boquiaberta ao fundo. E então o puxou para o hall dos elevadores.

Aquele fora o motivo da pressa de entrar de alguns legionários. Fugir.

Talvez houvesse outra saída além da parede de portas de vidro. A multidão se levantou.

Bryce apertou o botão, rezando que lhe desse acesso a qualquer um dos andares da torre. Hunt ainda tremia. Ela segurava o braço dele com força, batendo o pé conforme...

— Explique-se. — Micah estava parado atrás deles, bloqueando o caminho da multidão até os elevadores.

Hunt fechou os olhos.

Bryce engoliu em seco e se virou, quase chicoteando o rosto do anjo com o cabelo. De novo.

— Bem, ouvi dizer que você tinha uma convidada especial, então pedi a Hunt que me trouxesse para tirar uma foto...

— Não minta.

Hunt abriu os olhos. Em seguida, virou-se lentamente para o governador.

— Precisei pegar algumas provisões e roupas. Isaiah me deu permissão para trazê-la aqui.

Como se a menção de seu nome o tivesse conjurado, o Comandante da 33ª Legião cruzou a fileira de guardas.

— É verdade, Vossa Graça — confirmou ele. — Hunt veio buscar alguns itens e não quis arriscar deixar a Srta. Quinlan sozinha enquanto o fazia.

O arcanjo encarou Isaiah, depois Hunt. E então Bryce.

O olhar de Micah passeou pelo corpo da semifeérica. Por seu rosto. Ela reconhecia aquele olhar, aquele exame minucioso.

Pena que Micah fosse tão caloroso quanto um peixe no fundo de um lago na montanha.

Pena que usasse Hunt como uma arma, acenando-lhe com a liberdade como se fosse um petisco dado a um cão.

Pena que encontrasse seu pai com frequência para tratar dos problemas da cidade ou dos assuntos de sua casa... pena que *lembrasse* o pai dela.

Uma. Puta. Pena.

— Foi bom vê-lo outra vez, Vossa Graça.

As portas do elevador se abriram, como se algum deus os brindasse com uma boa saída.

Bryce guiou Hunt para dentro e já o seguia, mas uma mão fria e forte segurou seu cotovelo. Ela pestanejou para Micah enquanto ele a segurava entre as portas do elevador. Hunt não parecia respirar.

Como se esperasse que o governador rescindisse seu acordo.

— Gostaria de levá-la para jantar, Bryce Quinlan — ronronou, no entanto, Micah.

Ela se desvencilhou, juntando-se a Hunt no elevador.

— Não estou interessada — disse ela, sustentando o olhar do Arcanjo de Valbara enquanto as portas se fechavam.

* * *

Hunt fora informado da chegada de Sandriel, mas não imaginava encontrá-la naquele dia... Ela devia ter querido surpreendê-los, já que nem mesmo Isaiah soubera de nada. Queria pegar o governador e a legião desprevenidos, ver como era aquele lugar *antes* da pompa e circunstância reforçarem suas defesas, aumentarem suas riquezas. *Antes* que Micah pudesse convocar uma de suas outras legiões para torná-los ainda mais impressionantes.

Que baita azar que tivessem dado de cara com ela.

Mas pelo menos Pollux não a tinha acompanhado. Ainda não.

O elevador disparou de novo, e Bryce permanecia em silêncio. Controlada.

Não estou interessada.

Duvidava de que Micah Domitus já tivesse ouvido aquelas palavras antes.

Duvidava de que Sandriel alguma vez tivesse sido fotografada daquele modo.

Tudo em que conseguira pensar enquanto contemplava Sandriel fora no peso da lâmina na lateral do corpo. Tudo que pudera farejar fora o ranço daquela arena, sangue e merda e mijo e areia...

Então Bryce tinha agido. Bancado a baladeira irreverente e insípida que queria que acreditassem ser, que ele havia acreditado que era, tirando aquelas fotos, dando a ele uma saída...

Hunt colocou a mão no disco ao lado do painel e apertou o botão de outro andar, suplantando o comando anterior.

— Podemos sair pelo balcão de pouso. — Sua voz era como cascalho. Ele sempre se esquecia de como Sandriel e Shahar eram parecidas. Não gêmeas idênticas, mas a coloração e silhueta eram quase as mesmas. — Mas vou ter de carregá-la.

Ela enrolou o sedoso rabo de cavalo no punho, alheia ao fato de que, com o movimento, desnudara a coluna de seu pescoço para o anjo.

Não estou interessada.

Ela soara tão segura. Não satisfeita, não esnobe, mas... firme.

Hunt não queria pensar em como aquela rejeição poderia afetar seu acordo com Micah, imaginar se, de algum modo, o arcanjo o culparia.

— Nada de porta dos fundos? — perguntou Bryce.

— Existe uma, mas precisaríamos descer outra vez.

Hunt podia sentir a curiosidade fervilhante da semifeérica e, antes que ela pudesse perguntar qualquer coisa, disse:

— O segundo de Sandriel, Pollux, é ainda pior que ela. Quando ele chegar, evite-o a todo custo.

Não podia sequer conjurar a lista dos horrores que Pollux havia infligido a inocentes.

Bryce estalou a língua.

— Como se existisse qualquer possibilidade de nossos caminhos se cruzarem, no que depender de mim.

Depois daquela cena no saguão, havia uma chance. Mas Hunt não lhe disse que Sandriel não estava acima de vingança mesquinha por leves e menores ofensas. Não lhe disse que era provável que Sandriel nunca se esquecesse do rosto de Bryce. Podia já estar perguntando a Micah quem a semifeérica era.

As portas se abriram para um andar calmo. Os corredores eram sombrios, silenciosos, e ele a guiou por um labirinto de aparelhos de ginástica. Um caminho largo levava direto à parede de janelas e ao balcão além. Não havia grades, apenas uma saliência de pedra. Ela hesitou.

— Jamais deixei ninguém cair — prometeu ele.

Com cautela, ela o seguiu até lá fora. O vento seco chicoteava os dois. Bem abaixo, a rua estava cheia de espectadores e vans de reportagem. Acima deles, anjos voavam, alguns se afastando completamente, outros circulando as cinco torres do Comitium atrás de um vislumbre de Sandriel.

Hunt se inclinou, passando uma das mãos pela parte de trás dos joelhos de Bryce, deslizando a outra para as costas dela, e a pegou no colo. A essência da semifeérica invadiu seus sentidos, apagando qualquer memória residual do fedor daquelas masmorras.

— Obrigado — agradeceu ele, encontrando o olhar da fêmea. — Por me tirar de lá.

Ela deu de ombros o melhor que pode em seu abraço, mas se encolheu quando se aproximaram da borda.

— Pensou rápido — continuou ele. — Foi ridículo de muitas maneiras, mas te devo uma.

Ela abraçou o pescoço dele, o aperto quase sufocante.

— Você me ajudou ontem à noite. Estamos quites.

Hunt não lhe deu a chance de mudar de ideia ao bater as asas em um impulso poderoso e saltar da plataforma. Ela se segurou a ele, com força o bastante para machucá-lo, e ele a abraçou com firmeza, a sacola atravessada ao peito batendo de modo desajeitado em sua coxa.

— Pelo menos está aproveitando a vista? — perguntou o anjo por sobre o sopro do vento, enquanto navegava forte e rápido, voando para cima, para cima, ao largo do arranha-céu vizinho ao Distrito Comercial Central.

— Claro que não — respondeu ela em seu ouvido.

Ele riu enquanto se nivelava, planando sobre os pináculos do DCC, o brilho serpenteante do Istros à direita, a ilha oculta pela bruma do Quarteirão dos Ossos assomando além. À esquerda, Hunt mal conseguia discernir as muralhas da cidade, e depois a extensão de terra além do Portão do Anjo. Nenhuma casa ou prédio ou estrada. Nada além do aereoporto. Mas do portão a sua direita — o Portão do Mercador, no Mercado da Carne —, a larga e pálida linha da Estrada Ocidental ziguezagueava pelas ondulantes colinas pontilhadas de ciprestes.

Uma bela e agradável cidade... em meio a uma bela e agradável zona rural.

Em Pangera, as cidades eram pouco mais que currais para os vanir criarem humanos e se alimentarem deles... e de seus filhos. Não era de admirar que os humanos tivessem se rebelado. Não era de admirar que estivessem acabando com aquele território com suas bombas e máquinas.

Um arrepio de raiva atravessou a espinha de Hunt ao pensar naquelas crianças, e o anjo se forçou a se concentrar na cidade novamente. O Distrito Comercial Central era separado da Praça da Cidade Velha pela clara fronteira da avenida da Guarda. A luz do sol refletia nas pedras brancas do Templo de Luna e, como se espelhada bem à frente, parecia ser absorvida pelo domo escuro do Templo do Oráculo. Seu destino na manhã seguinte.

Ele olhou para além da Praça da Cidade Velha, para onde o verde de Cinco Rosas brilhava na neblina densa. Imponentes ciprestes e palmeiras se erguiam, assim como explosões brilhantes de magia. No Bosque da Lua, mais carvalhos, menos firulas. Hunt não se preocupou em ver mais nada. Os Prados de Asphodel não tinham nenhum apelo. No entanto, os Prados eram um avanço considerável se comparados aos distritos humanos em Pangera.

— Por que quis morar na Praça da Cidade Velha? — perguntou ele, depois de voar vários minutos em silêncio, ouvindo apenas a música do vento.

Ela ainda não estava olhando, e ele começou uma descida suave na direção de sua quadra, a apenas um quarteirão do rio e a alguns do Portão do Coração. Até mesmo daquela distância, podia vê-lo, o quartzo translúcido cintilando como uma lança de gelo a empalar o céu cinzento.

— É o coração da cidade — respondeu ela. — Por que não morar aqui?

— CiRo é mais limpo.

— E cheio de feéricos arrogantes que desprezam *mestiços.* — Ela cuspiu o termo.

— Bosque da Lua?

— O território de Sabine? — Uma risada áspera e ela se afastou para encará-lo. Suas sardas se enrugaram conforme ela franzia o rosto. — Sinceramente, a Praça da Cidade Velha é o único lugar remotamente seguro para alguém como eu. Além do mais, é perto do trabalho *e* cheio de restaurantes, casas de show e museus. Nunca preciso sair.

— Mas você sai... visita a cidade inteira quando corre pela manhã. Por que muda tanto de percurso?

— Pela novidade e pela diversão.

Seu prédio ficou mais claro, o telhado vazio. Um braseiro, algumas espreguiçadeiras e uma churrasqueira ocupavam quase todo o espaço. Hunt deu uma guinada, circulou o terraço e aterrissou suavemente, colocando Bryce no chão com cuidado. Ela se agarrou a ele até firmar as penas, então se afastou.

O anjo ajeitou a sacola, caminhando até a porta no telhado. Ele a segurou para a semifeérica, a primalux aquecendo a escadaria mais além.

— Falou sério... quando recusou Micah?

Ela trotou escada abaixo, o rabo de cavalo quicando.

— Claro que falei. Por que diabos iria querer sair com ele?

— Micah é o Governador de Valbara.

— E daí? Só porque salvei a vida dele não significa que estou destinada a ser sua namorada. Seria como trepar com uma estátua, afinal.

Hunt sorriu, zombeteiro.

— Justiça seja feita, as fêmeas que tiveram uma amostra dizem o contrário.

Ela destrancou a porta, a boca se curvando.

— Como já disse, não estou interessada.

— Tem certeza de que não é apenas porque está evitando...

— Viu? É exatamente esse o problema. Você e o mundo inteiro parecem achar que vivo *somente* para conquistar alguém como ele. Que, *claro*, não posso *não* estar genuinamente interessada, porque como *não iria* querer um macho forte e poderoso para me proteger? Na verdade, se sou bonita e solteira, estou *destinada* a tirar a calcinha no segundo que *qualquer* vanir demonstre interesse. De fato, sequer tive *vida* até que ele aparecesse... nunca fiz bom sexo, jamais me senti *viva*...

Inferno Sombrio, que mulher.

— Você é bem rancorosa, sabe?

Bryce bufou uma risada.

— Na verdade, você torna isso bem fácil, *sabe*?

Hunt cruzou os braços. Ela fez o mesmo.

Até aquele estúpido rabo de cavalo pareceu cruzar os metafóricos braços.

— Então — disse Hunt, entre dentes, enquanto largava a sacola, roupas e armas batendo com força no chão. — Vai comigo ao Oráculo amanhã ou o quê?

— Ah, não, Athalar. — As palavras ronronadas acariciaram a pele do anjo, e o sorriso era pura malícia. Hunt se preparou para o que quer que estivesse prestes a sair daquela boca. Mesmo quando se flagrou ansioso por isso. — Vai precisar lidar com isso sozinho.

32

Depois de deixar suas coisas no apartamento, Hunt seguiu Bryce até o trabalho, onde ela pretendia repassar os dados sobre o paradeiro de Danika enviados por Declan e cruzá-los com sua lista... e os locais dos homicídios até então.

Mas a ideia de ficar no subterrâneo por algumas horas o remoía tanto que decidiu se sentar no telhado em vez disso. Precisava de ar fresco, livre. Mesmo que anjos ainda passassem voando, deixando a cidade. Fez questão de não olhar para o Comitium, ameaçador a suas costas.

Pouco antes do pôr do sol, Syrinx a reboque, Bryce saiu da galeria, exibindo uma expressão sombria que rivalizava com a de Hunt.

— Nada? — perguntou ele, pousando na calçada ao lado da semifeérica.

— Nada — confirmou ela.

— Recomeçaremos amanhã, com novos olhos.

Talvez houvesse alguma coisa que tinham deixado passar. Aquele dia fora longo e horrível e estranho, e ele estava mais que pronto a desabar no sofá.

— Há um jogo importante de solebol essa noite. Se importa se eu assistir? — perguntou ele, o mais casual que pôde.

Ela o olhou de esguelha, erguendo as sobrancelhas.

— O quê? — indagou ele, incapaz de impedir que o canto da boca se curvasse.

— É só que... você é tão... *homem.* — Ela apontou para ele. — Com todo esse lance de esporte.

— As fêmeas gostam de esportes tanto quanto os machos.

Ela revirou os olhos.

— Esse lance de fã de solebol não combina com a imagem mental que faço do Sombra da Morte.

— Lamento desapontá-la. — Hunt se virou e ergueu uma sobrancelha. — O que *acha* que faço em meu tempo livre?

— Não sei. Imagino que maldiga as estrelas e fique amuado e trame vinganças contra seus inimigos.

Ela não sabia de nada. Mas Hunt bufou uma risada.

— De novo, lamento desapontá-la.

Os olhos de Bryce se estreitaram, joviais, os últimos raios de sol transformando-os em ouro líquido. Ele se forçou a monitorar as ruas ao redor.

Estavam a um quarteirão de seu apartamento quando o telefone de Hunt tocou. Bryce ficou tensa, espiando a tela no mesmo instante que o anjo.

O celular tocou uma segunda vez. Os dois olharam o nome que surgiu, os pedestres passando por eles.

— Vai atender? — perguntou ela, baixinho.

Um terceiro toque.

Hunt sabia. Antes de apertar o botão, já sabia.

Motivo pelo qual se afastou de Bryce, levando o telefone ao ouvido.

— Oi, chefe — disse, debilmente.

— Tenho trabalho para você essa noite — avisou Micah.

Hunt sentiu um nó nas entranhas.

— Certo.

— Espero não estar interrompendo sua diversão com a Srta. Quinlan.

— Estamos bem — replicou Hunt, tenso.

O silêncio de Micah parecia carregado.

— O que aconteceu hoje pela manhã, no saguão, jamais se repetirá. Entendido?

— Sim. — Ele cuspiu a palavra.

Mas ele a pronunciara com vontade, porque a alternativa a Micah estava agora na residência do governador, no Comitium. E Sandriel prolongaria sua punição por ter se recusado a ajoelhar, por constrangê-la, por dias, semanas. Meses.

Micah, porém, lhe daria aquele aviso e o obrigaria a matar naquela noite, para lembrá-lo de seu lugar na ordem das coisas, e pararia por ali.

— Ótimo — disse o arcanjo. — O arquivo o aguarda em seu alojamento no quartel. — Ele hesitou, como se pressentindo a pergunta que martirizava Hunt. — A oferta está de pé, Athalar. Não me faça reconsiderá-la. — A ligação foi encerrada.

Hunt cerrou dolorosamente os dentes.

A testa de Bryce exibia rugas de preocupação.

— Está tudo bem?

O anjo enfiou o telefone no bolso.

— Tudo. — Ele continuou a caminhar. — Apenas assunto da legião. — Não uma mentira. Não totalmente.

As portas de vidro do prédio da semifeérica se abriram. Hunt indicou o saguão com a cabeça.

— Vá na frente. Tenho algo a fazer. Ligo se me passarem a data e a hora da visita a Briggs.

Os olhos cor de âmbar de Bryce se estreitaram. Sim, ela enxergava através de suas mentiras. Ou melhor, ouvia tudo que ele não estava dizendo. Sabia o que Micah lhe mandara fazer.

— Certo — disse ela apenas, virando-se para o saguão. Mas acrescentou por sobre o ombro: — Boa sorte.

Ele não se importou em responder antes de disparar para os céus, o telefone já colado ao ouvido conforme ligava para Justinian a fim de lhe pedir que ficasse de guarda por algumas horas. O triário choramingou sobre perder o jogo de solebol, mas Hunt apelou para a hierarquia, arrancando do anjo a promessa de que estaria no telhado do prédio vizinho em dez minutos.

Ele chegou em oito. Deixando o irmão de armas de vigia, Hunt inspirou uma lufada de ar seco e poeirento, a fita cerúlea do Istros à esquerda, e tratou de fazer o que fazia melhor.

* * *

— Por favor.

Sempre as mesmas palavras. As únicas palavras que as pessoas tendiam a dizer na presença do Umbra Mortis.

Através do sangue salpicado em seu elmo, Hunt observava o metamorfo puma encolhido a sua frente. As mãos em garra erguidas, trêmulas.

— Por favor — implorava o macho.

Cada palavra dissociava ainda mais Hunt da cena. Até que o braço estendido se desligasse, até que a arma apontada para a cabeça do macho fosse apenas um pedaço de metal.

Morte por morte.

— Por favor.

O macho havia feito coisas terríveis. Coisas indescritíveis. Ele merecia a morte. Merecia punição pior.

— Porfavorporfavorporfavor.

Hunt não era senão uma sombra, um fiapo de vida, um instrumento de morte.

Não era nada nem ninguém.

— *Por...*

Ele puxou o gatilho.

* * *

Hunt voltou cedo. Bem, cedo para seus padrões.

Felizmente, ninguém entrou no banheiro do quartel enquanto ele lavava o sangue. Em seguida, ele se sentou sob o jato escaldante por tanto tempo que perdeu a noção das horas.

Teria demorado mais se não soubesse que Justinian o aguardava.

Então se remendou, se recompôs. Praticamente se arrastou do chuveiro fervente para dentro de quem costumava ser quando não era forçado a enfiar uma bala entre os olhos de alguém.

Precisou parar algumas vezes antes de retornar ao apartamento de Bryce. Mas conseguiu voltar, liberando Justinian de suas funções e atravessando a porta às onze.

Ela estava no quarto, a porta fechada, mas Syrinx emitiu um uivo de boas-vindas. A repreensão sussurrada era prova de que a semifeérica tinha ouvido Hunt chegar. O anjo rezou para que ela não saísse para o corredor. Ainda lhe faltavam as palavras.

A maçaneta girou. Mas Hunt já estava no quarto e não ousou olhar para a suíte principal enquanto ela dizia, tensa:

— Você voltou.

Mesmo do outro lado do cômodo, ele podia sentir as perguntas que ela se fazia.

— Gravei o jogo para você. Se ainda quiser assistir — disse ela, com suavidade.

Hunt sentiu um aperto insuportável no peito. Mas não se virou. Entrou no quarto murmurando um boa-noite e fechou a porta.

33

A câmara preta do Oráculo fedia a enxofre e carne assada — o primeiro, por causa dos gases naturais oriundos do buraco no centro do cômodo; o segundo resultado da pilha de ossos de boi queimando sobre o altar na parede oposta, uma oferenda a Ogenas, a Senhora dos Mistérios.

Depois da noite anterior, do que fizera, um templo sagrado era o último lugar em que Hunt queria estar. O último lugar em que merecia estar.

As portas de 6 metros de altura se fecharam atrás do anjo enquanto ele marchava pela câmara silenciosa, na direção do buraco no centro e da parede de fumaça mais adiante. Seus olhos ardiam, consequência dos vários odores acres, e ele invocou uma brisa para afastá-los de seu rosto.

Atrás da fumaça, uma figura se movia.

— Eu me perguntava quando a Sombra da Morte traria o crepúsculo a minha câmara — disse uma voz adorável. Jovem, cheia de leveza e alegria... e, ainda assim, tingida de crueldade milenar.

O anjo estacou no limite do poço, reprimindo o impulso de espiar a escuridão sem fim.

— Não vou tomar muito de seu tempo — disse ele, a voz engolida pela câmara, o fosso, a fumaça.

— Eu lhe darei o tempo que Ogenas oferece.

A fumaça se dissipou, e Hunt arfou ao ver o ser desvelado.

Esfinges eram raras; apenas algumas dezenas agraciavam a terra com sua presença, e todas tinham sido chamadas ao serviço dos deuses. Ninguém sabia sua idade, e aquela a sua frente... Era tão linda que o anjo esqueceu o que fazer com o próprio corpo. A silhueta dourada de leoa se movia com graça fluida. Asas cor de ouro estavam recolhidas junto ao corpo esbelto, cintilando como se fossem feitas de metal líquido. E, no alto daquele corpo de leão alado... o rosto da mulher loura era tão perfeito quanto o de Shahar havia sido.

Ninguém sabia seu nome. Apenas seu título: Oráculo. O anjo se perguntou se ela teria se esquecido do próprio nome.

A esfinge piscou com os grandes olhos castanhos, os cílios roçando as bochechas cor de cobre.

— Faça sua pergunta e lhe revelarei os sussurros da fumaça.

As palavras ressoaram nos ossos de Hunt, atraindo-o. Não do modo como, às vezes, era atraído por belas fêmeas, mas da mesma maneira que uma aranha atraía uma mosca para sua teia.

Talvez Bryce e o primo tivessem razão de não querer ir até ali. Maldição, ela havia se recusado até mesmo a pisar no parque que circundava o templo de pedra preta, decidindo esperar com Ruhn em um banco nos arredores.

— O que digo aqui é confidencial, certo? — perguntou ele.

— Quando os deuses falam, eu me torno o canal pelo qual suas palavras fluem. — O Oráculo se colocou no chão, em frente ao buraco, cruzando as patas dianteiras, as garras brilhando sob a luz fraca dos braseiros que queimavam de ambos os lados. — Mas sim... será confidencial.

Aquilo soava como um monte de babaquice, mas Hunt suspirou, encontrando aqueles olhos castanhos, e perguntou:

— Por que alguém busca o Chifre de Luna?

Ele não perguntou quem o havia roubado... lera nos relatórios que já haviam lhe feito a pergunta e que a esfinge se recusara a responder.

Ela piscou, asas farfalhando, talvez surpresa, mas se aprumou. Inspirou os vapores que flutuavam sobre o fosso. Minutos se passaram, e a cabeça de Hunt começou a latejar com tantos cheiros... em especial o odor do enxofre.

Fumaça rodopiava, escondendo a esfinge, muito embora estivesse a apenas três metros.

O anjo se forçou a ficar quieto.

Uma voz rouca se esgueirou da fumaça.

— Para abrir a porta entre mundos. — Um calafrio tomou Hunt. — Querem usar o chifre para reabrir a Fenda do Norte. O propósito do chifre não é apenas fechar portas... mas também abri-las. Depende do desejo do arauto.

— Mas o chifre está quebrado.

— Ele pode ser curado.

O coração de Hunt parou.

— Como?

Uma longa, longa pausa. Então...

— Está velado. Não posso ver. Ninguém pode.

— As lendas feéricas dizem que não pode ser consertado.

— São apenas lendas. Isto é a verdade: o chifre pode ser reparado.

— Quem quer fazê-lo? — Ele precisava perguntar, mesmo que fosse tolice.

— Isso também está velado.

— Grande ajuda.

— Fique grato, Lorde do Relâmpago, por ter descoberto alguma coisa, afinal. — Aquela voz... aquele título. Sua boca ficou seca. — Quer saber o que o futuro lhe reserva, Orion Athalar?

Ele se encolheu ao som de seu nome de batismo, como se tivesse levado um soco no estômago.

— Ninguém pronuncia esse nome há duzentos anos — sussurrou ele.

— O nome que sua mãe lhe deu.

— Sim — grunhiu ele, o estômago se revirando à memória do rosto da mãe, do amor que sempre havia brilhado em seus olhos.

Um amor totalmente imerecido... em especial porque ele não estivera presente para protegê-la.

— Devo dizer o que vejo, Orion? — sussurrou o Oráculo.

— Não tenho certeza se quero saber.

A fumaça se dispersou o suficiente para que ele vislumbrasse os lábios sensuais da esfinge se abrindo em um sorriso que não pertencia àquele mundo.

— As pessoas afluem de toda Midgard para implorar por minhas visões, no entanto você não deseja saber?

Hunt sentiu os pelos de sua nuca se arrepiaram.

— Obrigado, mas não. — O agradecimento parecia apropriado... algo que poderia apaziguar um deus.

Os dentes da leoa brilharam, os caninos longos o bastante para rasgar a carne.

— Bryce Quinlan lhe contou o que aconteceu quando ela visitou esta câmara, há doze anos?

O sangue do anjo congelou.

— É assunto de Quinlan.

Aquele sorriso não vacilou.

— Tampouco deseja saber o que previ para ela?

— Não. — Ele foi sincero. — Não é de minha conta — insistiu.

Seu relâmpago despertou, crepitando contra um inimigo que não podia matar.

O Oráculo piscou, um lento balançar dos cílios grossos.

— Você me lembra daquilo há muito perdido — disse ela, devagar. — Não havia me dado conta de que poderia um dia reaparecer.

Antes que Hunt ousasse perguntar o que ela queria dizer, a cauda de leoa — uma versão maior da de Syrinx — varreu o chão. As portas atrás do anjo se abriram com um vento fantasma, a dispensa clara. Mas o oráculo disse, antes de sumir nos vapores:

— Faça um favor a si mesmo, Orion Athalar: fique bem longe de Bryce Quinlan.

34

Bryce e Ruhn estavam aguardando Hunt nos limites do Parque do Oráculo, cada minuto parecendo se arrastar. Quando o anjo retornou, analisando cada centímetro de seu rosto... Bryce soube que havia sido ruim. O que quer que ele tivesse descoberto.

Hunt esperou até que atravessassem um calmo quarteirão residencial colado ao parque antes de lhes contar o que o Oráculo havia revelado sobre o chifre.

As palavras ainda pairavam no ar brilhante da manhã quando Bryce suspirou. Hunt fez o mesmo a seu lado.

— Se alguém descobriu como consertar o chifre depois de tanto tempo — disse ele, por fim —, é capaz de desfazer o que o príncipe Pelias fez. E *abrir* a Fenda do Norte. Parece um bom motivo para matar quem possa delatá-lo.

Ruhn passou a mão pelo lado raspado da cabeça.

— Como a acólita do templo... ou um aviso para nos manter longe da porra do chifre ou para impedir que ela revelasse alguma coisa se descobriu algo, de algum modo.

Hunt assentiu.

— Isaiah interrogou os outros funcionários do templo; disseram que a garota era a única acólita de serviço na noite do roubo do chifre, e foi ouvida na ocasião, mas alegou não saber de nada.

A culpa se contorcia e serpenteava dentro de Bryce.

— Talvez estivesse com medo de contar o que sabia. E quando aparecemos... — começou Ruhn.

— Quem quer que esteja procurando pelo chifre não nos quer perto do artefato. — finalizou Hunt. — Podem ter descoberto que a acólita estava de serviço naquela noite e decidiram extrair alguma informação da menina. Queriam se assegurar de que ela não revelaria o que sabia a ninguém... e de que permaneceria em silêncio. Para sempre.

Bryce acrescentou a morte da garota à lista das outras que teria de expiar antes que aquilo terminasse.

— Se aquela marca no engradado era mesmo o chifre... — disse ela. — Talvez a Ophion, ou até mesmo a facção Keres, esteja procurando o artefato para auxiliar a revolução. Para abrir o portal do Inferno e trazer os príncipes de volta, em algum tipo de aliança com o intuito de derrubar os asteri. — Ela estremeceu. — Milhões morreriam. Diante do silêncio perplexo de ambos, Bryce continuou: — Talvez Danika tenha descoberto seus planos para o chifre... e tenha sido morta por isso. E a acólita também.

Hunt esfregou a nuca, o rosto pálido.

— Precisariam da ajuda de um vanir para conjurar um demônio tão poderoso, mas é uma possibilidade. Há alguns vanir aliados a sua causa. Ou talvez uma das bruxas o tenha invocado. A nova rainha bruxa poderia estar testando seu poder, ou algo assim.

— É improvável que uma bruxa esteja envolvida — disse Ruhn, ligeiramente tenso, os piercings em sua orelha refletindo o sol. — A bruxas obedecem aos asteri; um milênio de lealdade inquebrantável.

— Mas o chifre só pode ser usado por um feérico Estrelado... por você, Ruhn — argumentou Bryce.

As asas de Hunt farfalharam.

— Então talvez estejam procurando uma alternativa para essa merda de Estrelado.

— Sinceramente — disse Ruhn. — Nem tenho certeza de que eu *conseguiria* usar o chifre. O príncipe Pelias possuía basicamente um oceano de luz estelar a sua disposição. — Ruhn franziu as sobrancelhas, e uma pequena centelha de luz apareceu em seu dedo. — É o máximo que consigo espremer.

— Bem, você não vai usar o chifre, mesmo que o encontremos, então não faz diferença — lembrou Bryce.

Ruhn cruzou os braços.

— Se alguém conseguir consertar o chifre... nem mesmo sei como seria possível. Li algumas referências à possibilidade de o chifre ser senciente... quase como se fosse algo vivo. Talvez um feitiço de cura pudesse ser aplicado? Uma medbruxa talvez tenha alguma ideia.

— Elas curam pessoas, não objetos — retrucou Bryce. — E o livro que encontrou na biblioteca da galeria dizia que o chifre podia apenas ser restaurado pela luz que não é luz, pela magia que não é magia.

— Lendas — disse Hunt. — Não verdade.

— Vale a pena dar uma olhada — disse Ruhn, então parou, olhando de Bryce para Hunt, que observava a semifeérica de esguelha, desconfiado. O que quer que aquilo significasse. Ruhn continuou: — Vou contatar algumas medbruxas e fazer visitas discretas.

— Certo — disse Bryce. Quando Ruhn enrijeceu, ela acrescentou: — Parece uma boa ideia.

Mesmo que nada mais sobre o caso parecesse.

* * *

Bryce bloqueou o som de Lehabah enquanto a duende assistia a uma de suas séries e tentou se concentrar no mapa com os últimos passos de Danika. Tentou, mas fracassou, já que podia sentir os olhos de Hunt a estudando do outro lado da mesa da biblioteca. Pela centésima vez apenas naquela hora. Ela o encarou, e ele desviou os olhos rapidamente.

— O quê?

Ele balançou a cabeça e continuou a busca.

— Você passou a tarde me olhando com essa maldita expressão estranha no rosto.

Ele tamborilou os dedos na mesa.

— Gostaria de me dizer por que o Oráculo me aconselhou a ficar longe de você? — disse ele, então.

Bryce soltou uma risada curta.

— Foi por isso que parecia atordoado quando saiu do templo?

— O Oráculo disse que me revelaria a previsão que fez para você... como se guardasse algum rancor.

Um arrepio se esgueirou pela espinha de Bryce.

— Não posso culpá-lo.

Hunt empalideceu, mas Bryce continuou:

— Na cultura feérica, há um costume: quando as meninas têm a primeira menstruação, ou quando completam 13 anos, consultam o Oráculo. A visita fornece um vislumbre do tipo de poder ao qual podem aspirar ao amadurecerem, e assim os pais conseguem planejar suas uniões anos antes da real Descida. Os meninos vão também, quando fazem 13 anos. Nos dias de hoje, se os parentes são modernos, é só uma antiga tradição para descobrir a carreira certa para os filhos. Soldados ou curandeiros ou o que quer que feéricos façam, quando não podem se dar ao luxo de ficar deitados o dia todo, comendo uvas.

— Feéricos e malakim podem se odiar, mas têm um bando de merda em comum.

Bryce murmurou em concordância.

— Meu ciclo começou quando eu tinha quase 13 anos. E minha mãe teve essa... não sei. Crise? Um medo súbito por ter me afastado de parte de minha herança. Então entrou em contato com meu pai biológico. Duas semanas mais tarde, os documentos chegaram, me declarando cidadã plena. Mas vieram com um porém: eu tinha de jurar lealdade à Casa de Céu e Sopro. Recusei, mas minha mãe insistiu que eu o fizesse. Ela viu aquilo como algum tipo de... proteção. Não sei. Aparentemente, estava tão convencida do instinto protetor de meu pai que perguntou se ele queria me ver. Pela primeira vez. E eu já tinha superado aquela coisa de submissão à casa para perceber que também queria conhecê-lo.

Hunt leu nas entrelinhas.

— Não correu muito bem.

— Não. Aquela visita também foi a primeira vez que encontrei Ruhn. Vim para cá... me hospedei em CiRo por um verão. Conheci o Rei Outonal. — A mentira fluiu com facilidade. — Também conheci meu pai — acrescentou. — Nos primeiros dias, a visita não foi tão ruim quanto minha mãe temera. Gostei do que vi. Mesmo que algumas das outras crianças feéricas sussurrassem que eu era uma mestiça, eu sabia o que eu era. Nunca deixei de me orgulhar de minha condição... de ser humana, quero dizer. E sabia que meu pai havia me convidado, então pelo menos ele me queria ali. Não me importava com a opinião dos outros. Até o Oráculo.

Ele estremeceu.

— Estou com um mau pressentimento.

— Foi uma catástrofe. — Ela engoliu em seco diante daquela lembrança. — Quando analisou a fumaça, o Oráculo gritou. Arrancou os próprios olhos. — Não havia sentido em esconder o fato. A experiência tinha se tornado conhecida em alguns círculos. — Ouvi dizer que ficou cego por uma semana.

— Puta merda.

Bryce riu consigo mesma.

— Ao que parece, meu futuro é péssimo *assim*.

Hunt não sorria.

— O que aconteceu?

— Voltei para a antecâmara. Tudo que se podia ouvir era o Oráculo gritando e me amaldiçoando... as acólitas vieram correndo.

— Estava falando de seu pai.

— Ele me chamou de desgraça indigna, marchou porta afora pela saída VIP para que ninguém percebesse que estava comigo, e, quando enfim o alcancei, já havia pegado o carro e partido. Quando voltei para sua casa, encontrei minhas malas na calçada.

— Babaca. Danaan não disse nada sobre ele ter jogado a prima na sarjeta?

— O rei proibiu que Ruhn interferisse. — Ela examinou as unhas. — Acredite. Ruhn tentou brigar. Mas o rei o sujeitou. Então peguei um táxi para a estação de trem. Ruhn conseguiu enfiar o dinheiro da corrida em minha mão.

— Sua mãe deve ter surtado.

— Sim. — Bryce hesitou por um momento, depois acrescentou: — Parece que o Oráculo ainda está puto.

Ele abriu um meio-sorriso.

— Para mim, é um elogio.

A contragosto, Bryce devolveu o sorriso.

— Com certeza, você é o único que pensa assim.

Os olhos do anjo se demoraram em seu rosto, e ela sabia que não tinha nada a ver com o que o Oráculo havia previsto.

Bryce pigarreou.

— Descobriu alguma coisa?

Entendendo a deixa para mudar de assunto, Hunt virou o laptop em sua direção.

— Venho pesquisando essa merda antiga por dias... e isso foi tudo que encontrei.

O vaso de terracota datava de quase quinze mil anos. Praticamente um século depois do príncipe Pelias, mas o kristallos ainda não havia sumido da memória coletiva. Ela leu o breve texto do catálogo.

— É de uma galeria em Mirsia — disse a semifeérica. O que colocava a peça a um mar e mais de 3 mil quilômetros de Lunathion. Ela puxou o computador para si e clicou na miniatura. — Mas as fotos devem bastar.

— Posso ter nascido antes dos computadores, Quinlan, mas sei como usá-los.

— Eu só estava tentando manter sua fama de Umbra Mortis malvado. Não podemos permitir que saibam que você é um nerd de computador.

— Obrigado pela preocupação. — Os olhos dele encontraram os dela, o canto de sua boca se curvando para cima.

Bryce sentiu os dedos dos pés se encolherem nas sandálias. De leve. Ela se endireitou.

— Tudo bem. Me diga para o que estou olhando?

— Um bom sinal.

Hunt apontou para a imagem, estampada em preto contra o laranja queimado da terracota, do demônio kristallos rugindo enquanto uma espada, empunhada por um guerreiro de elmo, lhe atravessava a cabeça.

Ela se inclinou na direção da tela.

— Em que sentido?

— De que o kristallos pode ser morto do jeito tradicional. Pelo que parece, não foi usada magia ou um artefato especial para matá-lo aqui. Apenas a velha e boa força bruta.

Bryce sentiu um nó no estômago.

— O vaso pode ser apenas interpretação artística. Aquela coisa matou Danika e a Matilha dos Demônios, acertou Micah de jeito, também. E está me dizendo que algum guerreiro matou um kristallos apenas com um golpe de espada na cabeça?

Embora o seriado de Lehabah ainda tocasse ao fundo, Bryce sabia que a duende ouvia cada palavra dos dois.

— Talvez o kristallos tivesse o elemento surpresa do seu lado naquela noite — argumentou Hunt.

Ela tentou, e fracassou, bloquear a lembrança das pilhas de polpa vermelha, dos respingos de sangue nas paredes, do modo como todo o seu corpo parecera desabar mesmo enquanto continuava de pé e observava o que havia restado dos amigos.

— Ou talvez isso seja apenas uma representação idiota, feita por algum artista que ouviu uma canção romanceada ao redor de uma fogueira e criou a própria versão.

Bryce começou a bater o pé debaixo da mesa, como se aquilo, de algum modo, pudesse acalmar o *staccato* de seu coração.

Hunt sustentou seu olhar, os olhos sombrios resolutos e sinceros.

— Tudo bem. — Ela esperou que o anjo pressionasse, sondasse, mas Hunt deslizou o computador de volta para seu lado da mesa. Então estreitou os olhos. — Estranho. Aqui diz que o vaso é original de Parthos. — Ele inclinou a cabeça. — Pensei que Parthos fosse um mito. Um conto de fadas humano.

— Porque humanos eram pouco mais que animais brincando com pedras antes da chegada dos asteri?

— Não me diga que você acredita nessa teoria da conspiração sobre uma biblioteca no coração de uma pré-civilização humana? — Quando ela não respondeu, Hunt a desafiou: — Se algo assim *de fato* existiu, onde está a evidência?

Bryce deslizou o amuleto pelo cordão e assentiu na direção da imagem na tela.

— O vaso foi feito por uma ninfa — disse ele. — Não por algum humano místico e iluminado.

— Talvez, àquela altura, Parthos ainda não tivesse sido completamente varrido do mapa.

Hunt a encarou com as sobrancelhas franzidas.

— Sério, Quinlan? — Quando mais uma vez ela não respondeu, ele ergueu o queixo para o tablet. — Em que pé está a informação sobre o paradeiro de Danika?

O telefone de Hunt vibrou antes que Bryce tivesse a chance de responder, mas ela disse, vacilando conforme a imagem do kristallos morto se confundia com o que fora feito com Danika, o que sobrara da amiga:

— Ainda estou eliminando o que parece não ter ligação com o caso, mas... Na verdade, o único ponto fora da curva aqui é o fato de Danika estar de vigia no Templo de Luna. Às vezes ela era posicionada na área, mas nunca no próprio templo. E, por alguma razão, dias antes de morrer, foi colocada de sentinela no santuário? E a informação a situa *bem ali* quando o chifre foi roubado. A acólita *também* estava lá naquela noite. Está tudo relacionado de algum modo.

Hunt baixou o telefone.

— Talvez Philip Briggs possa esclarecer as coisas hoje à noite.

Ela ergueu a cabeça de súbito.

— Hoje à noite?

Lehabah parou de assistir a sua série à menção daquilo.

— Acabo de receber a mensagem de Viktoria. Eles o transferiram de Adrestia. Vamos encontrá-lo em uma hora em uma cela provisória no Comitium. — Hunt estudou a informação espalhada à frente dos dois. — Ele não vai facilitar.

— Eu sei.

O anjo se reclinou na cadeira.

— Ele não vai ter boas coisas a dizer sobre Danika. Tem certeza de que pode lidar com esse tipo de veneno?

— Estou bem.

— Mesmo? Porque esse vaso foi um gatilho, e imagino que encontrar o sujeito cara a cara não vá ser mais fácil.

As paredes pareceram se fechar a seu redor.

— Saia. — As palavras soaram afiadas entre ambos. — Só porque estamos trabalhando juntos, isso não lhe dá o direito de se meter em meus assuntos pessoais.

Hunt apenas a examinou. Enxergou através da máscara.

— Quero partir para o Comitium em vinte minutos. Espero você lá fora — avisou ele, no entanto, sem rodeios.

Bryce seguiu Hunt até a saída, certificando-se de que não tocasse em nenhum dos livros e de que os volumes não se prendessem ao anjo, em seguida, mal o anjo pisou na rua, fechou a porta.

Ela deslizou contra o ferro até se sentar no tapete e abraçou os joelhos.

Eles se foram... todos eles. Graças àquele demônio retratado no vaso antigo. Todos se foram, e não haveria mais lobos em sua vida. Nada mais de programas no apartamento. Nada mais de danças bêbadas e estúpidas em esquinas, ou música alta às três da manhã, até os vizinhos ameaçarem chamar a 33ª.

Nenhum amigo que diria *amo você* com sinceridade. Syrinx e Lele chegaram de mansinho, a quimera se aninhando sob suas pernas dobradas, a duende deitando de bruços no antebraço de Bryce.

— Não desconte em Athie. Acho que ele quer ser nosso amigo.

— Não dou a mínima para o que Hunt Athalar quer.

— June está ocupada com o balé, e Fury sumiu. Talvez seja hora de fazer mais amigos, BB. Você parece triste outra vez. Como há dois invernos. Bem em um momento, então nada bem no outro. Você não dança, não sai com ninguém, não...

— Chega, Lehabah.

— Hunt é legal. E o príncipe Ruhn é legal. Mas Danika jamais foi legal comigo. Sempre mordendo e rosnando. Ou me ignorando.

— *Cuidado.*

A duende rastejou para fora de seu braço e flutuou na frente da semifeérica, os braços ao redor da barriga redonda.

— Às vezes você é fria como um ceifador, Bryce.

Então ela se foi, zunindo, para impedir que um grosso volume de capa de couro se esgueirasse escada acima.

Bryce soltou um longo suspiro, tentando tapar o buraco em seu peito.

Vinte minutos, dissera Hunt. Ela tinha vinte minutos antes de sair para interrogar Briggs. Vinte minutos para se recompor. Ou, pelo menos, fingir que o fizera.

35

As varinhas fluorescentes de primalux zumbiam através do corredor impecável e forrado de branco bem abaixo do Comitium. Hunt parecia uma tempestade de preto e cinza contra os azulejos brancos brilhantes, os passos precisos enquanto se dirigia para uma das portas de metal trancadas no fim da longa passagem.

Um passo atrás do anjo, Bryce apenas observava os movimentos de Hunt; o modo como atravessava o mundo, o modo como os guardas no saguão de entrada mal checaram sua identificação antes de liberá-lo.

Ela nunca imaginara que aquele lugar existisse abaixo das cinco cintilantes torres do Comitium. Que eles tinham celas. Salas de interrogatório.

Aquela para a qual fora levada na noite da morte de Danika ficava a cinco quarteirões dali. Uma instalação regida por protocolos. Mas aquele lugar... Bryce tentou não pensar na finalidade do local. Que leis deixavam de ser aplicadas quando a pessoa cruzava a soleira.

A ausência de qualquer odor, à exceção de alvejante, sugeria que era lavado com frequência. Os ralos que via a cada poucos metros sugeriam...

A semifeérica não queria saber o que os ralos sugeriam.

Eles chegaram a uma sala sem janelas, e Hunt tocou a fechadura circular de metal à esquerda com a palma. Um silvo e um assovio, e o anjo abriu a porta com o ombro, espiando o interior antes de acenar para ela.

As primaluces acima zumbiam como vespas. Bryce se perguntou para onde iria a própria primalux, por menor que fosse, quando fizesse a Descida. Com Hunt, a explosão de luz que sem dúvida irrompeu de seu campo energético provavelmente tinha abastecido uma cidade inteira.

Às vezes ela se perguntava de quem havia sido a primalux que alimentava seu telefone, ou seu aparelho de som, ou sua máquina de café.

Mas aquela não era a hora de pensar em merdas aleatórias, ela se censurou enquanto seguia Hunt para dentro da cela e contemplava o homem pálido sentado ali.

Duas cadeiras haviam sido dispostas à frente da mesa de metal no centro da sala — à qual, no momento, as algemas de Briggs estavam presas. Seu macacão branco parecia impecável, mas...

Bryce considerou o estado do rosto esquelético e encovado, e tentou não se encolher. O cabelo escuro tinha sido raspado e, muito embora nenhum hematoma ou arranhão maculasse sua pele, os olhos azul-escuros eram... vazios e desenganados.

Briggs não disse nada enquanto Hunt e ela se sentavam à mesa. A cada canto, as luzes vermelhas de câmeras de segurança piscavam, e a semifeérica não tinha dúvidas de que alguém os escutava em uma sala de controle algumas portas adiante.

— Não vamos tomar muito de seu tempo — avisou Hunt, como se também notasse aqueles olhos assombrados.

— Tempo é tudo o que tenho agora, anjo. E aqui é melhor que... lá.

Lá, onde o mantinham na Prisão de Adrestia. Onde lhe faziam coisas que resultavam naqueles olhos mortos, terríveis.

Bryce podia sentir o apelo silencioso de Hunt para que ela desse início ao interrogatório, então tomou fôlego, preparando-se para encher o diminuto e sibilante espaço com sua voz.

Mas Briggs perguntou:

— Em que mês estamos? Que dia é hoje?

O horror comprimia as entranhas de Bryce. Aquele homem quisera matar pessoas, lembrou a si mesma. Mesmo que tudo indicasse que não havia assassinado Danika, ele tinha planejado matar muitos outros, para desencadear uma guerra de larga escala entre humanos e vanir. Para derrubar os asteri. Por isso estava atrás das grades.

— Vinte de abril — respondeu Hunt, em voz baixa — de 15035.

— Só faz dois anos?

Bryce engoliu a secura da própria boca.

— Temos algumas perguntas sobre o que aconteceu há dois anos. E também sobre alguns eventos recentes.

Briggs então a encarou. Realmente a encarou.

— Por quê?

Hunt se recostou na cadeira, uma indicação silenciosa de que ela estava no comando.

— O Corvo Branco sofreu um atentado a bomba alguns dias atrás. Considerando que a boate era um de seus alvos principais há alguns anos, a evidência indica que a Keres está ativa outra vez.

— E acha que estou por trás da explosão? — Um sorriso amargo curvou o rosto anguloso, cruel. Hunt ficou tenso. — Nem sei em que *ano* estamos, moça. E acha que, de algum modo, sou capaz de fazer contato com o exterior?

— E quanto a seus seguidores? — interrompeu Hunt, com cautela. — Teriam feito algo assim em seu nome?

— Por que se importariam? — Briggs se reclinou na cadeira. — Falhei com eles. Falhei com nosso povo. — Ele assentiu para Bryce. — E falhei com pessoas como você... os indesejáveis.

— Você jamais me representou — rebateu Bryce, em voz baixa. — Abomino o que tentou fazer.

Briggs riu, um som raspado.

— Quando os vanir lhe dizem que não é boa o bastante para algum trabalho por causa de seu sangue humano, quando machos como este babaca ao seu lado a veem apenas como uma bela bunda para foder e então descartar, quando você testemunha sua mãe... sua mãe é humana, não é? Sempre é... sendo tratada como lixo... Essas noções hipócritas logo desaparecem.

Ela se recusou a argumentar. A se lembrar das vezes que tinha visto a mãe ser ignorada ou humilhada...

— Então está dizendo que não tem nada a ver com o atentado — cortou Hunt.

— De novo — disse Briggs, repuxando as algemas —, as únicas pessoas que vejo diariamente são as que querem me desmembrar como um cadáver, e então me costurar de novo antes do anoitecer, as medbruxas consertando tudo.

O estômago de Bryce se revirou. Até a garganta de Hunt oscilou conforme o anjo engolia em seco.

— Seus seguidores não teriam planejado bombardear a boate por vingança?

— Contra quem? — indagou Briggs.

— Nós. Por investigar o assassinato de Danika Fendyr e procurar o Chifre de Luna.

Os olhos azuis de Briggs se anuviaram.

— Então os idiotas da 33ª enfim se deram conta de que eu não a matei.

— Não foi inocentado de nada oficialmente — argumentou Hunt, sem rodeios.

Briggs balançou a cabeça, encarando a parede à esquerda.

— Não sei nada sobre o Chifre de Luna, e tenho certeza de que nenhum soldado da Keres sabe de porra nenhuma, mas eu gostava de Danika Fendyr. Mesmo quando me prendeu, gostava dela.

* * *

Hunt encarou o homem esquelético e atormentado; uma casca do adulto de porte poderoso de dois anos antes. O que faziam com ele naquela prisão... Maldito Inferno.

O anjo podia imaginar os tipos de tortura. As lembranças de ter sofrido o mesmo ainda lhe tiravam o sono.

Bryce piscava para Briggs.

— O que quer dizer com *gostava* dela?

Briggs sorriu, saboreando a surpresa de Bryce.

— Ela me sondou, e a meus agentes, por semanas. Até me encontrou duas vezes. Me pediu para parar com meus planos... ou teria de me prender. Bem, essa foi a primeira vez. Na segunda, ela me avisou de que tinha evidências suficientes para *ser obrigada* a me prender, mas que eu poderia escapar facilmente se admitisse o que estava planejando e parasse de imediato. Não lhe dei ouvidos novamente. Na terceira vez... Ela trouxe sua matilha, e foi tudo.

Hunt controlou as emoções, forçando uma expressão impassível.

— Danika pegou leve com você? — O rosto de Bryce empalideceu.

Para surpresa do anjo, foi preciso um grande esforço para não tocar a mão de Bryce.

— Ela tentou. — Os dedos nodosos de Briggs alisavam o impecável macacão branco. — Para um vanir, ela parecia justa. Não creio que necessariamente discordasse de nós. De nossos métodos, sim, mas acho que talvez fosse uma simpatizante. — Ele observou Bryce outra vez com uma rispidez que eriçou Hunt.

O anjo reprimiu um grunhido com o uso do termo.

— Seus seguidores sabiam disso?

— Sim. Acho que ela até deixou alguns deles escaparem naquela noite.

Hunt suspirou.

— Essa é uma acusação gravíssima a se fazer contra uma líder das tropas auxiliares.

— Ela está morta, não está? Quem se importa?

Bryce se encolheu. O bastante para que Hunt não contivesse o grunhido daquela vez.

— Danika não era uma simpatizante da rebelião — sibilou Bryce.

Briggs a olhou, condescendente.

— Talvez ainda não fosse — concordou ele. — Mas podia estar enveredando por esse caminho. Talvez *ela* visse como sua bela amiga mestiça era tratada pelos outros e não estivesse muito satisfeita também.

Ele sorriu deliberadamente quando Bryce piscou diante do palpite correto sobre seu relacionamento com Danika. Com certeza, ele lera as emoções em seu rosto.

Biggs continuou:

— Meus seguidores sabiam que Danika era um trunfo em potencial. Discutimos o assunto, mesmo antes do ataque surpresa. E, naquela noite, Danika e a matilha foram justos conosco. Lutamos e até conseguimos acertar alguns bons golpes naquele seu segundo em comando. — Ele assoviou. — Connor Holstrom. — Bryce enrijeceu por completo. — O cara era durão. — Pela curva cruel em seus lábios, Briggs tinha claramente percebido como ela havia ficado tensa à menção do nome de Connor. — Holstrom era seu namorado? Pena.

— Não é de sua conta. — As palavras tão vazias quanto os olhos de Briggs.

Hunt sentiu um aperto no peito ao ouvir aquelas palavras. A ausência no tom da semifeérica.

— Não mencionou nada disso quando foi preso pela primeira vez — declarou o anjo.

— Por que *diabos* deduraria uma vanir tão poderosa e potencial simpatizante como Danika Fendyr? — cuspiu Briggs. — Eu poderia ter sido decapitado por *isso*. — Ele gesticulou para a cela ao seu redor. — Mas a causa teria sobrevivido. *Tinha* de sobreviver, e eu sabia que alguém como Danika seria uma poderosa aliada para nosso lado.

— Mas por que não mencionar nada disso durante seu julgamento por assassinato? — interrompeu Hunt.

— Meu julgamento? Você quer dizer aquela farsa de dois dias que televisionaram? Com aquele *advogado* que o governo me designou? — Briggs gargalhou. Hunt precisou se lembrar de que ele era um prisioneiro, vítima de inenarrável tortura. E não alguém cujo rosto poderia socar. Nem mesmo pelo modo como seu riso fizera Bryce se remexer no lugar. — Sabia que eles poriam a culpa em mim independentemente de qualquer coisa. Sabia que, mesmo que falasse a verdade, acabaria aqui. Então, pela chance de que Danika pudesse ter amigos ainda vivos que compartilhavam de seus sentimentos, guardei segredo.

— Mas está contando agora — constatou Bryce.

Briggs não respondeu e, em vez disso, estudou a amassada mesa de metal.

— Eu disse há dois anos e repito: a Keres não matou Danika ou a Matilha dos Demônios. Quanto ao atentado ao Corvo Branco, no entanto... podem ter sido bem-sucedidos. Bom para eles, se foi o caso.

Hunt rangeu os dentes. Teria estado tão fora da realidade quando seguira Shahar? Teria sido aquele nível de fanatismo que o havia encorajado a liderar os anjos da 18ª no monte Hermon? Naqueles últimos dias, ele nem sequer teria *escutado* se alguém tentasse chamá-lo à razão.

Uma vaga lembrança ressurgiu, de Isaiah fazendo exatamente aquilo, berrando na tenda de guerra de Hunt. Porra.

— Muitos vanir morreram na explosão? — perguntou Briggs.

A repulsa toldou o semblante de Bryce.

— Não — respondeu ela, se levantando. — Nem um. — Ela falava com a altivez de uma rainha. Hunt somente foi capaz de imitá-la.

Briggs estalou a língua.

— Que pena.

Hunt cerrou os punhos. Tinha estado tão apaixonado por Shahar, pela causa... teria sido melhor que aquele homem?

— Obrigada por responder a nossas perguntas — disse Bryce, tensa.

Sem esperar pela réplica de Briggs, ela se apressou na direção da porta. Hunt se colocou a suas costas, mesmo com Briggs acorrentado à mesa.

Que tivesse encerrado a reunião de forma tão abrupta provou a Hunt que Bryce compartilhava de sua opinião: Briggs não havia, de fato, matado Danika.

Ele mal alcançara a soleira quando Briggs falou:

— É um dos Caídos, hein? — Hunt hesitou. Briggs sorriu. — Meus respeitos, cara. — Ele examinou Hunt dos pés à cabeça. — Em que unidade da 18ª você serviu?

Hunt não respondeu. Mas os olhos azuis de Briggs brilhavam.

— Vamos derrubar esses bastardos um dia, irmão.

Hunt vislumbrou Bryce, já na metade do corredor, passos ligeiros. Como se não suportasse respirar o mesmo ar que o homem preso à mesa, como se precisasse sair daquele lugar horrível. O próprio Hunt tinha estado ali, interrogado pessoas, mais vezes do que gostaria de se lembrar.

E a vida que ceifara na noite anterior... aquilo o assombrava. Menos uma morte devida, mas o assombrava.

Briggs ainda o encarava, esperando a resposta de Hunt. O sim que Hunt teria proferido semanas antes agora se dissolvia em sua língua.

Não, não havia sido melhor que aquele homem.

O anjo não sabia o que aquilo o tornava.

* * *

— Então Briggs e seus seguidores estão fora da lista — disse Bryce, acomodando os pés sob o corpo no sofá da sala de estar. Syrinx já roncava a seu lado. — A não ser que ache que ele mentiu.

Hunt, sentado no outro canto do sofá em L, franziu o cenho para a partida de solebol na TV.

— Ele disse a verdade. Lidei com muitos... prisioneiros para perceber quando alguém está mentindo.

As palavras soaram tensas. O anjo tinha estado apreensivo desde que haviam deixado o Comitium pela mesma porta secundária que usaram para entrar. Nenhuma chance de encontrar Sandriel daquele modo.

Hunt apontou para os papéis que Bryce trouxera da galeria, notando alguns dos movimentos de Danika e a lista de nomes que a semifeérica tinha compilado.

— Refresque minha memória: quem é o próximo em sua lista de suspeitos?

Bryce não respondeu. Ela estudava o perfil do anjo, a luz da tela refletindo em suas maçãs do rosto, aprofundando as sombras abaixo do maxilar marcado.

Ele era mesmo bonito. E, de fato, parecia estar de péssimo humor.

— O que houve?

— Nada.

— Diz o cara que está rangendo os dentes com tanta força que posso ouvir daqui.

Hunt a fuzilou com o olhar e esticou um braço musculoso nas costas do sofá. Havia se trocado quando chegaram, meia hora antes, tendo parado para uma rápida refeição em uma barraquinha de noodles e dumplings no fim do quarteirão, e, no momento, vestia uma camiseta cinza macia, moletom preto e um boné de solebol branco, virado para trás.

Aquilo havia se provado tão desconcertante... tão comum e... *masculino*, na falta de uma palavra melhor, que ela passara os últimos quinze minutos o observando de modo sorrateiro. Mechas soltas do cabelo escuro cacheado se enrolavam nas pontas, a faixa ajustável do boné quase cobria a tatuagem em sua testa, e ela não fazia ideia do porquê, mas era tudo tão... levianamente perturbador.

— O que foi? — perguntou o anjo, ao flagrar seu olhar.

Bryce esticou o braço, a longa trança escorregando pelo ombro, e pegou o telefone do anjo na mesa. Tirou uma foto e mandou uma cópia para si mesma, em grande parte porque duvidava de que alguém acreditaria se dissesse que Hunt Athalar em pessoa estava sentado em seu sofá, vestindo roupas descontraídas, boné de solebol virado para trás, assistindo à TV e bebendo uma cerveja.

A Sombra da Morte, pessoal.

— Isso é irritante — disse ele, entre dentes.

— Assim como seu rosto — rebateu ela, com doçura, jogando o telefone para ele. Hunt o pegou, tirou uma foto *dela*, e então o guardou, olhos de novo no jogo.

Ela o deixou em paz por um minuto.

— Você está emburrado desde que encontramos Briggs — disse ela, então.

A boca do anjo se curvou para o lado.

— Lamento.

— Por que está se desculpando?

Os dedos do guerreiro traçaram um círculo na almofada do sofá.

— Aquilo despertou algumas merdas pesadas. Sobre... sobre o modo como ajudei a liderar a rebelião de Shahar.

Ela ponderou, relembrando cada horrível palavra e interação naquela cela sob o Comitium.

Ah. *Ah.*

— Você não se parece nada com Briggs, Hunt — disse ela, com cuidado.

Os olhos castanhos deslizaram até ela.

— Não me conhece bem o bastante para afirmar.

— Você arriscou, alegre e voluntariamente, a vida de inocentes para promover sua rebelião?

Ele comprimiu os lábios em uma linha fina.

— Não.

— Bem, aí está sua resposta.

Mais uma vez, ele contraiu o maxilar. Então disse:

— Mas eu estava cego. Sobre muitas coisas.

— Como o quê?

— Muitas coisas — desconversou. — Ver Briggs, o que estão fazendo com ele... não sei por que me afetou dessa vez. Visitei diversos prisioneiros lá embaixo para... quer dizer... — Seu joelho balançou. Ele continuou, sem encará-la: — Sabe o tipo de merda que tenho de fazer.

— Sim — disse ela, com gentileza.

— Mas, independentemente do motivo, ver Briggs daquele jeito hoje me fez lembrar de meu próprio... — Ele hesitou de novo e tomou um gole da cerveja.

Um pavor gelado e oleoso encheu seu estômago, revirando o macarrão frito que havia comido trinta minutos antes.

— Por quanto tempo fizeram o mesmo com você... depois do monte Hermon?

— Sete anos.

Ela fechou os olhos enquanto o peso daquelas palavras a atingia.

— Perdi a noção do tempo também — revelou Hunt. — As masmorras dos asteri eram tão enterradas, tão carentes de luz que os dias pareciam anos, e anos pareciam dias e... Quando me libertaram, fui enviado direto ao arcanjo Ramuel. Meu primeiro... *feitor*. Ele continuou o castigo por mais dois anos, ficou entediado e se deu conta de que eu seria mais útil despachando demônios e sendo seu mensageiro do que apodrecendo em suas câmaras de tortura.

— Solas Flamejante, Hunt — sussurrou ela.

Ele ainda não a encarava.

— Quando Ramuel decidiu me deixar servir como seu assassino, fazia nove anos que eu não via a luz do sol. Que não ouvia o vento ou cheirava a chuva. Que eu não via grama, ou um rio, ou uma montanha. Que eu não voava.

As mãos de Bryce tremiam tanto que ela cruzou os braços, aninhando os dedos junto ao corpo.

— Eu... lamento.

Os olhos do anjo se tornaram distantes, vidrados.

— Ódio era o único combustível que me alimentava. O mesmo ódio de Briggs. Nenhuma esperança, nenhum amor. Apenas um implacável e raivoso ódio. Pelos arcanjos. Pelos asteri. Por tudo aquilo. — Ele enfim a encarou, os olhos tão vazios quanto os de Briggs. — Então, é isso. Talvez eu jamais tenha estado disposto a matar inocentes para ajudar a rebelião de Shahar, mas é a única diferença entre mim e Briggs. Continua sendo.

Ela não se permitiu pensar duas vezes antes de pegar sua mão.

Não havia se dado conta do quão maior era a mão de Hunt até que a envolveu com a sua. Não havia se dado conta de quantos calos havia naquelas palmas e naqueles dedos até que lhe arranhassem a pele.

Hunt olhou para as mãos de ambos, as unhas pintadas de cor pastel contrastando com o marrom da própria pele. Bryce se viu prendendo o fôlego, esperando que ele se soltasse.

— Ainda acha que ódio é tudo que o alimenta?

— Não — respondeu ele, os olhos se erguendo de suas mãos para estudar o rosto da semifeérica. — Às vezes, para algumas coisas, sim, mas... Não, Quinlan.

Ela assentiu, mas ele ainda a observava, então estendeu a mão para pegar os papéis.

— Não tem mais nada a dizer? — O canto da boca de Hunt se retorceu. — Você, a pessoa que tem sempre uma opinião sobre tudo e sobre todos não tem nada a dizer depois do que lhe contei?

Ela ajeitou a trança por sobre o ombro.

— Você não é como Briggs — declarou ela, simplesmente.

Ele franziu o cenho. E começou a puxar a mão.

Bryce pressionou os dedos ao redor dos do anjo.

— Você pode se ver assim, mas eu também o vejo, Athalar. Vejo sua bondade e sua... sei lá. — Ela apertou a mão dele para dar ênfase. — Vejo a merda que convenientemente esquece. Briggs é uma pessoa ruim. Pode ter se juntado à rebelião humana pelos motivos certos, mas ele é uma *pessoa ruim*. Você não. Nunca será. Fim de papo.

— O acordo que tenho com Micah sugere o contrário...

— Você não é como ele.

O peso do olhar do anjo acariciava a pele de Bryce, aquecia seu rosto.

Ela puxou a mão com toda a displicência de que foi capaz, tentando não notar como os dedos de Hunt pareciam hesitantes em soltá-la. Mas ela se inclinou, esticando o braço, e bateu no boné.

— A propósito, qual é a desse lance?

Ele afastou sua mão.

— É um boné.

— Não combina com sua imagem de predador noturno.

Por um piscar de olhos, ele ficou em completo silêncio. Em seguida, soltou uma gargalhada, jogando a cabeça para trás. A coluna forte e bronzeada de seu pescoço oscilou com o movimento, e Bryce cruzou os braços outra vez.

— Ah, Quinlan — disse ele, balançando a cabeça. Ele tirou o boné da própria cabeça e colocou na da semifeérica. — Você é cruel.

Ela sorriu, virando o boné ao contrário, do mesmo modo que ele o usara, e folheou os papéis, afetada.

— Vamos examinar tudo de novo. Já que Briggs foi um embuste e a Rainha Víbora está fora... Talvez haja algo sobre a presença de Danika no Templo de Luna, na noite do roubo do chifre, que deixamos passar.

Ele chegou mais perto, a coxa roçando no joelho dobrado de Bryce, e espiou os papéis em seu colo. Ela observou os olhos do anjo passearem pela informação conforme estudava a lista com os últimos passos da loba. E tentou não pensar no calor daquela coxa contra sua perna. Os músculos ali contidos.

Então ele ergueu a cabeça.

Estava tão próximo que ela percebeu que seus olhos não eram pretos, afinal, e sim de um tom de castanho profundo.

— Nós somos idiotas.

— Obrigada pelo *nós*.

Ele bufou uma risada, mas não se afastou. Não moveu aquela perna poderosa.

— O templo tem câmeras externas. Estavam gravando na noite em que o chifre foi roubado.

— Você faz parecer que a 33ª não verificou isso há dois anos. Disseram que o blecaute tornou qualquer gravação essencialmente inútil.

— Talvez não tenhamos feito os testes certos na gravação. Checado os campos certos. Pedido às pessoas certas que a examinassem. Se Danika estava lá naquela noite, por que ninguém sabia do fato? Por que *ela* não confessou estar no templo quando o chifre foi roubado? Por que a acólita não disse nada sobre sua presença?

Bryce mordeu o lábio. Os olhos de Hunt acompanharam o gesto. Ela podia jurar que tinham escurecido. Que a coxa pressionou ainda mais a sua. Como se a desafiasse... a provocasse para ver se recuaria.

Ela não o fez, mas a voz estava rouca ao dizer:

— Acha que Danika pode ter descoberto quem levou o chifre... e tentado encobrir? — Ela balançou a cabeça. — Danika não faria isso. Ela mal parecia se importar com o roubo do chifre, afinal.

— Não sei — admitiu ele. — Mas vamos começar pela gravação, mesmo que seja apenas chuvisco. E mandar para alguém que possa fazer uma análise mais abrangente. — Ele tirou o boné da cabeça de Bryce e o recolocou na sua... ainda ao contrário, ainda com aquelas mechas cacheadas escapando pela borda. Para completar, ele puxou a ponta da trança de Bryce, em seguida cruzou as mãos na nuca enquanto voltava a atenção ao jogo.

A ausência daquela perna contra a sua foi como um choque de realidade.

— Quem você tem em mente?

A boca de Hunt apenas se curvou para cima.

36

Os três andares do campo de tiro no Bosque da Lua serviam a uma clientela letal e criativa. Ocupando um armazém reformado que se estendia por quatro quarteirões ao longo do Istros, o campo se orgulhava de ter a única galeria de longo alcance da cidade.

Hunt visitava o campo a cada poucas semanas para manter as habilidades em dia, em geral no meio da noite, quando ninguém podia admirar o Umbra Mortis equipado com um par de abafadores e óculos militares enquanto caminhava pelos corredores de concreto até as galerias privativas.

Já era tarde quando tivera a ideia daquele encontro, e então Jesiba havia entupido Bryce de trabalho no dia seguinte, e eles decidiram esperar até a noite para ver aonde sua fonte os levaria. Hunt havia apostado um marco de ouro com Bryce de que seria até um tatuador, e ela havia coberto a aposta e somado mais um marco de ouro de que seria para um bar pseudogrunge. Mas, quando receberam a resposta à mensagem da semifeérica, acabaram naquele endereço.

A galeria dos snipers ficava na parte norte do prédio, acessível por uma grossa porta de metal que impedia a passagem de qualquer som. No caminho, pegaram fones de ouvido táticos, projetados para abafar o estrondo das armas sem impedir que ouvissem a voz um do outro. Antes de entrar na galeria, Hunt olhou por sobre o ombro para Bryce, verificando se os fones dela estavam no lugar.

Ela notou o olhar cuidadoso e riu.

— Mamãe coruja.

— Não quero que suas lindas orelhas explodam, Quinlan.

Ele não deu a ela chance de responder enquanto abria a porta, a batida da música ecoando para saudá-los, e encontrava três machos alinhados ao longo de uma barreira de vidro que lhes chegava na cintura.

Lorde Tristan Flynn tinha um rifle de longo alcance apontado para um alvo de papel no formato de uma pessoa, colocado tão, tão distante que um mortal mal o veria. O guerreiro havia optado por usar uma mira telescópica, em vez de confiar em sua acurada visão feérica, enquanto Ruhn Danaan e Declan Emmet estavam parados a seu lado, os próprios rifles pendurados no ombro.

Ruhn assentiu na direção de Bryce e Hunt e sinalizou para que esperassem um momento.

— Ele vai errar — observou Declan por sobre o grave da música, mal se dignando a olhar para Hunt e Bryce. — Por mais de um centímetro.

— Vá se foder, Dec — resmungou Flynn, e atirou.

O tiro irrompeu pelo espaço, o som absorvido pelo revestimento das paredes e teto, e, no canto oposto da galeria, o pedaço de papel balançou, o torso ondulando.

Flynn baixou o rifle.

— Na mosca, babacas. — Ele ergueu a mão para Ruhn. — Pode pagar.

Ruhn revirou os olhos e pôs uma moeda dourada na palma do lorde enquanto se virava para encarar Hunt e Bryce.

Hunt olhou para os dois amigos do príncipe, que o estudavam enquanto tiravam os fones e óculos. Ele e Bryce os imitaram.

O anjo não esperava sentir a inveja coalhando suas entranhas ao ver os amigos juntos. Uma olhada para os ombros tensos de Bryce o fez imaginar se ela sentia o mesmo; como se estivesse se lembrando das noites com Danika e a Matilha dos Demônios, quando não tinham nada melhor a fazer do que irritar um ao outro.

Bryce se recuperou antes de Hunt.

— Lamento interromper a brincadeira dos soldados, mas temos alguns assuntos de adulto para discutir — disse ela, devagar.

Ruhn pousou o rifle na mesa de metal a sua esquerda e se apoiou na barreira de vidro.

— Podia ter ligado.

Bryce caminhou até a mesa para estudar a arma que o primo havia largado ali. As unhas cintilaram contra o preto fosco. Uma arma furtiva, projetada para não trair o portador com algum brilho.

— Não queria a informação jogada nas redes.

Flynn abriu um sorriso.

— Lance secreto. Bacana. — Ele se postou ao lado da semifeérica à mesa, tão perto que Hunt se eriçou. — Estou intrigado.

O dom de Bryce para colocar machos mais altos que ela no lugar em geral irritava Hunt. Mas vê-la usá-lo em outro macho era um verdadeiro prazer.

No entanto, aquele olhar parecia apenas alargar o sorriso de Flynn, especialmente quando Bryce disse:

— Não estou aqui para conversar com você.

— Você me magoa, Bryce — grunhiu Flynn.

Declan Emmet bufou uma risada.

— Está a fim de fazer mais uma dessas merdas de hacker? — perguntou ela.

— Chame de merda outra vez, e vamos ver se ajudo você — respondeu Declan, frio.

— Desculpe, desculpe. De usar seu dom... para a tecnologia. — Ela acenou com a mão. — Precisamos que analise a imagem das câmaras de vídeo do Templo de Luna na noite do roubo do chifre.

Ruhn ficou imóvel, os olhos azuis faiscando quando perguntou a Hunt:

— Tem uma pista sobre o chifre?

— Só juntando algumas peças — respondeu o anjo.

Declan esfregou o pescoço.

— Ok. O que estão procurando exatamente?

— Tudo — admitiu Hunt. — Qualquer coisa que possa pinçar do áudio ou do infravermelho, ou se existe uma maneira de limpar o vídeo apesar do blecaute.

Declan pousou o rifle ao lado do de Ruhn.

— Talvez eu tenha alguns softwares que ajudem, mas não posso prometer nada. Se os investigadores não acharam nada há dois anos, as chances de que eu possa encontrar alguma anomalia agora são mínimas.

— Nós sabemos — disse Bryce. — Quanto tempo até ter uma resposta?

Ele parecia fazer algum cálculo mental.

— Me dê alguns dias. Vou ver o que posso fazer.

— Obrigada.

Flynn soltou um arquejo exagerado.

— Acho que foi a primeira vez que já nos dirigiu essa palavra, B.

— Não se acostume. — De novo, ela os estudou com aquela indiferença fria e zombeteira que fez o pulso de Hunt começar a martelar no ritmo insano da música ecoando pelos alto-falantes da câmara. — Por que estão aqui?

— Trabalhamos de verdade para o Auxilia, Bryce. Isso requer certo treinamento ocasional.

— Então onde está o restante de sua unidade? — Ela olhou ao redor de modo exagerado. Hunt não se preocupou em disfarçar sua satisfação. — Ou é apenas um lance para colegas de quarto?

Declan riu entre dentes.

— É uma sessão para convidados apenas.

Bryce revirou os olhos.

— Estou certa de que o Rei Outonal lhe pediu relatórios de nossos passos — disse ela, cruzando os braços. — Mantenha isso — ela gesticulou para todos — em segredo por alguns dias.

— Está me pedindo que minta para meu rei — argumentou Ruhn, franzindo o cenho.

— Estou lhe pedindo que não conte a ele por enquanto — esclareceu Bryce.

Flynn ergueu uma sobrancelha.

— Está insinuando que o Rei Outonal é um dos suspeitos?

— Estou afirmando que quero manter essa merda entre nós. — Ela sorriu para Ruhn, mostrando os dentes brancos, a expressão mais selvagem que contente. — Estou dizendo que se vocês, idiotas, vazarem qualquer informação para seus companheiros do Aux ou para alguma peguete alcoolizada, vou ficar *muito* chateada.

Sinceramente, Hunt teria adorado um pouco de pipoca e cerveja, então se jogar numa poltrona para assistir a Bryce descascar verbalmente aqueles babacas.

— Parece muita garganta — disse Ruhn, em seguida apontou para um alvo nos fundos da sala. — Que tal uma pequena demonstração para Athalar, Bryce?

Ela sorriu com malícia.

— Não preciso provar minha destreza com uma arma enorme para andar com os meninos. — A pele de Hunt pareceu tensionar diante do prazer ferino nos olhos da semifeérica quando disse *arma enorme*. Outras partes de seu corpo também ficaram tensas.

— Aposto 20 marcos de ouro que vencemos você — disse Tristan Flynn.

— Apenas riquinhos babacas têm 20 marcos de ouro para torrar em desafios idiotas — rebateu Bryce, os olhos cor de âmbar faiscando de alegria ao dar uma piscadela para Hunt. O sangue do anjo rugiu, o corpo enrijecendo tão completamente como se ela tivesse agarrado seu pau. Mas o olhar da fêmea já tinha se voltado para o alvo distante.

Ela colocou os fones sobre as orelhas pontudas.

Flynn esfregou as mãos.

— Lá vamos nós.

Bryce pôs os óculos, ajeitou o rabo de cavalo e ergueu o rifle de Ruhn. Ela sentiu o peso da arma nos braços, e Hunt não conseguia desviar os olhos do modo como seus dedos roçavam o cano, acariciando toda a extensão até a coronha.

O anjo engoliu em seco, mas ela simplesmente encaixou a arma no ombro, cada movimento tão natural como ele teria esperado de alguém criado por um lendário atirador de elite. Ela soltou a trava de segurança e não se preocupou em usar a mira enquanto dizia, para ninguém em particular:

— Permitam-me demonstrar por que vocês podem todos se foder.

Três tiros suplantaram a música, um após outro, seu corpo absorvendo o coice da arma como um veterano. A boca de Hunt ficou completamente seca.

Todos olharam para a moldura com o alvo.

— Você acertou apenas um — bufou Flynn, examinando o buraco no coração do alvo.

— Não, ela acertou todos — murmurou Emmet, no momento que Hunt também percebeu: o círculo não era perfeito. Não, parecia abaulado dos lados... de modo quase imperceptível.

Três tiros, tão precisos que atravessaram o mesmo buraco.

Um arrepio que nada tinha a ver com medo trespassou o corpo de Hunt quando Bryce apenas recolocou a trava, devolveu o rifle à mesa e tirou fones e óculos.

Ela se virou, e os olhos encontraram novamente os de Hunt; um brilho de vulnerabilidade espreitando sob o olhar presunçoso. Um desafio lançado. À espera de como o anjo reagiria.

Quantos machos haviam fugido daquela parte da semifeérica, os egos de alfas babacas ameaçados? Hunt os odiou por sequer plantarem a dúvida naqueles olhos.

Ele não ouviu que merda Flynn dizia conforme colocava os fones e os óculos e pegava o rifle que Bryce tinha acabado de largar, o metal ainda quente com o calor de seu corpo. Não ouviu a pergunta de Ruhn conforme mirava.

Não, Hunt apenas encarou Bryce enquanto destravava a arma.

Aquele clique reverberou entre os dois, alto como um trovão. A fêmea engoliu em seco.

O anjo desgrudou os olhos dos dela e disparou a primeira saraivada. Com sua visão de águia, não precisou da mira telescópica para ver a bala atravessar o mesmo buraco que ela havia aberto.

Quando baixou a arma, flagrou as bochechas coradas de Bryce, os olhos como uísque aquecido. Uma espécie de luz silenciosa brilhava em suas profundezas.

Ainda não ouvia nada do que os machos diziam, somente tinha uma vaga ideia de Ruhn xingando em aprovação. Hunt apenas sustentava o olhar de Bryce.

Eu vejo você, Quinlan, transmitia ele, silenciosamente. *E gosto de tudo o que vejo.*

Idem, o meio-sorriso de Bryce parecia replicar.

O telefone de Hunt tocou, desviando sua atenção daquele sorriso que parecia deixar o chão um pouco instável. Ele o pegou no bolso com dedos surpreendentemente trêmulos. *Isaiah Tiberian* brilhava na tela.

— O que foi? — respondeu ele, de imediato.

Hunt sabia que Bryce e os guerreiros feéricos podiam ouvir cada palavra dita por Isaiah.

— Andem logo, vamos para os Prados de Asphodel. Temos outro assassinato.

37

— Onde? — perguntou Hunt pelo telefone, de olho em Bryce, braços cruzados enquanto ouvia. Todo o brilho havia se extinguido de seus olhos.

Isaiah lhe deu o endereço. Uns bons 3 quilômetros dali.

— Temos uma equipe no local já isolando a área — disse o comandante.

— Estamos indo — respondeu Hunt, e desligou.

Os três machos feéricos, tendo ouvido também, começaram a empacotar o equipamento com ágil eficiência. Bem treinados. Um pé no saco, mas eram todos bem treinados.

Mas Bryce parecia inquieta, as mãos trêmulas na lateral do corpo. Ele havia visto aquele olhar rígido antes. E a falsa calma que a invadiu conforme Ruhn e os amigos a encaravam.

Na ocasião, Hunt havia se deixado enganar, praticamente a obrigando a visitar aquela outra cena de crime.

— Acredito que tenham ouvido o endereço — disse o anjo, sem olhar para os machos. Não esperou que confirmassem antes de ordenar: — Encontraremos vocês lá. — Os olhos de Bryce faiscaram, mas Hunt não desviou a atenção da semifeérica enquanto se aproximava. Ele sentiu a saída de Ruhn, Flynn e Declan da galeria, mas não olhou para confirmar enquanto parava diante de Bryce.

A vastidão fria da galeria de tiros se estendia ao redor dos dois.

De novo, as mãos de Bryce se crisparam, os dedos se agitando na lateral do corpo. Como se ela pudesse sacudir o medo e a dor.

— Quer que eu cuide disso? — perguntou Hunt, calmamente.

As bochechas sardentas da semifeérica ficaram ruborizadas. Ela apontou um dedo trêmulo para a porta.

— Alguém *morreu* enquanto estávamos brincando.

Hunt envolveu o dedo com a mão. Abaixou-o para o espaço entre ambos.

— Essa culpa não é sua. É de quem quer que esteja fazendo isso. Pessoas como ele, matando na noite.

Ela tentou soltar o dedo, e ele deixou que o fizesse, lembrando de sua aversão aos machos vanir. Aos alfas babacas.

Bryce engoliu em seco e espiou ao redor de sua asa.

— Quero ir até a cena do crime. — Ele esperou pelo restante. Ela suspirou, incerta. — Preciso ir — insistiu, mais para si mesma. Seu pé batia no piso de concreto ao ritmo da música que ainda ecoava. Ela se encolheu. — Mas não quero que Ruhn e os amigos me vejam assim.

— Assim como?

Era normal, esperado, que ela se sentisse abalada depois do que havia sofrido.

— Destruída desse jeito. — Seus olhos brilhavam.

— Por quê?

— Porque não é da conta de ninguém, mas vão achar que é da conta deles se me virem assim. São machos feéricos... enfiar o nariz onde não foram chamados é uma arte para eles.

Hunt bufou uma gargalhada.

— Verdade.

Ela suspirou mais uma vez.

— Ok — murmurou. — Ok. — As mãos ainda tremiam conforme as lembranças sangrentas a invadiam.

O instinto de Hunt o fez segurar as mãos de Bryce nas suas.

Tremiam como copos chacoalhando em uma prateleira. Pareciam igualmente delicadas, mesmo com o suor escorregadio e úmido que as cobria.

— Inspire — disse Hunt, apertando os dedos de Bryce com gentileza.

Ela fechou os olhos, a cabeça se curvando conforme obedecia.

— Outra vez — ordenou ele.

Ela o fez.

— Outra vez.

Então Bryce respirou, e Hunt não soltou suas mãos até que o suor secasse. Até que ela levantasse a cabeça.

— Ok — repetiu ela, e, dessa vez, a palavra saiu firme.

— Está bem?

— Tão bem quanto jamais ficarei — respondeu ela, mas o olhar tinha clareado.

Incapaz de se conter, ele afastou uma mecha solta do cabelo de Bryce. Parecia seda em seus dedos conforme a prendia atrás da orelha pontuda.

— Estamos juntos, Quinlan.

* * *

Bryce deixou o anjo voar com ela até a cena do crime. O beco nos Prados de Asphodel parecia decadente ao máximo: lixeiras abarrotadas, poças de líquido brilhante, animais raquíticos revirando o lixo, cacos de vidro refletindo a primalux de um poste enferrujado.

Brilhantes magicercas azuis já bloqueavam a entrada do beco. Alguns técnicos e legionários perambulavam pela cena, Isaiah Tiberian, Ruhn e os amigos entres eles.

O beco saía da rua Principal, à sombra do Portão Norte... o Portão Mortal, como a maioria das pessoas o chamava. Prédios assomavam a distância, quase todos conjuntos habitacionais, todos em urgente necessidade de reparos. Os barulhos da avenida movimentada além do beco ecoavam das paredes de tijolo em ruínas, o ranço enjoativo de lixo invadindo suas narinas. Bryce tentou não inalar muito.

Hunt esquadrinhou a cena.

— Não precisa olhar, Bryce — murmurou ele, a mão forte na curva de suas costas.

O que ele fez por ela havia pouco no campo de tiro... Ela jamais havia deixado que ninguém, nem mesmo os pais, a visse daquele jeito antes. Naqueles momentos em que não conseguia respirar. Em geral, se escondia no banheiro ou sumia por algumas horas ou saía para correr.

O instinto de fuga tinha sido quase irresistível enquanto o pânico e o medo lhe queimavam o peito, mas... ela vira o anjo voltar da missão na outra noite. Sabia que ele, dentre todas as pessoas, podia entendê-la.

E ele o fez. E não havia recuado nem por um segundo.

Assim como não havia recuado ao vê-la atirar naquele alvo, mas, em vez disso, respondera com um tiro próprio. Como se fossem duas faces de uma mesma moeda, como se ela pudesse pressioná-lo à vontade que ele aguentaria. Responderia a cada desafio com aquele sorriso selvagem e malicioso.

Ela podia jurar que o calor daquelas mãos ainda aquecia as suas.

Independentemente da discussão que estivessem tendo com Isaiah mais além, Flynn e Declan caminharam até a magicerca. Ruhn estava parado 3 metros à frente, conversando com uma bela medbruxa de cabelo escuro. Sem dúvida sondando o que ela havia descoberto.

Ao espiar pela cerca azul brilhante a fim de ver o corpo escondido mais adiante, Flynn e Declan praguejaram.

Bryce sentiu um nó no estômago. Talvez ir até ali tivesse sido uma péssima ideia. Ela se aconchegou um pouco mais ao toque de Hunt.

Os dedos do anjo se cravaram em suas costas em um conforto mudo.

— Posso olhar por nós — murmurou ele então.

Nós, como se fossem uma unidade contra o maldito caos do mundo.

— Estou bem — assegurou ela, a voz misericordiosamente firme. Mas ela não se aproximou da divisória.

— Quanto tempo desde a morte? — perguntou Flynn a Isaiah, depois de se afastar do corpo isolado.

— Estamos estimando a hora da morte há trinta minutos — respondeu Isaiah, sério. — Pelos restos da roupa, parece que era uma das sentinelas do Templo de Luna. Estava voltando para casa.

Uma onda de silêncio pairou sobre eles. Bryce sentiu o estômago se contrair.

Hunt xingou.

— Meu palpite é que estava de serviço na noite em que o chifre foi roubado.

Isaiah assentiu.

— Foi a primeira coisa que verifiquei.

Bryce engoliu em seco.

— Devemos estar chegando perto, então. Ou o assassino está um passo à frente, interrogando, e em seguida matando, quem possa saber do paradeiro do chifre.

— As câmeras não registraram nada? — perguntou Flynn, o belo rosto incomumente sério.

— Nada — confirmou Isaiah. — É como se soubesse onde estavam. Ou quem quer que tenha conjurado o demônio sabia. Ele se manteve fora de vista.

Hunt passou a mão pela coluna de Bryce, um gesto firme e tranquilizador, e então se dirigiu ao Comandante da 33ª, o tom de voz baixo.

— Saber a posição de cada câmera na cidade, em especial das secretas, exigiria alguma habilitação de segurança — argumentou o anjo. As palavras pairavam entre eles, ninguém ousando dizer mais, não em público. Hunt perguntou: — Alguém reportou a aparição de um demônio?

Uma técnica de DNA irrompeu da cena, sangue manchando os joelhos do uniforme branco. Como se ela tivesse se ajoelhado em uma poça enquanto recolhia as amostras do estojo que trazia pendurado nas mãos enluvadas.

Bryce desviou os olhos outra vez, de volta à rua Principal.

Isaiah balançou a cabeça.

— Nenhum relatório de civis ou das patrulhas.

Bryce mal o ouvia enquanto os fatos penetravam em sua mente. Rua Principal.

Ela pegou o telefone, carregando o mapa da cidade. Sua localização apitou, um ponto vermelho na rede de ruas.

Os machos ainda discutiam a falta de evidências quando ela colocou alguns marcadores no mapa, então estreitou os olhos para o terreno abaixo. Ruhn havia se afastado, conversando com os amigos conforme ela os ignorava.

Mas Hunt percebeu sua concentração e se virou para ela, as sobrancelhas escuras erguidas.

— O que foi?

Ela se inclinou para a sombra de sua asa e poderia jurar que ele a envolveu ainda mais a seu redor.

— Aqui está o mapa de onde todos os assassinatos aconteceram.

A semifeérica permitiu que Ruhn e os amigos espreitassem. Até se dignou a lhes mostrar a tela, as mãos tremendo de leve.

— Nós — disse ela, apontando para um ponto brilhante — estamos aqui. — Apontou para outro, próximo. — Este é onde Maximus Tertian morreu. — Ela apontou para outro, perto da avenida Central. — Este é o assassinato da acólita. — Sua garganta pareceu fechar, mas Bryce se forçou a falar enquanto apontava para outro ponto, alguns quarteirões ao norte: — Aqui é onde... — As palavras queimavam. Porra. Porra, precisava dizer, pronunciar em voz alta...

— Danika e a Matilha dos Demônios foram mortos — completou Hunt.

Bryce lhe lançou um olhar agradecido.

— Sim. Veem o mesmo que eu?

— Não — respondeu Flynn.

— Você não frequentou uma escola feérica sofisticada? — perguntou ela. Diante da carranca de Flynn, ela suspirou, dando um zoom na tela. — Vejam: todos os assassinatos ocorreram a poucos metros das principais avenidas. Sobre linhas ley... canais naturais por onde a primalux atravessa a cidade.

— Avenidas de poder — disse Hunt, os olhos brilhando. — Elas fluem diretamente pelos portões. — Sim, o anjo tinha entendido. Ele foi até onde Isaiah conversava com uma ninfa alta e loira usando um jaleco forense, a 6 metros dali.

— Talvez quem quer que esteja conjurando o demônio retire o poder das linhas ley sob a cidade a fim de conseguir a força para controlá-lo. Se todos os assassinatos acontecem perto de uma das linhas, talvez seja como o demônio apareça — disse Bryce aos machos feéricos, ao irmão de olhos arregalados.

Um dos membros das tropas auxiliares chamou o nome de Ruhn, e seu irmão apenas lhe deu um aceno impressionado antes de ir ao encontro do guerreiro. Ela ignorou o que aquela admiração lhe causava, virando-se para observar Hunt enquanto o anjo caminhava pelo beco, os músculos poderosos daquelas pernas se contraindo. Ela o ouviu chamar Isaiah enquanto se aproximava do comandante.

— Peça a Viktoria que faça uma busca nas imagens das câmeras ao longo da Principal, Central e da Guarda. Para checar se houve algum pico de poder; qualquer aumento ou queda de temperatura que possa acompanhar a invocação de um demônio. — O kristallos podia se manter fora de vista, mas, com certeza, as câmeras captariam um ligeiro distúrbio no fluxo de energia ou na temperatura. — E peça que também verifique a rede de primalux por volta do mesmo horário. Para ver se alguma coisa ficou registrada.

Declan observou o anjo se afastar.

— Sabe o que ele faz, certo? — perguntou, então, a Bryce.

— Fica incrível de preto? — rebateu ela, com doçura.

Declan rosnou.

— A caça aos demônios é fachada. Ele faz o trabalho sujo do governador. — O feérico cerrou o maxilar definido por um segundo. — Hunt Athalar é problema.

Ela pestanejou.

— Ainda bem que adoro um bad boy.

Flynn soltou um assovio baixo.

Mas Declan balançou a cabeça.

— Os anjos não dão a mínima para ninguém, B. Os objetivos de Hunt não são os mesmos que os *seus.* Os objetivos de Athalar podem nem ser os mesmos de Micah. Tome cuidado.

Ela assentiu para onde o irmão conversava novamente com a deslumbrante medbruxa.

— Já levei um sermão de Ruhn, não se preocupe.

No fim do beco, Hunt conversava com Isaiah.

— Ligue para mim se Viktoria conseguir um vídeo de alguma coisa. — Então acrescentou, como se não estivesse muito acostumado à palavra: — Obrigado.

À distância, as nuvens cobriam o céu. Havia previsão de chuva para o meio da noite, mas parecia que cairia antes.

Hunt marchou de volta até onde estavam.

— Eles vão checar.

— Vamos ver se a 33ª descobre algo dessa vez — resmungou Declan. — Vou esperar sentado.

O anjo se endireitou. Bryce esperou que os defendesse, mas ele deu de ombros.

— Eu também.

Flynn indicou com a cabeça os anjos trabalhando na cena.

— Nada de lealdade?

Hunt leu a mensagem que pipocou na tela de seu telefone, depois o guardou no bolso.

— Não tenho outra escolha senão ser leal.

E pagar todas aquelas mortes, uma por uma. O estômago de Bryce se revirou.

Os olhos cor de âmbar de Declan buscaram a tatuagem no punho de Hunt.

— É uma merda.

Flynn grunhiu em concordância. Pelo menos os amigos do irmão pensavam como ela quando o assunto era a política dos asteri.

Hunt encarou os machos de novo. Crítico.

— Sim — concordou, baixinho. — É.

— É o eufemismo do século — disse Bryce.

Ela estudou a cena do crime, o corpo enrijecendo mais uma vez, não querendo olhar. Hunt a encarou, como se pressentisse sua tensão, a mudança em seu cheiro. Ele lhe deu um sutil aceno de cabeça.

Bryce ergueu o queixo.

— Vamos embora — declarou ela.

Declan acenou.

— Ligo em breve, B.

Flynn lhe soprou um beijo.

A semifeérica revirou os olhos.

— Tchau.

Ela encontrou o olhar de Ruhn e acenou em despedida. O irmão devolveu o gesto e continuou a conversa com a medbruxa.

Eles quase chegaram ao fim do quarteirão antes de Hunt perguntar, um pouco descontraído demais:

— Você e Tristan Flynn já tiveram um caso?

Bryce piscou.

— Por que a pergunta?

Ele recolheu as asas.

— Porque ele flerta com você o tempo todo.

Ela bufou.

— Vai me contar sobre todo mundo que já pegou, Athalar?

O silêncio foi resposta o bastante. Ela abriu um sorriso malicioso.

Mas então o anjo respondeu, como se precisasse de algo para distraí-lo dos restos pastosos que haviam deixado para trás:

— Nenhum de meus *casos* é digno de nota. — Ele hesitou de novo, tomando fôlego, antes de continuar: — Mas apenas porque Shahar me arruinou para qualquer outra.

Me arruinou. As palavras ecoaram em Bryce.

Hunt prosseguiu, olhos perdidos na memória:

— Cresci no território de Shahar, no sudeste de Pangera, e conforme batalhava para subir nas fileiras de suas legiões, me apaixonei por ela. Por sua visão de mundo. Por suas ideias sobre como as hierarquias angélicas deviam mudar. — Ele engoliu em seco. — Shahar foi a única que sequer insinuou o que me fora negado por nascer bastardo. Ela me promoveu nas tropas até que eu me tornasse seu braço direito. Até que eu me tornasse seu amante. — Ele soltou um longo suspiro. — Ela liderou a rebelião contra os asteri e eu liderei suas forças... a 18ª Legião. Você conhece o fim da história.

Todos em Midgard conheciam. A Estrela da Manhã teria liderado os anjos — talvez a todos — na direção de um mundo mais livre, mas havia sido extinta. Outra sonhadora esmagada sob as botas dos asteri.

— Então... você e Flynn? — insistiu Hunt.

— Você me conta essa trágica história de amor e espera que eu confesse minha baboseira?

O silêncio do anjo foi sua resposta. Bryce suspirou. Mas... tudo bem. Ela também precisava falar de *alguma coisa* para esquecer aquela cena de crime. E para dispersar as sombras que haviam se esgueirado para os olhos do anjo quando falara de Shahar.

E apenas por aquela razão, respondeu:

— Não. Flynn e eu nunca tivemos nada. — Ela sorriu suavemente. — Quando visitei Ruhn na adolescência, mal conseguia *funcionar* na frente de Flynn e Declan. — A boca de Hunt se curvou em um sorriso. — Eles alimentavam meu flerte descarado, e, por um tempo, tive a louca convicção de que Flynn seria meu marido um dia.

Hunt riu entre dentes, e Bryce lhe deu uma cotovelada.

— É verdade. Escrevi *Lady Bryce Flynn* em todos os meus cadernos do colégio por dois anos seguidos.

— Você não fez isso — disse ele, boquiaberto.

— Fiz. E posso provar: ainda guardo todos os meus cadernos na casa de meus pais, já que minha mãe se recusa a jogar qualquer coisa fora.

O sorriso de Bryce vacilou. E ela não contou a Hunt sobre a vez que, no último ano de faculdade, ela e Danika haviam encontrado Flynn e Declan em um bar. Sobre como Danika tinha voltado para casa com Flynn, porque Bryce não tivera coragem de bagunçar as coisas entre o lorde e Ruhn.

— Quer ouvir sobre meu pior peguete? — continuou ela, abrindo um sorriso forçado.

Ele riu.

— Tenho até medo de ouvir, mas claro.

— Saí com um vampiro por, tipo, três semanas. Meu primeiro e único caso com alguém da Chama e Sombra.

Os vampiros haviam trabalhado duro para fazer as pessoas se esquecerem do pequeno detalhe de que tinham todos vindo do Inferno, eles mesmos demônios menores. Que seus ancestrais desertaram dos exércitos dos sete príncipes durante as Primeiras Guerras, e então alimentaram as Legiões Imperiais com informações cruciais que auxiliaram os asteri em sua vitória. Traidores e vira-casacas... que ainda carregavam a fome de sangue dos demônios.

Hunt ergueu uma das sobrancelhas.

— E?

Bryce estremeceu.

— E não conseguia parar de me perguntar que parte de mim ele mais desejava: meu sangue ou... você sabe. E então ele sugeriu se alimentar *enquanto* se alimentava, se é que me entende?

Levou um segundo para Hunt compreender. Então os olhos castanhos se arregalaram.

— Ah, porra. *Sério*? — Ela não pôde deixar de notar o olhar do anjo para suas pernas... para o ponto onde se encontravam. O modo como seus olhos pareceram ficar ainda mais sombrios, algo se afiando em suas profundezas. — Não dói?

— Não me interessei em descobrir.

Hunt balançou a cabeça, e a semifeérica se perguntou se o anjo estava em dúvida se ria ou ficava constrangido. Mas a luz voltou àqueles olhos.

— Nenhum vampiro depois disso?

— Definitivamente, não. Ele alegou que o mais puro prazer vinha da dor, mas eu lhe mostrei a porta da rua.

Hunt grunhiu sua aprovação.

— Ainda sente algo por Shahar? — perguntou Bryce, com cuidado, mesmo sabendo que, provavelmente, não deveria.

Um músculo pulsou em seu maxilar. Ele esquadrinhou os céus.

— Até o dia de minha morte.

Nenhuma saudade ou mágoa enfeitaram suas palavras, mas ela ainda não estava completamente certa do que fazer com o nó em seu estômago.

Os olhos do anjo encontraram os seus afinal. Desolados e sombrios.

— Não vejo como posso superar esse amor, não quando ela desistiu de *tudo* por mim. Pela causa. — Ele balançou a cabeça. — Toda vez que fico com alguém, eu me lembro disso.

— Ah.

Não havia argumento possível. Qualquer coisa que ela dissesse pareceria egoísta e implicante. E talvez fosse idiota, pela maneira como interpretou o toque de sua perna contra a dela ou o olhar que lhe lançara no campo de tiro ou a ajuda com o ataque de pânico ou com todo o resto.

Ele a encarava. Como se visse tudo aquilo. O anjo engoliu em seco.

— Quinlan, isso não quer dizer que eu não...

As palavras foram interrompidas pela aproximação de um grupo de pessoas do outro extremo da rua.

Bryce vislumbrou cabelo louro platinado e perdeu o fôlego.

Hunt praguejou.

— Vamos sair daqui...

Mas Sabine os havia visto. O rosto pálido e estreito contorcido em um rosnado.

A semifeérica odiou o tremor que lhe tomou as mãos. O tremor em seus joelhos.

— Continue andando, Fendyr — avisou Hunt.

Sabine o ignorou. Seu olhar parecia salpicado de lascas de gelo.

— Ouvi dizer que estava dando o ar de sua graça por aí — ciciou a loba para Bryce. — Cadê a *porra* da minha espada, Quinlan?

Bryce não conseguia concatenar as ideias, qualquer resposta ou explicação. Apenas deixou Hunt a afastar de Sabine, o anjo uma verdadeira parede de músculos entre as duas.

A mão de Hunt repousava nas costas de Bryce conforme a guiava para longe.

— Vamos.

— Vadia estúpida — sibilou Sabine, cuspindo aos pés de Bryce quando a semifeérica passou.

Hunt enrijeceu, um grunhido escapando dos lábios, mas Bryce segurou seu braço em um apelo silencioso para que ignorasse a loba.

Os dentes do anjo brilharam quando os arreganhou para Sabine por sobre o ombro.

— Por favor — implorou Bryce.

Ele lhe estudou o rosto, a boca se abrindo em um protesto. Ela os obrigou a continuar andando, mesmo quando o escárnio de Sabine lhe queimava as costas.

— Por favor — sussurrou de novo.

O peito de Hunt arfava, como se fosse preciso toda a sua força para controlar a raiva, mas ele olhou para a frente. A risada baixa e presunçosa de Sabine ondeou até eles.

O corpo de Hunt travou, e Bryce apertou ainda mais seu braço, a tristeza lhe corroendo as entranhas.

Talvez ele tenha farejado, talvez lido em seu rosto, mas os passos de Hunt se equilibraram. A mão do anjo outra vez encontrou a curva de suas costas, uma presença constante conforme caminhavam, enfim cruzando a rua.

Estavam a meio caminho da Principal quando Hunt a pegou no colo, sem dizer uma palavra, e se lançou aos céus brilhantes.

Bryce encostou a cabeça no ombro dele. Deixou o vento abafar o tumulto em sua mente.

Eles aterrissaram no telhado de seu prédio cinco minutos depois, e ela teria ido direto para o apartamento se Hunt não tivesse segurado seu braço para impedi-la.

Mais uma vez o anjo estudou seu rosto. Seus olhos.

Nós, havia dito antes. Uma unidade. Um time. Uma matilha de dois.

As asas de Hunt farfalharam de leve na brisa do Istros.

— Vamos descobrir quem está por trás disso, Bryce. Prometo.

E, por alguma razão, ela acreditou no anjo.

* * *

Ela estava escovando os dentes quando seu telefone tocou.

Declan Emmet.

Bryce cuspiu a pasta antes de atender.

— Oi.

— Ainda tem meu nome na agenda? Que meigo, B.

— Sim, sim, sim. E aí?

— Descobri algo interessante na gravação. Os contribuintes dessa cidade deveriam se revoltar com o dinheiro dos impostos gasto empregando analistas de segunda em vez de pessoas como eu.

Bryce caminhou descalça até o corredor, em seguida até a sala... então até a porta de Hunt. Ela bateu uma vez.

— Vai me dizer do que se trata ou apenas se gabar? — perguntou ela.

Hunt abriu a porta.

Caralho. De Solas. Flamejante.

Ele estava sem camisa e, ao que parecia, também estivera escovando os dentes. Mas ela não dava a mínima para higiene bucal quando ele tinha *aquela* aparência.

Músculos sobre músculos sobre músculos, tudo coberto por uma pele marrom que brilhava sob as primaluces. Era revoltante. Ela já o vira sem camisa antes, mas não tinha prestado atenção... não assim.

Bryce havia visto sua cota de belos e definidos corpos masculinos, mas Hunt Athalar deixava todos no chinelo.

Ele estava sofrendo por um amor perdido, ela lembrou a si mesma. Tinha deixado aquilo *bem* claro naquela mesma noite. Por pura força de vontade, ergueu o olhar e encontrou o sorriso presunçoso naquele rosto.

Mas o sorriso arrogante desapareceu quando ela colocou Declan no viva-voz.

— Não sei se devo aconselhá-la a se sentar ou não — avisou Dec.

Hunt entrou na sala, franzindo a testa.

— Apenas desembuche — disse Bryce.

— Ok, admito que alguém pode ter cometido um erro. Graças ao blecaute, a gravação é apenas uma tela preta com alguns sons. Barulhos comuns da cidade, pessoas reagindo ao blecaute. Então separei cada canal de áudio da rua do lado de fora do templo. Amplifiquei os ruídos de fundo, algo que os computadores do governo talvez não tenham a tecnologia necessária para fazer. Sabe o que ouvi? Pessoas dando risadinhas, se desafiando a *tocar.*

— Por favor, diga que isso não vai ser nojento — pediu Bryce.

Hunt bufou.

— Eram pessoas no Portão da Rosa. Pude ouvir as pessoas no Portão da Rosa, em CiRo, desafiando umas às outras a tocar o disco no dial durante o blecaute, para ver se ainda funcionava. A propósito, funcionava. Mas também pude ouvi-las exclamando sobre damas-da-noite desabrochando no próprio portão.

Hunt se inclinou para a frente, seu perfume envolvendo-a, deixando-a tonta.

— O Portão da Rosa fica no lado oposto da cidade a partir do Templo de Luna — argumentou o anjo.

Declan riu.

— Ei, Athalar. Está se divertindo brincando de casinha com Bryce?

— Apenas responda — disse Bryce, rangendo os dentes, então deu um longo e cuidadoso passo para longe de Hunt.

— Alguém trocou a gravação do templo durante o roubo do chifre. Foi um trabalho bem inteligente... eles mixaram as imagens de modo perfeito, nem um piscar no cronômetro. Escolheram uma gravação de áudio que se aproximava dos sons nos arredores do templo, com o ângulo dos prédios e tudo mais. Espertos pra cacete. Mas não espertos o bastante. A 33ª devia ter me procurado. Eu não deixaria passar um erro assim.

A cabeça de Bryce latejava.

— Pode encontrar o responsável?

— Já fiz isso. — Qualquer vaidade sumiu da voz de Declan. — Pesquisei quem foi o designado para liderar a investigação das imagens de vídeo naquela noite. Seria o único com a autorização necessária para fazer uma troca desse tipo.

Bryce bateu o pé no chão, e Hunt acariciou seu ombro com a asa para tranquilizá-la.

— *Quem*, Dec?

Declan suspirou.

— Veja bem, não estou cem por cento certo de que é essa pessoa... mas o oficial que liderou essa parte da investigação foi Sabine Fendyr.

PARTE III

O CÂNION

38

— Faz sentido — disse Hunt, cauteloso, observando Bryce, que estava sentada no braço bojudo do sofá mordendo o lábio inferior. Ela mal havia agradecido a Declan antes de desligar. — O demônio tem se esquivado das câmeras da cidade. Sabine saberia onde as câmeras estão, especialmente se tivesse autoridade para supervisionar o conteúdo das filmagens de casos criminais — continuou.

O comportamento de Sabine mais cedo naquela noite... Ele tivera vontade de matá-la.

Tinha visto Bryce rir na cara da Rainha Víbora, enfrentar Philip Briggs de igual para igual e provocar três dos mais letais guerreiros feéricos da cidade... e, ainda assim, ela tremera diante de Sabine.

Ele não fora capaz de suportar ver o medo e o sofrimento e a culpa de Bryce.

— Faz sentido que Sabine possa estar por trás de tudo — insistiu, quando a semifeérica não respondeu.

Estava sentado ao lado dela no sofá em L. Havia colocado uma camisa um momento antes, muito embora tenha adorado o olhar de pura admiração no rosto de Bryce quando o vira.

— Sabine não mataria a única filha.

— Acredita mesmo nisso?

Bryce abraçou os joelhos.

— Não.

Com um short de pijama e uma camiseta velha e larga, ela parecia mais jovem. Pequena. Exausta.

— Todo mundo sabe que o Primo pensava em pular Sabine e declarar Danika sua herdeira. Isso me parece a porra de um motivo — argumentou Hunt. Então refletiu melhor, uma velha lembrança o incomodando. Pegou o telefone e pediu: — Espere um instante.

Isaiah respondeu ao terceiro toque.

— Sim?

— Quão facilmente pode acessar suas anotações da sala de observação na noite da morte de Danika? — Não esperou que Isaiah respondesse antes de prosseguir. — Mais especificamente: você registrou o que Sabine disse para nós?

A hesitação do comandante parecia carregada de tensão.

— Não me diga que acha que Sabine a matou?

— Tem como me conseguir suas notas? — pressionou Hunt.

Isaiah praguejou, mas, um momento depois, disse:

— Tudo bem. Estou com elas.

Hunt se aproximou de Bryce de modo que ela pudesse ouvir a voz do comandante, conforme este dizia:

— Quer que eu recite a coisa toda?

— Somente o que ela disse sobre Danika. Você pegou?

Sabia que sim. O macho tomava nota de tudo.

— Sabine disse: *Danika não conseguia ficar longe de problemas.*

Bryce enrijeceu, e Hunt colocou a mão livre sobre o joelho dela, apertando levemente.

— *Jamais conseguia manter a boca* fechada *nem sabia quando se calar na presença de inimigos. E veja o que lhe aconteceu. Aquela cadela estúpida está ali, respirando, e Danika não. Danika devia ter tido mais juízo.* Então você perguntou sobre o que Danika devia ter tido mais juízo, e Sabine respondeu: *Tudo. A começar por aquela vadia com quem dividia o apartamento.*

Bryce se encolheu, e Hunt acariciou seu joelho com o polegar.

— Obrigado, Isaiah.

O Comandante pigarreou.

— Tome cuidado.

A ligação foi encerrada.

Os olhos arregalados de Bryce brilhavam.

— O que Sabine disse pode ser interpretado de várias maneiras — admitiu ela. — Mas...

— Soa como se Sabine quisesse que Danika mantivesse segredo sobre alguma coisa. Talvez Danika houvesse ameaçado acusá-la do roubo do chifre, e Sabine a tenha matado por isso.

Bryce engoliu em seco conforme assentia.

— Mas por que esperar dois anos, então?

— Suponho que seja o que vamos descobrir com ela.

— O que Sabine iria querer com um artefato quebrado? E, mesmo que soubesse como consertá-lo, o que faria com ele?

— Não sei. E não sei se outra pessoa tem o chifre e ela o quer, mas...

— Se Danika viu Sabine roubá-lo, seu silêncio faria sentido. Assim como o da sentinela e o da acólita. Com certeza, estavam muito apavoradas para se pronunciar.

— Isso explicaria por que Sabine trocou as gravações. E por que ela surtou quando fomos ao templo. Talvez isso a tenha instigado a assassinar qualquer um que pudesse ter testemunhado alguma coisa naquela noite. A bomba na boate foi, provavelmente, um modo de nos intimidar. Ou nos matar, e ainda colocar a culpa nos humanos.

— Mas... não creio que ela esteja com o chifre — ponderou Bryce, brincando com os dedos do pé.

As unhas estavam pintadas de um vermelho-escuro. Aquilo era ridículo, disse Hunt a si mesmo. Não a hipótese de Bryce. Mas o fato de ele querer provar todo e cada um daqueles dedos e então, lentamente, subir por aquelas pernas macias e nuas. Pernas nuas que estavam a meros centímetros dele, a pele reluzente brilhando sob as primaluces. Ele se forçou a tirar a mão do joelho da semifeérica, mesmo que seus dedos lhe implorassem para que ele os movesse, para acariciar aquela coxa. Mais para cima.

Bryce continuou, alheia à linha de raciocínio obscena do anjo.

— Não vejo por que Sabine ainda invocaria o kristallos se estivesse com o chifre.

Hunt pigarreou. Havia sido um dia de merda. Um dia bizarro, se era aquele o rumo de seus pensamentos. Sinceramente, aquele havia sido o rumo de seus pensamentos desde o campo de tiro. Desde que ele a vira segurar aquela arma como uma maldita profissional.

Ele tentou se concentrar. Prestar atenção à conversa em vez de se perguntar se as pernas de Bryce Quinlan seriam tão suaves sob sua boca quanto pareciam.

— Não se esqueça de que Sabine odeia Micah. Além de silenciar as vítimas, as mortes, justo nesse momento, podem ter a intenção de prejudicá-lo. Você viu quanto ele está determinado a resolver tudo antes da Cimeira. Assassinatos como esses, causados por um demônio desconhecido, durante a estadia de Sandriel na cidade? Seriam uma vergonha. Maximus Tertian era suficientemente importante a ponto de criar uma dor de cabeça política para Micah; a morte dele pode foder com a posição do arcanjo. Pelo amor dos deuses, Sandriel e Sabine podem até estar nisso juntas, na esperança de enfraquecê-lo aos olhos dos asteri, de modo que Sandriel seja designada para Valbara em seu lugar. Ela poderia facilmente tornar Sabine a Prima de Todos os Metamorfos Valbaranos... não apenas dos lobos.

O rosto de Bryce empalideceu. Tal título não existia, mas fazia parte dos direitos do governador criá-lo.

— Sabine não faz esse tipo. É obcecada por poder, mas nem tanto. Ela pensa pequeno... *é* pequena. Você a ouviu reclamando sobre a espada desaparecida de Danika. — Bryce trançava o longo cabelo, distraída. — Não devíamos gastar nosso fôlego adivinhando seus motivos. Pode ser qualquer coisa.

— Você está certa. Temos uma boa razão para acreditar que ela matou Danika, mas nada sólido o bastante para explicar os novos assassinatos. — Ele observou os longos e delicados dedos de Bryce entrelaçados ao cabelo. Então se forçou a olhar para a tela escura da televisão. — Flagrá-la com o demônio provaria seu envolvimento.

— Acha que Viktoria pode encontrar a filmagem que requisitamos?

— Espero que sim — respondeu ele.

Hunt sopesou a ideia. Sabine... se fosse ela, que merda...

Bryce se levantou do sofá.

— Vou sair para correr.

— Uma da manhã?

— Preciso correr um pouco ou não vou conseguir dormir.

Hunt se ergueu de um pulo.

— Acabamos de chegar da cena de um crime, e Sabine está querendo seu sangue, Bryce...

Ela se dirigiu para o quarto, sem olhar para trás.

Voltou dois minutos depois, vestida com as roupas de ginástica, e o encontrou parado à porta, vestindo as dele. A semifeérica franziu o cenho.

— Quero correr sozinha.

Hunt abriu a porta e saiu para o corredor.

— Que pena.

* * *

Havia sua respiração, a batida de seus pés nas ruas úmidas e o estrondo da música em seus ouvidos. Bryce ligara o som tão alto que era praticamente apenas barulho. Ruído ensurdecedor com algum ritmo. Jamais ouvira música naquele volume durante as corridas matinais, mas, com Hunt a seu lado, podia colocar o som nas alturas sem se preocupar que um predador tirasse vantagem do fato.

Então ela correu. Pelas largas avenidas, pelos becos, pelas ruas laterais. Hunt a acompanhava, cada movimento gracioso e entrelaçado de poder. Bryce podia jurar que o relâmpago ribombava em sua esteira.

Sabine. Ela havia matado Danika?

Bryce não conseguia se conformar com a ideia. Cada respiração cortava como vidro.

Eles precisavam pegá-la no ato. Achar evidências contra a loba.

A perna começou a doer, uma queimação ácida ao longo da coxa. A semifeérica a ignorou.

Bryce cortou caminho pelos Prados de Asphodel. A rota era tão familiar que ela estava surpresa que suas pegadas não tivessem sido gravadas nos paralelepípedos. Dobrou uma esquina bruscamente, engolindo um gemido de dor conforme a perna se ressentia. O olhar de Hunt disparou para ela, mas Bryce o ignorou.

Sabine. Sabine. Sabine.

Sua perna queimava, mas ela continuou. Através dos Prados. Através de CiRo.

Continuou correndo. Continuou respirando. Não ousava parar.

* * *

Bryce sabia que Hunt fazia um esforço consciente para manter a boca fechada quando enfim chegaram a seu apartamento, uma hora mais tarde. Ela precisou agarrar o batente para se manter de pé.

Os olhos do anjo se estreitaram, mas ele não disse nada. Não mencionou que ela mancava de modo tão acentuado que mal fora capaz de correr os últimos dez quarteirões. Bryce sabia que o claudicar e a dor estariam piores pela manhã. Cada novo passo arrancava um grito de sua garganta, que ela engolia e engolia e engolia.

— Tudo bem? — perguntou ele, tenso, levantando a camiseta para enxugar o suor do rosto. Bryce pegou um rápido vislumbre daqueles ridículos músculos abdominais que brilhavam com a transpiração. O anjo a acompanhara todo o tempo... não havia reclamado ou falado. Apenas mantivera o ritmo.

Bryce fez questão de não se apoiar na parede enquanto caminhava até o quarto.

— Estou bem — respondeu ela, sem fôlego. — Só precisava correr.

Ele apontou para a perna dela, um músculo latejando no maxilar.

— Isso acontece com frequência?

— Não — mentiu ela.

Hunt apenas a encarou.

Ela não conseguiu impedir a oscilação no passo seguinte.

— Às vezes — corrigiu, fazendo uma careta. — Vou colocar gelo. De manhã estará ok.

Se fosse uma feérica puro-sangue, ela estaria curada em uma ou duas horas. Se bem que, se fosse uma feérica puro-sangue, o ferimento não continuaria a incomodá-la depois de tanto tempo.

— Alguém examinou essa perna? — perguntou o anjo, a voz rouca.

— Sim — mentiu Bryce mais uma vez, e esfregou o pescoço suado. Antes que ele pudesse insistir no assunto, ela agradeceu. — Obrigada por me acompanhar.

— Sim. — Não exatamente uma resposta, mas, graças aos deuses, Hunt não disse mais nada enquanto ela mancava pelo corredor e fechava a porta do quarto.

39

Apesar da entrada voltada para a agitada Praça da Cidade Velha, Ruhn achou a clínica da medbruxa agradavelmente silenciosa. As paredes pintadas de branco da sala de espera refletiam a luz do sol filtrada pelas janelas que se abriam para o congestionamento quase permanente, e o gorgolejar da pequena fonte de quartzo no balcão de mármore branco se mesclava de modo agradável à sinfonia que pulsava dos alto-falantes no teto.

Ele já estava aguardando havia cinco minutos, enquanto a bruxa que fora consultar terminava de atender outro paciente, e se sentia perfeitamente feliz em relaxar sob o vapor com perfume de lavanda do difusor na mesinha ao lado de sua cadeira. Até as próprias sombras adormeceram dentro dele.

Revistas e panfletos tinham sido dispostos na mesa de centro de carvalho branco a sua frente, os últimos anunciando de tratamentos de fertilidade até retirada de cicatrizes e alívio da artrite.

Uma porta se abriu no estreito corredor além do balcão, e uma cabeça de cabelo preto e levemente cacheado apareceu.

— Por favor, me ligue se surgirem outros sintomas — disse uma voz musical.

A porta se fechou, provavelmente para dar privacidade ao paciente.

Ruhn se levantou, sentindo-se deslocado, vestido de preto da cabeça aos pés em meio aos suaves tons de branco e creme da clínica, e ficou completamente imóvel conforme a medbruxa se aproximava do balcão.

Na cena de crime da noite anterior, ele a havia procurado para perguntar se tinha percebido algo de interessante no corpo. Ficara tão impressionado com sua lucidez e perspicácia que pedira para vê-la naquela manhã.

A medbruxa sorriu ligeiramente conforme rodeava o balcão, os olhos castanho-escuros brilhando em boas-vindas.

Então, lá estava. Aquele rosto cativante. Não a beleza refinada das estrelas de cinema ou modelos; não, aquilo era beleza em sua forma mais crua, dos grandes olhos castanhos até os lábios cheios e as maçãs definidas, tudo em quase perfeita simetria. O conjunto irradiava uma fria serenidade e atenção. Ele fora incapaz de desviar os olhos da bruxa, mesmo com um corpo esparramado entre eles dois.

— Bom dia, príncipe. — E lá estava, também. A bela e clara voz.

Feéricos eram sensíveis a sons, graças à audição acurada. Podiam ouvir notas dentro de notas, acordes dentro de acordes. Certa vez, Ruhn quase fugiu de um encontro com uma jovem ninfa quando a risada estridente da garota tinha soado como o guincho de um golfinho. E na cama... porra, quantas parceiras ele deixara de procurar outra vez, não porque o sexo tivesse sido ruim, mas porque os sons que elas faziam pareciam intoleráveis? Ele perdera a conta.

Ruhn ofereceu um sorriso à medbruxa.

— Oi. — Ele assentiu para o corredor. — Sei que está ocupada, mas tinha esperança de que pudesse dispor de alguns minutos para discutirmos um caso no qual estou trabalhando.

Vestindo uma calça azul-marinho solta e uma camiseta branca de algodão com mangas três-quartos que destacava a brilhante pele negra, a medbruxa estava parada com impressionante imobilidade.

Eram um grupo estranho, único, as bruxas. Embora parecessem humanas, a magia considerável e a longevidade as marcavam como vanir, seu poder passado, na maior parte, pela linhagem feminina.

Todas tinham status de civitas. O poder era herdado de alguma fonte ancestral que alegavam ser uma deusa de três rostos, mas bruxas surgiam em famílias ordinárias vez por outra. Seus dons pareciam variados, de videntes e guerreiras a fazedoras de poções, mas curandeiras eram as mais comuns na Cidade da Lua Crescente. Sua formação criteriosa e longa o bastante para que a jovem bruxa a sua frente fosse incomum. Ela tinha de ser habilidosa para já trabalhar em uma clínica quando não devia ter mais de trinta anos.

— Tenho um paciente em breve — disse ela, olhando por sobre o ombro para a rua movimentada além. — Mas meu intervalo de almoço é logo depois. Se importa de esperar meia hora? — Ela acenou para o corredor a suas costas, onde a luz do sol entrava por uma porta de vidro na outra extremidade. — Temos um jardim interno. O dia está agradável o bastante para que possa aguardar ali.

Ruhn concordou, olhando para o nome na placa no balcão.

— Obrigado, Srta. Solomon.

Ela piscou, aqueles cílios aveludados, densos, trêmulos de surpresa.

— Ah... não sou... Esta clínica é de minha irmã. Ela saiu de férias e me pediu para cuidar de tudo em seu lugar. — Mais uma vez, ela gesticulou para o corredor, graciosa como uma rainha.

Ruhn a seguiu, tentando não inspirar seu aroma de eucalipto e lavanda muito profundamente.

Não seja um maldito pervertido.

A luz do sol dançava nos cabelos pretos como a noite da bruxa enquanto ela alcançava uma porta e a abria com o ombro, revelando um pátio calçado com ardósia, cercado por jardins de ervas em terraços. De fato, o dia estava adorável, a brisa do rio agitava e embalava as plantas, espalhando suas fragrâncias calmantes.

Ela apontou para um conjunto de mesa e cadeiras de ferro trabalhado, colocado ao lado de um canteiro de hortelã.

— Volto logo.

— Ok — disse ele, e a bruxa não esperou que se sentasse antes de voltar para dentro.

Os trinta minutos se passaram rapidamente, em grande parte graças à enxurrada de ligações que Ruhn recebeu de Dec e Flynn, assim como de alguns de seus capitães nas forças auxiliares. Quando a porta de vidro se abriu outra vez, ele tinha acabado de pousar o telefone, na intenção de desfrutar de alguns minutos do silêncio perfumado.

O príncipe se levantou de um pulo ao ver a pesada bandeja que a bruxa carregava, abarrotada com uma chaleira, xícaras e um prato com queijo, mel e pão.

— Imaginei que, se o estou afastando do almoço, podíamos muito bem comer juntos — argumentou ela, enquanto Ruhn pegava a bandeja.

— Não precisava ter trazido nada para mim — disse ele, com o cuidado de não derrubar o bule de chá ao colocar a bandeja na mesa.

— Não foi incômodo algum. Não gosto mesmo de comer sozinha. — Ela ocupou o assento na frente dele e começou a distribuir os talheres.

— De onde é seu sotaque?

A bruxa não falava com a dicção acelerada típica da Cidade da Lua Crescente. Em vez disso, parecia alguém que escolhia cada palavra cuidadosamente.

Ela espalhou um pouco de queijo em uma fatia de pão.

— Meus tutores vinham de uma parte antiga de Pelium... nas margens do mar Rhagan. Suponho que tenham me contaminado.

Ruhn se serviu de chá, em seguida encheu a xícara da medbruxa.

— Toda aquela área é antiga.

Os olhos castanhos dela faiscaram.

— Verdade.

— Consultei algumas outras medbruxas da cidade, mas nenhuma foi capaz de me responder. Tenho plena noção de que posso soar desesperado — disse ele, depois de aguardar que ela tomasse um gole do chá. — Mas, antes de falar mais, gostaria de saber se posso contar com sua discrição.

Ela colocou algumas uvas e tâmaras no prato.

— Pode me perguntar o que quiser. Não vou repetir uma palavra.

Ele inspirou o aroma do chá; hortelã e alcaçuz e algo mais, uma sugestão de baunilha e outra coisa... amadeirada. O príncipe se recostou na cadeira.

— Tudo bem. Sei que seu tempo é curto, então serei direto: você conhece algum modo de reparar um artefato mágico quebrado quando ninguém, nem bruxas, nem feéricos, nem os próprios asteri, foi capaz de fazê-lo? Uma maneira de... curá-lo?

A bruxa derramou mel sobre o queijo.

— O objeto nasceu da magia ou era um objeto comum, imbuído com poder depois?

— A lenda diz que foi feito com magia... e só podia ser empunhado com o dom dos Estrelados.

— Ah. — Os olhos límpidos o estudaram, notando sua coloração. — Então é um artefato feérico.

— Sim. Das Primeiras Guerras.

— Está falando do Chifre de Luna?

Nenhuma das outras bruxas chegara àquela conclusão tão rapidamente.

— Talvez — esquivou-se ele, deixando que ela lesse a verdade em seus olhos.

— Magia e o poder de sete estrelas sagradas não poderiam repará-lo — argumentou ela. — E bruxas bem mais sábias que eu estudaram o assunto e declararam ser uma missão impossível.

O desapontamento pesou no estômago de Ruhn.

— Apenas pensei que talvez as medbruxas tivessem alguma ideia de como curá-lo, considerando seu campo de atuação.

— Vejo por que possa pensar assim. Esta clínica é repleta de maravilhas cuja existência eu desconhecia... meus tutores desconheciam. Lasers e câmeras e máquinas que podem espreitar dentro de seu corpo do mesmo modo que a magia. — Os olhos dela brilhavam a cada palavra, e, por mais que tentasse, Ruhn não conseguia desviar os dele. — E talvez... — Ela inclinou a cabeça, encarando um canteiro de lavanda.

Ruhn manteve a boca fechada, deixando a bruxa refletir. O telefone vibrou com uma mensagem, e ele rapidamente o silenciou.

A bruxa ficou imóvel. Os dedos delicados se contraíram sobre a mesa. Apenas um movimento, um murmúrio de reação, a sugestão de que alguma coisa havia se encaixado naquela bela cabeça. Mas ela não disse nada.

Quando a bruxa encontrou novamente o olhar de Ruhn, os olhos dela se tornaram sombrios. Estavam cheios de alarme.

— É possível que, com todos os atuais avanços da medicina, alguém tenha encontrado um modo de consertar um objeto de poder quebrado. De tratar o artefato não como algo inerte, mas como uma coisa viva.

— Então acha que... um laser poderia ser usado para recuperá-lo?

— Laser, droga, enxerto de pele, transplante... as atuais pesquisas abriram muitas portas.

Merda.

— Soaria familiar se eu dissesse que os antigos feéricos alegavam que o chifre somente poderia ser consertado pela luz que não é luz, pela magia que não é magia? Parece com tecnologia moderna?

— Admito que não sou tão versada no assunto quanto minhas irmãs. Meu conhecimento de cura está enraizado nos velhos costumes.

— Tudo bem — disse ele, levantando-se da cadeira. — Obrigado por seu tempo.

Ela encontrou o olhar de Ruhn com uma franqueza surpreendente. Nada intimidada ou impressionada por ele.

— Tenho certeza de que você o fará, mas aconselho que prossiga com cautela, príncipe.

— Eu sei. Obrigado. — Ele esfregou a nuca, tomando coragem. — Acha que sua rainha pode ter uma resposta?

A medbruxa inclinou a cabeça outra vez, todo aquele glorioso cabelo se derramando sobre o ombro.

— Minha... Ah. — Ruhn podia jurar que a tristeza toldou aqueles olhos. — Você quer dizer a nova rainha.

— Hypaxia. — O nome queimava em sua língua. — Lamento pela perda da rainha anterior.

— Eu também — disse a bruxa. Por um instante, seus ombros pareceram se estreitar, a cabeça pender com um peso fantasma. Hecuba havia sido amada por seu povo... sua perda seria sentida. A bruxa suspirou e se endireitou novamente, como se despisse um manto de tristeza. — Hypaxia está de luto pela mãe. Não vai receber visitantes até sua apresentação na Cimeira. — Ela sorriu debilmente. — Talvez possa perguntar a ela na ocasião.

Ruhn estremeceu. Por outro lado, pelo menos não precisava encontrar a mulher com que o pai queria que se casasse.

— Infelizmente, o caso é urgente demais para esperar a Cimeira.

— Vou pedir a Cthona para que você encontre as respostas em outro lugar, então.

— Com sorte, ela vai ouvir.

Ele caminhou alguns passos na direção da porta.

— Espero vê-lo de novo, príncipe — disse a medbruxa, voltando a seu almoço.

As palavras não eram uma cantada, algum convite pouco sutil. Porém, mesmo mais tarde, quando estava sentado nos Arquivos Feéricos, pesquisando sobre avanços médicos, Ruhn ainda avaliava o tom e a promessa daquele adeus.

E se deu conta de que ela não lhe dissera seu nome.

40

Viktoria levou dois dias para descobrir algo fora do comum nas câmeras e na rede de energia da cidade. Mas, quando o fez, não ligou para Hunt. Não, a espectro enviou um mensageiro.

— Vik me pediu que arrastasse sua bunda até o escritório dela... o do laboratório — disse Isaiah, à guisa de cumprimento, enquanto pousava no telhado da galeria.

Apoiado no batente da porta que levava até o andar de baixo, Hunt estudou seu comandante. O habitual brilho de Isaiah tinha esmaecido, e havia sombras sob seus olhos.

— As coisas estão tão ruins assim com a chegada de Sandriel?

Isaiah encolheu as asas. Mantendo-as bem fechadas.

— Micah a mantém na linha, mas passei a noite em claro, lidando com pessoas atônitas.

— Soldados?

— Soldados, funcionários, empregados, vizinhos... Ela abalou a todos. — Isaiah balançou a cabeça. — Sandriel também tem mantido o dia da chegada de Pollux em segredo, para nos deixar apreensivos. Sabe o medo que o anjo desperta.

— Talvez tenhamos sorte e aquele monte de merda fique em Pangera.

— Nunca fomos sortudos, fomos?

— Não. Não fomos. — Hunt soltou uma risada amarga. — Ainda falta um mês para a Cimeira. — Um mês tolerando a presença de Sandriel. — Eu... Se precisar de mim para qualquer coisa, avise.

Isaiah piscou, observando Hunt da cabeça à ponta da bota. Aquilo não devia tê-lo envergonhado, a expressão de surpresa no rosto do comandante com sua oferta. Isaiah voltou o olhar para as telhas abaixo das botas iguais às suas, como se cogitasse o que, ou quem, poderia ter sido responsável pela guinada altruísta do Umbra Mortis.

— Acha que Jesiba Roga realmente transforma seus ex-amantes e seus inimigos em animais? — perguntou Isaiah, apenas.

— Espero que não. — Tendo observado as criaturas nos pequenos tanques espalhados pela biblioteca, aquilo era tudo que Hunt podia responder.

Em especial pelo bem da assistente que tinha tentado fingir que não estava caindo de sono na mesa quando ele havia ligado para verificar as coisas vinte minutos antes.

Desde que Declan soltara a bomba sobre Sabine, Bryce havia ficado acabrunhada. Hunt a aconselhara a tomar cuidado ao lidar com a futura Prima dos Lobos, e a semifeérica tinha parecido inclinada a esperar que Viktoria encontrasse alguma pista dos padrões do demônio; qualquer prova de que Sabine estava, de fato, usando o poder das linhas ley para conjurá-lo, já que os próprios poderes não eram fortes o suficiente. A maioria dos poderes de metamorfos não o era, embora Danika tivesse sido uma exceção. Outra razão para o ciúme da mãe... e mais um motivo para o crime.

Ruhn ainda não havia mandado notícias, apenas uma mensagem na véspera, em que dizia estar pesquisando sobre o chifre. Mas, se Vik tinha descoberto algo...

— Vik não pode vir até aqui contar as novidades? — perguntou Hunt.

— Ela queria mostrar pessoalmente. E duvido que Jesiba fique feliz com a visita de Vik.

— Quanta consideração de sua parte.

Isaiah deu de ombros.

— Jesiba está nos ajudando... precisamos de seus recursos. Seria estupidez testar seus limites. Não tenho interesse em ver nenhum de vocês transformado em porco se sairmos muito da linha.

E lá estava. Aquele olhar demorado, sugestivo.

Hunt ergueu as mãos com um sorriso.

— Não precisa se preocupar comigo.

— Micah vai acertá-lo como um martelo se colocar a missão em risco.

— Bryce já disse a Micah que não estava interessada.

— O Arcanjo não vai se esquecer disso tão cedo.

Hunt sabia daquilo. A morte que Micah lhe havia encomendado na semana anterior como punição pelo constrangimento que Bryce e ele lhe causaram no saguão do Comitium... ele ainda a sentia.

— Mas não foi isso que eu quis dizer — prosseguiu Isaiah. — Estava me referindo ao fato de que, se não descobrirmos quem está por trás das mortes, e se você estiver enganado quanto a Sabine... não apenas sua sentença reduzida será revogada, como Micah vai encontrar um modo de *responsabilizá-lo.*

— É claro que vai. — O telefone de Hunt vibrou, e ele o tirou do bolso.

O anjo engasgou. Não apenas com a mensagem de Bryce: *O telhado da galeria não é um poleiro, sabia?*, mas com seu novo nome de contato, provavelmente alterado pela própria quando ele tinha ido ao banheiro ou tomado banho ou apenas deixado o telefone na mesa de centro. *Bryce Fodástica.*

E ali, abaixo daquele nome ridículo, ela havia adicionado sua foto ao contato: a que havia tirado na loja de aparelhos celulares, sorrindo de orelha a orelha.

Hunt reprimiu um rosnado de irritação e digitou: *Você não devia estar trabalhando?*

Bryce Fodástica respondeu um segundo depois: *Como posso trabalhar com vocês dois sapateando aí em cima?*

Ele escreveu de volta: *Como conseguiu minha senha?* Ela não precisava da senha para ativar a câmera, mas, para ter acesso a seus contatos, a combinação de sete dígitos seria necessária.

Prestei atenção. E então acrescentou, um segundo depois: *E talvez tenha observado você digitando algumas vezes, enquanto assistia a alguma partida idiota de solebol.*

Hunt revirou os olhos e guardou o telefone sem responder. Bem, pelo menos a semifeérica parecia estar saindo do torpor em que estivera havia dias.

Ele flagrou Isaiah o observando cuidadosamente.

— Há destinos piores que a morte, você sabe.

Hunt olhou para o Comitium, a arcanjo espreitando em seu interior.

— Eu sei.

* * *

Bryce franziu o cenho para a porta da galeria.

— A previsão não indicava chuva. — Ela fez uma careta para o céu. — *Alguém* deve estar fazendo merda.

— É ilegal interferir no tempo — recitou Hunt a seu lado, digitando uma mensagem no telefone.

Ele não havia mudado o novo nome de contato que ela se dera, Bryce notou. Ou apagado aquela foto absurda que havia adicionado a sua entrada.

— Eu não trouxe guarda-chuva — disse ela, depois de silenciosamente articular as palavras do anjo.

— Não é um voo longo até o laboratório.

— Seria mais fácil chamar um carro.

— Numa hora dessas? — O anjo enviou a mensagem e guardou o telefone no bolso. — Vai levar uma hora só para atravessar a avenida Central.

A chuva varria a cidade.

— Posso ser eletrocutada lá em cima.

Os olhos de Hunt brilhavam enquanto ele lhe oferecia a mão.

— Ainda bem que está comigo.

Com todo aquele relâmpago nas veias, ela supôs que fosse verdade.

Bryce suspirou e franziu o cenho para seu vestido, os sapatos de salto de camurça preta que com certeza estragariam.

— Não estou usando roupas apropriadas para voar...

A frase terminou em um grito quando Hunt disparou com Bryce para o céu.

Ela se agarrou ao anjo, sibilando como uma gata.

— Precisamos voltar para buscar Syrinx antes de fechar.

Hunt planava sobre as ruas congestionadas e fustigadas pela chuva enquanto vanir e humanos se abrigavam debaixo de marquises e toldos para escapar do mau tempo. Os únicos nas ruas eram aqueles com guarda-chuvas ou escudos mágicos. Bryce enterrou o rosto no peito do anjo, como se aquilo pudesse protegê-la da água... e da incrível altura. O que conseguiu foi sentir o perfume dele lhe inundando o rosto e o calor daquele corpo contra a bochecha.

— Devagar — ordenou ela, os dedos cravados nos ombros e pescoço do anjo.

— Não seja boba — murmurou ele em seu ouvido, a intensidade daquela voz acariciando cada osso de seu corpo. — Olhe em volta, Quinlan. Aproveite a vista. — E acrescentou: — Gosto da cidade quando chove.

Como Bryce continuou com o rosto em seu peito, ele a apertou.

— Vamos — provocou, acima do barulho das buzinas e do cantar de pneus nas poças. Ele acrescentou, a voz quase um ronronar: — Compro um milk-shake se você olhar.

Os dedos da semifeérica se encolheram dentro do sapato com aquela voz baixa, provocante.

— Só pelo sorvete — resmungou ela, o que lhe rendeu uma risada do anjo, e abriu um dos olhos.

Ela se forçou a abrir também o outro. Agarrada aos ombros de Hunt com força o bastante para machucar, combatendo cada instinto que lhe gritava que se encolhesse, a semifeérica estreitou os olhos através da água que acertava seu rosto, olhando para a cidade além.

Na chuva, os prédios de mármore brilhavam como se feitos de pedra da lua, as ruas de paralelepípedos cinzentos pareciam polidas até um azul-prateado, salpicadas pelo dourado dos postes de primalux. À direita, o Portão do Coração, Bosque da Lua e CiRo se erguiam sobre a paisagem, como a corcova de alguma besta retorcida rompendo a superfície de um lago, o cristal das janelas cintilava como gelo derretido. Daquela altura, as avenidas que os ligavam — as linhas ley abaixo dos dois — cortavam a cidade como lanças.

O vento agitava as palmeiras, jogando as copas de um lado para o outro, seu sibilar quase abafava o ruído mal-humorado das buzinas dos motoristas presos no engarrafamento. Na verdade, a cidade inteira parecia ter parado por um momento; exceto por eles, que disparavam por cima de tudo.

— Nada mal, hein?

Bryce beliscou o pescoço de Hunt, e a risada em resposta lhe acariciou a orelha. Ela talvez tenha pressionado o corpo com mais força contra aquela sólida parede de músculos. O anjo talvez tenha intensificado o abraço, também. Apenas um pouco.

Em silêncio, os dois observavam os prédios mudarem de pedra antiga e tijolo para metal polido e vidro. Os carros ficaram mais sofisticados também — táxis detonados dando lugar a sedãs pretos com vidro fumê, motoristas de uniforme no banco da frente preguiçosamente aguardando em fila, do lado de fora de imponentes arranha-céus. Menos pessoas ocupavam ruas mais limpas... com certeza, não havia música ou restaurantes abarrotados de comida e bebida e riso. Aquele era um bolsão higienizado e organizado da cidade, onde a questão não era olhar em volta, mas para *cima*. Bem acima do escuro véu de chuva que coroava o topo dos prédios, luzes e espirais coloridas cintilantes pintavam as brumas. Um borrão vermelho brilhou à esquerda, e ela não precisou olhar para saber que vinha do quartel-general das Indústrias Redner. Bryce não havia visto ou tido notícias de Reid nos dois anos desde a morte de Danika; ele jamais lhe mandara condolências. Muito embora a própria Danika tenha trabalhado meio período na companhia. Babaca.

Hunt se dirigiu para um prédio sólido de concreto que Bryce tinha tentado apagar da memória e pousou com suavidade em um balcão no segundo andar.

— Viktoria é um espectro — disse o anjo, enquanto abria as portas de vidro, mostrando algum tipo de crachá em um escâner.

Bryce quase respondeu *Eu sei*, mas apenas assentiu, seguindo-o porta adentro. Ela e Hunt mal haviam conversado sobre aquela noite. Sobre suas lembranças.

O ar-condicionado estava no máximo, e imediatamente Bryce se abraçou, os dentes tiritando com o choque de sair da tempestade para aquele frio gélido.

— Ande depressa. — Foi a única ajuda que Hunt lhe ofereceu, secando a chuva do rosto.

Um elevador apertado e dois corredores depois, Bryce se viu tremendo na soleira de um escritório espaçoso, com vista para um pequeno parque.

Observando enquanto Hunt e Viktoria apertavam as mãos por sobre a mesa de vidro curvo da espectro.

— Bryce Quinlan, esta é Viktoria Vargos. — Hunt gesticulou para ela.

A seu favor, Viktoria fingiu que era a primeira vez que a via.

Tanta coisa daquela noite parecia um borrão. Mas Bryce se lembrava da sala estéril. Ela se lembrava de Viktoria ter tocado aquela gravação.

Pelo menos, agora Bryce podia apreciar a beleza a sua frente: o cabelo escuro e a pele pálida e os deslumbrantes olhos verdes eram um legado pangerano, falavam de vinhedos e palácios talhados em mármore. Mas a graça com que Viktoria se movia... A espectro devia ser velha como o Inferno para ter aquele tipo de beleza fluida. Para ser capaz de mexer o corpo de modo tão etéreo.

Um halo também havia sido tatuado em sua testa. Bryce disfarçou a surpresa... sua memória falhara em prover aquele detalhe. A semifeérica sabia que os duendes tinham lutado ao lado dos anjos na rebelião, mas não se dera conta de que outros não malakim haviam marchado sob o estandarte de Shahar Estrela da Manhã.

— Prazer — ronronou Viktoria, os olhos irradiando afabilidade.

De algum modo, Hunt parecia ainda mais gostoso ensopado de chuva, a camiseta realçando cada músculo firme, definido. Bryce estava muito ciente, conforme estendia a mão, de como o próprio cabelo estava colado na cabeça graças à chuva, e de como a maquiagem provavelmente tinha escorrido pelo rosto.

Viktoria pegou a mão de Bryce num aperto firme, mas amigável, e sorriu. Deu uma piscadela.

— Vik dá esse sorriso sedutor para qualquer um, então não se sinta lisonjeada — grunhiu Hunt.

Bryce se sentou em uma das duas cadeiras de couro preto em frente à mesa, pestanejando para Hunt.

— Ela faz o mesmo com você?

Viktoria soltou uma gargalhada, o som rico e adorável.

— Você mereceu essa, Athalar.

Hunt franziu o cenho, se jogando na outra cadeira... uma com o encosto baixo, Bryce percebeu, para acomodar as asas de um anjo.

— Isaiah disse que você descobriu alguma coisa — começou Hunt, cruzando o tornozelo sobre o joelho.

— Sim, embora não o que me pediu.

Viktoria contornou a mesa e entregou uma pasta a Bryce. Hunt se inclinou para espiar sobre seu ombro. A asa roçava a nuca da semifeérica, mas ele não a recolheu.

Bryce estreitou os olhos para a foto granulada, uma única pata no canto inferior direito.

— Isso é...

— Visto no Bosque da Lua na noite passada. Eu estava investigando flutuações de temperatura ao redor das principais avenidas, como você pediu, e notei uma queda... por apenas dois segundos.

— Uma invocação — disse Hunt.

— Sim — concordou Viktoria. — A câmera pegou somente esse pequeno detalhe da pata... o restante da criatura ficou fora de vista. Mas foi perto de uma avenida principal, como vocês suspeitavam. Temos mais algumas capturas pixeladas de outros locais durante a noite, mas são ainda menores... uma garra, em vez de uma pata completa.

A foto estava desfocada, mas ali... aquelas garras afiadas que ela nunca esqueceria.

Precisou se controlar para não tocar a perna. Para não se lembrar daquelas presas translúcidas que a haviam rasgado.

Os dois a encaravam. À espera.

— É um demônio kristallos. — Bryce conseguiu dizer.

A asa de Hunt a envolveu um pouco mais, mas o anjo nada disse.

— Não consegui encontrar flutuações de temperatura na noite de cada um dos assassinatos — explicou Vik, a expressão sombria. — Mas encontrei algo quando Maximus Tertian morreu. A dez minutos e dois quarteirões de distância. Nenhum vídeo, mas foi a mesma queda de 7 graus, num intervalo de dois segundos.

— A coisa atacou alguém noite passada? — A voz de Bryce parecia um pouco distante até para os próprios ouvidos.

— Não — respondeu Viktoria. — Até onde sabemos.

Hunt continuava a estudar a imagem.

— O kristallos visitou algum lugar específico?

Viktoria apresentou outro documento. Um mapa do Bosque da Lua, cheio de parques amplos e caminhos à beira do rio, vilas majestosas e complexos para vanir e alguns humanos ricos, pontilhado pelas melhores escolas e muitos dos mais sofisticados restaurantes da cidade. No centro: o Covil. Cerca de seis pontos vermelhos o rodeavam. A criatura havia se esgueirado entre seus imponentes muros. Bem no coração do território de Sabine.

— Solas Flamejante — arquejou Bryce, um arrepio gelado atravessando sua coluna.

— A besta teria encontrado uma maneira de invadir os muros do Covil se aquilo que caça estivesse ali dentro — refletiu Hunt, em voz baixa. — Talvez apenas seguisse um antigo rastro.

Bryce percorreu os pontos com os dedos.

— Nenhum padrão mais amplo, no entanto?

— Pesquisei no sistema, e nada surgiu além do que vocês já descobriram sobre a proximidade com as linhas ley, abaixo dessas estradas, e as variações de temperatura. — Viktoria suspirou. — Parece que a criatura está procurando alguma coisa. Ou alguém.

Sangue e osso e entranha, salpicado e retalhado e em nacos...

Vidro cortando seus pés; presas rasgando sua carne...

Dedos fortes e quentes agarraram sua coxa. Apertaram uma vez.

Mas, quando Bryce encarou Hunt, a atenção do anjo estava voltada para Viktoria... mesmo enquanto a mão permanecia em sua coxa, a asa ligeiramente curvada ao seu redor.

— Como você perdeu a pista do demônio?

— Em um momento estava lá; no outro, desapareceu.

O polegar de Hunt acariciava a coxa de Bryce, logo acima do joelho. Um toque displicente, reconfortante.

Que a distraía demais enquanto Viktoria se inclinava para indicar outro ponto no mapa, os olhos verdes se erguendo mesmo que apenas para registrar a mão de Hunt. Prudência brilhou em seu olhar, mas ela disse:

— Essa foi a última localização conhecida, pelo menos até onde nossas câmeras puderam captar. — O Portão da Rosa, em CiRo. Nada próximo do território de Sabine. — Como já disse, em um momento estava lá, no outro havia desaparecido. Designei duas unidades diferentes e uma matilha das Tropas Auxiliares para caçá-lo, mas sem sucesso.

A mão de Hunt deslizou para longe da perna de Bryce, deixando apenas frio em seu lugar. Um olhar e a semifeérica viu o motivo: Viktoria agora sustentava o olhar do anjo, o da espectro carregado de censura.

Bryce tamborilou as unhas rosadas no braço cromado da cadeira.

Bem, pelo menos sabia o que fariam depois do jantar daquela noite.

41

A chuva não dava trégua.

Hunt não conseguia se decidir se era uma bênção, já que aquilo mantinha as ruas quase vazias, com exceção dos vanir afiliados à água, ou se era um puta de um azar, já que certamente a chuva lavaria qualquer possibilidade de encontrar o cheiro de um demônio à espreita nas ruas.

— Vamos... *embora* — grunhiu Bryce.

Encostado na parede ao lado da porta de entrada da galeria, o sol prestes a se pôr, Hunt cogitou pegar o telefone para filmar a cena à frente: Syrinx com as garras cravadas no carpete, uivando como louco, e Bryce tentando arrastá-lo pelas patas traseiras até a porta.

— É. Só. *Água* — grasnou ela, puxando de novo.

— *Eeettzzz!* — gemeu Syrinx em resposta.

Bryce tinha anunciado que os dois deixariam a quimera no apartamento antes de se dirigirem até CiRo para investigar.

A semifeérica grunhiu de novo, as pernas tensas com o esforço enquanto ela levantava a quimera.

— Nós. Vamos. Para. *Casa!*

O tapete verde começou a se erguer, unhas se soltando, conforme Syrinx se agarrava obstinadamente.

Cthona o livrasse. Bufando, Hunt fez um favor a Jesiba Roga antes que Syrinx passasse para os painéis de madeira e envolveu a quimera em uma brisa fresca. Cenho franzido em concentração, o anjo içou Syrinx do carpete, fazendo-o flutuar em um torvelinho de vento até seus braços.

Syrinx piscou para ele, então se eriçou, os pequenos dentes brancos à mostra.

— Nada disso, bestinha — disse Hunt, calmo.

Syrinx protestou, em seguida relaxou.

Hunt flagrou Bryce piscando também. Ele abriu um sorriso malicioso.

— Nem um pio?

Ela resmungou, as palavras abafadas pela noite chuvosa. Syrinx se retesou nos braços de Hunt quando eles saíram para a noite molhada, a semifeérica fechando e trancando a porta atrás deles. Ela mancava de leve. Como se o cabo de guerra com a quimera tivesse forçado ainda mais sua coxa.

Hunt manteve a boca fechada enquanto passava Syrinx para os braços de Bryce, a quimera praticamente abrindo buracos no vestido da semifeérica. O anjo sabia que a perna a incomodava. Sabia que tinha sido a causa, com seu grampeador de guerra. Mas, se ela ia bancar a estúpida e não cuidar do ferimento, então tudo bem. Tudo bem.

Não disse uma palavra conforme Bryce abraçava Syrinx, o cabelo já emplastrado na cabeça, e se aproximava. Hunt estava dolorosamente ciente de cada parte de seu corpo encostada a cada parte do corpo da semifeérica quando a pegou nos braços, bateu as asas e disparou para o céu tempestuoso, Syrinx bufando e sibilando.

Syrinx já os havia perdoado enquanto pingavam água, parados na cozinha, e Bryce acumulou pontos de redenção pela porção extra de ração que derramou em sua tigela.

Bryce trocou de roupa, escolhendo algo mais esportivo, e, trinta minutos depois, os dois estavam na frente do Portão da Rosa. Suas rosas, glicínias e incontáveis outras flores brilhavam com a chuva sob a primalux dos postes que ladeavam o anel viário ao redor. Alguns carros ziguezagueavam para desaparecer nas ruas da cidade, ou ao longo da avenida Central, que cruzava o portão e se transformava na longa e escura Estrada Oriental.

Hunt e Bryce estreitavam os olhos na chuva para esquadrinhar a praça, o portão, a rotatória.

Nenhuma pista do demônio que tinha se esgueirado pelos registros de Viktoria.

De rabo de olho, Hunt observou Bryce esfregar a coxa, controlando uma careta. Ele rangeu os dentes, mas engoliu a reprimenda.

Não tinha a menor vontade de ouvir outro sermão sobre comportamento alfa babaca opressor.

— Certo — disse Bryce, as pontas de seu rabo de cavalo cacheando com a umidade. — Já que você é o doente com dezenas de fotos de cenas de crime no celular, vou deixar a investigação por sua conta.

— Engraçadinha. — Hunt pegou o aparelho, fotografou a semifeérica, parada na chuva e emputecida, e em seguida abriu a foto que fizeram das várias imagens que Viktoria imprimira.

Bryce se aproximou para examinar a foto, o calor de seu corpo um chamado sedutor. Ele ficou perfeitamente imóvel, se recusando a atendê-lo, enquanto ela erguia a cabeça.

— Aquela câmera ali — disse ela, apontando para uma das dez colocadas apenas no portão. — Foi essa que captou o pequeno movimento.

Hunt assentiu, observando o Portão da Rosa e os arredores. Nenhum sinal de Sabine. Não que tivesse esperança de que a futura Prima se revelasse, conjurando demônios como algum charlatão mambembe. Principalmente em um lugar tão visado, em geral abarrotado de turistas.

Séculos depois que os feéricos decidiram cobrir seu portão com flores e trepadeiras, o Portão da Rosa havia se tornado uma das principais atrações turísticas da cidade, com milhares de pessoas afluindo até a praça a cada dia, a fim de dar uma gota de poder em troca de um desejo no dial quase escondido sob a hera e para tirar fotos das deslumbrantes criaturinhas que agora faziam seus ninhos e casas dentro do emaranhado verde. Mas àquela hora, naquele tempo, até mesmo o Portão da Rosa estava silencioso. Escuro.

Bryce esfregou a maldita coxa outra vez. Hunt engoliu sua irritação e perguntou:

— Acha que o demônio saiu da cidade?

— Estou rezando para que não.

A larga Estrada Oriental cortava colinas ondulantes e ciprestes escuros. Algumas primaluces douradas pontilhavam o espaço, a única indicação das fazendas e vilas espalhadas pelos vinhedos, pastagens e olivais. Todos ótimos esconderijos.

Bryce se manteve por perto conforme atravessava a rua, na direção do coração do pequeno parque no centro da rotatória. Ela esquadrinhou as árvores molhadas de chuva ao redor.

— Nada?

Hunt começou a balançar a cabeça, mas parou. Viu alguma coisa do outro lado do círculo de mármore em que se erguia o portão. Pegou o telefone, a luz da tela refletida nos ângulos marcantes de seu rosto.

— Talvez estejamos enganados. Sobre as linhas ley.

— O que quer dizer?

Mostrou a ela o mapa da cidade que havia baixado, traçando a avenida da Guarda com o dedo. Então a Central. Principal.

— O kristallos apareceu perto de todas essas ruas. Achamos que foi porque ficavam próximas às linhas ley. Mas nos esquecemos do que existe bem abaixo das ruas e permite que o demônio apareça e desapareça sem ninguém notar. O lugar perfeito para Sabine invocar algo e ordenar que se mova pela cidade.

Ele apontou para o outro lado do portão. Para uma grade de esgoto.

Bryce gemeu.

— Está de sacanagem.

***

— Deuses, como fede! — exclamou Bryce por sobre o som da água corrente abaixo, pressionando o rosto na dobra do cotovelo ao ajoelhar ao lado de Hunt e espiar o esgoto aberto. — Que merda.

Ensopado de chuva e ajoelhado na calçada sobre sabia lá Ogenas o que, o anjo disfarçou o sorriso conforme o facho de sua lanterna varria os tijolos escorregadios do túnel em um movimento minucioso, em seguida o rio turvo, cheio graças a cachoeira de chuva que se derramava pelas grades.

— É um esgoto — argumentou ele. — O que esperava?

Ela o ignorou.

— Você é um guerreiro/investigador/dane-se. Não pode descer e achar alguma pista?

— Acha mesmo que Sabine deixaria um rastro assim tão fácil?

— Talvez haja alguma marca de garras ou qualquer coisa. — Ela examinou a pedra antiga. Hunt não entendia por que a semifeérica se incomodava. Havia marcas de garras e arranhões *por toda parte.*

— Não estamos em uma série criminal, Quinlan. Não é tão simples.

— Ninguém gosta de um babaca condescendente, *Athalar.*

A boca do anjo se curvou para cima. Bryce estudou a escuridão abaixo, pressionando os lábios, como se pudesse conjurar o kristallos ou Sabine por pura força de vontade. Ele já havia enviado uma mensagem a Isaiah e Vik para instalar câmeras extras no portão e na entrada do esgoto. Assim como outras na vizinhança. Se alguém se mexesse sequer um centímetro, eles saberiam. O anjo não ousava pedir que seguissem Sabine. Não ainda.

— Devíamos descer — declarou Bryce. — Talvez a gente consiga pegar o cheiro de Sabine.

— Você não fez a Descida — argumentou ele, com cautela.

— Me poupe dessa babaquice de proteção.

Inferno sombrio, aquela mulher!

— Não vou descer a não ser com uma tonelada a mais de armas. — Ele só havia levado duas pistolas e uma faca. — Com demônio ou sem demônio, se Sabine estiver aí embaixo...

O anjo podia superar Sabine em termos de poder, mas com os feitiços das bruxas tolhendo a potência de seus relâmpagos através da tinta do halo, suas mãos estavam atadas.

Então tudo se resumiria à força bruta e, embora a vantagem também fosse sua nesse quesito, Sabine era letal. Motivada. E traiçoeira como uma víbora.

Bryce franziu o cenho.

— Sei me cuidar.

Após vê-la no campo de tiro, tinha certeza daquilo.

— Não se trata de você, querida. E sim de *eu* não querer acabar morto.

— Não pode usar esse lance de relâmpago para nos proteger?

Hunt segurou o riso com o *lance de relâmpago*, mas disse:

— Tem água lá embaixo. Adicionar relâmpago à mistura não me parece inteligente.

Ela o encarou. Ele sustentou o olhar.

O anjo tinha a impressão de que havia passado em algum tipo de teste quando ela sorriu.

Evitando aquele pequeno sorriso, ele esquadrinhou o rio de sujeira correndo abaixo.

— Todos os esgotos desaguam no Istros. Talvez o povo das Muitas Águas tenha visto alguma coisa.

Bryce ergueu as sobrancelhas.

— Por que teriam?

— Um rio é um bom lugar para desovar um corpo.

— Mas o demônio só deixou sobras. A criatura, ou Sabine, não parece preocupada em escondê-los. Não se sua intenção faz parte de algum esquema para prejudicar Micah.

— Por enquanto é apenas uma teoria — argumentou Hunt. — Meu contato das Muitas Águas pode ter alguma informação.

— Então vamos até o cais. É mesmo mais provável que passemos despercebidos à noite.

— Mas duas vezes mais provável que encontremos um predador à caça de comida. Vamos esperar até amanhecer. — Os deuses sabiam que já tinham se arriscado demais indo até ali. Hunt colocou a tampa de esgoto no lugar com um *tum*. Deu uma olhada no rosto irritado e sujo e riu. Antes que pudesse refletir, confessou: — Eu me divirto com você, Quinlan. Apesar do quão terrível é esse caso, apesar de tudo, não me divertia assim fazia um tempo.

Desde *sempre*.

Ele poderia jurar que ela corou.

— Continue comigo, Athalar — disse ela, tentando limpar a sujeira das pernas e das mãos, consequência de se ajoelhar na entrada da grade —, e pode se livrar desse pau enfiado no rabo afinal.

Ele não respondeu. Houve apenas um *clique*.

A semifeérica se virou e o flagrou com o telefone na mão. Tirando uma foto sua.

O sorriso de Hunt era um talho branco na escuridão chuvosa.

— Prefiro ter um pau no rabo do que parecer um rato molhado.

* * *

Bryce usou a mangueira do telhado para lavar os sapatos, as mãos. Não queria levar a sujeira da rua para dentro de casa. Chegou ao ponto de obrigar Hunt a tirar as botas no corredor, e não parou para ver se ele planejava tomar uma chuveirada antes de correr para o próprio quarto e ligar a água em segundos.

Ela deixou as roupas em uma pilha no canto, ajustou a temperatura ao máximo que podia tolerar, e começou um processo de esfregar e ensaboar e esfregar um pouco mais. Ao se lembrar de como havia se ajoelhado na rua imunda e inalado um baforada de ar de esgoto, ela se esfregou novamente.

Hunt bateu na porta vinte minutos depois.

— Não se esqueça de lavar entre os dedos.

Mesmo com a porta fechada, ela se cobriu.

— Vá se foder.

A risada do anjo retumbou sobre o barulho da água.

— Acabou o sabonete no quarto de hóspedes. Tem outra barra? — perguntou ele.

— Tem alguns no roupeiro do corredor. Pegue qualquer um.

Ele grunhiu um agradecimento e se foi um piscar de olhos depois. Bryce se lavou e ensaboou de novo. Nojento. Aquela cidade era tão nojenta. A chuva apenas piorava tudo.

Então Hunt bateu outra vez.

— Quinlan.

O tom sério a fez fechar a água

— Qual o problema?

Ela enrolou a toalha em volta do corpo, deslizando pelo chão de mármore até chegar à porta. Hunt estava sem camisa, apoiado na maçaneta do quarto de Bryce. Até teria admirado os músculos que o cara exibia se aquele rosto não ostentasse uma expressão séria como o Inferno.

— Quer me dizer alguma coisa? — perguntou ele.

Ela engoliu em seco, examinando o anjo da cabeça aos pés.

— Sobre?

— Sobre que porra é essa? — Ele estendeu a mão. Abriu o grande punho.

Um brilhante unicórnio roxo na palma.

Ela pegou o brinquedo de sua mão.

— Por que está xeretando minhas coisas? — perguntou Bryce, enquanto os olhos castanho-escuros do anjo faiscavam com zombaria.

— Por que tem uma caixa de unicórnios no roupeiro?

— Este é um unicórnio *Pégaso.* — Ela acariciou a crina lilás. — Geleia Geladinha.

Ele apenas a encarou. Bryce empurrou-o e foi para o corredor, onde a porta do roupeiro estava aberta, a caixa de brinquedos agora em uma das prateleiras mais baixas. Hunt a seguiu. Ainda sem camisa.

— O sabonete está *bem ali* — disse ela, apontando a pilha na altura dos olhos dele. — E, ainda assim, você pegou uma caixa da prateleira mais alta?

Podia jurar que as bochechas do anjo coraram.

— Vi glitter roxo.

Ela piscou.

— Você achou que era um brinquedo erótico, não achou?

Hunt não disse nada.

— Acha que guardo o vibrador no meu *roupeiro*?

Ele cruzou os braços.

— O que quero saber é por que tem uma caixa dessas coisas.

— Porque adoro unicórnios. — Com gentileza, ela colocou Geleia Geladinha na caixa, mas pegou um brinquedo laranja e amarelo. — Este é meu Pégaso, Delícia de Pêssego.

— Você tem 25 anos.

— E? São brilhantes e molinhos. — Ela deu um leve apertão em Delícia de Pêssego, em seguida o guardou de volta na caixa e pegou um terceiro, um unicórnio de patas longas, com pelagem verde-menta e crina cor-de-rosa. — E esta é Princesa Profiterole. — A semifeérica quase riu da justaposição enquanto segurava o brinquedo cintilante na frente do Umbra Mortis.

— O nome nem combina com as cores. E essa obsessão com nomes de doce?

Bryce passou o dedo sobre o glitter roxo salpicado no flanco do boneco.

— É que eles são tão fofos que dá vontade de comer. O que fiz, quando tinha 6 anos.

A boca do anjo tremeu.

— Você não fez isso.

— O nome dele era Mousse de Abacaxi, e as pernas eram tão macias e cintilantes que não consegui resistir e simplesmente... dei uma mordida. Acontece que o interior é mesmo feito de geleia. Mas não do tipo comestível. Minha mãe precisou chamar o centro de controle toxicológico.

Ele examinou a caixa.

— E ainda os guarda porque...?

— Porque me alegram. — Diante do olhar perplexo de Hunt, ela acrescentou: — Certo. Se quer chegar ao fundo disso, Athalar, o único momento em que as outras crianças não me tratavam como uma aberração era quando eu brincava com eles. Os cavalos Extravagância de Estrelas eram o brinquedo número um na lista de desejos das meninas para o Solstício de Inverno quando eu tinha 5 anos. E *não* eram todos iguais. A pobre Princesa Profiterole aqui era comum como um sapo. Mas Geleia Geladinha... — Ela sorriu para o unicórnio roxo, para a memória que ele despertava. — Minha mãe deixou Nidaros, pela primeira vez em anos, para comprá-la em uma das grandes cidades a duas horas de distância. O derradeiro troféu da Extravagância de Estrelas. Não apenas um unicórnio ou um Pégaso... mas *as duas coisas.* Mostrei esse bebê na escola e fui imediatamente aceita.

Os olhos do anjo brilhavam conforme ela gentilmente depositava a caixa na prateleira mais alta.

— Jamais vou rir deles outra vez.

— Ótimo. — A semifeérica se virou para ele, lembrando que ainda estava apenas de toalha e que ele ainda estava sem camisa. Pegou uma embalagem de sabonete e jogou para o anjo. — Aqui. Da próxima vez que quiser verificar meus vibradores, é só perguntar, Athalar. — Ela indicou a porta de seu quarto com a cabeça e piscou. — Estão na mesinha da esquerda.

Outra vez, as bochechas do anjo coraram.

— Eu não estava... você é um pé no saco, sabia?

Bryce fechou o roupeiro com o quadril e rebolou de volta a seu quarto.

— Prefiro ser um pé no saco — disse ela, maliciosa, por sobre o ombro nu — que um pervertido enxerido.

O rosnado do anjo a seguiu todo o caminho até o banheiro.

42

À luz da manhã, o rio Istros brilhava com um azul intenso, as águas cristalinas o bastante para revelar os detritos espalhados entre as rochas pálidas e as gramíneas ondulantes. Séculos de artefatos da Cidade da Lua Crescente enferrujavam em seu leito, garimpados incessantemente pelas diversas criaturas que ganhavam a vida catando o lixo jogado no rio.

Havia boatos de que as autoridades municipais, certa vez, tentaram instituir multas rígidas para qualquer um que fosse flagrado jogando lixo no rio, mas os catadores tinham descoberto e feito tamanho escarcéu que a Rainha do Rio não teve escolha a não ser derrubar a lei quando ela foi oficialmente proposta.

Acima da água, anjos, bruxas e metamorfos alados planavam, evitando a bruma sombria do Quarteirão dos Ossos. A chuva da noite anterior tinha se dispersado em um agradável dia de primavera; nenhum sinal do brilho das luzes que, com frequência, dardejavam abaixo da superfície do rio, visíveis somente ao cair da noite.

Bryce franziu o cenho para o crustáceo — algum tipo de siri-azul imenso — que esquadrinhava o caminho pelo chão ao lado do cais de pedra e remexia em uma pilha de garrafas de cerveja. Os restos da orgia de bebidas da noite anterior.

— Já visitou a cidade das sereias?

— Não. — Hunt farfalhou as asas, uma delas roçando o ombro da semifeérica. — Fico feliz em me manter sobre a superfície. — A brisa do rio soprava, gélida apesar do dia quente. — E você?

Ela esfregou os braços por sobre a velha e macia jaqueta de couro de Danika, tentando aquecê-los.

— Nunca fui convidada.

A maioria das pessoas jamais seria. O povo do rio era notoriamente reservado, sua cidade submersa — a Corte Azul — um lugar que poucos habitantes da terra firme veriam um dia. Um submarino de vidro fazia o trajeto diariamente, e os passageiros viajavam somente a convite. Nem mesmo aqueles que possuíam a capacidade pulmonar ou meios artificiais para nadar até lá eram estúpidos o bastante para fazer isso. Não com o que espreitava naquelas águas.

Uma cabeça de cabelo castanho-avermelhado irrompeu na superfície algumas centenas de metros à frente, e um musculoso braço parcialmente coberto de escamas acenou antes de desaparecer, os dedos terminados em cinzentas unhas afiadas, cintilantes ao sol.

Hunt olhou para Bryce.

— Conhece alguma sereia?

Bryce curvou o canto da boca.

— Tinha uma no meu dormitório no primeiro ano da UCLC. Mais baladeira do que todas nós juntas.

Sereias e tritãos conseguiam se metamorfosear em humanos completos por curtos períodos, mas, quando o faziam por muito tempo, a transformação se tornava permanente, as escamas secavam e se desmanchavam como pó e as guelras se encolhiam até sumir. A sereia do dormitório de Bryce tinha conseguido um quarto com uma imensa banheira, e assim não precisava interromper os estudos para retornar ao Istros uma vez ao dia.

Ao fim do primeiro mês de curso, ela havia transformado o quarto em um salão de festas. Festas a que Bryce e Danika compareciam alegremente, Connor e Thorne a reboque. No final daquele ano, todo o andar ficara tão detonado que cada um deles recebeu uma polpuda multa pelos danos.

Bryce se certificara de interceptar a carta antes que os pais a pegassem na caixa de correios, e discretamente pagou a multa com os marcos que havia economizado trabalhando na sorveteria da cidade durante o verão.

Sabine tinha recebido a carta, pagado a multa e obrigado Danika a passar o restante das férias catando lixo nos Prados.

Aja como lixo, dissera ela à filha, *e pode passar seus dias com ele.*

Naturalmente, Bryce e Danika haviam se fantasiado de latas de lixo na celebração do Equinócio de Outono do ano seguinte.

A água do Istros estava límpida o bastante para que Bryce e Hunt acompanhassem o progresso do poderoso corpo do macho, as escamas marrom-avermelhadas da longa cauda refletindo a luz como cobre queimado. Listras pretas as cruzavam, uma padronagem que se estendia ao torso e aos braços. Como se fosse um tigre aquático. A pele nua dos antebraços e do peito parecia bem bronzeada, o que sugeria horas passadas perto da superfície ou se banqueteando ao sol sobre as rochas de alguma caverna escondida ao longo da costa.

A cabeça do macho surgiu novamente na superfície e as mãos em garra afastaram do rosto o cabelo ruivo na altura do queixo conforme abria um sorriso para Hunt.

— Há quanto tempo.

* * *

Hunt sorriu para o tritão que boiava na água.

— Fico feliz que não esteja ocupado demais com o novo título para dar um alô.

O macho ignorou o comentário com um aceno, e Hunt chamou Bryce para a frente.

— Bryce, esse é Tharion Ketos. — Ela se aproximou da beirada de concreto do cais. — Um velho amigo.

Tharion sorriu mais uma vez para Hunt.

— Não tão velho quanto você.

Bryce abriu um meio-sorriso para o tritão.

— Prazer em conhecê-lo.

Os olhos castanho-claros de Tharion brilharam.

— O prazer, Bryce, é todo meu.

Que os deuses lhe dessem paciência. Hunt pigarreou.

— Viemos em missão oficial.

Tharion nadou os metros restantes até o cais, derrubando o crustáceo na imensidão azul com um displicente golpe da cauda. Apoiando as mãos com garras no concreto, içou com facilidade o forte corpo para fora d'água, as guelras abaixo das orelhas se fechando enquanto delegavam o controle da respiração ao nariz e à boca. Ele indicou o agora molhado concreto ao seu lado e piscou para Bryce.

— Sente-se, pernuda, e me conte tudo.

Bryce bufou uma risada.

— Você é encrenca.

— Na verdade, encrenca é meu nome do meio.

Hunt revirou os olhos. Mas Bryce se sentou ao lado do macho, aparentemente sem se importar que o vestido verde que usava por baixo da jaqueta de couro acabasse, com certeza, ensopado. Ela descalçou os sapatos de salto bege e mergulhou os pés na água, chapinhando suavemente. Em condições normais, Hunt a teria arrastado da beira do rio e avisado que seria sortuda se perdesse apenas a perna por enfiar o pé na água. Mas, com Tharion ao lado, nenhum dos habitantes do rio ousaria se aproximar.

— Faz parte da 33ª ou do Auxiliar? — perguntou Tharion a Bryce.

— Nenhum dos dois. Estou trabalhando com Hunt como consultora em um caso.

— O que seu namorado pensa de você estar trabalhando com o infame Umbra Mortis? — cantarolou o tritão.

Hunt se sentou do outro lado do macho.

— Bem sutil, Tharion.

No entanto, um sorriso largo brotou nos lábios de Bryce.

Quase igual ao que ela abrira para Hunt naquela manhã, quando o anjo enfiou a cabeça no quarto da semifeérica para ver se ela já estava pronta. Os olhos dele, óbvio, foram direto para a mesinha de cabeceira da esquerda. E, então, aquele sorriso se tornou ferino, como se ela soubesse exatamente no que ele estava pensando.

Com certeza, Hunt não estava à procura de nenhum brinquedo erótico quando abriu o roupeiro na noite anterior. Ele apenas havia vislumbrado um brilho roxo e — bem, talvez a ideia tenha lhe passado pela cabeça — pegado a caixa sem nem mesmo pensar.

E agora que ele sabia onde aquilo estava, não conseguia evitar olhar para aquela mesinha e imaginar Bryce ali, naquela cama, encostada nos travesseiros e...

O pensamento pode ter atrapalhado um pouco seu sono na noite anterior.

Tharion se reclinou, apoiado nas mãos, exibindo os músculos abdominais.

— O que foi que eu disse? — perguntou, inocentemente.

Bryce riu, sem tentar disfarçar a óbvia admiração pelo corpo definido do tritão.

— Não tenho namorado. Quer o emprego?

Tharion abriu um sorriso malicioso.

— Gosta de nadar?

E aquilo foi tudo que Hunt conseguiu suportar com apenas uma xícara de café no estômago.

— Sei que está ocupado, Tharion — disse Hunt entre dentes, irritado o bastante para que Tharion desviasse a atenção de Bryce. — Por isso vou ser rápido.

— Ah, leve o tempo que precisar — retrucou Tharion, os olhos brilhando diante daquele desafio masculino. — A Rainha do Rio me deu a manhã de folga, então sou todo seu.

— Você trabalha para a Rainha do Rio? — indagou Bryce.

— Sou um simples peão em sua corte, mas sim.

Hunt se inclinou para encarar Bryce.

— Tharion acaba de ser promovido a Capitão da Inteligência. Não se deixe enganar por seu charme e irreverência.

— Charme e irreverência são minhas qualidades favoritas — confessou Bryce, piscando para Tharion daquela vez.

O sorriso do tritão se alargou.

— Cuidado, Bryce. Posso decidir que gosto de você e carregá-la para as Profundezas.

Hunt lançou um olhar de advertência para Tharion. Alguns tritões tinham feito justamente aquilo, havia muito tempo. Carregado noivas humanas para suas cortes submersas e as mantido ali, presas dentro de imensas bolhas que abarcavam palácios e cidades, incapazes de voltar à superfície.

Bryce ignorou a terrível história.

— Temos algumas perguntas para você, tudo bem?

Tharion gesticulou de maneira indolente com os dedos encimados por garras e entremeados por membranas. As características das sereias eram variadas e vibrantes: coloração diversa — listras ou pintas ou cores sólidas —, caudas de barbatanas finas ou curtas, ou translúcidas. A magia em grande parte se relacionava ao elemento em que viviam, embora algumas pudessem conjurar tempestades. A Rainha do Rio, parte sereia, parte espírito fluvial, podia invocar coisa pior, diziam. Possivelmente, purgar toda Lunathion, se provocada.

De acordo com a lenda, era filha de Ogenas, nascida do Todo-Poderoso Rio Que Abraça O Mundo, e irmã da Rainha do Oceano, a reclusa monarca dos cinco grandes mares de Midgard. Havia cinquenta por cento de chance de que o lance de deusa fosse verdadeiro no caso da Rainha do Rio, supunha Hunt. Mas, ainda assim, os moradores da cidade tentavam ao máximo não a irritar. Até mesmo Micah mantinha uma saudável e respeitosa relação com ela.

— Viu algo incomum nos últimos tempos? — perguntou Hunt.

A cauda de Tharion se agitou preguiçosamente na água cristalina.

— Que tipo de caso é esse? Assassinato?

— Sim — respondeu Hunt.

O rosto de Bryce se anuviou.

As garras de Tharion tamborilaram no concreto.

— Um serial killer?

— Apenas responda à pergunta, babaca.

Tharion espiou Bryce.

— Se ele falar com você assim, espero que lhe dê um chute no saco.

— Ela adoraria — murmurou Hunt.

— Hunt já aprendeu o que acontece quando me irrita — disse Bryce, com doçura.

O sorriso de Tharion era ardiloso.

— *Essa* história eu gostaria de ouvir.

— Claro que gostaria — resmungou Hunt.

— Isso tem a ver com o fato de a Rainha Víbora ter recolhido seu pessoal na outra semana?

— Sim — admitiu Hunt, cauteloso.

Os olhos de Tharion ficaram sombrios, um lembrete de que o macho podia ser letal quando a ocasião exigia e de que havia um bom motivo para as criaturas do rio não se meterem com as sereias.

— Alguma merda sinistra está rolando, não é?

— Estamos tentando impedir — respondeu o anjo.

O tritão assentiu, soturno.

— Vou perguntar por aí.

— Seja discreto, Tharion. Quanto menos pessoas souberem que algo está acontecendo, melhor.

Tharion deslizou de volta para a água, outra vez perturbando o pobre caranguejo que havia voltado a escalar o cais. A poderosa cauda do macho se agitou, mantendo-o no lugar com facilidade enquanto ele estudava Hunt e Bryce.

— Devo pedir a minha rainha que também tire seu pessoal de circulação?

— Não é um padrão por enquanto — respondeu Hunt. — Mas não custa avisar.

— Devo avisá-la de quê?

— Um demônio da velha-guarda chamado kristallos — respondeu Bryce, baixinho. — Um monstro vindo direto do Fosso, criado pelo próprio Comedor de Estrelas.

Tharion ficou calado por um instante, o rosto bronzeado empalidecendo. Então...

— Merda. — Ele passou uma das mãos pelo cabelo. — Vou perguntar por aí — prometeu novamente.

Mais adiante, no rio, uma movimentação chamou a atenção de Hunt. Um Veleiro preto boiava na direção da bruma do Quarteirão dos Ossos.

No Cais Preto, destacado do litoral brilhante da cidade como uma espada sombria, um grupo enlutado se reunia embaixo dos arcos retintos, rezando para que o barco levasse o caixão de pinho em segurança através das águas.

Ao redor da embarcação de madeira, largos dorsos com escamas rompiam a superfície, serpenteando e rondando. À espera do julgamento final... e do almoço.

Tharion seguiu o olhar de Hunt.

— Aposto cinco marcos que vira.

— Isso é revoltante — sibilou Bryce.

Tharion chicoteou a cauda, brincalhão, molhando as pernas de Bryce.

— Não vou apostar quando seu veleiro passar, pernuda. Prometo. — O tritão jogou um pouco de água em Hunt. — E já sabemos que a porra de *seu* barco vai virar assim que zarpar.

— Engraçadinho.

Atrás deles, uma lontra com um colete refletivo amarelo saltou adiante, um tubo de mensagem selado com cera firme nas presas. Mal olhou para o grupo antes de mergulhar no rio e desaparecer. Bryce mordeu o lábio, deixando escapar um gritinho agudo.

Era difícil resistir aos destemidos mensageiros peludos, até mesmo para Hunt. Embora fossem animais de verdade, não metamorfos, possuíam um excepcional grau de inteligência, graças à magia antiga em suas veias. Haviam encontrado seu lugar na cidade como emissários de comunicados analógicos entre aqueles que viviam nos três reinos que compunham a Cidade da Lua Crescente: as sereias do Istros, os ceifadores do Quarteirão dos Ossos e os residentes de Lunathion propriamente ditos.

Tharion riu ante o puro deleite no rosto de Bryce.

— Acha que os ceifadores caem de amor por eles também?

— Aposto que até mesmo o Sub-Rei dá gritinhos ao vê-los — respondeu Bryce. — São parte do motivo pelo qual quis me mudar para cá, em primeiro lugar.

Hunt ergueu uma sobrancelha.

— Sério?

— Eu os vi quando criança e pensei que eram a coisa mais mágica que já havia encontrado. — Os olhos dela brilhavam. — Ainda acho.

— Levando em conta sua linha de trabalho, é uma declaração e tanto.

Tharion inclinou a cabeça na direção da dupla.

— E qual a natureza desse trabalho?

— Antiguidades — respondeu Bryce. — Se algum dia encontrar algo interessante nas profundezas, me avise.

— Vou mandar uma lontra exclusiva.

Hunt se levantou, oferecendo uma das mãos para que Bryce fizesse o mesmo.

— Nos mantenha informados.

Tharion o saudou, irreverente.

— A gente se esbarra por aí — disse ele, as guelras se abrindo, e submergiu.

Bryce e Hunt o observaram nadar até o coração do rio, seguindo o mesmo caminho da lontra, então mergulhar mais fundo, mais fundo... até as faiscantes luzes à distância.

— Ele é um sedutor — murmurou Bryce enquanto Hunt a puxava, a outra mão do anjo a segurando pelo cotovelo, o calor a queimando mesmo através do couro da jaqueta.

— Espere até vê-lo em sua forma humana. Causa comoção.

Ela gargalhou.

— Como se conheceram?

— Tivemos uma série de assassinatos de sereias ano passado. — Os olhos da semifeérica se anuviaram com a lembrança. A imprensa inteira havia noticiado. — A irmã caçula de Tharion foi uma das vítimas. Relevante o bastante para que Micah me recrutasse para ajudar. Tharion e eu trabalhamos juntos no caso pelas poucas semanas que a coisa durou.

Micah havia baixado a dívida de Hunt em *três* com aquele caso.

Ela estremeceu.

— Foram vocês que pegaram o assassino? A mídia jamais divulgou... só disseram ele havia sido preso. Nada mais... nem mesmo a identidade.

Hunt soltou o cotovelo de Bryce.

— Fomos nós. Um metamorfo pantera renegado. Eu o entreguei a Tharion.

— Imagino que a pantera jamais tenha chegado à Corte Azul.

O anjo estudava a superfície brilhante do rio.

— Não, não chegou.

* * *

— Bryce está sendo boazinha com você, Athie?

— Ah, por favor — resmungou a semifeérica, sentada à mesa da recepção da sala de exibição da galeria. Então, continuou repassando a papelada que Jesiba havia lhe enviado.

Hunt, esparramado na cadeira a sua frente, o retrato da arrogância angelical, apenas perguntou à duende de fogo que espreitava pela porta de ferro:

— O que você faria se eu dissesse que não, Lehabah?

A duende flutuava na soleira, sem ousar entrar no salão. Não quando Jesiba provavelmente a veria.

— Queimaria todos os lanches de Bryce por um mês.

Hunt riu, o som deslizando pelos ossos da semifeérica. A contragosto, Bryce sorriu.

Alguma coisa pesada caiu, a batida audível até mesmo no andar acima da biblioteca, e Lehabah disparou pelas escadas, sibilando.

— *Livro feio!*

Bryce encarou Hunt conforme o anjo folheava as fotos do demônio tiradas algumas noites antes. O cabelo lhe cobria a testa, as mechas cor de zibelina brilhando como seda preta. Os dedos da semifeérica se curvaram sobre o teclado.

Hunt levantou a cabeça.

— Precisamos de mais informação sobre Sabine. O fato de que ela trocou a gravação do roubo do chifre do templo é suspeito. E o que ela disse na sala de observação naquela noite é bem suspeito também. Mas isso não significa que ela seja uma assassina. Não posso envolver Micah sem uma prova concreta.

Ela esfregou a nuca.

— Ruhn também não conseguiu nenhuma pista do paradeiro do chifre para que possamos atrair o kristallos.

Silêncio. Hunt cruzou o tornozelo sobre o joelho, em seguida esticou o braço na direção da cadeira ao lado, onde Bryce havia largado a jaqueta de Danika por preguiça de pendurá-la.

— Vi Danika vestindo isso em uma foto no quarto de hóspedes. Por que ainda guarda?

Bryce suspirou, grata pela mudança de assunto.

— Danika costumava deixar as coisas dela no armário da sala de exibição em vez de se preocupar em levar de volta ao apartamento ou ao Covil. Ela tinha deixado a jaqueta aqui naquele dia... — Ela suspirou de novo, e olhou para o banheiro nos fundos do cômodo, onde Danika havia se trocado poucas horas antes de sua morte. — Eu não queria dá-la a Sabine. Ela teria lido a inscrição e a jogado no lixo.

Hunt pegou a jaqueta.

— Por amor, tudo é possível. — Leu.

Bryce assentiu.

— A tatuagem em minhas costas diz o mesmo. Bem, em algum alfabeto chique que ela desenterrou on-line... Danika era obcecada por essa frase. Ao que parece, foi tudo que o Oráculo lhe disse. O que não faz o menor sentido, já que Danika era a pessoa menos sentimental que já conheci, mas... — Bryce brincou com o amuleto em seu pescoço, deslizando-o pelo cordão. — Alguma coisa na frase a tocava. Então, depois que ela morreu, fiquei com a jaqueta. E comecei a usá-la.

O anjo devolveu a jaqueta à cadeira com cuidado.

— Entendo... de objetos pessoais. — Parecia que ele não falaria mais nada, mas então continuou: — Sabe aquele boné de solebol que você ridicularizou?

— Eu não ridicularizei. Só acho que você não parece o tipo de macho que usa essas coisas.

Ele riu entre dentes de novo... daquele jeito que acariciava sua pele.

— Aquele boné foi a primeira coisa que comprei quando cheguei à cidade. Com o primeiro pagamento que recebi de Micah. — O canto de sua boca se curvou para cima. — Eu o vi em uma loja de artigos esportivos, e parecia tão comum. Não faz ideia de como Lunathion é diferente da Cidade Eterna. De qualquer coisa em Pangera. E aquele boné...

— Representava isso?

— Sim. Parecia um recomeço. Um passo na direção de uma existência mais normal. Bem, tão normal quanto uma existência que alguém como eu pode ter.

Ela se controlou para não olhar para o punho do anjo.

— Então... você tem seu boné, e eu, minha Geleia Geladinha.

O sorriso de Hunt iluminou as sombras da galeria.

— Estou surpreso que não tenha uma tatuagem da Geleia Geladinha em algum lugar. — Os olhos a acariciaram, se demorando no curto e justo vestido verde.

Os dedos do pé da semifeérica se contraíram.

— Quem disse que não tenho uma em um lugar que não pode ver, Athalar?

Ela o observou repassar tudo o que *já* havia visto. Desde que ele tinha se mudado para seu apartamento, Bryce deixara de desfilar de lingerie enquanto se vestia, mas sabia que o anjo a havia visto pela janela nos dias anteriores. Sabia que ele se dava conta de que havia um número limitado, e muito íntimo, de locais onde outra tatuagem podia estar escondida.

Bryce era capaz de jurar que a voz de Hunt havia caído uma oitava ou duas ao perguntar:

— Tem?

Se fosse qualquer outro macho, ela teria respondido: *Por que não vem descobrir?*

Se fosse qualquer outro macho, ela já estaria do outro lado da mesa. Sentada em seu colo. Desabotoando sua calça. E, então, empalada em seu pau, cavalgando-o até que estivessem ambos gemendo e sem fôlego e...

Ela se obrigou a voltar a atenção para a papelada.

— Há alguns poucos machos que podem responder a essa pergunta, se está curioso. — Como sua voz soou tão firme, não fazia ideia.

Mas os olhos do anjo continuaram fixos em Bryce, queimando-a como ferro em brasa.

O coração trovejava em seu peito. Perigoso, estúpido, imprudente...

Hunt soltou um suspiro longo, tenso. A cadeira que ocupava gemeu enquanto ele se mexia, as asas farfalhando. Ela ainda não ousava encará-lo. Sinceramente, não sabia o que faria caso o olhasse.

Mas, então, Hunt disse, a voz rouca:

— Precisamos nos concentrar em Sabine.

Ouvir aquele nome foi como levar um banho de água fria.

Certo. Sim. Claro. Sarrar o Umbra Mortis não era uma possibilidade. Os motivos começavam com o luto dele por um amor perdido e terminavam com o fato de que o anjo era propriedade do maldito governador. Com um milhão de outros obstáculos no meio.

Ela ainda não conseguia encará-lo quando Hunt perguntou:

— Alguma ideia de como conseguir mais informações sobre ela? Mesmo que apenas um vislumbre de seu atual estado de espírito?

Sentindo necessidade de ocupar as mãos, o corpo muito quente, Bryce imprimiu, em seguida assinou e datou, a papelada que Jesiba havia enviado.

— Não podemos levar Sabine para um interrogatório oficial sem que ela saiba que estamos na sua cola — argumentou Bryce, enfim encarando Hunt.

O rosto do anjo parecia afogueado, e os olhos... Solas Flamejante, os olhos escuros faiscavam, completamente fixos em seu rosto. Como se estivesse pensando em tocá-la.

Prová-la.

— Ok — disse ele, sem rodeios, passando a mão pelo cabelo. Os olhos se acalmaram, o fogo em suas profundezas se extinguindo. Graças aos deuses.

Uma ideia a assaltou, e Bryce disse, em uma voz estrangulada, o estômago se contorcendo de ansiedade:

— Então acho que temos de levar as perguntas até Sabine.

43

O Covil dos Lobos, no Bosque da Lua, ocupava dez quarteirões da cidade, uma vila espaçosa construída ao redor de um emaranhado de floresta e grama, que a lenda dizia estar ali desde antes de qualquer um chegar àquelas terras. Através dos portões de ferro embutidos nos imponentes arcos de calcário, Bryce podia vislumbrar o parque privado, onde o sol da manhã instigava as flores dormentes a desabrochar para o dia. Filhotes de lobo criavam laços, pulando uns nos outros, perseguindo as próprias caudas, vigiados pelos anciãos grisalhos cujos dias brutais no Aux tinham ficado para trás.

Bryce sentiu o estômago embrulhar, grata por ter dispensado o café da manhã. Mal havia dormido naquela noite, enquanto pensava e repensava o plano. Hunt tinha se oferecido para fazer aquilo, mas ela recusara. Já tinha ido até ali... precisava criar coragem. Por Danika.

Em seu habitual traje de batalha, Hunt tinha parado a um passo de distância, em silêncio, como se mantivera por todo o caminho até ali. Parecia saber que ela mal conseguia impedir o tremor nas pernas. Devia ter calçado um par de tênis. A altura de seus saltos havia irritado o ferimento em sua coxa. A dor a fez cerrar os dentes conforme se apresentavam diante do Covil.

Hunt fixou o olhar nas quatro sentinelas posicionadas nos portões.

Três fêmeas, um macho. Todos na forma humana, todos de preto, todos armados com pistolas e espadas embainhadas às costas. Uma tatuagem de uma rosa cor de ônix, com três marcas de garras rasgando as pétalas, adornava a lateral de seus pescoços, identificando-os como membros da Matilha da Rosa Sombria.

Bryce sentiu um peso no estômago ao ver o punho das espadas sobre os ombros da armadura. Mas ela afastou a lembrança de uma trança platinada, com fios roxos e cor-de-rosa, sempre emaranhados no cabo da antiga e preciosa lâmina.

Embora jovem, a Matilha dos Demônios fora reverenciada como os mais talentosos lobos em gerações. Guiados pela mais poderosa alfa a agraciar o solo de Midgard.

A Matilha da Rosa Sombria não chegava nem perto. Nem um maldito passo.

Os olhos dos lobos faiscavam com deleite predatório quando avistaram Bryce.

A boca da semifeérica secou. E se tornou absolutamente árida conforme uma quinta loba emergia da guarita de vidro à esquerda do portão.

O cabelo escuro da alfa estava preso numa trança, o que destacava os ângulos incisivos de seu rosto enquanto ela encarava Bryce e Hunt com desdém. Disfarçadamente, a mão de Hunt tocou a faca na bainha da coxa.

— Oi, Amelie — cumprimentou Bryce, do modo mais casual que foi capaz.

Amelie Ravenscroft arreganhou os dentes.

— O que diabo você quer?

Hunt devolveu o rosnado.

— Viemos ver o Primo. — Ele mostrou seu distintivo da legião, o dourado refletindo o sol. — Em nome do governador.

Amelie desviou os olhos amarelos para Hunt, para o halo tatuado. Para sua mão na faca e para o *SPQM* que, com certeza, sabia estar tatuado no lado interno do punho. Seus lábios se franziram.

— Bem, pelo menos você arrumou uma companhia interessante, Quinlan. Danika teria aprovado. Que inferno, talvez vocês tivessem fodido com ele juntas. — Amelie apoiou um dos ombros na lateral da guarita. — Costumavam fazer isso, certo? Ouvi falar de vocês e aqueles dois daemonaki. Clássico.

Bryce sorriu com suavidade.

—- Na verdade, foram três daemonaki.

— Vadia estúpida — rosnou Amelie.

— Cuidado — rugiu Hunt em resposta.

Os lobos da matilha de Amelie se reuniram às costas da alfa, encarando Hunt e mantendo distância. Aparentemente, aquela era uma das vantagens de andar com o Umbra Mortis.

Amelie riu, um som carregado de ódio. Não apenas de Bryce, a semifeérica percebeu. Mas dos anjos. As Casas de Terra e Sangue e Céu e Sopro eram rivais em um dia bom, inimigas em um não tão bom.

— Ou o quê? Vai usar seu relâmpago em mim? — rebateu ela. — Se o fizer, vai se meter em tanta merda que seu *mestre* vai enterrá-lo vivo. — Um ligeiro sorriso para a tatuagem na testa de Hunt.

O anjo se retesou. E, por mais interessante que fosse enfim testemunhar como Hunt Athalar matava, sua presença ali tinha um motivo. Então Bryce disse para a líder da alcateia:

— Você é um doce, Amelie Ravenscroft. Passe um rádio para sua chefe e diga que estamos aqui para ver o Primo. — Ela ergueu as sobrancelhas para enfatizar o desprezo que sabia que irritaria a alfa.

— Feche essa sua boca — disse Amelie. — Antes que eu arranque sua língua.

— Por que não vai foder alguém em um banheiro, Quinlan? — provocou um lobo de cabelo castanho parado atrás de Amelie.

Ela bloqueou cada palavra. Mas Hunt bufou uma gargalhada, a promessa de ossos quebrados.

— Mandei tomar cuidado.

— Vá em frente, anjo — zombou Amelie. — Vejamos o que pode fazer.

Bryce mal podia se mexer sob o impacto do pânico e do pavor, mal podia respirar.

— Há seis filhotes no campo de visão deste portão — disse Hunt, no entanto, baixinho. — Quer mesmo expô-los ao tipo de luta que teríamos, Amelie?

Bryce piscou. Hunt nem mesmo a olhou enquanto continuava a se dirigir a uma fervilhante Amelie:

— Vou acabar com você na frente das crianças. Então, ou nos deixa passar ou vamos voltar com um mandado. — Seu olhar não vacilou. — Não creio que Sabine Fendyr vá gostar da opção B.

Amelie sustentou o olhar dele, mesmo diante do nervosismo dos outros. Aquela arrogância orgulhosa havia feito Sabine nomeá-la Alfa da Matilha da Rosa Sombria, em detrimento de Ithan Holstrom, agora segundo de Amelie. Mas Sabine tinha desejado alguém igual a si mesma, independentemente da classificação de poder mais elevada de Ithan. E, talvez, uma pessoa um pouco menos alfa também... para que a mantivesse com firmeza sob suas garras.

Bryce esperou que Amelie pagasse para ver. Esperou por um comentário zombeteiro ou o surgimento de presas.

No entanto, Amelie pegou o rádio no cinto e disse:

— Temos visita para o Primo. Venham pegá-los.

No passado, a semifeérica já havia atravessado as portas atrás da loba. Passava horas brincando com os filhotes nas árvores e na grama daquele lugar sempre que Danika era recrutada para a função de babá.

Afastou a lembrança de como aquilo a afetara — observar Danika brincando com filhotes peludos ou crianças barulhentas, que veneravam o chão que ela pisava. Sua futura líder, sua protetora, que levaria os lobos a novos patamares.

Sentiu um aperto no peito. Hunt a olhou de soslaio, as sobrancelhas erguidas.

Ela não podia fazer aquilo. Entrar naquele lugar.

Amelie sorriu, como se percebesse sua relutância. Como se farejasse seu pânico e sua dor.

E ver aquela cadela parada ali, onde Danika um dia estivera... A visão de Bryce ficou turva, e ela disse, em tom arrastado:

— É bom saber que a criminalidade anda em baixa, se tudo que precisa fazer é guardar uma porta.

Amelie sorriu, devagar. Passos soaram do outro lado do portão, logo antes de ser aberto, mas Bryce não ousou olhar. Não enquanto Amelie retrucava:

— Sabe, às vezes acho que devia agradecer a você... Dizem que se Danika não estivesse tão distraída respondendo suas mensagens babacas de bêbada, talvez tivesse antecipado o ataque. E, então, eu não estaria onde estou, estaria?

As unhas de Bryce se cravaram nas palmas. Mas sua voz, graças aos deuses, estava firme ao retrucar:

— Danika era mil vezes mais loba que você. Não importa *onde esteja*, você jamais será como *ela*.

Amelie empalideceu de raiva, o nariz enrugado, lábios arreganhados para exibir as presas agora alongadas.

— Amelie — grunhiu uma voz vinda das sombras do arco do portão.

Ah, deuses. Bryce fechou os dedos em punho para impedir que tremessem enquanto encarava o jovem lobo.

Mas os olhos de Ithan Holstrom disparavam de Amelie para ela conforme se aproximava de sua alfa.

— Não vale a pena. — As palavras implícitas faiscavam em seus olhos. *Bryce não vale a pena.*

Amelie bufou, se virando para a guarita, uma fêmea de cabelos castanhos e mais baixa a seguia. A ômega da matilha, se não lhe falhava a memória.

— Volte para a lixeira de onde saiu — sibilou Amelie para Bryce por sobre o ombro.

Em seguida fechou a porta. Deixando Bryce parada na frente do irmão mais novo de Connor.

Não havia nenhuma gentileza no rosto bronzeado de Ithan. O cabelo castanho-dourado parecia mais longo do que da última vez que o vira, mas, na época, ele era um jogador de solebol, calouro da UCLC.

Aquele macho imponente diante deles havia completado a Descida. Tinha seguido os passos do irmão e se juntado à matilha que substituíra a de Connor.

O roçar aveludado das asas de Hunt em seu braço a fez começar a caminhar. Cada passo na direção do lobo acelerava seu coração.

— Ithan. — Bryce conseguiu dizer.

O irmão caçula de Connor não disse nada quando se virou para os pilares que ladeavam o caminho.

Ela ia vomitar. Ia vomitar naquilo tudo: nas lajotas de calcário, nas colunas pálidas, nas portas de vidro que se abriam para o parque no centro da vila.

Não devia ter aceitado a companhia de Hunt. Devia tê-lo obrigado a ficar em algum telhado, de modo que não pudesse testemunhar o espetacular colapso que sofreria em três segundos.

Os passos de Ithan Holstrom eram deliberados, a camiseta cinza esticada sobre a considerável extensão das costas musculosas. Ele era um arrogante macho de 21 anos quando Connor morreu, um estudante de história, como Danika, estrela do time de solebol da UCLC, que se profissionalizaria, diziam os boatos, assim que o irmão lhe desse permissão. Poderia ter virado profissional assim que saiu do ensino médio, mas Connor, que criara Ithan desde a morte dos pais, cinco anos antes, havia insistido que o diploma vinha em primeiro lugar, o esporte em segundo. Ithan, que sempre idolatrara Connor, tinha obedecido, apesar das súplicas de Bronson para que o menino se profissionalizasse.

A Sombra de Connor, haviam apelidado Ithan.

Ele tinha encorpado desde aquela época. Enfim começava a, de fato, lembrar o irmão mais velho... até mesmo o tom do cabelo castanho-dourado era como uma lança trespassando o peito da semifeérica.

Sou louco por você. Não quero mais ninguém. Por muito tempo.

Não conseguia respirar. Não conseguia parar de visualizar, de escutar aquelas palavras, sentir o maldito rasgo no *continuum* espaço-tempo onde Connor deveria estar, em um mundo onde nada de ruim nunca, jamais poderia acontecer...

Ithan parou na frente de outro par de portas de vidro. Abriu uma delas, os músculos do braço se contraindo conforme a segurava para que passassem.

Hunt seguiu primeiro, sem dúvida esquadrinhando o lugar em um piscar de olhos.

Bryce conseguiu erguer o olhar ao passar por Ithan.

Os dentes brancos brilharam quando ele rosnou para ela.

O garoto presunçoso que ela provocava já não existia; o garoto que havia ensaiado flertar com ela de modo que pudesse usar as técnicas em Nathalie — que tinha rido quando Ithan a chamara para sair e pedido que esperasse mais alguns anos — já não existia; o garoto que havia questionado Bryce incessantemente sobre quando, enfim, daria uma chance a seu irmão, e não aceitava *nunca* como resposta, já não existia.

Um predador primoroso agora ocupava seu lugar. Um que, com certeza, não havia se esquecido das mensagens recebidas e enviadas por Bryce naquela noite terrível, depois vazadas. Que ela estivera trepando com um cara qualquer no banheiro da boate enquanto Connor — que havia acabado de se declarar — era assassinado.

Bryce baixou os olhos, odiando cada segundo daquela maldita visita.

Ithan sorriu, como se saboreasse sua vergonha.

O lobo tinha largado a UCLC depois da morte de Connor. Desistido do solebol. Ela somente soubera do fato porque havia assistido a um jogo na TV certa noite, dois meses depois, e os comentaristas ainda repercutiam o assunto. Ninguém, nem seus treinadores, nem seus amigos, nem os companheiros de matilha, conseguiu convencê-lo a retornar. Ele tinha virado as costas para o esporte e jamais olhado para trás, aparentemente.

A semifeérica não o vira desde os dias seguintes às mortes. A última foto que tinha de Ithan era a que Danika havia tirado após a partida, comemorando ao fundo. Aquela com que tinha se torturado na noite anterior por horas, enquanto se preparava para o que a manhã traria.

Mas, antes daquela, houvera centenas de fotos dos dois juntos. Ainda arquivadas em seu telefone, como uma cesta cheia de cobras ansiosas por picá-la caso chegasse a abrir a tampa.

O sorriso cruel do lobo não vacilou enquanto ele fechava a porta atrás deles.

— O Primo está tirando uma soneca. Sabine virá encontrá-los.

Bryce olhou para Hunt, que lhe deu um aceno curto. Precisamente o que haviam planejado.

A semifeérica estava ciente de cada respiração de Ithan a suas costas enquanto se dirigiam para os degraus que os levariam até o andar do escritório de Sabine. Hunt também parecia cônscio de Ithan, e permitiu que a quantidade certa de relâmpago lhe coroasse as mãos, os punhos, de modo que o jovem lobo se afastou.

Pelo menos, alfas babacas tinham sua utilidade.

* * *

Ithan não os deixou. Não, parecia que tinha sido nomeado seu guarda e torturador silencioso pela duração daquele miserável percurso.

Bryce conhecia cada passo na direção do escritório de Sabine, no segundo andar, mas Ithan os guiava: pelos degraus de calcário marcados por tantos riscos e ranhuras que ninguém se importava mais em consertá-los; pelo corredor de teto abobadado e brilhante, cujas janelas se abriam para a rua agitada do lado de fora; e, finalmente, pela porta gasta de madeira. Danika havia crescido ali... e se mudado assim que entrara para a UCLC. Depois da formatura, ela havia voltado apenas para eventos formais e feriados dos lobos.

Ithan caminhava sem pressa. Como se pudesse farejar o sofrimento de Bryce e quisesse prolongá-la o máximo possível.

Ela supunha que merecia. *Sabia* que merecia.

Tentou reprimir a lembrança que emergiu.

As vinte e uma ligações perdidas de Ithan, todas nos poucos dias após a chacina. A meia dúzia de mensagens na caixa postal. A primeira havia sido um soluço de pânico, deixado poucas horas depois. *É verdade, Bryce? Eles estão mortos?*

E, então, as mensagens tinham ganhado um tom preocupado. *Onde você está? Está tudo bem? Liguei para os principais hospitais e você não deu entrada, mas ninguém fala nada. Por favor, me ligue.*

E, por fim, aquela última mensagem de Ithan, com nada além de uma frieza cortante. *Os inspetores da legião me mostraram todas as mensagens. Connor praticamente disse a você que a amava, e você enfim concordou em sair com ele só para em seguida trepar com algum estranho no banheiro do Corvo? Enquanto ele* morria*? Está de sacanagem comigo? Não vá à passagem do Veleiro amanhã. Você não é bem-vinda.*

Bryce jamais havia lhe respondido, nunca o procurara. Não fora capaz de suportar a ideia de encará-lo. De ver o luto e a dor no rosto de Ithan. Lealdade era o traço mais valorizado entre os lobos. Aos olhos das matilhas, ela e Connor eram algo inexorável. Quase parceiros. Apenas uma questão de tempo. Seus relacionamentos anteriores não tinham importância, e nem os dele, porque nada ainda havia sido declarado.

Até que ele finalmente a convidara para sair. E Bryce tinha respondido sim. Havia escolhido seu caminho.

Para os lobos, ela era de Connor, e ele era dela.

Me mande uma mensagem quando chegar em casa.

Sentiu um aperto crescente no peito, as paredes se fechando, esmagando-a...

Ela se obrigou a respirar fundo. A inalar até que as costelas se retesassem com o esforço. E, então, a exalar, empurrando, empurrando, empurrando, até vomitar o puro e visceral pânico que lhe queimava o corpo inteiro, como ácido.

Bryce não era uma loba. Não seguia suas regras de namoro. Fora idiota e estivera assustada com o que o sim àquele encontro tinha significado, e, com certeza, Danika pouco se importava se Bryce pegava um cara qualquer, mas... a semifeérica jamais tivera coragem de explicar a Ithan, depois que tinha visto e escutado suas mensagens.

Ela as havia guardado. Todas. Ouvi-las era o sólido arco central de sua espiral da morte. O ápice, claro, sendo as últimas, idiotas e felizes mensagens de Danika.

Ithan bateu à porta de Sabine, abrindo-a para revelar um escritório ensolarado e branco cujas janelas davam para o bosque verdejante do parque do Covil. Sabine estava sentada à mesa, o cabelo louro e sedoso quase brilhando na luz.

— Tem muita coragem de aparecer aqui.

As palavras entalaram na garganta de Bryce conforme a semifeérica assimilava o rosto pálido, as mãos finas entrelaçadas sobre a mesa de carvalho, os ombros estreitos que escondiam uma tremenda força; Danika havia sido puro fogo selvagem; a mãe era gelo sólido. E se Sabine a tinha matado, se Sabine tinha feito aquilo...

Um rugido despertou na cabeça de Bryce.

Hunt deve tê-lo sentido, farejado, porque se colocou ao seu lado, Ithan se demorando no corredor, e disse:

— Queremos uma audiência com o Primo.

Irritação cintilou nos olhos de Sabine.

— Sobre?

— Sobre o assassinato de sua filha.

— Fique fora de nossos assuntos — latiu Sabine, fazendo o vidro em sua mesa chacoalhar. Bile queimou a garganta de Bryce, e ela se concentrou em não gritar ou atacar a mulher.

A asa de Hunt acariciou as costas da semifeérica, um gesto casual para quem estivesse assistindo, mas aquele calor e suavidade a encorajaram. Danika. Ela faria aquilo por Danika.

Os olhos de Sabine faiscaram.

— Onde está minha espada?

Bryce se recusou a responder, até mesmo rebater que a espada era, e sempre seria, de Danika, então disse:

— Temos informações que sugerem que Danika estava posicionada no Templo de Luna na noite em que o chifre foi roubado. Precisamos da confirmação do Primo.

Bryce mantinha os olhos fixos no tapete, o retrato da submissão, envergonhada e aterrorizada, e deixou Sabine cavar a própria cova.

— O que essa merda tem a ver com a morte de Danika? — retrucou Sabine.

— Estamos tentando traçar um retrato dos movimentos de Danika antes de o demônio kristallos matá-la. Com quem ela pode ter se encontrado, o que pode ter visto ou feito.

Mais um vislumbre de isca: Bryce queria ver a reação da loba à menção da raça do demônio, algo que ainda não tinha sido noticiado. Sabine nem mesmo piscou. Como se já estivesse familiarizada com ele; talvez porque o vinha invocando todo aquele tempo. Embora talvez apenas não se importasse, supôs Bryce.

— Danika não estava no templo naquela noite. Não teve nada a ver com o roubo do chifre — sibilou Sabine.

Bryce reprimiu o impulso de fechar os olhos diante da mentira que confirmava tudo.

Garras surgiram nos nós dos dedos de Sabine, cravando-se na mesa.

— Quem disse a vocês que Danika estava no templo?

— Ninguém — mentiu Bryce. — Achei ter me lembrado de ela mencionar qualquer coisa...

— Você *achou*? — ironizou Sabine, o tom de voz se elevando para imitar o de Bryce. — É difícil lembrar, não é, quando se está chapada, bêbada e trepando com estranhos.

— Você tem razão — suspirou Bryce, mesmo enquanto Hunt grunhia. — Isso foi um erro. — A semifeérica não deu a Hunt a oportunidade de protestar conforme se virava e saía, arfando.

Como manteve a postura e o estômago dentro do corpo, não fazia ideia.

Mal ouviu Hunt quando o anjo a alcançou. Não conseguiu encarar Ithan ao sair para o corredor e encontrá-lo esperando, encostado à parede mais distante.

Voltou pelas escadas. Não ousou olhar para os lobos enquanto passava.

Ela sabia que Ithan os seguia, mas não se importava, não se importava...

— Quinlan. — A voz de Hunt ecoou pela escadaria de mármore. Ela desceu mais um lance antes que ele insistisse: — *Quinlan*.

Soou incisivo o bastante para que ela vacilasse. Olhasse por sobre o ombro. O olhar de Hunt estudava seu rosto... espelhando não triunfo pela flagrante mentira de Sabine, mas preocupação.

— Me diga do que se trata — perguntou Ithan, no entanto, parado entre os dois nos degraus, os olhos inflexíveis como pedras.

— É confidencial, babaca — disse Hunt, devagar.

O rosnado de Ithan trovejou pela escadaria.

— Está começando de novo — revelou Bryce, o tom baixo, ciente das câmeras, da ordem de Micah para manter aquilo em segredo. A voz soava áspera. — Estamos tentando descobrir quem está por trás disso tudo e por quê. Três assassinatos até agora. As mesmas características. Tome cuidado... avise sua matilha para tomar cuidado.

A expressão de Ithan continuou inescrutável. Aquele era um de seus principais trunfos como jogador de solebol; sua habilidade de não revelar seus movimentos aos adversários. Ele havia sido brilhante... marrento como o diabo, sim, mas aquela arrogância fora legitimada por horas de treino e pela disciplina brutal.

O rosto de Ithan permanecia gélido.

— Aviso se ouvir alguma coisa.

— Precisa dos nossos números? — perguntou Hunt, friamente.

Os lábios de Ithan se franziram.

— Tenho o dela. — Bryce se esforçou para encará-lo, em especial quando ele perguntou: — Vai se dar ao trabalho de responder dessa vez?

A semifeérica deu meia-volta e desceu correndo as escadas até o saguão de entrada.

O Primo dos Lobos estava ali agora. Conversando com a recepcionista, curvado sobre a bengala de sequoia, o avô de Danika ergueu o rosto enrugado quando a semifeérica estacou na sua frente.

Os calorosos olhos castanhos... aqueles eram os olhos de Danika a encarando.

O velho macho abriu um sorriso triste, gentil. Pior do que qualquer escárnio e rosnado.

Bryce conseguiu curvar a cabeça antes de disparar pelas portas de vidro.

Chegou até os portões sem encontrar mais ninguém. Estava quase na rua quando Ithan a alcançou, Hunt logo atrás.

— Você nunca o mereceu — acusou Ithan.

Foi como se ele tivesse desembainhado uma faca escondida na bota e a enfiado em seu peito.

— Eu sei — sussurrou ela.

Os filhotes ainda estavam brincando, pulando pela grama alta. Ele indicou o segundo andar, de onde o escritório de Sabine se abria para a vegetação.

— Você fez algumas escolhas bem idiotas, Bryce, mas jamais a considerei idiota. Ela a quer morta. — Outra confirmação, talvez.

As palavras libertaram algo dentro da semifeérica.

— Idem. — Ela apontou para os portões, incapaz de controlar a raiva que fervilhava dentro de si ao se dar conta de que todas as pistas levavam a Sabine. — Connor teria vergonha de você por deixar Amelie reinar soberana. Por deixar aquela merdinha ser a alfa.

Um vislumbre de garras nos dedos de Ithan.

— Nunca, *jamais* diga o nome dele outra vez.

— Afaste-se — avisou Hunt, com suavidade. Relâmpagos lambiam suas asas.

Ithan parecia inclinado a lhe rasgar a garganta, mas o anjo já estava ao lado de Bryce, seguindo-a pela rua banhada de sol. Ela não ousou encarar Amelie ou sua alcateia nos portões, rosnando e zombando dos dois.

— Você é um lixo, Quinlan! — gritou Amelie, enquanto passavam por ela, e os amigos da loba gargalharam.

Bryce não teve coragem de ver se Ithan ria com eles.

44

— Sabine mentiu sobre a presença de Danika no templo. Mas precisamos de um plano sólido para pegá-la, caso seja ela a responsável por invocar o demônio — argumentou Hunt, vinte minutos depois, no almoço.

O anjo devorara nada menos que três tigelas de cereal, uma atrás da outra. Bryce não havia falado uma palavra na volta ao apartamento. Tinha precisado de todo o percurso para se recompor.

A semifeérica brincava com o floco de arroz que boiava na própria tigela. Tinha zero interesse em comida.

— Estou farta de esperar. Apenas a prenda.

— Ela é a Mestre não oficial do Bosque da Lua e, em essência, a Prima dos Lobos — advertiu Hunt. — Se não em título, então em tudo mais. Temos de ser cuidadosos ao abordar o assunto. As consequências podem ser catastróficas.

— Certo.

Bryce cutucou o cereal de novo. Sabia que devia estar gritando, sabia que devia marchar de volta ao Covil para matar aquela maldita vaca. Ela cerrou os dentes. Tampouco tiveram notícias de Tharion ou Ruhn.

Hunt tamborilou um dedo na mesa de vidro, sopesando sua expressão. Então, graças aos deuses, mudou de assunto.

— Entendo as razões de Ithan, mas qual o problema de Amelie com você?

Talvez fosse apenas cansaço, mas Bryce respondeu:

— Chegou a vê-las... as mensagens daquela noite? Todos os jornais as estamparam na primeira página depois que vazaram.

Hunt ficou imóvel.

— Sim — respondeu, gentil. — Eu vi.

Ela deu de ombros, mexendo o cereal na tigela. Rodando e rodando.

— Amelie tinha... uma queda. Por Connor. Desde que eram crianças. Acho que ainda tem.

— Ah.

— E... você sabe sobre Connor e eu.

— Sim. Lamento.

Ela odiava aquela palavra. Tinha a ouvido tantas vezes que simplesmente *odiava* aquela porra.

— Quando viu as mensagens daquela noite, acho que ela enfim se deu conta de por que seu sentimento não era correspondido.

Ele franziu o cenho.

— Já se passaram dois anos.

— E?

Aquela merda de tempo não a tinha ajudado em nada a se sentir melhor.

Hunt balançou a cabeça.

— As pessoas ainda se lembram delas? Daquelas mensagens?

— Claro. — Bryce bufou, sacudindo a cabeça. — Pesquise meu nome on-line, Athalar. Precisei excluir todas as minhas redes sociais. — A lembrança embrulhou seu estômago, o pânico nauseante tensionando cada músculo e veia de seu corpo. Ela havia se aperfeiçoado em administrar aquilo, aquela sensação, mas não muito. — As pessoas me odeiam. Literalmente me *odeiam*. Algumas matilhas até escreveram uma música e a publicaram on-line; eles a batizaram de *Peguei um estranho no banheiro, não conte a Connor*. Eles a cantam sempre que me veem.

O rosto do anjo ficou frio como gelo.

— Quais matilhas?

Bryce balançou a cabeça. Obviamente não revelaria os nomes, não quando ele exibia aquela expressão assassina.

— Não importa. As pessoas são babacas.

Era simples assim, havia aprendido. A maioria das pessoas era idiota, e aquela cidade estava repleta delas.

Às vezes imaginava o que diriam se soubessem sobre aquela ocasião, dois invernos antes, quando alguém enviara milhares de partituras da canção para seu novo apartamento, junto de uma arte de um álbum fictício, feita a partir das fotos que ela havia tirado naquela noite. Se soubessem que tinha subido ao telhado para queimá-las; mas, em vez disso, acabara na beirada. A semifeérica se perguntava o que teria acontecido se Juniper, em um rompante, não houvesse ligado para ver como ela se sentia naquela noite. Bem no momento que Bryce tinha colocado as mãos no gradil.

Somente aquela voz amigável no outro lado da linha a tinha impedido de se jogar do telhado.

Juniper mantivera Bryce ao telefone... tagarelando sobre o nada. Até seu táxi estacionar na frente do prédio. Ela se recusara a desligar até estar lado a lado com Bryce no telhado, rindo de tudo. A amiga só sabia onde encontrá-la porque Bryce havia balbuciado algo sobre estar sentada ali. E talvez ela tivesse corrido até lá por causa do tom vazio na voz da semifeérica quando dissera aquilo.

A fauna tinha ficado para queimar as cópias da canção, em seguida descera para o apartamento, onde viram TV na cama até caírem no sono. Bryce havia despertado em algum momento para desligar a televisão e usar o banheiro; quando voltou, Juniper já estava acordada, esperando.

A amiga não saíra do seu lado por três dias.

Elas jamais tocaram no assunto. Mas Bryce se perguntava se Juniper mais tarde havia contado a Fury como fora por um triz, como ela tivera de se esforçar para prolongar aquela ligação telefônica enquanto corria até Bryce, sem alarmá-la, pressentindo que alguma coisa estava muito errada.

Bryce não gostava de pensar naquele inverno. Naquela noite. Mas jamais poderia agradecer Juniper por aquela premonição... por aquele amor que a impedira de cometer um erro terrível, estúpido.

— Sim — concordou Hunt. — As pessoas são babacas.

Imaginou que o anjo sofrera mais que ela. Bem mais.

Dois séculos de escravidão mal disfarçada como algum tipo de atalho sórdido para a redenção. A barganha de Micah, reduzida ou não, era uma desgraça.

Ela se obrigou a engolir um bocado do cereal, agora mole... e se obrigou a perguntar alguma coisa, qualquer coisa, para desanuviar.

— Foi você quem inventou seu apelido? A Sombra da Morte?

Hunt pousou a colher.

— Pareço o tipo de pessoa que precisa inventar apelidos para si mesma?

— Não — admitiu Bryce.

— Só me chamam assim porque sou obrigado a fazer esse tipo de merda. E faço bem. — Deu de ombros. — Faria mais sentido se me chamassem de Escravizado da Morte.

Ela mordeu o lábio e tomou outra colherada de cereal.

Hunt pigarreou.

— Sei que a visita de hoje foi difícil. E sei que não demonstrei a princípio, Quinlan, mas estou feliz que você esteja no caso. Você tem sido... ótima.

A semifeérica disfarçou o que o elogio fez a seu coração, como aquilo dissipou as nuvens que haviam adensado sobre ela.

— Meu pai era um capitão draconiano na 25ª Legião. Esteve no front pelos três anos do serviço militar. Ele me ensinou alguns truques.

— Eu sei. Quer dizer, não sobre o que você aprendeu. Mas sobre seu pai. Randall Silago, certo? Foi ele quem lhe ensinou a atirar.

Ela assentiu, um estranho orgulho a perpassando.

— Nunca lutei ao lado dele, mas ouvi falar de seu nome na última vez que fui enviado ao front, há cerca de vinte e seis anos. Ouvi falar sobre sua pontaria, quero dizer. O que ele acha de... — Um aceno de mão na direção de Bryce, da cidade ao redor.

— Ele quer que eu volte para casa. Precisei enfrentá-lo, literalmente, no tatame para vencer a discussão sobre cursar a UCLC.

— Você lutou com ele fisicamente?

— Sim. Ele disse que, se eu conseguisse imobilizá-lo, então já saberia o bastante para me defender na cidade por conta própria. Acontece que eu estava prestando mais atenção do que o levei a acreditar.

A risada baixa de Hunt acariciou sua pele.

— E ele lhe ensinou a usar um rifle de longa distância?

— Rifles, pistolas, facas, espadas.

Armas eram a especialidade de Randall. Ele a havia ensinado de maneira implacável, repetidas vezes.

— Já colocou os ensinamentos em prática alguma vez?

Eu amo você, Bryce.

Feche os olhos, Danika.

— Quando precisei — respondeu, rouca. Não que aquilo fizesse diferença quando era para valer.

Seu telefone vibrou. Ela conferiu a mensagem de Jesiba e gemeu. *Temos um cliente em trinta minutos. Esteja na galeria ou vai ganhar um bilhete só de ida para uma existência como uma ratazana.*

Bryce pousou a colher, ciente do olhar de Hunt sobre si, e começou a digitar. *Estarei na...*

Jesiba enviou outra mensagem antes que Bryce pudesse responder. *E onde está a papelada de ontem?*

A semifeérica deletou o que havia escrito e começou a digitar: *Vou pegar...*

Outra mensagem de Jesiba: *Eu quero ela antes do meio-dia.*

— Alguém está puta — observou Hunt, e Bryce fez uma careta, pegando a tigela e levando-a até a pia.

As mensagens continuaram a chegar durante o trajeto, assim como meia dúzia de ameaças de transformá-la em diversas criaturas patéticas, indicação de que alguém havia, de fato, emputecido solenemente Jesiba. Quando chegaram à porta da galeria, Bryce destrancou as fechaduras físicas e mágicas e suspirou.

— Talvez você deva ficar no telhado essa tarde. Provavelmente, ela vai me monitorar através das câmeras. Não sei se ela o viu aqui dentro antes, mas...

O anjo colocou a mão em seu ombro.

— Entendo, Quinlan. — A jaqueta preta vibrou, e ele pegou o telefone. — É Isaiah — murmurou, e acenou com a cabeça para a porta da galeria, então aberta, através da qual podia vislumbrar Syrinx arranhando a porta da biblioteca, uivando em cumprimento a Lehabah. — Volto mais tarde — avisou ele.

Hunt só voou até o telhado, Bryce sabia, depois que ela trancou a porta da galeria atrás de si. Uma mensagem do anjo pipocou quinze minutos depois. *Isaiah precisa de minha opinião em um outro caso. Saindo agora. Justinian ficará de vigília. Volto em algumas horas.*

Ela escreveu em resposta: *Justinian é gato?*

Ele respondeu: *Quem é a pervertida agora?*

Um sorriso repuxava o canto de sua boca.

Seus dedos voavam sobre o teclado para responder quando o telefone tocou. Suspirando, ela levou o aparelho ao ouvido para atender.

— Por que não está pronta para o cliente? — exigiu Jesiba.

* * *

Aquela manhã havia sido o caos. De guarda no telhado da galeria horas mais tarde, Hunt não conseguia parar de pensar naquilo. Sim, eles pegaram Sabine na mentira, e todos os indícios apontavam para a loba como assassina, mas... Que merda. Não tinha se dado conta de como seria difícil para Bryce, mesmo que Sabine a odiasse. Não tinha se dado conta de que os outros lobos guardavam rancor da semifeérica. Nunca a devia ter levado ao Covil. Devia ter ido sozinho.

As horas passavam, uma a uma, enquanto ele ruminava o assunto.

Hunt se certificou de que ninguém sobrevoava o telhado antes de consultar o vídeo de segurança, acessado dos arquivos da 33ª. Alguém havia compilado o rolo, sem dúvida na tentativa de conseguir uma imagem mais nítida do demônio que não um dedo ou uma garra.

O kristallos parecia um borrão cinzento conforme explodia da portaria. Não foram capazes de conseguir imagens efetivas da entrada da criatura no prédio, o que sugeria que fora invocada no local ou que havia se esgueirado pelo telhado e nenhuma câmera das redondezas a detectara. Mas ali estava, estilhaçando a porta da frente, tão rápido que parecia fumaça cinza.

E em seguida... lá estava *ela*. Bryce. Arremessando-se contra a porta, descalça e correndo sobre cacos de vidro, a perna da mesa em sua mão, pura raiva lhe contorcendo as feições.

Hunt havia visto a gravação dois anos antes, mas fazia um pouco mais de sentido agora, quando descobriu que ela fora treinada por Randall Silago. Os saltos sobre os carros, a corrida pelas ruas, tão rápida quanto um macho feérico. O rosto coberto de sangue, os lábios curvados em um rosnado que ele não podia ouvir.

Mas até mesmo no vídeo granulado seus olhos pareciam vagos. Ainda lutando contra os efeitos das drogas.

Definitivamente, ela não se lembrava de que ele estivera naquela sala de interrogatório, se havia lhe perguntado sobre as mensagens na hora do almoço. E porra... ele sabia que todo o conteúdo do telefone da semifeérica tinha vazado, mas jamais havia imaginado como devia ter sido para ela.

Bryce tinha razão: as pessoas eram babacas.

A semifeérica saíra da rua Principal, escorregando sobre o capô de um carro, e em seguida a filmagem chegava ao fim.

Hunt soltou um suspiro. Se Sabine estava mesmo por trás daquilo... Micah tinha lhe dado permissão para eliminar o culpado. Mas Bryce seria capaz de resolver o assunto com as próprias mãos.

Hunt franziu o cenho na direção do nevoeiro apenas visível do outro lado do rio, as brumas impenetráveis mesmo sob o sol da tarde. O Quarteirão dos Ossos.

Ninguém sabia o que acontecia na Cidade Adormecida. Se os mortos vagavam pelos mausoléus, se os ceifadores patrulhavam e reinavam como monarcas, se era apenas névoa e pedra talhada e silêncio. Ninguém sobrevoava o local... ninguém ousava.

Mas, às vezes, Hunt tinha a sensação de que o Quarteirão dos Ossos os observava, e algumas pessoas alegavam que seus entes queridos, mortos, podiam se comunicar através do Oráculo ou de médiuns.

Dois anos antes, Bryce não tinha acompanhado a passagem do Veleiro de Danika. Ele havia pesquisado. As mais importantes personalidades da Cidade da Lua Crescente tinham comparecido, mas ela não estivera presente. Ou para evitar que Sabine a matasse na hora, ou por motivos pessoais. Depois do que ele testemunhara naquele dia, apostava na primeira opção.

Então Bryce não havia testemunhado Sabine empurrar o antigo barco preto para o Istros, a seda cinza velando o pequeno caixão — tudo que restara de Danika — em seu centro. Não havia contado os segundos conforme o esquife boiava nas águas lamacentas, prendendo o fôlego, como todos naquela margem, à espera de que o barco fosse levado pela corrente até as praias do Quarteirão dos Ossos ou se emborcasse, os restos indignos de Danika dados ao rio e às bestas que nele nadavam.

Mas o Veleiro de Danika seguira direto para a ilha velada pela bruma do outro lado do rio, o Sub-Rei considerando-a digna, e mais de uma pessoa respirou aliviada. A porcaria do áudio da câmera do corredor do prédio, com Danika implorando por misericórdia, havia vazado um dia antes.

Hunt suspeitara de que metade das pessoas que haviam comparecido à passagem do Veleiro tinha esperança de que as súplicas de Danika significassem que ela acabaria no leito do rio, e então poderiam considerar a arrogante e selvagem ex-alfa uma covarde.

Sabine, sem dúvida ciente daqueles que antecipavam tal desfecho, tinha apenas esperado até que os portões do rio se abrissem para revelar as brumas rodopiantes do Quarteirão dos Ossos, o barco puxado para dentro por mãos invisíveis, para então partir. Ela não havia ficado para ver os Veleiros do restante da Matilha dos Demônios.

Mas Hunt e todos os outros sim. Tinha sido a última vez que vira Ithan Holstrom. Chorando enquanto empurrava o barco do irmão para as águas azuis, tão desesperado que os colegas do time de solebol tiveram de ampará-lo. O macho de olhar frio que os escoltara naquela manhã era uma pessoa completamente diferente daquele garoto.

Talentoso, Hunt ouvira Naomi descrever Ithan em seus intermináveis comentários sobre as matilhas das tropas auxiliares e como se equiparavam à 33ª. Além de sua habilidade no campo de solebol, Ithan Holstrom era um guerreiro hábil, que havia completado a Descida e retornado com um poder equivalente ao de Connor. Naomi sempre disse que, apesar de presunçoso, Ithan era um macho confiável: de mente aberta, esperto e leal.

E um maldito babaca, ao que parecia.

Hunt balançou a cabeça, mais uma vez encarando o Quarteirão dos Ossos.

Danika Fendyr vagava por aquela ilha enevoada? Ou parte da loba, pelo menos? Ela se lembrava da amiga que, mesmo tanto tempo depois de sua morte, não tolerava que insultassem sua memória? Sabia que Bryce faria qualquer coisa, possivelmente mergulhar no nível de raiva para sempre preservado naquele vídeo, para aniquilar seu assassino? Mesmo que o assassino fosse a mãe de Danika?

Leal até a morte e além.

Seu telefone tocou, o nome de Isaiah surgiu novamente, mas Hunt não respondeu de pronto. Não quando olhou para o telhado da galeria sob seus pés e imaginou como seria... ter um amigo assim.

45

— Então acredita que vai ser promovida a primeira depois da temporada?

Com o telefone preso entre o ombro e a orelha, Bryce descalçou os sapatos na porta do apartamento e caminhou até a parede de janelas. Syrinx, livre da coleira, correu para a tigela de comida a fim de aguardar seu jantar.

— Improvável — respondeu Juniper, a voz baixa e suave. — Eugenie está perfeita este ano. Acho que vai ser escolhida para primeira bailarina em seguida. Não fui bem em alguns de meus solos, sei disso.

Bryce espiou pela janela, localizou Hunt exatamente onde ele disse que estaria até que ela sinalizasse estar sã e salva em seu apartamento, e acenou.

— Você sabe que foi ótima. Não finja que não está mandando bem também.

Hunt ergueu uma das mãos e se lançou aos céus, piscando para ela enquanto voava pela janela, então seguia até o Munin & Hugin.

Não fora capaz de convencê-la a se juntar a seus companheiros triários no bar, e a fez jurar por todos os cinco deuses que não sairia do apartamento ou abriria a porta para ninguém na sua ausência.

Bem, para *quase* ninguém.

Pela breve conversa, ela pescara que Hunt era convidado com frequência, mas jamais tinha aceitado. Por que decidira naquela noite aceitar pela primeira vez... Talvez ela o estivesse enlouquecendo. Não tinha tido essa sensação, mas talvez ele precisasse da noite de folga.

— Tenho me saído bem, acho — admitiu Juniper.

Bryce estalou a língua.

— Você é tão cheia de merda com esse lance de "bem".

— Eu estava pensando, B — disse Juniper, com cuidado. — Minha instrutora mencionou que estava iniciando uma aula de dança aberta ao público em geral. Você devia participar.

— Sua instrutora é a professora mais requisitada da cidade. Eu jamais conseguiria uma vaga — dispensou Bryce, observando o fluxo de carros e de pedestres abaixo de sua janela.

— Eu sei — concordou Juniper. — Por isso pedi a ela que segurasse um lugar para você.

Bryce enrijeceu.

— Estou muito ocupada no momento.

— É uma aula de duas horas, duas vezes por semana. Depois do expediente.

— Obrigada, mas estou de boa.

— Você era, Bryce. Era *boa*.

Bryce cerrou os dentes.

— Não boa o bastante.

— Não se importava com isso antes da morte da Danika. Apenas vá à aula. Não é uma audição... é literalmente apenas uma aula para pessoas que amam dançar. E você ama.

— *Amava.*

Juniper estalou a língua ao telefone.

— Danika ficaria arrasada se soubesse que você não dança mais. Mesmo por diversão.

Bryce fingiu cantarolar em consideração.

— Vou pensar.

— Ótimo — disse Juniper. — Vou mandar os detalhes.

Bryce mudou de assunto.

— Quer vir para cá, assistir a alguma tranqueira na TV? *Pegação na Casa de Praia* começa às nove, hoje à noite.

— O anjo está aí? — perguntou Juniper, maliciosa.

— Ele foi tomar cerveja com seu pequeno bando de assassinos.

— São chamados de triários, Bryce.

— Sim, pergunte a eles. — Bryce deu as costas à janela e se dirigiu para a cozinha. Syrinx ainda aguardava ao lado da tigela de comida, abanando a cauda de leão. — Faria diferença se Hunt estivesse aqui?

— Eu chegaria bem mais rápido.

Bryce riu.

— Devassa. — Então despejou a ração na tigela. As garras de Syrinx estalavam no piso conforme a quimera se empinava no lugar, contando cada pequeno pedaço. — Para seu azar, acho que ele ainda está ligado a alguém.

— Para *seu* azar.

— Por favor. — A semifeérica abriu a geladeira e tirou uma variedade de comida. Um jantar solitário, então. — Conheci um tritão outro dia, tão sarado que dava para lavar roupa naquele abdômen.

— Nada do que você disse faz o menor sentido, mas acho que peguei o essencial.

Bryce riu outra vez.

— Devo esquentar um hambúrguer vegano para você ou não?

— Queria poder, mas...

— Mas precisa ensaiar.

Juniper suspirou.

— Não vou chegar à primeira bailarina sentada em um sofá a noite toda.

— Vai acabar se machucando se exagerar no treino. Já está se apresentando oito vezes por semana.

A voz suave ganhou um tom incisivo.

— Estou bem. Talvez no domingo, ok? — Era o único dia em que a companhia de dança não se apresentava.

— Claro — respondeu Bryce. Sentiu um aperto no peito, o bastante para dizer: — Me ligue quando estiver livre.

— Pode deixar.

A despedida foi rápida, e Bryce mal desligara a chamada quando discou outro número.

O telefone de Fury caiu direto na caixa postal. Bryce nem se preocupou em deixar recado, pousou o telefone e abriu uma embalagem de homus, em seguida uma com restos de noodles, depois uma de ensopado de porco, provavelmente estragado. A magia conservava a maior parte da comida em seu refrigerador. Mas havia limites racionais.

Grunhindo, ela jogou o porco no lixo. Syrinx franziu o focinho para a semifeérica.

— Nem mesmo você comeria aquilo, meu amigo — argumentou ela.

A quimera abanou o rabo de novo e pulou no sofá.

O silêncio no apartamento parecia carregado.

Uma amiga... era ao que tinha se resumido seu círculo social. Fury havia deixado claro que não tinha mais interesse em se encontrar com ela.

Então, no momento, com sua única amiga ocupada demais para se tornar uma presença confiável, em especial naqueles meses de verão, quando a companhia se apresentava todos os dias da semana... Bryce imaginou ter chegado à estaca zero.

A semifeérica comeu o homus sem vontade, mergulhando cenouras ligeiramente molengas na mistura. O mastigar dos legumes encheu o silêncio do apartamento.

A familiar onda de autopiedade a atingiu, e Bryce jogou as cenouras e o homus no lixo antes de caminhar para o sofá.

Zapeou pelos canais até encontrar as notícias locais. Syrinx a observava em expectativa.

— Apenas você e eu esta noite, companheiro — disse ela, ajeitando-se ao lado da quimera.

No noticiário, Rigelus, Radiante Mão dos Asteri, apareceu em uma tribuna dourada, fazendo algum tipo de discurso sobre novas leis de comércio. Atrás dele, os outros cinco asteri, sentados em seus tronos na câmara de cristal, rostos impassíveis, irradiavam riqueza e poder. Como sempre, o sétimo trono continuava vazio, em homenagem à irmã havia muito morta. Bryce mudou de canal novamente, daquela vez para um de notícias, exibindo imagens de fileiras de armaduras mecânicas de fabricação humana enfrentando a elite das Legiões Imperiais, em meio à lama de um campo de batalha. Outro canal mostrava humanos famintos em uma fila de pão na Cidade Eterna, as crianças gemendo de fome.

Bryce mudou para um programa sobre a compra de casas de veraneio às cegas, e assistiu àquilo sem pensar.

Quando foi a última vez que havia lido um livro? Não para trabalho ou pesquisa, mas por prazer? Sempre lera muito antes de tudo o que acontecera a Danika, mas aquela parte de seu cérebro parecia ter sido desligada logo depois.

Ela havia procurado afogar qualquer silêncio e tranquilidade. O barulho da televisão tinha se tornado seu companheiro na luta contra o silêncio. Quanto mais idiota o programa, melhor.

A semifeérica se aninhou nas almofadas, Syrinx aconchegado em suas pernas enquanto ela lhe coçava as orelhas macias como veludo. A quimera se contorceu, pedindo mais.

O silêncio a pressionava, forte e denso. A boca secou, os membros pareciam ocos e leves. Os acontecimentos no Covil ameaçavam invadir suas memórias, principalmente o rosto frio de Ithan.

Ela espiou o relógio. Quase cinco e meia.

Bryce suspirou profundamente. Lehabah estava enganada; não se sentia como naquele inverno. Nada jamais poderia ser tão ruim quanto aquele primeiro inverno sem Danika. Não permitiria.

Ela se levantou, e Syrinx bufou, irritado com o incômodo.

— Volto logo — prometeu ela, apontando para o corredor e a gaiola.

A quimera lhe lançou um olhar maligno e entrou na jaula, fechando a porta com uma garra em gancho.

Bryce trancou a porta, tranquilizando a quimera com a garantia de que não demoraria, então calçou os sapatos de novo. Havia prometido a Hunt que ficaria em casa... havia jurado pelos deuses.

Pena que o anjo não soubesse que ela não rezava mais para nenhum dos cinco.

* * *

Hunt tinha bebido apenas metade da cerveja quando seu telefone tocou.

Sabia exatamente o que havia acontecido antes mesmo de atender.

— Ela saiu, não saiu?

Naomi soltou uma risada discreta.

— Sim. E toda montada.

— Em geral é estilo dela — resmungou o anjo, esfregando a têmpora.

Na outra ponta do bar de carvalho entalhado, Vik ergueu uma sobrancelha graciosa, o halo franzindo com o movimento. Hunt balançou a cabeça e pegou a carteira. Não devia ter saído naquela noite. O convite havia sido feito muitas vezes nos últimos quatro anos, e ele jamais o aceitara, não quando aquilo lembrava demais seus tempos na 18ª. Mas, daquela vez, quando Isaiah o havia chamado com a clássica ressalva — *Sei que vai dizer não, mas...* —, havia dito sim.

Hunt não sabia por que, mas tinha ido.

— Para onde ela foi? — perguntou o anjo.

— Estou seguindo-a neste instante — respondeu Naomi, o vento açoitando seu lado da linha. Ela não havia feito perguntas quando Hunt a chamara, uma hora antes, para pedir que vigiasse Bryce e abrisse mão da confraternização daquela noite. — Parece que está indo para CiRo.

Talvez à procura do primo para alguma atualização.

— Fique por perto... e atenta — aconselhou ele. Sabia que não precisava ter dito nada. Naomi era uma das mais talentosas guerreiras que ele já encontrara, e não aceitava provocação de ninguém. Uma olhada para o cabelo escuro trançado, a tatuagem colorida que cobria suas mãos e a variedade de armas espalhadas pelo corpo musculoso, e a maioria das pessoas não mexia com ela. Talvez até Bryce obedecesse a ordem de ficar em casa, se fosse dada por Naomi. — Me mande suas coordenadas.

— Com certeza. — A ligação ficou muda.

Hunt suspirou.

— Já devia saber, meu amigo — disse Viktoria.

Hunt passou a mão pelo cabelo.

— Sim.

Ao seu lado, Isaiah tomou um gole da cerveja.

— Você pode deixar Naomi cuidar da semifeérica.

— Tenho a impressão de que isso resultaria nas duas aprontando o diabo, e eu ainda teria de ir até lá acabar com a festa.

Vik e Isaiah riram entre dentes, e Hunt deixou um marco de prata no balcão. A espectro ergueu a mão em protesto, mas o anjo a ignorou. Podiam ser todos escravizados, mas ele tinha como pagar pela maldita bebida.

— Vejo vocês dois mais tarde.

Isaiah levantou a cerveja como saudação, e Viktoria exibiu um sorriso presunçoso antes de Hunt abrir caminho pelo bar lotado. Justinian, jogando sinuca nos fundos, ergueu a mão em um aceno. Hunt jamais havia perguntado por que os triários preferiam o espaço apertado do bar térreo a um dos lounges na cobertura que a maioria dos anjos frequentava. Pelo visto, não teria a chance de descobrir a resposta naquela noite.

O anjo não estava surpreso com a fuga de Bryce. Sinceramente, a única coisa que o surpreendera tinha sido a demora para que o fizesse.

Ele abriu a porta de vidro e chumbo com o ombro, e saiu para a rua abafada. Clientes apoiavam suas bebidas em velhos barris de carvalho reciclados, e um grupo barulhento de algum tipo de matilha de metamorfos — talvez lobos ou um dos grandes felinos — baforava seus cigarros.

Hunt fez uma careta para o ranço que o seguiu até o céu, então franziu o cenho para as nuvens sopradas do oeste, o cheiro de chuva já carregado no vento. Fantástico.

Naomi enviou as coordenadas dentro de Cinco Rosas, e, depois de um voo de cinco minutos, Hunt chegou a um de seus jardins noturnos, apenas começando a desabrochar no crepúsculo. As asas pretas de Naomi pareciam uma mancha em contraste com a escuridão que se infiltrava conforme ela planava sobre uma fonte repleta de trombeteiras, as flores bioluminescentes já abertas e emitindo uma luz azul-pálida.

— Por ali — apontou Naomi, os ângulos severos de seu rosto banhados pelo brilho suave das plantas.

Hunt assentiu para a anjo.

— Obrigado.

— Boa sorte.

As palavras foram o bastante para deixá-lo tenso, e Hunt nem se preocupou em se despedir antes de planar pelo caminho. Carvalhos estrelados o ladeavam, as folhas brilhando em um dossel vivo. A iluminação suave dançava no cabelo de Bryce enquanto ela vagava pelo caminho de pedras, as damas da noite se abrindo a sua volta. O perfume de jasmim saturava o ar do crepúsculo, doce e hipnotizante.

— Não podia me dar nem uma hora de paz?

Bryce nem piscou quando ele aterrissou a seu lado.

— Precisava de ar fresco. — Ela admirou uma samambaia que se desenrolava, as folhas acesas por dentro, iluminando cada veio.

— Estava indo a algum lugar específico?

— Apenas... por aí.

— Ah.

— Estou esperando você começar a gritaria. — Ela passou pelos canteiros de açafrão noturno, as pétalas roxas cintilando em meio à grama vibrante. O jardim parecia despertar para ela, dando-lhe as boas-vindas.

— Vou gritar quando descobrir o que é tão importante que a fez quebrar sua promessa.

— Nada.

— Nada?

— Nada é importante.

Ela disse as palavras com tamanha suavidade que ele a observou, cauteloso.

— Você está bem?

— Sim. — Definitivamente *não*, então.

— Às vezes o silêncio me incomoda — confessou ela.

— Eu a convidei para o bar.

— Não queria ir a um bar cheio de triários.

— Por que não?

Ela o olhou de esguelha.

— Sou uma civil. Não conseguiriam relaxar.

Hunt abriu a boca para negar, mas ela o encarou.

— Ok — admitiu ele. — Talvez.

Caminharam em silêncio por mais alguns passos.

— Você pode voltar para seu drinque, sabe. A anjo de aparência sinistra que designou como minha babá pode lidar com a situação.

— Naomi se foi.

— Ela parece intensa.

— Ela é.

Bryce insinuou um sorriso.

— Vocês dois...?

— Não. — Embora Naomi tivesse dado a entender seu interesse ocasionalmente. — Complicaria as coisas.

— Humm.

— Pretendia encontrar suas amigas?

Ela balançou a cabeça.

— Só tenho uma amiga hoje em dia, Athalar. E ela está muito ocupada.

— Então saiu sozinha. Para fazer o quê?

— Passear por este jardim.

— Sozinha.

— Sabia que você indicaria uma babá.

Hunt agiu antes que pudesse refletir, agarrando seu cotovelo.

Ela o encarou.

— É agora que você começa a gritar?

Relâmpago cortou o céu e ecoou nas veias do anjo conforme ele se inclinava para mais perto.

— Gostaria que eu gritasse, Bryce Quinlan? — ronronou.

O coração da semifeérica bateu em falso, os olhos faiscando com fogo dourado.

— Talvez?

Hunt soltou uma risada baixa. Não tentou impedir a onda de calor que o invadiu.

— Isso pode ser providenciado.

Toda a atenção de Hunt estava concentrada no movimento dos olhos da semifeérica, que procuraram sua boca. No rubor que tingiu as bochechas sardentas, convidando-o a provar cada centímetro rosado.

Nada nem ninguém existia... a não ser Bryce.

Não ouviu o farfalhar da folhagem escura a suas costas. Nem ouviu o estalar de galhos.

Não até que o kristallos o atingiu e cravou os dentes em seu ombro.

46

O kristallos se chocou contra Hunt com a força de uma picape.

Bryce soube que ele só tinha tempo para sacar uma arma ou tirá-la do caminho. Hunt a escolheu.

Ela caiu no asfalto alguns metros à frente do anjo, os ossos protestando, e congelou. Anjo e demônio foram ao chão, o kristallos imobilizando Hunt com um rugido que fez o jardim noturno tremer.

Parecia pior. Tão pior que naquela noite.

Sangue borrifou, e uma faca brilhou quando o anjo a desembainhou e a enfiou no flanco cinzento e quase translúcido do demônio.

Veios de relâmpagos adornaram as mãos de Hunt... e desvaneceram.

Pessoas gritavam e corriam, gritos de *fujam!* ecoavam pelos arbustos. Bryce mal os ouvia enquanto ficava de joelhos.

Hunt rolou, jogando a criatura para longe do caminho, libertando a faca no processo. Sangue cristalino pingava da lâmina conforme Hunt a empunhava a sua frente, o braço estraçalhado esticado para proteger Bryce. Relâmpagos acendiam e apagavam na ponta de seus dedos.

— Chame reforços — ofegou ele, sem desviar a atenção do demônio, que avançou um passo, a pata em garras... brilhantes unhas cristalinas se estendendo para a ferida na lateral.

A semifeérica jamais havia visto algo assim. Algo tão sobrenatural, tão primal e raivoso. Sua lembrança daquela noite fora amortecida por raiva e dor e drogas, então aquilo, a coisa real, pura...

Bryce estendeu a mão para seu telefone, mas a criatura atacou Hunt.

A lâmina do anjo encontrou seu alvo. Não fez diferença alguma.

Mais uma vez, os dois se engalfinharam na trilha, e Hunt gritou quando as presas do demônio se fecharam em seu antebraço e a besta o *mordeu*.

O relâmpago se extinguiu completamente.

Mexa-se. *Mexa-se*, ela precisava *se mexer*...

O punho livre de Hunt acertou o focinho da criatura com força o bastante para quebrar osso, mas os dentes de cristal continuaram cerrados.

Aquela coisa o havia imobilizado com tanta facilidade. Fora aquilo que fizera a Danika? Simplesmente a estraçalhara?

Hunt gemeu, o cenho contraído de dor e concentração. O relâmpago havia sumido. Nem um crepitar despertou novamente.

Cada parte do corpo da semifeérica tremia.

Hunt esmurrou o focinho do demônio outra vez.

— *Bryce*...

Ela se mexeu. Não em busca do telefone, mas da arma no coldre do quadril de Hunt.

O demônio cego a farejou, as narinas se abrindo conforme os dedos de Bryce se fechavam em torno da pistola. Ela liberou a trava de segurança, mirando enquanto se levantava.

A criatura soltou o braço do anjo e a atacou. Bryce disparou, mas tarde demais. O demônio pulou de lado, desviando-se da bala. A semifeérica recuou conforme a besta rugia e pulava em sua direção mais uma vez...

A cabeça do kristallos pendeu para o lado, sangue cristalino esguichando como chuva quando uma faca foi enterrada até o punho acima de seu focinho.

Hunt atacou de novo, desembainhando outra faca de um compartimento secreto nas costas da armadura, e cravou a lâmina bem no crânio, na direção da coluna da besta.

A coisa se contorceu, fechando as mandíbulas em busca de Bryce, os dentes transparentes manchados com o sangue do anjo. A semifeérica acabou no caminho de algum modo, e se afastou, rastejando, conforme o demônio tentava saltar sobre ela. Mas falhou quando Hunt envolveu a lâmina com as mãos e *torceu*.

O estalo do pescoço quebrado foi abafado pelas árvores cobertas de limo.

Bryce ainda empunhava a pistola.

— Saia da frente.

Hunt soltou a criatura, deixando-a cair na trilha musgosa. A língua preta pendurada para fora da boca de presas cristalinas.

— Por desencargo — disse Bryce, e atirou. Não errou daquela vez

Sirenes tocaram, e asas encheram o ar. Um zumbido apitou em sua cabeça.

Hunt libertou a lâmina do crânio da criatura e, com uma só mão, a desceu em um golpe poderoso. A cabeça decapitada rolou para longe. O anjo se moveu mais uma vez, e cortou a cabeça em dois pedaços. Então em quatro.

Mais um golpe e o detestável coração foi trespassado também. Sangue translúcido escorria por toda parte, como um vidro de sérum emborcado.

Bryce encarava a cabeça destroçada, o corpo horrível e monstruoso.

Silhuetas poderosas pousaram entre eles, e em um instante aquela malakh de asas pretas estava ao lado de Hunt.

— Puta merda, Hunt, o que...

Bryce mal ouviu as palavras. Alguém a ajudou a se levantar. Luz azul piscava, e uma magicerca rodeava o local, impedindo a visão de quem ainda não havia fugido. Ela devia estar gritando, devia pular no demônio, rasgar o cadáver com as próprias mãos. Mas apenas um silêncio retumbante enchia sua mente.

Olhou para o parque, estúpida e lentamente, como se pudesse encontrar Sabine ali.

Hunt gemeu, e ela deu meia-volta enquanto o anjo caía de cara no chão. A anjo de asas pretas o amparou, o corpo vigoroso sustentando aquele peso com facilidade.

— Tragam uma medbruxa, *agora*!

O ombro de Hunt jorrava sangue. Assim como o antebraço. Sangue e algum tipo de gosma prateada.

Ela conhecia a queimadura daquela gosma, como fogo vivo.

Uma cabeça de sedosos cachos escuros passou batida, e Bryce piscou quando uma mulher jovem e curvilínea, usando um macacão azul de medbruxa, soltou a bolsa presa ao peito e a pousou a seus joelhos, ao lado de Hunt.

Ele estava curvado, a mão no antebraço, respirando com dificuldade. As asas cinzentas flácidas, salpicadas tanto de sangue translúcido como de vermelho.

A medbruxa disse alguma coisa, a insígnia com a vassoura e o sino no braço direito refletia a luz azul das cercas. As mãos negras não vacilaram ao usar pinças para extrair o que parecia ser um pequeno verme de uma jarra de vidro cheia de musgo e colocá-lo no antebraço de Hunt.

Ele fez uma careta, arreganhando os dentes.

— Sugam o veneno — explicou uma voz feminina ao lado de Bryce. A anjo de asas pretas. Naomi. Ela apontou um dedo tatuado para Hunt. — São sanguessugas mitridadas.

O corpo da sanguessuga rapidamente inchou. A bruxa colocou outra na ferida do ombro de Hunt. Em seguida outra no antebraço.

Bryce nada disse.

O rosto de Hunt estava pálido, os olhos fechados enquanto ele parecia se concentrar na própria respiração.

— Acho que o veneno anulou meu poder. Assim que o demônio me mordeu... — Ele sibilou diante de qualquer que fosse a agonia que atravessava seu corpo. — Não fui capaz de invocar meu relâmpago.

Compreensão disparou por Bryce. Aquilo explicava muita coisa. Por que o kristallos havia sido capaz de suplantar Micah, por exemplo. Se tinha emboscado o arcanjo e lhe dado uma boa mordida, somente restaria a Micah a força física. O governador provavelmente nem se dera conta do que aconteceu. Com certeza atribuiu o ocorrido ao choque ou à rapidez do ataque. Talvez a mordida também tivesse anulado a força natural de Danika e da Matilha dos Demônios.

— Ei. — Naomi pôs a mão no ombro de Bryce. — Está ferida?

A medbruxa desgrudou o suga-veneno do ombro de Hunt, devolveu-o à jarra de vidro, em seguida colocou outro em seu lugar. Uma luz suave emanava de suas mãos enquanto avaliava os outros ferimentos do anjo, então começava o processo de cura. Ela não se preocupou com os frascos de primalux brilhando em sua bolsa; panaceia para todos os males para tantos médicos. Como se preferisse usar a magia contida nas próprias veias.

— Estou bem.

O corpo de Hunt podia se regenerar sozinho, mas teria levado mais tempo. Com aquele veneno nas feridas, Bryce bem sabia que talvez nem se curasse afinal.

Naomi passou uma das mãos no cabelo retinto.

— Devia deixar uma medbruxa examiná-la.

— Não.

Os olhos cor de ônix se estreitaram.

— Se Hunt permite que a medbruxa o examine, então você...

Um poder amplo e gélido irrompeu pelo local, pelo jardim, por todo o quarteirão da cidade. Naomi se virou enquanto Micah pousava. Fez-se silêncio, vanir de todos os tipos recuaram enquanto o arcanjo caminhava na direção do demônio morto e de Hunt.

Naomi era a única com coragem para se aproximar.

— Eu estava de vigia pouco antes da chegada de Hunt, e não havia sinal de...

Micah passou por ela, os olhos presos ao demônio. A medbruxa, a seu favor, não parou as aplicações, mas Hunt conseguiu erguer a cabeça para encarar a pergunta de Micah.

— O que houve?

— Emboscada — respondeu Hunt, a voz séria.

As asas brancas de Micah pareciam brilhar com poder. E, apesar de todo o silêncio que ecoava na cabeça de Bryce, apesar da distância entre seu corpo e o que restava de sua alma, ela o enfrentou. Para o Inferno, aquilo não ameaçaria a barganha entre Micah e Hunt.

— Ele pulou das sombras — explicou a semifeérica.

O arcanjo a perscrutou.

— Qual de vocês o demônio atacou?

Bryce apontou para Hunt.

— Ele.

— E qual de vocês o matou?

Bryce começou a repetir *ele*, mas Hunt a interrompeu.

— Foi um esforço conjunto. — Bryce lhe lançou um olhar para que se calasse, mas Micah já havia se virado para o corpo do demônio. O arcanjo o acertou com a ponta da bota, franzindo o cenho.

— Não podemos deixar que vaze para a imprensa — advertiu Micah. — Ou para qualquer dos convidados da Cimeira. — A parte implícita da declaração pairava no ar. *Sandriel não pode ouvir uma palavra.*

— Vamos manter tudo fora do noticiário — prometeu Naomi.

Mas Micah balançou a cabeça e estendeu a mão.

Antes que Bryce sequer pudesse piscar, uma chama branca irrompeu ao redor do corpo e da cabeça do demônio. Em um segundo, não havia nada além de cinzas.

— Precisávamos examiná-lo em busca de evidências.

— Sem imprensa — insistiu Micah, em seguida se virou na direção do grupo de comandantes angélicos.

A medbruxa começou a retirar as sanguessugas e a fazer os curativos em Hunt. Cada tira de seda estava imbuída com seu poder, comandando pele e músculo a se regenerar e combater a infecção. As ataduras se dissolveriam quando as feridas cicatrizassem, como se jamais tivessem existido.

A pilha de cinzas jazia ali, um débil desafio quando se levava em conta o verdadeiro terror causado pelo kristallos. Havia sido aquele o demônio que matara Danika, ou simplesmente um de milhares à espera do outro lado da Fenda do Norte?

O chifre estaria ali, naquele parque? Bryce havia, inadvertidamente, se aproximado do artefato? Ou talvez quem o buscasse — Sabine? — havia simplesmente enviado o kristallos como um outro aviso. Não estavam nem perto do Bosque da Lua, mas as patrulhas de Sabine a faziam percorrer a cidade.

A ferroada da arma ainda ardia nas palmas de Bryce, o coice ricocheteando em seus ossos.

A medbruxa removeu as luvas ensanguentadas. Um crepitar de relâmpago nos dedos de Hunt indicou o retorno de seu poder.

— Obrigado — agradeceu ele à bruxa, que o dispensou.

Em poucos segundos, ela havia guardado as sanguessugas inchadas com o veneno nos potes e sumido atrás das magicercas.

O olhar de Hunt encontrou o de Bryce. As cinzas, os oficiais atarefados e os guerreiros ao seu redor se desvaneceram.

Naomi se aproximou, a trança balançando às costas.

— Por que o demônio alvejaria você?

— Todo mundo quer me arrancar um pedaço — desconversou Hunt.

Naomi os encarou de um jeito que disse a Bryce que ela não havia acreditado naquilo nem por um segundo, mas se afastou para conversar com uma fêmea feérica do Aux.

Hunt tentou se levantar, e Bryce se aproximou para lhe oferecer a mão. Ele balançou a cabeça, fazendo uma careta enquanto apoiava a mão no joelho e se erguia.

— Acho que irritamos Sabine — declarou ele. — Ela deve ter descoberto que a estamos investigando. Ou isso foi um aviso, como a explosão da boate, ou uma tentativa frustrada de resolver o problema, como fez com a acólita e a sentinela.

Ela não respondeu. Uma brisa soprou, agitando as cinzas.

— Bryce. — O anjo se aproximou, os olhos castanhos límpidos, apesar do ferimento.

— Não faz sentido — sussurrou ela enfim. — Você... nós o matamos tão rápido.

Hunt não respondeu, dando a ela oportunidade de pensar, de falar.

— Danika era forte. Connor era forte. Qualquer um dos dois poderia ter derrotado aquele demônio e sobrevivido. Toda a Matilha dos Demônios estava no apartamento naquela noite. Mesmo que o veneno anulasse alguns de seus poderes, toda a alcateia junta poderia... — Sentiu um nó na garganta.

— Nem mesmo Mic... — Hunt se interrompeu, desviando o olhar para o arcanjo, que ainda conversava com os comandantes em um canto. — Ele não escapou.

— Mas eu sim. Duas vezes.

— Talvez a besta tenha alguma fraqueza feérica.

Ela balançou a cabeça.

— Não acho. É só... que não faz sentido.

— Amanhã vamos resolver tudo. — Hunt assentiu para Micah. — Acredito que esta noite apenas provou que é hora de contar a ele nossas suspeitas em relação a Sabine.

Bryce se sentiu enjoada. Mas concordou.

Os dois esperaram a maior parte dos comandantes de Micah se retirarem em suas respectivas missões antes de se aproximarem; Hunt estremecia a cada passo.

— Precisamos conversar — grunhiu.

Micah apenas cruzou os braços. E então Hunt, rápida e eficientemente, contou tudo. Sobre o chifre, sobre Sabine, sobre suas suspeitas. Sobre a possibilidade de reparar o artefato... embora ainda não soubessem por que a loba iria querer ou precisar abrir um portal para outro mundo.

Os olhos de Micah passaram de entediados a irritados e francamente glaciais.

Quando Hunt terminou, o governador olhou de um para o outro.

— Precisam de evidências.

— Vamos consegui-las — prometeu Hunt.

Micah os observou, o rosto sombrio como o Fosso.

— Me procurem quanto tiverem provas concretas. Ou se encontrarem aquele chifre. Se alguém está disposto a tanto por causa da relíquia, existe uma maldita chance de terem encontrado um jeito de consertá-la. Não vou colocar a cidade em risco por causa de uma cadela com sede de poder. — Bryce podia jurar que a tatuagem de espinhos na testa de Hunt escureceu quando seus olhos encontraram os do arcanjo. — Não faça cagada, Athalar. — Sem outra palavra, Micah bateu as asas e disparou para o céu noturno.

Hunt suspirou, observando a pilha de cinzas.

— Babaca.

Bryce esfregou os braços com as mãos. O olhar do anjo disparou para ela, percebendo o gesto. O frio que a invadia nada tinha a ver com a noite de primavera. Ou com a tempestade prestes a desabar.

— Vamos — disse ele, com suavidade, girando o braço ferido para testar sua força. — Acho que consigo nos voar até seu apartamento.

Ela observou as equipes ocupadas, os metamorfos rastreadores já se embrenhando entre as árvores à caça de pegadas antes que a chuva as varresse.

— Não precisamos ser interrogados?

Ele estendeu a mão.

— Sabem onde nos encontrar.

* * *

Ruhn chegou ao jardim noturno pouco depois da partida de sua irmã e de Hunt Athalar, de acordo com Naomi Boreas, comandante da 33ª Infantaria. A anjo que não levava desaforo para casa tinha dito apenas que ambos estavam bem, e dera meia-volta para receber uma atualização de um capitão de unidade sob seu comando.

Tudo que restou do kristallos foi uma mancha calcinada e alguns esguichos de sangue cristalino, como gotas de água da chuva sobre pedra e musgo.

O príncipe se aproximou de uma rocha talhada na lateral do caminho. Abaixando-se, pegou a faca da bota e dirigiu a lâmina para uma poça do sangue incomum agarrada a algum líquen antigo.

— Eu não faria isso.

Ele conhecia a bela voz... a cadência firme, controlada. Olhou por sobre o ombro e viu a medbruxa da clínica parada atrás de si, o cabelo cacheado preto emoldurando o belo rosto. Mas aqueles olhos fitavam o sangue.

— A saliva é venenosa — explicou ela. — Mas não sabemos que outros horrores se escondem no sangue.

— Não afetou o musgo — argumentou ele.

— Sim, mas era um demônio criado para um propósito específico. Seu sangue pode parecer inofensivo para seres não sencientes, mas perigoso para todo o restante.

Ruhn se sobressaltou.

— Reconheceu o demônio?

A bruxa pestanejou, como se tivesse sido flagrada.

— Meus tutores eram bem velhos, como já disse. Exigiam que eu estudasse textos antigos.

Ruhn se levantou.

— Podíamos tê-la consultado no passado.

— Não havia completado meu treinamento na época. — Uma evasiva. Ruhn franziu o cenho. A bruxa deu um passo para trás. — Eu estava pensando, príncipe — disse ela, recuando. — Sobre o que me perguntou. Investiguei a questão, e existe uma pesquisa... com potencial. Preciso sair da cidade por uns dias para cuidar de um assunto pessoal, mas, quando voltar e revisar tudo minuciosamente, vou enviar para você.

— Ruhn! — O grito de Flynn cortou o caos do time de investigação que os rodeava.

O feérico olhou por sobre o ombro para pedir que o amigo esperasse dois malditos segundos, mas um movimento da bruxa chamou sua atenção.

Não havia visto a vassoura estacionada ao lado da árvore, mas com certeza a avistou naquele momento, quando a jovem disparou para o céu, o cabelo como uma cortina escura às costas.

— Quem era aquela? — perguntou Flynn, apontando com a cabeça na direção da bruxa que se distanciava.

— Não sei — respondeu Ruhn, baixinho, encarando-a através da noite.

47

A tempestade desabou quando estavam a dois quarteirões do prédio de Bryce, ensopando-os em segundos. A dor lancetava o antebraço e o ombro de Hunt quando ele pousou no telhado, mas o anjo a engoliu. Bryce ainda estava trêmula, o rosto alheio o suficiente para que ele não a soltasse de imediato ao colocá-la de pé no piso molhado de chuva.

Ela ergueu o olhar para o anjo quando percebeu os braços dele ainda em sua cintura.

Hunt não conseguiu reprimir a carícia do polegar nas costelas da semifeérica. Não conseguiu evitar repeti-la uma segunda vez.

Bryce engoliu em seco, e ele acompanhou cada oscilar daquela garganta. A chuva que corria pelo pescoço, o pulso latejando delicadamente sob a pele.

Antes que ele pudesse reagir, ela se inclinou, abraçando o anjo. Apertou com força.

— Hoje foi um dia ruim — disse ela, contra o peito encharcado dele.

Hunt a envolveu nos braços, desejando que o próprio calor aquecesse o corpo trêmulo.

— Sim.

— Fico feliz que não tenha morrido.

Hunt bufou uma risada, enterrando o rosto no pescoço da fêmea.

— Eu também.

Os dedos de Bryce se crisparam na coluna do anjo, gentis e exploradores. Cada um dos sentidos de Hunt se resumia àquele toque. Subitamente desperto.

— Devíamos sair da chuva — murmurou ela.

— Devíamos — ecoou ele. E não se mexeu.

— Hunt.

Não sabia dizer se o nome era um aviso ou uma exigência ou algo mais. Pouco se importou enquanto roçava o nariz na coluna molhada de chuva daquele pescoço. Porra, como ela cheirava bem.

Ele repetiu o gesto, incapaz de se conter ou de se fartar daquele perfume. Ela inclinou o queixo de leve. Apenas o bastante para expor mais o pescoço ao anjo.

Inferno, sim. Hunt quase gemeu as palavras conforme se permitia aconchegar o rosto naquele pescoço macio, delicioso, ávido como um maldito vampiro por aquilo, cheirá-la, prová-la.

A sensação suplantando cada instinto, cada dolorosa lembrança, cada promessa que já fizera.

Os dedos de Bryce apertaram suas costas... em seguida começaram a acariciá-las. O anjo praticamente ronronou.

Não se permitiu pensar, não enquanto roçava os lábios no ponto em que havia aninhado o rosto. Ela se arqueou ligeiramente contra ele. Contra a rigidez contida pelo couro reforçado da armadura.

Engolindo outro gemido no pescoço de Bryce, Hunt abraçou com mais força o corpo macio, quente, e desceu as mãos para aquela bunda perfeita e linda, que o havia atormentado desde o maldito primeiro dia, e...

A porta de metal para o terraço se abriu. Hunt já tinha empunhado a arma e a apontava na direção do barulho quando Sabine a atravessou, rosnando.

— *Para trás.*

48

Hunt sopesou suas opções cuidadosamente.

Ele tinha uma arma apontada para a cabeça de Sabine. A loba tinha uma arma apontada para o coração de Bryce.

Qual dos dois era mais rápido? A pergunta martelava em seu crânio.

Bryce obedeceu à ordem de Sabine e colocou as mãos para cima. Hunt podia apenas imitá-la, posicionando-se atrás de Bryce, de modo que a semifeérica ficasse colada em seu peito e ele pudesse lhe envolver a cintura com a mão livre e apertá-la contra si. Conseguiria levantar voo rápido o bastante para se esquivar de uma bala?

Bryce não sobreviveria a um tiro à queima-roupa no coração. Morreria em segundos.

— Onde está seu amiguinho demônio? — Ela conseguiu perguntar sobre o tamborilar da chuva.

Sabine fechou a porta do telhado com um chute. As câmeras haviam sido desativadas. Algo necessário, ou a legião já estaria ali, tendo sido alertada por Marrin. As imagens deviam estar rodando em looping, exibindo algo inofensivo; como Sabine havia feito no Templo de Luna. Sinal de que ninguém, absolutamente ninguém, sabia o que se passava ali.

Devagar, Hunt começou a subir o braço bom pelo corpo trêmulo e ensopado de Bryce.

— Nem pense nisso, Athalar — cuspiu Sabine.

Ele interrompeu o movimento antes de conseguir proteger os seios de Bryce... o coração batendo ali embaixo. Sua armadura tinha blindagem suficiente para desviar uma bala. Para absorver o impacto. Era melhor que ele perdesse um braço, que poderia se regenerar, do que ela...

Não podia conceber a última palavra.

— Mandei ficarem fora disso. E, ainda assim, não me deram ouvidos... precisavam aparecer no Covil, fazendo perguntas que não tinham *nenhum direito* de fazer.

— Fizemos as perguntas porque você matou Danika, sua vadia psicótica — rosnou Bryce.

Sabine ficou completamente imóvel. Quase tão imóvel quanto um feérico.

— Acha que fui *eu*?

Hunt sabia que a loba era um livro aberto cujas páginas ela jamais tentara esconder. Seu choque era genuíno.

— Acha que matei minha própria filha? — sibilou ela, enquanto a chuva pingava de seu rosto estreito e anguloso.

Bryce tremia tanto que Hunt precisou ampará-la com mais força, então explodiu:

— Você a matou porque Danika ia tomar seu lugar como a Prima, você roubou o chifre para diminuí-la, e tem invocado aquele demônio para matar qualquer um que possa ter testemunhado algo e humilhar Micah na Cimeira...

Sabine riu, um som baixo e oco.

— Quanta besteira.

— Você apagou a gravação do roubo do chifre do templo. Nós conferimos — rosnou Hunt. — Você mentiu sobre a presença de Danika no local naquela noite. E resmungou sobre sua filha ser incapaz de manter a boca fechada na noite de sua morte. Tudo de que precisamos para provar que matou Danika é ligá-la ao demônio kristallos.

Sabine abaixou a arma, recolocando a trava. A loba tremia de raiva mal contida.

— Não roubei coisa alguma, seus malditos idiotas. E não matei minha filha.

Hunt não ousou baixar a própria arma. Nem soltar Bryce.

Não enquanto Sabine declarava, fria e abatida:

— Eu a estava protegendo. *Danika* roubou o chifre.

49

— Danika não roubou coisa alguma — sussurrou Bryce.

O frio a engolfava. Apenas o braço de Hunt em sua cintura a mantinha de pé, o corpo do anjo uma parede cálida a suas costas.

Os olhos castanho-claros de Sabine — o mesmo tom dos de Danika, mas despidos de calor — brilhavam impiedosos.

— Por que acha que troquei as imagens? Ela pensou que o blecaute a protegeria, mas não foi esperta o suficiente para cogitar que o áudio poderia estar sendo gravado e que captaria cada um de seus passos conforme deixava seu posto para roubar o chifre e então retornava um minuto mais tarde, de volta à patrulha, como se não tivesse cuspido na cara da deusa. Se ela provocou o blecaute para roubar a relíquia ou se aproveitou a oportunidade, não sei.

— Por que ela roubaria o chifre? — Bryce mal conseguiu pronunciar as palavras.

— Porque era uma pirralha mimada que queria testar os próprios limites. Assim que recebi o alerta sobre o roubo do chifre, examinei os vídeos e troquei os arquivos em todos os bancos de dados. — O sorriso de Sabine parecia um talho cruel. — Limpei as merdas que ela fez... como fiz a vida toda. E, vocês dois, ao fazerem suas *perguntas*, ameaçaram destruir o legado que ela deixou.

As asas de Hunt se abriram de leve.

— Você mandou aquele demônio atrás de nós hoje à noite...

As sobrancelhas pálidas de Sabine formaram um traço.

— Que demônio? Fiquei esperando aqui a noite toda. Pensei sobre sua maldita e estúpida visita ao *meu* Covil, e cheguei à conclusão de que precisavam de um lembrete efetivo para ficarem longe do caso. — Ela arreganhou os dentes. — Amelie Ravenscroft está do outro lado da rua, prestes a fazer uma ligação caso saia da linha, Athalar. Ela diz que estavam dando um espetáculo há poucos instantes. — Um sorriso presunçoso, maldoso.

Bryce corou e deixou que Hunt checasse a informação. Pelo modo como enrijeceu, soube que era verdade.

— E quanto ao que eu disse na noite em que ela morreu — continuou Sabine. — Danika não conseguia manter o bico fechado... sobre nada. Eu sabia que ela havia roubado o chifre, e sabia que provavelmente alguém a tinha matado por isso, porque ela não conseguia ficar calada. — Outra risada fria. — Tudo que fiz foi para proteger minha filha. Minha filha arrogante e imprudente. Tudo que *você* fez foi ser uma má influência.

O rugido de Hunt varou a noite.

— Cuidado, Sabine.

Mas a alfa apenas bufou.

— Vão se arrepender de ter cruzado meu caminho. — Ela caminhou até a beirada do telhado, o poder ribombando em uma fraca aura a seu redor enquanto analisava o mesmo salto que Bryce cogitara dar um ano e meio antes. Mas Sabine seria capaz de aterrissar graciosamente na calçada. A loba olhou sobre o ombro esbelto, as presas se alongando conforme concluía: — Não matei minha filha. Mas, se colocarem seu legado em risco, vou matar *vocês*.

Em seguida saltou, transmutando-se em um clarão suave enquanto Hunt corria até a beirada. Mas Bryce já sabia o que ele iria ver: uma loba, pousando na calçada com leveza e desaparecendo na escuridão.

50

Hunt não tinha percebido como a revelação de Sabine havia abalado Bryce até a manhã seguinte. A semifeérica não saiu para correr. Quase se atrasou para o trabalho.

Tomou uma xícara de café, mas dispensou os ovos que ele havia feito. Mal trocara três palavras com o anjo.

Sabia que ela não estava irritada com ele, que estava apenas... processando tudo.

Se aquele processo envolvia o que quase haviam feito no telhado, não ousou perguntar. Não era o momento. Mesmo que ele tivesse precisado de um banho frio, muito frio, logo depois. E resolver o problema com as próprias mãos. Foi na intenção do rosto de Bryce, da lembrança de seu perfume e daquele gemido rouco que ela deixara escapar quando colou o corpo ao seu, que ele gozara, com tamanha intensidade que tinha visto estrelas.

Mas aquilo era o menor de seus problemas, aquela coisa entre os dois. Fosse o que fosse.

Graças aos deuses, o ataque no parque não havia vazado para a imprensa.

Bryce mal conversou depois do trabalho. Ele lhe fizera o jantar, e ela brincou com a comida, então se recolheu antes das nove. Com certeza não rolou qualquer abraço terminado em sarrada.

O dia seguinte foi igual. E o seguinte.

Estava disposto a deixá-la em paz. Os deuses sabiam que, às vezes, até ele precisava de um tempo. Toda vez que matava para Micah, por exemplo.

Tinha mais juízo do que sugerir que Sabine mentira, afinal não havia desculpa melhor do que acusar alguém morto. Sabine era, sim, um monstro, mas Hunt jamais a acusaria de mentirosa.

A investigação estava cheia de impasses, e Danika morrera... pelo quê? Por um antigo artefato que não funcionava. Que não funcionava havia quase quinze mil anos, e nunca funcionaria de novo.

Danika teria tentado ela própria consertar e usar o chifre? Por qual motivo, não fazia ideia.

Sabia que tais pensamentos inquietavam Bryce. Por cinco malditos dias, a semifeérica mal comera. Apenas saía para o trabalho, dormia e voltava ao trabalho.

Toda manhã ele preparava o café. Toda manhã ela ignorava o prato que o anjo lhe servia.

Micah havia ligado apenas uma vez, para perguntar se tinham conseguido alguma prova contra Sabine. Hunt mal tinha respondido que *Era um beco sem saída*, e o governador desligara, a raiva pelo caso ainda não solucionado quase tangível.

Aquilo fora dois dias antes. Hunt ainda estava à espera do inevitável.

— Achei que procurar armas fatais e antigas seria excitante — lamentou Lehabah, sentada em seu pequeno divã, assistindo a programas vespertinos genuinamente idiotas sem prestar muita atenção.

— Eu também — resmungou Bryce.

Hunt ergueu os olhos de um relatório de evidências que estivera folheando, prestes a responder, quando a campainha tocou. O rosto de Ruhn apareceu na imagem da câmera de segurança, e Bryce deixou escapar um longo suspiro antes de, silenciosamente, apertar o botão e deixar o feérico entrar.

Hunt girou o ombro rígido. O braço ainda latejava um pouco, eco do veneno letal que havia extirpado a magia de seu corpo.

As botas pretas apareceram nos degraus acarpetados segundos depois. Aparentemente a porta aberta da biblioteca tinha fornecido ao príncipe a pista de onde o grupo se encontrava. De imediato, Lehabah zuniu pelo espaço, faíscas em seu rastro, conforme sorria e dizia:

— *Vossa Alteza!*

Ruhn abriu um meio-sorriso, os olhos logo pousando em Bryce. Não lhe passou despercebida a exaustão silenciosa e preocupada.

— A que devemos a honra?

Ruhn se sentou em uma cadeira do lado oposto da mesa coberta de livros. Áster, embainhada a suas costas, não refletia as luzes da biblioteca.

— Vim ver como andam as coisas. Algo novo?

Nenhum deles havia lhe contado sobre Sabine. E, aparentemente, nem Declan.

— Não — respondeu Bryce. — Alguma novidade sobre o chifre?

Ruhn ignorou a pergunta.

— O que há de errado?

— Nada. — Bryce endireitou a coluna.

Ruhn parecia prestes a discutir com sua prima, então Hunt fez aos dois — e a si mesmo, se fosse honesto — um favor e disse:

— Estamos esperando o retorno de um contato na Casa das Muitas Águas sobre um possível padrão nos ataques do demônio. Descobriu alguma informação sobre a capacidade de anular magia do kristallos?

Dias haviam se passado e ele ainda não conseguia parar de pensar no assunto. Na sensação de ver o poder apenas estalar e morrer em suas veias.

— Não. Ainda não descobri nada sobre a criação do kristallos, exceto que foi feito a partir do sangue do primeiro Príncipe Estrelado e da essência do próprio Comedor de Estrelas. Nada sobre a capacidade de anular magia. — Ruhn assentiu para o anjo. — Nunca encontrou um demônio capaz disso?

— Nunca. Feitiços de bruxa e pedras gorsianas renegam magia, mas aquilo foi diferente.

Ele havia lidado com ambos. Antes que o tivessem tolhido com a tinta de bruxa em sua testa, eles o haviam acorrentado com algemas de pedras gorsianas, das montanhas Dolos. Um metal raro, cujas propriedades entorpeciam o fluxo da magia, destinado a altos inimigos do império; a própria Corça era particularmente adepta de seu uso conforme ela e seus inquisidores subjugavam os vanir entre os espiões rebeldes e seus líderes. Por anos, boatos de que os rebeldes vinham testando modos de transformar o metal em um spray que pudesse ser aspergido sobre os guerreiros vanir nos campos de batalha circulavam pelos quartéis da 33ª.

Ruhn indicou o antigo livro que havia deixado na mesa dias antes, ainda aberto no trecho sobre os feéricos Estrelados.

— Se o próprio Comedor de Estrelas imbuiu o kristallos com sua essência, é daí que vem a capacidade do demônio de absorver magia. Assim como o sangue do príncipe Pelias lhe deu a habilidade de rastrear o chifre.

Bryce franziu o cenho.

— E aí, seu sentido de Escolhido não captou nenhum indício do chifre?

Ruhn cutucou a argola de prata em seu lábio inferior.

— Não. Mas pela manhã recebi uma mensagem de uma medbruxa que conheci outro dia... a que atendeu Hunt no jardim noturno. É um tiro no escuro, mas ela mencionou que existe uma droga relativamente nova no mercado, cujo uso começou a ser liberado. Magia de cura sintética. — Hunt e Bryce se enrijeceram. — Pode ter alguns efeitos colaterais sinistros se não for administrada com cautela. A bruxa não teve acesso à fórmula ou aos testes, mas disse que pesquisas comprovaram que seu poder de cura é quase o dobro do da primalux.

— Acha que uma coisa assim pode consertar o chifre? — indagou Bryce.

— É uma possibilidade. E se encaixa naquela charada da luz que não é luz, magia que não é magia para curar o chifre. É meio do que se trata esse composto sintético.

Os olhos da semifeérica faiscaram.

— E... já está disponível?

— Ao que parece, chegou ao mercado em algum momento dos últimos anos. Ninguém testou a droga em objetos inanimados, mas quem sabe? Se magia real não pode consertá-lo, talvez uma substância sintética consiga.

— Jamais ouvi falar de magia sintética — argumentou Hunt.

— Nem eu — admitiu Ruhn.

— Então descobrimos um potencial modo de reparar o chifre — refletiu Bryce. — Mas não o paradeiro do chifre. — Ela suspirou. — E ainda não sabemos se Danika roubou o chifre em um impulso ou com algum propósito definido.

Ruhn se sobressaltou.

— Danika fez *o quê*?

Bryce abriu uma careta, em seguida inteirou o príncipe de tudo o que haviam descoberto. Quando terminou, o feérico se recostou na cadeira, a perplexidade visível em cada traço do rosto.

— Independentemente de Danika ter roubado o chifre por diversão ou com alguma finalidade, não muda o fato de que ela o roubou. — Hunt quebrou o silêncio.

— Acha que ela o queria para si? Para consertá-lo e usá-lo? — perguntou Ruhn, com cautela.

— Não — respondeu Bryce, em voz baixa. — Não, Danika pode ter escondido coisas de mim, mas eu conhecia sua índole. Ela jamais teria cobiçado uma arma tão perigosa quanto o chifre... uma ameaça de tamanho vulto para o mundo. — Ela esfregou as mãos no rosto. — Seu assassino ainda está à solta. Danika deve ter roubado o chifre para impedir que o pegassem. E a mataram por isso, mas não devem ter encontrado a relíquia, se ainda estão conjurando o kristallos para caçá-lo. — Ela gesticulou para a espada de Ruhn. — Essa coisa não pode ajudá-lo a achar o chifre? Ainda penso que atrair o assassino com ele é a maneira mais eficaz de o pegarmos.

Ruhn balançou a cabeça.

— A espada não funciona assim. Além de ser exigente sobre quem a empunha, Áster não tem poder sem o punhal.

— O punhal? — perguntou Hunt.

Ruhn desembainhou a espada, o metal cantando, e a pousou na mesa entre eles. Bryce se inclinou para longe da lâmina quando um ponto de luz estelar cantou ao longo do guarda-mão e brilhou na ponta.

— Chique — disse Hunt, recebendo um olhar feio de Ruhn, que havia erguido uma sobrancelha para Bryce, sem dúvida esperando algum tipo de reverência diante de uma espada mais antiga que aquela cidade, mais antiga que o primeiro passo dos vanir em Midgard.

— A espada faz parte de um duo — explicou Ruhn. — Um longo punhal foi forjado com o irídio extraído do mesmo meteorito que se chocou contra nosso velho mundo. — O mundo que os feéricos haviam abandonado para atravessar a Fenda do Norte e entrar em Midgard. — Mas perdemos o punhal faz eras. Nem mesmo os Arquivos Feéricos têm o registro de como se extraviou, mas parece que foi em algum momento durante as Primeiras Guerras.

— É uma das inúmeras e insanas profecias feéricas — resmungou Bryce. — *Quando punhal e espada se unirem, então o mesmo fará nosso povo.*

— Está literalmente gravado sobre a entrada dos Arquivos Feéricos... seja lá o que quer dizer — emendou Ruhn.

Bryce abriu um sorriso discreto diante da interrupção.

Hunt sorriu. Aquele pequeno sorriso foi como um raio de sol depois de dias de chuva.

Bryce fingiu não notar a expressão do anjo, mas Ruhn lhe lançou um olhar incisivo.

Como se o príncipe soubesse de cada pensamento obsceno que tinha lhe passado pela cabeça, tudo o que havia imaginado enquanto se tocava, desejando que fosse a boca de Bryce a fazê-lo, suas mãos, o corpo macio.

Merda... estava atolado até o pescoço naquela merda.

Ruhn apenas bufou, como se soubesse daquilo também, e embainhou a espada novamente.

— Gostaria de visitar os Arquivos Feéricos — suspirou Lehabah. — Imagine toda aquela história milenar, todos aqueles gloriosos objetos.

— Acesso restrito, apenas para os olhos dos herdeiros puro-sangue — finalizou Bryce, com um olhar penetrante para Ruhn.

O príncipe ergueu as duas mãos.

— Tentei mudar as regras — disse ele. — Sem sucesso.

— Eles permitem visitantes nos principais feriados — comentou Lehabah.

— A partir de uma lista pré-aprovada — argumentou Bryce. — E duendes de fogo *não* estão nela.

Lehabah virou de lado, apoiando a cabeça na mão flamejante.

— Eles me deixariam entrar. Sou descendente da Rainha Ranthia Drahl.

— Sim, e eu sou a sétima asteri — rebateu Bryce, com ironia.

Hunt tomou o cuidado de não reagir ao tom. A primeira centelha que havia visto em dias.

— Eu sou — insistiu a duende, virando-se para Ruhn. — Ela era minha tatara-tataravó, que foi deposta nas Guerras dos Elementais. Nossa família caiu em desgraça...

— A história muda toda vez — explicou Bryce a Hunt, cujos lábios se retorciam.

— Não muda — queixou-se Lehabah. Ruhn também estava rindo agora. — Tivemos uma chance de recuperar o título, mas minha tatara-tataravó foi expulsa da Cidade Eterna por...

— Expulsa.

— Sim, *expulsa*. Falsamente acusada de tentar roubar o consorte real da rainha impostora. Ela estaria se revirando nas próprias cinzas se soubesse o que aconteceu a sua última descendente. Pouco mais que um pássaro numa gaiola.

Bryce tomou um gole de água.

— É neste momento, rapazes, que ela arrecada dinheiro para comprar a própria liberdade.

Lehabah enrubesceu.

— *Não* é verdade. — Ela apontou um dedo para Bryce. — Minha *bis*avó lutou ao lado de Hunt contra os anjos... e *isso* foi o fim da liberdade de meu povo.

As palavras crepitaram pelo anjo. Todos o encaravam.

— Lamento. — Não tinha outras palavras em sua mente.

— Ah, Athie — disse Lehabah, voando até ele e enrubescendo. — Não quis dizer... — Ela apoiou o rosto nas mãos. — Não culpo *você*.

— Liderei todos em batalha. Não vejo como culpar outra pessoa pelo que aconteceu com seu povo por causa da rebelião. — As palavras soaram tão vazias quanto pareciam.

— Mas Shahar liderou *você* — disse Danaan, os olhos azuis atentos a tudo.

Hunt se arrepiou ao som daquele nome nos lábios do príncipe. Mas se pegou olhando para Bryce para se torturar com a maldita anuência que encontrou em seu semblante.

Apenas tristeza brilhava ali. E algo como compreensão. Como se ela o enxergasse, como ele a enxergou no campo de tiro, assimilando cada um de seus cacos e pouco se importando com quão afiados eram. Sob a mesa, a ponta do sapato de salto roçou sua bota. Uma pequena confirmação de que sim... ela via sua culpa, a dor, e não iria se esquivar. O anjo sentiu um aperto no peito.

Lehabah pigarreou.

— Alguma vez visitou os Arquivos Feéricos de Avallen? — perguntou a Ruhn. — Ouvi dizer que são ainda mais grandiosos que os daqui. — Ela rodopiou uma espiral de chamas no dedo.

— Não — respondeu Ruhn. — Mas os feéricos da ilha das brumas são ainda menos acolhedores que os daqui.

— Gostam de ostentar sua riqueza, não gostam? — comentou Lehabah, encarando Bryce. — Igual a você, BB. Gastando só com você e nunca comprando nada bonito para mim.

Bryce afastou o pé.

— Não compro narguilé de morango quase toda semana?

Lehabah cruzou os braços.

— Não conta como presente.

— Diz a duende que se tranca naquela pequena redoma de vidro, queima fumo a noite toda e me manda deixá-la em paz até ter acabado. — Ela se recostou na cadeira, presunçosa como um gato, e Hunt quase riu de novo ao ver o brilho naquele olhar.

Bryce pegou o telefone do anjo de cima da mesa e tirou uma foto sua antes que ele pudesse protestar. Em seguida uma de Lehabah. E outra de Syrinx.

Se Ruhn percebeu que ela não se preocupou em tirar uma foto dele, não disse nada. Embora Hunt pudesse jurar que a sombras se adensaram no cômodo.

— Tudo que quero, BB — começou Lehabah —, é um pouco de reconhecimento.

— Deuses me livrem — resmungou Bryce. Até mesmo Ruhn sorriu com aquela declaração.

O telefone do príncipe tocou, e ele o atendeu antes que Hunt pudesse ver quem era.

— Flynn.

Hunt ouviu vagamente a voz de Flynn.

— Precisam de você no quartel. Alguma briga idiota sobre a namorada de alguém ter dormido com outra pessoa. E, sinceramente, estou cagando para isso, mas eles se machucaram de verdade.

Ruhn suspirou.

— Chego aí em quinze minutos — disse ele, e desligou.

— Precisa mesmo moderar esse tipo de briga? — perguntou Hunt.

Ruhn passou a mão pelo punho de Áster.

— Por que não?

— Porque você é um príncipe.

— Não sei como consegue fazer disso um insulto — grunhiu Ruhn.

— Por que não... cuidar das merdas importantes? — argumentou Hunt.

— Porque o papai tem medo dele. — Bryce respondeu por ele.

Ruhn lhe lançou um olhar de aviso.

— Ele me suplanta em poder *e* hierarquia.

— E, no entanto, o rei fez questão de subjugá-lo desde sempre; como se você fosse alguma espécie de animal a ser domado. — Ela pronunciou as palavras com suavidade, mas Ruhn enrijeceu.

— Estava tudo bem — disse Ruhn, tenso. — Até você chegar.

Hunt se preparou para a tempestade iminente.

— Ele estava vivo da última vez que um Príncipe Estrelado surgiu, sabe. Nunca se perguntou o que aconteceu a ele? Por que morreu antes de fazer a Descida? — perguntou Bryce.

Ruhn empalideceu.

— Não seja estúpida. Houve um acidente durante o Ordálio.

Hunt manteve a expressão neutra, mas Bryce apenas se recostou na cadeira.

— Se é o que diz.

— Você ainda acredita naquela merda da qual tentou me convencer quando criança?

Ela cruzou os braços.

— Queria abrir seus olhos para a verdadeira natureza do rei antes que fosse tarde demais para você também.

Ruhn pestanejou, mas se endireitou, balançando a cabeça enquanto se erguia da cadeira.

— Acredite em mim, Bryce, sei há tempos o que ele é. Porra, tive de conviver com ele. — Ruhn assentiu na direção da mesa bagunçada. — Se eu descobrir algo novo sobre o chifre ou a magia sintética de cura, aviso. — Então encontrou o olhar de Hunt e acrescentou: — Tome cuidado.

Hunt abriu um sorriso franco que dizia ao príncipe que sabia exatamente em relação a que devia *tomar cuidado*. E não dava a mínima.

* * *

Dois minutos depois da partida de Ruhn, a campainha da porta da frente tocou de novo.

— O que diabo ele quer agora? — resmungou Bryce, pegando o tablet que Lehabah tinha usado para assistir a seus programas toscos e consultando a imagem da câmera da frente.

A semifeérica deixou escapar um gritinho. Uma lontra em um colete refletivo amarelo se erguia nos flancos traseiros, uma pequena pata no botão mais baixo do interfone, que Bryce havia obrigado Jesiba a instalar para os clientes verticalmente deficientes. Na esperança de que um dia, de algum modo, encontraria um mensageiro peludo e bigodudo parado na soleira.

Bryce disparou da cadeira um segundo depois, os passos rápidos sobre o carpete conforme corria pelas escadas.

A mensagem que a lontra trazia vinha de Tharion, doce e curta. *Acredito que seja de seu interesse. Beijos, Tharion.*

— Beijos? — perguntou Hunt.

— Obviamente, são para você — respondeu ela, ainda sorrindo por causa da lontra. Tinha lhe dado um marco de prata, em troca do qual recebera um torcer de bigodes e um pequeno vislumbre de presas.

Aquele tinha sido, facilmente, o ponto alto de seu dia. De sua semana. De seu ano.

Sinceramente, de toda sua vida.

À mesa da sala de exposição, Bryce tirou a carta de Tharion de cima da pilha enquanto Hunt começou a folhear algumas das páginas abaixo.

O sangue se esvaiu de seu rosto ao ver a foto na mão do anjo.

— Isso é um corpo?

Hunt grunhiu.

— O que restou de um depois que Tharion o arrancou do covil de um sobek.

Bryce não conseguiu reprimir o arrepio que lhe atravessou a coluna. Tendo em média 7 metros e mais de uma tonelada de músculos cobertos de escamas, sobeks estavam entre os mais letais predadores a habitar o rio. Perversos, fortes e com dentes que podiam partir uma pessoa ao meio, um macho sobek adulto podia afugentar quase quaisquer vanir.

— Ele é louco.

Hunt bufou uma risada.

— Ah, com certeza.

Bryce franziu o cenho para a foto macabra, em seguida leu as anotações de Tharion.

— Ele diz que as marcas de mordida no torso não são compatíveis com presas de sobek. Essa pessoa já estava morta quando foi desovada no Istros. O sobek deve ter visto uma refeição fácil e a arrastou para sua toca a fim de saboreá-la mais tarde. — Engoliu em seco e de novo observou o corpo. Uma fêmea dríade. A cavidade torácica havia sido rasgada, coração e órgãos internos removidos, e marcas de mordida pontilhavam... — Esses ferimentos parecem com os que você recebeu do kristallos. E o laboratório das sereias calcula que a morte foi há cinco dias, julgando pelo estado de decomposição do corpo.

— A noite em que fomos atacados.

Bryce estudou o relatório.

— Havia veneno cristalino nas feridas. Tharion diz que conseguia senti-lo mesmo depois dos testes da perícia. — A maioria dos integrantes da Casa das Muitas Águas podia sentir o que fluía pelo corpo de alguém; doença e fraquezas e, aparentemente, venenos. — Mas, quando o testaram... — ela soltou o ar — a substância anulava a magia. — Tinha de ser o kristallos. Bryce se encolheu, continuando a leitura: — Ele pesquisou os registros de todos os corpos encontrados por sereias nos últimos anos. Encontrou dois com ferimentos idênticos e o mesmo veneno, na mesma época... — A semifeérica engoliu em seco. — Na época em que Danika e a matilha morreram. Uma dríade e um metamorfo raposa. Os dois dados como desaparecidos. Este mês, encontraram *cinco corpos* com as marcas e o veneno. Todos dados como desaparecidos algumas semanas depois do fato.

— Então são pessoas que não devem ter amigos íntimos ou família — argumentou Hunt.

— Talvez.

Bryce estudou a fotografia mais uma vez. Ela se obrigou a examinar os ferimentos. Um silêncio se abateu sobre eles, interrompido apenas pelo som distante do programa a que Lehabah assistia no andar de baixo.

— Não foi essa criatura que matou Danika — disse ela, em um tom de voz baixo.

Hunt passou a mão pelo cabelo.

— Podem ser múltiplos kristallos...

— Não — insistiu ela, pousando os papéis. — O kristallos não foi o que matou Danika.

Hunt franziu o cenho.

— Mas você estava presente. Você o viu.

— Eu o vi no corredor, não no apartamento. Danika, a matilha e as outras três vítimas recentes viraram *pasta*. — Ela mal conseguia suportar dizer aquilo, pensar naquilo outra vez.

Aqueles últimos cinco dias não foram... nada fáceis. Um passo depois do outro era o único modo de continuar depois do encontro desastroso com Sabine. Depois da bomba que a loba jogara a respeito de Danika. E se eles tivessem procurado a coisa errada todo aquele tempo...

Bryce ergueu a foto.

— As feridas não são iguais. O kristallos queria seu coração, seus órgãos. Não o transformar em um... monte de carne. Danika, a Matilha dos Demônios, Tertian, a acólita e a sentinela do templo... *nenhum* apresentava ferimentos assim. E *nenhum* tinha veneno no organismo. — Hunt apenas piscou para ela. A voz de Bryce falhou. — E se outra coisa apareceu? E se o kristallos foi invocado para procurar o chifre, mas algo pior esteve no apartamento naquela noite? Se alguém tem o poder de conjurar o kristallos, por que não invocaria múltiplos tipos de demônio?

Hunt ponderou a ideia.

— Mas não conheço nenhum demônio que desintegra suas vítimas assim. A não ser que seja outro horror antigo, direto do Fosso. — Ele esfregou o pescoço. — Se o kristallos matou a dríade... matou as pessoas cujos corpos acabaram jogados no rio pelos esgotos... então por que invocar duas espécies de demônios? O kristallos já é letal como o Inferno. — Literalmente.

Bryce jogou as mãos para cima.

— Não faço ideia. Mas, se tudo o que sabemos da morte de Danika está errado, então precisamos descobrir *como* ela morreu. Precisamos de alguém que possa dar outra opinião.

Ele esfregou o queixo.

— Alguma sugestão?

Ela assentiu devagar, o pavor revirando suas entranhas.

— Me prometa que não vai surtar.

51

— Invocar um demônio é uma péssima ideia — sussurrou Hunt, enquanto a noite caía além das cortinas fechadas do apartamento. — Especialmente se levarmos em consideração que foi o que nos meteu nessa confusão, em primeiro lugar.

Parados na sala do apartamento, com a iluminação suave e velas acesas ao redor de ambos, Syrinx aninhado em cobertores e trancado na gaiola no quarto da semifeérica, um círculo de sal branco os protegia.

O que os rodeava e jazia à frente no piso pálido, com um ranço de mofo e de podridão, era o oposto.

Bryce havia moído o bloco de sal de obsidiana em algum momento; provavelmente, usando o maldito processador de alimentos. Para algo que havia custado dez paus, Bryce não demonstrava o menor respeito. Ela havia enfiado o bloco de sal em um dos armários da cozinha, como se fosse um saco de batatas fritas.

Hunt não tinha se dado conta de que a semifeérica estava apenas esperando a hora de usá-lo.

Agora, havia desenhado dois círculos com o sal de obsidiana. O mais próximo da janela devia ter 1,50 metro de diâmetro. O outro era grande o bastante para abrigar ela e Hunt.

— Não vou perder meu tempo bisbilhotando pela cidade atrás de respostas sobre o tipo de demônio que matou Danika. Ir direto à fonte vai me poupar muita dor de cabeça — disse Bryce.

— Ir direto à fonte vai fazer com que acabe pulverizada em uma parede. Ou então presa por conjurar um demônio em uma zona residencial. — Merda. *Ele* devia prendê-la. Não?

— Ninguém gosta da polícia, Athalar.

— Eu *sou* da polícia.

Uma sobrancelha ruivo-escura se arqueou.

— Quase me enganou, Sombra da Morte.

Ela se uniu a ele dentro do círculo de sal. O longo rabo de cavalo aninhado na gola da jaqueta de couro, a luz das velas realçando os fios vermelhos.

Os dedos do anjo coçavam, como se ansiosos por tocar o sedoso rabo de cavalo. Percorrer as mechas. Enrolá-las no punho e puxar a cabeça de Bryce para trás, expondo de novo aquele pescoço a sua boca. Sua língua. Seus dentes.

— Meu *trabalho* é impedir que demônios entrem neste mundo — rosnou Hunt.

— Não vamos soltar o demônio — sibilou ela em resposta. — Isso é tão seguro quanto uma ligação telefônica.

— Então vai invocá-lo com um número profano? — Muitos demônios tinham um número associado a eles, como um antiquado endereço de e-mail.

— Não, não preciso de um. Sei onde encontrar esse demônio. — Ele começou a retrucar, mas ela o interrompeu: — O sal de obsidiana vai segurá-lo.

Hunt olhou para os círculos que Bryce desenhara, e em seguida suspirou. Tudo bem. Muito embora discutir com ela fosse tão estimulante quanto preliminares, também não queria perder tempo.

Mas, então, a temperatura na sala começou a cair. Rapidamente.

E, quando a respiração de Hunt começou a condensar, um macho humanoide apareceu, vibrando com um poder sombrio que embrulhou seu estômago...

Bryce sorriu para Hunt enquanto o coração do anjo parava de bater.

— Surpresa.

* * *

Bryce havia perdido a porra do juízo. Ele ia matá-la... isso se não acabassem os dois mortos nos próximos segundos.

— Quem é esse?

Gelo se formava na sala. Nenhuma roupa podia protegê-los do frio que aquele demônio trouxera consigo. Penetrava em cada camada, roubando o fôlego do peito de Hunt com garras crispadas. Um inalar trêmulo foi o único sinal do desconforto de Bryce enquanto ela continuava a encarar o círculo do outro lado do cômodo. O macho agora contido no interior da borda escura.

— Aidas — respondeu ela, com suavidade.

Hunt sempre havia imaginado o Príncipe do Desfiladeiro como os demônios de nível inferior que havia caçado ao longo dos séculos: escamas ou presas ou garras, força bruta, e rosnando com fúria cega e bestial.

Não aquele esbelto e pálido... garoto bonito.

O cabelo louro de Aidas chegava aos ombros em ondas suaves, solto, no entanto bem cortado ao redor do rosto de traços delicados. Sem dúvida, para destacar os olhos de opalas azuis, emoldurados por cílios densos, dourados. Aquelas pestanas se mexeram uma vez em um piscar apressado. Então a boca cheia, sensual, se abriu em um sorriso que revelou os dentes muito brancos e alinhados.

— Bryce Quinlan.

A mão de Hunt deslizou para sua arma. O Príncipe do Desfiladeiro sabia o nome da semifeérica... conhecia seu rosto. E o modo como o havia pronunciado era tanto uma saudação quanto uma pergunta, a voz aveludada.

Aidas reinava no quinto círculo do Inferno... O Desfiladeiro. E respondia apenas a dois outros: ao Príncipe do Abismo e ao Príncipe do Fosso, o sétimo e mais poderoso dos príncipes demônios. O Comedor de Estrelas em pessoa, cujo nome jamais era repetido daquele lado da Fenda do Norte.

Ninguém ousava pronunciar seu nome, não depois que o Príncipe do Fosso se tornou o primeiro e único indivíduo a matar um asteri. O assassinato da sétima estrela sagrada — Sirius, a Estrela do Lobo — durante as Primeiras Guerras continuava a canção predileta ao redor das fogueiras dos acampamentos de guerra. E o que ele havia feito a Sirius depois de matá-la lhe rendera seu terrível apelido: Comedor de Estrelas.

— Você apareceu como um gato da última vez. — Foi tudo o que Bryce disse.

Tudo. Que. Disse.

Hunt ousou desgrudar os olhos do Príncipe do Desfiladeiro para flagrar Bryce inclinando a cabeça em reverência.

Aidas enfiou as mãos nos bolsos do terno bem-cortado — o tecido mais preto do que o Desfiladeiro que habitava.

— Você era muito jovem na época.

Hunt firmou os pés no chão para impedir a vertigem. A semiférica havia encontrado o príncipe antes... como?

O choque devia estar escrito em seu rosto, porque ela lhe dirigiu um olhar que apenas podia ser interpretado como *Fica calmo, porra*, mas disse:

— Eu tinha 13 anos... não era *tão* jovem.

Hunt reprimiu o grunhido que teria sugerido o contrário.

Aidas inclinou a cabeça para o lado.

— Você também estava muito triste na ocasião.

Hunt precisou de um tempo para digeri-las... as palavras. O lance do passado, o lance de agora.

Bryce esfregou as mãos.

— Vamos falar de *você*, Vossa Alteza.

— Fico sempre feliz em fazê-lo.

Frio queimava os pulmões de Hunt. Suportariam apenas alguns minutos àquela temperatura, antes que suas habilidades de cura começassem a convulsionar. E, apesar do sangue feérico de Bryce, havia uma boa chance de que ela nem se recuperasse. Sem ter completado a Descida, a queimadura de frio poderia ser permanente para ela. Assim como qualquer dedo ou membro amputado.

— Você e seus colegas parecem estar agitados lá na escuridão.

— Sério? — Aidas franziu o cenho para os brilhantes sapatos de couro, como se conseguisse enxergar o Fosso dali. — Talvez você tenha invocado o príncipe errado, pois é a primeira vez que ouço falar do assunto.

— Quem está conjurando o demônio kristallos nesta cidade? — Palavras diretas, incisivas. — E o que matou Danika Fendyr?

— Ah, sim, fomos informados sobre... como Danika gritava enquanto era destrinchada.

O súbito silêncio de Bryce mostrou a Hunt que Aidas havia tocado em um ponto nevrálgico. Pelo sorriso enfeitando o rosto de Aidas, o Príncipe do Desfiladeiro também sabia.

— Sabe que demônio fez aquilo?

— Apesar do que sua mitologia alega, não estou ciente de todo movimento de cada ser no Inferno.

— Mas você sabe? Ou sabe quem o conjurou? — insistiu ela, tensa.

Os cílios dourados cintilaram quando piscou.

— Acha que eu o enviei?

— Não estaria parado aí se eu acreditasse nisso.

Aidas riu com suavidade.

— Nada de lágrimas dessa vez.

Bryce abriu um sorriso discreto.

— Você disse para que eu não os deixasse me ver chorar. Segui o conselho à risca.

O que diabo havia acontecido naquele primeiro encontro, doze anos antes?

— Informação não vem de graça.

— Diga seu preço.

Um tom azul tingia os lábios de Bryce. Teriam de cortar a conexão em breve.

Hunt ficou completamente imóvel conforme Aidas a estudava. Então os olhos do demônio registraram o anjo.

Ele piscou uma vez. Como se não tivesse percebido sua presença até aquele momento. Como se não tivesse se preocupado em notá-lo, não com Bryce a sua frente. Hunt registrou o fato, assim que Aidas murmurou:

— Quem é você.

Uma ordem.

— Colírio para os olhos — disse Bryce, passando o braço pelo de Hunt e se aproximando. Se atrás de calor ou suporte, ele não sabia dizer. Ela tremia. — E não está à venda. — Ela apontou para o halo na testa do anjo.

— Meus mascotes gostam de estraçalhar penas... seria uma troca justa.

Hunt sustentou o olhar do príncipe. Bryce o olhou de esguelha, o gesto esvaziado pelo bater dos dentes.

Aidas sorriu, estudando o anjo novamente.

— Um guerreiro Caído com o poder do... — As sobrancelhas bem-cuidadas do príncipe se ergueram em surpresa. Os olhos azuis como opalas se estreitaram em fendas... então faiscaram com a chama mais quente. — O que *você* faz com uma coroa preta na testa?

Hunt não ousou demonstrar surpresa com a pergunta. Nunca ouvira ninguém se referir a sua tatuagem assim... coroa preta. Halo, tinta de bruxa, marca da vergonha, mas jamais aquilo.

Aidas olhava de um para o outro. Com cautela. Não se importou em deixar Hunt responder à pergunta antes de abrir aquele terrível sorriso outra vez.

— Os sete príncipes habitam na escuridão e não se perturbam. Não temos interesse em seu reino.

— Eu até acreditaria nisso se você e seus irmãos não tivessem passado as últimas duas décadas forçando a Fenda do Norte — argumentou Hunt. — E se eu não tivesse de limpar sua bagunça.

Aidas inspirou, como se saboreando o ar em que as palavras de Hunt haviam sido lançadas.

— Você se dá conta de que pode não ser meu povo? A Fenda do Norte se abre para outros lugares... outros reinos, sim, mas também outros planetas. O que é o Inferno, se não um planeta distante, ligado ao seu por um sussurro no espaço e no tempo?

— O Inferno é um planeta? — Hunt franziu as sobrancelhas. A maioria dos demônios que havia matado e com que lidara não tinha sido capaz ou sentido inclinação de falar.

Aidas encolheu um dos ombros.

— É um lugar tão real quanto Midgard, embora a maioria de nós prefira que vocês não pensem assim. — O príncipe apontou para ele. — Sua espécie, Caído, foi criada em Midgard pelos asteri. Mas os feéricos, os metamorfos e muitos outros vieram dos próprios mundos. O universo é imenso. Alguns acreditam que infinito. Ou que nosso universo seja um em múltiplos, tão abundante quanto as estrelas no céu, ou os grãos de areia na praia.

Bryce lançou um olhar para Hunt que parecia dizer que ela também se perguntava o que diabo o príncipe andava fumando no Desfiladeiro.

— Está tentando desviar nossa atenção — disse Bryce, cruzando os braços. Cristais de gelo se esgueiravam pelo piso. — Não está forçando a Fenda do Norte?

— Os príncipes menores se ocupam disso... círculo um ao quatro — respondeu Aidas, a cabeça inclinada outra vez. — Aqueles de nós na verdadeira escuridão não têm necessidade ou interesse na luz do sol. Mas mesmo eles não mandaram o kristallos. Nossos planos não envolvem tais coisas.

— Sua espécie já quis viver aqui, no passado. Por que mudaria de ideia? — rosnou Hunt.

Aidas bufou uma risada.

— É tremendamente divertido ouvir as histórias que os asteri inventam para vocês. — Ele sorriu para Bryce. — O que cega um Oráculo?

Toda cor se esvaiu do rosto de Bryce à menção de sua visita ao Oráculo. Como Aidas sabia daquilo, Hunt podia apenas imaginar, mas ela somente rebateu:

— Que tipo de gato consulta um Oráculo?

— Uma resposta à altura. — Aidas colocou as mãos nos bolsos novamente. — Não sabia das suas preferências, agora que cresceu. — Um sorriso malicioso para Hunt. — Mas posso me apresentar mais como ele, se é o que lhe agrada, Bryce Quinlan.

— Melhor ainda: jamais se apresente de novo — sugeriu Hunt ao príncipe demônio.

Bryce apertou seu braço. Ele pisou no pé da semifeérica com força o bastante para fazê-la parar.

Mas Aidas riu, entre dentes.

— Sua temperatura está caindo. Devo partir.

— Por favor — implorou Bryce. — Apenas me diga se sabe o que matou Danika. Por favor.

Uma risada suave.

— Refaça os testes. Descubra o que está no meio.

O príncipe começou a desvanecer, como se uma ligação telefônica estivesse, de fato, sendo interrompida.

— Aidas — soltou ela, caminhando até o limite do círculo. Hunt sufocou o impulso de puxá-la para si. Em especial conforme a escuridão esgarçava a silhueta de Aidas. — Obrigada. Por aquele dia.

O Príncipe do Desfiladeiro vacilou, como se tentando se agarrar àquele mundo.

— Faça a Descida, Bryce Quinlan. — Ele tremeluziu. — E me encontre quando completá-la.

Aidas quase havia desaparecido quando emendou, as palavras como um fantasma se esgueirando pelo cômodo:

— O Oráculo não viu. Mas eu sim.

O silêncio pulsou em seu encalço conforme a sala se aquecia, a geada desaparecendo.

Hunt se virou para Bryce.

— Antes de mais nada — sibilou o anjo. — *Vá se foder* pela surpresa.

Ela esfregou as mãos, aquecendo-as.

— Você nunca me deixaria invocar Aidas se eu tivesse avisado antes.

— Porque podíamos estar *mortos* agora, porra! — Boquiaberto, continuou: — Você é louca?

— Eu sabia que ele não iria me machucar. Ou qualquer um que estivesse comigo.

— Quer me contar como *conheceu* Aidas quando você tinha 13 anos?

— Eu... Eu disse a você o que aconteceu entre mim e meu pai biológico depois de minha visita ao Oráculo. — A raiva do anjo amainou ao ver a dor refletida naquele rosto. — Então, depois, quando eu estava chorando em um dos bancos do parque do templo, um gato branco se aproximou. Tinha os mais etéreos olhos azuis. Eu sabia, mesmo antes de ele falar, que não era um gato... tampouco um metamorfo.

— Quem o invocou na época?

— Não sei. Jesiba me disse que os príncipes conseguem se esgueirar por fissuras em ambas as Fendas, assumido a forma de animais comuns. Mas, então, ficam confinados a esses corpos... sem nenhum poder, salvo a habilidade de falar. E só podem ficar por pouco tempo de cada vez.

Um tremor percorreu as asas cinzentas de Hunt.

— O que Aidas falou?

— Ele me perguntou: *O que cega um Oráculo?* E eu respondi: *Que tipo de gato consulta um Oráculo?* Ele havia ouvido os gritos quando entrou. Suponho que o tenham intrigado. Ele me pediu que parasse de chorar. Disse que aquilo apenas serviria para entreter aqueles que tinham me magoado. Que não devia lhes dar a satisfação de meu sofrimento.

— Por que o Príncipe do Desfiladeiro visitou o Oráculo?

— Ele jamais me contou. Mas ficou comigo até eu tomar coragem de voltar à casa de meu pai. Quando me lembrei de agradecer, ele já tinha partido.

— Estranho.

E... tudo bem, Hunt podia entender por que a semifeérica não havia se furtado de conjurá-lo, se o príncipe havia sido gentil no passado.

— Talvez um pouco da essência felina o tenha impregnado e ele estivesse apenas curioso sobre mim.

— Aparentemente, ele sentiu sua falta. — Uma questão importante.

— Ao que parece — esquivou-se ela. — Embora não nos tenha dado nenhuma pista.

O olhar de Bryce ficou vago conforme ela encarava o círculo vazio diante deles, em seguida pegava o telefone no bolso. Hunt conseguiu vislumbrar para quem a semifeérica ligava. *Declan Emmet.*

— Oi, B. — Ao fundo, o estrondo da música e o ribombar de riso masculino.

Bryce não se preocupou com amenidades.

— Recebemos uma dica para refazermos os testes... Imagino que se trate das vítimas e cenas de crime de alguns anos atrás. Você se lembra de alguma coisa que deva ser reexaminada?

— Eu faria um teste olfativo. Vai precisar das roupas — respondeu Declan, enquanto ao fundo Ruhn perguntava: *É Bryce?*

— Eles devem ter feito um teste olfativo há dois anos — argumentou a semifeérica.

— Fizeram o comum ou o Mimir? — perguntou Declan.

Hunt sentiu um nó no estômago. Em especial quando Bryce respondeu:

— Qual a diferença?

— O Mimir é melhor. É relativamente novo.

Bryce encarou Hunt, e o anjo balançou a cabeça devagar.

— Ninguém fez um teste Mimir — respondeu ela, a voz baixa ao telefone.

Declan hesitou.

— Bem... É basicamente tecnologia feérica. Nós a emprestamos para a Legião nos casos mais graves. — Uma pausa. — Alguém devia ter falado algo.

Hunt se preparou.

— Você tinha acesso a esse tipo de coisa há dois anos? — perguntou Bryce.

Declan hesitou novamente.

— Ah... merda.

Então Ruhn entrou na conversa.

— Bryce, recebemos ordens de não seguir essa linha de investigação. Foi considerada uma questão fora da alçada dos feéricos.

Desolação, raiva, mágoa explodiram em seu semblante. Os dedos se crisparam na lateral do corpo.

— O Rei Outonal é um verdadeiro babaca, sabe disso — disse Hunt, ciente de que Ruhn podia ouvi-lo.

— Vou dizer a ele pessoalmente — vociferou Bryce, e desligou.

— O quê? — exigiu o anjo. Mas ela já saía apressada do apartamento.

52

O sangue de Bryce fervia enquanto ela corria pela Praça da Cidade Velha, atravessando as ruas molhadas de chuva, até Cinco Rosas. As vilas brilhavam na garoa, casas suntuosas com gramados e jardins impecáveis, rodeados de grades de ferro trabalhado. Feéricos impassíveis ou sentinelas metamorfas das Tropas Auxiliares montavam guarda em cada esquina.

Como se seus moradores vivessem em abjeto terror de que os peregrini e os poucos escravizados da Cidade da Lua Crescente fossem saqueá-los a qualquer momento.

Ela disparou pela monstruosidade de mármore que era o prédio dos Arquivos Feéricos, coberto por cascatas de flores que adornavam suas muitas colunas. Rosas, jasmins, glicínias... tudo em perpétua floração, independentemente da estação do ano.

Correu por todo o caminho até a espaçosa vila branca revestida de rosas cor-de-rosa e até o portão de ferro fundido guardado por quatro guerreiros feéricos.

Eles bloquearam seu caminho enquanto Bryce estacava no lugar, as lajotas da rua escorregadias com a chuva.

— Deixem-me passar — disse ela, entre dentes, ofegante.

Eles sequer piscaram.

— Tem uma reunião com Sua Majestade? — perguntou um deles.

— Deixem-me passar — repetiu.

Ele soubera. O pai sempre soubera que havia testes para confirmar o que tinha matado Danika, e não fizera *nada*. Havia deliberadamente se esquivado.

Ela precisava vê-lo. Precisava ouvir de sua boca. Pouco lhe importava que horas eram.

A brilhante porta preta estava fechada, mas as luzes lá dentro estavam acesas. Ele estava em casa. Tinha de estar.

— Não sem hora marcada — disse o mesmo guarda.

Bryce deu um passo em sua direção e foi repelida... com força. Uma muralha de calor cercava o complexo, sem dúvida gerada pelos machos feéricos a sua frente. Um dos guardas sorriu com desdém. O rosto da jovem enrubesceu, os olhos ardiam.

— Vá dizer a seu *rei* que Bryce Quinlan precisa falar com ele. *Agora*.

— Volte quando tiver hora marcada, mestiça — retrucou uma das sentinelas.

Bryce esmurrou o escudo. O objeto nem se mexeu.

— *Diga a ele...*

Os guardas enrijeceram quando o poder sombrio e pujante pulsou às costas de Bryce. Um relâmpago lambeu os paralelepípedos. As mãos das sentinelas tocaram as espadas.

— A dama quer uma audiência com Sua Majestade — disse Hunt, a voz como um trovão.

— Sua Majestade não está disponível. — O guarda que falou havia obviamente notado o halo no cenho de Hunt. O desprezo que tomou seu rosto foi uma das coisas mais hediondas que Bryce já vira na vida. — Em especial para a escória Caída e vadias mestiças.

Hunt deu um passo em sua direção.

— Repita o que disse.

A zombaria ainda contorcia as feições do guarda.

— Uma vez não foi o bastante?

As mãos de Hunt se crisparam na lateral do corpo. O anjo faria aquilo, ela se deu conta. Ia pulverizar aqueles idiotas por ela, abrir caminho à força pelos portões de modo que ela pudesse falar com o rei.

No fim do quarteirão, Ruhn surgiu, envolto em sombras, o cabelo preto colado à cabeça. Flynn e Declan vinham logo atrás.

— Se afastem — ordenou Ruhn aos guardas. — Recuem já.

Não o fizeram.

— Nem mesmo você, príncipe, está autorizado a nos ordenar tal coisa.

As sombras de Ruhn rodopiavam sobre seus ombros como um par de asas fantasmas. Ele se virou para Bryce:

— Há outras batalhas mais valiosas para travar com ele. Esta não é uma delas.

Bryce se afastou alguns passos do portão, muito embora os guardas provavelmente pudessem ouvir cada palavra.

— Ele deliberadamente escolheu não ajudar com o que aconteceu a Danika.

— Alguns podem interpretar como obstrução de uma investigação imperial — argumentou Hunt.

— Vá se foder, Athalar — grunhiu Ruhn, então estendeu a mão para o braço de Bryce, mas ela recuou. Ele cerrou os dentes. — Você é membro dessa corte, sabe disso. Esteve envolvida em uma bagunça colossal. Ele decidiu que a melhor coisa para sua segurança era abandonar o caso, não apurar mais.

— Como se ele se importasse com minha segurança.

— Ele se importou o bastante para me designar como seu guarda-costas. Mas você preferiu brincar de casinha com Athalar.

— O rei quer encontrar o chifre para *si mesmo* — explodiu ela. — Não tem *nada* a ver comigo. — Apontou para a casa além do portão de ferro. — Entre ali e diga àquele monte de merda que não vou esquecer. *Jamais.* Duvido que ele se importe, mas diga a ele.

As sombras de Ruhn serenaram, dissipando-se em seus ombros.

— Lamento, Bryce. Sobre Danika...

— *Não* — sibilou ela. — Não se atreva a tocar no nome de Danika. Jamais repita o nome dela para mim outra vez.

Ela podia jurar... nem mesmo as sombras foram capazes de esconder a mágoa que cintilou no rosto do irmão, mas Ruhn deu meia-volta e encontrou Hunt a observando de braços cruzados.

— Vejo você no apartamento — Bryce comunicou ao anjo, e não se preocupou em dizer mais nada antes de sair em disparada.

* * *

Ela fizera uma cagada ao não contar a Hunt quem estava invocando. Bryce tinha de admitir.

Mas não uma cagada tão grande quanto os testes feéricos a que o pai havia recusado o acesso.

A semifeérica não voltou para casa. A meio caminho, tinha decidido ir para outro lugar. O Corvo Branco estava fechado, mas seu velho bar favorito serviria muito bem.

O Lete estava aberto e a todo vapor. O que veio a calhar, porque sua perna latejava de modo inclemente, e correr com aquelas sapatilhas estúpidas enchera seus pés de bolhas. Ela tirou os sapatos assim que se empoleirou em uma das banquetas de couro do bar, e suspirou quando os pés tocaram o bronze gelado da barra de apoio ao longo do balcão de madeira escura.

O bar não havia mudado nos dois anos desde que havia pisado pela última vez naquele assoalho, que se prestava a uma ilusão de ótica, pintado de preto e cinza, com cubos brancos. As colunas de cerejeira ainda se erguiam, como árvores, para formar o teto abobadado e trabalhado sobre o bar feito de vidro jateado e metal, linhas limpas e cantos quadrados.

Ela tinha enviado uma mensagem de texto para Juniper cinco minutos antes, convidando a amiga para um drinque. Ainda não recebera resposta. Então tinha prestado atenção às notícias na TV acima do balcão, que exibiam cenas dos lamacentos campos de batalha de Pangera, as cascas de armaduras mecânicas empilhadas como brinquedos quebrados, corpos, tanto humanos como de vanir, espalhados por quilômetros, os corvos já se deleitando.

Até mesmo o ajudante de garçom humano havia parado para assistir, o rosto contraído enquanto observava a carnificina. Uma ordem gritada pelo barman o fizera se mexer, mas Bryce flagrara o brilho nos olhos castanhos do jovem. A fúria e a determinação.

— Que diabo — murmurou ela, e virou uma golada do uísque a sua frente.

O gosto era tão acre e vil quanto lembrava... queimou ao descer. Precisamente o que queria. Bryce tomou outro gole.

Uma garrafa de algum tipo de tônico roxo foi colocada no balcão perto de seu copo.

— Para sua perna — explicou Hunt, sentando-se na banqueta ao lado da sua. — Beba.

Ela estudou o frasco de vidro.

— Você foi a uma medbruxa?

— Há uma clínica virando a esquina. Imaginei que você não sairia daqui tão cedo.

Bryce bebericou o uísque.

— Imaginou certo.

Ele deslizou o tônico mais para perto da semifeérica.

— Tome antes de terminar o drinque.

— Nenhum comentário sobre eu estar quebrando a regra do Nada de Álcool?

Ele se inclinou sobre o balcão, dobrando as asas.

— A regra é sua... pode revogá-la quando quiser.

Dane-se. Ela pegou o tônico, destampando o frasco, e tomou o líquido. Fez uma careta.

— Parece refrigerante de uva.

— Pedi a ela que o fizesse doce.

Ela bateu as pestanas.

— Porque eu sou doce, Athalar?

— Porque eu sabia que não ia tomar o remédio se tivesse gosto de desinfetante.

Ela levantou o uísque.

— Permita-me discordar.

Hunt gesticulou para o barman, pediu uma água.

— Então hoje correu tudo bem — disse a Bryce.

Ela bufou, rindo, e tomou mais um gole do uísque. Deuses, que gosto horrível. Por que engolia aquela droga?

— Magnificamente.

Hunt bebeu a água.

— Olhe, vou ficar aqui do seu lado até ficar completamente bêbada, se é o que quer, mas antes preciso dizer que existem melhores maneiras de lidar com tudo isso — avisou o anjo, depois de observá-la por um longo instante.

— Obrigada, mamãe.

— Falo sério.

O barman colocou outro uísque na frente de Bryce, mas ela não o tocou.

— Você não é a única pessoa a perder alguém que ama — disse ele, com cautela.

Ela apoiou a cabeça na mão.

— Me conte tudo sobre ela, Hunt. Vamos ouvir enfim a triste história, completa e sem censura.

Ele sustentou seu olhar.

— Não seja babaca. Estou tentando conversar com você.

— E eu estou tentando beber — rebateu ela, erguendo o copo para fazê-lo.

O telefone da semifeérica vibrou, e os dois olharam para o aparelho. Juniper havia finalmente respondido.

Não posso, desculpe. Ensaio. Então outro vibrar de Juniper. *Espere um pouco... por que está bebendo no Lete? Está bebendo de novo? O que houve?*

— Talvez sua amiga também esteja tentando lhe dizer algo — disse Hunt, em voz baixa.

Bryce cerros os punhos, mas então pousou o telefone, com o visor para baixo, no vidro jateado e brilhante do balcão.

— Você não ia me contar a comovente história de sua incrível namorada? O que *ela* iria pensar do modo como você me agarrou e praticamente devorou meu pescoço naquela noite?

Ela se arrependeu das palavras assim que as proferiu. Havia muitas razões para ter se arrependido do que acabara de dizer, entre elas o fato de não ter sido capaz de parar de pensar naquele momento de insanidade no terraço, quando a boca do anjo encontrara seu pescoço e ela havia começado a se desfazer.

Como tinha sido gostoso... *ele* tinha sido gostoso.

Hunt a encarou por um longo instante. Ela se sentiu enrubescer. Mas tudo o que ele disse foi:

— Vejo você em casa. — As palavras ecoaram entre eles conforme o anjo pousava outro frasco de tônico no balcão. — Beba esse daqui a trinta minutos.

Em seguida ele se foi, caminhando pelo bar vazio, até a rua lá fora.

* * *

Hunt tinha acabado de se sentar no sofá para assistir a um jogo de solebol quando Bryce entrou no apartamento, duas bolsas de compras nas mãos. Já não era sem tempo.

Syrinx pulou do sofá e saltitou até ela, erguendo-se nas patas traseiras, pedindo beijos. Ela aquiesceu, acariciando a pelagem dourada antes de encarar Hunt, sentado no sofá. Ele apenas tomou um gole da cerveja e lhe deu um aceno tenso.

A semifeérica assentiu em resposta, evitando seu olhar, e seguiu para a cozinha. A perna parecia melhor, mas ainda não completamente boa.

O anjo havia enviado Naomi para vigiar a rua, do lado de fora da sofisticada uisqueria, enquanto ele se exercitava na academia para digerir a raiva.

Agarrado. A palavra ainda o perseguia. Assim como a verdade: ele não tinha pensado em Shahar nem por um segundo enquanto estavam naquele telhado. Ou nos dias seguintes. E quando ele havia acariciado o pau no chuveiro naquela noite, e em todas as noites depois, não fora na arcanjo que pensara. Nem uma vez.

Quinlan devia saber daquilo. Devia saber em que ferida tinha tocado.

Então suas opções eram berrar com ela ou se exercitar. Ele tinha escolhido a segunda.

Aquilo acontecera fazia duas horas. Ele tinha limpado todo o sal de obsidiana, passeado com Syrinx e o alimentado, e depois se sentou no sofá para esperar.

Bryce colocou as compras no balcão da cozinha, Syrinx agora a seus pés, inspecionando cada item. Entre as jogadas, Hunt lançava olhares para o que a semifeérica desempacotava. Vegetais, frutas, carne, leite de aveia, leite de vaca, arroz, pão integral...

— Vamos receber visitas? — perguntou o anjo.

Ela pegou uma frigideira e a colocou sobre uma das bocas do fogão.

— Pensei em fazer um jantar tardio.

As costas dela estavam tensas, os ombros eretos. Ele teria pensado que estava irritada, mas o fato de estar cozinhando o jantar sugeria o contrário.

— É uma boa ideia cozinhar depois de entornar tanto uísque?

Ela o encarou por sobre o ombro.

— Estou tentando fazer algo legal, mas você não está facilitando.

Hunt ergueu as mãos.

— Tudo bem. Desculpe.

Ela voltou a atenção ao fogão, ajustou o fogo e abriu um pacote de algum tipo de carne moída.

— Eu não estava entornando uísque — disse ela. — Saí do Lete logo depois de você.

— Para onde foi?

— Para um guarda-móveis perto de Bosque da Lua. — Ela começou a separar os temperos. — Deixei muita coisa de Danika ali. Sabine ia confiscar tudo, mas consegui pegar antes dela. — Bryce colocou um pouco da carne moída na frigideira e acenou para uma terceira sacola que tinha deixado perto da porta. — Só queria ter certeza de que não havia nenhuma pista do chifre por lá, qualquer coisa que eu pudesse ter deixado passar na época. E peguei algumas das roupas de Danika... as que estavam em meu quarto naquela noite e que não foram confiscadas como evidência. Sei que eles já têm roupas de antes, mas pensei... Talvez haja algo nessas também.

Hunt abriu a boca para dizer alguma coisa... o quê, exatamente, não sabia... mas Bryce continuou:

— Depois disso, passei no mercado. Já que, aparentemente, temperos não configuram comida.

Hunt levou a cerveja consigo enquanto caminhava até a cozinha.

— Quer ajuda?

— Não. É um jantar de desculpas. Vá assistir a seu jogo.

— Não precisa se desculpar.

— Agi como uma babaca. Me deixe cozinhar alguma coisa para você como compensação.

— Pelo tanto de pimenta que você colocou na panela, não tenho certeza se quero aceitar esse pedido de desculpas em particular.

— Merda, esqueci o cominho! — Ela se virou para a frigideira, abaixando o fogo e acrescentando o tempero, misturando-o ao que cheirava à carne de peru moída. Ela suspirou. — Estou doida.

Ele aguardou, esperando que ela organizasse os pensamentos.

Bryce começou a picar uma cebola, os movimentos precisos e suaves.

— Sinceramente, eu estava um pouco surtada antes do que aconteceu com Danika e... — Ela fatiou a cebola em círculos perfeitos. — Não melhorei muito desde então.

— Por que estava confusa na época da morte de Danika?

Bryce despejou a cebola na frigideira.

— Sou uma mestiça humana com um diploma quase inútil. Todas as minhas amigas estavam seguindo adiante, fazendo alguma coisa da vida. — Um dos cantos de sua boca se ergueu. — Eu sou uma secretária metida à besta. Sem um plano a longo prazo para nada. — Ela mexeu a cebola. — O lance das baladas... era o único momento em que estávamos no mesmo nível. Quando não importava que Fury era algum tipo de mercenária, Juniper, uma bailarina tão incrivelmente talentosa, e Danika, uma loba que um dia seria todo-poderosa.

— Alguma vez elas jogaram isso na sua cara?

— Não. — Os olhos cor de âmbar examinaram o rosto do anjo. — Não, elas nunca fariam nada assim. Mas eu jamais conseguia esquecer.

— Seu primo comentou que você costumava dançar. Que parou depois da morte de Danika. Nunca pensou em seguir esse caminho?

Ela apontou para a curva dos quadris.

— Me disseram que meu corpo mestiço era *muito desajeitado.* Também me disseram que meus seios são muito grandes e que minha bunda poderia ser usada como pista de pouso.

— Sua bunda é perfeita. — As palavras escaparam.

Ele se absteve de comentar como também gostava de outras partes da semifeérica. Como ele as queria venerar. A começar por aquela bunda.

Bryce enrubesceu.

— Bem, obrigada. — Ela mexeu o conteúdo da panela.

— Mas não dança nem por diversão?

— Não. — O olhar se tornou frio. — Não danço.

— E nunca pensou em fazer outra coisa?

— Claro que sim. Tenho dez formulários de emprego escondidos no computador do trabalho, mas não consigo me concentrar o bastante para terminá-los. Faz tanto tempo que vi os anúncios que é bem provável que as vagas já tenham sido preenchidas. Pouco importa que também tenha de encontrar um modo de convencer Jesiba de que eu continuaria a pagar minha dívida. — Ela continuou a mexer. — Uma vida humana parece um bocado, mas uma imortal? — Ela colocou o cabelo para trás da orelha. — Não tenho ideia do que fazer.

— Tenho 233 anos e ainda não descobri.

— Sim, mas você... você *fez* algo. Lutou por algo. Você *é* alguém.

O anjo indicou a tatuagem em seu punho.

— E veja aonde isso me levou.

Ela se virou para o fogão.

— Hunt, me desculpe pelo que eu disse antes, sobre Shahar.

— Não se preocupe.

Bryce apontou o queixo para a porta aberta do quarto de Hunt, a foto com Danika mal visível sobre a cômoda.

— Minha mãe a tirou no dia que saímos do hospital, em Rosque.

Ele sentiu que ela estava querendo lhe contar alguma coisa, e decidiu entrar no jogo.

— Por que estavam no hospital?

— A tese de monografia de Danika era sobre a história do tráfico ilegal de animais. Ela descobriu uma quadrilha de contrabandistas, mas ninguém no Aux ou na 33ª a levou a sério, então ela e eu decidimos agir por conta própria. — Bryce bufou. — A operação era chefiada por cinco metamorfos viperinos, que nos flagraram tentando libertar seu estoque. Nós os xingamos de cuzões, e as coisas degringolaram a partir daí.

Claro que sim.

— Degringolaram como?

— Uma perseguição de moto e uma batida, meu braço direito quebrado em três lugares, a pélvis de Danika fraturada. Ela foi baleada duas vezes na perna.

— Pelos deuses!

— Devia ter visto os cuzões.

— Vocês os mataram?

Os olhos de Bryce ficaram sombrios. Nada além de puro instinto predador feérico brilhava ali.

— Alguns. Os que atiraram em Danika... Cuidei deles. A polícia pegou o restante. — Solas Flamejante. Ele tinha a impressão de que havia bem mais naquela história. — Sei que as pessoas julgavam Danika uma baladeira imprudente com problemas com a mãe, que Sabine pensa assim, mas... Danika foi libertar aqueles animais porque, literalmente, não conseguia dormir à noite sabendo que estavam em jaulas, aterrorizados e sozinhos.

A Princesa Baladeira, Hunt e os triários haviam zombado da loba pelas costas.

— Danika sempre fazia esse tipo de coisa... ajudava pessoas que Sabine julgava inferiores. Em parte, talvez, para irritar a mãe, sim, mas em geral porque *queria* ajudar. Foi por isso que ela pegou leve com Philip Briggs e seu grupo, porque ela lhe deu tantas chances. — Ela soltou um longo suspiro. — Ela não era fácil, mas era boa.

— E quanto a você? — perguntou o anjo, prudente.

Ela passou a mão pelo cabelo.

— Na maioria dos dias, me sinto tão gelada como quando Aidas esteve aqui. Na maioria dos dias, tudo que quero é voltar no tempo. Ao que era antes. Não consigo suportar continuar.

Hunt a encarou por um longo tempo.

— Alguns Caídos aceitaram o halo e a tatuagem de escravizado, sabe. Depois de algumas décadas, eles os aceitaram. Pararam de lutar.

— Por que você nunca parou?

— Porque estávamos certos na ocasião, e ainda estamos certos agora. Shahar foi apenas a ponta de lança. Eu a segui cegamente em uma batalha que jamais poderíamos ter vencido, mas acreditei em tudo que ela representava.

— Se pudesse fazer tudo de novo, marchar sob o estandarte de Shahar outra vez... você faria?

Hunt sopesou a ideia. Normalmente, não se permitia se prender ao que havia acontecido, ao que havia se passado desde aquela época.

— Se eu não tivesse me rebelado com ela, provavelmente meu poder do relâmpago teria sido notado por outro arcanjo. Com certeza, estaria servindo como comandante em uma das cidades pangeranas, na esperança de um dia economizar o bastante para minha dispensa. Mas jamais liberariam alguém com meus dons. E eu tinha poucas opções além de me alistar em uma legião. Foi o caminho que me coube, e o relâmpago, e a carnificina... nunca pedi para ser bom nisso. Abriria mão de tudo em um piscar de olhos se pudesse.

Os olhos da semifeérica brilharam em compreensão.

— Eu entendo. — Ele ergueu uma das sobrancelhas. — O lance de ser bom em alguma coisa na qual não gostaria de se sobressair. Aquele talento de que desistiria em um piscar de olhos. — Ele inclinou a cabeça. — Quer dizer, olhe para mim: sou *imbatível* em atrair babacas.

Hunt bufou uma risada.

— Você não respondeu minha pergunta — insistiu ela. — Ainda teria se rebelado se soubesse o que iria acontecer?

Hunt suspirou.

— Era o que estava tentando dizer: mesmo que não tivesse me revoltado, acabaria em uma versão mascarada de minha vida atual. Porque ainda sou um legionário sendo explorado por causa de meus dons... apenas *oficialmente* um escravizado, em vez de ser forçado a servir por falta de opção. A única outra diferença é que fui postado em Valbara, em uma barganha fraudulenta com um arcanjo, esperando que um dia possa ser perdoado por meus supostos pecados.

— Você não os vê como pecados.

— Não. Acho que a hierarquia angélica é babaquice. Estávamos certos em nos rebelar.

— Mesmo que tenha lhe custado tudo?

— Sim. Então acho que tem minha resposta. Ainda o faria, mesmo sabendo o desfecho. E... se um dia for libertado... — Bryce parou de mexer a comida. Encontrou o olhar franco do anjo conforme ele continuava: — Eu me lembro de cada um que estava naquele campo de batalha, que derrubou Shahar. E todos os anjos e asteri, o Senado, os governadores... todos que estavam presentes em nossa condenação. — Ele se apoiou no balcão a suas costas e tomou um gole da cerveja, deixando que a semifeérica completasse as lacunas.

— E depois que matasse todos eles? E então?

Ele piscou diante da falta de medo, de julgamento.

— Quer dizer, supondo que eu sobreviveria.

— Supondo que você sobreviveria ao depor os arcanjos e os asteri, e depois?

— Não sei. — Ele abriu um meio-sorriso. — Talvez você e eu pudéssemos descobrir, Quinlan. Temos séculos para pensar.

— Se eu fizer a Descida.

Ele se sobressaltou.

— Escolheria não fazer? — Era raro... muito, muito raro para um vanir se recusar a completar a Descida e viver apenas uma expectativa de vida mortal.

A semifeérica acrescentou mais vegetais e temperos à frigideira antes de enfiar um pacote de arroz instantâneo no micro-ondas.

— Não sei. Vou precisar de uma Âncora.

— E quanto a Ruhn? — Mesmo que nenhum dos dois quisesse admitir, Ruhn enfrentaria cada besta do Fosso para protegê-la.

Bryce lhe dirigiu um olhar carregado de desdém.

— Nem fodendo.

— Juniper, então? — Alguém em que ela de fato confiava, a quem amava.

— Ela aceitaria, mas não parece certo. E usar uma Âncora pública não é para mim.

— Eu usei uma. E correu tudo bem. — Ele contemplou as perguntas que brilhavam naqueles olhos e a interrompeu antes que as fizesse. — Talvez mude de ideia.

— Talvez. — Ela mordeu o lábio. — Lamento que tenha perdido seus amigos.

— Lamento que tenha perdido os seus.

Bryce assentiu em agradecimento, voltando a mexer a comida.

— Sei que as pessoas não entendem. É só que... uma luz se apagou em mim quando tudo aconteceu. Danika não era minha irmã ou minha amante. Mas era a única pessoa com quem eu podia ser eu mesma, sem me sentir julgada. A única pessoa que sempre me atenderia ou ligaria de volta. Era a única pessoa que fazia eu me sentir corajosa, porque, não importava o que acontecesse, não importava quão embaraçoso ou fodido o assunto, eu sabia que podia contar com ela. Que, se tudo fosse para o Inferno, podíamos conversar, e as coisas se ajeitariam.

Os olhos de Bryce brilhavam, e foi apenas aquilo que impediu Hunt de cruzar os poucos passos que os separavam e segurar suas mãos enquanto ela prosseguia:

— Mas... não está tudo bem. *Nunca* conversarei com ela de novo. Acho que as pessoas esperavam que eu já tivesse superado. Mas não consigo. Toda vez que chego perto da verdade de minha nova realidade, quero me desligar de novo. Para não precisar *ser* eu. Não consigo dançar porque me faz lembrar dela... do tanto que dançamos nas boates ou nas ruas ou em nosso apartamento ou dormitório. Não *vou* me permitir mais dançar, porque me traz alegria, e... Não quis, não quero mais sentir essas coisas. — Ela engoliu em seco. — Sei que soa patético.

— Não soa — disse ele, em voz baixa.

— Lamento ter jogado meus problemas em seu colo.

Um dos cantos da boca do anjo se ergueu.

— Pode usar meu colo sempre que quiser, Quinlan.

Ela bufou, balançando a cabeça.

— Você fez parecer tão vulgar.

— Você falou primeiro. — A boca de Bryce tremeu.

Maldição, se aquele sorriso não o fez sentir um aperto no peito.

Mas Hunt apenas disse:

— Sei que você vai seguir adiante, Quinlan... mesmo que doa.

— Como tem tanta certeza?

Os pés do anjo eram silenciosos enquanto ele cruzava a cozinha. Ela inclinou a cabeça para encará-lo.

— Porque você finge ser irreverente e preguiçosa, mas, bem no fundo, não desiste. Porque sabe que, se o fizer, então eles vencem. Todos os cuzões, como você os chamou, vencem. Então viver, e viver bem... é o melhor *foda-se* que você pode dar a eles.

— É por isso que você ainda luta.

Ele passou a mão pela tatuagem na testa.

— Sim.

Ela soltou um *humm*, mexendo novamente a mistura na panela.

— Pois bem, Athalar. Acho que seremos você e eu nas trincheiras por mais um tempo.

Ele sorriu para ela, do modo mais franco que ousara fazer em um longo tempo.

— Sabe — começou ele. — Acho que gosto da ideia.

Os olhos da semifeérica se aqueceram ainda mais, um rubor se espalhou pelas bochechas sardentas.

— Você disse *casa*, mais cedo. No bar.

Ele dissera. Havia inclusive evitado pensar no assunto.

— Sei que, teoricamente, você deve morar no quartel, ou onde quer que Micah determine — continuou ela. — Mas se, de algum modo, resolvermos esse caso... o quarto é seu, se você quiser.

A oferta o atingiu como uma onda. E ele não conseguiu pensar em outra resposta que não *Obrigado.* Era a única necessária, ele se deu conta.

O arroz terminou de cozinhar, e ela o dividiu em duas tigelas, antes de jogar a mistura de carne por cima. Então lhe entregou uma delas.

— Nada gourmet, mas... tome. Desculpe por mais cedo.

Hunt examinou o fumegante monte de carne e arroz. Havia visto refeições mais sofisticadas serem servidas a cachorros. Mas sorriu de leve, o peito inexplicavelmente apertado de novo.

— Desculpas aceitas, Quinlan.

* * *

Um gato estava sentado em sua cômoda.

A exaustão pesava em suas pálpebras, tão maciça que ela mal conseguia abri-las.

Olhos como o céu antes da aurora a prendiam no lugar.

O que cega um Oráculo, Bryce Quinlan?

Sua boca articulou uma palavra, mas o sono a envolveu de novo em seu abraço.

Os olhos azuis do gato faiscavam.

O que cega um Oráculo?

Ela lutava para manter os olhos abertos diante da pergunta, da urgência.

Você sabe, tentou responder.

A única filha do Rei Outonal... jogada fora, como lixo.

O gato havia adivinhado no templo, anos antes, ou a seguido até em casa, então confirmado em que vila ela havia tentado entrar.

Ele me mata se souber.

O gato lambeu uma pata.

Então faça a Descida.

Ela tentou falar de novo. O sono a segurava firme, mas enfim conseguiu.

E então?

Os bigodes do gato tremeram.

Já disse. Venha até mim.

As pálpebras se fecharam... a descida final na direção do sono.

Por quê?

O gato inclinou a cabeça.

Para que possamos terminar tudo.

53

Ainda chovia na manhã seguinte, o que Bryce decidiu ser um presságio.

Aquele dia seria um saco. A noite anterior tinha sido um saco.

Syrinx se recusou a sair de baixo das cobertas, muito embora Bryce tenha tentando convencê-lo com a promessa de café da manhã *antes* do passeio, e, quando enfim a semifeérica conseguiu arrastá-lo até a rua, com Hunt vigiando da janela, a chuva tinha evoluído de uma garoa agradável para um total dilúvio.

Um sapo gordo, encolhido em um canto da entrada do prédio, embaixo da pequena marquise, esperava que qualquer pequeno e desafortunado vanir passasse voando. Ele encarou Bryce e Syrinx enquanto os dois chapinhavam por ali, angariando um bufar de bigodes do último, e se aninhou mais à lateral do prédio.

— Pervertido — murmurou ela, sobre o tamborilar da chuva no capuz do casaco, sentindo o olhar do sapo enquanto desciam o quarteirão.

Para uma criatura menor que seu punho, eles encontravam um meio de ser uma ameaça. Todo e qualquer tipo de duende. Até confinada na biblioteca, Lehabah os odiava e temia.

Apesar da capa de chuva azul-marinho, a legging preta e a camiseta branca logo estariam encharcadas. Como se a chuva, de algum modo, *subisse* do chão. A água também empoçava dentro das galochas verdes, espirrando a cada passo dado através da chuva inclemente, as palmeiras balançando e uivando acima.

A primavera mais chuvosa já registrada, o noticiário falara na noite anterior. Ela não duvidava.

O sapo ainda estava ali quando voltaram, Syrinx tendo completado a rotina matinal em tempo recorde, e Bryce talvez tenha, ou não, saído de seu caminho para pisar em uma poça próxima.

O sapo havia lhe mostrado a língua, mas pulou para longe.

Hunt estava parado no fogão, cozinhando algo que cheirava a bacon. Ele olhou por sobre o ombro enquanto ela despia a capa, respingando todo o chão.

— Está com fome?

— Estou bem.

O anjo estreitou os olhos.

— Devia comer alguma coisa antes de sairmos.

Ela o dispensou com um aceno, despejando ração na tigela de Syrinx.

Quando se levantou, encontrou Hunt lhe oferecendo um prato. Bacon e ovos e uma grossa torrada dourada.

— Eu a vi brincando com a comida cinco dias da última semana — disse ele, sem rodeios. — Não vamos começar de novo.

Ela revirou os olhos.

— Não preciso de um macho me dizendo quando comer.

— E que tal um amigo lhe dizendo que teve uma noite compreensivelmente difícil e que fica perversa como um demônio quando está com fome?

Bryce franziu o cenho. Hunt apenas continuou a segurar o prato.

— É natural ficar nervosa, sabe — disse ele. E assentiu para a sacola de papel que ela havia deixado ao lado da porta... as roupas de Danika, dobradas e prontas para a análise. Bryce tinha ouvido a ligação de Hunt para Viktoria, meia hora antes, em que ele pedia que mandasse fazer o teste Mimir dos feéricos. A espectro dissera que Declan já havia providenciado tudo.

— Não estou nervosa. São apenas roupas. — Ele somente a encarou. Bryce grunhiu: — Não estou. Dane-se se perderem as roupas no depósito de evidências.

— Então coma.

— Não gosto de ovos.

A boca do anjo se curvou para cima.

— Já a vi comer três dúzias deles.

Seus olhares se encontraram, e não se desviaram.

— Quem ensinou você a cozinhar, afinal? — Com certeza, era muito melhor cozinheiro que ela. O deplorável jantar que havia feito na véspera servia de prova.

— Aprendi sozinho. É um talento útil para um soldado. Aumenta a popularidade em um campo da legião. Além do mais, tive dois séculos a meu favor. Seria patético não saber cozinhar a essa altura. — O anjo aproximou ainda mais o prato. — Coma, Quinlan. Não vou deixar ninguém perder aquelas roupas.

Ela cogitou jogar o prato na cara de Hunt, mas enfim o pegou e se sentou na cadeira da cabeceira da mesa. Syrinx veio trotando até ela, já encarando o bacon, esperançoso.

Uma xícara de café apareceu na mesa um piscar de olhos depois, o creme ainda rodopiando por cima.

Hunt sorriu com malícia.

— Não quer enfrentar o mundo sem as provisões adequadas.

Bryce o ignorou, pegou o telefone que ele havia deixado sobre a mesa e tirou algumas fotos: da refeição, do café, do sorriso estúpido, de Syrinx ao seu lado e da própria careta. Mas bebeu o café mesmo assim.

Quando colocou a xícara na pia, Hunt terminava o café na mesa a suas costas, e a semifeérica sentiu os passos mais leves do que nos últimos tempos.

* * *

— Não perca essas roupas — avisou Hunt a Viktoria, enquanto ela inspecionava a sacola em sua mesa.

A espectro ergueu o olhar de uma desbotada camiseta de banda cinza, com a estampa de uma figura encapuzada e gritando na frente. *The Banshees.*

— Temos roupas de Danika Fendyr e das outras vítimas no depósito de evidências.

— Certo, mas use essas também — disse Hunt. Para o caso de alguém ter adulterado as evidências nas outras... e para que Bryce sentisse como se tivesse contribuído com algo. Ela estava na galeria, lidando com algum cliente esnobe, com Naomi de vigília. — Conseguiu o teste Mimir com Declan?

— Como disse ao telefone, sim. — Vik espiou o conteúdo da sacola novamente. — Ligo para você se tiver alguma novidade.

Hunt esticou um papel sobre a mesa.

— Veja se encontra algum traço dessas coisas também.

Viktoria leu as palavras e empalideceu, o halo acentuado na testa.

— Acha que foi algum desses demônios?

— Espero que não.

O anjo havia feito uma lista de demônios em potencial que podiam estar trabalhando em conjunto com o kristallos, todos antigos e terríveis, seu pavor crescendo a cada nome acrescentado. Muitos eram pesadelos que habitavam histórias de ninar. Todos catastróficos se entrassem em Midgard. Ele havia enfrentado dois deles antes... e quase não sobrevivera àqueles encontros.

Hunt indicou a sacola outra vez.

— Falo sério: não perca essas roupas — insistiu.

— Está amolecendo, Athalar?

Hunt revirou os olhos e se dirigiu para a porta.

— Apenas gosto de minhas bolas onde estão.

* * *

Naquela noite, Viktoria avisou a Hunt que ainda estava fazendo os testes. A tecnologia feérica Mimir era bastante minuciosa, de modo que ainda demoraria um bocado para terminar o diagnóstico.

Ele rezou para que o resultado não fosse tão devastador quanto imaginava.

Havia mandado uma mensagem para Bryce sobre o assunto assim que ela encerrara o expediente, rindo quando viu que ela novamente tinha mudado a informação de contato em seu telefone: *Bryce É Uma Rainha.*

Ficaram acordados até meia-noite, maratonando um reality show sobre um grupo de jovens e belos vanir que trabalhavam em um clube de praia, nas ilhas Coronal. Ele havia se recusado a princípio, mas, ao fim do primeiro episódio, fora ele que apertara o play para o segundo. E então o seguinte.

Também ajudou o fato de terem começado a assistir à TV em cantos opostos do sofá, para depois acabarem lado a lado, a coxa do anjo pressionada contra a da semifeérica. Ele talvez tenha brincado com sua trança; ela talvez tenha permitido.

Na manhã seguinte, Hunt seguia Bryce até o elevador quando seu telefone tocou. Deu uma olhada no número e fez uma careta antes de atender.

— Oi, Micah.

— Meu escritório. Quinze minutos.

Bryce apertou o botão do elevador, mas Hunt apontou para a porta do telhado. Ele voaria com ela até a galeria, então continuaria até o DCC.

— Tudo bem — disse ele, cauteloso. — Quer que a Srta. Quinlan me acompanhe?

— Apenas você. — A ligação ficou muda.

54

Hunt entrou na torre por uma porta dos fundos, com o cuidado de evitar qualquer área possivelmente frequentada por Sandriel. Isaiah não havia atendido sua ligação, e ele achava melhor não continuar ligando, à espera de que o comandante o fizesse.

Micah olhava pela janela quando ele chegou, seu poder já armando uma tempestade.

— Por que — começou o arcanjo — está ocupando o laboratório com testes feéricos em evidências antigas?

— Temos razões para suspeitar que o demônio que identificamos não está por trás da morte de Danika Fendyr. Se pudermos descobrir o verdadeiro culpado, isso pode nos levar ao conjurador.

— A Cimeira será em duas semanas.

— Eu sei. Estamos trabalhando duro.

— Está? Beber em uma uisqueria com Bryce Quinlan configura trabalho?

Babaca.

— Estamos focados. Não se preocupe.

— Sabine Fendyr me ligou, sabia? Para comer meu fígado por ser considerada *suspeita*. — Não havia nada humano naqueles olhos. Apenas um gélido brilho predador.

— Foi um erro, admitimos, mas tínhamos razões suficientes para acreditar que...

— Resolva. O. Caso.

— Vamos resolver — grunhiu Hunt.

Micah o observou, com frieza.

— Sandriel tem perguntado sobre você — disse o arcanjo, em seguida. — Sobre a Srta. Quinlan também. Fez generosas ofertas para comprá-lo de novo. — Hunt sentiu um peso no estômago. — Eu as recusei até agora. Disse que você era muito valioso para mim.

Micah jogou uma pasta sobre a mesa, então se voltou para a janela outra vez.

— Não me faça reconsiderar, Hunt.

* * *

Hunt folheou o arquivo... a ordem que continha. Sua punição. Por causa de Sabine, pela demora, por existir. Morte por morte.

Parou no quartel para pegar o elmo.

Micah havia feito uma anotação na margem da lista de alvos, seus crimes. *Sem armas.*

Então Hunt pegou mais algumas das adagas de punho preto e também sua faca de cabo longo.

Cada movimento, cuidadoso. Deliberado. Cada meneio de corpo ao colocar a armadura preta acalmava sua mente, distanciando-o ainda mais de si mesmo.

Seu telefone vibrou sobre a mesa, e ele o olhou tempo o bastante para ver que *Bryce É Uma Rainha* havia enviado uma mensagem: *Tudo bem?*

Hunt calçou as luvas escuras.

O telefone vibrou novamente.

Vou pedir sopa de bolinho de porco para o almoço. Servido?

Hunt virou o telefone para baixo, escondendo a tela. Como se aquilo a impedisse de descobrir o que estava prestes a fazer. O anjo reuniu as armas com séculos de eficiência. Em seguida, colocou o elmo.

O mundo se resumiu a frios cálculos, as cores abafadas.

Somente então ele pegou o telefone e respondeu a Bryce, *Estou bem. Vejo você mais tarde.*

A semifeérica havia escrito outra vez, quando ele chegou à pista de pouso do quartel. Ele tinha visto o balão com os três pontos aparecer, desaparecer, depois pipocar de novo. Como se ela tivesse escrito dez diferentes respostas antes de se decidir por um *Ok.*

Hunt desligou o telefone conforme abria a porta com o ombro e se lançava pelos ares.

Era uma mancha contra a claridade. Uma sombra em contraste com o sol.

Um bater de asas o levou aos céus. E não olhou para trás.

* * *

Algo estava errado.

Bryce soubera assim que se dera conta de que não tivera notícias do anjo depois de uma hora no Comitium.

A sensação apenas piorou diante da vaga resposta à própria mensagem. Sem contar o motivo pelo qual ele fora convocado, o que planejava fazer.

Como se outra pessoa tivesse respondido por ele.

Ela havia digitado uma dúzia de respostas diferentes para o silêncio de Hunt.

Por favor, diga que está tudo bem.

Digite 1 se precisa de ajuda.

Fiz algo que o aborreceu?

O que houve?

Precisa de mim no Comitium?

Esnobando uma oferta de sopa de bolinhos de porco... alguém roubou esse telefone?

Assim por diante, digitando e deletando, até que havia digitado, *Estou preocupada. Por favor, me ligue.* Mas não tinha o direito de se preocupar, de exigir aquilo do anjo.

Então se decidira por um patético *Ok.*

E não tivera mais notícias dele. Havia checado o telefone obsessivamente durante todo o expediente.

Nada.

A preocupação embrulhava seu estômago. Ela nem havia pedido a sopa. Uma olhada nas imagens das câmeras do telhado mostrava Naomi sentada ali o dia todo, o rosto tenso.

Bryce havia subido até lá por volta das três.

— Tem alguma ideia de aonde ele pode ter ido? — perguntou, os braços apertados em volta do corpo.

Naomi a encarou.

— Hunt está bem — respondeu ela. — Ele... — Ela hesitou, lendo algo na expressão de Bryce. Um brilho de surpresa acendeu seus olhos. — Ele está bem — disse a anjo, com gentileza.

Quando chegou em casa, com Naomi postada no telhado vizinho, a semifeérica já não acreditava mais nela.

Então decidiu mandar tudo para o Inferno. Para o Inferno a cautela ou as aparências ou coisa do gênero.

Parada na cozinha conforme o relógio chegava perto das oito, escreveu para Hunt, *Por favor, me ligue. Estou preocupada com você.*

Pronto. Que caísse no éter ou onde quer que as mensagens flutuavam.

Ela levou Syrinx para passear uma última vez naquela noite, o telefone colado à mão. Como se, quanto mais forte o apertasse, mais alta a probabilidade de o anjo lhe responder.

Eram onze horas quando fraquejou e ligou para um número familiar. Ruhn atendeu ao primeiro toque.

— O que há de errado?

Como ele sabia, não importava.

— Eu... — Ela engoliu em seco.

— Bryce. — A voz de Ruhn se tornou incisiva. Música tocava ao fundo, mas pareceu mudar, como se ele houvesse se afastado para um canto mais quieto de onde quer que estivesse.

— Viu Hunt em algum lugar hoje? — A voz soou aguda e exagerada.

— Está tudo bem? — perguntou Flynn ao fundo.

— O que aconteceu? — perguntou Ruhn a ela, simplesmente.

— Tipo, encontrou Hunt no campo de tiro ou em qualquer lugar...

A música se extinguiu. Uma porta bateu.

— Onde você está?

— Em casa. — Ela se deu conta, então, de como aquela ideia fora estúpida, ligar para ele, perguntar se Ruhn, dentre todas as pessoas, sabia o que o assassino particular do governador estava fazendo.

— Me dê cinco minutos...

— Não, não precisa vir até aqui. Estou bem. Só... — Sua garganta queimava. — Não consigo encontrá-lo. — E se Hunt tivesse deitado por aí, uma pilha de ossos e carne e sangue?

Quando o silêncio se arrastou, Ruhn disse, com uma calma intensidade:

— Vou colocar Dec e Flynn no caso imediatamente...

Os encantamentos cantaram, e a porta da frente se destrancou.

Bryce enrijeceu conforme a porta se abria devagar. Conforme Hunt, vestido no traje preto de batalha e usando o infame elmo, entrava.

Cada passo parecia exigir toda a concentração do anjo. E seu cheiro...

Sangue.

Não o dele.

— Bryce?

— Ele chegou — sussurrou ao telefone. — Ligo para você amanhã — disse ao irmão, e desligou.

Hunt vacilou no meio da sala.

Sangue manchava suas asas. Brilhava no couro da armadura. Salpicava o visor do elmo.

— O que... o que aconteceu? — Ela conseguiu perguntar.

O anjo recomeçou a andar. Passou por ela, o ranço de todo aquele sangue... diferentes tipos de sangue... empesteando o ar. Ele não disse uma palavra.

— Hunt. — Qualquer alívio que a tinha perpassado agora se transformava em algo mais afiado.

Ele se dirigiu para o quarto e não se deteve. A semifeérica não ousou se mover. O anjo era um espectro, um demônio, uma... sombra da morte.

Aquele macho, de capacete e roupas de batalha... ela não o conhecia.

Hunt chegou ao quarto, nem mesmo a encarando enquanto fechava a porta a suas costas.

* * *

Ele não podia suportar.

Não podia suportar o olhar de puro, vertiginoso alívio no rosto de Bryce ao vê-lo entrar no apartamento. Havia voltado direto para casa depois de completar a missão porque achou que ela estaria dormindo, e então ele poderia lavar o sangue sem precisar ir ao quartel do Comitium. Mas Bryce tinha ficado na sala. Esperando por ele.

E, quando ele entrou no apartamento, ela havia visto e cheirado o sangue...

O anjo tampouco conseguiu suportar o horror e dor em sua expressão.

Vê o que essa vida fez comigo?, quis perguntar. Mas as palavras lhe escapavam. Havia apenas gritos até então. Dos três machos que passara horas torturando, seguindo as ordens de Micah.

Hunt seguiu para o banheiro e abriu a água quente no máximo. Ele tirou o elmo; sem a viseira para abafá-la, a luz brilhante ferroou seus olhos. Em seguida descalçou as luvas.

Bryce havia parecido tão horrorizada. Nenhuma surpresa. Ela não poderia ter compreendido de fato o que ele era, quem ele era, até aquele momento. Por que as pessoas o evitavam. Não o encaravam.

Hunt despiu o traje, os hematomas já desapareciam. Os barões do tráfico que havia matado naquela noite tinham tentado alguns golpes antes que ele os subjugasse. Antes que ele os prendesse ao chão, empalados com suas lâminas.

E os deixasse ali, gritando de dor, por horas.

Nu, entrou no chuveiro, os azulejos brancos já suados de vapor.

A água escaldante empolava sua pele, como ácido.

Ele engoliu o grito, o soluço, o choro, e não se esquivou do jato fervente.

Não fez nada enquanto deixava que aquilo o purgasse.

* * *

Micah o havia enviado em uma missão. Tinha ordenado que Hunt matasse alguém. Vários alguéns, pelos diferentes cheiros no anjo. Teria cada uma dessas vidas amortizado sua hedionda *dívida*?

Aquele era seu trabalho, o caminho para a liberdade, o que fazia para o governador, e, no entanto... E, no entanto, Bryce jamais havia pensado no assunto. O que fazia a ele. Quais as consequências.

Não era um caminho para a liberdade. Era um caminho para o Inferno.

Bryce se demorou na sala, esperando que ele terminasse o banho. A água continuava correndo. Vinte minutos. Trinta. Quarenta.

Quando o ponteiro marcou quase uma hora, ela se flagrou batendo à porta do quarto do anjo.

— Hunt?

Nenhuma resposta. A água continuava.

Ela abriu a porta, perscrutando a penumbra do cômodo. A porta do banheiro estava aberta, vapor pairando dali. Tanto vapor que o quarto tinha se tornado sufocante.

— Hunt? — Ela avançou, inclinando o pescoço para ver dentro do banheiro brilhante. Nenhum sinal do anjo no chuveiro...

A silhueta de uma asa cinzenta molhada se erguia por trás do vidro do boxe.

Ela se moveu, não pensou. Não se importou.

Estava no banheiro em um piscar de olhos, o nome do anjo nos lábios, preparada para o pior, desejando ter trazido o telefone do balcão da cozinha...

Mas lá estava ele. Sentado, nu, no piso do boxe, a cabeça entre os joelhos. A água açoitava suas costas, molhando seu cabelo. A pele salpicada de dourado brilhava com um vermelho furioso.

Bryce deu um passo para dentro do chuveiro e sibilou. A água estava escaldante. A ponto de queimar.

— Hunt — chamou ela. Ele nem mesmo piscou.

A semifeérica desviou o olhar do anjo para o chuveiro. O corpo de Hunt estava curando as queimaduras; cicatrizando e, em seguida, escaldando, cicatrizando e escaldando. Parecia pura tortura.

Ela engoliu um grito conforme esticava a mão para o chuveiro, a água quase fervente ensopando sua camisa, as calças, então abaixou a temperatura.

Ele não se moveu. Nem mesmo a olhou. Ele havia feito aquilo muitas vezes, se deu conta. Cada vez que Micah o enviara em uma missão, e para todos os arcanjos que tinha servido antes daquilo.

Syrinx veio bisbilhotar, farejou as roupas ensanguentadas, depois se deitou no tapete de banho, a cabeça sobre as patas dianteiras.

Hunt não deu nenhuma indicação de que percebia sua presença.

Mas a respiração se acalmou. Tornou-se mais fácil.

E, embora não conseguisse explicar os próprios motivos, ela pegou o frasco do xampu e o sabonete de lavanda do nicho nos azulejos. Em seguida se ajoelhou à frente do anjo.

— Vou lavar você — disse ela, baixinho. — Se estiver tudo bem.

Um leve, mas terrivelmente claro, aceno de cabeça foi a única resposta. Como se as palavras ainda lhe escapassem.

Então Bryce derramou xampu nas mãos, depois entrelaçou os dedos no cabelo do anjo. Os fios grossos pesavam, e ela esfregou com suavidade, lhe inclinando a cabeça para enxaguá-la. Os olhos de Hunt se ergueram enfim. Encontraram os dela conforme se inclinava na direção do jato de água.

— Você é o reflexo de como me sinto — sussurrou ela, a garganta fechada — todo dia.

Ele piscou, o único sinal de que havia ouvido.

Bryce tirou as mãos de seu cabelo e pegou o sabonete. O anjo estava nu, percebeu, tendo, de algum modo, esquecido o fato. Completamente nu. Não se permitiu pensar no assunto enquanto começava a lhe ensaboar o pescoço, os ombros poderosos, os braços musculosos.

— Vou deixar que se divirta sozinho da cintura para baixo — disse ela, o rosto enrubescido.

Ele apenas a observava com franca vulnerabilidade. Mais íntimo que qualquer toque de lábios no pescoço. Como se, de fato, o anjo enxergasse tudo o que ela era, tinha sido e viria a ser.

A semifeérica esfregou seu torso o melhor que pode.

— Não consigo lavar suas asas com você apoiado na parede.

Hunt se levantou em um poderoso e gracioso movimento.

Ela desviou os olhos do que a posição havia, exatamente, colocado em sua linha de visão. O considerável detalhe com o qual ele não parecia se importar ou de que nem se dava conta.

Então tampouco ela se importou. Bryce se levantou, espirrando água em si mesma, e o virou com gentileza. Também não se permitiu apreciar a vista traseira. Aqueles músculos e perfeição.

Sua bunda é perfeita, havia dito o anjo.

Idem, agora podia atestar.

Ela ensaboou suas asas, cinza-escuras com a água.

Ele assomava sobre ela, tanto que a semifeérica precisou ficar na ponta dos pés para alcançar a ponta daquelas asas. Em silêncio, ela o lavou, e Hunt apoiou as mãos nos azulejos, de cabeça baixa. Ele precisava descansar, e do conforto do esquecimento. Então Bryce o enxaguou, se certificando de que cada pena estivesse limpa, e em seguida esticou a mão ao redor do anjo para fechar o registro.

Apenas o pingar da água pelo ralo enchia o banheiro fumegante.

Bryce pegou uma toalha, mantendo os olhos erguidos enquanto Hunt se virava para encará-la. Ela enrolou aquela em seus quadris, pegou uma segunda do porta-toalhas ao lado do boxe e a esfregou na pele bronzeada. Gentilmente, secou suas asas. Depois esfregou o cabelo do anjo.

— Vamos — murmurou ela. — Cama.

O rosto de Hunt ficou mais alerta, mas ele não se opôs quando ela, pingando água das roupas ensopadas e do cabelo, puxou-o para fora do chuveiro. Não se opôs quando ela o levou até o quarto, até a cômoda em que havia guardado suas coisas.

Ela escolheu um par de cuecas pretas e se abaixou, os olhos grudados no chão conforme esticava o elástico.

— Vista.

Hunt obedeceu, primeiro um pé, depois o outro. Ela se levantou, deslizando a cueca pelas coxas grossas e soltando o elástico com um leve estalido quando chegou à cintura. Bryce pegou uma camiseta branca de outra gaveta, franziu o cenho para as complicadas aberturas para acomodar aquelas asas, e a deixou de lado.

— Roupa de baixo é o que vai ser — declarou ela, afastando o cobertor da cama que ele diligentemente fazia toda manhã. Deu um tapinha no colchão. — Durma um pouco, Hunt.

De novo, ele obedeceu, deslizando sob as cobertas com um gemido suave.

Ela desligou a luz do banheiro, escurecendo o quarto, e voltou para onde ele agora estava deitado, ainda a encarando. Ousando afastar o cabelo molhado da testa, os dedos de Bryce roçaram a odiosa tatuagem. Os olhos do anjo se fecharam.

— Estava tão preocupada com você — sussurrou ela, acariciando seu cabelo novamente. — Eu... — Ela não conseguiu terminar a frase. Então se forçou a recuar, para se dirigir até o próprio quarto e vestir roupas secas, e, talvez, dormir um pouco também.

Mas aquela mão forte, quente, lhe segurou o punho; impedindo-a.

Ela olhou para trás e flagrou Hunt a encarando outra vez.

— O quê?

Um pequeno puxão lhe disse tudo.

Fique.

Sentiu um aperto doloroso no peito.

— Ok. — Ela tomou fôlego. — Ok, claro.

E, por algum motivo, a ideia de voltar até o quarto, de deixá-lo sequer um instante, parecia muito arriscada. Como se ele pudesse desaparecer de novo se ela saísse para se trocar.

Então ela pegou a camiseta branca que tivera a intenção de vestir no anjo e se virou, tirando a própria blusa e sutiã, e jogando tudo no banheiro. As roupas aterrissaram nos azulejos com um som de bofetada, abafando o som do deslizar da camiseta macia do anjo sobre sua pele. A peça batia em seus joelhos, fornecendo cobertura suficiente para que ela se livrasse do moletom e da calcinha molhados e também os jogasse no banheiro.

Syrinx havia subido na cama, aninhando-se na parte de baixo. E Hunt tinha se afastado, dando a ela espaço suficiente.

— Ok — repetiu ela, mais para si mesma.

Os lençóis estavam aquecidos e cheiravam ao anjo... cedro molhado de chuva. A semifeérica tentou inspirá-lo sem parecer óbvia, conforme se ajeitava, sentada contra a cabeceira. E ela tentou não parecer muito chocada quando ele deitou a cabeça em sua coxa, o braço a envolvendo para repousar no travesseiro.

Uma criança pousando a cabeça no colo da mãe. Um amigo em busca de um toque reconfortante para lembrá-lo de que era um ser vivo. Uma boa pessoa, não importando o que o obrigassem a fazer.

Hesitante, Bryce mais uma vez afastou seu cabelo da testa.

Os olhos de Hunt se fecharam, mas ele se inclinou na direção do toque. Um pedido silencioso.

Então Bryce continuou acariciando seu cabelo, repetidas vezes, até que a respiração do anjo se tornou profunda e estável, até que o corpo poderoso relaxou ao seu lado.

* * *

Tinha perfume de paraíso. De lar e eternidade e do lugar exato em que devia estar.

Hunt abriu os olhos para suavidade feminina e calor e gentil respiração.

Na penumbra, ele se viu meio esparramado sobre o colo de Bryce, a mulher em questão desmaiada contra a cabeceira, a cabeça inclinada para o lado. Uma das mãos ainda em seu cabelo, a outra no lençol ao seu lado.

O relógio exibia três e meia. Não foi a hora que o surpreendeu, mas o fato de que estava consciente o bastante para assimilá-la.

Ela havia cuidado dele. Lavado e vestido e acalmado. Não se lembrava da última vez que alguém fizera aquilo.

Com cuidado, Hunt desgrudou o rosto daquele colo, se dando conta das pernas nuas. De que ela não vestia nada sob sua camiseta. E do quão perto estava seu rosto.

Os músculos protestaram apenas um pouco quando ele se levantou. Bryce nem mesmo se mexeu.

Ela havia lhe vestido as cuecas, pelo amor dos deuses.

Sentiu as bochechas enrubescerem, mas saiu da cama; Syrinx abriu um olho para ver o motivo da comoção. O anjo dispensou a besta com um aceno e caminhou até o lado do colchão em que Bryce dormia.

Ela se remexeu apenas um pouco quando a pegou nos braços e a carregou até seu quarto. Então ele a deitou na cama e ela grunhiu em protesto pelos lençóis frios, mas o anjo logo a cobriu com o edredom e a deixou antes que pudesse despertar.

Estava a meio caminho da sala quando o telefone da semifeérica, abandonado sobre o balcão da cozinha, brilhou. Hunt deu uma olhada, incapaz de se controlar.

Uma série de mensagens de Ruhn enchia a tela, todas das últimas horas.

Athalar está bem? Mais tarde, *Você está bem?*

Então, uma hora atrás, *Liguei para a recepção de seu prédio, e o porteiro me garantiu que os dois estão aí, então presumo que estejam bem. Mas me ligue pela manhã.*

E em seguida, de trinta segundos antes, como se em uma reflexão, *Fico feliz que tenha me ligado hoje à noite. Sei que as coisas estão fodidas entre nós, e sei que muito por minha culpa, mas, se precisar de mim, estou aqui. A qualquer hora, Bryce.*

Hunt olhou para o corredor do quarto da fêmea. Ela havia ligado para Ruhn... por isso estivera ao telefone quando ele voltou. Esfregou o peito.

Voltou a dormir em sua cama, onde o perfume de Bryce ainda permanecia, como um toque fantasma, caloroso.

55

Os raios dourados da aurora persuadiram Bryce a acordar. As cobertas estavam aquecidas, a cama macia, e Syrinx ainda roncava...

Seu quarto. Sua cama.

Ela se sentou, sacudindo Syrinx para acordá-lo. A quimera uivou sua irritação e se esgueirou mais para baixo das cobertas, chutando as costelas da semifeérica com as patas traseiras em protesto.

Bryce o deixou em paz, escorregando para fora da cama e saindo do quarto em segundos. Hunt devia tê-la levado para lá durante a noite. Ele não lhe parecera pronto a fazer nada assim, e se havia sido forçado a sair de novo...

Suspirou enquanto vislumbrava uma asa cinzenta esparramada na cama do quarto de hóspedes. A pele marrom-clara reluzente das costas musculosas. Subindo e descendo. Ainda adormecido.

Graças aos deuses. Esfregando as mãos no rosto, voltar a dormir uma causa perdida, ela caminhou até a cozinha e começou a preparar o café. Precisava de uma xícara forte, seguida de uma corrida rápida. Ela ligou o automático e, conforme a máquina de café apitava e zumbia, pegou o telefone no balcão.

As mensagens de Ruhn compunham a maior parte de seus alertas. Ela as leu duas vezes.

Ele teria largado tudo e ido até seu apartamento. Recrutado os amigos para encontrar Hunt. Teria feito aquilo sem questionar. Ela já sabia... mas tinha se forçado a esquecer.

Sabia o porquê também. Sempre estivera ciente de que a própria reação à briga de ambos, anos antes, havia sido justificada, porém exagerada. Ele tinha tentado se desculpar, e ela apenas usara o fato contra ele. E o irmão devia ter se sentido culpado o bastante para jamais questionar por que ela o havia cortado de sua vida. Para nunca ter se dado conta de que não fora apenas uma pequena mágoa que a havia forçado a afastá-lo de sua vida, mas medo. Puro terror.

Ele a havia machucado, e saber que ele tinha tal poder a apavorara. Saber que tinha esperado tantas coisas dele, imaginado fazer tantas coisas com o irmão — aventuras e feriados e momentos comuns — e que ele tinha a habilidade de destroçar tudo.

Os polegares de Bryce pairavam sobre o teclado do telefone, como se procurassem as palavras certas. *Obrigada* seria bom. Ou, quem sabe, *Ligo mais tarde* seria suficiente, desde que ela talvez fosse, de fato, capaz de pronunciá-las em voz alta.

Mas seus dedos continuaram suspensos, as palavras escapando e a atropelando.

Então ela as deixou de lado e passou para a outra mensagem que tinha recebido... de Juniper.

Madame Kyrah me disse que você não apareceu na aula. Que Inferno, Bryce? Precisei implorar para que ela guardasse a vaga para você. Ela está bem irritada.

Bryce rangeu os dentes. E respondeu, *Desculpe. Diga a ela que estou no meio de uma missão do governador e que fui convocada.*

A semifeérica pousou o telefone e se virou para a máquina de café. O celular vibrou um segundo depois. Pelo visto, Juniper devia estar a caminho do ensaio matinal.

Essa mulher não aceita desculpas. Trabalhei duro para fazê-la gostar de mim, Bryce.

June estava decididamente puta se optou por *Bryce* em vez de B.

Bryce escreveu em resposta, *Me desculpa, ok? Não dei certeza. Você não devia tê-la feito acreditar que eu iria.*

Juniper retrucou, *Que seja. Preciso ir.*

A semifeérica soltou um suspiro, forçando-se a desgrudar os dedos do telefone. Envolveu a xícara de café quente.

— Ei.

Ela deu meia-volta e flagrou Hunt com o quadril apoiado na ilha de mármore. Para alguém tão musculoso e com asas, o anjo conseguia ser furtivo, tinha de admitir. Ele havia vestido camiseta e calças, mas o cabelo ainda estava bagunçado do sono.

— Como está se sentindo? — perguntou, rouca, os joelhos vacilando de leve.

— Bem. — A palavra não trazia crítica, apenas tácita resignação e um pedido para não insistir. Então Bryce pegou outra xícara, colocou-a na máquina de café e apertou alguns botões até fazê-la funcionar.

O olhar de Hunt lhe acariciava cada centímetro como um toque físico. Ela olhou para si mesma e se deu conta do motivo.

— Desculpe ter pegado uma de suas camisetas — disse ela, juntando o tecido branco nas mãos. Deuses, ela não vestia nenhuma lingerie. Ele percebeu?

Os olhos do anjo se desviaram para as pernas nuas e ganharam um tom mais sombrio. Definitivamente, ele percebeu.

Hunt se afastou da ilha, indo na direção de Bryce, e ela se preparou. Para o quê, não sabia, mas...

Ele apenas passou por ela. Direto para a geladeira, de onde tirou ovos e uma fatia de bacon.

— Correndo o risco de soar como um alfa babaca clichê — argumentou ele, sem encará-la, enquanto colocava uma frigideira no fogão —, gosto de ver você em minha camiseta.

— Total alfa babaca clichê — disse ela, mesmo com os dedos se encolhendo no piso de madeira clara.

Hunt quebrou os ovos em uma tigela.

— Sempre acabamos na cozinha.

— Não me importo — confessou Bryce, bebendo um gole do café. — Desde que você cozinhe.

Hunt bufou, em seguida ficou imóvel.

— Obrigado — agradeceu ele. — Pelo que fez.

— Deixe para lá — disse ela, tomando outro gole do café. Lembrando-se do que tinha passado para ele, ela estendeu a mão para a xícara, agora cheia.

Hunt se virou do fogão conforme ela lhe entregava o café. O olhar se alternando entre a caneca e o rosto da semifeérica.

E, quando a mão larga envolveu a xícara, ele se inclinou, diminuindo o espaço entre ambos. A boca roçou a bochecha de Bryce. Breve e leve e doce.

— Obrigado — agradeceu de novo, então se afastou e voltou para o fogão. Como se nem percebesse que ela não conseguia mover um único músculo, não conseguia encontrar uma palavra para dizer.

O impulso de agarrá-lo, de puxar aquele rosto na direção do seu e provar cada parte do anjo quase a cegava. Os dedos estremeceram na lateral do corpo, praticamente capazes de sentir aqueles poderosos músculos.

Ele tinha um antigo amor por quem ainda chorava. E ela não fazia sexo havia muito tempo. Pelas tetas de Cthona, fazia semanas desde aquele rolo com o metamorfo leão, no banheiro do Corvo. E, com Hunt ali, ela não havia ousado abrir a gaveta da mesa de cabeceira da esquerda para resolver a questão por si mesma.

Continue se enganando, lhe disse uma vozinha.

Os músculos das costas de Hunt enrijeceram. As mãos pararam de fazer o estavam fazendo.

Merda, ele podia farejar aquele tipo de coisa, não podia? A maioria dos machos vanir podia. As alterações no odor das pessoas: medo e excitação sendo as duas principais.

Ele era o Umbra Mortis. Fora dos limites de dez milhões de modos diferentes. E o Umbra Mortis não namorava... não, com ele seria tudo ou nada.

— No que está pensando? — perguntou ele, sem se virar do fogão, a voz rouca como cascalho.

Você. Como uma maldita idiota, estou pensando em você.

— Há uma venda de amostras em uma loja de grife essa tarde — mentiu.

Hunt a olhou por sobre o ombro. Porra, aqueles olhos pareciam nublados.

— É verdade?

Ele estava ronronando?

Ela não conseguiu evitar um passo para trás, batendo na ilha da cozinha.

— Sim — respondeu, incapaz de desviar o olhar.

Os olhos de Hunt ficaram mais sombrios. O anjo não disse nada.

Bryce não conseguia respirar direito com aquele olhar fixo em si. Aquele olhar que lhe dizia que ele farejava tudo o que se passava em seu corpo.

Os mamilos se retesaram com a intensidade daquele olhar.

Hunt ficou imóvel, de modo sobrenatural. Os olhos desceram. Para seus seios. As coxas apertadas juntas... como se para impedir o latejar que começava a torturá-la.

A expressão se tornou claramente ferina. Um leão da montanha pronto para o bote.

— Não sabia que comprar roupas a excitava tanto, Quinlan.

Ela quase gemeu. E se obrigou a se manter quieta.

— São os pequenos prazeres da vida, Athalar.

— É nisso que pensa quando abre a gaveta da mesinha da esquerda? Comprar roupas? — Ele a encarava em cheio agora. Ela não ousou baixar o olhar.

— Sim — sussurrou a semifeérica. — Todas aquelas roupas, deslizando sobre meu corpo. — Não tinha ideia do que diabo lhe saía da boca.

Como era possível que o ar no apartamento, na cidade, tivesse sido sugado?

— Talvez devesse comprar lingerie nova — murmurou ele, assentindo para suas pernas. — Parece que está sem.

Ela não conseguiu evitar... a imagem que invadiu seus sentidos: Hunt envolvendo sua cintura com aquelas mãos enormes e a colocando sobre o balcão que, no momento, pressionava sua coluna, levantando a camiseta sobre sua barriga — a camiseta dele, na verdade — e lhe abrindo as pernas. Então a fodendo com a língua, depois com o pau, até que ela estivesse gemendo de prazer, gritando, sem se importar, desde que ele a tocasse, a invadisse...

— Quinlan. — O anjo agora parecia trêmulo. Como se apenas um fiapo de pura força de vontade o segurasse no lugar. Como se ele tivesse visto a mesma imagem ardente e apenas esperasse seu sinal.

Aquilo complicaria tudo. A investigação, o que quer que ele sentisse por Shahar, a própria vida...

Para o maldito Inferno com tudo. Dariam um jeito depois. Eles iriam...

Cheiro de queimado encheu o ar. Nojento e acre.

— Merda — sibilou Hunt, se virando para o fogão e os ovos que havia deixado no fogo.

Como se o feitiço tivesse sido quebrado, Bryce piscou, o calor inebriante desaparecendo. Ah, deuses. As emoções do anjo deviam estar surtadas depois daquela noite, e as dela eram uma zona em um dia bom, e...

— Preciso me trocar para o trabalho. — Ela conseguiu dizer, e correu de volta ao quarto antes que ele pudesse desviar a atenção do café da manhã queimado.

* * *

Ela havia perdido a cabeça, disse a si mesma no chuveiro, na caminhada tranquila até o trabalho em companhia de Syrinx, Hunt pairando acima. Mantendo distância. Como se tivesse chegado à mesma conclusão.

Torne-se vulnerável, dê poder para que alguém o magoe, e no fim fazem exatamente isso.

Ela não podia permitir. Suportar aquilo.

Bryce já havia se resignado com o fato quando chegou à galeria. Uma olhada para o alto revelou a descida rápida de Hunt conforme Syrinx latia feliz, e a ideia de um dia enclausurada com o anjo, tendo apenas Lehabah como escudo...

Graças à maldita Urd, o telefone tocou assim que abriu a porta da galeria. Mas não era Ruhn ligando para ver como estava nem Juniper com um sermão por perder a aula de dança.

— Jesiba.

A feiticeira não se preocupou em ser cordial.

— Abra a porta dos fundos. Agora.

* * *

— Ah, é horrível, BB — sussurrou Lehabah na penumbra da biblioteca. — Simplesmente horrível.

Encarando o imenso tanque mal iluminado, Bryce sentiu os pelos do braço se arrepiarem conforme assistia à nova aquisição explorar o ambiente. Hunt cruzou os braços e perscrutou a penumbra. Qualquer pensamento de vê-lo nu havia sumido uma hora atrás.

A mão escura, coberta de escamas, golpeou o vidro grosso, as garras de marfim arranhando a superfície.

Bryce engoliu em seco.

— Gostaria de saber como alguém sequer encontrou um nøkken nessas águas. — Pelo que tinha ouvido, viviam apenas nos mares gelados do norte, em geral em Pangera.

— Preferia um kelpie — murmurou Lehabah, se encolhendo atrás do pequeno divã, sua chama de um trêmulo amarelo.

Como se os tivesse ouvido, o nøkken parou perto do vidro e sorriu.

Com mais de 2,5 metros de comprimento, o nøkken podia muito bem ser uma cópia diabólica de sereia. Mas, em vez de feições humanoides, a criatura exibia um maxilar inferior protuberante e uma boca muito larga e sem lábios, cheia de dentes finos como agulhas. Os enormes olhos pareciam leitosos, como os de alguns peixes das profundezas. A cauda era quase translúcida, ossuda e afiada, e, sobre ela, o músculo do torso se elevava, retorcido.

Não exibia pelos no peito ou na cabeça, e as mãos de quatro dedos terminavam em garras, tipo adagas.

A extensão do tanque ocupava toda a lateral da biblioteca, então não havia como escapar de sua presença, a não ser que o nøkken submergisse para as rochas escuras do fundo. A criatura arrastou aquelas garras no vidro outra vez. A tatuagem *SPQM* brilhava em branco contra o punho cinza-esverdeado.

Bryce ergueu o telefone até o ouvido. Jesiba atendeu ao primeiro toque.

— Sim?

— Temos um problema.

— Com o contrato Korsaki? — A voz de Jesiba soava baixo, como se não quisesse ser ouvida.

— Não. — Bryce franziu o cenho para o nøkken. — A bizarrice no aquário precisa partir.

— Estou em uma reunião.

— Lehabah está apavorada.

Ar era letal para nøkkens; se a criatura fosse exposta, mesmo que por poucos segundos, os órgãos vitais logo começariam a falhar, a pele empolando, como se queimada. Mas, ainda assim, Bryce tinha subido a pequena escada ao lado do tanque para se certificar de que a portinhola de alimentação embutida na grade sobre a água estava devidamente trancada. A escotilha em si era uma plataforma quadrada, que podia ser erguida e baixada na água, operada por um painel de controle nos fundos do espaçoso aquário, e Bryce havia verificado três vezes se a engrenagem continuava desligada por completo.

Quando retornou à biblioteca, a semifeérica encontrou Lehabah encolhida atrás de um livro, as chamas da duende de uma amarelo intermitente.

— Ele é uma criatura odiosa, horrível — sussurrou Lehabah do divã.
Bryce a mandou se calar.

— Não pode presenteá-lo a algum macho babaca em Pangera?

— Estou desligando agora — avisou Jesiba.

— Mas ele...

A linha ficou muda. Bryce se recostou no assento à mesa.

— Agora ela vai ficar com ele para sempre — disse à duende.

— O que ele vai comer? — perguntou Hunt, enquanto o nøkken novamente testava a parede de vidro, tateando com aquelas mãos terríveis.

— Adoram humanos — sussurrou Lehabah. — Eles arrastam banhistas para as profundezas em lagos e lagoas e os afogam para em seguida saborear seus corpos lentamente, por dias e dias…

— Carne — disse Bryce, o estômago embrulhando conforme observava a pequena porta de acesso da escada até o topo do tanque. — Vai ganhar alguns filés por dia.

Lehabah se encolheu.

— Não podemos instalar uma cortina?

— Jesiba apenas a rasgaria.

— Posso empilhar alguns livros na mesa... bloquear a visão em vez disso — ofereceu Hunt.

— Mas ele ainda vai saber onde estou. — Lehabah fez beicinho para Bryce. — Não posso dormir com essa coisa aqui.

Bryce suspirou.

— E se você fingisse que é um príncipe encantado ou algo assim?

A duende apontou para o tanque. Para o nøkken boiando na água, a cauda batendo. Sorrindo para eles.

— Um príncipe do Inferno.

— Quem iria querer um nøkken de estimação? — perguntou o anjo, abrindo os braços.

— Uma feiticeira que escolheu se unir à Chama e Sombra e transformar seus inimigos em animais. — Bryce gesticulou para os tanques menores e terrários embutidos nas prateleiras ao redor, então esfregou a persistente dor em sua coxa por baixo do vestido cor-de-rosa. Quando, enfim, tomara coragem de sair do quarto naquela manhã depois do vexame na cozinha, Hunt a havia encarado por um longo, longo instante. Mas não tinha dito nada.

— Devia consultar uma medbruxa sobre essa perna — aconselhava ele agora. Hunt não ergueu o olhar de onde folheava algum relatório que Justinian havia enviado aquela manhã para uma segunda opinião. A semifeérica tinha perguntado do que se tratava, mas ele respondera ser confidencial, e pronto.

— Minha perna está boa. — Ela não se preocupou em se virar de onde recomeçou a digitar os detalhes do contrato Korsaki, que Jesiba estava tão ansiosa em ver finalizado. Trabalho automático, mas trabalho que tinha de ser feito em algum momento.

Em especial quando chegaram a um beco sem saída. Não tiveram notícias de Viktoria sobre os resultados do teste Mimir. Por que Danika havia roubado o chifre, quem o queria tanto a ponto de matá-la... Bryce ainda não fazia ideia. Mas se Ruhn tinha razão sobre o método para curar o artefato... Tudo precisava estar ligado de alguma forma.

E ela sabia que, embora tivessem matado um demônio kristallos, havia outros que ainda podiam ser conjurados para caçar o chifre. E, se a espécie falhara até então, quando criada literalmente pelos Príncipes do Inferno para rastrear a relíquia... Como ela podia sequer alimentar alguma esperança de encontrar o chifre?

Ainda havia a questão daquelas mortes grotescas, destruidoras... que nada tinham a ver com um kristallos. Hunt já requisitara acesso às gravações novamente, mas nada novo surgiu.

O telefone do anjo vibrou e ele o tirou do bolso, olhou, e em seguida o guardou de volta. Do outro lado da mesa, Bryce mal podia ver a mensagem na tela.

— Não vai responder?

A boca do anjo se franziu.

— É apenas um colega pegando no meu pé. — Mas os olhos faiscaram quando ele a encarou. E quando ela sorriu para ele, dando de ombros, ele engoliu em seco... somente de leve. — Preciso dar uma saída — disse um pouco rouco. — Naomi ficará de guarda. Venho buscá-la quando estiver pronta para ir.

Antes que pudesse ser questionado, ele se foi.

* * *

— Sei que já faz um tempo — disse Bryce, o telefone equilibrado entre a orelha e o ombro.

Hunt ficara esperando do lado de fora da galeria enquanto ela fechava tudo, sorrindo para os arranhões de Syrinx à porta. A quimera uivou em protesto quando se deu conta de que Bryce ainda não a levaria consigo, e Hunt parou de coçar a peluda cabeça dourada antes de a semifeérica fechar a porta, trancando-a.

— Vou precisar consultar minha agenda — dizia Bryce, acenando para Hunt.

Ela estava linda naquele dia, em um vestido cor-de-rosa, pérolas nas orelhas e o cabelo preso nas laterais, com presilhas combinando.

Porra, *linda* nem sequer era a palavra certa.

Quando Bryce deixara o quarto naquela manhã, ele ficou paralisado.

A semifeérica não tinha parecido notar que *ele* havia notado, embora o anjo supusesse que ela sabia como era deslumbrante. No entanto, naquele dia, Bryce emanava uma luz, uma cor que não estivera ali antes, um brilho nos olhos cor de âmbar e um rubor na pele.

Mas aquele vestido cor-de-rosa... o distraíra o dia todo.

Assim como o encontro daquela manhã, na cozinha. Ele havia tentado ao máximo ignorá-lo... esquecer o quanto chegara perto de implorar que ela o tocasse, que deixasse que a tocasse. Aquilo não o tinha impedido de ficar meio excitado o dia todo.

O anjo precisava se controlar. Levando em conta que a investigação havia desacelerado na última semana, não podia se dar o luxo de perder o foco. Não podia se dar o luxo de admirá-la quando ela não estava olhando. Aquela tarde, Bryce ficara na ponta dos pés, o braço esticado para pegar algum livro em uma prateleira alta, e foi como se o vestido cor-de-rosa fosse o maldito chifre, e ele, o demônio kristallos.

Tinha pulado da cadeira no mesmo instante, alcançado a semifeérica em um piscar de olhos, e pegado o livro para ela.

Mas Bryce havia ficado parada enquanto ele lhe entregava o tomo. Não tinha recuado um passo conforme olhava do livro para seu rosto. O sangue do anjo começou a latejar nos ouvidos, a pele parecia muito tensa. Como naquela manhã, quando ele vira seus mamilos intumescerem e farejara o rumo dos pensamentos da semifeérica.

Porém, ela apenas tinha pegado o livro e se afastado. Imperturbável e inconsciente da completa estupidez do anjo.

O passar das horas em nada ajudou. E, quando ela sorrira para ele mais cedo... O anjo ficara quase aliviado de ser afastado da galeria um minuto depois. Foi quando retornava, inspirando a brisa fresca do Istros, que Viktoria havia enviado a mensagem: *Descobri algo. Me encontre no Munin e Hugin em 15.*

Cogitou pedir à espectro que esperasse. Para que adiasse as inevitáveis e más notícias, para ter mais alguns dias com o lindo sorriso no rosto de Bryce e o desejo queimando naqueles olhos, mas... O aviso de Micah ecoava em seus ouvidos. Faltavam duas semanas para a Cimeira, mas Hunt sabia que a presença de Sandriel havia esgotado a paciência do arcanjo. Que, se ele demorasse muito mais, a barganha perderia efeito.

Então, independentemente da informação que Vik conseguira, por pior que fosse... ele encontraria um modo de lidar com aquilo. Ligou para *Bryce detona* e disse a *ela* para mexer o traseiro e se encontrar com ele.

— Não sei, mãe — dizia Bryce ao telefone, emparelhando com Hunt conforme começavam a descer a rua. O crepúsculo banhava a cidade de dourado e laranja, enfeitando até as poças de sujeira. — Claro que sinto saudade, mas talvez mês que vem?

Os dois cruzaram um beco alguns quarteirões adiante, letreiros de néon apontavam para as pequenas casas de chá e antigas barracas de comida amontoadas no espaço. Vários estúdios de tatuagem intercalados, alguns artistas e clientes fumando do lado de fora antes da onda noturna de bêbados idiotas.

— O que... nesse fim de semana? Bem, tenho um hóspede... — Ela estalou a língua. — Não, longa história. Ele é, tipo... um colega? O nome? Uh, Athie. *Não*, mãe. — A semifeérica suspirou. — Esse fim de semana não rola *mesmo*. Não, não estou dispensando vocês outra vez. — Trincou os dentes. — Que tal uma chamada por vídeo então? Mmhmm, sim, claro que arranjarei tempo. — Ela se encolheu de novo. — Ok, mãe. Tchau.

Bryce se virou para ele, fazendo uma careta.

— Sua mãe parece... insistente — disse Hunt, com cautela.

— Vou conversar com meus pais, por vídeo, às sete. — Ela suspirou para o céu. — Eles querem conhecê-lo.

* * *

Viktoria já estava no bar quando chegaram, um copo de uísque a sua frente. Abriu um sorriso encorajador aos dois, em seguida deslizou uma pasta pelo balcão enquanto se acomodavam a sua esquerda.

— O que descobriu? — perguntou Bryce, abrindo o envelope cor de creme.

— Leia — respondeu Viktoria, depois olhou para as câmeras no bar. Gravando tudo.

Bryce assentiu, pegando a deixa, e Hunt se inclinou para mais perto a fim de ler e, incapaz de se conter, esticou a asa, bem de leve, ao redor da semifeérica.

Ele esqueceu de tudo, no entanto, quando checou o resultado do teste.

— Isso não pode estar certo — argumentou ele, em tom baixo.

— Foi o que eu disse — concordou Viktoria, o rosto estreito impassível.

Ali, na varredura do Mimir feérico, o resultado: pequenos pontos de algo sintético. Não orgânico, não tecnológico, não mágico, mas uma combinação dos três.

Descubra o que está no meio, havia dito Aidas.

— Danika trabalhou como freelancer para as Indústrias Redner — revelou Bryce. — Eles fazem todo tipo de experiência por lá. Poderia explicar isso?

— Talvez — admitiu Viktoria. — Mas estou executando o Mimir em todas as amostras que temos... dos outros. Os testes iniciais também deram positivo nas roupas de Maximus Tertian. — A tatuagem na testa de Viktoria se contraiu quando ela franziu o cenho. — Não é pura magia, ou tecnologia, ou orgânico. Mas um híbrido, com suas outras características anulando sua definição nessas categorias. Quase um mecanismo de camuflagem.

Bryce franziu a testa.

— O que é, exatamente?

Hunt conhecia Viktoria bem o bastante para ler a cautela nos olhos da espectro.

— É algum tipo de... droga — respondeu ela a Bryce. — Pelo que pude descobrir, parece basicamente destinada a fins médicos, em doses pequenas, mas pode ter vazado para as ruas... o que levou a doses bem menos seguras.

— Danika não teria tomado uma droga assim.

— Claro que não — disse Viktoria, rapidamente. — Mas foi exposta a ela... todas as suas roupas o foram. Entretanto, não está claro se antes ou na ocasião de sua morte. Estamos prestes a fazer os testes nas amostras que colhemos da Matilha dos Demônios e de duas das vítimas recentes.

— Tertian estava no Mercado da Carne — murmurou Hunt. — Pode tê-la tomado.

— Como é chamada? Essa coisa? — exigiu Bryce.

Viktoria indicou os resultados.

— Exatamente o que parece. Sintez.

Bryce virou a cabeça para Hunt.

— Ruhn disse que aquela medbruxa mencionou um composto sintético de cura que poderia, possivelmente, reparar... — Ela não terminou a declaração.

Os olhos de Hunt estavam sombrios como o Fosso, um brilho assombrado nas profundezas.

— Pode se tratar do mesmo.

Viktoria ergueu as mãos.

— Repetindo, ainda estou testando as outras vítimas, mas... achei que deviam saber.

Bryce desceu da banqueta.

— Obrigada.

Hunt esperou que a espectro chegasse à porta da frente antes de murmurar:

— Mantenha segredo, Vik.

— Já apaguei os arquivos do sistema da legião — revelou ela.

* * *

Mal se falaram quando retornaram para a galeria, pegaram Syrinx e se dirigiram para casa. Foi somente ao chegar à cozinha e se encostar no balcão que Hunt disse:

— Investigações podem ser demoradas. Estamos chegando perto. Isso é bom.

Ela despejou ração na tigela de Syrinx, a expressão indecifrável.

— O que acha dessa sintez?

Hunt escolheu as palavras com cuidado.

— Como você disse, Danika pode ter sido exposta na Redner. Tertian pode ter usado uma dose por diversão antes de morrer. E ainda precisamos esperar para ver se aparece nas roupas das vítimas restantes.

— Quero saber sobre a droga — argumentou ela, pegando o telefone e discando.

— Pode não valer seu...

Ruhn atendeu.

— Sim?

— Aquele remédio sintético de que a medbruxa falou. O que sabe sobre o assunto?

— Ela me enviou trechos da pesquisa há alguns dias. A maior parte censurada pelas Indústrias Redner. Mas ainda estou lendo. Por quê?

Bryce olhou para a porta aberta do quarto de Hunt... para a foto dela e de Danika sobre a cômoda, se deu conta o anjo.

— Havia traços de algo chamado sintez nas roupas de Danika... é um fármaco relativamente novo. E parece que vazou para as ruas e está sendo usado em concentrações maiores como uma substância ilegal. Fiquei imaginando se seriam a mesma coisa.

— Sim, a pesquisa é sobre a sintez. — Páginas farfalharam ao fundo. — Pode fazer umas coisas incríveis. Há uma lista de ingredientes aqui... repetindo, muita coisa foi cortada, mas...

O silêncio de Ruhn caiu como uma bomba.

— Mas o quê? — insistiu Hunt ao telefone, se inclinando tanto que ouviu o trovejar do coração de Bryce.

— Sal de obsidiana é listado como um dos ingredientes.

— Obsidiana... — Bryce piscou para Hunt. — Sintez poderia ser usada para conjurar um demônio? Se alguém não tivesse o poder, o sal de obsidiana na droga poderia lhe dar a capacidade de invocar algo como o kristallos?

— Não tenho certeza — admitiu Ruhn. — Vou terminar de ler e conto o que descobrir.

— Ok. — Bryce soltou o fôlego, e Hunt recuou um passo enquanto ela começava a andar de um lado para o outro. — Obrigada, Ruhn.

A hesitação de Ruhn veio diferente daquela vez.

— Sem problemas, Bryce. — Ele desligou.

Hunt encontrou seu olhar.

— Precisamos descobrir quem está vendendo essa coisa — disse a semifeérica. — Tertian devia saber antes de morrer. Vamos ao Mercado da Carne. — Porque, se existisse um lugar naquela cidade onde uma droga como aquela estaria disponível, seria naquela fossa.

Hunt engoliu em seco.

— Precisamos ser *cuidadosos*...

— Quero respostas. — Ela se dirigiu para a porta da frente.

Hunt bloqueou seu caminho.

— Vamos amanhã. — Ela arfou, a boca abrindo. Mas Hunt balançou a cabeça. — Tire a noite de folga.

— Não pode...

— Sim, pode esperar, Bryce. Fale com seus pais hoje à noite. Vou me trocar — acrescentou ele, gesticulando para a armadura. — E então, amanhã, vamos ao Mercado da Carne apurar. Pode esperar. — A contragosto, Hunt pegou sua mão. Passou o polegar pelo dorso. — Aproveite a conversa com seus pais, Bryce. Eles estão *vivos*. Não desperdice um momento. Não por isso. — Ela ainda parecia prestes a protestar, insistir que fosse atrás da sintez, mas ele disse: — Queria poder me dar esse luxo.

Ela olhou para a mão que segurava a sua, por um segundo... por uma vida.

— O que aconteceu com seus pais? — perguntou ela.

— Minha mãe jamais me disse quem era meu pai — começou ele, com um aperto na garganta. — E ela... ela era uma anjo do baixo escalão. Limpava as vilas de alguns dos anjos mais poderosos, porque eles não confiavam em humanos ou mesmo em outros vanir para tanto. — Seu peito doía com a memória do rosto belo e gentil da mãe. O sorriso suave e os olhos tristes e angulosos. As canções de ninar que ainda podia ouvir, mais de duzentos anos depois. — Ela trabalhava noite e dia para me alimentar e nunca reclamou, sequer uma vez, porque sabia que, se o fizesse, seria demitida e precisava pensar em mim. Quando me tornei soldado e passei a mandar para casa cada cobre que ganhava, ela se recusou a gastá-los. Aparentemente, alguém ouviu o que eu fazia, achou que minha mãe tinha pilhas de dinheiro escondidas no apartamento e o invadiu uma noite. A pessoa a matou e roubou o dinheiro. Todos os quinhentos marcos de prata que ela havia economizado na vida, e os cinquenta de ouro que consegui lhe enviar em cinco anos de serviço.

— Lamento muito, Hunt.

— Nenhum dos anjos... os poderosos, adorados anjos... para os quais minha mãe trabalhava se importou que tivesse sido assassinada. Nenhum investigou o culpado, e nenhum me deu licença para o luto. Ela não era nada para eles. Mas... era tudo para mim. — Sua garganta doía. — Fiz a Descida e me juntei à causa de Shahar pouco depois. Lutei no monte Hermon naquele dia por ela... minha mãe. Em sua memória. — Shahar havia pegado aquelas lembranças e as transformado em armas.

Os dedos de Bryce apertaram os do anjo.

— Ela parecia ser uma pessoa notável.

— Ela era. — Ele soltou sua mão enfim.

Mas Bryce ainda sorria para ele, e Hunt sentiu um aperto no peito conforme ela dizia:

— Tudo bem. Vou ligar para meus pais. Brincar de legionário com você pode esperar.

* * *

Bryce passou a maior parte da noite na faxina. Hunt a ajudou, se oferecendo para voar até o boticário mais perto e comprar um feitiço de limpeza instantânea, mas Bryce o dispensou. A mãe era obsessiva e alegava ser capaz de diferenciar banheiros limpos por magia dos fisicamente esfregados. Mesmo no bate-papo por vídeo.

É aquele cheiro de alvejante que me diz que foi feito de modo apropriado, Bryce, a filha a tinha imitado para Hunt em um tom impassível, sem frescuras, que o deixou um pouco nervoso.

Bryce havia usado o telefone do anjo para tirar fotos de Hunt limpando, de Syrinx pegando rolos de papel higiênico do pacote e os rasgando no carpete que tinham acabado de aspirar, de si mesma com ele ao fundo, enfiado na privada, esfregando o interior do vaso.

Quando ele arrancou o telefone das mãos enluvadas, ela já havia trocado o nome de seu contato, agora *Bryce é Mais Legal Que Eu.*

Mas, apesar do sorriso que aquilo trouxe ao seu rosto, Hunt continuava a ouvir a voz de Micah, as ameaças claras e veladas. *Descubra quem está por trás disso. Faça. Seu. Trabalho. Não me faça reconsiderar nosso acordo. Antes que o tire do caso. Antes que o venda de volta a Sandriel. Antes que faça você e Bryce Quinlan se arrependerem.*

Assim que resolvesse o caso, acabariam, não? Ainda restariam dez mortes para Micah, o que poderia facilmente levar anos a cumprir. Ele teria de voltar ao Comitium. Para a 33ª.

Hunt se flagrou a observando enquanto os dois limpavam. Pegou o telefone e tirou algumas fotos da semifeérica também.

Ele sabia demais. Aprendeu demais. Sobre tudo aquilo. Sobre o que ele poderia ter tido, sem o halo e as tatuagens de escravizado.

— Posso abrir uma garrafa de vinho se precisar de coragem líquida — dizia Bryce quando se sentaram no computador à ilha da cozinha, o aplicativo de videochamada discando para seus pais. Ela havia comprado um saco de folhados do mercado da esquina, no caminho de casa; um mecanismo de alívio de estresse, presumia o anjo.

Hunt apenas examinou o rosto de Bryce. Aquela... ligação para os pais, sentados coxa contra coxa... Puta merda.

Estava em rota de colisão. Não conseguia parar.

Antes que o anjo pudesse abrir a boca para sugerir que aquilo podia ser um erro, uma voz feminina disse:

— E por que exatamente ele precisaria de coragem líquida, Bryce Adelaide Quinlan?

56

Uma mulher deslumbrante, na casa dos 40 anos, apareceu na tela, a cortina de cabelo preto ainda intocada pelo cinza, o rosto sardento apenas começando a mostrar os sinais de uma expectativa de vida humana.

Pelo que Hunt podia ver, Ember Quinlan estava sentada em um sofá verde encostado em uma parede forrada de carvalho, as longas pernas, dentro de uma calça jeans, encolhidas sob o corpo.

Bryce revirou os olhos.

— Diria que a maioria das pessoas precisa de coragem líquida ao lidar com você, mãe. — Mas ela sorria. Um daqueles sorrisos largos que mexia com o equilíbrio de Hunt.

Os olhos escuros de Ember se voltaram para o anjo.

— Acho que Bryce está me confundindo com ela.

A semifeérica ignorou o comentário.

— Onde está papai?

— Ele teve um dia longo no trabalho... está fazendo um pouco de café para não cair no sono.

Mesmo pelo vídeo, Ember possuía um tipo de magnetismo que chamava atenção.

— Você deve ser Athie — disse ela.

Antes que ele pudesse responder, um macho se sentou no sofá ao lado de Ember.

Bryce brilhou de um jeito que Hunt jamais vira.

— Oi, pai.

Randall Silago segurava duas xícaras de café, uma das quais entregou a Ember conforme sorria para a filha. Ao contrário da esposa, os anos de guerra haviam deixado suas marcas no homem: o trançado cabelo escuro estava salpicado de cinza, a pele marrom marcada por cicatrizes brutais. Mas os olhos escuros eram amistosos enquanto ele bebericava da caneca; branca e lascada, com os dizeres *Insira Piada Clichê de Pai Aqui.*

— Ainda tenho medo daquela máquina de café chique que você nos deu no Solstício de Inverno — comentou ele, à guisa de cumprimento.

— Literalmente mostrei como usá-la três vezes.

A mãe bufou uma risada, brincando com o pingente de prata no pescoço.

— Ele é velha-guarda.

Hunt pesquisara o quanto a máquina embutida do apartamento custou... se Bryce havia comprado algo remotamente semelhante, devia ter torrado uma porção considerável do contracheque no presente. Dinheiro que ela não tinha. Não com a dívida para com Jesiba. Duvidava de que os pais desconfiassem, duvidava de que teriam aceitado a máquina se soubessem que o dinheiro podia ter sido usado para pagar aquelas dívidas.

Os olhos de Randall se desviaram para Hunt, o afeto esfriando em algo duro. Os olhos do lendário atirador de elite; o homem que havia ensinado à filha com se defender.

— Você deve ser meio que o colega de apartamento de Bryce.

Hunt viu o homem assimilar as tatuagens — na testa, no punho. Reconhecimento brilhou no semblante de Randall.

No entanto, ele não zombou. Não se encolheu.

Bryce deu uma cotovelada nas costelas de Hunt, lembrando o anjo de *falar.*

— Sou Hunt Athalar — apresentou-se, olhando para Bryce. — Ou Athie, como ela e Lehabah me chamam.

Devagar, Randall pousou seu café. Sim, havia sido reconhecimento nas feições do homem um momento antes. Mas Randall estreitou os olhos para a filha.

— Quando, exatamente, ia mencionar isso?

Bryce fuçou no saco de folhados sobre o balcão e pegou um croissant de chocolate. Ela o mordeu e disse:

— Ele não é tão legal quanto pensa, pai.

Hunt bufou.

— Obrigado.

Ember nada disse. Nem se moveu. Mas observava cada mordida de Bryce.

Randall encontrou o olhar de Hunt pela tela.

— Você estava aquartelado em Meridan quando servi lá. Eu fazia o reconhecimento no dia que você derrubou aquele batalhão.

— Batalha difícil. — Foi tudo o que Hunt disse.

Sombras escureceram os olhos de Randall.

— Sim, foi.

Hunt bloqueou a lembrança daquele massacre unilateral, de quantos humanos e seus poucos aliados vanir não haviam escapado de sua espada ou relâmpago. Ele estivera sob o comando de Sandriel então, e suas ordens tinham sido brutais: sem prisioneiros. A arcanjo enviara Pollux e ele naquele dia, à frente da legião, para interceptar a pequena força rebelde acampada na passagem da montanha.

O anjo tinha cumprido a ordem da melhor maneira que pode. Optara por mortes rápidas.

Pollux havia levado seu tempo. E adorado cada segundo.

E, quando não conseguiu mais escutar os gritos pela misericórdia de Pollux, Hunt acabara com aquelas vidas também. O Martelo tinha se enfurecido, a discussão deixou os dois anjos cuspindo sangue no terreno rochoso. Sandriel se deliciara com aquilo, apesar de jogar Hunt nas masmorras por alguns dias, como punição por acabar com a diversão de seu comandante cedo demais.

Debaixo do balcão, Bryce roçou a mão cheia de migalhas sobre a de Hunt. Não houvera ninguém depois daquela batalha para lavar o sangue e colocá-lo na cama. Teria sido melhor ou pior se conhecesse Bryce na época? Ter lutado, sabendo que retornaria para ela?

Bryce apertou seus dedos, deixando uma trilha de flocos, e abriu o saco atrás de um segundo croissant.

Ember observava a filha selecionar os folhados e, de novo, brincou com o pingente de prata; um círculo sobre dois triângulos. O Abraço, se deu conta. A união de Solas e Cthona.

Ember franziu o cenho.

— Por que — perguntou a Bryce — Hunt Athalar está dividindo apartamento com você?

— Ele foi expulso da 33ª pelo questionável senso de moda — respondeu ela, mordendo o croissant. — Eu disse que não me importo com suas roupas pretas e tediosas, e o deixei ficar aqui.

Ember revirou os olhos. A exata expressão que ele havia visto no rosto de Bryce momentos antes.

— Consegue uma resposta direta de minha filha, Hunt? Eu a conheço por vinte e cinco anos, mas ela nunca me deu uma.

Bryce fuzilou a mãe com o olhar, em seguida se voltou para Hunt.

— Não se sinta obrigado a responder.

Ember estalou a língua, ultrajada.

— Queria poder dizer que a cidade grande corrompeu minha adorável filha, mas ela já era rude antes de partir para a faculdade.

Hunt não conteve o riso baixo. Randall se recostou no sofá.

— É verdade — disse o homem. — Devia ter visto as brigas das duas. Acho que não existe uma só pessoa em Nidaros que não as ouvia berrando uma com a outra. Os gritos ecoavam pelas malditas montanhas.

Ambas as mulheres Quinlan franziram o cenho para ele. Aquela expressão também era a mesma.

Ember pareceu espiar por sobre os ombros dos dois.

— Quando foi a última vez que limpou a casa, Bryce Adelaide Quinlan?

Bryce ficou rígida.

— *Vinte minutos atrás.*

— Posso ver poeira na mesa de centro.

— Você. Não. Pode.

Os olhos de Ember dançavam com prazer diabólico.

— Athie sabe sobre GG?

Hunt não conseguiu evitar a tensão. GG... um ex? Ela jamais o havia mencionado... Ah. Claro. O anjo sorriu.

— Geleia Geladinha e eu somos bons amigos.

Bryce resmungou algo que ele não conseguiu ouvir.

Ember se inclinou para mais perto da tela.

— Tudo bem, Hunt. Se ela lhe mostrou GG, então gosta mesmo de você. — Bryce, graças aos deuses, se absteve de revelar aos pais como ele descobriu sua coleção de bonecos em primeiro lugar. Ember continuou: — Então me fale sobre você.

— Ele é Hunt Athalar — disse Randall, sem rodeios.

— Eu sei — admitiu Ember. — Mas tudo o que ouvi são horríveis histórias de guerra. Quero conhecer o macho por trás. E conseguir uma resposta franca sobre o porquê de estar vivendo no quarto de hóspedes de minha filha.

Bryce o havia avisado enquanto limpavam: Não *fale uma palavra sobre os assassinatos.*

Mas ele tinha um palpite de que Ember Quinlan podia farejar mentiras como um cão de caça, então Hunt enfeitou a verdade.

— Jesiba está trabalhando com meu chefe na busca de uma relíquia roubada. Com a Cimeira acontecendo em duas semanas, o quartel está lotado de hóspedes, então Bryce generosamente me ofereceu um quarto para facilitar o trabalho.

— Claro — disse Ember. — Minha filha, que nunca sequer dividiu seus brinquedos Extravagância de Estrelas com uma única criança de Nidaros, mas apenas os deixava *olhar* para aquelas coisas estúpidas, ofereceu um quarto de hóspedes de boa vontade.

Randall cutucou a esposa com um joelho, um apelo silencioso, talvez, de um homem acostumado a manter a paz entre duas mulheres altamente teimosas.

— Por isso eu o aconselhei a tomar um drinque antes de ligarmos — argumentou Bryce.

Ember bebeu um gole do café. Randall pegou o jornal de uma mesa e começou a folheá-lo.

— Então você não vai nos receber no fim de semana por conta desse caso? — perguntou a mulher.

Bryce se encolheu.

— Sim. Não é o tipo de coisa na qual possam me acompanhar.

Um quê de guerreiro surgiu quando os olhos de Randall se estreitaram.

— É perigoso?

— Não — mentiu Bryce. — Mas precisamos ser discretos.

— E levar dois humanos com você — começou Ember, irritada — é o oposto disso?

Bryce suspirou para o teto.

— Levar meus *pais* — argumentou ela — mancharia minha imagem de antiquária descolada.

— Antiquária *assistente* — contra-argumentou a mãe.

— Ember — censurou Randall.

Bryce comprimiu os lábios. Aparentemente, aquela era uma conversa recorrente. Ele se perguntou se Ember percebia o brilho de mágoa nos olhos da filha.

Foi o bastante para que Hunt se pegasse dizendo:

— Bryce conhece mais pessoas na cidade que eu... ela é uma profissional em navegar tudo isso. Um verdadeiro trunfo para a 33ª.

Ember o analisou, o olhar franco.

— Micah é seu chefe, não é?

Um modo educado de descrever o papel de Micah em sua vida.

— Sim — respondeu Hunt. Randall o observava agora. — O melhor que já tive.

O olhar de Ember caiu sobre a tatuagem em seu cenho.

— O que não quer dizer muito.

— Mãe, por favor? — Bryce suspirou. — Como está o negócio de cerâmica?

Ember abriu a boca, mas Randall cutucou seu joelho outra vez, um apelo mudo para mudar de assunto.

— Os negócios — respondeu Ember — estão ótimos.

* * *

Bryce sabia que a mãe estava armando uma tempestade.

Hunt foi gentil com os dois, amigável até, ciente de que sua mãe estava agora em uma missão para descobrir o motivo da presença do anjo no apartamento e o que existia entre eles. Mas ele perguntou a Randall sobre o trabalho como corresponsável de uma organização de assistência a humanos traumatizados pelo serviço militar, e perguntou a sua mãe sobre a barraca de beira de estrada, que vendia bebês gorduchos de cerâmica aninhados em diferentes mudas de vegetais.

No momento, sua mãe e Hunt discutiam qual era o melhor jogador de solebol da temporada, e Randall folheava o jornal, participando de quando em quando.

Ouvir o que havia acontecido com a mãe de Hunt deixara Bryce arrasada. Então demorou mais tempo na ligação. Porque ele tinha razão. Esfregando a perna doída por baixo da mesa — ela a havia forçado em algum momento da faxina —, a semifeérica mordeu o terceiro croissant e disse a Randall:

— Ainda não é tão bom quanto o seu.

— Volte para casa — disse o pai. — E você pode comê-los todo dia.

— Sim, sim — dispensou ela, dando outra bocada. Ela massageou a coxa. — Achei que era para você ser o pai descolado. Ficou ainda pior que mamãe, ainda mais insistente.

— Sempre fui pior que sua mãe — confessou ele, com suavidade. — Apenas escondi melhor.

— Por isso meus pais precisam me emboscar se quiserem me visitar. Jamais os deixaria passar da porta.

Hunt apenas olhou para seu colo — sua coxa — antes de perguntar a Ember:

— Tentou levá-la a uma medbruxa para ver essa perna?

Bryce congelou no mesmo segundo da mãe.

— O que há de errado com ela? — Os olhos de Ember desceram para a parte inferior da tela, como se, de algum modo, pudesse ver a perna de Bryce abaixo do alcance da câmera. Randall logo a imitou.

— Nada — respondeu a semifeérica, fuzilando-o com o olhar. — Um anjo intrometido, é isso.

— É o ferimento de dois anos atrás — respondeu Hunt. — Ainda a incomoda. — Ele farfalhou as asas, como se incapaz de reprimir o gesto de impaciência. — E ainda insiste em correr.

Os olhos de Ember se encheram de alarme.

— Por que faria isso, Bryce?

A semifeérica pousou o croissant.

— Não é de sua conta.

— Bryce — chamou Randall. — Se a incomoda, devia ver uma medbruxa.

— Não me incomoda — assegurou Bryce, entre dentes.

— Então por que estava esfregando sua perna sob o balcão? — rosnou o anjo.

— Porque estava tentando convencê-la a não chutar sua cara, babaca — sibilou Bryce.

— *Bryce* — arfou a mãe. Os olhos de Randall se arregalaram.

Mas Hunt riu. Ele se levantou, pegando e amassando o saco de papel, e o jogou na lata de lixo com a perícia de um de seus amados jogadores de solebol.

— Acho que a ferida ainda está contaminada pelo veneno do demônio que a atacou. Se ela não checar antes da Descida, sentirá dor por séculos.

Bryce se levantou de um pulo, escondendo a careta causada pela dor na coxa. Eles nunca haviam discutido o assunto... que o veneno do kristallos podia ainda, de fato, estar em sua perna.

— Não preciso que decida o que é melhor para mim, seu...

— Alfa babaca? — sugeriu Hunt, se dirigindo para a pia e abrindo a torneira. — Somos parceiros. Parceiros tomam conta um do outro. Se você não me ouve quando o assunto é sua maldita perna, então talvez ouça seus pais.

— Está muito ruim? — perguntou Randall, em tom baixo.

Bryce se virou de volta ao computador.

— Está tudo *bem.*

Randall apontou para o chão atrás da filha.

— Se equilibre nessa perna e responda de novo.

Bryce se recusou a se mexer. Enchendo um copo com água, Hunt sorriu, pura satisfação masculina.

Ember estendeu a mão para o telefone, que havia descartado nas almofadas ao seu lado.

— Vou encontrar a medbruxa mais próxima e ver se pode encaixá-la amanhã...

— Não vou à medbruxa — grunhiu Bryce, e pegou a moldura do laptop. — Foi ótimo conversar com vocês. Estou cansada. Boa noite.

Randall começou a protestar, os olhos fuzilando Ember, mas Bryce fechou o laptop.

Na pia, Hunt, o retrato da arrogância angelical, presunçosa. Ela se dirigiu para o quarto.

Ember, ao menos, esperou dois minutos antes de fazer uma chamada de vídeo para o telefone de Bryce.

— Seu pai está por trás desse *caso*? — perguntou Ember, o veneno pingava de cada palavra. Mesmo através da câmera, sua raiva era palpável.

— Randall não está por trás disso — respondeu ela, seca, se jogando na cama.

— Seu *outro* pai — disparou Ember. — Esse tipo de arranjo fede a ele.

Bryce manteve a expressão neutra.

— Não. Jesiba e Micah estão trabalhando juntos. Hunt e eu somos meros peões.

— Micah Domitus é um monstro — murmurou Ember.

— Todos os arcanjos são. Ele é um babaca arrogante, mas não tão ruim.

Os olhos de Ember faiscaram.

— Está tomando cuidado?

— Ainda tomo anticoncepcional, sim.

— Bryce Adelaide Quinlan, não se faça de boba.

— Hunt está pronto para me defender. — Mesmo que ele a tivesse jogado aos lobos ao mencionar a perna para os pais.

A mãe não se convenceu.

— Nunca tive dúvidas de que aquela feiticeira a jogaria nos braços do perigo se a fizesse lucrar. Micah não é melhor. Hunt pode estar disposto a protegê-la, mas lembre-se de que esses vanir só cuidam de si mesmos. Ele é o assassino particular de Micah, pelo amor dos deuses. E um dos Caídos. Os asteri o *odeiam*. Ele é um escravizado por isso.

— Ele é um escravizado porque vivemos em um mundo fodido. — Fúria indistinta enevoou sua visão, mas ela piscou para afastá-la.

O pai chamou da cozinha, perguntado onde estava a pipoca de micro-ondas. Ember respondeu que estava no lugar de sempre, os olhos jamais se desviando da câmera do telefone.

— Sei que vai me odiar, mas preciso falar.

— Deuses, mãe...

— Hunt pode ser um bom colega, e pode ser agradável de se olhar, mas ele é um macho vanir. Um macho vanir muito, *muito* poderoso, mesmo com aquelas tatuagens o mantendo na linha. Ele, e qualquer macho como ele, é letal.

— Sim, e você nunca me deixa esquecer. — Precisou se esforçar para não olhar para a pequena cicatriz na maçã do rosto da mãe.

Velhas sombras anuviaram os olhos da mãe, e Bryce estremeceu.

— Ver você com aquele macho vanir mais velho...

— Não estou *com* ele, mãe...

— Me transporta direto para aquele lugar, Bryce. — Ela passou a mão pelo cabelo escuro. — Desculpe.

Foi como se a mãe lhe cravasse um punhal no coração.

Bryce desejou que pudesse atravessar a câmera e abraçar a mãe, sentindo o perfume de madressilva e noz-moscada.

— Vou fazer umas ligações e arrumar uma consulta com uma medbruxa para sua perna — disse, em seguida, Ember.

Bryce franziu o cenho.

— Não, obrigada.

— Você vai à consulta, Bryce.

A semifeérica virou o telefone e esticou a perna sobre a colcha para que a mãe pudesse vê-la. Ela girou o pé.

— Está vendo? Nenhum problema.

O rosto da mãe endureceu como o metal da aliança em seu dedo.

— Só porque Danika morreu não significa que você precisa sofrer também.

Bryce encarou a mãe, que sempre fora mestre em retalhar seu coração, em deixá-lo em frangalhos com simples palavras.

— Não tem nada a ver com isso.

— *Besteira*, Bryce. — Os olhos da mãe brilhavam com lágrimas. — Acha que Danika iria querer que você mancasse de dor pelo restante de sua existência? Acha que ela iria querer que tivesse desistido da dança?

— Não quero falar sobre Danika. — A voz soou trêmula.

Ember balançou a cabeça em desgosto.

— Vou mandar uma mensagem com o endereço da medbruxa e o telefone quando marcar a consulta para você. Boa noite.

Ela desligou sem outra palavra.

57

Trinta minutos mais tarde, Bryce havia colocado o short do pijama e estava emburrada na cama quando uma batida soou na porta.

— Você é um maldito traidor, Athalar — gritou ela.

Hunt abriu a porta e se inclinou no batente.

— Não me admira que tenha se mudado para cá, se você e sua mãe brigam tanto.

— Jamais vi minha mãe desistir de uma briga. Acho que isso pega — disse ela, apesar do instinto irresistível de estrangular o anjo. Ela franziu o cenho. — O que você quer?

Hunt se afastou da porta e se aproximou de Bryce. O quarto se tornava menor a cada passo. Sem ar. Ele parou no pé do colchão.

— Vou à consulta da medbruxa com você.

— Eu não vou.

— Por quê?

Ela inspirou. Em seguida explodiu.

— Porque, assim que a ferida desaparecer, parar de doer, então *Danika* terá desaparecido. A Matilha dos Demônios terá desaparecido. — Ela afastou as cobertas, exibindo as pernas nuas, e arregaçou o short de seda para exibir a cicatriz torta e grossa. — Será alguma lembrança, algum sonho que aconteceu em um instante e se foi. Mas esta cicatriz e a dor... — Seus olhos ardiam. — Não posso permitir que sejam apagadas. Não posso deixar que *eles* sejam apagados.

Calmamente, Hunt se sentou ao seu lado na cama, dando a ela tempo para protestar. O cabelo do anjo roçava a testa, a tatuagem, quando ele estudou a cicatriz. E passou um dedo calejado pela pele.

O toque lhe arrepiou.

— Não vai apagar Danika e a matilha se você se ajudar.

Bryce balançou a cabeça, olhando para a janela, mas os dedos do anjo se fecharam em seu queixo. Com gentileza, ele virou o rosto da semifeérica para que o encarasse. Os olhos escuros, profundos, pareciam suaves. Compreensivos.

Quantas pessoas haviam visto aqueles olhos assim? Sequer *o* viram assim?

— Sua mãe a ama. Ela não pode... literalmente, em um nível biológico, Bryce... suportar a ideia de que você esteja sofrendo. — Ele soltou seu queixo, mas os olhares permaneceram unidos. — Nem eu.

— Você mal me conhece.

— Você é minha amiga. — As palavras pairaram entre os dois. O anjo inclinou a cabeça outra vez, como se pudesse esconder sua expressão enquanto emendava: — Se quiser minha amizade.

Por um instante, ela o encarou. A oferta lançada. A vulnerabilidade discreta. Aquilo apagou a irritação ainda em suas veias.

— Não sabia, Athalar? — A tímida esperança naquele rosto quase a destroçou. — Somos amigos desde o segundo que achou que Geleia Geladinha era um vibrador.

Ele inclinou a cabeça para trás e gargalhou, e Bryce se afastou na cama. Ajeitou os travesseiros e ligou a TV. Ela deu um tapinha no espaço livre.

Sorrindo, os olhos cheios de uma luz que ela jamais vira, o anjo se sentou ao seu lado. Depois pegou o telefone e tirou uma foto da semifeérica.

Bryce suspirou, o sorriso se apagando enquanto o observava.

— Minha mãe passou por muita coisa. Sei que não é fácil, mas obrigada por ser tão legal com ela.

— Gostei de sua mãe — admitiu Hunt, e ela acreditou nele. — Como ela e seu pai se conheceram?

Bryce sabia que ele perguntava sobre Randall.

— Minha mãe fugiu de meu pai biológico antes que ele descobrisse que estava grávida. Acabou em um templo de Cthona, em Korinth, e sabia que as sacerdotisas a acolheriam, protegeriam, já que era um receptáculo sagrado ou qualquer coisa assim. — Bryce bufou. — Ela deu à luz ali, e passei meus três primeiros anos enclausurada atrás dos muros do templo. Minha mãe lavava roupa para pagar nosso sustento. Resumindo, meu pai biológico ouviu boatos de que tinha um filho e mandou os capangas atrás dela. — Ela cerrou os dentes. — Ele lhes disse que, se houvesse uma criança que fosse sem sombra de dúvida sua, deviam retorná-la a ele. A qualquer custo.

Hunt comprimiu os lábios.

— Merda.

— Eles tinham olhos em cada entreposto, mas as sacerdotisas nos tiraram da cidade... na esperança de nos levar até o quartel-general da Casa de Terra e Sangue, em Hilene, onde minha mãe poderia pedir asilo. Até mesmo meu pai não ousaria violar seu território. Mas era uma viagem de três dias e nenhuma das sacerdotisas de Korinth tinha a habilidade para nos defender de guerreiros feéricos. Então dirigimos por cinco horas até o Tempo de Solas, em Oia, em parte para repousar, mas também para pegar nosso guarda sagrado.

— Randall. — Hunt sorriu. Mas arqueou a sobrancelha. — Espere... Randall era um sacerdote do sol?

— Não exatamente. Ele havia voltado do front um ano antes, mas as coisas que viu e fez em serviço... Aquilo mexeu com ele. Muito mesmo. Ele não queria voltar para casa, encarar a família. Então se ofereceu como acólito de Solas, na esperança de expiar o passado. Ele estava a duas semanas dos votos definitivos quando o Sumo Sacerdote pediu que nos escoltasse até Hilene. Muitos dos sacerdotes eram guerreiros treinados, mas Randall era o único humano, e o Sumo Sacerdote imaginou que minha mãe não confiaria em um macho vanir. Pouco antes de chegarmos a Hilene, os homens de meu pai nos alcançaram. Esperavam encontrar uma fêmea indefesa e histérica. — Bryce sorriu novamente. — O que encontraram foi um lendário atirador de elite e uma mãe que moveria a própria terra para ficar com a filha.

Hunt se endireitou.

— O que aconteceu?

— O que era de se esperar. Meus pais lidaram com a bagunça resultante. — Ela o encarou. — Por favor, não conte a ninguém. É... Nunca houve perguntas sobre o motivo de aqueles feéricos não voltarem à Cidade da Lua Crescente. Não quero que surja alguma agora.

— Não direi uma palavra.

Bryce sorriu, sombria.

— Depois daquilo, a Casa de Terra e Sangue declarou minha mãe um receptáculo de Cthona, e Randall de Solas, e blá-blá-blá babaquice religiosa, mas, sobretudo, isso gerou uma ordem protetiva com a qual meu pai não ousou foder. E Randall enfim voltou para casa, nos levando com ele, e, óbvio, não fez os votos a Solas. — Seu sorriso se tornou mais caloroso. — Ele pediu minha mãe em casamento no fim daquele ano. Estão insuportavelmente apaixonados desde então.

Hunt devolveu o sorriso.

— É bom ouvir que, às vezes, as coisas dão certo para pessoas boas.

— Sim. Às vezes.

Um silêncio tenso caiu sobre eles. Em sua cama... Estavam em sua cama, e, ainda naquela manhã, ela havia fantasiado com o anjo a fodendo com a boca no balcão da cozinha...

Bryce engoliu em seco, com vontade.

— *Fadas e Fodas* começa em cinco minutos. Quer ver?

Hunt sorriu devagar, como se soubesse precisamente por que ela havia engolido em seco, mas se deitou nos travesseiros, as asas esparramadas sob o corpo. Um predador satisfeito em esperar a presa ir até ele.

Puta merda. Mas Hunt piscou para ela, colocando o braço sob a cabeça. O movimento fez os músculos de seu bíceps se contraírem. Os olhos faiscaram, como se ele também tivesse ciência do fato.

— Porra, sim.

* * *

Hunt não tinha se dado conta do quanto precisava perguntar. O quanto precisava daquela resposta.

Amigos. A palavra nem remotamente cobria o que existia entre ambos, mas era verdade.

Ele se recostou na cabeceira, os dois assistindo à série erótica. Mas, quando chegaram à metade do episódio, ela havia começado a fazer comentários sobre o enredo insano. E o anjo tinha começado a acompanhá-la.

Outra série começou, uma competição real com diferentes vanir realizando façanhas de força e agilidade, e apenas pareceu natural assistir também. Tudo apenas parecia natural. Ele se deixou se acostumar à sensação.

E não era a coisa mais perigosa que já havia feito?

58

A mãe havia enviado uma mensagem enquanto ela se vestia para o trabalho na manhã seguinte, com a hora e o endereço da consulta da medbruxa. *Hoje, às onze. Cinco quadras da galeria. Por favor, vá.*

Bryce não respondeu. Com certeza, não compareceria àquele compromisso.

Não quando tinha outro marcado no Mercado da Carne.

Hunt havia pensado em esperar até a noite, mas Bryce sabia que os vendedores estariam mais propensos a conversar durante as horas tranquilas do dia, quando não precisavam tentar enfeitiçar os habituais clientes noturnos.

— Está quieto de novo hoje — murmurou Bryce, conforme serpenteavam pelos corredores atulhados do armazém. Aquele era seu terceiro dia de visita... os outros dois haviam se provado infrutíferos.

Não, os vendedores não sabiam nada sobre drogas. Não, aquele era um estereótipo do Mercado da Carne que não apreciavam. Não, não conheciam ninguém que podia ajudá-los. Não, não estavam interessados em marcos pela informação, porque não sabiam mesmo nada de útil.

O anjo tinha ficado a algumas barracas de distância durante cada discussão, porque ninguém iria conversar com um legionário e um escravizado Caído.

Hunt trazia as asas bem encolhidas.

— Não pense que esqueci que está perdendo a consulta com a medbruxa neste exato instante.

Ela nunca devia ter mencionado aquilo.

— Não me lembro de ter lhe dado permissão para enfiar o nariz em meus assuntos.

— Voltamos a isso? — Ele bufou uma risada. — Achei que assistir à TV de conchinha me dava permissão para, pelo menos, *verbalizar* minhas opiniões sem ser desancado.

Ela revirou os olhos.

— Não ficamos de conchinha.

— O que você quer, exatamente? — perguntou Hunt, examinando uma barraca cheia de facas antigas. — Um namorado ou parceiro ou marido que apenas fique sentado, sem nenhuma opinião, e concorde com tudo o que você diz e nunca ouse questionar nada?

— Claro que não.

— Só porque sou macho e tenho uma opinião, isso não me transforma em algum babaca prepotente e psicótico.

Ela enfiou as mãos nos bolsos da jaqueta de couro de Danika.

— Olhe, minha mãe passou por maus bocados nas mãos de alguns babacas prepotentes e psicóticos.

— Eu sei. — Os olhos do anjo se suavizaram. — Mas, mesmo assim, olhe para ela e seu pai. Ele expressa suas opiniões. E me parece bem psicótico quando o assunto é proteger vocês.

— Você não faz ideia — resmungou Bryce. — Não tive um encontro até entrar na UCLC.

As sobrancelhas de Hunt se ergueram.

— Sério? Pensei que... — Ele balançou a cabeça.

— Pensou o quê?

Ele deu de ombros.

— Que os garotos humanos rastejassem atrás de você.

Bryce precisou se esforçar para não o fuzilar com o olhar pelo jeito que disse *garotos humanos*, como se fossem de uma espécie diferente da própria... um macho malakh maduro.

Ela imaginou que fossem, tecnicamente, mas aquele quê de arrogância masculina...

— Bem, se era a intenção, eles não ousaram agir. Randall era praticamente um deus para eles, e, embora ele nunca tenha dito nada, todos já haviam decidido que eu estava fora dos limites.

— Não seria razão suficiente para me manter longe.

Suas bochechas coraram com o tom baixo do anjo.

— Bem, idolatria a Randall de lado, eu também era diferente. — Ela gesticulou para as orelhas. O corpo alto. — Muito feérica para humanos. Tadinha de mim, não?

— É edificante — argumentou ele, estudando uma barraca cheia de opalas de todas as cores: brancas, pretas, vermelhas, azuis, verdes. Veios iridescentes as cortavam, como artérias preservadas da própria terra.

— Para que servem? — perguntou ele para a humanoide de penas pretas no estande. Uma pega.

— São amuletos da sorte — respondeu a pega, acenando com a mão emplumada por sobre as pedras. — Branca é para alegria; verde para riqueza; vermelha para amor e fertilidade; azul para sabedoria... Pode escolher.

— Para que serve a preta? — perguntou Hunt.

A boca cor de ônix da pega se curvou para cima.

— Para o oposto de sorte. — Ela deu um tapinha em uma das opalas pretas, guardada em um domo de vidro. — Coloque-a debaixo do travesseiro de seu inimigo e veja o que acontece a ele.

Bryce pigarreou.

— Por mais interessante que seja...

Hunt estendeu um marco de prata.

— Pela branca.

Bryce ergueu as sobrancelhas, mas a pega apanhou o marco e depositou a opala branca na palma de Hunt. Eles se foram, ignorando sua gratidão pela venda.

— Não achei que fosse do tipo supersticioso — comentou Bryce.

Mas Hunt parou no fim da fileira de barracas e pegou sua mão. Ele colocou a opala ali, a pedra quente ao toque. Do tamanho de um ovo de corvo, faiscava com as primaluces acima.

— Achei que precisava de alguma alegria — argumentou ele, em um tom de voz baixo.

Algo luminoso brilhou no peito da semifeérica.

— Assim como você — disse ela, tentando devolver a opala à palma do anjo.

Mas Hunt se afastou.

— É um presente.

O rosto de Bryce esquentou outra vez, e ela olhou para tudo, exceto para ele, conforme sorria. Muito embora pudesse lhe sentir o olhar sobre o rosto enquanto guardava a opala no bolso da jaqueta.

* * *

A opala tinha sido uma ideia estúpida. Impulsiva.

Provavelmente babaquice, mas Bryce a tinha guardado no bolso. Não havia comentado o quanto ele estava enferrujado, já que havia mais de duzentos anos que tinha pensado em comprar um presente para uma fêmea.

Shahar teria sorriso para a opala... e a esquecido logo depois. A arcanjo tinha baús de joias em seu palácio de alabastro: diamantes do tamanho de bolas de solebol; sólidos blocos de esmeralda empilhados como tijolos; autênticas banheiras repletas de rubis. Uma pequena opala branca, mesmo para alegria, teria sido como um grão de areia em uma praia quilométrica. Ela teria apreciado o presente, mas, no fim, o abandonaria em uma gaveta qualquer. E ele, tão dedicado a sua causa, com certeza também esqueceria o assunto.

Hunt cerrou o maxilar conforme Bryce caminhava para uma barraca escondida. Uma adolescente — uma metamorfa felina, pelo cheiro — na esbelta forma humanoide os observou se aproximarem, empoleirada em uma banqueta. A trança de cabelo castanho jogada sobre o ombro quase batia no telefone que segurava preguiçosamente nas mãos.

— Ei — disse Bryce, apontando para a pilha de tapetes peludos. — Quanto custa?

— Vinte pratas — respondeu a metamorfa, soando tão entediada quanto parecia.

Bryce sorriu com malícia, passando a mão pelo couro branco. A pele de Hunt pareceu se esticar nos ossos. Ele havia sentido aquele toque na outra noite, acariciando-o até dormir. E podia senti-lo agora, enquanto ela afagava a pele de ovelha.

— Vinte marcos de prata por pele de carneiro das neves. Não é meio barato?

— Minha mãe me obriga a trabalhar no fim de semana. Ela ficaria puta se fosse vendido pelo real valor.

— Quanta lealdade de sua parte — disse Bryce, rindo. Ela se inclinou para mais perto, o tom de voz mais baixo. — Isso vai soar *tão* aleatório, mas tenho uma pergunta para você.

Hunt se manteve afastado, observando a semifeérica em ação. A garota irreverente, baladeira comum, apenas atrás de alguma droga nova.

A metamorfa mal ergueu o olhar.

— Sim?

— Sabe onde consigo... diversão por aqui? — perguntou Bryce.

A garota revirou os olhos castanhos.

— Tudo bem. Pode falar.

— Falar o quê? — perguntou Bryce, de maneira inocente.

A metamorfa ergueu o telefone, digitando com unhas pintadas em arco-íris.

— Sobre esse teatrinho que fez para todo mundo por aqui, e em dois outros armazéns. — Ela exibiu o telefone. — Temos um grupo. — A adolescente gesticulou para todos no mercado ao redor. — Recebi, tipo, dez avisos de que vocês dois estavam vindo para cá, fazendo perguntas toscas sobre drogas ou sei lá.

Foi, talvez, a primeira vez que Hunt tinha visto Bryce sem palavras. Então ele se postou ao seu lado.

— Tudo bem — admitiu ele para a adolescente. — Mas *ouviu* alguma coisa?

A garota o estudou.

— Acha que a Víbora ia deixar merda como aquela sintez entrar aqui?

— Ela permite qualquer outro crime ou devassidão — argumentou o anjo, entre dentes.

— Sim, mas ela não é estúpida — disse a metamorfa, jogando a trança por sobre o ombro.

— Então você já ouviu falar da droga — insistiu Bryce.

— A Víbora me mandou dizer a vocês que é uma droga sórdida, e ela não a negocia e nunca o fará.

— Mas alguém o faz? — perguntou Bryce, tensa.

Aquilo era péssimo. Não acabaria bem de jeito algum...

— A Víbora também me mandou dizer que você deve checar o rio. — Ela voltou a atenção ao telefone, presumivelmente para avisar *à Víbora* de que havia transmitido a mensagem. — É o lugar para esse tipo de merda.

— O que quer dizer? — perguntou a semifeérica.

Um dar de ombros.

— Pergunte às sereias.

* * *

— Devíamos analisar os fatos — argumentou Hunt, enquanto Bryce disparava para as docas do Mercado da Carne. — Antes de correr até as sereias, acusando-as de ser traficantes de drogas.

— Tarde demais — disse Bryce.

Não tinha conseguido impedi-la de mandar uma mensagem para Tharion, via lontra, vinte minutos antes, e com certeza não fora capaz de impedi-la de se dirigir até a beira do rio para esperar.

Hunt agarrou seu braço, a doca poucos metros à frente.

— Bryce, as sereias *não* veem com bons olhos falsas acusações...

— Quem disse que são falsas?

— Tharion não é um traficante e, com certeza, não está vendendo algo tão nocivo como a sintez parece ser.

— Ele pode conhecer alguém que esteja. — Ela se libertou com um safanão. — Já assuntamos por aí tempo o bastante. Quero respostas. Agora. — A semifeérica estreitou os olhos. — Não quer logo acabar com isso? Para ter sua sentença *reduzida*?

Ele queria. Mas disse:

— É provável que a sintez não tenha nada a ver com isso. Não devíamos...

Mas ela já havia chegado às tábuas do cais, não ousando olhar para as águas turbulentas abaixo. O cais do Mercado da Carne era um local famoso de desova. E campo de caça para necrófagos aquáticos.

Borrifos d'água e, em seguida, um poderoso corpo masculino estava sentado na ponta de uma doca.

— Essa parte do rio é nojenta — disse Tharion, à guisa de cumprimento.

Bryce não sorriu. Não disse outra coisa que não:

— Quem está vendendo sintez no rio?

O sorriso desapareceu do rosto de Tharion. Hunt começou a protestar, mas o tritão retrucou:

— Não no rio, pernuda. — Ele balançou a cabeça. — *Sobre* o rio.

— Então é verdade. O que isso... é? Uma droga farmacêutica que vazou de um laboratório? Quem está por trás?

Hunt se postou ao seu lado.

— Tharion...

— Danika Fendyr — respondeu o tritão, os olhos brandos. Como se soubesse o que Danika tinha significado para a semifeérica. — A informação veio um dia antes da morte da loba. Ela foi vista negociando em um bote, logo adiante.

59

— O que quer dizer com Danika estava negociando?

Tharion balançou a cabeça.

— Não sei se ela estava vendendo ou comprando, mas pouco antes da sintez começar a aparecer nas ruas, a loba foi vista em um bote do Auxiliar, na calada da noite. Havia um engradado de sintez a bordo.

— Sempre volta a Danika — murmurou Hunt.

— Talvez ela o estivesse confiscando — argumentou Bryce, por sobre o rugido em sua cabeça.

— Talvez — admitiu Tharion, em seguida passou a mão pelo cabelo ruivo. — Mas essa sintez... é coisa pesada, Bryce. Se Danika estava envolvida com a droga...

— Não estava. Ela jamais teria feito nada assim. — Seu coração batia tão acelerado que ela achou que iria vomitar. Bryce se voltou para Hunt. — Mas isso explica por que havia traços da droga em suas roupas, se ela a tinha confiscado para o Aux.

A expressão de Hunt era sombria.

— Talvez.

Ela cruzou os braços.

— O que é, exatamente?

— Magia sintética — respondeu Tharion, os olhos se alternando entre os dois. — Começou como um auxiliar para a cura, mas, aparentemente, alguém se deu conta de que, em doses superconcentradas, podia dar aos humanos força maior que a dos vanir. Por curtos períodos, mas é potente. Eles tentaram sintetizá-la por séculos, mas parecia impossível. A maioria das pessoas acreditava que era semelhante à alquimia... tão improvável quanto transformar algo em ouro. Mas, pelo visto, a ciência moderna conseguiu o feito. — Ele inclinou a cabeça. — Isso tem algo a ver com o demônio que andam caçando?

— É uma possibilidade — respondeu Hunt.

— Aviso se receber qualquer outro relatório — disse Tharion, não esperando uma despedida antes de mergulhar de volta na água.

Bryce encarava o rio ao sol do meio-dia, segurando a opala branca em seu bolso.

— Sei que não era o que queria ouvir — disse Hunt com cautela, ao seu lado.

— Ela foi assassinada por quem quer que esteja fabricando a sintez? Estava naquele barco para apreender o equipamento? — Bryce colocou uma mecha de cabelo para trás da orelha. — Talvez a pessoa negociando a sintez e a pessoa à procura do chifre sejam a mesma, se a sintez tem o potencial de reparar a relíquia?

Ele esfregou o queixo.

— Pode ser. Mas também pode ser um beco sem saída.

Ela suspirou.

— Não entendo por que ela nunca tocou no assunto.

— Talvez nem valesse a pena — sugeriu ele.

— Talvez — murmurou ela. — Talvez.

* * *

Bryce esperou até Hunt se dirigir à academia do prédio antes de ligar para Fury.

A semifeérica nem sabia por que se incomodava. Fury não tinha atendido uma ligação sua em meses.

A ligação quase caiu na caixa postal antes que ela atendesse.

— Ei.

Bryce se recostou na cama.

— Estou chocada que atendeu — soltou ela.

— Você me pegou entre trabalhos.

Ou talvez Juniper tenha desancado Fury por conta do sumiço.

— Achei que estivesse voltando para caçar o culpado pelo atentado no Corvo — comentou Bryce.

— Também achei, mas acabou que não precisei cruzar o Haldren para isso.

Bryce se reclinou contra a cabeceira, esticando as pernas.

— Então a rebelião humana foi mesmo a responsável? — Talvez aquele *C* nos engradados, que Ruhn pensou ser o chifre, fosse apenas aquilo: uma letra.

— Sim. Mas detalhes e nomes são confidenciais.

Fury havia repetido aquilo tantas vezes no passado que a semifeérica tinha perdido a conta.

— Pelo menos me diga se você os encontrou?

Havia uma boa chance de que Fury estivesse afiando seu arsenal de armas, na mesa de qualquer hotel sofisticado em que se escondera, naquele exato momento.

— Eu disse entre trabalhos, não disse?

— Parabéns?

Uma risada suave que ainda surtava Bryce.

— Claro. — Fury hesitou. — O que houve, B?

Como se aquilo apagasse quase dois anos de quase silêncio.

— Danika alguma vez mencionou sintez para você?

Bryce podia ter jurado que algo pesado e metálico caiu ao fundo.

— Quem lhe falou da sintez? — perguntou Fury, em voz baixa.

Bryce se endireitou.

— Acho que está se espalhando por aqui. Hoje encontrei um tritão que disse que Danika foi vista em um barco do Aux com um carregamento da droga, logo antes de morrer. — Ela soltou o fôlego.

— É perigoso, Bryce. Perigoso de verdade. Não fode com isso.

— Não vou. — Deuses. — Não toco em drogas há dois anos. — Então acrescentou, incapaz de se conter: — Se tivesse se preocupado em atender minhas ligações ou fazer uma visita, saberia disso.

— Estive ocupada.

Mentirosa. Maldita mentirosa e covarde.

— Olhe, só queria saber se Danika alguma vez falou da sintez para você antes de morrer, porque ela nunca a mencionou para mim.

Mais uma daquelas pausas.

— Ela falou, não falou? — Mesmo agora, Bryce não compreendia por que o ciúme lhe cortava o peito.

— Ela pode ter comentado que havia uma merda sórdida no mercado — admitiu Fury.

— Não lhe ocorreu contar a ninguém?

— Eu contei. Para você. No Corvo Branco, no dia em que Danika morreu. Alguém tentou lhe vender na ocasião, pelo amor dos deuses. Eu mandei que ficasse longe daquilo.

— E, ainda assim, não teve a oportunidade de mencionar na ocasião, ou depois da morte de Danika, que ela a avisou sobre a droga em primeiro lugar?

— Um demônio a rasgou em pedaços, Bryce. Batidas de drogas não têm relação.

— E se tiver?

— Como?

— Não sei, apenas... — Bryce tamborilou o pé na cama. — Por que ela não me contaria?

— Porque... — Fury se interrompeu.

— Porque *o quê*? — disparou Bryce.

— Tudo bem — concedeu Fury, a voz incisiva. — Danika não queria lhe contar porque não queria você perto da droga. Sequer *pensando* em experimentar sintez.

Bryce se levantou de um pulo.

— Por que *porra* eu sequer...

— Porque nós vimos você experimentar literalmente de tudo.

— Estava comigo o tempo todo, experimentando comigo, você...

— Sintez é *magia sintética*, Bryce. Para substituir magia *real*. Que você não tem *nenhuma*. Dá aos humanos poderes de vanir e força por, tipo, uma hora. E então pode te foder seriamente. Torná-la viciada ou pior. Para os vanir, é ainda mais arriscada... uma onda louca e superforça, mas pode dar merda fácil. Danika nem mesmo queria que você soubesse da existência de algo assim.

— Como se eu estivesse tão desesperada para ser uma grande e durona vanir que tomaria algo...

— Sua intenção era protegê-la. *Sempre*. Até de você mesma.

As palavras a atingiram como um tapa na cara. A garganta de Bryce se fechou.

Fury suspirou.

— Olhe, sei que soei grossa. Mas acredite em mim: não se meta com sintez. Se conseguiram mesmo produzi-la em larga escala e em concentrações ainda maiores fora de um laboratório oficial, então é grave. Fique longe dela, e de quem quer que negocie a droga.

As mãos de Bryce estavam trêmulas, mas ela conseguiu dizer *Tudo bem* sem parecer à beira das lágrimas.

— Bem, tenho de ir — disse Fury. — Compromissos à noite. Mas volto a Lunathion em alguns dias. Sou esperada na Cimeira em duas semanas... será em algum complexo fora da cidade.

Bryce não perguntou por que Fury Axtar compareceria à Cimeira dos vários líderes valbaranos. Na verdade, pouco se importava com a volta da amiga.

— Talvez pudéssemos sair para jantar — sugeriu Fury.

— Claro.

— Bryce. — Seu nome soou tanto uma reprimenda quanto uma desculpa. Fury suspirou. — Vou vê-la.

Sua garganta queimava, mas ela desligou. Inspirou profundamente algumas vezes. Fury que fosse para o Inferno.

Bryce esperou para contatar o irmão até que tivesse sentado no sofá, aberto o laptop e carregado o navegador. Ele atendeu ao segundo toque.

— Sim?

— Quero que me poupe do sermão e dos avisos e de toda essa merda, ok?

Ruhn hesitou.

— Ok.

Ela colocou a ligação no viva-voz e apoiou os braços nos joelhos, o cursor piscando na barra de busca.

— O que está acontecendo entre você e Athalar? — perguntou Ruhn.

— Nada — respondeu Bryce, esfregando os olhos. — Ele não faz meu tipo.

— Estava perguntando por que ele não está presente, não se estão namorando, mas é bom saber.

Ela rangeu os dentes e digitou *magia sintética* na barra de pesquisa. Quando os resultados pipocaram, ela disse:

— *Athalar* está deixando aqueles músculos ainda mais impressionantes.

Ruhn bufou uma risada.

Ela consultou os resultados: pequenos artigos curtos sobre os usos de magia de cura sintética para auxiliar a cicatrização em humanos.

— Aquela medbruxa que enviou a informação sobre magia sintética... ela ofereceu algum insight sobre como a droga chegou às ruas?

— Não. Acho que está mais preocupada com a origem... e um antídoto. Ela me disse que, de fato, testou um pouco do veneno do kristallos que tirou de Athalar na outra noite contra o sintez, na tentativa de sintetizar uma cura. Ela acha que a própria magia pode agir como uma espécie de estabilizante para o veneno, de modo a produzir um antídoto, mas precisa de mais veneno para continuar os testes. Não sei. Me pareceu uma parada complexa. — Ele acrescentou, irônico: — Se encontrar um kristallos, peça um pouco de veneno, por favor?

— Apaixonado, Ruhn?

Ele bufou.

— Ela nos fez um grande favor. Eu gostaria de compensá-la de alguma forma.

— Tudo bem. — Ela clicou em mais alguns resultados, incluindo um formulário de patente das Indústrias Redner para a droga, datado de dez anos. Bem antes de Danika trabalhar ali.

— A papelada da pesquisa diz que apenas pequenas quantidades são liberadas, mesmo para as medbruxas e suas práticas. É incrivelmente caro e difícil de produzir.

— E se... a fórmula e um carregamento vazaram da Redner há dois anos, e Danika foi enviada para rastreá-lo? E talvez tenha se dado conta de que quem quer que tenha roubado a sintez planejava usá-la para reparar o chifre, e então escondeu o artefato antes que pudessem fazê-lo. E foi morta por isso.

— Mas por que o segredo? — argumentou Ruhn. — Por que não expor o culpado?

— Não sei. É apenas uma teoria. — Melhor que nada.

Ruhn caiu em silêncio novamente. A semifeérica tinha a sensação de que uma Conversa Séria estava a caminho e se preparou.

— Acho admirável, Bryce. Que você ainda se importe tanto com Danika e a Matilha dos Demônios para continuar investigando.

— Recebi ordens de minha chefe e do governador, lembra?

— Você teria se metido de qualquer forma, assim que ouvisse que não foi Briggs. — O feérico suspirou. — Sabe, Danika quase me arrebentou uma vez.

— Não, não arrebentou.

— Ah, foi quase. Nós nos encontramos no saguão da Torre Redner, quando fui me encontrar com Declan depois de uma reunião importante que ele tivera com os mandachuvas. Espere... você namorou aquele babaca, filho do Redner, não?

— Sim — admitiu ela, tensa.

— Nojento. Simplesmente nojento, Bryce.

— Me fale sobre Danika esfregando o chão com sua bunda patética.

Quase podia ouvir o sorriso do irmão pelo telefone.

— Não sei como discutimos por sua causa, mas discutimos.

— O que você disse?

— Por que acha que eu a provoquei? Não conhecia Danika? A loba tinha um vocabulário como nunca vi. — Ele estalou a língua, a admiração no gesto provocando um aperto no peito de Bryce. — Enfim, eu disse a ela que lamentava. Ela me disse para me foder, e que se fodessem minhas desculpas.

Bryce piscou.

— Danika jamais me contou que se encontrou com você.

— *Encontro* é um eufemismo. — Ele assoviou. — A loba nem havia completado a Descida e quase me humilhou no saguão. Declan teve de... se envolver para nos separar.

Aquilo era a cara de Danika. Mesmo que tudo o mais que Bryce aprendera nos últimos tempos não o fosse.

60

— É uma possibilidade — disse Hunt, uma hora depois, de seu lugar ao lado da semifeérica no sofá. Ela o havia atualizado com a última teoria, as sobrancelhas do anjo se erguendo a cada palavra dita.

Bryce zapeou pelas páginas do site das Indústrias Redner.

— Danika trabalhava em meio período na Redner. Mal falava das merdas que fazia para eles. Algum tipo de departamento de segurança. — Ela carregou a página de login. — Talvez sua antiga conta de trabalho ainda tenha alguma informação sobre suas missões.

Os dedos tremeram apenas de leve conforme ela digitava o nome de usuário de Danika, tendo o visto no telefone da loba tantas vezes no passado: *dfendyr.*

DFendyr... Defender. Jamais havia se dado conta até então. As duras palavras de Fury ecoavam em sua mente. Bryce as ignorou.

A semifeérica digitou uma das senhas clássicas de Danika: 1234567. Nada.

— Repetindo — disse Hunt, desconfiado. — É uma possibilidade. — Ele se recostou contra as almofadas. — Seria melhor apoiarmos Danaan na busca pelo chifre, não correr atrás dessa droga.

— Danika estava envolvida com esse lance de sintez e nunca disse uma palavra. Não acha esquisito? Não acha que pode significar alguma coisa? — argumentou Bryce.

— Ela também não contou a você a verdade sobre Philip Briggs — disse Hunt, com cautela. — Ou que ela roubou o chifre. Esconder coisas de você pode ter sido um padrão para a loba.

Bryce apenas digitou outra senha. Em seguida outra. E outra.

— Precisamos do quadro geral, Hunt — disse, tentando de novo. *Ela* precisava do quadro geral. — De algum modo, tudo isso está ligado.

Mas toda senha falhou. Cada uma das combinações usuais de Danika.

Bryce fechou os olhos, o pé balançando no tapete enquanto recitava:

— O chifre pode ser curado pela sintez em uma dose forte o suficiente. Magia sintética tem obsidiana como um de seus ingredientes. O kristallos pode ser invocado pelo sal de obsidiana... — Hunt permanecia em silêncio conforme ela repassava os pensamentos. — O kristallos foi criado para caçar o chifre. O veneno do kristallos pode neutralizar a magia. A medbruxa quer algum veneno para testes a fim de tentar criar um antídoto para a sintez com sua magia ou sei lá.

— O quê?

Os olhos de Bryce se abriram.

— Ruhn me contou. — Ela lhe deu os detalhes do pedido meio brincalhão de Ruhn por mais veneno para entregar à medbruxa.

Os olhos do anjo se anuviaram.

— Interessante. Se a sintez está prestes a se tornar uma droga mortal nas ruas... devíamos ajudá-la a conseguir o veneno.

— E o chifre?

Hunt cerrou o maxilar.

— Vamos continuar a procurar. Mas, se o consumo explodir... não apenas na cidade, como no território, no mundo... o antídoto é vital. — Ele estudou seu rosto. — Como podemos botar as mãos em algum veneno para ela?

— Se conjurarmos um kristallos... — sussurrou Bryce.

— Não vamos correr o risco — rosnou Hunt. — Vamos descobrir como conseguir o veneno de outro modo.

— Posso me virar...

— *Eu* não posso me virar, Quinlan, porra. Não se você estiver em perigo.

A palavras pairavam entre ambos. Emoção brilhava nos olhos do anjo, se ela ousasse ler a mensagem ali.

Mas o telefone de Hunt vibrou, e ele desgrudou o quadril do sofá para tirá-lo do bolso de trás. O anjo olhou para a tela, e suas asas se moveram, encolhendo de leve.

— Micah? — Ela ousou perguntar.

— Só umas merdas da legião — murmurou ele, e se levantou. — Preciso dar uma saída. Naomi ficará de vigia. — Ele apontou para o computador. — Continue tentando se quiser, mas vamos *pensar*, Bryce, antes de fazer algo drástico para descolar aquele veneno.

— Sim, sim.

Ao que parecia, foi o bastante para Hunt partir, mas não sem antes bagunçar seu cabelo e se inclinar para sussurrar, os lábios roçando a curva de sua orelha:

— GG ficaria orgulhosa.

Seus pés se curvaram nos chinelos, e assim ficaram muito depois da partida de Hunt.

Depois de arriscar mais algumas opções de senha, Bryce suspirou e desligou o computador. Estavam se aproximando da verdade. Ela podia sentir.

Mas estaria pronta para ela?

* * *

Sua menstruação chegou na manhã seguinte, como se um maldito trem lhe atropelasse o corpo, o que Bryce achou pertinente, devido a data.

Ela entrou na sala e encontrou Hunt fazendo o café da manhã, o cabelo ainda bagunçado do sono. Mas ficou tenso quando ela se aproximou. Então se virou, os olhos a observando. O sobrenatural sentido de olfato não perdia nada.

— Você está sangrando.

— A cada três meses, como um relógio.

Feéricos puro-sangue raramente tinham sequer um ciclo; humanos o tinham mensalmente... ela ocupava algum lugar intermediário.

Bryce deslizou para uma banqueta no balcão da cozinha. Uma olhada rápida no telefone mostrou a ausência de mensagens de Juniper ou Fury. Nem mesmo uma da mãe, comendo seu fígado por ter faltado à consulta da medbruxa.

— Precisa de alguma coisa? — Hunt estendeu um prato com bacon e ovos em sua direção. Em seguida, uma xícara de café.

— Tomei algo para a cólica. — Ela bebericou o café. — Mas obrigada.

Ele grunhiu, voltando ao preparo do próprio café. Parado do outro lado do balcão, engoliu algumas garfadas antes de dizer:

— Além do lance da sintez e do antídoto, acho que o chifre liga tudo. Devíamos nos concentrar na busca. Não houve nenhum assassinato desde a sentinela do templo, mas duvido que a pessoa tenha desistido da busca na qual já investiu tanto. Se colocarmos as mãos no chifre, ainda acho que o assassino vai nos poupar o trabalho de encontrá-lo e vir ao nosso encontro.

— Ou talvez encontre onde Danika o escondeu. — Ela deu outra mordida. — Talvez esteja apenas esperando até a Cimeira ou algo assim.

— Talvez. Se for esse o caso, então precisamos descobrir quem está com a relíquia. Imediatamente.

— Nem mesmo Ruhn consegue encontrar o chifre. Danika não deixou nenhuma pista de onde o escondeu. Nenhuma de suas últimas localizações é um esconderijo provável.

— Então talvez devêssemos voltar ao início hoje. Analisar tudo o que descobrimos e...

— Hoje não posso. — Bryce terminou o café da manhã e levou o prato até a pia. — Tenho algumas reuniões.

— Remarque.

— Jesiba precisa que sejam feitas hoje.

Ele a encarou por um longo momento, como se pudesse ver através de todos os seus subterfúgios, mas enfim assentiu.

A semifeérica ignorou o desapontamento e a preocupação naquele rosto, seu tom de voz quando ele disse:

— Tudo bem.

* * *

— Você está sendo má hoje, BB — suspirou Lehabah. — E não coloque a culpa em seu ciclo menstrual.

Sentada à mesa no coração da biblioteca da galeria, Bryce massageava as sobrancelhas entre o polegar e o indicador.

— Desculpe.

O telefone permanecia apagado e silencioso ao seu lado, sobre a mesa.

— Você não convidou Athie para almoçar aqui.

— Não queria me distrair. — A mentira saiu fácil. Hunt tampouco a confrontou sobre a outra mentira... a de que Jesiba estava vigiando as câmeras da galeria naquele dia, então ele teria de ficar no telhado.

Mas, apesar de precisar que o anjo, que todo mundo, mantivesse distância no momento, e apesar de alegar que não procuraria o chifre, ela havia examinado vários textos sobre o assunto por horas. Não tinha encontrado novidades, mas a mesma informação, repetidamente.

Um leve som de arranhado ecoou através do andar da biblioteca. Bryce pegou o tablet de Lehabah e aumentou o volume dos alto-falantes, injetando música no ambiente.

Um *baque* alto e zangado se fez ouvir. Pelo canto do olho, ela observou a evolução do nøkken, a cauda translúcida cortando a água escura.

Música pop: quem diria que seria um impeditivo tão forte à criatura?

— Ele quer me matar — sussurrou Lehabah. — Eu sei.

— Duvido que seja um petisco satisfatório — disse Bryce. — Mal uma bocada.

— Ele sabe que, se eu entrar na água, estou morta em um piscar de olhos.

Era outra forma de tortura para a duende, tinha se dado conta Bryce, mais cedo. Um modo de Jesiba manter Lehabah na linha ali embaixo, encarcerada dentro do próprio cárcere, tão certo como os outros animais espalhados pelo cômodo. Não havia melhor maneira de intimidar uma duende de fogo do que a ameaça de um tanque de quase 400 litros de água.

— Ele quer matá-la também — murmurou Lehabah. — Você o ignora, e ele odeia. Posso ver a raiva e a cobiça em seus olhos quando a encara, BB. Tome cuidado quando o alimentar.

— Eu tomo. — De qualquer maneira, a portinhola de alimentação era uma passagem muito estreita. E como o nøkken não ousava erguer a cabeça sobre a água pelo medo do ar, apenas seus braços representavam uma ameaça quando a escotilha era aberta e a plataforma de alimentação submersa. Mas ele permanecia no fundo do tanque, escondido entre as rochas, sempre que a semifeérica jogava os filés, deixando que despencassem preguiçosamente.

A criatura queria caçar. Queria algo grande e suculento e assustado.

Bryce olhou para o tanque sombrio, iluminado por três refletores embutidos.

— Jesiba logo vai se cansar do nøkken e dá-lo de presente a algum cliente — mentiu para Lehabah.

— Por que ela nos coleciona? — sussurrou a duende. — Também não sou uma pessoa? — Ela indicou a tatuagem em seu punho. — Por que insistem nisso?

— Porque vivemos em uma república que decidiu que ameaças à ordem estabelecida devem ser punidas... e punidas tão rigorosamente que desencorajem outros a se rebelar também. — Suas palavras eram diretas. Frias.

— Já imaginou como seria... sem os asteri?

Bryce disparou um olhar em sua direção.

— Quieta, Lehabah.

— Mas BB...

— *Quieta*, Lehabah. — Havia câmeras em todos os cantos daquela biblioteca, todas com áudio. Aquelas eram exclusivas de Jesiba, sim, mas falar daquilo ali...

Lehabah flutuou até seu pequeno divã.

— Athie conversaria comigo.

— Athie é um escravizado sem nada a perder.

— Não fale assim, BB — sibilou Lehabah. — *Sempre* há o que perder.

* * *

Bryce estava com um humor péssimo. Talvez estivesse acontecendo algo com Ruhn ou Juniper. Hunt a tinha visto checar o telefone com frequência naquela manhã, como se à espera de uma ligação ou mensagem. Nenhuma havia chegado. Pelo menos, até onde podia dizer no caminho da galeria. E, julgando pela distante e incisiva expressão em seu rosto quando saíram ao pôr do sol, tampouco havia chegado alguma durante o dia.

Mas ela não se dirigiu para casa. Foi a uma padaria.

Hunt se manteve nos telhados adjacentes, observando quando ela entrou no espaço pintado de verde-água e saiu, três minutos mais tarde, com uma caixa branca em mãos.

Em seguida, ela se virou para os degraus perto do rio, desviando de trabalhadores e turistas e fregueses, todos aproveitando o fim do dia. Se estava ciente de que ele a seguia, não pareceu se importar. Não olhou para cima nem mesmo uma vez ao caminhar para um banco de madeira no passeio do rio.

O sol poente dourava a cortina de brumas do Quarteirão dos Ossos. Alguns metros adiante, na passarela pavimentada, os escuros arcos do Cais Preto se erguiam. Nenhuma família em luto estava parada sob suas pedras naquele dia, à espera de que o barco de ônix levasse seu caixão.

Bryce se sentou no banco de frente para o rio e para a Cidade Adormecida, a caixa branca da padaria ao seu lado, e verificou o telefone outra vez.

Cansado de esperar que ela se dignasse a lhe contar o que a incomodava, Hunt pousou com suavidade antes de deslizar para as ripas de madeira do banco, a caixa entre ambos.

— E aí?

Bryce encarava o rio. Parecia esgotada. Como naquela primeira noite que a encontrara, no centro de detenção da legião.

— Danika faria 25 anos hoje — respondeu, ainda sem encará-lo.

Hunt ficou paralisado.

— É... Hoje é o aniversário de Danika.

Ela olhou para o telefone, abandonado ao seu lado.

— Ninguém lembrou. Nem Juniper, nem Fury... Nem mesmo minha mãe. Ano passado elas lembraram, mas... Acho que foi uma coisa única.

— Você podia tê-las procurado.

— Sei que estão ocupadas. E... — Ela passou a mão pelo cabelo. — Sinceramente, achei que iriam lembrar. Queria que lembrassem. Até mesmo uma mensagem dizendo uma merda qualquer, como *Sinto falta dela*, ou sei lá.

— O que tem na caixa?

— Croissants de chocolate — respondeu ela, rouca. — Danika sempre os pedia no aniversário. Eram seus prediletos.

Hunt olhou da caixa para a semifeérica, então para a silhueta do Quarteirão dos Ossos, do outro lado do rio. Quantos croissants ele a vira comer naquelas semanas? Talvez porque, em parte, eram uma ligação com Danika, do mesmo modo que a cicatriz na coxa. Quando ele a encarou novamente, a boca de Bryce era uma linha fina, trêmula.

— É uma merda — disse ela, a voz grave. — É uma merda que todo mundo tenha apenas... seguido adiante e esquecido. Eles esperam que eu esqueça. Mas não consigo. — Ela esfregou o peito. — *Não* consigo esquecer. E talvez seja bizarro que eu tenha comprado um monte de croissants de chocolate para minha amiga morta. Mas o mundo seguiu em frente. Como se ela nunca tivesse existido.

Ele a observou por um longo instante.

— Shahar representava o mesmo para mim — disse então. — Jamais conheci ninguém como ela. Acho que me apaixonei assim que a vi no palácio, muito embora me parecesse tão fora de alcance quanto a lua. Mas ela me viu também. E, de algum modo, me escolheu. De todos eles, ela me escolheu. — O anjo balançou a cabeça, as palavras crepitando conforme se esgueiravam da caixa em que as trancara todo aquele tempo. — Eu teria feito qualquer coisa por ela. *Fiz* qualquer coisa por ela. Tudo o que ela pediu. E, quando tudo desmoronou, quando me disseram que estava acabado, me recusei a acreditar. Como ela poderia ter partido? Foi como se o sol tivesse sumido. Apenas... não existia mais nada se ela não estava presente. — Ele passou a mão pelo cabelo. — Não serve de consolo, mas levei quase cinquenta anos antes de acreditar mesmo nisso. Que tinha acabado. No entanto, mesmo agora...

— Ainda a ama tanto assim?

Ele sustentou seu olhar, sem pestanejar.

— Depois que minha mãe morreu, basicamente me entreguei ao luto. Mas Shahar... ela me trouxe de volta. Fez eu me sentir vivo pela primeira vez. Ciente de mim mesmo, de meu potencial. Sempre vou amá-la, mesmo que apenas por isso.

Ela olhou para o rio.

— Nunca tinha me dado conta — murmurou ela. — Que somos reflexos um do outro.

Ele também não tinha. Mas uma voz pairou até ele. *Você é o reflexo de como me sinto todo dia*, sussurrara ela quando o havia lavado depois da última missão de Micah.

— É algo ruim?

Um meio-sorriso ergueu o canto da boca da semifeérica.

— Não. Não, não é.

— Nenhum escrúpulo em ter o Umbra Mortis como seu gêmeo emocional?

Mas sua expressão se tornou séria outra vez.

— É como o chamam, não o que é.

— E quem eu sou?

— Um pé no saco. — Seu sorriso brilhava mais que o sol se pondo sobre o rio. Ele riu.

— Você é meu amigo — acrescentou ela. — Que assiste a programas de TV toscos comigo e atura minhas merdas. É a pessoa para a qual não preciso me explicar... não quando importa. Você vê tudo o que sou, e não sai batido.

Ele sorriu para ela, demonstrando tudo o que cintilava dentro de si diante daquelas palavras.

— Gosto disso.

A cor tingiu suas bochechas, mas ela suspirou conforme se virava para a caixa.

— Bem, Danika — disse ela. — Feliz aniversário.

Seu sorriso sumiu. Ela fechou a tampa antes que Hunt pudesse ver o que havia dentro.

— O que foi?

Bryce balançou a cabeça, ameaçando pegar a caixa... mas Hunt o fez antes, colocando-a no colo e abrindo a tampa.

Dentro havia uma dúzia de croissants cuidadosamente dispostos em uma pilha. E, no de cima, escrito artisticamente com calda de chocolate, uma palavra: *Lixo.*

Não foi a palavra odiosa que o dilacerou. Não, foi o modo como as mãos de Bryce tremiam, o modo como seu rosto corou e a boca se tornou uma linha fina.

— Apenas jogue fora — sussurrou ela.

Nenhum traço de desafio leal e raiva. Somente dor humilhante e penosa.

A mente do anjo ficou muda. Terrivelmente muda.

— Apenas jogue fora, Hunt — insistiu ela. Lágrimas brilhavam em seus olhos.

Então Hunt pegou a caixa. E se levantou.

O anjo tinha uma boa ideia de quem fizera aquilo. De quem havia alterado a mensagem. Quem tinha gritado a mesma palavra — *lixo* — para Bryce na semana anterior, quando haviam deixado o Covil.

— Não — implorou Bryce. Mas Hunt já estava no ar.

* * *

Amelie Ravenscroft estava rindo com os amigos, bebendo uma cerveja, quando Hunt irrompeu no bar do Bosque da Lua. As pessoas gritaram e se afastaram, magia crepitou.

Mas Hunt tinha olhos apenas para a loba. As garras se alongando conforme ela sorria com malícia para o anjo. Ele pousou a caixa de doces no bar de madeira com precisão minuciosa.

Uma chamada telefônica para o Aux havia lhe dado a informação de que precisava sobre o paradeiro da metamorfa. E Amelie parecia tê-lo estado esperando, ou pelo menos Bryce, quando se inclinou no balcão e zombou:

— Ora, se não é...

Hunt a imobilizou contra a parede pela garganta.

Os grunhidos e tentativas de ataque de sua matilha contra a muralha de relâmpago ondulante eram um ruído de fundo. Pânico brilhou nos olhos arregalados e atônitos de Amelie enquanto Hunt rosnava em seu rosto.

Mas o anjo disse com suavidade:

— Não fale com ela, não chegue perto dela, nem mesmo *pense* nela de novo. — Ele exsudou um relâmpago que sabia cortar o corpo da loba de dor. Amelie arfou. — Está entendendo?

As pessoas estavam ao telefone, discando para a 33ª Legião ou o Auxiliar.

Amelie arranhou os punhos do anjo, as botas quicando suas canelas. Ele apenas intensificou o aperto. Relâmpago envolveu a garganta da metamorfa.

— Está entendendo? — Sua voz era gélida. Completamente calma. A voz do Umbra Mortis.

Um macho se aproximou de sua visão periférica. Ithan Holstrom. Mas os olhos do lobo estavam em Amelie.

— O que você fez, Amelie? — perguntou ele.

— Não se faça de bobo, Holstrom — retrucou Hunt, rosnando de novo no rosto de Amelie.

Então Ithan notou a caixa de doces no bar. Amelie se debateu, mas Hunt a segurava firme enquanto o segundo em comando abria a tampa e olhava o conteúdo.

— O que é isso? — perguntou Ithan, com voz baixa.

— Pergunte a sua alfa — vociferou Hunt.

Ithan ficou completamente imóvel. Mas o que quer que estivesse pensando não era problema de Hunt, não quando reencontrou o olhar ardente de Amelie.

— Deixe-a em paz. *Para sempre.* Entendeu?

Amelie parecia prestes a cuspir no anjo, mas ele enviou outra displicente onda de poder, fritando a loba de dentro para fora. Ela se encolheu, sibilando e engasgando. Mas assentiu.

De imediato, Hunt a soltou, mas seu poder a manteve presa à parede. Ele a observou, em seguida estudou a matilha. Então Ithan, cuja expressão foi do horror para algo semelhante a mágoa quando pareceu se dar conta de que dia era aquele, juntando os pontos... lembrando de quem sempre queria croissants de chocolate naquela data.

— Vocês são patéticos — disse Hunt.

E, então, ele se foi. Levou seu tempo para voar para casa.

Bryce o esperava no telhado. Um telefone em sua mão.

— Não — dizia a alguém na linha. — Não, ele voltou.

— Ótimo. — Ele ouviu Isaiah dizer, e soou como se o macho estivesse prestes a acrescentar algo quando ela desligou.

Bryce se abraçou.

— Você é um maldito idiota.

Hunt não a contestou.

— Amelie está morta? — Havia medo... medo real... em sua expressão.

— Não. — A palavra trovejou do anjo, relâmpago sibilando em seu rastro.

— Você... — Ela esfregou o rosto. — Eu não...

— Não me diga que sou um alfa babaca, ou possessivo-agressivo, ou qualquer termo que usa.

Ela baixou as mãos, o rosto rígido de pavor.

— Vai se meter em tanto problema por conta disso, Hunt. Não tem como você não...

Era medo por *ele*. Pavor por *ele*.

Hunt cruzou a distância entre os dois. Pegou suas mãos.

— Você é meu reflexo. Você mesma disse.

Ele tremia. Por alguma razão, ele tremia enquanto esperava sua resposta.

Bryce olhou para as próprias mãos, entre as dele.

— Sim. — respondeu.

* * *

Na manhã seguinte, Bryce mandou uma mensagem para o irmão. *Qual o telefone de sua medbruxa?*

Ruhn enviou o número imediatamente, sem perguntas.

Bryce ligou para o consultório um minuto depois, mãos trêmulas. A medbruxa de voz agradável podia encaixá-la... já. Então Bryce não se permitiu reconsiderar conforme se enfiava no short de corrida e camiseta, em seguida enviava uma mensagem para Jesiba:

Consulta médica essa manhã. Chego à galeria no almoço.

Ela encontrou Hunt fazendo o café da manhã. As sobrancelhas do anjo se ergueram quando ela apenas o encarou.

— Sei onde podemos conseguir veneno de kristallos para os testes de antídoto da medbruxa — disse ela.

61

A imaculadamente limpa clínica branca da medbruxa era pequena, nada parecida com os grandes consultórios que Bryce havia visitado no passado. E, em vez do clássico letreiro em néon azul, pendurado em quase cada quarteirão daquela cidade, a insígnia do sino e vassoura tinha sido gravada com carinho especial em uma placa dourada de madeira do lado de fora. A única coisa de ar antiquado do local.

A porta no fim do corredor atrás do balcão se abriu, e uma medbruxa apareceu, o cabelo preto cacheado preso em um coque que evidenciava o elegante rosto negro.

— Você deve ser Bryce — disse a mulher, o sorriso franco deixando a semifeérica à vontade de imediato. Ela olhou para Hunt, acenando em reconhecimento. Mas não fez nenhuma menção ao encontro no jardim noturno antes de se voltar para Bryce: — Seu parceiro pode entrar com você se desejar. A sala de tratamento tem espaço para as asas.

Hunt encarou Bryce, e ela viu a pergunta em sua expressão: *Você quer que eu a acompanhe?*

Bryce sorriu para a bruxa.

— Meu parceiro adoraria participar.

* * *

A sala de tratamento branca, apesar do pequeno tamanho da clínica, exibia a mais moderna tecnologia. Uma bancada de computadores ocupava uma das paredes, um longo braço mecânico de luz cirúrgica estava afixado à outra. A terceira parede exibia uma prateleira com vários tônicos, poções e pós em sofisticados frascos de vidro, e um armário cromado na quarta parede com certeza guardava os instrumentos cirúrgicos propriamente ditos.

Que diferença das casas forradas de madeira que Hunt havia visitado em Pangera, onde bruxas ainda faziam as próprias poções em caldeirões de ferro, passados de geração em geração.

Distraída, a bruxa indicou a maca de couro branco no centro da sala. Painéis escondidos brilhavam nas laterais, extensões para abrigar vanir de todos os tamanhos e formatos.

Hunt escolheu uma solitária cadeira de madeira perto do armário enquanto Bryce subia na mesa de exame, o rosto ligeiramente pálido.

— Você disse ao telefone que esse ferimento foi feito por um demônio kristallos e que jamais se curou... o veneno ainda está em seu organismo.

— Sim — admitiu Bryce, em tom baixo. Hunt odiou cada travo de dor que revestia aquela palavra.

— E você me dá permissão para usar o veneno extraído em minhas experiências na busca de um antídoto para sintez?

Bryce olhou para o anjo, e ele assentiu em encorajamento.

— Um antídoto para sintez parece algo bem importante de se conseguir — disse ela. — Então você tem minha permissão.

— Ótimo. Obrigada. — A medbruxa folheou um prontuário, aparentemente o que Bryce havia preenchido no website da mulher, assim como o histórico médico que acompanhava seu registro de civitas. — Vejo que o trauma em sua perna aconteceu há quase dois anos?

Bryce remexeu na bainha de sua blusa.

— Sim. A ferida, hmm... cicatrizou, mas ainda dói. Quando corro ou ando muito, queima, bem ao longo do osso. — Hunt se absteve de vociferar uma censura.

A bruxa franziu o cenho e olhou da ficha para a perna de Bryce.

— Desde quando a dor se instalou?

— Desde o início — admitiu Bryce, sem encará-lo.

A medbruxa olhou para Hunt.

— Também esteve presente nesse ataque?

Bryce abriu a boca para responder, mas Hunt se adiantou:

— Sim. — Bryce virou a cabeça rapidamente para encarar o anjo. Ele manteve os olhos na bruxa. — Cheguei três minutos depois do ocorrido. A perna tinha um talho na coxa, cortesia dos dentes do kristallos. — As palavras soaram atropeladas, a confissão escapando de seus lábios. — Usei um dos grampeadores de sutura da legião para selar a ferida da melhor maneira que pude. — Hunt continuou, incerto do motivo do trovejar em seu peito. — A anotação médica sobre o ferimento é de minha autoria. Ela não recebeu qualquer tratamento depois disso. Por isso a cicatriz... — Ele engoliu em seco a culpa que lhe subia à garganta. — Por isso tem essa aparência. — Ele encontrou os olhos de Bryce, permitindo que a semifeérica visse a desculpa ali. — É minha culpa.

Bryce o encarou. Nenhum traço de condenação no rosto... apenas pura compreensão.

A bruxa olhou de um para o outro, como se cogitasse lhes dar um momento. Mas perguntou a Bryce:

— Então não consultou uma medbruxa depois daquela noite?

Bryce ainda sustentava o olhar de Hunt quando respondeu:

— Não.

— Por quê?

— Porque queria sentir a dor — respondeu com voz rouca, os olhos ainda colados aos do anjo. — Queria uma recordação constante. — Eram lágrimas em seus olhos. Lágrimas brotavam, e ele não sabia o motivo.

Com gentileza, a bruxa ignorou suas lágrimas.

— Muito bem. Os *porquês* e *comos* não são tão importantes quanto o que permanece na ferida. — Ela franziu a testa. — Posso tratá-la hoje, e, se continuar por aqui, é bem-vinda para assistir enquanto testo sua amostra. Para ser um antídoto efetivo, o veneno precisa ser estabilizado, de modo que possa interagir com a sintez e reverter seus efeitos. Minha magia de cura é capaz disso, mas preciso estar presente para estabilizar a mistura. Estou tentando encontrar um meio para que a magia preserve o efeito, e assim o antídoto possa ser lançado e usado amplamente.

— Parece complexo — argumentou Bryce, enfim desviando os olhos de Hunt. Ele sentiu a ausência daquele olhar, como se uma chama quente houvesse se apagado.

A bruxa ergueu as mãos, luz branca brilhou na ponta de seus dedos e desapareceu, como se fosse uma pequena amostra da prontidão de sua magia.

— Fui criada por tutores versados nas antigas práticas. Eles me ensinaram uma matriz de conhecimento especializado.

Bryce soltou o ar pelo nariz.

— Tudo bem. Vamos começar então.

Mas a expressão no rosto da bruxa ficou séria.

— Bryce, preciso abrir a ferida. Posso anestesiá-la para que não sinta essa parte, mas o veneno... se está tão fundo quanto suspeito... não conseguirei usar sanguessugas mitridadas para extraí-lo. — Ela gesticulou para Hunt. — Com o ferimento daquela noite, o veneno ainda não havia enraizado. Já uma ferida como a sua, profunda e antiga... O veneno é uma espécie de organismo. Se alimenta de você. Não vai querer se separar, especialmente depois de tanto tempo se enredando em seu corpo. Talvez eu tenha de usar minha magia para extirpá-lo. E o veneno pode muito bem tentar me convencer a parar. Através da dor.

— Então vai doer muito? — perguntou Hunt.

A bruxa se encolheu.

— O bastante para que a anestesia local não faça efeito. Se preferir, posso agendar um centro cirúrgico e deixá-la inconsciente, mas pode levar um dia ou dois...

— Faremos hoje. Agora — decidiu Bryce, os olhos encontrando os do anjo outra vez. Ele pôde apenas oferecer um forte aceno como resposta.

— Tudo bem — concordou a bruxa, caminhando com graciosidade até a pia para lavar as mãos. — Vamos começar.

* * *

O estrago era tão ruim quanto havia temido. Pior.

A bruxa foi capaz de escanear a perna de Bryce, primeiro com uma máquina, em seguida com seu poder, os dois combinados para formar uma imagem na tela da parede oposta.

— Vê essa faixa escura ao longo do fêmur? — A bruxa apontou para uma linha irregular, forqueada como um relâmpago, na coxa de Bryce. — É o veneno. Toda vez que você corre ou anda muito, ele se infiltra na área adjacente e provoca a dor. — Ela apontou para uma mancha branca acima. — Isso é tudo tecido cicatrizado. Primeiro, preciso atravessá-lo, mas deve ser rápido. A extração levará um tempo.

Bryce tentou esconder o tremor enquanto assentia. Já havia assinado meia dúzia de termos de consentimento.

Hunt estava sentado na cadeira, assistindo.

— Certo — disse a bruxa, lavando as mãos novamente. — Coloque uma bata e podemos começar. — Ela estendeu a mão para o armário de metal perto do anjo, e Bryce tirou o short. A camiseta.

Hunt desviou o olhar, e a bruxa ajudou Bryce a vestir a bata leve de algodão, amarrando-a para a semifeérica.

— Sua tatuagem é adorável — elogiou a medbruxa. — Mas não reconheço o alfabeto... o que diz?

Bryce podia sentir cada agulhada que compôs as linhas do texto em suas costas. — *Por amor, tudo é possível.* Em resumo: meu coração e eu jamais nos separaremos.

Um murmurar de aprovação conforme a medbruxa olhava de Bryce para Hunt.

— Vocês têm uma ligação muito poderosa.

Bryce não se preocupou em corrigir a suposição da bruxa de que a tatuagem tinha a ver com Hunt. A tatuagem que uma Danika bêbada havia insistido que fizessem uma noite, alegando que colocar o voto de eterna amizade em outra língua tornaria tudo menos piegas.

Quando Hunt se voltou novamente para elas, a bruxa perguntou:

— Esse halo machuca?

— Somente quando ativado.

— Quem o marcou?

— Alguma bruxa imperial — respondeu Hunt, entre dentes. — Uma das Antigas.

O rosto da bruxa se anuviou.

— É um aspecto sombrio de nosso trabalho... que acorrentemos indivíduos com o halo. Deveria ser cessado totalmente.

Ele abriu um meio-sorriso que não chegou aos olhos.

— Quer apagar para mim?

A bruxa ficou completamente imóvel, Bryce prendeu o fôlego.

— O que você faria se eu o tirasse? — perguntou a bruxa, com suavidade, os olhos escuros cintilando de interesse... e poder milenar. — Puniria aqueles que o escravizaram?

Bryce abriu a boca para avisá-los de que aquela era uma conversa perigosa, mas felizmente Hunt se adiantou.

— Não estou aqui para falar de minha tatuagem.

Jazia em seus olhos, no entanto... a resposta. A confirmação. Sim, mataria aqueles que lhe fizeram aquilo. A bruxa inclinou a cabeça de leve, como se visse aquela resposta.

Ela se virou para Bryce e deu um tapinha na mesa de exames.

— Muito bem. Deite de costas, Srta. Quinlan.

Bryce começou a tremer conforme obedecia. Conforme a bruxa despia seu torso, então suas pernas, e ajustava o braço de luz cirúrgica. Um carrinho chacoalhou quando a médica puxou uma bandeja com vários instrumentos prateados e brilhantes, cotonetes e um frasco vazio de vidro.

— Vou anestesiá-la primeiro — avisou a bruxa, em seguida uma agulha apareceu nas mãos enluvadas.

Bryce tremeu com mais intensidade.

— Respire fundo — aconselhou, batendo na injeção para estourar as bolhas.

Uma cadeira guinchou, e então uma calejada mão aquecida envolveu a de Bryce.

Os olhos de Hunt encontraram os seus.

— Respire fundo, Bryce.

A semifeérica inspirou. A agulha cravou em sua perna, a picada lhe arrancando lágrimas. Ela apertou a mão do anjo com tanta força que sentiu o ranger de ossos. Ele nem mesmo piscou.

A dor logo amainou, a dormência formigando em sua perna. Bem fundo.

— Sente isso? — perguntou a bruxa.

— Sentir o quê?

— Ótimo — declarou a bruxa. — Vou começar agora. Posso colocar uma divisória se você...

— Não — vociferou Bryce. — Apenas faça.

Sem demoras. Sem espera.

Ela viu a bruxa erguer o bisturi, e, em seguida, sentiu uma pressão firme contra a coxa. Bryce tremeu outra vez, soltando o fôlego entre dentes.

— Firme agora — pediu a bruxa. — Estou abrindo caminho pelo tecido cicatrizado.

Os olhos castanhos de Hunt sustentavam os seus enquanto ela se forçava a pensar no anjo, não na perna. Ele estivera lá naquela noite. No beco.

A lembrança aflorou, a névoa de dor e terror e mágoa se desanuviando levemente. Mãos quentes, fortes, segurando-a. Assim como ele segurava sua mão agora. Uma voz dirigida a ela. Então completa imobilidade, como se a voz do anjo fosse um sino. Em seguida aquelas mãos fortes e quentes em sua coxa, segurando-a enquanto soluçava e gritava.

Estou com você, tinha repetido incessantemente. *Estou com você.*

— Acredito que posso retirar a maior parte do tecido necrosado — observou a bruxa. — Mas... — Xingou baixinho. — Luna do céu, olhe isso!

Bryce se recusou a obedecer, mas os olhos de Hunt se desviaram para a tela atrás da semifeérica, onde a ferida ensanguentada estava exposta. Um músculo latejou em seu maxilar. Claro sinal do que havia dentro da ferida.

— Não entendo como sequer está andando — murmurou a bruxa. — Você disse que não toma analgésicos?

— Somente durante as crises — sussurrou Bryce.

— Bryce... — A bruxa hesitou. — Vou precisar que fique completamente imóvel. E que inspire o mais fundo que puder.

— Ok. — Sua voz soou miúda.

A mão de Hunt agarrou a sua. Bryce tomou fôlego para se preparar...

Era como se tivessem jogado ácido em sua perna. A pele parecia queimar, ossos derretendo...

Inspirar, expirar, sua respiração entre dentes. Ah, deuses, ah, deuses...

Hunt entrelaçou os dedos aos seus, apertou.

Queimava e queimava e queimava e queimava...

— Quando cheguei ao beco naquela noite — disse o anjo acima do som frenético de sua respiração —, você estava sangrando muito. Ainda assim, você tentou protegê-lo. Você não permitiu que nós nos aproximássemos até que mostrássemos nossos distintivos e provássemos ser da legião.

Ela choramingou, a respiração incapaz de vencer o afiado escarafunchar, escarafunchar, escarafunchar...

Os dedos de Hunt acariciaram sua testa.

— Pensei comigo mesmo, *Está aí alguém que eu gostaria ao meu lado. Uma amiga que gostaria de ter.* Acho que fui tão duro quando nos encontramos de novo porque... porque uma parte de mim sabia disso, e tinha medo do que significava.

Bryce não conseguiu conter as lágrimas.

Os olhos do anjo não deixaram os seus.

— Eu estava na sala de interrogatório também. — Os dedos roçavam o cabelo da semifeérica, gentis e tranquilizadores. — Estive presente o tempo todo.

A dor calou fundo, e ela não conseguiu evitar o grito que escapou de si.

Hunt se inclinou para a frente, tocando a testa fria com a sua.

— Sempre soube quem você era. Jamais a esqueci.

— Estou começando a extração e a estabilização do veneno — explicou a bruxa. — Vai piorar, mas está quase no fim.

Bryce não conseguia respirar. Não conseguia pensar em nada além de Hunt e de suas palavras e da dor na perna, a cicatriz na própria alma.

— Você consegue. Você consegue, Bryce — murmurou o anjo.

Ela não conseguiu. E o Inferno que brotou de sua perna a fez forçar as amarras, as cordas vocais tensionando quando o grito encheu a sala.

O aperto de Hunt jamais vacilou.

— Está quase fora — sibilou a bruxa, grunhindo com o esforço. — Aguente firme, Bryce.

Ela o fez. Por Hunt, por aquela mão, pela suavidade em seus olhos, ela aguentou. Com tudo o que tinha.

— Estou com você — murmurou ele. — Amor, estou com você.

Ele nunca dissera aquilo daquele modo... aquela palavra. Sempre fora com zombaria, provocação. Ela sempre havia julgado aquilo meio irritante.

Não dessa vez. Não quando ele lhe sustentava a mão e o olhar e tudo que era. Vivenciando a dor com ela.

— Respire — ordenou ele. — Você consegue fazer isso. Consegue passar por isso.

Passar por tudo... juntos. Passar por aquele caos de vida juntos. Pela bagunça daquele mundo. Bryce soluçou, não apenas de dor então.

E Hunt, como se também sentisse o mesmo, se inclinou outra vez. Tocou os lábios nos seus.

Apenas a insinuação de um beijo... um roçar de lábios sobre os seus.

Uma estrela brilhou dentro da semifeérica com o gesto. Uma luz havia muito adormecida aflorou em seu peito, em suas veias.

— Solas Flamejante! — sussurrou a bruxa, e a dor cessou.

Como um interruptor desligado, a dor se foi. Foi abrupto o bastante para que Bryce desviasse o olhar de Hunt e espiasse o próprio corpo, o sangue sobre si, a ferida aberta. Ela poderia ter desmaiado com a visão do corte de 15 centímetros aberto se não fosse a coisa que a bruxa segurava em uma pinça, como se fosse, de fato, um verme.

— Se minha magia não o estivesse estabilizando assim, seria líquido — explicou a bruxa, movendo com cautela o veneno, um verme translúcido e contorcido com pintas escuras, na direção de um vidro. Aquilo se retorcia, como uma coisa viva.

A bruxa o depositou no vidro e fechou a tampa, a magia zumbindo. O veneno instantaneamente se dissolveu em uma poça no interior, mas ainda vibrava. Como se procurasse uma saída.

Os olhos de Hunt ainda encaravam Bryce. Como fizeram todo o tempo. Jamais a abandonaram.

— Deixe-me limpá-la e suturá-la, em seguida testaremos o antídoto — falou a bruxa.

Bryce mal ouviu a mulher enquanto assentia. Mal ouviu nada além do eco das palavras de Hunt. *Estou com você.*

Seus dedos se curvaram sobre os do anjo. Ela deixou que seus olhos expressassem tudo o que sua garganta devastada não conseguia. *Também estou com você.*

* * *

Trinta minutos depois, Bryce estava sentada, o braço e a asa de Hunt ao seu redor, ambos assistindo à magia brilhante e pálida da bruxa envolver a poça de veneno dentro do frasco e embrulhá-la com um fino casulo.

— Me perdoem se meu método de testagem do antídoto não se qualifica como um experimento médico apropriado — declarou ela, enquanto caminhava até onde uma pílula branca comum aguardava em uma caixa de plástico. Ao abrir a tampa, a bruxa jogou ali o casulo de veneno. Aquilo tremulou como uma fita, pairando sobre a pílula antes que a médica fechasse de novo a tampa. — O que está sendo usado nas ruas é uma versão muito mais potente — disse ela. — Mas quero ver se essa quantidade de minha magia curativa, estabilizando o veneno e se misturando a ele, vai dar resultado com a sintez.

Com cuidado, a bruxa deixou o casulo de veneno infundido com magia ardente no comprimido. Sumiu com um piscar de olhos, sugado pela pílula. Mas o rosto da bruxa continuou contraído em concentração. Como se focado no que acontecia dentro do remédio.

— Então, no momento, sua magia está estabilizando o veneno naquele comprimido? Parando a sintez?

— Essencialmente — respondeu a bruxa, distante, ainda atenta à pílula. — Requer quase toda a minha concentração para manter a mistura estável tempo o bastante a fim de interromper a sintez. Motivo pelo qual gostaria de encontrar um meio de me retirar da equação e fazer com que o método possa ser usado por qualquer um, mesmo sem mim.

Bryce ficou em silêncio depois daquilo, deixando a bruxa trabalhar em paz.

Nada aconteceu. A pílula apenas continuava lá.

Um minuto se passou. Dois. E, quando já estava chegando aos três minutos...

O comprimido ficou cinza. E, então, se dissolveu em nada mais que minúsculas partículas, que em seguida também desapareceram. Até que não restasse nada.

— Funcionou? — Hunt cortou o silêncio.

A bruxa piscou para a caixa agora vazia.

— Parece que sim. — Ela se virou para Bryce, suor porejando sua testa. — Gostaria de continuar os testes, encontrar um meio de o antídoto funcionar sem a necessidade de minha magia para estabilizar o veneno. Mas posso enviar um frasco para você quando terminar, se quiser. Algumas pessoas gostam de guardar tais suvenires de suas batalhas.

Bryce assentiu, ausente. E se deu conta de que não tinha ideia do que fazer a seguir.

62

Jesiba não parecera se importar quando Bryce explicou que precisava do restante do dia de folga. Apenas exigira que a semifeérica estivesse na galeria logo pela manhã do dia seguinte, ou seria transformada em um burro.

Hunt a levou do consultório para casa, chegando ao ponto de carregá-la pelo telhado do prédio até o apartamento. O anjo a colocou no sofá, onde insistiu que ficasse pelo restante do dia, enrolada ao seu lado, aninhada em seu calor.

Ela podia ter ficado assim toda a tarde, e a noite também, se o telefone de Hunt não houvesse tocado.

O anjo estivera em meio à preparação do almoço quando atendeu.

— Oi, Micah.

Mesmo do outro lado da sala, Bryce conseguiu ouvir a voz linda e fria do arcanjo.

— Meu escritório. Imediatamente. Traga Bryce Quinlan com você.

* * *

Enquanto vestia a armadura e pegava elmo e armas, Hunt cogitou pedir a Bryce que entrasse em um trem e sumisse da cidade. Ele sabia que a reunião com Micah não seria agradável.

Bryce mancava, a ferida ainda dolorida o bastante para que ele separasse largas calças de ginástica e a ajudasse a vesti-las no meio da sala de estar. A semifeérica havia agendado uma consulta de acompanhamento em um mês, e somente agora ocorria ao anjo que podia não estar presente para lhe fazer companhia.

Fosse porque o caso teria sido resolvido ou por causa da porra que estava prestes a acontecer no Comitium.

Bryce tentou dar um passo antes que Hunt a pegasse, carregando a semifeérica porta afora, e se lançasse aos céus. Ela mal falou, nem ele. Depois daquela manhã, de que valiam palavras? Aquele beijo muito breve havia dito tudo. Assim como a luz que o anjo poderia ter jurado que brilhou naqueles olhos quando ele se afastou.

Haviam cruzado uma linha, uma que não tinha volta.

Hunt pousou no balcão do pináculo do governador... o central dos cinco do Comitium. O burburinho comum do saguão de seu gabinete oficial parecia silenciado. Mau sinal. O anjo carregou Bryce pela câmara. Se as pessoas haviam fugido, ou sido expulsas por Micah...

Se ele visse Sandriel naquele momento, se ela percebesse que Bryce estava ferida...

O temperamento de Hunt se tornou algo vivo, mortal. Seu relâmpago forçava a pele, armando o bote, uma cobra pronta para o ataque.

Com gentileza, soltou Bryce diante das portas jateadas do escritório. Ele se certificou de que ela tivesse se equilibrado antes de soltá-la, recuando um passo para estudar cada centímetro daquele rosto.

Havia um brilho de preocupação em seus olhos, o bastante para que ele se inclinasse, roçasse um beijo em sua têmpora.

— Queixo para cima, Quinlan — murmurou ele contra a pele sedosa. — Vamos ver se consegue fazer aquele truque de olhar de cima alguém muito mais alto que você.

Ela bufou uma risada, dando um tapa no braço do anjo. Hunt se afastou com um meio-sorriso próprio, antes de abrir as portas e guiá-la com a mão nas costas. Sabia, com certeza, que aquele seria seu último sorriso por um bom tempo. Mas ele morreria antes de deixar Quinlan perceber. Mesmo ao ver quem estava no escritório de Micah.

Parada à esquerda da mesa do governador, Sabine, braços cruzados e coluna rígida, era o retrato da fúria gélida. Uma Amelie de expressão tensa permanecia ao seu lado.

Ele sabia precisamente do que se tratava a reunião.

Micah estava à janela, o rosto com uma reprovação glacial. Isaiah e Viktoria ladeavam sua mesa. Os olhos do primeiro brilhavam com advertência.

— A presença de Quinlan não é necessária — disse Hunt, em tom baixo, para Micah, para Sabine.

— Ah, é sim. Eu a quero aqui para cada segundo — disse Sabine, o cabelo louro platinado faiscando sob as lâmpadas de primalux

* * *

— Não vou me dignar a perguntar se é verdade — disse Micah a Hunt, conforme Bryce e o anjo paravam no centro da sala. As portas se fecharam atrás dos dois. Trancadas.

Hunt se preparou.

— Havia seis câmeras naquele bar — comunicou Micah. — Todas capturaram o que você fez e disse a Amelie Ravenscroft. Ela relatou seu comportamento para Sabine, e Sabine se reportou diretamente a mim.

Amelie corou.

— Apenas mencionei a ela — emendou a loba. — Não choraminguei como um filhote sobre o fato.

— É inaceitável — sibilou Sabine para Micah. — Acha que pode soltar seu assassino em cima de um membro de *minhas* alcateias? Minha herdeira?

— Vou repetir, Sabine — disse Micah, entediado. — Não soltei Hunt Athalar em cima de Amelie. Ele agiu por conta própria. — Um olhar para Bryce. — Em defesa de sua companheira.

— Bryce não tem nada a ver com isso — rebateu Hunt, rápido. — Amelie pregou uma peça babaca, e decidi lhe fazer uma visita. — Ele arreganhou os dentes para a jovem alfa, que engoliu em seco.

— Você atacou minha capitã — disparou Sabine.

— Avisei a Amelie que ficasse longe — rosnou Hunt. — Deixasse Bryce em paz. — Ele inclinou a cabeça, incapaz de engolir as palavras. — Ou não está ciente de que Amelie tem visado Bryce desde que sua filha morreu? Provocando-a com isso? Chamando-a de lixo?

A expressão de Sabine nem mesmo vacilou.

— E que me importa se é verdade?

A cabeça de Hunt se encheu de ruído. Mas Bryce apenas ficou parada. E baixou os olhos.

— O fato não pode passar sem punição. Você obstruiu a investigação do assassinato de minha filha. Permitiu que esses dois enfiassem o nariz onde não eram chamados, *me* acusando de tê-la matado. E agora isso. Estou a um sopro de dizer à cidade como não mantém seus *escravizados* na linha. Tenho certeza de que seus atuais hóspedes ficarão bem interessados nesse pequeno detalhe.

O poder de Micah ribombou à menção de Sandriel.

— Athalar será punido.

— Agora. Aqui. — A expressão de Sabine era absolutamente lupina. — Onde posso testemunhar.

— Sabine — murmurou Amelie. Sabine rosnou para sua jovem capitã.

A loba tinha esperado por aquele momento... havia usado Amelie como desculpa. Sem dúvida arrastou a loba até ali. Sabine tinha jurado que se vingaria por terem a acusado da morte de Danika. E Sabine era, supunha Hunt, uma mulher de palavra.

— Sua posição entre os lobos — começou Micah, com calma aterrorizante — não lhe dá o direito de dizer a um Governador da República o que fazer.

Sabine não recuou. Nem um centímetro.

Micah apenas suspirou fundo. Encontrou os olhos de Hunt, desapontado.

— Você agiu de forma tola. Pensei que, pelo menos você, teria mais juízo.

Bryce tremia. Mas Hunt não ousou tocá-la.

— A história mostra que um escravizado que ataca um cidadão livre deve automaticamente entregar sua alma.

Hunt reprimiu uma risada amarga diante daquelas palavras. Não era o que vinha fazendo pelos arcanjos havia séculos?

— Por favor — implorou Bryce.

E talvez tenha sido empatia que suavizou a expressão do arcanjo conforme dizia:

— Essas são tradições antigas. Para Pangera, não Valbara. — Sabine abriu a boca para protestar, mas Micah ergueu a mão. — Hunt Athalar será punido. E ele morrerá... como morrem os anjos.

Bryce deu um passo hesitante na direção de Micah. Hunt a segurou pelo ombro, impedindo-a.

— A Morte em Vida — decretou Micah.

O sangue de Hunt gelou. Mas ele inclinou a cabeça. Estivera pronto a encarar as consequências desde que disparou aos céus na véspera, a caixa de doces em mãos.

Bryce encarou Isaiah, cuja expressão estava soturna, em busca de uma explicação.

— A Morte em Vida é quando cortam as asas de um anjo — esclareceu o comandante para Bryce e para uma Amelie confusa.

A semifeérica balançou a cabeça.

— Não, por favor...

Mas Hunt encontrou o firme olhar do arcanjo, leu a justiça ali. Ele se ajoelhou e tirou a jaqueta, em seguida a blusa.

— Não quero prestar queixa — insistiu Amelie. — Sabine, *não quero* isso. Esqueça.

Micah foi até Hunt, uma brilhante espada dupla surgiu em sua mão.

Bryce se jogou no caminho do arcanjo.

— Por favor... *por favor*... — O perfume de suas lágrimas encheu o escritório.

Em um instante, Viktoria apareceu ao seu lado. Contendo-a. O sussurro da espectro tão suave que Hunt mal o ouviu.

— Elas vão crescer. Em algumas semanas, as asas vão se regenerar.

Mas aquilo iria doer como o Inferno. Doer tanto que Hunt agora inspirava longamente, se preparando. Recolhendo-se para dentro de si, para aquele lugar onde enfrentava tudo o que lhe fora feito, cada missão que tinha recebido, cada vida que lhe fora ordenado ceifar.

— Sabine, *não* — insistiu Amelie. — Foi longe demais.

Sabine não disse nada. Apenas ficou parada ali.

Hunt abriu as asas e as ergueu, mantendo-as bem acima das costas para um corte limpo.

Bryce começou a gritar alguma coisa, mas Hunt apenas encarou Micah.

— Faça.

Micah nem mesmo assentiu quando a espada se mexeu.

Dor, do tipo que Hunt não vivenciara em duzentos anos, o atravessou, causando um curto-circuito em cada...

* * *

Hunt voltou à consciência com os berros de Bryce.

Parecia uma forte convocação, mesmo com a agonia em suas costas, em sua alma.

Ele devia ter apagado por um instante, porque suas asas ainda vertiam sangue de onde estavam, como dois galhos caídos no chão do escritório de Micah.

Amelie parecia prestes a vomitar; Sabine sorria com malícia, e Bryce estava agora ao seu lado, o sangue ensopando suas calças, suas mãos, enquanto soluçava.

— *Ah, deuses, ah, deuses...*

— Estamos quites — disse Sabine para Micah, que apertou um botão em seu telefone para chamar uma medbruxa.

Ele havia enfrentado as consequências de seus atos, fim, e podia voltar para casa com Bryce...

— Você é uma desgraça, Sabine. — As palavras de Bryce cortaram a sala conforme ela arreganhava os dentes para a Prima Presumível. — Você é uma desgraça para cada lobo que já pisou nesse planeta.

— Não me importa o que uma mestiça pensa de mim — disse Sabine.

— Você não merecia Danika — rosnou Bryce, trêmula. — Nem por um segundo.

Sabine hesitou.

— Não merecia uma pirralha egoísta e fraca como filha, mas foi o que aconteceu, não foi?

Baixo, de muito longe, o rosnado de Bryce suplantou a dor de Hunt. Mas o anjo não conseguiu alcançá-la a tempo enquanto ela saltava de pé, se encolhendo em agonia pela perna ainda em recuperação.

Micah se colocou a sua frente. Bryce ofegou, soluçando entre dentes. Mas Micah se manteve firme, imóvel como uma montanha.

— Leve Athalar daqui — disse o arcanjo, calmamente, a dispensa clara. — Para sua casa, o quartel, pouco importa.

Mas Sabine, ao que parecia, tinha decidido ficar. Para brindar Bryce com uma pérola de sua mente pérfida.

— Procurei o Sub-Rei no inverno passado, sabia disso? — disse a loba para a semifeérica, em tom baixo e venenoso. — Para conseguir algumas respostas de minha filha, de qualquer fagulha de energia remanescente na Cidade Adormecida.

Bryce enrijeceu. A pura imobilidade feérica. Terror invadiu seus olhos.

— Sabe o que ele me disse? — O rosto de Sabine parecia inumano. — Ele disse que Danika não viria. Não obedeceria a meu chamado. Minha patética filha sequer se dignaria a me encontrar no pós-vida. Por *vergonha* do que fez. Como morreu, indefesa e gritando, implorando igual a pessoas como *você*. — Sabine parecia vibrar de raiva. — E sabe o que o Sub-Rei me disse quando exigi mais uma vez que a conjurasse?

Ninguém ousou falar.

— Me disse que *você*, seu monte de lixo, havia feito uma barganha com ele. Por *ela*. Que *você* o procurou após o assassinato e trocou o próprio lugar no Quarteirão dos Ossos em troca da passagem de Danika. Que estava preocupada que o acesso de minha filha lhe fosse negado pelo modo covarde como morreu, então *implorou* que a levasse no lugar.

Até mesmo Hunt vacilou diante da informação.

— Não foi por isso que eu o fiz! — disparou Bryce. — Danika não foi covarde um *maldito* instante de sua vida! — A voz falhou conforme gritava as últimas palavras.

— Você *não* tinha o *direito* — explodiu Sabine. — Ela *era* covarde e morreu como uma, e merecia ser jogada no rio! — A alfa gritava. — E agora está condenada a uma eternidade de *vergonha* por sua causa! Porque ela não devia *estar lá*, sua vadia *estúpida*. E agora ela deve *sofrer* por isso!

— Basta! — exclamou Micah, as palavras carregadas de autoridade. *Saia*.

Sabine apenas soltou uma risada fria e morta, então deu meia-volta.

Bryce ainda soluçava quando a alfa marchou porta afora, uma Amelie atônita em seu encalço. A última murmurou ao passar pela porta:

— Lamento.

Bryce cuspiu na loba.

Foi a última coisa que Hunt viu antes que a escuridão o engolfasse novamente.

* * *

Ela jamais os perdoaria. Nenhum deles.

Hunt permaneceu inconsciente enquanto as medbruxas trabalhavam no escritório de Micah, suturando o anjo, de modo que os cotocos das asas amputadas parassem de sangrar no chão, e, em seguida, enfaixaram as feridas com ataduras que promoveriam um rápido crescimento. Nenhuma primalux... aparentemente, seu auxílio na cicatrização não era permitido na Morte em Vida. Teria deslegitimado a punição.

Bryce ficou ajoelhada ao lado de Hunt o tempo todo, a cabeça do anjo em seu colo. Não ouviu quando Micah disse que a alternativa seria a morte de Hunt... oficial e irrevogavelmente morto.

Ela lhe acariciou o cabelo enquanto estavam deitados em sua cama uma hora mais tarde, a respiração do anjo ainda profunda e regular. *Dê a poção de cura de seis em seis horas,* ordenou a medbruxa. *Vai ajudar com a dor também.*

Isaiah e Naomi o haviam trazido para casa, e ela mal os deixara deitá-lo de bruços em seu colchão antes de mandá-los sair.

A semifeérica não tivera esperança de que Sabine compreendesse o motivo pelo qual havia abdicado de seu lugar no Quarteirão dos Ossos por Danika. A loba nunca escutou Danika falar sobre como um dia seria enterrada ali, com todas as honras, junto de todos os outros grandes heróis de sua Casa. Subsistindo daquela pequena partícula de energia pela eternidade. Ainda parte da cidade que tanto amava.

Bryce tinha testemunhado o veleiro de outras pessoas tombarem. Jamais esqueceria a súplica abafada no áudio da câmera do corredor do prédio.

Não estivera disposta a arriscar a possibilidade de o barco não chegar à margem. Não em se tratando de Danika.

Tinha jogado um Marco da Morte no Istros, o pagamento ao Sub-Rei; uma moeda cunhada de ferro puro, de um antigo, havia muito perdido, reino além-mar. Passagem para um barco mortal.

E, então, Bryce se ajoelhara nos decrépitos degraus de pedra, o rio a poucos metros às costas, os arcos dos portões de ossos sobre si, e esperou.

O Sub-Rei, velado em preto e silêncio, tal qual a morte, tinha aparecido momentos depois.

Faz uma era desde que um mortal ousou colocar os pés em minha ilha.

A voz havia soado velha e jovem, masculina e feminina, gentil e odiosa. Ela jamais ouvira algo tão hediondo... e atraente.

Quero ceder meu lugar.

Sei por que está aqui, Bryce Quinlan. A passagem de quem deseja barganhar. Uma pausa divertida. *Não quer, um dia, conviver com os honrados mortos? A balança pende para sua aceitação... continue seu caminho e será bem-vinda quando a hora chegar.*

Quero ceder meu lugar. Para Danika Fendyr.

Faça isso e saiba que nenhum outro Reino de Quietude de Midgard há de se abrir para você. Nem o Quarteirão dos Ossos, nem as Catacumbas da Cidade Eterna, nem as Ilhas de Verão do Norte. Nenhum, Bryce Quinlan. Barganhar seu local de descanso aqui é barganhá-lo em qualquer lugar.

Quero ceder meu lugar.

Você é jovem e está tomada pela dor. Lembre-se de que sua vida pode parecer longa, mas é um mero tremular na eternidade.

Quero ceder meu lugar.

Está tão certa de que será negada a passagem a Danika Fendyr? Tem tão pouca fé nos feitos e ações de sua amiga que precisa da barganha?

Quero ceder meu lugar. Havia soluçado as palavras.

Não há como ser desfeito.

Quero ceder meu lugar.

Então diga, Bryce Quinlan, e a troca estará feita. Diga uma sétima e última vez, e deixe os deuses e os mortos e todos no intermédio ouvirem seu juramento. Diga, e estará feito.

Ela não havia hesitado, sabendo que aquele era um rito antigo. Havia pesquisado nos arquivos da galeria. Roubado o Marco da Morte de lá também. Tinha sido dado a Jesiba pelo Sub-Rei em pessoa, lhe dissera a feiticeira, quando havia jurado lealdade à Casa de Chama e Sombra.

Quero ceder meu lugar.

E assim fora feito.

Bryce não havia sentido nenhuma diferença depois, quando fora enviada de volta ao rio. Ou nos dias depois daquilo. Nem mesmo a mãe fora capaz de dizer... não havia notado que Bryce tinha se esgueirado para fora do quarto de hotel, na calada da noite.

Nos últimos dois anos, Bryce algumas vezes se perguntara se havia sonhado tudo aquilo, mas, então, tinha procurado na gaveta da galeria em que todas as moedas eram guardadas, e viu o lugar vazio e escuro onde o Marco da Morte havia estado. Jesiba jamais notara o sumiço.

Bryce gostava de pensar que sua chance de descanso eterno havia sumido com ela. De imaginar as moedas aninhadas em seus compartimentos de veludo na gaveta, como todas as almas de quem amava, vivendo juntas para sempre. E lá estava a dela... sumida e vagando, apagada no momento da morte.

Mas o que Sabine tinha alegado sobre o sofrimento de Danika no Quarteirão dos Ossos... Bryce se recusava a acreditar naquilo. Porque a alternativa... Não. Danika havia merecido seu lugar no Quarteirão dos Ossos, não tinha nada do que se envergonhar, independentemente de Sabine e outros babacas discordarem ou não. De o Sub-Rei ou qualquer entidade que julgasse suas almas *dignas* discordarem ou não.

Bryce passou a mão pelo cabelo sedoso de Hunt, o som da respiração do anjo enchia o quarto.

Era um saco. Aquele maldito mundo onde viviam.

Era um saco e cheio de pessoas horríveis. E as boas sempre pagavam por tudo.

Ela pegou o telefone da mesinha de cabeceira e começou a digitar uma mensagem.

A semifeérica a disparou um instante depois, não se permitindo tempo para reconsiderar o que havia escrito para Ithan. Sua primeira mensagem para o lobo em dois anos. As mensagens frenéticas do amigo naquela noite terrível, então sua ordem fria para que se afastasse, ainda eram as últimas frases em um feed que datava de cinco anos antes.

Diga a sua alfa que Connor jamais a notou porque sempre soube o monte de merda que Amelie era. E diga a Sabine que, se eu a vir de novo, vou matá-la.

Bryce se deitou ao lado de Hunt, não ousando tocar em suas costas destroçadas.

Seu telefone vibrou. Ithan havia respondido, *Não tenho nada a ver com o que aconteceu hoje.*

Bryce escreveu de volta, *Vocês me enojam. Todos vocês.*

Ithan não respondeu, e ela colocou o telefone no silencioso antes de soltar um longo suspiro e encostar a testa no ombro de Hunt.

Ela arrumaria um modo de consertar tudo. De algum modo. Algum dia.

* * *

Os olhos de Hunt se abriram, a dor um latejar constante. Sua intensidade fora entorpecida; com certeza por algum coquetel de remédios.

O reconfortante contrapeso que deveria estar em suas costas se fora. A ausência o atingiu como um trator. Mas uma respiração suave e feminina enchia a escuridão. Um perfume de paraíso encheu suas narinas, reconfortando-o. Acalmou a dor.

Os olhos se acostumaram o bastante ao escuro para que ele soubesse estar no quarto de Bryce. Que ela estava deitada ao seu lado. Suprimentos médicos e frascos jaziam perto da cama. Tudo para ele, muitos já usados. O relógio exibia quatro da manhã. Quantas horas ficara acordada, cuidando dele?

As mãos da semifeérica estavam unidas junto ao peito, como se tivesse caído no sono em meio a uma prece.

Ele articulou seu nome, a língua seca como lixa.

Dor atravessou seu corpo, mas ele conseguiu esticar um braço. Conseguiu abraçar a cintura de Bryce e trazê-la para si. Ela soltou um muxoxo delicado e aninhou a cabeça em seu pescoço.

Algo bem fundo dentro de Hunt estremeceu e se acalmou. O que ela havia dito e feito naquele dia, o que havia revelado ao mundo em sua súplica por ele... Era perigoso. Para ambos. Tão, tão perigoso.

Se fosse esperto, acharia um modo de se afastar. Antes que aquela coisa entre os dois chegasse ao inevitável, horrível fim. Como todas as coisas na República chegavam a um horrível fim.

E, no entanto, Hunt não parecia capaz de afastar seu braço. De evitar o instinto de inspirar aquela essência e ouvir a respiração suave.

Ele não se arrependia de nada do que havia feito. Nem um pouco.

Mas poderia chegar o dia em que aquilo não fosse mais verdade. Um dia que poderia raiar em breve.

Então Hunt saboreou a sensação de Bryce. Seu perfume e respiração.

Saboreou cada segundo.

63

— Athie está bem, BB?

Bryce esfregou os olhos enquanto estudava a tela do computador, na biblioteca da galeria.

— Ele se recupera enquanto dorme.

Lehabah havia chorado naquela manhã, quando Bryce tinha entrado para lhe contar o ocorrido. Ela mal notara que a perna não doía... nem um sussurro de câimbra. Queria ter ficado em casa para cuidar de Hunt, mas, quando havia telefonado para Jesiba, a resposta fora clara: *Não.*

A semifeérica tinha passado a primeira metade da manhã preenchendo candidaturas de emprego.

E havia enviado cada uma delas.

Não sabia onde aquilo acabaria, mas sair daquele lugar era o primeiro passo. De muitos.

Tinha dado mais alguns naquele dia.

Ruhn havia atendido ao primeiro toque e ido direto para o apartamento.

Hunt ainda estava dormindo quando ela o deixara aos cuidados do irmão. Não queria ninguém da maldita legião em sua casa. Não queria ver Isaiah ou Viktoria ou qualquer triário tão cedo.

Ruhn dera uma olhada nas costas mutiladas do anjo e quase vomitara. Mas tinha prometido cumprir a rotina de comprimidos e cuidados com a ferida que ela especificara.

— Micah pegou leve com ele — disse Ruhn, brincando com um de seus piercings, quando ela apareceu na hora do almoço. — Leve para caralho. Sabine tinha o direito de exigir sua morte.

Como escravizado, Hunt não tinha direitos. Nenhum.

— Nunca esquecerei enquanto viver — jurou Bryce, a voz monocórdia. O lampejo da espada de Micah. O grito de Hunt, como se sua alma tivesse sido destroçada. O sorriso de Sabine.

— Devia ter sido eu a calar a boca de Amelie. — Sombras estalaram no cômodo.

— Bem, você não o fez. — Ela mediu a dose da poção para que Ruhn desse a Hunt na hora certa.

Ruhn esticou o braço sobre o encosto do sofá.

— Gostaria de ter sido eu, Bryce.

Ela sustentou o olhar do irmão.

— Por quê?

— Porque você é minha irmã.

Ela não tinha uma resposta... Não ainda.

Podia ter jurado ver um vislumbre de dor nos olhos do irmão diante de seu silêncio. Estava fora do apartamento no segundo seguinte, e mal havia chegado à galeria antes de Jesiba ligar, atormentando Bryce por não estar pronta para a reunião das duas horas com o metamorfo que pretendia comprar uma estatueta de 3 milhões de marcos de ouro.

Bryce conduziu a reunião, a venda, e não ouviu metade do que foi dito.

Assinatura, carimbo, adeus.

A semifeérica voltou à biblioteca às três. Lehabah aquecia seu ombro enquanto ela abria o laptop.

— Por que está no site das Indústrias Redner?

Bryce apenas encarava os dois pequenos campos:

Usuário. Senha.

Digitou *dfendyr.* O cursor passou para senha.

Alguém poderia ser avisado de uma tentativa de entrada. E, se ela não conseguisse acesso, alguém talvez recebesse um alerta. Mas... era um risco que valia a pena. Estava sem opções.

Lehabah leu o nome de usuário.

— Isso tem alguma ligação com o chifre?

— Danika sabia de algo... alguma coisa grande — ponderou Bryce.

Senha. Qual seria a senha de Danika?

As Indústrias Redner teriam pedido que escolhesse algo aleatório e cheio de símbolos.

A loba teria odiado receber ordens, e teria feito o oposto.

Bryce digitou *SabineChata.*

Sem sorte. Embora tenha feito o mesmo no outro dia, tentou de novo o aniversário de Danika. O próprio aniversário. Os números sagrados. Nada.

Seu telefone vibrou, e uma mensagem de Ruhn iluminou a tela.

Ele acordou, tomou as poções como um bom menino e exigiu saber onde você estava.

Ruhn acrescentou, *Ele não é um macho mau.*

Ela respondeu, *Não, não é.*

Ruhn retrucou, *Está dormindo de novo, mas parece de bom humor, apesar de tudo.*

Uma pausa, e então o irmão continuou, *Ele me disse para agradecer a você. Por tudo.*

Bryce leu as mensagens três vezes antes de retornar a atenção à interface. E digitou a única outra senha em que conseguia pensar. As palavras escritas nas costas da jaqueta de couro que usava constantemente nos últimos dois anos. As palavras tatuadas nas próprias costas, em um antigo alfabeto. A frase favorita de Danika, sussurrada pelo Oráculo em seu aniversário de 16 anos.

A Velha Língua dos Feéricos não funcionou. Nem a língua formal dos asteri.

Então ela apelou para a comum.

Por amor, tudo é possível.

A tela de login desapareceu. E uma lista de arquivos surgiu.

* * *

A maioria eram relatórios dos últimos projetos da Redner: melhoria da qualidade de rastreamento dos telefones; comparação de velocidade de transformação de metamorfos; análises das taxas de cura de magia bruxa versus fármacos da Redner. Tediosa ciência diária.

Estava quase desistindo quando notou uma subpasta: *Convites de Festa.*

Danika jamais fora organizada o bastante para guardar aquele tipo de coisa, quanto mais colocá-los em uma pasta. Ela os teria deletado de uma vez, ou deixado que apodrecessem em sua caixa de entrada, sem resposta.

Era bizarro o bastante para que Bryce clicasse na pasta e encontrasse uma lista de subpastas. Inclusive uma denominada *Bryce.*

Um arquivo com seu nome dentro. Escondido em outra pasta. Exatamente como Bryce havia escondido as próprias candidaturas de emprego naquele computador.

— O que é isso? — sussurrou Lehabah em seu ombro.

Bryce abriu o arquivo.

— Não sei. Nunca enviei convites para o endereço de trabalho de Danika.

A pasta continha uma única foto.

— Por que ela tem uma foto dessa jaqueta velha? — perguntou Lehabah. — Queria vender?

Bryce encarou e encarou a imagem. Então se moveu, desconectando-se antes de correr escada acima até a sala de exposição da galeria, onde pegou a jaqueta de couro da cadeira.

— Era uma pista — disse ela, sem fôlego, para Lehabah, conforme disparava de volta pelas escadas, os dedos correndo e apertando cada costura da jaqueta. — A foto era uma maldita pista.

Algo duro espetou seus dedos. Um caroço. Bem ao longo da linha horizontal do *A* em *amor*.

— Por amor, tudo é possível — murmurou Bryce, e pegou um par de tesouras da caneca sobre a mesa. Danika tinha até mesmo tatuado a pista nas malditas *costas* de Bryce, porra. Lehabah espiou por sobre o ombro da semifeérica enquanto esta cortava o couro.

Um estreito retângulo pequeno de metal caiu na mesa. Um pendrive.

— Por que ela esconderia isso no casaco? — perguntou a duende, mas Bryce já estava se movendo outra vez, as mãos trêmulas, enquanto levava o dispositivo até a porta USB em seu laptop.

Três vídeos sem nome surgiram.

Ela abriu o primeiro. Ela e Lehabah assistiram em silêncio.

O sussurro da duende de fogo encheu a biblioteca, mais alto até que o arranhar do nøkken.

— Que os Deuses tenham piedade de nós.

64

Hunt havia conseguido se levantar da cama e se provar bem o bastante para que Ruhn enfim se fosse. Não tinha dúvida de que o príncipe feérico havia ligado para Bryce a fim de deixá-la a par de tudo: ela chegou em casa em quinze minutos.

Seu rosto estava pálido como a morte, tão cinzento que as sardas sobressaíam como sangue salpicado. Nada mais parecia errado, nenhuma costura do vestido preto fora do lugar.

— O quê. — O anjo estava na porta em um piscar de olhos, estremecendo quando disparou do sofá em que assistia ao belo discurso de Rigelus, Radiante Mão dos Asteri, sobre o conflito rebelde em Pangera no noticiário noturno. Ainda levaria um dia ou dois antes que conseguisse andar sem dor. Mais algumas semanas antes que suas asas se regenerassem. Alguns dias depois disso até que pudesse tentar voar. No dia seguinte, provavelmente, a coceira insuportável começaria.

Ele se lembrava de cada miserável segundo daquela primeira vez que tivera as asas cortadas. Todos os anjos Caídos sobreviventes passaram por aquilo. Assim como pelo insulto de ter as asas expostas no palácio de cristal dos asteri, como troféus e advertência.

— Como está se sentindo? — perguntou ela primeiro, no entanto.

— Bem. — Mentira. Syrinx pulava a seus pés, lambendo sua mão. — O que houve?

Sem dizer uma palavra, Bryce trancou a porta. Fechou as cortinas. Arrancou o telefone do bolso da jaqueta, abriu um e-mail... dela para si mesma... e clicou no anexo.

— Danika escondeu um pendrive no forro da jaqueta — revelou Bryce, a voz trêmula, e o guiou de volta ao sofá, ajudando-o a se sentar enquanto o vídeo carregava. Syrinx pulou nas almofadas, se aninhando ao lado do anjo. Bryce se sentou do outro lado, tão perto que suas coxas se tocavam. Ela não parecia notar. Depois de um instante, Hunt também não.

Era uma sequência granulada e sem som de uma cela acolchoada.

No pé do vídeo, uma legenda dizia: *Amplificação Artificial para Disfunção de Poder, Cobaia 7.*

Uma fêmea humana extremamente magra estava sentada na sala, vestida em um avental médico.

— Que porra é essa? — perguntou Hunt. Mas ele já sabia.

Sintez. Aqueles eram os testes experimentais da sintez.

Bryce grunhiu... *continue assistindo.*

Um jovem macho draki em um jaleco entrou na sala, segurando uma bandeja de suprimentos. O vídeo acelerou, como se alguém tivesse aumentado a velocidade de gravação em nome da urgência. O draki mediu os sinais vitais da mulher e, em seguida, injetou algo em seu braço.

Então se foi. Trancou a porta.

— Eles estão... — Hunt engoliu em seco. — Ele acabou de injetar sintez naquela mulher?

Bryce deu um muxoxo de confirmação.

A câmera continuou a gravar. Um minuto se passou. Cinco. Dez.

Dois vanir entraram na sala. Dois metamorfos serpentinos, que avaliaram a fêmea humana trancada com eles. Hunt sentiu um embrulho no estômago. Sentiu ainda mais quando viu as tatuagens de escravizado em seus braços, e soube que eram prisioneiros. Soube, pelo modo como sorriram para a fêmea encolhida contra a parede, porque haviam sido trancados juntos.

Eles a atacaram.

Mas a fêmea humana também avançou.

Aconteceu tão rápido que Hunt mal conseguiu acompanhar. A pessoa que havia editado as imagens voltou atrás e desacelerou também.

Então ele assistiu, golpe a golpe, enquanto a fêmea humana atacava os dois machos vanir.

E os rasgava em pedaços.

Era impossível. Completamente impossível. A menos que...

Tharion havia comentado que a sintez podia dar a humanos poder temporário maior que o da maioria dos vanir. Poder o bastante para matar.

— Sabe como os rebeldes humanos gostariam de botar a mão nisso? — comentou Hunt. Bryce apontou o queixo para a tela em que a sequência continuava.

Eles mandaram mais dois machos. Maiores que os anteriores. E eles, também, acabaram em pedaços.

Pilhas.

Ah, deuses.

Outros dois. Então três. Depois cinco.

Até que o quarto inteiro ficou vermelho. Até que os vanir arranhassem as portas, implorando para sair. Implorando enquanto os amigos, então eles mesmos, eram chacinados.

A fêmea humana gritava, a cabeça inclinada para o teto. Se gritava de raiva ou dor ou por qualquer outra coisa, ele não saberia dizer sem o som ligado.

Hunt sabia o que estava por vir. Sabia e não conseguia se impedir de assistir.

A mulher atacou a si mesma. Ela se retalhou. Até que, também, fosse uma pilha no chão.

A imagem foi cortada.

— Danika deve ter descoberto no que trabalhavam nos laboratórios — disse Bryce, em tom baixo. — Acha que alguém envolvido nesses testes... Poderia ter vendido a fórmula para algum barão das drogas? Quem quer que tenha matado Danika e a matilha e os outros devia estar chapado de sintez. Ou injetado alguém com a droga e o soltado contra as vítimas.

Hunt balançou a cabeça.

— Talvez, mas qual a ligação com os demônios e o chifre?

— Talvez tenham invocado o kristallos por conta da cura em seu veneno... nada mais. Queriam tentar produzir um antídoto para si mesmos, caso a sintez fosse usada contra eles. Talvez não tenha ligação como chifre afinal — argumentou Bryce. — Talvez isso seja o que devíamos descobrir. Há mais dois vídeos como este, de outras duas cobaias humanas. Danika os deixou para *mim*. Devia saber que estavam atrás dela. Já devia saber quando estava naquele barco do Aux, confiscando a carga de sintez, que logo a pegariam. Não há uma segunda espécie de demônio caçando com o kristallos. Apenas uma pessoa... *deste* mundo. Alguém sob o efeito da sintez e que usou seu poder para invadir os encantamentos de nosso apartamento. E, portanto, tinha o poder de matar Danika e toda a matilha.

Hunt sopesou as palavras seguintes com cuidado, controlando a mente galopante.

— Pode ser, Bryce. Mas o chifre ainda está por aí, com uma droga capaz de repará-lo, coincidência ou não. E não estamos próximos de encontrá-lo. — Não, aquilo somente sinalizava muito mais problemas. Ele acrescentou: — Micah já demonstrou o que acontece se sairmos da linha. Precisamos prosseguir com calma na caçada à sintez. Ter certeza dessa vez. E cautela.

— *Nenhum* de vocês foi capaz de descobrir nada assim. Por que eu deveria ser cautelosa com a única pista que tenho sobre o assassino de Danika e da Matilha dos Demônios? Tudo se encaixa, Hunt. Sei que sim.

E porque ela abria a boca para protestar novamente, ele disse o que sabia que a impediria.

— Bryce, se seguirmos essa linha de investigação e estivermos errados, se Micah souber de outro engano, esqueça o fim da barganha. Posso não sobreviver ao próximo castigo.

Ela se encolheu.

Todo o corpo do anjo doeu quando ele estendeu a mão para tocar o joelho da semifeérica.

— Essa merda de sintez é terrível, Bryce. Eu... eu jamais vi nada assim. — Aquilo mudava tudo. *Tudo.* Ele nem sabia por onde começar a dissecar o que havia testemunhado. Devia fazer algumas ligações... *precisava* fazer algumas ligações. — Mas para encontrar o assassino, talvez o chifre, e me certificar de que vai haver um depois para você e eu... — porque haveria um *você e eu* para os dois; ele faria de tudo para garantir — precisamos ser *espertos.* — Ele assentiu para a filmagem. — Encaminhe os arquivos para mim. Vou me certificar de que cheguem ao servidor encriptado de Viktoria. Ver o que ela consegue desenterrar sobre esses testes.

Bryce esquadrinhou seu rosto. A franqueza naquela expressão quase o colocou de joelhos a sua frente. Hunt esperava que ela argumentasse, que o desafiasse. Que dissesse que era um idiota.

— Ok — disse ela apenas. Ela soltou um longo suspiro, relaxando contra as almofadas.

Ela era tão linda que ele mal podia resistir. Mal podia resistir ao ouvi-la perguntar, baixinho:

— Que tipo de depois tem em mente para nós, Athalar?

Ele não fugiu daquele olhar curioso.

— Do tipo bom — respondeu ele, com igual tranquilidade.

Mas ela não perguntou. Sobre como era possível. O quanto seria possível para ele, para os dois. O que ele teria de fazer para tornar aquilo realidade.

Os lábios da semifeérica se curvaram para cima.

— Parece um plano para mim.

Por um momento, uma eternidade, eles se encararam.

— É? — disse Hunt, apesar do que tinham acabado de assistir, do que espreitava no mundo além daquele apartamento.

— É. — Ela brincou com as pontas do cabelo. — Hunt... Você me beijou... no consultório da medbruxa.

Ele sabia que não devia, sabia que era uma estupidez tamanha, mas disse:

— E aí?

— Foi para valer?

— Sim. — Hunt jamais dissera algo tão verdadeiro. — Você quer que seja para valer?

O coração do anjo batia rápido, rápido o bastante para que ele se esquecesse da dor nas costas quando ela respondeu:

— Você sabe a resposta, Athalar.

— Quer que eu faça de novo? — Porra, sua voz caiu uma oitava.

Os olhos de Bryce estavam claros, brilhantes. Sem medo e com esperança, e tudo o que tornava impossível pensar em outra coisa quando ela estava por perto.

— *Eu* quero fazer isso. — Ela acrescentou: — Se você estiver de acordo.

Porra, claro. Ele lhe lançou um meio-sorriso.

— Capriche, Quinlan.

Ela soltou uma risada rouca e virou o rosto para ele. Hunt nem mesmo respirava, com receio de que ela se assustasse. Syrinx, aparentemente pegando a dica, se enfiou na gaiola.

As mãos de Bryce tremeram conforme se erguiam para o cabelo do anjo, afastando uma mecha, então roçaram o traçado do halo.

Hunt agarrou os dedos trêmulos.

— O que foi? — murmurou ele, incapaz de afastar a boca das unhas escuras. Quantas vezes havia sonhado com aquelas mãos? Acariciando seu rosto, afagando seu peito, segurando seu pau?

Ela engoliu em seco de modo audível. Ele pressionou outro beijo naqueles dedos.

— Isso não devia acontecer... entre nós — sussurrou ela.

— Eu sei — concordou ele, beijando os dedos trêmulos outra vez. Gentilmente, ele os abriu, expondo o coração da palma. Ele pressionou os lábios ali também. — Mas graças a Urd por isso.

As mãos da semifeérica pararam de tremer. Hunt ergueu os olhos da mão de Bryce para ver a própria envolta em prata... e cheia de fogo. Ele entrelaçou seus dedos.

— Porra, apenas me beije, Quinlan.

Ela o fez. Puta merda, ela o fez. As palavras do anjo mal tinham acabado de soar quando ela deslizou a mão por seu queixo, em volta do pescoço, e puxou os lábios na direção dos dela.

* * *

No momento que os lábios de Hunt encontraram os seus, Bryce entrou em erupção.

Não sabia se foram as semanas sem sexo ou o próprio Hunt, mas ela se libertou. Era o único modo de descrever a sensação conforme ela enterrava as mãos no cabelo do anjo e lhe saboreava a boca.

Nada de beijos tímidos, doces. Não para eles. Nunca para eles.

Sua boca se abriu ao primeiro toque, e a língua de Hunt a invadiu, provando-a em estocadas selvagens, implacáveis. O anjo gemeu diante daquela primeira degustação... e o som foi abrasador.

Ela se pôs de joelhos, dedos enterrados no cabelo macio do anjo, e não conseguia ter o bastante, saborear o bastante... chuva e cedro e sal e puro relâmpago. As mãos de Hunt roçaram seus quadris, lentas e firmes apesar da boca que devorava a sua com beijos ardentes, profundos.

A língua bailava com a sua. Ela choramingou, e ele soltou uma risada sombria quando a mão deslizou por baixo de seu vestido, por sua coluna, os calos a arranhando. Bryce arqueou sob o toque, e ele afastou a boca.

Antes que ela pudesse trazê-lo de volta, os lábios encontraram seu pescoço. Ele depositou beijos ali, mordendo a pele sensível abaixo das orelhas.

— Diga o que quer, Quinlan.

— Tudo. — Não havia dúvidas. Nenhuma.

Hunt arrastou os dentes por seu pescoço, e ela arfou, toda a consciência focada na sensação.

— Tudo?

Ela passou a mão pela frente do corpo do anjo. Até suas calças... o volume duro e considerável que as deformava. Que Urd tivesse piedade. Ela alisou aquele pau, provocando um assovio.

— Tudo, Athalar.

— Porra, obrigado — sussurrou em seu pescoço, e ela gargalhou.

Seu riso morreu quando ele tomou sua boca outra vez, como se precisasse provar o som também.

Línguas e dentes e fôlego. Com habilidade, as mãos desabotoaram o sutiã sob o vestido. Ela acabou montando em seu colo, acabou se esfregando na linda e perfeita ereção ali. Acabou com o vestido enrolado na cintura, o sutiã perdido, e então a boca de Hunt e os dentes em volta de seu seio, sugando e mordendo e beijando, e nada, nada, nada jamais lhe parecera tão gostoso, tão certo.

Bryce não se preocupou com seus gemidos, tão escandalosos que todo demônio do Fosso podia ouvir. Não quando Hunt passou para seu outro seio, sugando o mamilo com a boca. Ela forçou os quadris contra os dele, o orgasmo já ondulando dentro de si.

— Porra, Bryce — murmurou ele contra seu seio.

A semifeérica enfiou a mão pela cintura das calças do anjo. Mas ele segurou seu punho. Impediu-a a milímetros do que por meses ela queria em suas mãos, sua boca, seu corpo.

— Ainda não — grunhiu ele, passando a língua sob seu seio. Feliz em se banquetear com Bryce. — Não até que eu tenha tido minha chance.

As palavras provocaram um curto-circuito em seu pensamento lógico. E qualquer objeção caiu por terra conforme ele deslizava a mão sob seu vestido, acariciando sua coxa. Mais para cima. A boca encontrou seu pescoço de novo, enquanto um dedo explorava a renda na frente de sua lingerie.

Ele sibilou outra vez quando a encontrou completamente molhada, a renda inútil para esconder a prova do quanto ela queria aquilo, o queria. Correu os dedos pela extensão da fêmea... e de volta.

Em seguida, aquele dedo pousou naquele ponto no ápice de suas coxas. O polegar pressionou com gentileza sobre o tecido, arrancando um gemido do fundo de sua garganta.

Ela o sentiu sorrir contra seu pescoço. O polegar fazia círculos lentos, cada roçar uma tortuosa bênção.

— Hunt. — Não sabia se o nome era uma súplica ou uma pergunta.

Ele apenas afastou a calcinha e colocou o dedo diretamente sobre ela.

Bryce gemeu novamente, e Hunt a acariciou, dois dedos roçando para cima e para baixo com leveza irritante. Ele lambeu a lateral de seu pescoço, os dedos brincavam com ela sem perdão.

— Você é tão gostosa quanto parece, Bryce? — sussurrou ele contra sua pele.

— Por favor, descubra imediatamente. — Ela conseguiu soluçar.

O riso do anjo ribombou por ela, mas seus dedos não pararam a exploração preguiçosa.

— Ainda não, Quinlan.

Um de seus dedos achou sua abertura e ficou ali, massageando.

— Faça — ordenou ela. Se não o sentisse dentro de si... os dedos ou o pau, qualquer coisa... logo acabaria implorando.

— Tão mandona — ronronou Hunt contra seu pescoço, em seguida exigiu sua boca de novo. E, enquanto os lábios pousavam sobre os seus, mordendo e provocando, ele deslizou aquele dedo bem fundo.

Os dois gemeram.

— Porra, Bryce — repetiu ele. — Porra.

Os olhos da semifeérica quase reviraram com a sensação daquele dedo. Ela balançou os quadris, desesperada para senti-lo mais fundo, e ele a atendeu, enfiando o dedo quase todo, adicionando um segundo, e mergulhando ambos em seu corpo.

Ela pulou, as unhas se enterrando no peito do anjo. O trovejante palpitar furioso contra suas palmas. Ela enfiou o rosto em seu pescoço, mordendo e lambendo, faminta por qualquer bocado do anjo enquanto ele movimentava aquela mão de novo.

— Vou foder você até que esqueça seu maldito nome — sussurrou Hunt em seu ouvido.

Deuses, sim.

— Idem — grasnou ela.

O orgasmo faiscou dentro de si, uma canção selvagem e imprudente, e ela fodeu aquela mão para alcançá-lo. A outra mão do anjo agarrou sua bunda.

— Não pense que esqueci esse trunfo em particular — murmurou ele, apertando para dar ênfase. — Tenho planos para essa bunda linda, Bryce. Planos sórdidos, sórdidos.

Ela gemeu novamente, e os dedos a invadiram, de novo e de novo.

— Goza para mim, amor — ronronou ele contra seu seio, a língua lambendo seu mamilo assim que um de seus dedos se curvou dentro da semifeérica, acertando aquele maldito ponto.

Bryce obedeceu. O nome de Hunt nos lábios, ela inclinou a cabeça para trás e se soltou, cavalgando aquela mão com abandono, conduzindo os dois contra as almofadas do sofá.

Ele gemeu, e ela engoliu o som com um beijo de boca aberta enquanto cada nervo de seu corpo explodia em gloriosa luz de estrelas.

Então havia apenas respiração, e ele... seu corpo, seu cheiro, sua força.

A luz de estrelas retrocedeu, e ela abriu os olhos para vê-lo com a cabeça para trás, dentes arreganhados.

Não de prazer. De dor.

Ela havia o forçado contra as almofadas. Empurrado as costas feridas bem de encontro ao sofá.

O horror a invadiu como água gelada, apagando qualquer fogo de suas veias.

— Ah, deuses. Me desculpe...

O anjo abriu os olhos. Aquele gemido que ele havia soltado quando ela gozou tinha sido de *dor*, e estivera tão doida por ele que nem notara...

— Está machucado? — perguntou ela, saindo de seu colo, estendendo a mão para afastar os dedos do anjo, ainda fundos dentro de si.

Ele a impediu com a outra mão em seu punho.

— Vou sobreviver. — Os olhos ficaram sombrios conforme encaravam os seios nus, ainda a centímetros de sua boca. O vestido enrolado na cintura. — Tenho outras coisas com as quais me distrair — murmurou ele, se inclinando para um mamilo intumescido.

Ou tentando. Uma careta contorceu seu rosto.

— Maldito Inferno, Hunt — vociferou ela, se desvencilhando de seu abraço, se afastando de seus dedos, quase caindo de seu colo.

Ele nem mesmo a impediu quando ela pegou seu ombro para lhe examinar as costas.

Sangue fresco ensopava as ataduras.

— Está maluco? — gritou ela, procurando por alguma coisa por perto que pudesse conter a hemorragia. — Por que não disse nada?

— Como você gosta de dizer — ofegou ele, tremendo de leve. — É meu corpo. Eu decido meus limites.

Ela controlou o impulso de estrangulá-lo, pegando o telefone.

— Vou chamar a medbruxa.

Ele pegou seu punho novamente.

— Não terminamos ainda.

— Ah, terminamos sim — sibilou ela. — Não vou fazer sexo com você enquanto jorra sangue como uma fonte. — Um exagero, mas ainda assim.

Os olhos do anjo estavam sombrios... ardentes. Então Bryce apertou suas costas, uns bons 15 centímetros abaixo da ferida. A dor em resposta encerrou a discussão.

Ajeitando a roupa de baixo e recolocando o vestido no lugar, ela ligou para o número da medbruxa.

* * *

A medbruxa chegou e se foi em uma hora. Tudo estava certo com o ferimento de Hunt, havia declarado, para alívio supremo de Bryce.

Então Hunt teve a cara de pau de perguntar se podia fazer sexo.

A seu favor, a bruxa não riu. Apenas disse, *Quando for capaz de voar de novo, então diria que já é seguro ser sexualmente ativo também.* Ela assentiu para as almofadas do sofá... a mancha de sangue que iria requerer magia para ser limpa. *Sugiro que qualquer... interação que causou a lesão desta noite seja adiada até suas asas estarem curadas.*

Hunt parecera prestes a argumentar, mas Bryce tinha se livrado da médica. Em seguida o ajudou a deitar na cama. Apesar das perguntas, o anjo oscilou a cada passo. Quase desmaiou no colchão. Havia respondido algumas mensagens no telefone e estava adormecido antes que Bryce apagasse a luz.

Liberado para o sexo, com certeza.

Bryce dormiu profundamente na própria cama, apesar do que havia descoberto e visto sobre a sintez.

Mas acordou às três. E sabia o que tinha de fazer.

Ela enviou o e-mail com seu pedido e, apesar do avançado da hora, recebeu a resposta em minutos: ela precisava esperar até sua solicitação ser aprovada pela 33ª. Bryce franziu o cenho. Não tinha tempo para aquilo.

Ela se esgueirou para fora do quarto. A porta de Hunt estava fechada, o quarto escuro além da entrada. O anjo nem mesmo viera investigar quando ela saiu do apartamento.

E seguiu para o antigo.

* * *

A semifeérica não tinha visitado aquele quarteirão em dois anos.

Mas, conforme dobrava a esquina e via as luzes piscando e a multidão aterrorizada, soube.

Soube que o prédio no meio do quarteirão havia pegado fogo.

Alguém devia ter percebido que ela acessou a conta de Danika nas Indústrias Redner, ou talvez alguém estivesse monitorando sua conta de e-mail... e tivesse visto a mensagem que enviara para o senhorio. Quem quer que houvesse feito aquilo devia ter agido rápido, se dando conta de que ela gostaria de procurar por quaisquer pistas que Danika pudesse ter deixado no apartamento.

Tinha de haver mais coisa. Danika era esperta o bastante para não ter colocado tudo o que descobriu em um só lugar.

Pessoas em pânico, chorosas — seus antigos vizinhos — tinham se amontoado na rua, abraçando uns aos outros e observando as chamas com incredulidade. O fogo lambia cada peitoril de janela.

Ela havia feito aquilo... trazido a tragédia para as pessoas que assistiam ao incêndio de seus lares. Sentiu um aperto no peito, a dor mal aplacada quando ouviu uma ninfa das águas anunciar para a equipe de bombeiros que cada residente fora computado.

Havia causado aquilo.

Mas... significava que estava chegando perto. *Procure onde dói mais*, havia aconselhado a Rainha Víbora, semanas antes. Bryce tinha pensado que a metamorfa queria apenas magoá-la. Mas talvez fosse sobre o assassino o tempo todo.

E ao rondar a sintez... Aparentemente, tinha atingido um ponto sensível.

Estava a meio caminho de casa quando seu telefone vibrou. Ela o tirou da jaqueta, consertada às pressas, a opala branca no bolso batendo na tela, já preparada para as perguntas de Hunt.

Mas era Tharion.

Há uma transação acontecendo no rio neste instante. Um barco está na água, sinalizando. Logo depois do Cais Preto. Esteja lá em cinco minutos, e eu a levo para ver.

Ela apertou a opala branca no punho antes de responder, *Uma transação de sintez?*

Tharion replicou, *Não, uma venda de algodão doce.*

Ela revirou os olhos, *Estarei aí em três minutos.*

E, então, disparou em uma corrida. Não chamou Hunt. Ou Ruhn. Sabia o que diriam. *Não vá sozinha, Bryce. Me espere.*

Mas ela não tinha tempo a perder.

65

Bryce segurava a cintura de Tharion com tanta força que era um milagre que ele conseguisse respirar. Abaixo deles, a moto aquática cortava a corrente do rio. Apenas um brilho ocasional sob a superfície indicava que havia algo ou alguém ao redor.

Ela havia hesitado quando o tritão chegou ao píer, a moto preta e fosca boiando. *É isso ou nadar, pernuda,* dissera ele.

Tinha optado pela moto, mas passara os últimos cinco minutos arrependida da decisão.

— Lá adiante — murmurou Tharion, desligando o já silencioso motor. Devia ser um veículo de espionagem do arsenal da Rainha do Rio. Ou do próprio Tharion, como Capitão da Inteligência.

Bryce contemplou a pequena barcaça boiando no rio. A névoa os envolvia, transformando as primaluces da embarcação em orbes oscilantes.

— Contei seis pessoas — observou Tharion.

Ela espreitou a escuridão à frente.

— Não consigo discernir o que são. Formas humanoides.

O corpo de Tharion vibrou, e a moto aquática seguiu adiante, carregada pela correnteza produzida por si mesma.

— Belo truque — murmurou ela.

— Sempre impressiona as damas — sussurrou em resposta.

Bryce teria rido se não estivessem próximos da barcaça.

— Continue contra o vento para que não possam nos farejar.

— Sei como passar despercebido, pernuda. — Mas ele a obedeceu.

As pessoas no barco estavam encapuzadas na garoa, mas, conforme eles se aproximavam...

— É a Rainha Víbora — disse Bryce, a voz abafada. Ninguém mais naquela cidade teria a coragem de usar a ridícula capa de chuva roxa. — *Filha da puta* mentirosa. Ela disse que não traficava sintez.

— Nenhuma surpresa — grunhiu Tharion. — Sempre lidou com merdas nebulosas.

— Sim, mas ela está vendendo ou comprando?

— Só há um jeito de descobrir.

Eles se aproximaram. A barcaça, perceberam, exibia a pintura de um par de olhos de serpente. E os engradados empilhados na traseira da embarcação...

— Vendendo — observou Tharion. Ele apontou o queixo para uma silhueta alta de frente para a Rainha Víbora, aparentemente em uma acalorada discussão com alguém ao lado deles. — Aqueles são os compradores. — Um aceno para a pessoa meio escondida nas sombras, argumentando com a figura alta. — Provavelmente, discordando do valor.

A Rainha Víbora vendia sintez. Teria sido ela todo aquele tempo? Por trás das mortes de Danika e da matilha também, apesar do álibi? Ou apenas colocou as mãos na substância assim que vazou do laboratório?

O comprador beligerante balançou a cabeça com desgosto evidente. Mas seus associados pareceram ignorar o que foi dito e entregaram à Rainha Víbora o que se assemelhava a um saco preto. Ela examinou o interior e tirou algo ali de dentro. Ouro brilhou na bruma.

— Aquilo é dinheiro pra caralho — murmurou Tharion. — O bastante para todo o carregamento, aposto.

— Pode chegar mais perto para que possamos ouvir?

Tharion assentiu, e eles flutuaram adiante mais uma vez. A barcaça assomava, a atenção de todos a bordo no acordo em andamento em vez de nas sombras ao redor.

— Acho que vão ver que é o suficiente para seus objetivos — dizia a Rainha Víbora.

Bryce sabia que deveria chamar Hunt e Ruhn e cada legionário e integrante das tropas auxiliares antes que mais sintez invadisse as ruas ou acabasse em mãos mais perigosas. Nas mãos de fanáticos, como Philip Briggs e seu culto.

Pegou o telefone no bolso da jaqueta, apertando um botão para impedir que a tela se acendesse. Com o apertar de outro botão, a câmera foi acionada. Ela tirou algumas fotos do barco, da Rainha Víbora, da silhueta alta e sombria que a encarava. Humano, metamorfo ou feérico, não saberia dizer com a jaqueta e o capuz.

Bryce selecionou o número de Hunt.

— Acho que é o início de uma bela amizade, não acham? — disse a Rainha Víbora para os compradores.

O mais alto deles não respondeu. Apenas deu as costas para os companheiros, rígido, o descontentamento nítido em cada movimento enquanto as primaluces iluminavam o rosto por baixo do capuz.

— Puta merda — sussurrou Tharion.

Não havia mais nada em Bryce além de silêncio gritante quando o rosto de Hunt se tornou claro.

66

Bryce não sabia dizer como chegou à barcaça. O que havia falado a Tharion para fazê-lo se aproximar. Como saltara da moto aquática e subira a bordo.

Mas foi rápido. Rápido o bastante para que Hunt conseguisse dar apenas três passos antes de ela parar ali, ensopada e se perguntando se vomitaria.

Armas engatilharam, apontadas em sua direção. Ela não as viu.

Viu apenas Hunt dar meia-volta, olhos arregalados.

Claro que ela não o havia reconhecido a distância. Ele não tinha as asas. Mas a constituição forte, a altura, o ângulo da cabeça... Era tudo o anjo.

E o colega a suas costas, aquele que havia entregado o dinheiro... Viktoria. Justinian emergiu das sombras além, as asas pintadas de preto para escondê-las ao luar.

Bryce estava ligeiramente ciente de Tharion atrás de si, dizendo à Rainha Víbora que estava presa em nome da Rainha do Rio. Levemente ciente da risada da metamorfa.

Mas tudo o que ouviu foi o sussurro de Hunt.

— Bryce.

— Que porra é essa? — murmurou ela. A chuva castigava seu rosto. Ela não conseguia ouvir, não conseguia respirar, não conseguia pensar ao repetir, a voz vacilando: — Que *porra* é essa, Hunt?

— É exatamente o que parece — respondeu uma voz fria e profunda a suas costas.

Em uma tempestade de asas brancas, Micah surgiu da névoa e pousou, ladeado por Isaiah, Naomi e seis outros anjos, todos armados até os dentes no preto da legião. Mas não fizeram menção de prender a Rainha Víbora ou seus capangas.

Não, todos encaravam Hunt e seus companheiros. Armas apontadas para eles.

Hunt encarou o governador... em seguida a Rainha Víbora.

— Sua maldita vaca — rosnou ele, baixinho.

A Rainha Víbora riu.

— Me deve um favor agora, governador — disse ela a Micah.

Micah mexeu o queixo em anuência.

— Você nos traiu — sibilou Viktoria, franzindo a testa.

A Rainha Víbora cruzou os braços.

— Sabia que valeria a pena ver quem viria atrás dessa merda quando a informação de que botei as mãos em um carregamento vazasse — argumentou ela, apontando para a sintez. Seu sorriso era puro veneno enquanto encarava Hunt. — Tinha esperança de que fosse você, Umbra Mortis.

A cabeça de Bryce trovejava.

— Do que está falando?

Hunt se virou para ela, o rosto pálido sob os holofotes.

— Não era para ser assim, Bryce. Talvez a princípio, mas vi aquele vídeo hoje à noite e tentei impedir, impedi-los, mas não quiseram *ouvir*...

— Esses três acharam que a sintez seria um modo fácil de recuperar o que lhes foi tirado — explicou a Rainha Víbora. Uma pausa perversa. — O poder para depor seus mestres.

O mundo oscilou sob seus pés.

— Não acredito em você — disse a semifeérica.

Mas o lampejo de dor nos olhos de Hunt lhe disse que a fé cega e estúpida em sua inocência o havia abalado.

— É verdade — disse Micah, a voz como gelo. — Esses três descobriram sobre a sintez dias atrás, e, desde então, têm procurado um modo de comprar a droga... e distribuí-la para seus amigos rebeldes em potencial. De obter seu poder por tempo o bastante para quebrar os halos e terminar o que Shahar começou no monte Hermon. — Ele assentiu na direção da Rainha Víbora. — Ela foi honrosa em nos informar do plano, depois que Justinian tentou recrutar uma fêmea sob sua... influência.

Bryce balançou a cabeça. Tremia tanto que Tharion a segurou pela cintura.

— Eu lhe disse que descobriria seu preço, Athalar — comentou a Rainha Víbora.

Bryce começou a chorar. Odiou cada lágrima, cada tremor, cada soluço estúpido. Odiou a dor nos olhos de Hunt quando a encarou, apenas ela, e disse:

— Lamento.

— Dias *atrás*? — perguntou ela, apenas.

Silêncio.

— Sabia sobre a sintez há *dias*? — insistiu.

Seu coração... era seu coração idiota que se partia e partia e partia...

— Micah me designou alguns alvos. Três barões das drogas — respondeu o anjo. — Eles confessaram que, há dois anos, uma pequena dose de sintez vazou dos laboratórios Redner. Mas acabou depressa... muito depressa. Disseram que, enfim, depois de dois anos tentando replicar a droga, alguém finalmente havia descoberto a fórmula, e estava sendo produzida... e tinha a capacidade de amplificar nosso poder. Não achei que tivesse nada a ver com o caso... até recentemente. Não sabia o que diabo podia *fazer* de verdade até ver a gravação dos testes.

— Como. — A palavra cortou a chuva. — Como a droga vazou?

Hunt balançou a cabeça.

— Não importa.

— Danika Fendyr — respondeu Micah.

Bryce recuou um passo dentro do abraço de Tharion.

— Não é possível.

— Danika vendia a droga, Bryce — disse Hunt, com uma gentileza que a dizimou. — Foi por isso que a viram em um barco com um engradado de sintez. Descobri há quase uma semana. Ela roubou a fórmula, vendeu o estoque e... — Ele se interrompeu.

— E *o quê*? — sussurrou ela. — E *o quê*, Hunt?

— E Danika usou ela mesma. Era viciada.

Ela ia vomitar.

— Danika *jamais* faria isso. Nunca teria feito *nada* disso.

Hunt balançou a cabeça.

— Ela o fez, Bryce.

— Não.

— Veja as evidências — disse Hunt, quando Micah não os interrompeu, a voz afiada como uma navalha. — Veja as últimas mensagens que vocês trocaram. As drogas que encontramos em seu organismo naquela noite... eram coisa comum para vocês duas. Então o que era mais uma droga? Uma que, em pequenas doses, poderia dar uma onda muito mais intensa? Uma que podia relaxar Danika depois de um longo dia, depois de Sabine desancá-la mais uma vez? Uma que lhe deu o gostinho do que seria se tornar a Prima dos Lobos, *deu* aquele poder, enquanto esperava para fazer a Descida com você?

— *Não.*

A voz de Hunt vacilou.

— Ela a tomou, Bryce. Todos os sinais a apontam como a assassina dos dois estudantes da UCLC, na noite do roubo do chifre. Eles a viram roubá-lo, e ela os perseguiu e matou.

Bryce se lembrava da palidez de Danika quando lhe contara sobre a morte dos estudantes, de seus olhos assombrados.

— Não é verdade.

Hunt balançou a cabeça. Como se pudesse desfazer aquilo, desaprender.

— Aqueles barões da droga que matei disseram que Danika foi vista no Mercado da Carne. Falando sobre sintez. Foi como conheceu Maximus Tertian... Ele era um viciado, como ela. A namorada não fazia ideia.

— Não.

Mas Hunt olhou para Micah.

— Imagino que estejamos de partida. — Ele estendeu os punhos. Para as algemas. De fato, aquelas eram pedras gorsianas... correntes grossas, mágicas... brilhando nas mãos de Isaiah.

— Não vai contar a ela o restante? — perguntou o arcanjo.

Hunt enrijeceu.

— Não é necessário. Vamos.

— Me contar o quê? — sussurrou Bryce. Tharion apertou seus braços como aviso.

— Que ele já sabe a verdade sobre o assassinato de Danika — respondeu o arcanjo, friamente. Entediado. Como se tivesse feito aquilo milhares de vezes, de milhares de modos. Como se já houvesse adivinhado.

Bryce encarou Hunt e viu em seus olhos. Começou a balançar a cabeça, chorando.

— Não.

— Danika usou sintez na noite de sua morte. Tomou demais. Ficou fora de controle. Ela trucidou a própria alcateia. E, então, a si mesma.

Apenas o apoio de Tharion a mantinha de pé.

— Não, não, não...

— Por isso não há nenhum áudio do assassino, Bryce — disse Hunt

— Ela estava implorando pela própria vida...

— Ela estava se implorando para que parasse — explicou Hunt. — Os únicos rosnados na gravação são os da loba.

Danika. Danika havia assassinado a matilha. Matado Thorne. Matado Connor.

E, então, destroçado a si mesma.

— Mas o chifre...

— Ela deve tê-lo roubado para irritar Sabine. E, depois, com certeza o vendeu no mercado clandestino. Não tem nada a ver com isso. Sempre foi sobre a sintez para ela.

— Sei de fonte segura que Danika roubou as gravações dos testes da sintez dos laboratórios Redner — interrompeu Micah.

— Mas o kristallos...

— Um efeito colateral da droga, quando usada em dosagens maiores — explicou o arcanjo. — A onda de absurda magia que dá ao usuário traz a habilidade de abrir portais, graças ao sal de obsidiana na fórmula. Danika fez justamente isso, invocou o kristallos de modo acidental. O sal preto na sintez pode ter vontade própria. Certa senciência. A quantidade na fórmula da sintez bate com o número profano do kristallos. Com altas doses de sintez, o poder do sal toma o controle e pode conjurar o demônio. Por isso os temos visto nos últimos tempos... a droga está nas ruas agora, em doses muitas vezes maiores do que a recomendada. Como você suspeitava, o kristallos se alimenta de órgãos vitais, usando os esgotos para depositar os corpos no canal. As duas vítimas recentes, a acólita e a sentinela do templo... foram vítimas infelizes de alguém chapado de sintez.

Silêncio os envolveu outra vez. E Bryce se virou novamente para Hunt.

— Você sabia.

Ele sustentou seu olhar.

— Lamento.

A voz da semifeérica se tornou um grito.

— *Você sabia!*

Hunt avançou um passo em sua direção.

Uma arma brilhou no escuro, pressionada contra sua cabeça, e o parou no ato.

Bryce conhecia aquela pistola. As asas prateadas cunhadas no cano preto.

— Mexa-se e está morto, anjo.

Hunt levantou os braços. Mas os olhos não deixaram Bryce conforme Fury Axtar emergia das sombras além dos engradados de sintez.

Bryce não questionou como Fury havia chegado sem que nem mesmo Micah notasse, ou como sabia que devia aparecer. Fury Axtar era noite líquida... infame por descobrir os segredos do mundo.

Fury se desviou de Hunt, parando ao lado de Bryce. Ela guardou a arma no coldre da coxa, o costumeiro traje preto colado à pele brilhava com a chuva, e o cabelo preto, na altura do queixo, pingava com suas gotas, mas ela disse à Rainha Víbora:

— Suma da minha frente.

Um sorriso malicioso

— O barco é meu.

-- Então se meta onde eu não possa ver sua cara.

Bryce não encontrou forças para ficar chocada com a obediência da Rainha Víbora à ordem de Fury.

Não tinha forças para nada, a não ser encarar Hunt.

— Você sabia — repetiu.

Os olhos de Hunt estudaram os seus.

— Jamais quis magoá-la. Jamais quis que soubesse...

— *Você sabia, você sabia, você sabia!* — Ele havia descoberto a verdade e, por quase uma semana, não lhe contara. Tinha deixado que ela continuasse falando sobre como amava a amiga, como Danika tinha sido ótima, e a *enrolara.* — Toda aquela conversa sobre investigar a sintez ser uma perda de tempo... — Mal conseguia pronunciar as palavras. — Porque já tinha descoberto a verdade. Porque você *mentiu.* — Ela estendeu o braço na direção dos engradados. — Porque você descobriu a verdade, então se deu conta de que queria a sintez para si mesmo? E quando quis ajudar a medbruxa a encontrar um antídoto... foi por *você.* E tudo isso... para se rebelar outra vez?

Hunt caiu de joelhos, como se implorasse seu perdão.

— A princípio, sim, mas eram apenas boatos. Então hoje à noite vi a filmagem que você conseguiu e quis cancelar o acordo. Sabia que não era certo... nada disso. Até mesmo com o antídoto, era muito arriscado. Eu me dei conta de que *tudo* isso é um caminho sem volta. Mas você e eu, Bryce... *Você* é tudo o que eu quero. Uma vida... com *você. Você* é meu maldito caminho. — Ele apontou para Justinian e Viktoria, impassíveis e algemados. — Mandei uma mensagem avisando a eles que era o fim, mas eles surtaram, entraram em contato com a Rainha Víbora e insistiram para que acontecesse *esta noite.* Juro, vim aqui apenas para impedi-los, para dar um maldito *fim* a tudo, antes que se tornasse um desastre. *Nunca...*

Ela pegou a opala branca do bolso e jogou no anjo.

Com tanta força que a pedra bateu na cabeça de Hunt. O sangue fluía de sua têmpora. Como se o próprio halo sangrasse.

— Jamais quero vê-lo de novo — sussurrou ela, enquanto Hunt olhava para a opala ensanguentada no convés.

— Não será um problema — disse Micah, e Isaiah se adiantou, algemas de pedra gorsiana brilhando com um fogo ametista. Iguais às que adornavam os punhos de Viktoria e Justinian.

Bryce não conseguiu conter um tremor conforme se inclinava para Tharion, Fury uma força silenciosa ao seu lado.

— Bryce, me desculpe — pediu Hunt, enquanto um Isaiah de expressão soturna fechava as algemas. — Não posso suportar a ideia de você...

— Basta — disse Fury. — Já disse e fez o suficiente. — A mercenária olhou para Micah. — Deixem ela em paz. Todos vocês. — Ela guiou Bryce até sua moto aquática, boiando placidamente ao lado da de Tharion, o tritão vigiando a retaguarda. — Incomode-a outra vez, e *eu* lhe farei uma visita, governador.

Bryce nem percebeu quando foi colocada na moto. Quando Fury se sentou a sua frente e ligou o motor. Quando Tharion deslizou para a dele e as seguiu, para fazer a segurança delas até a costa.

— Bryce. — Hunt tentou novamente, conforme ela abraçava a cintura esbelta de Fury. — Seu coração já estava quebrado, e a última coisa que eu queria era...

Ela não se virou para encará-lo enquanto o vento fustigava seu cabelo e a moto aquática cortava chuva e escuridão.

— *BRYCE!* — rugiu Hunt.

Ela não se virou.

67

Ruhn estava no saguão do prédio quando Fury a deixou ali. Tharion se despediu no cais, dizendo que estava voltando para ajudar a rebocar a carga de sintez confiscada, e a mercenária se foi rápido o bastante para que Bryce soubesse que fora se certificar de que a Rainha Víbora não sumiria com nenhum grama, tampouco.

O príncipe não disse nada enquanto subiam no elevador.

Mas ela sabia que Fury havia lhe contado. Convocado o irmão.

A amiga estivera mandando mensagens para alguém no caminho de volta até as docas. E ela havia espiado Flynn e Declan montando guarda nos telhados de seu quarteirão, armados com rifles de longo alcance.

O irmão não disse nada até que chegassem ao apartamento, o lugar sombrio e vazio e alheio. Cada peça de roupa e equipamento de Hunt parecia uma serpente prestes a dar o bote. Aquela mancha de sangue no sofá era o pior de tudo.

Bryce tinha chegado ao meio da sala antes de vomitar no tapete.

De imediato, Ruhn apareceu ao seu lado, braços e sombras a amparando.

Ela podia sentir os próprios soluços, ouvi-los, mas pareciam distantes. O mundo inteiro estava distante quando Ruhn a pegou no colo e a carregou até o sofá, evitando o ponto em que ela havia se rendido completamente a Hunt. Mas ele não fizera nenhum comentário sobre a mancha de sangue e o perfume remanescente.

Não era verdade. Não podia ser verdade.

Nada menos que um bando de viciados. Fora o que Hunt insinuara. Danika e ela não tinham sido melhores que duas viciadas, inalando e cheirando tudo em que colocavam as mãos.

Não foi assim. Nunca fora assim. Tinha sido estupidez, mas por diversão, para distrair e relaxar, jamais com intenção sombria...

Ela tremia tanto que achou que os ossos poderiam se partir.

O aperto de Ruhn se intensificou, como se a quisesse conter.

Hunt devia ter desconfiado que ela estava perto de descobrir a verdade quando havia lhe mostrado os vídeos dos testes. Então tinha tecido mentiras sobre um final feliz para os dois, um *futuro* para eles, tinha a distraído com suas mãos e boca. E, em seguida, como parte dos triários, havia recebido um alerta de seu antigo senhorio sobre a solicitação para visitar o apartamento... e escapulido, deixando que pensasse que estava dormindo. Com certeza, um raio de seu relâmpago começou as chamas.

Ela se lembrou da declaração da ninfa das águas de que não houve vítimas; teria algum fiapo de decência feito o anjo acionar o alarme de incêndio em uma tentativa de avisar às pessoas? Precisava acreditar naquilo.

No entanto, assim que tinha incendiado o prédio de modo que não restasse nenhuma evidência, Hunt havia se encontrado com a Rainha Víbora para barganhar pelos meios de alimentar sua rebelião. A semifeérica não acreditava naquela babaquice de acordo cancelado. Nem por um minuto. Ele sabia a tortura que o aguardava. Teria dito qualquer coisa.

Danika havia matado a Matilha dos Demônios. Matado Thorne e Connor. E, então, a si mesma.

E agora Danika vivia, em vergonha, entre os mausoléus da Cidade Adormecida. Sofrendo. Por causa de Bryce.

Não era verdade. Não podia ser verdade.

Quando Fury voltou, Bryce estivera encarando o mesmo ponto na parede por horas. Ruhn a havia deixado no sofá para conversar com a assassina na cozinha.

Ela ouvia os sussurros de qualquer modo.

Athalar está em uma das celas nos porões do Comitium, disse Fury.

Micah não o executou?

Não. Justinian e Viktoria... Ele crucificou o anjo e fez alguma coisa bizarra com a espectro.

Estão mortos?

Pior. Justinian ainda sangra no saguão do Comitium. Deram a ele alguma coisa para retardar a cicatrização. Estará morto em breve, se tiver sorte.

E quanto à espectro?

Micah a arrancou de seu corpo e enfiou a essência em uma caixa de vidro. E a colocou aos pés do crucifixo de Justinian. Há rumores de que vai jogar a caixa... e Viktoria... na Fossa Melinoë, e a deixar cair até o leito do mar para que enlouqueça com o isolamento e a escuridão.

Puta merda. Não pode fazer nada?

São traidores da República. Foram pegos conspirando contra ela. Então não.

Mas Athalar não foi crucificado ao lado de Justinian?

Acho que Micah pensou em um castigo diferente para ele. Algo pior.

O que poderia ser pior do que o que os outros dois estão sofrendo?

Uma pausa longa, terrível.

Muitas coisas, Ruhn Danaan.

Bryce deixou as palavras a inundarem. Sentada no sofá, encarava a tela escura da televisão. E encarava o abismo dentro de si.

PARTE IV

A RAVINA

68

Por alguma razão, Hunt havia imaginado uma masmorra de pedra.

Não sabia o porquê, já que estivera naquelas celas temporárias abaixo do Comitium inúmeras vezes para deixar alguns inimigos que Micah queria vivos, mas o anjo tinha visualizado sua captura como um reflexo do que acontecera em Pangera: os imundos calabouços sombrios dos asteri, tão similares aos do palácio de Sandriel.

Não aquela cela branca, as barras cromadas zumbindo com magia para anular a sua. Uma tela na parede do corredor exibia a imagem do átrio do Comitium: o corpo pregado ao crucifixo de ferro no centro e a caixa de vidro, coberta em sangue, posta a seus pés.

Justinian ainda gemia de vez em quando, os dedos dos pés e das mãos tremiam conforme ele era asfixiado aos poucos, o corpo tentando, e falhando, regenerar os pulmões perfurados. As asas já haviam sido cortadas. Jogadas no chão de mármore abaixo.

Viktoria, a essência invisível naquela caixa de vidro, era forçada a assistir. A suportar o gotejar do sangue de Justinian na tampa de sua prisão.

Hunt havia sentado no estreito catre e assistido a cada segundo do que fora feito aos dois. Como Viktoria tinha gritado quando Micah a arrancara do corpo em que fora aprisionada por tanto tempo. Como Justinian havia lutado, mesmo quando o contiveram e martirizaram seu corpo no crucifixo, mesmo quando os pregos de ferro o atravessaram. Mesmo quando ergueram o crucifixo e ele tinha começado a urrar de dor.

Uma porta se abriu no fim do corredor. Hunt não se levantou do catre para ver quem se aproximava. A ferida em sua têmpora tinha cicatrizado, mas ele não havia se preocupado em lavar a mancha de sangue do rosto e maxilar.

Os passos no corredor eram firmes, sem pressa. Isaiah.

Hunt continuou sentado enquanto o velho companheiro parava diante das barras.

— Por quê. — Não havia nenhum charme, nenhum afeto no belo rosto. Apenas raiva, cansaço e medo.

— Porque isso precisa parar em algum momento — respondeu Hunt, ciente da câmera e pouco se importando.

— Termina quando você está *morto*. Quando *todo mundo que amamos* está morto. — Isaiah apontou para a tela atrás de si, para o corpo destroçado de Justinian e a caixa ensopada de sangue de Viktoria. — Isso o faz sentir que está no caminho certo, Hunt? Valeu a pena?

Quando o anjo havia recebido a mensagem de Justinian sobre o prosseguimento da transação conforme deitava na cama, tinha se dado conta de que *não* valia a pena. Nem mesmo com o antídoto da medbruxa. Não depois daquelas semanas com Bryce. Não depois do que acontecera naquele sofá.

— Nada mudou desde o monte Hermon, Isaiah — respondeu ele, no entanto, porque ainda era verdade. — Nada ficou melhor.

— Há quanto tempo os três vinham planejando essa merda?

— Desde que matei aqueles traficantes. Desde que me contaram sobre a sintez e o que a droga podia fazer. Desde que me disseram que tipo de poder deu a Danika Fendyr quando ela tomou a dose certa. Decidimos que era hora. Sem mais malditas barganhas com Micah. Nada de morte por morte. Apenas aquelas que *nós* escolhemos.

Os três tinham descoberto que havia um lugar, uma pessoa que podia conseguir a droga. Ele havia feito uma visita discreta à Rainha Víbora alguns dias antes. Tinha a encontrado em um de seus covis de peçonha e dito o que queria. Vik tinha ouro, graças aos pagamentos que economizara por séculos.

Não lhe ocorrera que a serpente estaria no bolso do arcanjo. Ou procurando um caminho até ele.

Isaiah balançou a cabeça.

— E achou que *você*, você e Vik e Justinian e quaisquer idiotas que os seguissem poderiam tomar a sintez e o quê? Matar Micah? Sandriel? Todos eles?

— Era a ideia. — Planejavam fazê-lo na Cimeira. Depois, seguiriam até Pangera. Até a Cidade Eterna. E acabariam o que tinham começado havia tanto tempo.

— E se desse errado... se você tomasse demais e se trucidasse em vez disso?

— Eu estava tratando de pôr minhas mãos em um antídoto. — Hunt deu de ombros. — Mas já confessei tudo, então me poupe do interrogatório.

Isaiah bateu com a mão nas barras da cela. Vento soprou no corredor a sua volta.

— Não podia ter deixado para lá, não podia ter servido e provado seu valor e...

— Tentei parar tudo, porra. Estava naquela barcaça porque me dei conta de que... — Ele balançou a cabeça. — Não faz nenhuma diferença agora. Mas tentei. Vi a gravação do que a droga realmente fazia a quem a tomava, e vi que, até mesmo com um antídoto, era muito perigosa. Mas Justinian e Vik se recusaram a desistir. Quando Vik deu o ouro à Rainha Víbora, eu apenas queria sair dali.

Isaiah sacudiu a cabeça com repulsa.

— Você pode ser capaz de aceitar o cabresto em sua boca, mas *jamais* o farei — cuspiu Hunt.

— Não aceito — sibilou Isaiah. — Mas tenho um motivo para trabalhar por minha liberdade, Hunt. — Um lampejo em seus olhos. — Achei que também tivesse.

O anjo sentiu um embrulho no estômago.

— Bryce não tem nada a ver com isso.

— Claro que não tem. Você estilhaçou seu coração na frente de todos. Era óbvio que ela não fazia ideia.

Hunt se encolheu, o peito apertado.

— Micah não vai atrás dela...

— Não. Você é um maldito sortudo, mas não. Ele não vai crucificá-la para puni-lo. Mas não seja ingênuo o bastante para crer que a ideia não lhe passou pela cabeça.

Hunt não conseguiu conter um arrepio de alívio.

— Micah sabe que você tentou abortar a operação. Viu as mensagens trocadas com Justinian sobre o assunto. Por isso ele está no saguão neste instante, e você aqui.

— O que ele vai fazer comigo?

— Ainda não anunciou. — Sua expressão suavizou um pouco. — Vim me despedir. Para o caso de não conseguir mais tarde.

Hunt assentiu. Ele tinha aceitado seu destino. Havia tentado, e fracassado, e pagaria o preço. Outra vez.

Era um fim melhor que a morte lenta de sua alma conforme tirava vida após vida por Micah.

— Diga a ela que lamento — pediu Hunt. — Por favor.

Afinal, apesar de Vik e Justinian, apesar do fim brutal a caminho, era a visão do rosto de Bryce que o assombrava. A visão das lágrimas que ele tinha provocado.

Ele havia lhe prometido um futuro, e então colocado dor e desespero e mágoa em seu rosto. Jamais se odiara mais.

Os dedos de Isaiah se ergueram na direção das barras conforme estendia a mão para a de Hunt, mas então a baixou de volta à lateral do corpo.

— Direi.

* * *

— Faz três dias — disse Lehabah. — E o governador ainda não anunciou o que vai fazer com Athie.

Bryce ergueu o olhar do livro que lia na biblioteca.

— Desligue a televisão.

Lehabah não fez aquilo, o rosto cintilante fixo na tela do tablet. Nas notícias do saguão do Comitium e do corpo agora apodrecido do soldado dos triários crucificado ali. Na caixa de vidro incrustada em sangue embaixo dele. Apesar da infinita bobajada dos âncoras e analistas, nenhuma informação havia vazado sobre o motivo da execução tão brutal de dois soldados de elite de Micah. *Um golpe frustrado* foi tudo o que haviam sugerido. Nenhuma menção a Hunt. Se estava vivo.

— Ele está vivo — sussurrou a duende. — Sei que está. Posso sentir.

Bryce correu o dedo por uma linha do texto. Era a décima vez que tentava lê-la nos vinte minutos desde que o mensageiro havia partido, deixando um vidro de antídoto da medbruxa que tinha tirado o veneno do kristallos de sua perna. Aparentemente, ela havia descoberto um modo de fazer o antídoto funcionar sem sua presença. Mas Bryce não se impressionou. Não quando o frasco jazia como uma lembrança silenciosa do que ela e Hunt haviam compartilhado naquele dia.

Tinha cogitado jogá-lo fora, mas optara por trancar o antídoto no cofre do escritório de Jesiba, bem ao lado da bala de 15 centímetros do Matador de Deuses. Vida e morte, salvação e destruição, agora sepultadas juntas.

— Violet Kappel disse no noticiário da manhã que podia haver mais rebeldes em potencial...

— Desligue essa tela, Lehabah, antes que eu a jogue no maldito tanque.

As palavras incisivas cortaram a biblioteca. As criaturas rastejantes em suas gaiolas estacaram. Até mesmo Syrinx se remexeu em meio à soneca.

Lehabah desvaneceu a um cor-de-rosa pálido.

— Tem certeza de que não há nada que possamos...

Bryce fechou o livro e o levou consigo, na direção das escadas.

Não ouviu as palavras seguintes de Lehabah por causa da campainha da porta da frente. Estava mais ocupada que de hábito; um total de seis compradores tomaram seu tempo com perguntas sobre merdas que não tinham a menor intenção de comprar. Se ela tivesse de lidar com mais um idiota naquele dia...

Ela olhou para os monitores. E congelou.

* * *

O Rei Outonal estudava a galeria, a sala de exposição abastecida com artefatos inestimáveis, a porta que levava ao escritório de Jesiba e a janela que se abria para o andar. Ele observou a janela por tempo o suficiente para que Bryce se perguntasse se ele conseguia, de algum modo, enxergar pelo vidro espelhado o Rifle Matador de Deuses, preso à parede atrás da mesa de Jesiba. Se sentia sua presença letal, assim como da bala dourada no cofre da parede adjacente. Mas os olhos do feérico se desviaram para a porta de ferro fechada à direita, e, enfim, para a própria Bryce.

Ele nunca fora visitá-la. Em todos aqueles anos, jamais o fizera. Por que se incomodar?

— Há câmeras por toda a parte — comunicou ela, sentada atrás da mesa, odiando cada lufada do perfume de cinzas e noz-moscada que a transportava doze anos antes, à menina de 13 anos chorosa que tinha sido na última vez que conversaram. — Caso esteja pensando em roubar alguma coisa.

Ele ignorou a provocação e enfiou as mãos nos bolsos da calça jeans preta, ainda conduzindo seu estudo silencioso da galeria. Estava deslumbrante, seu pai. Alto, musculoso, com um rosto absurdamente bonito sob o comprido cabelo ruivo, do tom e textura exatos do seu. Ele parecia apenas poucos anos mais velho que ela — vestido como um jovem, com aquela calça jeans escura e uma camiseta de manga comprida combinando. Mas os olhos cor de âmbar brilhavam cruéis e antigos quando disse afinal:

— Meu filho me contou o que aconteceu no rio, quarta-feira à noite.

Como ele conseguiu transformar a leve ênfase em *meu filho* em um insulto estava além de sua compreensão.

— Ruhn é um bom cão.

— O *príncipe* Ruhn julgou necessário que eu soubesse, já que você poderia estar... em perigo.

— E, ainda assim, esperou três dias? Tinha esperanças de que eu também fosse crucificada?

Os olhos do pai faiscaram.

— Vim para avisar que sua segurança está garantida, e que o governador sabe que é inocente na questão e não ousará lhe fazer nenhum mal. Mesmo para punir Hunt Athalar.

Ela bufou. O pai ficou tenso.

— É incrivelmente tola se acha que isso não seria o bastante para enfim dobrar Athalar.

Ruhn devia ter lhe contado sobre aquilo também. O desastre que fora seu relacionamento com Hunt. O que quer que tivesse sido; como quer que usá-la pudesse ser chamado.

— Não quero falar no assunto. — Não com ele nem com ninguém. Fury havia sumido de novo, e, apesar de Juniper ter mandado mensagens, Bryce não se aprofundou nas conversas. Então as ligações da mãe e Randall tinham começado. E as grandes mentiras também.

Não sabia por que havia mentido sobre o envolvimento de Hunt. Talvez porque explicar a própria estupidez em deixar Hunt se aproximar... ser tão *cega* ao fato de que o anjo a iludira quando todos a tinham avisado, de que ele havia lhe dito que amaria Shahar até o dia de sua morte... fosse demais. Deixava a semifeérica arrasada que ele tivesse escolhido a arcanjo e sua rebelião no lugar dela, no lugar *deles*... Ela não podia falar com a mãe sobre aquilo. Não sem perder o que lhe restava de controle.

Então Bryce havia voltado ao trabalho, porque o que mais podia fazer? Não tinha recebido resposta de nenhuma das propostas de emprego.

— *Não* vou falar desse assunto — insistiu ela.

— Você vai falar disso. Com seu rei. — Um crepitar de seu poder fez as primaluces oscilarem.

— Você não é meu rei.

— Legalmente, sou — argumentou o pai. — Você está listada como uma cidadã semifeérica. O que a coloca sob minha jurisdição tanto nesta cidade quanto como membro da Casa de Céu e Sopro.

Ela estalou as unhas.

— É sobre isso que quer falar, *Vossa Majestade*?

— Parou de procurar o chifre?

Ela pestanejou.

— De que importa agora?

— É um artefato letal. Só porque descobriu a verdade sobre Danika e Athalar não significa que quem quer que cobice usá-lo sossegou.

— Ruhn não lhe disse? Danika roubou o chifre para pregar uma peça. Jogou a relíquia em um lugar qualquer enquanto estava chapada. É um beco sem saída. — Diante da careta do pai, ela explicou: — Os kristallos foram invocados acidentalmente por Danika e pelos outros que tomaram sintez, graças ao sal preto na composição. Estávamos enganados em sequer procurar pelo chifre. Não há ninguém atrás da relíquia.

Ela não conseguia decidir quem odiava mais: Hunt, Danika ou ela mesma por não enxergar as mentiras. Por se *recusar* a ver. Aquilo assombrava cada passo, cada fôlego, cada fúria. Queimava dentro de si.

— Mesmo que nenhum inimigo o procure, vale a pena assegurar que o chifre não caia em mãos erradas.

— Apenas mãos feéricas, certo? — Ela riu, com frieza. — Achei que seu Escolhido estivesse no rastro do chifre.

— Ele está ocupado com outras coisas. — Ruhn devia ter mandado o rei se foder.

— Bem, se lhe ocorrer onde Danika pode tê-lo guardado em meio ao estupor induzido pela sintez, sou toda ouvidos.

— Não é uma bobagem. Mesmo que o chifre esteja há muito inerte, ainda tem um lugar de destaque na história feérica. Imaginei que, com sua *linha de atuação*, tal busca despertasse seu interesse. E o de sua empregadora.

Ela voltou o olhar para a tela do computador.

— Não importa.

Ele hesitou, em seguida seu poder zumbiu, envolvendo cada gravação de áudio, antes de admitir:

— Eu amava muito sua mãe, você sabe.

— Sim, tanto que deixou uma cicatriz no rosto dela.

Ela podia jurar que o pai estremeceu.

— Não pense que se passou um só instante em que não me arrependi de minhas ações. Vivi em vergonha.

— Quase me enganou.

Seu poder ribombou pela sala.

— Você se parece tanto com ela. Mais do que pensa. Ela jamais perdoou ninguém por nada.

— Vou considerar um elogio. — Aquele fogo queimava, impregnando de raiva sua mente, seus ossos.

— Eu a teria feito minha rainha. Já tinha a papelada pronta — disse o pai, em tom baixo.

Ela piscou.

— Que pouco elitista de sua parte. — A mãe jamais havia sugerido nada, nunca insinuara algo do gênero. — Ela teria odiado ser rainha. Teria dito não.

— Ela me amava o bastante para dizer sim. — A certeza adornava suas palavras.

— Acha que, de algum modo, isso apaga o que fez?

— Não. Nada jamais apagará o que fiz.

— Vamos parar por aqui. Apareceu depois de todos esses anos para me dizer essa merda?

O pai a encarou por um longo momento. Então caminhou até a porta, abrindo-a em silêncio. Antes de sair para a rua, o cabelo ruivo brilhando à luz do sol da tarde, disse:

— Vim aqui depois de todos esses anos para dizer que você pode ser como sua mãe, mas saiu a mim mais do que imagina. — Os olhos cor de âmbar dele... iguais aos de Bryce... faiscaram. — E isso não é nada bom.

A porta se fechou, a galeria escurecendo. Bryce olhou fixamente a tela de computador a sua frente, em seguida digitou algumas palavras.

Ainda não havia nada sobre Hunt. Nenhuma menção ao anjo nos noticiários. Nem um sussurro sobre se o Umbra Mortis estava preso ou sendo torturado, vivo ou morto.

Como se ele nunca tivesse existido. Como se tudo tivesse sido um sonho.

69

Hunt comeu apenas porque seu corpo exigia, dormiu porque não havia outra coisa a fazer, e assistiu à TV no corredor diante da cela porque foi o responsável pelo que aconteceu a si mesmo, a Vik e a Justinian, e não tinha como voltar atrás.

Micah havia deixado o corpo do legionário pendurado; Justinian iria ficar ali por sete dias completos, depois seria descido do crucifixo... e jogado no Istros. Nada de Veleiros para traidores. Apenas as entranhas das bestas do rio.

A caixa de Viktoria já tinha sido lançada na Fossa Melinoë.

A ideia da espectro aprisionada no leito do oceano, o lugar mais profundo de Midgard, nada além de escuridão e silêncio e aquele espaço tão, tão apertado...

Pesadelos com aquele sofrimento haviam levado Hunt para a privada, a fim de vomitar as tripas.

E, então, a coceira tinha começado. Entranhada nas costas, irradiando através do esqueleto agora em regeneração, aquilo pinicava e pinicava e pinicava. Suas asas incipientes continuavam sensíveis o bastante para que coçá-las resultasse em dor quase insuportável, e, conforme as horas passavam, cada centímetro recomposto o fez cerrar o maxilar para se conter.

Um desperdício, disse silenciosamente ao corpo. Um maldito desperdício regenerar as asas quando estava, muito provavelmente, a horas ou dias de uma execução.

Ele não recebera nenhuma visita desde a de Isaiah, seis dias antes. Havia contado o tempo pela mudança na luz do sol que incidia no saguão exibido pela TV.

Nem um sussurro de Bryce. Não que ousasse ter esperança de que ela acharia um modo de vê-lo, ainda que apenas para que pudesse implorar de joelhos seu perdão. Para que lhe dissesse o que precisava dizer.

Talvez Micah o deixasse apodrecer ali embaixo. Deixasse o anjo enlouquecer como Vik, debaixo da terra, incapaz de voar, incapaz de sentir o ar fresco no rosto.

As portas no fim do corredor sibilaram, e Hunt piscou, despertando do silêncio. Até o miserável comichão torturante nas asas cessou.

Mas o perfume feminino que o atingiu um piscar de olhos mais tarde não era o de Bryce.

Era um cheiro que Hunt conhecia tão bem quanto o dela; que jamais esqueceria enquanto estivesse vivo. Um cheiro que o perseguia em pesadelos, aguçava sua raiva, impedia-o de raciocinar.

A Arcanjo do Quadrante Noroeste de Pangera sorriu enquanto aparecia diante de sua cela. Ele nunca se acostumaria com aquilo: como ela era parecida com Shahar.

— Isso parece familiar — disse Sandriel, a voz suave, bela. Como música. O rosto também.

E, no entanto, os olhos da cor do solo recém-cultivado a denunciavam. Eram incisivos, cunhados por um milênio de crueldade e poder quase absoluto. Olhos que se deleitavam com dor, banhos de sangue e desespero. Aquela sempre fora a diferença entre Shahar e ela... os olhos. Calor nos de uma; morte nos da outra.

— Ouvi dizer que quer me matar, Hunt — disse a arcanjo, cruzando os braços esbeltos. Ela estalou a língua. — Voltamos mesmo ao velho jogo?

Ele não disse nada. Apenas se sentou na cama estreita e a encarou.

— Sabe, quando confiscaram seus pertences, encontraram umas coisas bem interessantes, que Micah foi gentil o bastante em compartilhar. — Ela pegou um objeto no bolso. O telefone do anjo. — Em especial, isto.

Ela balançou uma das mãos, e a tela do telefone apareceu na TV a suas costas, a conexão sem fio mostrando cada movimento de seus dedos pelos vários aplicativos.

— Seu e-mail, claro, estava cheio de lixo. Você nunca apaga nada? — Ela não esperou uma resposta antes de continuar: — Mas suas mensagens... — Franziu os lábios e clicou na troca mais recente.

Ao que aprecia, Bryce havia mudado o nome de seu contato uma última vez.

Bryce Acha que Hunt é o Cara havia escrito:

Sei que não vai ver isso. Nem mesmo sei por que estou escrevendo para você.

Ela havia enviado uma mensagem um minuto depois. *Eu só...* Em seguida, outra pausa. *Deixa pra lá. Quem quer que esteja vendo isso, deixa pra lá. Pode ignorar.*

E então mais nada. A mente do anjo ficou completamente silenciosa.

— E sabe o que achei absolutamente fascinante? — perguntou Sandriel, saindo das mensagens e clicando nas fotos. — Isso. — Ela riu. — *Olha* só isso. Quem diria que você poderia agir de modo tão... *prosaico*?

Ela apertou a função *slideshow*. Hunt apenas ficou sentado ali, enquanto as fotos apareciam na tela.

O anjo nunca vira aquelas imagens. As fotos que Bryce e ele tinham tirado naquelas semanas.

Lá estava ele, bebendo uma cerveja no sofá, fazendo carinho em Syrinx enquanto assistia a um jogo de solebol.

Lá estava ele, preparando o café da manhã para Bryce, porque tinha passado a gostar da ideia de tomar conta da semifeérica. Ela havia tirado outra foto do anjo trabalhando na cozinha: de sua bunda. Com a própria mão em destaque, num sinal de aprovação.

Ele teria gargalhado, ou sorrido, se a foto seguinte não houvesse aparecido. Uma foto tirada por ele daquela vez, de Bryce no meio de uma frase.

Então uma dos dois na rua, Hunt visivelmente irritado por ser fotografado, enquanto ela sorria de maneira desagradável.

A foto que ele havia feito da semifeérica suja, ensopada e irritada, na grade do esgoto.

Uma foto de Syrinx de barriga para cima, de pernas abertas. Uma foto de Lehabah na biblioteca, posando como uma *pin-up* no pequeno divã. Em seguida, uma foto de sua autoria, do rio ao pôr do sol quando o sobrevoava. Uma foto das costas tatuadas de Bryce no espelho do banheiro enquanto dava uma piscadela atrevida por sobre o ombro. Uma foto que ele havia batido, de uma lontra em seu colete amarelo, então uma que conseguiu tirar, um segundo depois, da expressão encantada de Bryce.

Não ouviu o que Sandriel dizia.

As fotos tinham começado como uma piada irritante, mas se tornaram reais. Agradáveis. Havia mais dos dois. E mais fotos que Hunt tinha tirado também. Dos pratos que haviam comido, grafites interessantes ao longo dos becos, de nuvens e coisas a que ele geralmente nunca prestava atenção, mas que, de repente, quisera captar. E, então, aquelas em que olhou para a câmera e sorriu.

Aquelas em que o rosto de Bryce parecia brilhar mais intensamente, o sorriso mais suave.

As datas se aproximaram do presente. Lá estavam eles, no sofá, a cabeça da semifeérica em seu ombro, sorrindo de modo franco enquanto ele revirava os olhos. Mas seu braço a envolvia. Os dedos descontraidamente emaranhados no cabelo ruivo. Em seguida, uma foto que ele havia tirado de Bryce com seu boné de solebol. Então uma série ridícula que ela tinha tirado de Geleia Geladinha, Delícia de Pêssego e Princesa Profiterole deitadas na cama do anjo. Dispostas em sua cômoda. Em seu banheiro.

E, depois, algumas outras do rio novamente. Ele tinha uma vaga lembrança da semifeérica pedir a um turista para tirar aquelas. Uma a uma, as diferentes imagens se desenrolavam.

Primeiro, uma foto de Bryce enquanto falava, e ele fazendo careta. Em seguida, uma da semifeérica sorrindo, e Hunt encarando-a.

A terceira a mostrava ainda sorrindo... e Hunt ainda a encarava. Como se ela fosse a única pessoa no planeta. Na galáxia.

Seu coração trovejava. Nas poucas seguintes, o rosto de Bryce se virou para o seu. Os olhos tinham se encontrado; o sorriso dela, hesitado.

Como se percebesse o modo que ele a olhava.

Na seguinte, estava sorrindo para o chão, os olhos do anjo ainda sobre ela. Um sorriso suave, secreto. Como se soubesse, e não se importasse nem um pouco.

E, então, a última. Ela havia encostado a cabeça no peito dele e abraçado sua cintura. Ele a envolvera com o braço e a asa. E os dois tinham sorrido.

Sorrisos verdadeiros, abertos. Das pessoas que poderiam ter sido, sem a tatuagem em sua testa e a mágoa no coração da semifeérica, o maldito e estúpido mundo ao redor.

Uma vida. Aquelas fotos eram de alguém com uma *vida*, e uma vida muito boa. Um lembrete do que era ter um lar e alguém que se importava caso vivesse ou morresse. Alguém que o fazia sorrir somente de entrar em um cômodo.

O anjo jamais tivera aquilo antes. Com ninguém.

A tela ficou preta, e, em seguida, a apresentação de slides recomeçou.

E ele conseguiu ver, então. Como os olhos de Bryce... tinham parecido tão frios a princípio. Como mesmo com aquelas fotos e poses ridículas, o sorriso não havia alcançado aqueles olhos. Mas, a cada foto, mais luz havia se esgueirado para dentro deles. Alegrando-os. Alegrando os dele também. Até aquelas últimas fotos. Quando Bryce quase brilhava de alegria.

Ela era a coisa mais linda que já vira.

Sandriel sorria como um gato.

— É mesmo isso que queria, Hunt? — Ela apontou para as fotos. Para o rosto sorridente de Bryce. — Ser libertado um dia, casar com a garota, viver uma vida comum, simples? — A arcanjo riu. — O que Shahar diria?

O nome não ressoou. E a culpa que ele julgou que o consumiria nem mesmo chamuscou.

Os lábios cheios de Sandriel se curvaram para cima, um arremedo do sorriso da irmã gêmea.

— Desejos tão simples, doces, Hunt. Mas não é assim que essas coisas terminam. Não para pessoas como você.

Sentiu um nó no estômago. As fotos eram tortura, ele se deu conta. Para lembrar a ele da vida que poderia ter tido. O que ele havia provado naquele sofá com Bryce, na outra noite. O que desperdiçara.

— Sabe, se tivesse bancado o cão obediente — disse Sandriel —, Micah teria eventualmente feito uma petição por sua liberdade. — As palavras acertaram o alvo. — Mas você foi impaciente. Nada esperto. Não conseguiu escolher isso — ela indicou as fotos — em vez de sua vingança mesquinha. — Outro sorriso de cobra. — Então, aqui estamos. Aqui está *você*. — Ela estudou a foto que Hunt havia tirado de Bryce com Syrinx, os pequenos dentes afiados da quimera arreganhados em algo terrivelmente parecido com um sorriso. — Com certeza, a garota vai chorar por um tempo. Mas, então, vai esquecer você e encontrar outro alguém. Talvez haja algum macho feérico que tenha estômago para uma parceira inferior.

Os sentidos de Hunt se inflamaram, o temperamento despertando.

Sandriel deu de ombros.

— Ou ela vai acabar em uma lixeira, com os outros mestiços.

Os dedos do anjo se curvaram em punhos. Não havia ameaça nas palavras de Sandriel. Somente o horrível pragmatismo com que o mundo tratava pessoas como Bryce.

— A questão é — continuou Sandriel —, ela vai superar. E você vai superar, Hunt.

Afinal, ele desviou os olhos de Bryce e das fotos da vida, do lar que os dois construíram. A vida que ele ainda queria desesperadamente, estupidamente. Suas asas recomeçaram a pinicar.

— O quê.

O sorriso de Sandriel se tornou afiado.

— Não lhe contaram?

O pavor o tomou conforme olhava para o telefone nas mãos da arcanjo. Conforme se dava conta do porquê fora deixado vivo, e do porquê Sandriel recebera permissão de pegar seus pertences.

Eram os pertences *dela* agora.

* * *

Bryce entrou no bar quase vazio logo depois das onze. A falta de uma presença masculina ensimesmada guardando suas costas era como um membro fantasma, mas ela a ignorou, forçou-se a esquecer o assunto ao avistar Ruhn sentado ao balcão, bebendo seu uísque.

Apenas Flynn havia se juntado a ele, o macho muito ocupado no momento, seduzindo uma fêmea com quem jogava sinuca, para dispensar mais que um aceno cauteloso e condoído a Bryce. Ela o ignorou e deslizou para um banco perto de Ruhn, o vestido guinchando contra o couro.

— Oi.

Ruhn a olhou de esguelha.

— Ei.

O barman caminhou até ela, as sobrancelhas erguidas em uma pergunta muda. Bryce balançou a cabeça. Não planejava ficar ali tempo o bastante para um drinque, água ou outra coisa. Queria terminar com aquilo o mais rapidamente possível, então voltar para casa, tirar o sutiã e colocar o pijama.

— Queria passar aqui para agradecer — disse Bryce. Ruhn apenas a encarou. Ela assistia ao jogo de solebol na TV acima do bar. — Pelo outro dia. Noite. Por cuidar de mim.

Ruhn estreitou os olhos para o teto.

— O quê? — perguntou ela.

— Estou apenas verificando se o céu está caindo, já que você está me agradecendo por algo.

Ela acertou seu ombro.

— Babaca.

— Você podia ter ligado ou mandado uma mensagem. — Ele tomou um gole do uísque.

— Achei que seria mais adulto agradecer cara a cara.

O irmão a estudou cuidadosamente.

— Como está se sentindo?

— Já estive melhor — admitiu ela. — Me sinto como uma maldita imbecil.

— Você não é.

— Ah, é? Meia dúzia de pessoas me avisou, inclusive você, para tomar cuidado com Hunt, e ri na cara de todos. — Ela soltou um suspiro. — Eu devia ter percebido.

— Em sua defesa, não pensei que Athalar ainda fosse tão cruel. — Os olhos azuis faiscaram. — Achei que suas prioridades haviam mudado nos últimos tempos.

Ela revirou os olhos.

— Sim. Você e nosso velho e querido pai.

— Ele foi vê-la?

— Sim. E me disse que sou um monte de merda igualzinho a ele. Tal pai, tal filha. O fruto não cai longe da árvore ou qualquer coisa assim.

— Você não se parece em nada com ele.

— Não minta para uma mentirosa, Ruhn. — Ela deu um tapinha no bar. — Enfim, foi tudo o que vim dizer. — Ela notou Áster pendurada no quadril do irmão, o punho preto refletindo as primaluces do local. — Está de patrulha hoje à noite?

— Não até meia-noite. — Com seu metabolismo feérico, o uísque teria sido eliminado de seu organismo muito antes.

— Bem... Boa sorte. — Ela desceu da banqueta, mas Ruhn a parou ao tocar seu cotovelo.

— Vou fazer uma reunião em minha casa em algumas semanas, para assistir à grande partida de solebol. Por que não aparece?

— Passo.

— Apenas para o primeiro tempo. Se não curtir, sem problemas. Saia quando quiser.

Ela examinou o rosto do irmão, sopesando a oferta ali. A mão estendida.

— Por quê? — perguntou ela, em tom baixo. — Por que ainda se preocupa?

— Por que continua me afastando, Bryce? — A voz estava tensa. — Não tem a ver apenas com aquela briga.

Ela engoliu em seco, a garganta fechada.

— Você era meu melhor amigo — respondeu ela. — Antes de Danika, você era meu melhor amigo. E eu... Não importa mais. — Ela havia se dado conta, então, que a verdade não importava... não iria *deixar* que importasse. Deu de ombros, como se aquilo fosse ajudar a aliviar o peso em seu peito. — Talvez possamos recomeçar. Em caráter experimental *apenas*.

Ruhn começou a sorrir.

— Então vai assistir ao jogo lá em casa?

— Juniper disse que passaria no apartamento nesse dia, mas vamos ver se vai se animar mesmo. — Os olhos azuis de Ruhn cintilaram como estrelas, mas Bryce o cortou: — Mas sem promessas.

Ele ainda sorria quando ela se levantou do banco.

— Vou guardar um lugar para você.

70

Fury estava sentada no sofá quando Bryce voltou do bar. No mesmo lugar em que a semifeérica tinha se acostumado a ver Hunt.

Bryce jogou as chaves na mesa ao lado da porta e soltou Syrinx em cima da amiga.

— Ei — disse.

— Ei, você. — Fury lançou a Syrinx um olhar que o paralisou. Aquilo o fez sentar o traseiro felpudo no tapete, a cauda de leão balançando, e esperar até que ela se dignasse a cumprimentá-lo. Fury o fez em um piscar de olhos, acariciando as orelhas caídas, aveludadas.

— E aí? — Bryce descalçou os sapatos de salto, girou os pés doloridos algumas vezes e esticou o braço para descer o zíper do vestido. Deuses, era incrível não sentir nenhuma dor na perna... nem sequer um lampejo. Ela caminhou descalça até o quarto antes que Fury pudesse responder, sabendo que a ouviria mesmo assim.

— Tenho novidades — disse Fury, descontraída.

Bryce despiu o vestido, suspirando enquanto tirava o sutiã, e colocou um short e uma velha camiseta antes de prender o cabelo em um rabo de cavalo.

— Deixe-me adivinhar — falou do quarto, enfiando os pés em chinelos. — Enfim se deu conta de que usar preto o tempo todo é um tédio e quer minha ajuda para encontrar roupas normais?

Uma risada discreta.

— Espertinha.

Bryce saiu do quarto, e Fury a encarou com aquele olhar ágil de assassina. Tão diferente do de Hunt.

Mesmo quando Fury e ela saíam para se divertir, a amiga nunca abandonava, de fato, aquele brilho gélido. Aquela determinação e distância. Mas o olhar de Hunt...

Ela interrompeu sua linha de raciocínio. A comparação. Aquele fogo bramindo em suas veias se acendeu.

— Olhe — disse Fury, se levantando do sofá. — Estou a caminho da Cimeira uns dias mais cedo. Portanto, achei que era melhor que soubesse algo antes de minha partida.

— Você me ama e vai escrever sempre?

— Deuses, você é impossível — disse Fury, passando a mão pelo corte elegante. Bryce sentia falta do rabo de cavalo comprido que a amiga tinha usado na faculdade. De algum modo, o novo look fazia Fury parecer ainda mais letal. — Desde que a conheci naquela aula idiota, você tem sido impossível.

— Sim, mas você adora. — Bryce se dirigiu para a geladeira.

Um bufar.

— Olhe, vou lhe contar esse lance, mas primeiro quero que me prometa que não vai fazer nada estúpido.

Bryce estacou com os dedos no puxador da geladeira.

— Como já me disse várias vezes, *estúpida* é meu nome do meio.

— Estou falando sério. Não acho que algo possa sequer ser feito, mas preciso que me prometa.

— Prometo.

Fury analisou seu rosto, em seguida se apoiou no balcão da cozinha.

— Micah deu Hunt.

Aquele fogo em suas veias se transformou em cinzas.

— Para quem?

— Quem você acha? Para a maldita Sandriel.

Ela não conseguia sentir os braços, as pernas.

— Quando.

— Você disse que não faria nada estúpido.

— Perguntar por detalhes é estupidez?

Fury balançou a cabeça.

— Essa tarde. Aquele bastardo sabia que devolver Hunt a Sandriel seria uma punição maior que crucificá-lo publicamente, ou enfiar sua alma em uma caixa e jogá-la no mar.

Era. Por muitas razões.

— Amanhã à tarde, ela e os outros anjos seguirão para a Cimeira. — continuou Fury. — Sei de fonte segura que assim que o encontro acabar, na próxima semana, ela voltará para Pangera a fim de lidar com os rebeldes da Ophion. Com Hunt a reboque.

E ele nunca mais seria livre. O que Sandriel faria com ele... O anjo merecia. O maldito merecia *tudo aquilo.*

— Se está tão preocupada que eu faça algo estúpido, por que me contar afinal?

Os olhos escuros de Fury esquadrinharam seu rosto outra vez.

— Porque... apenas achei que devia saber.

Bryce se virou para a geladeira e a abriu.

— Hunt cavou a própria cova.

— Então vocês dois não...

— Não.

— Mas o cheiro do anjo está em você.

— Moramos juntos neste apartamento por um mês. Imagino que acabaria acontecendo.

Ela havia gastado uma indecente quantia de marcos de prata para tirar o sangue do sofá. Assim como todos os traços do que tinham feito sobre o estofado.

Uma pequena e forte mão fechou a porta do refrigerador. Fury a fuzilava com o olhar.

— Não me faça de idiota, Quinlan.

— Não estou fazendo. — Bryce deixou a amiga ver seu verdadeiro rosto. Aquele de que o pai havia falado. Aquele que não ria ou se importava com nada nem ninguém.

— Hunt é um mentiroso. Ele *mentiu* para mim.

— Danika fazia umas paradas escrotas, Bryce. Sabe disso. Sempre soube e deixou para lá, desviou o olhar. Não tenho certeza se Hunt estava mentindo sobre isso.

Bryce arreganhou os dentes.

— Já superei isso.

— Isso o quê?

— Tudo. — Ela abriu a porta do refrigerador de novo, afastando Fury do caminho. Para sua surpresa, a amiga permitiu que o fizesse. — Por que não volta para Pangera e me ignora por mais dois anos?

— Não a ignorei.

— Uma porra que *não* — cuspiu Bryce. — Você fala com June o tempo todo, mas foge de minhas ligações e mal responde minhas mensagens?

— June é diferente.

— Sim, eu sei. É especial.

Fury pestanejou.

— Você quase *morreu* naquela noite, Bryce. E Danika morreu *de fato.* — A assassina engoliu em seco. — Eu lhe dei drogas...

— Comprei minha raiz-alegre.

— E eu comprei caça-luz. Não me importo, Bryce. Fiquei muito próxima de vocês, e *coisas ruins* acontecem quando faço isso com as pessoas.

— Mas ainda pode conversar com Juniper? — A garganta de Bryce se fechou. — Eu não valia o risco?

— Juniper e eu temos algo que não é da *porra* de sua conta — sibilou Fury. Bryce conteve um soluço. Juniper jamais tinha dado qualquer pista, jamais sugerido... — Seria mais fácil arrancar meu coração do que parar de falar com ela, ok?

— Saquei, saquei — disse Bryce, soltando um longo suspiro. — O amor supera tudo.

Pena que Hunt não tivesse aprendido aquilo. Ou tinha, mas havia escolhido a arcanjo que ainda era dona de seu coração, e a *causa.* Pena que Bryce tivesse sido tola o bastante para acreditar nas bobagens do amor... e permitir que a cegassem.

A voz de Fury vacilou.

— Você e Danika eram minhas amigas. Eram esses dois malditos *filhotinhos* estúpidos, que invadiram minha vida perfeita, e então uma de vocês foi assassinada. — Fury arreganhou os dentes. — E. Não. Consegui. Lidar. Com. Essa. Porra.

— Precisei de você. Precisei de você *aqui*. Danika morreu, mas foi como se eu perdesse você também. — Bryce não lutou contra as lágrimas. — Você se foi como se não fosse nada.

— Não foi assim. — Fury suspirou. — Merda, Juniper não disse *nada* a você? — Diante do silêncio de Bryce, ela xingou outra vez. — Olhe, ela e eu estivemos trabalhando muitas de minhas merdas, ok? Sei que meu sumiço foi cagada. — Ela passou os dedos pelo cabelo. — É só que... é mais fodido do que pensa, Bryce.

— Dane-se.

Fury inclinou a cabeça.

— Preciso ligar para Juniper?

— Não.

— Isso é uma reprise de dois invernos atrás?

— Não. — Juniper devia ter lhe contado sobre aquela noite no telhado. Aparentemente, contavam tudo uma à outra.

Bryce pegou um vidro de manteiga de amêndoas, destampou e enfiou uma colher.

— Bem, divirta-se na Cimeira. Vejo você em dois anos.

Fury não riu.

— Não me faça me arrepender de ter lhe contado tudo isso.

Ela encontrou o olhar sombrio da amiga.

— Já superei — repetiu.

Fury suspirou.

— Tudo bem. — Seu telefone vibrou, e ela olhou para a tela antes de dizer: — Volto em uma semana. Então vamos passar um tempo juntas, ok? Talvez sem gritar uma com a outra.

— Claro.

Fury seguiu para a porta, mas parou na soleira.

— Vai ficar tudo bem, Bryce. Sei que os últimos dois anos foram uma merda, mas vai melhorar. Já aconteceu comigo, e prometo que melhora.

— Ok. — Bryce acrescentou, porque preocupação verdadeira iluminou o rosto normalmente frio de Fury: — Obrigada.

Fury estava com o telefone colado à orelha antes que a semifeérica fechasse a porta.

— Sim, estou a caminho — disse a mercenária. — Bem, por que não cala a porra da boca e me deixa dirigir para que eu possa chegar em tempo, babaca?

Pelo olho mágico, Bryce a observou entrar no elevador. Em seguida, cruzou a sala e olhou através da janela conforme Fury entrava em um sofisticado carro esporte preto, ligava o motor e rugia pelas ruas.

Bryce olhou para Syrinx. A quimera balançava sua pequena cauda de leão.

Hunt tinha sido dado. Ao monstro que ele odiava e temia acima de todos os outros.

— Já *superei* — repetiu para Syrinx.

Ela olhou para o sofá e quase podia ver Hunt sentado ali, o boné de solebol ao contrário, assistindo a um jogo na TV. Quase podia ver seu sorriso ao encará-la por sobre o ombro.

Aquele fogo rugindo em suas veias parou... e se redirecionou. Ela não perderia outro amigo.

Especialmente não Hunt. Nunca Hunt.

Não importava o que ele havia feito, o que e quem escolhera, mesmo que fosse a última vez que visse o anjo... ela não iria permitir que acontecesse. Que ele fosse para o Inferno depois, mas ela o faria. Por ele.

Syrinx ganiu, andando em círculos, as garras estalando no piso de madeira.

— Prometi a Fury não fazer nada *estúpido* — argumentou Bryce, os olhos na tatuagem de Syrinx. — Não disse nada sobre fazer algo esperto.

71

Hunt tinha uma noite para vomitar as tripas.

Uma noite naquela cela, provavelmente o último resquício de segurança que teria pelo restante de sua existência.

Sabia o que aconteceria depois da Cimeira. Quando Sandriel o levasse de volta ao castelo, nas montanhas enevoadas e selvagens do noroeste de Pangera. À cidade cinzenta e seu seio.

Afinal, tinha vivido aquilo por mais de cinquenta anos.

Ela havia deixado as fotos rodando na tela da TV do corredor, então ele podia ver Bryce repetidas vezes. Ver o modo como ela o olhara no fim, como se não fosse um completo desperdício.

Não era apenas para torturá-lo com o que tinha perdido.

Era um lembrete. De quem sofreria se ele desobedecesse. Se resistisse. Se reagisse.

Pela manhã, ele havia parado de vomitar. Lavado o rosto na pequena pia. Uma muda de roupas tinha chegado para ele. Sua habitual armadura preta. Sem capacete.

As costas coçaram incessantemente enquanto se vestia, a roupa arranhando as asas que tomavam forma. Logo estariam regeneradas por completo. Uma semana de cuidadosa fisioterapia depois daquilo, e ele estaria nos céus.

Se um dia Sandriel o deixasse sair das masmorras.

Ela o havia perdido uma vez, para pagar suas dívidas. O anjo alimentava poucas ilusões de que ela permitiria que o fato se repetisse. Não até encontrar um meio de fazê-lo pagar pelo modo como dizimou suas forças no monte Hermon. Como Shahar e ele estiveram perto de destruí-la completamente.

Não foi até o pôr do sol que vieram buscá-lo. Como se Sandriel quisesse cozinhá-lo em banho-maria o dia todo.

Hunt deixou que o algemassem com as pedras gorsianas outra vez. Sabia o que as pedras fariam se fizesse sequer um movimento abrupto. Desintegração de osso e sangue, o cérebro se tornaria uma sopa antes de escorrer pelo nariz.

A escolta armada, dez ao todo, levou o anjo da cela e até o elevador. Onde Pollux Antonius, o comandante louro dos triários de Sandriel, o aguardava com um sorriso no rosto bronzeado.

Hunt conhecia bem aquele sorriso morto, cruel. Fez o que pôde para esquecê-lo.

— Sentiu saudade, Athalar? — perguntou Pollux, a voz cristalina em contraste com o monstro à espreita no interior. O Martelo podia esmagar campos de batalha e se deliciar com cada segundo da carnificina. Do medo e da dor. A maioria dos vanir jamais escapava. Nenhum humano jamais o fez.

Mas Hunt não deixou sequer um vislumbre de sua raiva, de seu ódio diante daquela visão sorridente e bela transparecer em seu semblante. Um brilho de irritação surgiu nos olhos cor de cobalto de Pollux, as asas brancas farfalhando.

Sandriel aguardava no saguão do Comitium, os últimos raios do sol poente iluminando o cabelo cacheado.

O saguão. Não a plataforma de pouso vários andares acima. Então ele talvez visse...

Talvez visse...

Justinian ainda preso ao crucifixo. Apodrecendo.

— Achamos que quisesse se despedir — ronronou Pollux em seu ouvido enquanto atravessavam o saguão. — A espectro, claro, está no fundo do mar, mas tenho certeza de que sabe que você sentirá saudade.

Hunt deixou as palavras do macho flutuarem através de si, para além. Seriam apenas o começo. Tanto para o Martelo quanto para a própria Sandriel.

A arcanjo sorriu para Hunt conforme se aproximavam, a crueldade em sua expressão fazia o sorriso de Pollux parecer descaradamente agradável. Mas ela não disse nada quando deu meia-volta na direção das portas do saguão.

Uma van de transporte blindada aguardava do lado de fora, as portas traseiras abertas. Esperando por ele, já que nem fodendo poderia voar. Pelo brilho debochado nos olhos de Pollux, Hunt tinha a impressão de que sabia quem o acompanharia.

Anjos dos cinco prédios do Comitium enchiam o recinto.

Ele notou a ausência de Micah... covarde. Com certeza, o bastardo não queria manchar sua imagem ao testemunhar o horror que havia infligido. Mas Isaiah estava parado em meio à multidão reunida, a expressão soturna. Naomi deu a Hunt um aceno sério.

Era tudo que ousava, o único adeus que poderiam trocar.

Em silêncio, os anjos observavam Sandriel. Pollux. Hunt. Não tinham vindo para provocar, para testemunhar seu desespero e humilhação. Eles, também, tinham vindo para se despedir.

Cada passo na direção das portas de vidro levou uma eternidade, era impossível. Cada passo parecia uma abominação.

Era culpa sua, havia feito aquilo a si mesmo e aos companheiros, e pagaria de novo e de novo e...

— *Espere!* — A voz feminina cortou o saguão.

Hunt congelou. Todo mundo congelou.

— *Espere!*

Não. Não, ela não podia estar ali. Ele não conseguiria suportar que ela o visse assim, joelhos trêmulos e quase vomitando novamente. Porque Pollux estava a suas costas, e Sandriel se postou a sua frente, e eles a destruiriam...

Mas lá estava Bryce. Correndo na direção deles. Na direção dele.

Medo e dor lhe contraíam o rosto, mas os olhos arregalados estavam colados em Hunt enquanto ela gritava outra vez, para Sandriel, para o saguão repleto de anjos:

— *Espere!*

Ela parecia sem fôlego quando a multidão se dividiu. Sandriel vacilou, Pollux e os guardas imediatamente em alerta, forçando Hunt a parar também.

Bryce escorregou e parou diante da arcanjo.

— Por favor — ofegou ela, apoiando as mãos nos joelhos, o rabo de cavalo sobre um dos ombros enquanto ela tentava recuperar o fôlego. Não parecia mancar. — Por favor, espere.

Sandriel a observou, como se a semifeérica fosse um mosquito zumbindo em volta de sua cabeça.

— Sim, Bryce Quinlan?

Bryce se endireitou, ainda ofegando. Olhou para Hunt por um longo tempo, por uma eternidade, antes de se dirigir à Arcanjo do Quadrante Noroeste de Pangera.

— Por favor, não o leve.

Hunt mal conseguia suportar ouvir a súplica naquela voz. Pollux soltou uma risada suave e odiosa.

Sandriel não parecia feliz.

— Ele me foi ofertado. Os papéis foram assinados ontem.

Bryce tirou algo do bolso, fazendo os guardas a sua volta sacarem as armas. Em um piscar de olhos, a espada de Pollux estava em punho, apontada para ela com letal eficiência.

Mas não foi uma arma ou uma faca. E sim um pedaço de papel.

— Então me deixe comprá-lo de você.

Silêncio sepulcral.

Em seguida, Sandriel riu, um som rico e musical.

— Sabe quanto custa...

— Pago noventa e sete milhões de marcos de ouro.

O chão tremeu sob Hunt. As pessoas ofegaram. Pollux piscou, encarando Bryce novamente.

A semifeérica estendeu um pedaço de papel na direção de Sandriel, embora a malakh não o pegasse. Mesmo alguns metros atrás da arcanjo, Hunt discerniu o que estava escrito com sua visão aguçada.

Comprovante de fundos. Um cheque do banco, para Sandriel. De quase cem milhões de marcos.

Um cheque de Jesiba Roga.

Horror eclodiu por seu corpo, deixando-o sem fala. Quantos anos Bryce havia somado a sua dívida?

Ele não merecia. Não a merecia. Nem por um segundo. Nem em mil anos...

Bryce balançou o cheque em direção a Sandriel.

— Doze milhões a mais que o preço que pediu quando o vendeu, certo? Você vai...

— Sei fazer contas.

Bryce continuou com o braço estendido. Esperança no belo rosto. Então ela o ergueu, Pollux e os guardas tensos outra vez. Mas foi apenas para soltar o amuleto de ouro do pescoço.

— Aqui. Para adoçar o acordo. Um amuleto archesiano. Tem quinze mil anos e vale três milhões de marcos de ouro no mercado.

Aquele pequeno cordão valia três *milhões* de marcos de ouro?

Bryce ofereceu tanto o cordão quanto o cheque, o ouro cintilando.

— Por favor.

Ele não podia permitir que fizesse aquilo. Nem mesmo pelo que restava da própria alma. Hunt abriu a boca, mas a arcanjo pegou o cordão pendurado nos dedos de Bryce. Sandriel olhou de um para o outro. Leu tudo no rosto de Hunt. Um sorriso de serpente curvou sua boca.

— A lealdade a minha irmã era sua qualidade redentora, Athalar. — Ela apertou o amuleto no punho. — Mas parece que aquelas fotos não mentiam.

O amuleto archesiano derreteu em fiapos de ouro no chão.

Algo se rompeu no peito de Hunt diante da devastação que crispava o rosto de Bryce.

— Dê o fora daqui, Bryce — disse ele baixinho, suas primeiras palavras do dia.

Mas a semifeérica guardou o cheque no bolso. E caiu de joelhos.

— Então leve a mim. — Terror o agitou, tão violento que ele não tinha palavras quando Bryce encarou Sandriel, lágrimas lhe inundando os olhos, conforme insistia: — Leve-me em seu lugar.

Um sorriso preguiçoso se espalhou no rosto de Pollux.

Não. Ela já havia trocado seu lugar de descanso eterno no Quarteirão dos Ossos por Danika. Hunt não a deixaria trocar sua vida mortal por ele. Não por ele...

— *Não ouse!* — O grito do macho ecoou pelo saguão. Em seguida, Ruhn estava ali, envolto em sombras, Declan e Flynn o flanqueando. Não eram tolos para pegar as armas enquanto avaliavam os guardas de Sandriel... se davam conta de que Pollux Antonius, o Martelo, estava parado ali, a espada pronta a atravessar o peito de Bryce se Sandriel desse sequer um aceno.

O Príncipe Herdeiro dos Feéricos apontou para Bryce.

— Saia do chão.

Bryce não se mexeu.

— Leve-me no lugar dele — insistiu, apenas.

— *Fique quieta* — disparou Hunt, enquanto Ruhn rosnava para a arcanjo:

— Não escute uma palavra do que ela diz...

Sandriel deu um passo na direção de Bryce. Outro. Até que estava diante da semifeérica, encarando o rosto corado.

— Sandriel... — implorou Hunt.

— Você oferece sua vida — disse Sandriel a Bryce. — Sem ser coagida, forçada.

Ruhn avançou, as sombras se desdobrando ao seu redor, mas Sandriel ergueu uma das mãos e uma parede de vento o conteve. Aquilo engalfinhou as sombras do príncipe, dissipando-as.

Também segurou Hunt enquanto Bryce encontrava o olhar de Sandriel e respondia:

— Sim. Em troca da liberdade de Hunt, me ofereço em seu lugar. — A voz tremia, vacilava. Ela sabia o que ele tinha sofrido nas mãos da arcanjo. Sabia que o que a esperava seria ainda pior.

— Todos aqui podem me chamar de tola por aceitar essa barganha — ponderou Sandriel. — Uma mestiça sem poder ou esperança de conquistar algum... em troca da liberdade de um dos mais poderosos malakim que já escureceu os céus. O único guerreiro em Midgard que pode empunhar o relâmpago.

— Sandriel, *por favor* — implorou Hunt. O ar arrebatado de sua garganta engasgou as palavras.

Pollux sorriu de novo. Hunt arreganhou os dentes para o Martelo enquanto Sandriel acariciava a bochecha de Bryce com uma das mãos, secando suas lágrimas.

— Mas conheço seu segredo, Bryce Quinlan — sussurrou a arcanjo. — Sei o prêmio que é.

— Já é o *bastante...* — interrompeu Ruhn.

Sandriel tocou o rosto de Bryce outra vez.

— A única filha do Rei Outonal.

Os joelhos de Hunt estremeceram.

— Puta merda — murmurou Tristan Flynn. Declan havia ficado pálido como a morte.

— Sim, que prêmio para se possuir — Sandriel ronronou para Bryce.

O rosto do primo congelou de terror.

Primo não. *Irmão.* Ruhn era irmão de Bryce. E ela era...

— O que seu pai acha da filha bastarda pedir emprestado uma quantia tão exorbitante a Jesiba Roga? — continuou Sandriel, rindo enquanto Bryce começava a chorar copiosamente. — Que vergonha para sua casa real, saber que vendeu sua vida para uma feiticeira desclassificada.

Os olhos suplicantes de Bryce encontraram os de Hunt. Os olhos cor de âmbar do Rei Outonal.

— Achou que estava a salvo de *mim*? Que eu não a investigaria depois daquela cena durante minha chegada? Meus espiões são os melhores. Encontraram o que não podia ser encontrado. Incluindo seu teste de expectativa de vida, feito há doze anos, e quem este revelava ser seu pai. Muito embora o rei tenha pago uma soma exorbitante para manter tudo enterrado.

Ruhn se adiantou, vencendo o vento de Sandriel ou recebendo permissão para fazê-lo. Ele segurou Bryce sob o braço e a ergueu.

— Ela é uma fêmea da casa real dos feéricos e uma civitas plena da República. Eu a reivindico como minha irmã de sangue.

Palavras antigas. De leis que jamais haviam sido mudadas, embora o sentimento público sim.

Bryce se virou para ele.

— *Você não tem o direito...*

— Pela lei feérica, conforme aprovado pelos asteri — prosseguiu Ruhn —, ela é *minha* propriedade. De meu pai. E não permito que troque de lugar com Athalar.

As pernas de Hunt quase cederam com o alívio. Mesmo quando Bryce empurrou Ruhn, unhando o irmão, e rosnou:

— Não sou propriedade...

— Você é uma fêmea feérica de minha linhagem — disse Ruhn, friamente. — É minha propriedade e de meu pai até se casar.

Ela olhou para Declan, para Flynn, cujas expressões solenes deviam ter lhe dito que não encontraria aliados entre os dois.

— *Nunca* vou perdoá-lo. *Nunca...*

— Terminamos aqui — disse Ruhn para Sandriel.

Ele puxou Bryce para longe, os amigos entrando em formação ao redor de ambos, e Hunt tentou memorizar o rosto de Bryce, apesar do desespero e da raiva que o desfiguravam.

Ruhn a puxou de novo, mas ela se debateu.

— Hunt — implorou ela, estendo uma das mãos na direção do anjo. — Vou encontrar um meio.

Pollux gargalhou. Sandriel apenas deu-lhes as costas, entediada.

Mas Bryce continuou a tentar alcançá-lo, mesmo enquanto Ruhn a arrastava para as portas.

Hunt encarou os dedos estendidos. A esperança desesperada naqueles olhos.

Ninguém jamais havia lutado por ele. Ninguém jamais tinha se importado o bastante para fazê-lo.

— *Hunt* — suplicou Bryce, trêmula. Os dedos esticados. — *Vou achar um modo de salvá-lo.*

— *Pare com isso* — ordenou Ruhn, e segurou-a pela cintura.

Sandriel caminhou na direção das portas do saguão e do comboio à espera.

— Devia ter cortado a garganta de sua irmã quando teve chance, príncipe. Falo por experiência própria — disse ela a Ruhn.

Os soluços angustiantes de Bryce destroçaram Hunt enquanto Pollux o empurrava para que começasse a andar.

Ela jamais desistiria dele, nunca perderia a esperança. Portanto, Hunt deu o golpe de misericórdia quando passou por ela, mesmo que cada palavra o ferisse.

— Não devo nada a você, e você não me deve nada. Nunca mais me procure.

Bryce articulou seu nome. Como se ele fosse a única pessoa no recinto. Na cidade. No planeta.

E foi apenas quando estava no veículo blindado, quando suas correntes estavam presas nas barras laterais de metal e Pollux sorria a sua frente, quando o motorista havia embarcado para a viagem de cinco horas até o coração do deserto Psamathe, onde a Cimeira aconteceria em cinco dias, que ele se permitiu respirar.

* * *

Ruhn assistiu enquanto Pollux colocava Athalar na van da prisão. Assistiu enquanto o veículo ganhava vida e velocidade, assistiu enquanto a multidão no saguão se dispersava, marcando o fim daquele maldito desastre.

Até que Bryce escapou de seu aperto. Até que Ruhn permitiu. Ódio, puro e genuíno, contorcia suas feições quando disse outra vez:

— *Nunca* vou perdoá-lo por isso.

— Tem ideia do que Sandriel faz com seus escravizados? Sabe que era Pollux Antonius, o maldito Martelo, com ela? — perguntou Ruhn, com frieza.

— Sim. Hunt me contou tudo.

— Então é uma maldita idiota. — Ela avançou contra ele, mas Ruhn sibilou: — Não vou me desculpar por protegê-la... nem da arcanjo, nem de si mesma. Eu entendo, mesmo. Hunt era seu... o que quer fosse para você. Mas a última coisa que ele iria querer é...

— Vá se foder. — Sua respiração ficou ofegante. — *Vá se foder, Ruhn.*

Ruhn ergueu o queixo na direção das portas do saguão.

— Vá choramingar para outra pessoa. Vai achar difícil encontrar alguém que concorde com você.

Os dedos da semifeérica se curvaram na lateral do corpo. Como se ela quisesse esmurrar o irmão, unhá-lo, despedaçá-lo.

Mas ela apenas cuspiu aos pés de Ruhn e se foi. Bryce alcançou a moto e não olhou para trás enquanto desaparecia.

— Que porra, Ruhn — disse Flynn, em tom baixo.

Ruhn prendeu o fôlego. Não queria nem pensar em que tipo de barganha ela havia fechado com a feiticeira para conseguir aquela quantia.

Declan balançava a cabeça. E Flynn... desapontamento e mágoa brilhavam em seu semblante.

— Por que não nos contou? Sua *irmã*, Ruhn? — Flynn apontou para as portas de vidro. — Ela é a porra da nossa *princesa*.

— Não é — grunhiu Ruhn. — O Rei Outonal não a reconheceu nem o fará.

— Por quê? — exigiu Dec.

— Porque ela é sua filha bastarda. Porque não gosta dela. Não sei — cuspiu Ruhn. Ele não podia... não iria... jamais confessar a eles suas razões. Aquele medo intrínseco do que a profecia do Oráculo podia significar para Bryce caso um dia lhe fosse concedido o título real. Pois se a linhagem real acabaria com Ruhn e se Bryce se tornasse uma princesa oficial da família... Ela teria que estar fora de cena para que aquilo acontecesse. Permanentemente. Ele faria o que fosse necessário para mantê-la em segurança daquele destino em particular. Mesmo que o mundo o odiasse.

De fato, diante das caretas de censura dos amigos, ele disparou:

— Tudo o que sei é que recebi ordens de jamais revelar a verdade, nem mesmo para vocês.

Flynn cruzou os braços.

— Acha que contaríamos a alguém?

— Não. Mas não podia arriscar que ele descobrisse. E *ela* não queria que ninguém soubesse. — E aquela não era a hora nem o lugar para falar no assunto. Então disse: — Preciso conversar com ela.

O que viria *depois* que falasse com Bryce, não sabia se conseguiria encarar.

* * *

Bryce dirigiu até o rio. Para os arcos do Cais Preto.

A escuridão tinha caído quando ela prendeu a lambreta em um poste, a noite fresca o bastante para que se sentisse grata pelo calor da jaqueta de couro de Danika enquanto ficava parada na doca escura e encarava a outra margem do Istros.

Devagar, ela caiu de joelhos, curvando a cabeça.

— É tão, tão fodido, Danika.

Ela havia fracassado. Inteira e completamente. E Hunt estava... ele estava...

Bryce enterrou o rosto nas mãos. Por um tempo, os únicos sons vinham do vento soprando nas palmeiras e do lamber do rio contra o cais.

— Queria que estivesse aqui. — Enfim Bryce se permitiu dizer. — Todos os dias desejo isso, mas especialmente hoje.

O vento se aquietou, as palmeiras ficaram imóveis. Até mesmo o rio pareceu hesitar.

Um arrepio se esgueirou até ela, através dela. Cada sentido, feérico e humano, ficou em alerta. Ela esquadrinhou as brumas, esperando, rezando por um Veleiro preto. Estava tão ocupada olhando que não percebeu o ataque iminente.

Não se virou para ver o demônio kristallos saltando das sombras, mandíbula aberta, antes de jogá-la nas águas turbulentas.

72

Garras e dentes estavam por toda parte. Rasgando, mordendo, puxando-a para o fundo.

O rio parecia escuro como o breu, e não havia ninguém, ninguém mesmo, que tivesse visto ou que saberia…

Alguma coisa queimou seu braço, e ela gritou, a água invadindo sua garganta.

Então as garras abriram. Soltaram.

Bryce chutou, empurrando às cegas, a superfície em algum lugar... em qualquer direção... Ah, deuses, ela ia escolher errado...

Algo agarrou seu ombro, puxando-a para longe, e ela teria gritado se algum ar lhe restasse nos pulmões...

Ar envolveu seu rosto, livre e fresco, e, em seguida, ouviu alguém falar em seu ouvido.

— Estou com você, estou com você — disse uma voz masculina.

Ela poderia ter chorado se não estivesse cuspindo água, se não tivesse tido um ataque de tosse. Hunt havia dito aquelas mesmas palavras para ela, e agora se fora, e a voz masculina em seu ouvido... Declan Emmet.

— Está morto — gritou Ruhn, alguns metros adiante.

Ela se debateu, mas Declan a segurou firme.

— Está tudo bem — murmurou o guerreiro feérico.

Não estava tudo bem. Hunt devia estar ali. Devia estar com ela, devia estar livre, e ela devia ter encontrado um modo de ajudá-lo...

Levou meio instante para Declan tirá-la da água. Ruhn, com expressão sombria, a ajudou no restante do caminho, xingando muito enquanto ela estremecia na doca.

— Caralho, que porra — ofegava Tristan Flynn, o rifle apontado para as águas escuras, pronto para disparar uma saraivada de balas à menor ondulação.

— Você está bem? — perguntou Declan, água escorrendo do rosto, o cabelo ruivo grudado à cabeça.

Bryce se concentrou em si mesma, o bastante para examinar o próprio corpo. Um corte atravessava seu braço, mas fora feito por garras, não por aquelas presas venenosas. Outros cortes a salpicavam, mas...

Declan não esperou antes de ajoelhar a sua frente, as mãos banhadas em luz conforme as erguia sobre o corte em seu braço. Era raro... o dom feérico da cura. Não tão poderoso quanto o talento de uma medbruxa, mas um valioso trunfo. Jamais havia desconfiado de que Dec tivesse tal habilidade.

— Por que *diabo* estava de pé no Cais Preto depois do pôr do sol? — perguntou Ruhn.

— Estava ajoelhada — murmurou ela.

— Mesma maldita pergunta.

Ela encontrou o olhar do irmão enquanto as feridas cicatrizavam.

— Precisava de ar.

Flynn resmungou alguma coisa.

— O quê? — Ela estreitou os olhos para ele.

Flynn cruzou os braços.

— Eu disse que descobri que é uma princesa há menos de uma hora e já é um pé no saco.

— Não sou uma princesa — disse ela ao mesmo tempo que Ruhn disparou:

— Ela não é uma princesa.

Declan bufou.

— Não interessa, babacas. — Ele se afastou de Bryce, a cura concluída. — Devíamos saber. Você é a única que chega perto de irritar Ruhn tão facilmente quanto o pai.

— De onde aquela coisa veio? — interrompeu Flynn.

— Aparentemente, pessoas que tomam uma grande quantidade de sintez podem, inadvertidamente, invocar o demônio kristallos — respondeu Bryce. — Com certeza foi um acidente bizarro.

— Ou um ataque orquestrado — desafiou Flynn.

— O caso está encerrado — disse Bryce, sem rodeios. — Acabou.

Os olhos do lorde feérico faiscaram com uma demonstração incomum de raiva.

— Talvez não esteja.

Ruhn enxugou a água do rosto.

— Para o caso de Flynn ter razão, você vai ficar comigo.

— Só por cima do meu cadáver. — Bryce ficou parada, a água pingando do corpo. — Olhe, obrigada por me salvar. E obrigada por estragar de modo fenomenal meus planos para mim e Hunt. Mas quer saber? — Ela arreganhou os dentes e pegou o telefone, secando-o, e rezou para que o feitiço de proteção que havia comprado valesse o dinheiro gasto. Valeu. Ela rolou a tela até chegar ao contato de Ruhn. Mostrou a ele. — Você? — Bryce deslizou o dedo e o apagou. — *Morreu* pra mim.

Podia jurar que o irmão, o irmão foda-se-o-mundo, se encolheu.

Ela encarou Dec e Flynn.

— Obrigada por salvarem minha pele.

Eles não a seguiram. Bryce mal tinha parado de tremer o bastante para dirigir a moto até sua casa, mas, de algum modo, conseguiu. Chegou a seu andar, passeou com Syrinx.

O apartamento parecia muito silencioso sem Hunt. Ninguém havia vindo pegar as coisas do anjo. Mas, se houvessem feito aquilo, não teriam encontrado aquele boné de solebol. Escondido em uma caixa, junto de Geleia Geladinha.

Exausta, Bryce despiu as roupas e observou a si mesma no espelho do banheiro. Ela levou uma das palmas ao peito, onde o amuleto archesiano estivera pelos últimos três anos.

Linhas vermelhas e violentas marcavam sua pele, onde o kristallos a havia arranhado, mas a magia de Declan ainda atuava. Teriam sumido pela manhã.

Ela se virou, preparando-se para ver o estrago na tatuagem em suas costas. O último resquício de Danika. Se aquele maldito demônio a tivesse arruinado...

Quase chorou ao vê-la intacta. Ao admirar os traços daquele alfabeto milenar, indecifrável, e constatar que, mesmo com tudo a caminho do Inferno, aquilo permanecia: as palavras que Danika insistira que fossem tatuadas ali, Bryce chapada demais para protestar. A loba havia escolhido o alfabeto de um livreto qualquer na loja, embora, com toda certeza, não parecesse com nada nos alfarrábios de Bryce. Talvez o artista o tivesse inventado e dito a elas que dizia o que Danika havia solicitado:

Por amor, tudo é possível.

As mesmas palavras bordadas na jaqueta em uma pilha a seus pés. As mesmas palavras que tinham sido uma pista para a conta da amiga na Redner. Para encontrar o pendrive.

Besteira. Era tudo uma maldita besteira. A tatuagem, a jaqueta, o amuleto perdido, as mortes de Danika, de Connor e da Matilha dos Demônios, a perda de Hunt...

Bryce tentou, e fracassou, lutar contra aquele redemoinho de pensamentos, o turbilhão que os girava em círculos e círculos e círculos, até que se misturaram.

73

A última Cimeira a que Hunt havia comparecido tinha sido em um antigo e imenso palácio, em Pangera, adornado com as riquezas do império: tapeçarias de seda e candelabros de ouro maciço, taças cintilantes com pedras preciosas e suculentas refeições condimentadas com temperos exóticos.

Aquela acontecia em um centro de convenções.

O espaço de metal e vidro era vasto, o projeto lembrava a Hunt um amontoado de caixa de sapatos dispostas lado a lado e umas sobre as outras. O hall central se erguia por três andares, as escadas e elevadores ao fundo enfeitados com as bandeiras escarlate da República, o longo caminho levando a elas acarpetado em branco.

Todo território de Midgard organizava a própria Cimeira a cada dez anos, prestigiada por vários líderes dentro de suas fronteiras, assim como por um representante dos asteri e de alguns poucos dignitários com relevância para discutir quaisquer assuntos em pauta. Aquela não era diferente, exceto pelo escopo menor: embora Valbara fosse bem menor que Pangera, Micah organizava quatro diferentes Cimeiras, uma para cada quadrante de seu reino. Aquela, para o sudeste — com os líderes de Lunathion em destaque — era a primeira.

O local, situado no coração do deserto Psamathe, umas boas cinco horas de carro da Cidade da Lua Crescente — uma hora de voo para um anjo a toda velocidade ou uma simples meia hora para um helicóptero —, tinha as próprias celas para vanir perigosos.

Ele havia passado os últimos cinco dias ali, contando-os pela mudança nas refeições: café da manhã, almoço e jantar. Pelo menos, Sandriel e Pollux não tinham aparecido para atormentá-lo. Pelo menos, ele tivera aquele pequeno respiro. Mal tinha dado ouvidos às tentativas do Martelo de provocá-lo durante a viagem. Mal havia sentido ou ouvido coisa alguma.

No entanto, naquela manhã, uma muda de roupas pretas fora entregue com sua bandeja de café. Nenhuma arma, mas o uniforme era claro o bastante. Assim como a mensagem: estava prestes a ser exibido, uma sátira de uma parada de Triumphus imperial, para Sandriel se regozijar de recuperar sua posse.

Mas tinha se vestido obedientemente e deixado os guardas de Sandriel o prenderem com as algemas gorsianas, anulando e esvaziando seu poder.

Em silêncio, seguiu os guardas até o elevador, em seguida ao próprio grande saguão, adornado com a parafernália imperial.

Vanir de todas as casas lotavam o espaço, a maioria vestida em roupas de negócio ou o que antes havia sido considerado traje cortês. Anjos, metamorfos, feéricos, bruxas... Delegações ladeavam o tapete vermelho que levava às escadas. Fury Axtar se destacava na multidão, vestida com a tradicional roupa de couro de assassina, observando a todos. Ela não olhou em sua direção.

Hunt foi levado até uma delegação de anjos perto da escadaria... membros da 45ª Legião de Sandriel. Um de seus triários. Pollux estava à frente dos outros, o status de comandante assinalado pela armadura dourada, a capa azul-cobalto, o rosto sorridente.

Aquele sorriso apenas se abriu conforme Hunt assumia sua posição ali perto, espremido entre dois guardas.

O outro era quase tão ruim quanto o Martelo. Hunt nunca se esqueceria de nenhum deles: a fêmea de cabelo escuro e pele pálida conhecida como Harpia; o macho de expressão impassível e asas pretas chamado o Cão do Inferno; e o anjo malicioso e de olhos frios chamado Falcão. Mas eles o ignoraram. O que, ele tinha aprendido, era melhor que sua atenção.

Nenhum sinal da Corça, o último membro dos triários... embora, talvez, seu trabalho como caçadora de espiões em Pangera fosse muito valioso aos asteri a fim de que Sandriel permitisse sua convocação para o evento.

Do outro lado do corredor, estava Isaiah e a 33ª. O que restava dos triários. Naomi estava deslumbrante em seu uniforme, o queixo altivo, a mão direita no punho de sua espada cerimonial da legião, a guarda alada cintilando à luz da manhã.

Os olhos de Isaiah encontraram os seus. Hunt, na armadura preta, parecia praticamente nu em comparação ao uniforme completo do Comandante da 33ª Legião: o peitoral de bronze, as dragonas, as caneleiras e braçadeiras... Hunt ainda se lembrava de como era pesada. Como sempre se sentira idiota paramentado na indumentária completa do Exército Imperial. Como algum cavalo de guerra premiado.

As Tropas Auxiliares do Rei Outonal estavam perfiladas à esquerda dos anjos, as armaduras mais leves, mas não menos enfeitadas. Do lado oposto, ficavam os metamorfos, em suas roupas mais finas. Amelie Ravenscroft nem mesmo ousou olhar em sua direção. Grupos menores de vanir enchiam o restante do espaço: sereias e daemonaki. Nem sinal de humanos. Certamente, ninguém de linhagem mestiça.

Hunt tentou não pensar em Bryce. No que tinha acontecido no átrio do Comitium.

Princesa dos feéricos. Princesa bastarda, sim, mas ainda era a única filha do Rei Outonal.

Ela podia estar furiosa com ele por suas mentiras, mas havia mentido um bocado também.

Um rufar de tambores — puta merda, os malditos tambores — marcou o ritmo. Os corneteiros começaram um instante depois. O detestável, nauseante hino da República tomou o imenso recinto de vidro. Todos se endireitaram conforme uma comitiva estacionava além das portas.

Hunt prendeu o fôlego quando Jesiba Roga surgiu primeiro, em um vestido preto na altura da coxa e colado ao corpo sinuoso, ouro antigo brilhando nas orelhas e garganta, uma capa diáfana da cor da meia-noite flutuando às costas com um vento fantasma. Mesmo em saltos altíssimos, ela se movia com a sinistra graça da Casa de Chama e Sombra.

Talvez tivesse sido ela que ensinou a Bryce como vender a alma para o regente da Cidade Adormecida.

A feiticeira loura mantinha os olhos cinzentos nas três bandeiras penduradas sobre as escadas enquanto se movia em sua direção: à esquerda, a bandeira de Valbara; à direita, a insígnia de Lunathion, com seu arco em forma de lua crescente e flecha. E, no centro, o *SPQM* e seu ramo gêmeo de estrelas... a bandeira da República.

As bruxas vieram em seguida, passos ecoando. Uma jovem fêmea de pele negra, em fluidos trajes azuis, marchou pelo tapete, o trançado cabelo preto brilhando como noite urdida.

Rainha Hypaxia. Ela mal tinha ostentado a coroa dourado-vermelha de amoras brancas da mãe por três meses, e havia um cansaço nos olhos escuros, embora seu rosto fosse belo e sem linhas, que dizia muito sobre sua dor incessante.

Havia rumores de que a Rainha Hecuba a tinha criado no coração da floresta boreal das montanhas Heliruna, longe da corrupção da República. Hunt teria imaginado que tal pessoa evitaria a multidão reunida e o esplendor imperial, ou, pelo menos, se maravilharia um pouco, mas seu queixo continuou erguido, os passos firmes. Como se tivesse feito aquilo dezenas de vezes.

Ela seria sancionada como Rainha das Bruxas Valbaranas quando a Cimeira começasse oficialmente. Seu último momento de pompa antes de herdar o trono de fato. Mas...

Hunt deu uma boa olhada em seu rosto conforme se aproximava.

Ele a conhecia: a medbruxa da clínica. Ela reconheceu o anjo com um rápido olhar de esguelha quando passou.

Ruhn tinha ideia? De com quem havia se encontrado, quem havia lhe dado informações sobre a pesquisa da sintez?

Os líderes das sereias chegaram, Tharion em um terno cinza-chumbo ao lado de uma fêmea de vestido cerceta, fluido e transparente. Não a Rainha do Rio... ela quase não deixava o Istros. Mas a bela fêmea de pele negra podia muito bem ser sua filha. Provavelmente era sua filha, já que todas as sereias reivindicavam a Rainha do Rio como mãe.

O cabelo castanho-avermelhado de Tharion estava esticado para trás, com algumas mechas teimosas penduradas na testa. Ele havia trocado a cauda por pernas, mas estas não vacilaram enquanto seus olhos encontraram Hunt. Compaixão brilhava ali.

O anjo a ignorou. Não havia esquecido quem levara Bryce até a barcaça naquela noite.

A seu favor, Tharion não evitou o escrutínio de Hunt. Apenas lhe dirigiu um sorriso triste e olhou para a frente, seguindo as bruxas até o mezanino e as salas de conferência.

Em seguida vieram os lobos. Sabine caminhava ao lado da figura encurvada do Primo, ajudando o ancião ao longo do percurso. Os olhos castanhos do homem estavam leitosos com a idade, o corpo, outrora musculoso, curvado sobre a bengala. Sabine, trajando um terno cinza-azulado, desdenhou Hunt, levando o velho Primo na direção do elevador, em vez das escadas.

Mas o Primo estacou ao ver para onde ela planejava encaminhá-lo. E a puxou para as escadas. Começou a subida, passo a penoso passo.

Bastardo orgulhoso.

Os feéricos deixaram seus carros pretos, caminhando pelo tapete. O Rei Outonal apareceu, uma coroa de ônix sobre o cabelo ruivo, a pedra milenar brilhando como um pedaço da noite, mesmo à luz da manhã.

Hunt não entendia como não havia percebido antes. Bryce parecia mais com o pai do que Ruhn. Certo, muitos feéricos tinham aquela coloração, mas a frieza no rosto do Rei Outonal... Ele havia visto Bryce com a mesma expressão incontáveis vezes.

O Rei Outonal, não algum lordezinho idiota, tinha sido quem a acompanhara ao Oráculo naquele dia. Aquele que havia jogado uma menina de 13 anos na sarjeta.

Os dedos de Hunt se crisparam na lateral do corpo. Ele não podia culpar Ember Quinlan por fugir no instante em que tinha visto o monstro sob a fachada. Sentido sua fria violência.

E se dado conta de que carregava seu filho. Um potencial herdeiro do trono... um que poderia complicar as coisas para o filho puro-sangue, o Escolhido. Não era de admirar que o Rei Outonal as houvesse caçado impiedosamente.

Ruhn, um passo atrás do pai, parecia um murro nos sentidos. Em seu traje principesco, Áster no quadril, poderia muito bem ter sido um dos primeiros Estrelados com aquela coloração. Poderia ter sido um dos primeiros a atravessar a Fenda do Norte, tanto tempo antes.

Eles passaram por Hunt, e o rei nem sequer olhou em sua direção. Mas Ruhn sim.

O príncipe olhou para as algemas nos punhos do anjo, os triários da 45ª ao seu redor. E balançou a cabeça, de modo sutil. Para qualquer espectador, em desgosto, uma reprimenda. Mas Hunt pescou a mensagem.

Lamento.

Hunt manteve o rosto impassível, neutro. Ruhn prosseguiu, o diadema de folhas de bétula douradas brilhando no topo da cabeça.

E, então, o átrio pareceu prender o fôlego. Hesitar.

Os anjos não chegaram em carros. Não, caíram dos céus.

Quarenta e nove anjos da Guarda Asteriana, em completa pompa branco e dourada, marchavam pelo saguão, lanças nas mãos enluvadas e asas brancas cintilantes. Cada um havia sido criado, selecionado a dedo, para aquela vida de serviço. Apenas as mais brancas, mais puras asas seriam aceitas. Nem um ponto de cor nas penas.

Hunt sempre tinha os considerado uns babacas arrogantes.

Eles tomaram seus lugares ao longo do tapete, em posição de sentido, asas altas e lanças apontadas para o teto de vidro, as capas nevadas drapeando até o chão. Os penachos brancos de pelo de cavalo nos elmos dourados brilhavam como se recém-escovados, e os visores permaneciam abaixados.

Haviam sido enviados de Pangera como um lembrete a todos, inclusive aos governadores, de que aqueles que seguravam suas coleiras ainda monitoravam tudo.

Micah e Sandriel chegaram em seguida, lado a lado. Cada qual em sua armadura de governador.

Os vanir caíram sobre um dos joelhos diante dos dois. No entanto, a Guarda Asteriana — que se ajoelhava apenas para seus seis mestres — continuou de pé, as lanças como muros gêmeos de espinhos, no meio do qual os governadores desfilavam.

Ninguém ousou falar. Ninguém ousou respirar conforme os dois arcanjos passavam.

Eram malditos vermes a seus pés.

O sorriso de Sandriel inflamou Hunt enquanto ela valsava por ele. Quase tanto quanto a completa decepção e o cansaço de Micah.

Micah havia escolhido bem o método de tortura, Hunt tinha de admitir. Nunca que Sandriel o deixaria morrer rapidamente. Seu tormento, quando ele retornasse a Pangera, iria durar décadas. Nenhuma chance de uma nova barganha ou escapatória.

E, se ele sequer saísse da linha, a arcanjo saberia onde atacar primeiro. A quem atacar.

Os governadores subiram as escadas, as asas quase se tocando. Por que os dois não se tornavam parceiros, Hunt não fazia ideia. Micah parecia decente o bastante para provavelmente achar Sandriel abominável, como o restante do mundo. Mas, ainda assim, parecia um milagre que os asteri não tivessem ordenado a fusão das linhagens. Não seria novidade. Sandriel e Shahar foram o resultado de tal união.

Embora talvez o fato de Sandriel, muito provavelmente, ter matado os próprios pais a fim de usurpar seu poder para ela e para a irmã tenha feito os asteri pararem com a prática.

Somente quando os governadores chegaram à sala de conferências foi que a audiência no salão se moveu, primeiro os anjos, na direção das escadas, então o restante os seguiu em fila.

Hunt foi imprensado entre os triários da 45ª — o Cão de Caça e o Falcão, ambos zombando dele — e assimilou o máximo possível de detalhes antes de entrarem na sala de reunião.

Era imensa, com anéis de mesas convergindo para um piso central e uma mesa redonda, onde os líderes se sentariam.

O Fosso do Inferno. Era o que aquilo parecia. Era de admirar que nenhum de seus príncipes estivesse presente.

O Primo dos Lobos, o Rei Outonal, os dois governadores, a bela filha da Rainha do Rio, a Rainha Hypaxia e Jesiba tomaram seus lugares à mesa central. Seus segundos em comando — Sabine, Ruhn, Tharion e uma bruxa mais velha — reivindicaram suas cadeiras no anel de mesas subsequente. Ninguém da Casa de Chama e Sombra tinha acompanhado Jesiba, nem mesmo um vampiro. As castas se acomodaram mais além, cada anel de mesas maior que o anterior, sete no total. A Guarda Asteriana se perfilou no nível mais externo, parados contra a parede, dois a cada três saídas da sala.

Os sete círculos do Inferno, de fato.

Telas de vídeo foram espalhadas pelo cômodo, duas penduradas do próprio teto, computadores cobriam as mesas, presumivelmente para consulta. Fury Axtar, para surpresa do anjo, tomou um lugar no terceiro círculo, recostada na cadeira. Ninguém a acompanhava.

Hunt foi levado para um lugar contra a parede, aninhado entre dois guardas asterianos que o ignoraram completamente. Graças aos deuses, o ângulo bloqueava a visão de Pollux e do restante dos triários de Sandriel.

Hunt se preparou quando as telas piscaram. A sala ficou em silêncio com a imagem.

Ele conhecia aqueles corredores de cristal, as chamas de primaluces dançando sobre pilares de quartzo esculpido que se erguiam para o teto abobadado acima. Conhecia os sete tronos de cristal dispostos em curva na plataforma dourada, o trono vazio ao fundo. Conhecia a cidade cintilante além, as colinas ao longe na luz suave, o Tibre serpenteando como uma fita sombria entre elas.

Todos se levantaram dos lugares quando os asteri surgiram. E todos se ajoelharam.

Mesmo a quase dez mil quilômetros de distância, Hunt poderia ter jurado que o poder dos seis ecoava pela sala de conferências. Poderia ter jurado que sugava o calor, o ar, a vida.

A primeira vez que estivera diante dos asteri, tinha pensado que jamais vivenciaria nada pior. O sangue de Shahar ainda cobria sua armadura, a garganta ainda devastada pelos gritos de batalha, e, no entanto, nunca havia encontrado algo tão horrível. Tão sobrenatural. Como se toda sua existência não passasse de um sopro, seu poder uma brisa em comparação a um furacão. Como se tivesse sido lançado no espaço profundo.

Cada um dos asteri possuía o poder de uma estrela sagrada, cada um podia reduzir aquele planeta a pó, no entanto, não havia luz nos olhos gélidos.

Por olhos semicerrados, Hunt registrou quem mais ousou erguer o olhar do carpete cinza conforme os asteri os observavam: Tharion e Ruhn. Declan Emmet. E a rainha Hypaxia.

Nenhum outro. Nem mesmo Fury ou Jesiba.

Ruhn encontrou o olhar de Hunt. E uma voz masculina e silenciosa falou em sua cabeça, *Jogada ousada.*

Hunt controlou o choque. Sempre soubera que havia telepatas entre os feéricos, em especial entre os habitantes de Avallen. Mas nunca tinha conversado com um. Com certeza, não em sua mente.

Belo truque.

Um dom da linhagem de minha mãe... um que mantenho escondido.

E me confia seu segredo?

Ruhn ficou em silêncio por um instante.

Não posso ser visto conversando com você. Se precisar de alguma coisa, me avise. Farei o que puder por você.

Outro choque, tão real quanto o de seu próprio relâmpago.

Por que me ajudaria?

Porque você teria feito tudo em seu poder para impedir que Bryce se entregasse a Sandriel. Pude ver em seu rosto. Ruhn hesitou, então acrescentou, um pouco incerto, *E porque não acho mais que seja um grande babaca.*

O canto da boca de Hunt se ergueu.

Idem.

Isso é um elogio? Outra pausa. *Como está se virando, Athalar?*

Bem. E ela?

De volta ao trabalho, de acordo com minhas fontes.

Ótimo. Ele não acreditava que poderia suportar mais conversa sobre Bryce, então disse, *Sabia que aquela medbruxa era a rainha Hypaxia?*

Não. Não sabia, porra.

Ruhn teria continuado, mas os asteri começaram a falar. Como um, como sempre faziam. Telepatas à própria maneira.

— Vocês vieram discutir assuntos pertinentes a sua região. Nós lhes damos permissão.

Olharam para Hypaxia.

Surpreendentemente, a bruxa não se encolheu, nem mesmo tremeu enquanto os asteri a fitavam, o mundo os imitando.

— Nós a reconhecemos oficialmente como herdeira da falecida rainha Hecuba Enador, e, com a morte desta, agora a ungimos Rainha das Bruxas Valbaranas — proclamaram.

Hypaxia inclinou a cabeça, a expressão séria. O rosto de Jesiba nada revelava. Nem mesmo um indício de dor ou raiva pelo legado que havia abandonado. Então Hunt ousou encarar Ruhn, que franzia o cenho.

Os asteri, mais uma vez, observaram a sala, nenhum mais altivo que Rigelus, a Radiante Mão. Aquele corpo esbelto de adolescente era uma zombaria do monstruoso poder que continha.

— Podem começar — continuaram os asteri, como um. — Que as bênçãos dos deuses e de todas as estrelas dos céus brilhem sobre vocês.

Cabeças se inclinaram ainda mais, em agradecimento por sequer terem permissão de existir em sua presença.

— Temos esperança de que discutam um modo de pôr um fim a essa guerra sem sentido. A governadora Sandriel se provará uma testemunha valiosa de sua destruição. — Um lento, horrível exame do recinto se seguiu. E Hunt sabia que os olhos dos asteri estavam sobre ele quando disseram: — E há outros aqui que também podem dar seu testemunho.

Havia um único testemunho a dar: de que os humanos eram um desperdício e tolos, e a guerra era sua culpa, sua culpa, sua culpa, e devia terminar. Devia ser evitada ali a todo custo. Não havia simpatia pela rebelião humana, nada de ouvir sobre as tribulações dos homens. Havia apenas o lado dos vanir, o lado bom, nenhum outro.

Hunt sustentou o olhar morto de Rigelus na tela central. Um sopro de vento gelado atravessou seu corpo, cortesia de Sandriel, para lembrá-lo de desviar os olhos. Ele não o fez. Poderia ter jurado que o Mestre dos Asteri sorriu. O sangue de Hunt congelou, não apenas por causa do vento de Sandriel, e ele baixou os olhos.

Aquele império havia sido construído para durar uma eternidade. Em mais de quinze mil anos, não tinha caído. A guerra não seria o que o derrubaria.

— Adeus — disseram os asteri, juntos. Outro pequeno sorriso de todos eles... o pior sendo o de Rigelus, ainda direcionado a Hunt. As telas ficaram pretas.

Todos na sala, inclusive os dois governadores, respiraram aliviados. Alguém vomitou, pelo som e ranço vindo do outro canto da sala. De fato, um metamorfo leopardo disparou pelas portas, a mão sobre a boca.

Micah se recostou na cadeira, os olhos na mesa de madeira à frente. Por um instante, ninguém falou. Como se todos precisassem se recobrar. Até mesmo Sandriel.

Então o arcanjo se endireitou, as asas farfalhando, e declarou em uma voz profunda, cristalina:

— Pelo presente, começo esta Cimeira Valbarana. Salve os asteri e as estrelas que possuem.

A sala ecoou as palavras, embora sem entusiasmo. Como se todos se lembrassem de que, mesmo naquela terra do outro lado do mar de Pangera, tão longe dos campos de batalha lamacentos e do cintilante palácio de cristal em uma cidade de sete colinas, até ali, não havia escapatória.

74

Bryce tentou não se prender ao fato de que Hunt e o mundo sabiam o que e quem ela era de verdade. Pelo menos, a imprensa não havia descoberto, uma pequena bênção.

Como se ser uma princesa bastarda não significasse nada. Como se aquilo a definisse como pessoa. O choque no rosto de Hunt era precisamente o motivo pelo qual ela não havia lhe contado.

Ela havia rasgado o cheque de Jesiba, e com ele, séculos de dívidas.

De qualquer modo, nada daquilo importava agora. Hunt havia partido.

Sabia que ele estava vivo. Havia visto as imagens da procissão de abertura da Cimeira no noticiário. Hunt estava igual ao que era antes de tudo dar errado. Outra pequena bênção.

Ela mal tinha notado a chegada dos outros: Jesiba, Tharion, sua soberana, o pai, o irmão... Não, ela apenas se concentrara naquele ponto na multidão, aquelas asas cinzentas que agora haviam se regenerado.

Patética. Ela era totalmente patética.

Bryce teria feito aquilo. Teria, de bom grado, trocado de lugar com Hunt, mesmo sabendo o que Sandriel faria com ela.

Talvez aquilo a fizesse uma idiota, como disse Ruhn. Ingênua.

Talvez tivesse tido sorte de sair do saguão do Comitium ainda respirando.

Talvez ser atacada pelo kristallos fosse o preço por suas merdas.

A semifeérica tinha passado os últimos dias pesquisando as leis, para ver se havia algo a ser feito por Hunt. Não havia. Ela tentara as únicas duas coisas que poderiam ter conseguido a liberdade do anjo: uma oferta para comprá-lo e se oferecer em seu lugar.

Não acreditou naquelas palavras babacas de despedida. Teria dito o mesmo se estivesse em seu lugar. Teria sido o mais desagradável possível, se aquilo o deixasse em segurança.

Bryce se sentou na mesa de recepção da sala de exibição, encarando a tela em branco do computador. A cidade estivera quieta nos últimos dois dias. Como se a atenção de todos permanecesse na Cimeira, muito embora apenas alguns dos líderes e cidadãos da Cidade da Lua Crescente houvessem comparecido.

Ela havia assistido à reprise das notícias apenas para pegar outro vislumbre de Hunt... sem qualquer sorte.

Dormiu no quarto dele toda as noites. Havia vestido uma de suas camisetas e se esgueirado para os lençóis com o perfume do anjo e fingido que ele estava deitado no escuro ao seu lado.

Um envelope com o Comitium como remetente tinha chegado à galeria havia três dias. Seu coração tinha acelerado conforme ela o abria, se perguntando se ele fora capaz de mandar uma mensagem...

A opala branca havia caído na mesa. Isaiah escrevera uma nota discreta, como se ciente de que cada linha de correspondência seria checada:

Naomi achou isso na barcaça. Pensou que talvez a quisesse de volta.

Então, havia acrescentado, como se pensasse melhor, *Ele lamenta.*

Ela tinha guardado a pedra na gaveta da mesa.

Suspirando, Bryce a abriu então, espiando a gema leitosa. Passou o dedo pela superfície fria.

— Athie parece triste — observou Lehabah, flutuando até a cabeça de Bryce. Ela apontou para o tablet, em que a semifeérica havia pausado, no rosto de Hunt, o terceiro replay da procissão de abertura. — Assim como você, BB.

— Obrigada.

A seus pés, Syrinx se espreguiçou, bocejando. As garras curvas brilharam.

— Então, o que fazemos agora?

Bryce franziu o cenho.

— O que quer dizer?

Lehabah se abraçou, flutuando em pleno ar.

— Apenas voltamos ao normal?

— Sim.

Os olhos faiscantes encontraram os de Bryce.

— O que é *normal*, afinal? Me parece chato. — Lehabah sorriu de leve, corando.

Bryce devolveu o sorriso.

— Você é uma boa amiga, Lele. Uma boa amiga mesmo. — Ela suspirou de novo, perturbando as chamas da duende. — Desculpe se, às vezes, não tenho sido uma tão boa para você.

Lehabah acenou com a mão, ficando vermelha.

— Todos passamos por isso, BB. — Ela se empoleirou no ombro de Bryce, seu calor penetrando a pele que a semifeérica não tinha percebido tão gelada. — Você, eu e Syrie. Juntos, vamos superar tudo isso.

Bryce ergueu um dedo, deixando Lehabah segurá-lo entre suas minúsculas, flamejantes mãos.

— Fechado.

75

Ruhn tinha antecipado que a Cimeira seria intensa, perversa e intrinsecamente perigosa... cada momento uma especulação sobre que garganta seria cortada. Assim como cada uma a que já havia comparecido.

Daquela vez, seu único inimigo parecia ser o tédio.

Sandriel tinha levado duas horas para lhes dizer que os asteri exigiram que cada casa enviasse mais tropas para o front. Não havia sentido em argumentar. Nada iria mudar. A ordem viera dos asteri.

A conversa se desviou para novas propostas de comércio. E, em seguida, rodou e rodou e rodou, até mesmo Micah foi pego na semântica de quem fez o que e conseguiu o que e assim por diante, até Ruhn se perguntar se os asteri não tinham inventado aquela reunião como alguma forma de tortura.

Especulou quantos integrantes da Guarda Asteriana estariam dormindo por trás das máscaras. Ele havia flagrado alguns membros do baixo escalão de diversas delegações cochilando. Mas Athalar estava atento... a cada minuto, o anjo parecia ouvir. Observar.

Talvez fosse aquilo que o governador quisesse: todos tão entediados e desesperados pelo fim da reunião que, eventualmente, concordariam com termos desvantajosos.

Havia alguma resistência, ainda assim. O pai, por exemplo, assim como as sereias e as bruxas.

Uma bruxa em especial.

A rainha Hypaxia falava pouco, mas ele percebeu que também ouvia cada palavra sendo proferida, os magníficos olhos castanhos cheios de inteligência cautelosa apesar da juventude.

Tinha sido um choque vê-la no primeiro dia; o rosto familiar naquele cenário, a coroa e as vestes reais. Descobrir que, por semanas, vinha conversando com sua suposta prometida, sem fazer a mínima ideia.

Ele havia conseguido se infiltrar entre dois membros de seu coven conforme entravam no refeitório naquele primeiro dia, e, como um idiota, exigido:

— Por que não disse nada? Sobre quem era de verdade.

Hypaxia segurava a bandeja com uma graça mais adequada a um cetro.

— Você não perguntou.

— O que diabo estava fazendo naquela clínica?

Os olhos sombrios se estreitaram.

— Minhas fontes me disseram que o mal se agitava na cidade. Vim ver por mim mesma... discretamente. — Era o motivo pelo qual ela estivera presente na cena da morte da sentinela do templo, ele se deu conta. E na noite em que Athalar e Bryce tinham sido atacados no parque. — Também vim ver como era ser... comum. Antes disso. — Apontou para a coroa.

— Sabe o que meu pai espera de você? De mim?

— Tenho minhas suspeitas — respondeu ela, com frieza. — Mas não estou considerando... tais mudanças em minha vida no momento. — Ela assentiu para ele antes de se partir. — Com ninguém.

E foi tudo. Fora colocado em seu lugar.

Naquele dia, pelo menos, tinha tentado prestar atenção; não olhar para a bruxa com absolutamente nenhum interesse em casar com ele, grande merda. Com aqueles dons de cura, seria capaz de sentir o que havia de errado com o príncipe, que o transformava no último de seu sangue? Ele não queria descobrir. Ruhn afastou a lembrança da profecia do Oráculo. Ao menos, não era o único ignorando Hypaxia. Jesiba Roga não havia trocado uma palavra com a rainha.

Certo, a feiticeira não havia falado muito, a não ser para assegurar que a Casa de Chama e Sombra florescesse em meio à morte e ao caos, não vendo nenhum problema com uma guerra longa e devastadora. Ceifadores sempre se alegravam ao transportar as almas dos mortos, disse ela. Até mesmo os arcanjos tinham parecido desconcertados com aquilo.

Quando o relógio bateu nove horas e todos tomaram seus lugares na sala, Sandriel anunciou:

— Micah precisou se ausentar e se juntará a nós mais tarde.

Apenas uma pessoa — bem, seis — podia convocar Micah daquela reunião. Sandriel parecia satisfeita em comandar os procedimentos do dia.

— Vamos começar pela resistência das sereias em construir um canal para o transporte de nossos tanques e a manutenção das linhas de abastecimento — declarou a arcanjo.

A filha da Rainha do Rio mordeu o lábio, hesitante. Mas foi o Capitão Tharion Ketos que respondeu com fala arrastada:

— Diria que, quando suas máquinas de guerra destroçarem nossos viveiros de ostras e florestas de algas, não é prematuro supor que será a destruição de nossa indústria de pesca.

Os olhos de Sandriel faiscaram, mas ela respondeu com doçura:

— Vocês serão compensados.

Tharion não recuou.

— Não é apenas uma questão de dinheiro. É sobre o cuidado com o planeta.

— A guerra exige sacrifícios.

Tharion cruzou os braços, os músculos se contraindo sob a camiseta preta de manga comprida. Depois do desfile inicial e daquele primeiro dia de reuniões intermináveis, a maioria havia adotado trajes menos formais para o restante das palestras.

— Sei dos custos da guerra, governadora.

Macho arrogante, para dizer o mínimo, encarando Sandriel.

— A preocupação de Tharion tem mérito. E precedentes — disse a rainha Hypaxia. Ruhn se endireitou quando todos os olhos se voltaram para a rainha-bruxa. Ela, também, não se esquivou da tempestade no olhar de Sandriel. — Ao longo da margem oriental do mar de Rhagan, os corais e florestas de algas que foram destruídos nas Guerras Sorvakkianas, há dois mil anos, ainda não se recuperaram. As sereias que os cultivavam foram compensadas, como alega. Mas apenas por algumas safras. — Completo silêncio na sala de reunião. — Você pagará, governadora, por milhares de colheitas? Duas mil? E as criaturas que fazem suas casas nos lugares que propõe destruir? Como vai compensá-las?

— São Inferiores. Mais Inferiores que Inferiores — disse Sandriel, com frieza, impassível.

— São filhos de Midgard. Filhos de Cthona — argumentou a rainha-bruxa.

Sandriel sorriu, toda dentes.

— Me poupe dessa besteirada piegas.

Hypaxia não devolveu o sorriso. Apenas sustentou o olhar de Sandriel. Sem desafio, apenas com franco interesse.

Para eterna perplexidade de Ruhn, foi Sandriel que desviou os olhos primeiro, revirando-os e folheando seus papéis. Até mesmo o pai piscou diante daquilo. E estudou a jovem rainha por entre olhos semicerrados. Sem dúvida, se perguntando como uma bruxa de 26 anos tinha a coragem. Ou o que Hypaxia podia saber sobre Sandriel para fazer a arcanjo se sujeitar.

Sopesando se a rainha-bruxa seria mesmo uma boa noiva para Ruhn... ou uma pedra no sapato.

Do outro lado da mesa, Jesiba Roga sorria vagamente para Hypaxia. Seu primeiro reconhecimento da jovem bruxa.

— O canal — começou Sandriel, tensa, pousando os papéis — será discutido mais tarde. As linhas de abastecimento... — A arcanjo se lançou em outro discurso sobre os planos para simplificar a guerra.

Hypaxia voltou aos papéis a sua frente. Mas os olhos se ergueram para o segundo anel de mesas.

Para Tharion.

O tritão lhe deu um ligeiro, furtivo sorriso... em gratidão e reconhecimento.

A rainha-bruxa assentiu de volta, mal um movimento de queixo.

Tharion apenas ergueu seus papéis de modo displicente, exibindo o que pareciam ser umas vinte linhas de marcadores... destacando alguma coisa.

Os olhos de Hypaxia se arregalaram, brilhantes com reprovação e descrença, e Tharion baixou o papel antes que alguém notasse. Adicionou mais uma marcação a ele.

Um rubor cobriu as bochechas da rainha-bruxa.

O pai, entretanto, começou a falar, então Ruhn ignorou as artimanhas da dupla e endireitou os ombros, se esforçando para parecer que prestava atenção. Que se importava.

Nada daquilo importaria no fim. Sandriel e Micah conseguiriam o que queriam.

E tudo continuaria igual.

* * *

Hunt estava tão entediado que, sinceramente, pensou que o cérebro sangraria pelos ouvidos.

Mas tentou saborear aqueles últimos dias de calma e relativo conforto, mesmo com Pollux monitorando tudo do outro lado da sala. Esperando até que pudesse parar com a pretensa civilidade. Hunt sabia que Pollux contava as horas para liberar sua fúria sobre ele.

Então, toda vez que aquele babaca sorria para ele, Hunt devolvia o sorriso.

As asas de Hunt haviam se curado enfim. Ele as vinha testando o máximo que podia, esticando e flexionando. Se Sandriel permitisse que voasse, sabia que o aguentariam. Provavelmente.

Parado contra a parede, dissecando cada palavra dita, aquela era sua forma particular de tortura, mas Hunt ouvia. Prestava atenção, mesmo quando parecia que tantos outros lutavam contra o sono.

Tinha esperança de que aquelas delegações corajosas — os feéricos, as sereias, as bruxas — resistissem até o fim da Cimeira antes de se lembrar de que o controle era uma ilusão, e de que os asteri podiam simplesmente emitir um decreto para novas leis de comércio. Assim como fizeram com a atualização de guerra.

Mais alguns dias, era tudo o que Hunt queria. Era o que dizia a si mesmo.

76

Bryce havia acampado na biblioteca da galeria pelos últimos três dias, ficando bem depois da hora de fechar e voltando de madrugada. Não havia sentido em passar muito tempo no apartamento, já que a geladeira estava vazia, e Syrinx, sempre com ela. A semifeérica calculou que podia muito bem ficar no escritório até que parasse de se sentir como se a casa fosse uma casca vazia.

Jesiba, ocupada na Cimeira, não checava as filmagens da galeria. Não via os vídeos de segurança. Não notava as embalagens bagunçando cada superfície da biblioteca, o frigobar quase cheio de queijo ou o fato de que Bryce tinha começado a usar roupas de ginástica no escritório. Ou que ela havia começado a tomar banho no banheiro dos fundos da biblioteca. Ou que ela havia cancelado todas as reuniões com clientes. E pegado outro amuleto archesiano direto do cofre na parede do escritório da feiticeira... o último no território. Um dos cinco últimos no mundo inteiro.

Era apenas uma questão de tempo, entretanto, até que Jesiba ficasse entediada e acessasse as dezenas de filmagens para ver tudo. Ou consultasse o calendário e descobrisse todos os compromissos reagendados.

Bryce havia recebido resposta de dois novos empregos em potencial e tinha entrevistas engatilhadas. Teria, claro, de inventar alguma desculpa para Jesiba. Uma consulta com uma medbruxa ou uma limpeza de dentes ou algo normal, mas necessário. E, se conseguisse uma daquelas colocações, teria de bolar um plano para pagar a dívida de Syrinx; algo que aplacaria o ego de Jesiba o bastante para evitar que a feiticeira a transformasse em alguma criatura horrível apenas por pedir dispensa.

Suspirou, passando a mão sobre um milenar tomo cheio de jargões legais que requeriam um diploma para decifrar. Jamais havia visto tantos *ergos* e *entretanto* e *data venia* e *jurisprudência*. Mas ela continuou pesquisando.

Assim como Lehabah.

— E quanto a isso, BB? — A duende reluziu, apontando para uma página a sua frente. — Diz aqui, *A sentença de um criminoso pode ser comutada para serviço se...*

— Vimos isso há dois dias — lembrou Bryce. — Nos levou de volta à escravidão.

O som de um leve arranhar invadiu o cômodo. Bryce estreitou os olhos para o nøkken, com cuidado para que ele não percebesse que tinha sua atenção.

De qualquer modo, a criatura sorria para a semifeérica. Como se soubesse de algo que ela não sabia.

Descobriu o motivo um minuto depois.

— Há um outro caso abaixo desse — disse Lehabah. — A mulher humana foi libertada depois...

Syrinx rosnou. Não para o tanque. Para as escadas acarpetadas em verde.

Passos casuais soaram. Bryce se levantou de pronto, pegando seu telefone.

Um par de botas, em seguida jeans escuro, e então...

Asas branco-neve. Um rosto injusto de tão lindo.

Micah.

Qualquer pensamento lhe escapou conforme o arcanjo entrava na biblioteca, observando as prateleiras e as escadas que levavam ao jirau de bronze e alcovas, o tanque e o nøkken que sorria, o lustre do sol raiado bem acima.

Ele não podia estar ali embaixo. Não podia ver aqueles livros...

— Vossa Graça — soltou Bryce.

— A porta da frente estava aberta — explicou ele. O puro poder atrás de seu olhar era como levar uma tijolada no rosto.

Claro que as trancas e os encantamentos não o detiveram. Nada jamais conseguiria.

Ela acalmou o coração galopante o bastante para falar.

— Ficarei feliz em encontrá-lo lá em cima, Vossa Graça, se quiser que eu ligue para Jesiba.

Jesiba, que está na Cimeira, onde você *devia estar no momento.*

— Aqui embaixo está ok.

Devagar, ele caminhou até as imponentes estantes.

Syrinx tremia no sofá; Lehabah se escondeu atrás de uma pequena pilha de livros. Até os animais em suas variadas gaiolas e pequenos tanques se encolheram. Apenas o nøkken continuava a sorrir.

— Por que não se senta, Vossa Graça? — convidou Bryce, recolhendo as embalagens, sem se importar se acabava com molho de pimenta na camiseta branca, somente interessada em que Micah se afastasse das prateleiras e daqueles preciosos livros.

Ele a ignorou, estudando os títulos em sua linha de visão.

Que Urd a livrasse. Bryce jogou as embalagens na lata de lixo abarrotada.

— Temos algumas peças de arte fascinantes lá em cima. Talvez queira me dizer o que está procurando.

Ela olhou para Lehabah, que havia ficado de um tom intenso de ciano, e balançou a cabeça em um apelo mudo para que tomasse cuidado.

Micah dobrou as asas e se virou para ela.

— O que estou procurando?

— Sim — sussurrou Bryce. — Eu...

Ele a prendeu com aqueles olhos frios.

— Estou procurando você.

* * *

O encontro daquele dia tinha sido o pior. O mais lento.

Sandriel se deleitava em enrolá-los com mentiras e meias-verdades, como se saboreasse o golpe de misericórdia: o momento em que se renderiam a ela e aos desejos dos asteri.

Hunt, recostado à parede entre a Guarda Asteriana em gala completa, observava o relógio se arrastar até as quatro. Ruhn parecia ter adormecido meia hora antes. A maior parte das facções inferiores havia sido dispensada, deixando a sala quase vazia. Até mesmo Naomi fora enviada de volta a Lunathion para se certificar de que a 33ª continuasse em forma. Apenas o staff mínimo e seus líderes ficaram. Como se todos agora soubessem que estava acabado. Que aquela *república* era uma farsa. Ou a pessoa reinava ou se curvava.

— Abrir um novo porto na costa leste de Valbara — disse Sandriel pela milésima vez — nos permitiria construir uma instalação de segurança ou nossa legião aquática...

Um telefone vibrou.

Jesiba Roga, para surpresa do anjo, tirou o aparelho do bolso interno do blazer cinza que fazia conjunto com seu vestido. Ela se remexeu no assento, desviando o telefone do olhar curioso do macho a sua esquerda.

Alguns poucos líderes tinham percebido a mudança no foco de atenção de Roga. Sandriel continuou a falar, alheia, mas Ruhn tinha despertado com o som e encarava a mulher. Assim como Fury, sentada a duas fileiras atrás da feiticeira.

Os polegares de Jesiba voavam pelo telefone, a boca pintada de vermelho contraída quando ergueu uma das mãos. Até Sandriel se calou.

— Lamento interromper, governadora, mas há algo que você... que todos nós... precisamos ver.

O anjo não tinha um motivo racional para o pavor que se instalou em seu estômago. O que quer que estivesse naquele telefone podia ter relação com qualquer coisa. No entanto, sua boca secou.

— O quê? — exigiu Sandriel do outro lado da sala.

Jesiba a ignorou e encarou Declan Emmet.

— Pode espelhar meu telefone nessas telas? — Ela indicou a série de monitores ao redor do recinto.

Declan, que estivera quase dormindo no anel atrás de Ruhn, imediatamente se endireitou.

— Sim, sem problema. — Ele era esperto o bastante para olhar primeiro para Sandriel... e a arcanjo revirou os olhos, mas assentiu. Em um instante, o laptop de Declan estava aberto. O feérico franziu o cenho para o que apareceu na tela, mas, então, apertou um botão. E revelou dezenas de transmissões de vídeo diferentes; todas do Antiquário Griffin. No canto inferior direito, na familiar biblioteca... Hunt se esqueceu totalmente de respirar.

Em especial quando o telefone de Jesiba vibrou de novo e uma mensagem — uma continuação da conversa anterior, ao que parecia — pipocou nas telas. Seu coração parou com o nome: *Bryce Quinlan.*

Seu coração parou completamente com a mensagem. *A transmissão está pronta?*

— Mas que porra? — sibilou Ruhn.

Bryce estava diante da câmera, aparentemente servindo uma taça de vinho. E ao seu lado, sentado à mesa da biblioteca, estava Micah.

— Ele disse que tinha uma reunião... — murmurou Sandriel.

A câmera estava escondida dentro de um dos livros, logo acima da cabeça de Bryce.

Declan apertou algumas teclas do computador, acessando aquela filmagem em particular. Outra tecla e o áudio encheu a sala de conferências.

— Quer algo para acompanhar o vinho? Queijo? — dizia a semifeérica por sobre o ombro, lançando um sorriso descontraído para Micah.

Micah se debruçou sobre a mesa, observando os livros abertos.

— Seria ótimo.

Bryce cantarolou, teclando discretamente no telefone conforme mexia no carrinho de bebidas.

A mensagem seguinte para Jesiba retumbou nas telas da sala de reunião.

Uma palavra que congelou o sangue de Hunt.

Socorro.

Não era uma súplica charmosa, atrevida. Não quando Bryce ergueu o olhar para a câmera.

Medo brilhava ali. Medo puro, intenso. Cada instinto de Hunt ficou em alerta máximo.

— Governadora — disse o Rei Outonal para Sandriel. — Eu gostaria de uma explicação.

Mas, antes que Sandriel pudesse responder, Ruhn ordenou, em tom baixo, os olhos grudados na tela:

— Flynn, envie uma unidade do Aux para o Antiquário Griffin. Imediatamente.

De pronto, Flynn tinha o telefone em mãos, os dedos voando.

— Micah não fez nada de errado — disparou Sandriel para o Príncipe Feérico. — Exceto demonstrar o péssimo gosto para fêmeas.

Aquilo arrancou um rosnado de Hunt.

Teria merecido um açoite de vento gélido de Sandriel, ele sabia, se o som não tivesse se perdido nos rosnados semelhantes de Declan e Ruhn.

— Vá até o Antiquário Griffin imediatamente — gritava Tristan Flynn para alguém. — Sim, na Cidade Velha. Não... apenas vá. É uma *maldita* ordem.

Ruhn vociferava outro comando para o lorde feérico, mas Micah começou a falar de novo.

— Tem mesmo estado ocupada. — Micah gesticulou para a mesa. — Procurando por uma brecha?

Bryce engoliu em seco enquanto servia um prato a Micah.

— Hunt é meu amigo.

Aqueles... aqueles eram livros jurídicos sobre a mesa. O estômago de Hunt despencou para os pés.

— Ah, sim — disse Micah, se recostando na cadeira. — Admiro isso em você.

— Que porra está acontecendo? — cuspiu Fury.

— Leal até a morte... e além — continuou o arcanjo. — Apesar de todas as provas contrárias, ainda acredita que Danika era algo mais que uma puta viciada.

Sabine e vários lobos rosnaram.

— Devíamos mandar uma alcateia. — Hunt ouviu Amelie Ravenscroft dizer para Sabine.

— Todas as principais matilhas estão aqui — murmurou Sabine, os olhos fixos na imagem. — Cada força de segurança de elite está aqui. Deixei apenas uns poucos para trás.

Mas, como um fósforo aceso, todo o semblante de Bryce se alterou. O medo se tornou raiva afiada, intensa. Normalmente, Hunt adorava ver aquele olhar faiscante. Não naquele momento.

Use a maldita cabeça, implorou a ela em silêncio. *Seja esperta.*

Bryce deixou o insulto de Micah assentar, estudando o prato de queijo e uvas que estava arrumando.

— Quem sabe qual é a verdade? — perguntou ela, com suavidade.

— Os filósofos nesta biblioteca certamente têm opiniões sobre o assunto.

— Sobre Danika?

— Não banque a idiota. — O sorriso de Micah se alargou. Ele apontou para os livros ao redor. — Sabe que abrigar esses volumes lhe garante passagem de ida para a execução?

— Parece muito barulho por causa de alguns livros.

— Humanos morreram por causa deles — ronronou Micah, indicando as estantes imponentes a sua volta. — Títulos banidos, se não estou enganado, muitos deles supostamente exclusivos dos Arquivos dos Asteri. Evolução, matemática, teorias que contestam a superioridade dos vanir e asteri. Alguns de filósofos que as pessoas alegam terem existido *antes* da chegada dos asteri. — Uma risada suave, horrível. — Mentirosos e hereges, que admitiram seu engano quando torturados pelos asteri. Foram queimados vivos pelos trabalhos heréticos, consumidos como lenha. E, no entanto, aqui, sobrevivem. Todo o conhecimento do mundo antigo. De um mundo anterior aos asteri. E teorias de um mundo cujos mestres não são os vanir.

— Interessante — disse Bryce. Ela ainda não tinha se virado para encarar o arcanjo.

— O que, exatamente, tem na biblioteca? — perguntou Ruhn a Jesiba.

A feiticeira não disse nada. Absolutamente nada. Mas os olhos cinzentos prometiam morte fria.

— Ao menos sabe o que a cerca, Bryce Quinlan? — continuou Micah, inadvertidamente respondendo à pergunta do príncipe. Esta é a Grande Biblioteca de Parthos.

As palavras ecoaram pela sala. Jesiba se recusou a sequer abrir a boca.

— Parece um monte de baboseira de teoria da conspiração — argumentou Bryce a seu favor. — Parthos é uma história de ninar para humanos.

Micah bufou uma risada.

— Diz a fêmea com o amuleto archesiano no pescoço. O amuleto das sacerdotisas que um dia serviram e guardaram Parthos. Acho que sabe o que existe aqui... que passa seus dias em meio aos restos da biblioteca depois que a maior parte foi queimada pelas mãos dos vanir, há quinze mil anos.

Hunt sentiu um embrulho no estômago. Podia ter jurado que uma brisa gelada se espalhou a partir de Jesiba.

— Sabia que durante as Primeiras Guerras — prosseguiu Micah, indolente —, quando os asteri deram a ordem, foi em Parthos que o exército humano fez sua derradeira resistência aos vanir? Para salvaguardar o que eram antes das Fendas se abrirem... para salvar os *livros.* Cem mil humanos marcharam naquele dia, sabendo que iriam morrer e perder a guerra. — O sorriso do arcanjo se abriu. — Tudo a fim de garantir às sacerdotisas tempo para pegar os volumes mais importantes. Elas os embarcaram em navios e desapareceram. Estou curioso para saber como acabaram com Jesiba Roga.

A feiticeira que assistia à própria verdade se desenrolar nas telas ainda não falava. Para responder o que havia sido insinuado. Tinha alguma coisa a ver com o motivo que a levara a deixar as bruxas? Ou a se juntar ao Sub-Rei?

Micah se reclinou no assento, asas farfalhando.

— Havia muito, eu suspeitava que os resquícios de Parthos estavam guardados aqui... um registro de dois mil anos de conhecimento humano, datado de antes da chegada dos asteri. Dei uma olhada em alguns títulos nas prateleiras e soube que era verdade.

Ninguém sequer piscou conforme a verdade se revelava. Mas Jesiba apontou para as telas e disse para Tristan Flynn, para Sabine, a voz trêmula:

— Digam às Tropas Auxiliares que movam seus traseiros. Salvem aqueles livros. Eu lhes *imploro*.

Hunt rangeu os dentes. Claro que os livros eram mais importantes que Bryce para ela.

— O Aux não fará tal coisa — disse Sandriel, com frieza. Ela sorriu para Jesiba quando a fêmea enrijeceu. — E o que quer que Micah tenha em mente para sua assistentezinha vai parecer razoável comparado ao que os asteri farão com *você* por guardar aquele lixo mentiroso...

Mas Bryce ergueu a bandeja com o queijo e a taça de vinho.

— Olhe, apenas trabalho aqui, governador.

Enfim, ela encarou Micah. Estava vestida com roupas de ginástica: legging e uma camiseta branca de manga comprida. Os tênis rosa-néon brilhavam como primalux na biblioteca sombria.

— Fuja — incitou Flynn pela tela, como se Bryce pudesse ouvi-lo. — *Fuja*, porra, Bryce.

Sandriel fuzilou o guerreiro feérico com o olhar.

— Ousa acusar o governador de segundas intenções? — Mas dúvida brilhava em seus olhos.

O lorde feérico a ignorou, os olhos de volta às telas.

Hunt não conseguia se mover. Não enquanto Bryce pousava o prato com queijo, o vinho, e dizia para Micah:

— Você veio a minha procura, e aqui estou. — Um meio-sorriso. — Aquela Cimeira devia estar um verdadeiro tédio. — Ela cruzou os braços às costas, o retrato da descontração. Ela deu uma piscadela. — Vai me convidar para sair outra vez?

O arcanjo não via o ângulo que Declan havia selecionado... como os dedos da semifeérica começaram a se agitar a suas costas. Apontando para as escadas. Uma ordem desesperada e silenciosa para Lehabah e Syrinx fugirem. Nenhum dos dois se mexeu.

— Como me disse certa vez — respondeu Micah, com suavidade —, não estou interessado.

— Que pena. — O silêncio ecoava pela sala de conferências.

De novo, Bryce gesticulou a suas costas, os dedos trêmulos então. *Por favor*, aquelas mãos pareciam dizer. *Por favor, fujam. Enquanto eu o distraio.*

— Sente-se — disse Micah, apontado para a cadeira do outro lado da mesa. — Podemos muito bem ser civilizados sobre o assunto.

Bryce obedeceu, pestanejando.

— Sobre o quê?

— Sobre você me entregar o Chifre de Luna.

77

Bryce sabia que havia poucas chances de aquilo acabar bem.

Mas, se Jesiba tivesse visto suas mensagens, talvez tudo não fosse em vão. Talvez pudessem salvar os livros se os feitiços de proteção resistissem à cólera do arcanjo. Mesmo que os encantamentos da galeria não o houvessem feito.

— Não faço a menor ideia de onde está o chifre — disse Bryce, calmamente.

O sorriso do arcanjo não vacilou.

— Tente de novo.

— Não faço a menor ideia de onde está o chifre, *governador*?

Ele apoiou os poderosos braços sobre a mesa.

— Quer saber o que penso?

— Não, mas vai me dizer mesmo assim? — Seu coração acelerou e acelerou.

Micah riu.

— Acho que você decifrou tudo. Provavelmente no mesmo instante que eu, há alguns dias.

— Estou lisonjeada que me ache tão inteligente.

— Não você. — Outra risada fria. — Danika Fendyr era a inteligente. Ela roubou o chifre do templo, e você a conhecia bem o bastante para finalmente se dar conta do que ela fez com ele.

— Por que Danika iria querer o chifre? — perguntou Bryce, inocentemente. — Está quebrado.

— Estava rachado. E aposto que você já descobriu o que pode repará-lo. — O coração da semifeérica parecia ribombar enquanto Micah rosnava: — *Sintez*.

Ela se levantou, os joelhos um pouco trêmulos.

— Governador ou não, esta é uma propriedade privada. Se quer me queimar em uma estaca com todos esses livros, precisa de um mandato.

Bryce chegou às escadas. Mas Syrinx e Lehabah não tinham se movido.

— Devolva o chifre.

— Já disse, não sei onde está.

Ela colocou o pé sobre o degrau, e então Micah a alcançou, a mão no colarinho da camiseta.

— *Não minta* — sibilou ele.

* * *

Hunt cambaleou o total de um degrau escada abaixo antes que Sandriel o impedisse, vento o jogando contra a parede. Aquele poder serpenteava por sua garganta, fechando as cordas vocais. Deixando-o em silêncio para assistir ao que se desenrolava nas telas.

— Quer saber como descobri? — grunhiu Micah no ouvido de Bryce, mais animal que anjo.

Ela tremeu conforme o governador corria uma possessiva mão pela curva de sua espinha.

Hunt sentiu uma fúria homicida diante daquele toque, da prerrogativa, do puro pânico nos olhos arregalados de Bryce.

A semifeérica não era idiota o bastante para tentar uma fuga enquanto Micah voltava os dedos por sua coluna, intenção em cada carícia.

O maxilar de Hunt se contraiu com tanta força que doeu, a respiração saindo em arquejos longos, bramidos. Ele iria matá-lo.

Encontraria um modo de se libertar de Sandriel e *mataria* o maldito arcanjo por aquele toque...

Micah passou os dedos pela delicada corrente do colar. Um novo, Hunt se deu conta.

O arcanjo ronronou, sem conhecimento da câmera a alguns poucos metros de distância.

— Vi a gravação de sua visita ao saguão do Comitium. Você deu seu amuleto archesiano a Sandriel. E ela o destruiu. — A mão larga envolveu o pescoço de Bryce, e ela fechou os olhos com força. — Foi como descobri. Como você também descobriu a verdade.

— Não sei do que está falando — sussurrou Bryce.

A mão de Micah apertou mais, e o arcanjo podia muito estar com a mão na garganta de Hunt pela dificuldade que o anjo sentia em respirar.

— Por três anos, você usou aquele amuleto. Todo santo dia, toda maldita hora. Danika sabia disso. Também sabia que você não tinha ambição e que jamais tomaria a iniciativa de largar seu emprego. E, portanto, jamais tiraria o amuleto.

— Você é louco! — Bryce conseguiu dizer.

— Sou? Então me explique por que, uma hora depois de tirar o amuleto, aquele demônio kristallos a atacou.

Hunt ficou imóvel. Um demônio a havia *atacado* naquele dia? Ele encontrou o olhar de Ruhn, e o príncipe assentiu, o rosto pálido como a morte. *Chegamos a tempo*, foi tudo o que Danaan disse, de mente para mente.

— Falta de sorte? — arriscou Bryce.

Micah nem mesmo sorriu, a mão ainda apertando o pescoço da semifeérica.

— Não apenas está com o chifre. Você *é* o chifre. — A mão voltou às costas de Bryce. — Você se tornou sua portadora na noite em que Danika o triturou em um pó fino, misturou com a tinta de bruxa e, então, a embebedou para que não fizesse perguntas quando mandou tatuá-lo em suas costas.

— *O quê?* — latiu Fury Axtar.

Deuses do caralho. Hunt arreganhou os dentes, ainda proibido de falar.

Mas Bryce disse:

— Por mais descolada que pareça, governador, essa tatuagem diz...

— A língua está além deste mundo. É a língua dos *universos*. E soletra um comando direto para ativar o chifre através de um sopro de puro poder. Assim como outrora fez para o Príncipe Estrelado. Pode não possuir os dons de seu antepassado, como seu irmão, mas acredito que sua linhagem e a sintez podem compensar esse detalhe quando eu usar meu poder em você. Encher a tatuagem, encher *você*, com poder é, na essência, soprar o chifre.

Bryce inspirou fundo.

— Sopre *isso*, babaca. — Ela afastou a cabeça, tão rápido que nem mesmo Micah conseguiu impedir a colisão do crânio com seu nariz. Ele tropeçou, dando tempo a ela de se virar e fugir...

Mas a mão do arcanjo não a largou.

E, com um safanão, a camiseta se rasgando nas costas de Bryce, Micah a arremessou no chão.

O grito de Hunt ficou preso na garganta, mas o de Ruhn ecoou pela sala de reunião enquanto Bryce escorregava pelo tapete.

Lehabah gritou enquanto Syrinx rugia, e Bryce conseguiu disparar:

— *Se escondam.*

Mas o arcanjo hesitou, observando a mulher jogada no piso a sua frente.

A tatuagem em suas costas. O Chifre de Luna contido na tinta escura.

Bryce se levantou com dificuldade, como se tivesse para onde ir, onde se esconder do governador e de seu terrível poder. Ela chegou ao outro lado do cômodo, aos degraus para o mezanino...

Micah se moveu, rápido como o vento. Agarrou o calcanhar da mulher e a atirou pela sala.

O grito de Bryce conforme colidia com a mesa de madeira e o móvel se espatifava sob ela foi o pior som que Hunt já havia escutado.

— Ele vai matá-la — murmurou Ruhn.

Bryce rastejou de costas pelos detritos da mesa, o sangue correndo da boca enquanto ela sussurrava para Micah:

— Você matou Danika e a matilha.

Micah sorriu.

— Adorei cada segundo.

A sala de conferências tremeu. Ou talvez tenha sido o próprio Hunt.

Em seguida o arcanjo estava sobre ela, e Hunt não podia suportar aquilo, a visão do governador pegando Bryce pelo pescoço e a jogando outra vez pelo cômodo, naquelas estantes.

— Onde está o *maldito* Aux? — berrou Ruhn para Flynn. Para Sabine.

Mas os olhos da loba estavam arregalados. Atônitos.

Então, lentamente, Bryce se arrastou para trás, até as escadas do jirau, agarrando os livros para içar o corpo adiante. Um corte sangrava na legging, osso brilhava sob uma protuberante lasca de madeira.

— Por quê? — ofegou, meio soluçando.

Lehabah havia se esgueirado até a porta de metal do banheiro, nos fundos da biblioteca, e conseguido abri-la, como se sinalizando para Bryce que a alcançasse... de modo que pudessem se trancar ali dentro até a ajuda chegar.

— Descobriu, durante sua pesquisa, que sou investidor das Indústrias Redner? Que tenho acesso a todos os seus experimentos?

— Ah, merda — disse Isaiah do outro lado do auditório.

— E você descobriu — continuou Micah — o que Danika *fazia* para as Indústrias Redner?

Bryce ainda rastejava de costas pela escada. Mas não havia para onde escapar.

— Ela trabalhava como segurança em meio-expediente.

— Foi como ela dourou a pílula para você? — Ele sorriu. — Danika caçava as pessoas que Redner queria que ela achasse. Pessoas que não queriam ser encontradas. Inclusive um grupo de rebeldes de Ophion que vinha testando uma fórmula de magia sintética para auxiliar na traição humana. Eles se debruçaram sobre histórias há muito esquecidas e descobriram que o veneno do demônio kristallos anulava a magia... *nossa* magia. Então esses rebeldes espertos decidiram pesquisar o motivo, isolando as proteínas atacadas pelo veneno. A fonte da magia. Os espiões humanos de Redner o avisaram, e lá se foi Danika para pegar a pesquisa... e as pessoas por trás da mesma.

Bryce ofegou, ainda rastejando lentamente para cima. Ninguém abriu a boca na sala de conferências conforme ela dizia:

— Os asteri não aprovam magia sintética. Como Redner sequer conseguiu pesquisá-la?

Hunt tremeu. Ela estava ganhando tempo.

Micah parecia mais que feliz em fazer sua vontade.

— Porque Redner sabia que os asteri vetariam qualquer pesquisa sobre magia sintética, que *eu* vetaria os experimentos, eles os classificaram como um fármaco. Redner me convidou para investir. Os primeiros resultados foram um sucesso: com a droga, os humanos podiam se curar mais rapidamente do que com a ajuda de qualquer medbruxa ou poder feérico. Mas os últimos resultados não correram de acordo com o plano. Os vanir, descobrimos, enlouqueciam quando a tomavam. E humanos que tomavam uma dose maior... Bem. Danika usou suas credenciais de segurança para roubar as gravações dos testes... e suspeito que as deixou para você, não?

Solas Flamejante. Para cima e para cima, Bryce se esgueirava pelas escadas, os dedos tateando aqueles livros antigos e preciosos.

— Como ela descobriu o que vocês estavam tramando?

— Ela sempre metia o nariz onde não era chamada. Sempre querendo proteger os indefesos.

— De monstros como *você* — cuspiu Bryce, ainda galgando os degraus. Ainda ganhando tempo.

O sorriso de Micah era medonho.

— Ela não fazia segredo do interesse nos testes da sintez, porque estava disposta a encontrar um meio de ajudar a amiga mestiça, vulnerável e fraca. Você, que não herdaria nenhum poder... Ela se perguntava se você teria alguma chance contra os predadores que governam o mundo. E, quando viu os horrores que a sintez podia acarretar, ficou *preocupada* com as cobaias. Preocupada com o que faria aos humanos se vazasse para as ruas. Mas os funcionários de Redner disseram que Danika também tinha a própria pesquisa por lá. Ninguém sabia qual, mas ela passava tempo nos laboratórios fora do horário do expediente.

Tudo aquilo devia estar no pendrive que Bryce havia encontrado. Hunt rezou para que ela o tivesse escondido em um lugar seguro. Imaginou que outras revelações haviam sido gravadas ali.

— Ela jamais vendeu sintez naquele barco, vendeu? — perguntou Bryce.

— Não. Àquela altura, já tinha me dado conta de que precisava de alguém com acesso irrestrito ao templo para pegar o chifre... Eu seria facilmente reconhecido. Então, quando ela roubou a gravação dos testes da sintez, tive chance de usá-la.

Bryce subiu outro degrau.

— Você vazou a sintez para as ruas.

Micah continuou a acompanhá-la.

— Sim. Sabia que a necessidade constante de ser uma heroína colocaria Danika atrás da droga para salvar a escória de Lunathion da autodestruição. Ela recuperou a maior parte, mas não tudo. Quando eu lhe disse que a vira no rio, quando aleguei que ninguém acreditaria que a Princesa Baladeira estava tentando tirar drogas das ruas, suas mãos ficaram atadas. Eu disse que esqueceria tudo se ela me fizesse um pequeno favor, no momento certo.

— Você causou o blecaute na noite que ela roubou o chifre.

— Sim. Mas subestimei Danika. Ela ficara desconfiada de meu interesse na sintez muito antes da droga chegar às ruas e, quando a chantageei para roubar o chifre, deve ter se dado conta da ligação entre os dois. Que o chifre pode ser reparado com a sintez.

— Então você a matou por causa disso? — Outro degrau, outra pergunta para ganhar tempo.

— Eu a matei porque ela escondeu o chifre antes que eu pudesse consertá-lo com a droga. E, portanto, ajudar meu povo.

— Achei que seu poder seria suficiente para tanto — argumentou Bryce, como se tentasse bajulá-lo para se salvar.

O arcanjo pareceu verdadeiramente triste por um instante.

— Até mesmo meu poder não é suficiente para ajudar meu povo. Para manter a guerra longe das margens de Valbara. Para isso, preciso de ajuda além de nosso mundo. O chifre vai abrir um portal e permitir que eu invoque um exército para dizimar os rebeldes humanos e acabar com sua destruição irresponsável.

— Que mundo? — perguntou Bryce, empalidecendo. — O Inferno?

— O Inferno não se ajoelharia diante de mim. Mas, nos contos antigos, há rumores da existência de outros mundos que se curvariam a um poder como o meu... e se curvariam ao chifre. — Ele sorriu, frio como um peixe das profundezas. — Aquele que empunha o chifre com o poder intacto pode fazer qualquer coisa. Talvez se estabelecer como um asteri.

— O poder dos asteri é nato, não criado — disparou Bryce, mesmo enquanto o rosto ficava cinzento.

— Com o chifre, não seria preciso o poder de uma estrela para governar. E os asteri reconheceriam isso. Me acolheriam como um deles. — Outra risada suave.

— Você matou aqueles dois estudantes da UCLC.

— Não. Eles foram assassinados por um sátiro chapado de sintez enquanto Danika estava ocupada roubando o chifre naquela noite. Tenho certeza de que a culpa a consumiu.

Bryce tremia. Hunt também.

— Então você foi ao apartamento e matou Danika e a Matilha dos Demônios?

— Esperei até que Philip Briggs fosse libertado.

— Ele guardava o sal preto que o incriminaria no laboratório — murmurou ela.

— Sim. Assim que ele estava de volta às ruas, fui ao apartamento da loba, seu apartamento, subjuguei a Matilha dos Demônios com meu poder e injetei sintez em Danika. E assisti enquanto ela os destroçava, antes de se voltar contra si mesma.

Bryce chorava copiosamente agora.

— Mas ela não contou a você. Onde o chifre estava.

Micah deu de ombros.

— Ela aguentou firme.

— E então... você conjurou o kristallos depois para cobrir seus rastros? Deixou a besta atacá-lo no beco para evitar que seus triários desconfiassem? Ou apenas para lhe dar um motivo para monitorar o caso de perto sem despertar suspeitas? E depois esperou por dois anos?

Ele franziu o cenho.

— Passei esses últimos dois anos procurando o chifre, invocando demônios kristallos a fim de caçá-lo para mim, mas não consegui encontrar nenhuma pista. Até me dar conta de que *eu* não precisava fazer o trabalho duro. Porque você, Bryce Quinlan, era a chave para encontrar o chifre. Eu sabia que Danika o tinha escondido em algum lugar, e *você*, dada a chance de se vingar, me levaria até ele. Todo o meu poder não podia achá-lo, mas você... você a amava. E o poder de seu amor me traria o chifre. Incendiaria sua sede de justiça e a levaria direto a ele. — Ele bufou. — Mas havia uma chance de que não chegasse longe... não sozinha. Então plantei uma ideia na mente do Rei Outonal.

Todos na sala olharam para o macho feérico de expressão impassível.

— Ele o manipulou com maestria — rosnou Ruhn para o pai.

Os olhos cor de âmbar do Rei Outonal brilharam com raiva cega. Mas Micah continuou antes que ele pudesse falar:

— Sabia que provocá-lo sobre o declínio do poder feérico, sobre a perda do chifre, iria ferir seu orgulho *apenas* o bastante para que ordenasse ao filho Estrelado que procurasse o artefato.

Bryce suspirou longamente.

— De modo que, se eu não pudesse encontrá-lo, então quem sabe Ruhn conseguiria?

Ruhn piscou.

— Eu... toda vez que eu buscava o chifre... — Ele empalideceu. — Sempre sentia o impulso de ver Bryce. — Ele se virou no assento para encontrar o olhar de Hunt, então disse, de mente para mente, *Pensei que fosse a galeria, algum conhecimento ali... mas, porra, era ela.*

Sua ligação de Estrelado com ela e o chifre deve ter suplantado até mesmo o poder de dissimulação do amuleto archesiano, respondeu Hunt. *É um vínculo e tanto.*

— E invocar o kristallos todos esses meses? Os assassinatos? — perguntou Bryce.

— Conjurei o kristallos para dar um empurrãozinho em vocês dois, me certificando de que ficasse fora das câmeras, sabendo que a conexão com o chifre os levaria até ele. Injetando Tertian, a acólita e a sentinela do templo com sintez... deixando que se destroçassem... também foi para encorajá-los. Tertian, como desculpa para envolvê-la na investigação, e os outros para continuar a lhes indicar o caminho. Selecionei duas pessoas do templo que estavam de serviço na noite em que Danika roubou o chifre.

— E a bomba no Corvo Branco, com a imagem do chifre no engradado? Um outro *empurrãozinho*?

— Sim, para levantar suspeitas de que os humanos estavam por trás de tudo. Plantei bombas pela cidade, em lugares que imaginei que podiam frequentar. Quando a localização do telefone de Athalar apitou na boate, sabia que os deuses estavam do meu lado. Então detonei a bomba a distância.

— Eu podia ter morrido.

— Talvez. Mas estava disposto a apostar que Athalar a protegeria. E por que não causar um pouco de caos, espalhar um pouco de ressentimento entre humanos e vanir? Apenas tornaria mais fácil convencer outros da sabedoria de meu plano para acabar com o conflito. Em especial, com um custo que a maioria acharia muito alto.

A cabeça de Hunt rodou. Ninguém na sala falava.

Bryce diminuiu a velocidade de sua retirada enquanto fazia uma careta de dor.

— E o prédio? Achei que tinha sido Hunt, mas não foi, foi? Foi você.

— Sim. O pedido de seu senhorio foi direto para meus triários. E para mim. Sabia que Danika não havia deixado nada ali. Mas, àquela altura, Bryce Quinlan, estava me divertindo vendo seu esforço. Sabia que o plano de Athalar para conseguir a sintez logo seria exposto... e tive o palpite de que estaria disposta a acreditar no pior sobre o anjo. Que ele havia usado o poder do relâmpago em suas veias para colocar em risco pessoas inocentes. Ele é um assassino. Pensei que você precisava de um lembrete. Que a culpa caísse nas costas de Athalar foi uma dádiva inusitada.

Hunt ignorou os olhares em sua direção. O maldito babaca jamais planejara honrar a barganha. Se ele houvesse resolvido o caso, Micah o teria matado. Matado os dois. Ele fora enganado como um tolo.

— Quando começou a suspeitar que era eu? — perguntou Bryce, a voz rouca.

— Naquela noite em que o demônio atacou Athalar no jardim. Apenas mais tarde me dei conta de que provavelmente ele tinha tocado em algum item pessoal de Danika que devia ter entrado em contato com o chifre.

Hunt havia tocado a jaqueta de couro da loba naquele dia. Ficou com seu cheiro.

— Quando tirei Athalar das ruas, invoquei o kristallos outra vez... e ele foi direto até você. A única coisa que havia mudado é que, enfim, você tinha tirado o amuleto. E então... — Ele riu. — Vi as fotos de sua temporada com Athalar. Inclusive aquela de suas costas. A tatuagem que fez dias antes da morte de Danika, segundo a lista de últimos passos da loba enviada por Ruhn Danaan para você e Athalar... aquela conta me é facilmente acessível.

Os dedos de Bryce cravaram no carpete, como se ela tivesse desenvolvido garras.

— Como sabe que o chifre vai funcionar agora que está em minhas costas?

— A forma física do chifre não importa. Se tem o formato de um chifre ou de um cordão ou de pó misturado a tinta de bruxa, seu poder permanece.

Hunt xingou em silêncio. Ele e Bryce nunca haviam visitado o estúdio de tatuagem. Bryce dissera que sabia por que Danika fora até lá.

Micah continuou:

— Danika sabia que o amuleto archesiano a manteria indetectável, para magia ou demônios. Com aquele amuleto, você era *invisível* para o kristallos, criado para caçar o chifre. Suspeito de que ela soubesse que Jesiba Roga mantém encantamentos similares na galeria, e talvez a loba tenha colocado alguns em seus apartamentos... o antigo e o que deixou para você... a fim de se certificar de que estivesse ainda mais velada para a criatura.

Hunt esquadrinhou as imagens externas das câmeras da galeria. Onde diabo estava o Aux?

— E achou que ninguém descobriria nada? E quanto ao testemunho de Briggs? — vociferou Bryce.

— Briggs é um fanático desvairado que foi preso por Danika antes de uma explosão planejada. Ninguém escutaria suas alegações de inocência. — Em especial quando o advogado tinha sido providenciado por Micah.

Bryce olhou para a câmera. Como se verificasse se continuava ligada.

— Ela o está incitando para conseguir uma confissão completa — sussurrou Sabine.

Apesar do terror tensionando o corpo, o orgulho invadiu Hunt.

Micah sorriu outra vez.

— Então, aqui estamos.

— Você é um merda — disse Bryce.

Mas, em seguida, Micah levou a mão ao bolso. Pegou uma seringa cheia de um líquido cristalino.

— Me xingar não vai me impedir de usar o chifre.

A respiração de Hunt lhe rasgava o peito.

Micah avançou para a semifeérica.

— Os restos do chifre estão agora entalhados em sua pele. Quando eu injetar sintez em você, as propriedades curativas da droga vão encontrar e consertar o que está quebrado. E o chifre ficará inteiro novamente. Pronto para que eu descubra se funciona afinal.

— Você arriscaria abrir um portal para um outro mundo no meio da Cidade da Lua Crescente — bradou ela, se afastando — apenas para *descobrir se o artefato funciona*?

— Se estiver certo, os prós superam, em muito, os contras — respondeu Micah, calmamente, enquanto uma gota de líquido brilhava na ponta da agulha. — É uma pena que não vá sobreviver aos efeitos colaterais da sintez para que possa ver por si mesma.

Bryce tentou pegar um livro na prateleira baixa ao longo das escadas, mas Micah a impediu com uma lufada de vento.

Seu rosto se contraiu quando o arcanjo se ajoelhou sobre ela.

— *Não.*

Aquilo não podia acontecer; Hunt não podia *permitir* que acontecesse.

Mas Bryce não podia fazer nada, Hunt não podia fazer nada conforme Micah enfiava a agulha na coxa da semifeérica. Empurrava o êmbolo. Ela gritou, se debateu, mas Micah se afastou.

Ele deve ter diminuído seu controle sobre ela, porque Bryce relaxou nos degraus acarpetados.

O bastardo olhou para o relógio. Checando quanto tempo tinha até que ela se rasgasse. Devagar, as feridas no corpo machucado começaram a cicatrizar. O lábio partido completamente... embora o corte até o osso em sua coxa se fechasse bem mais lentamente.

Sorrindo, Micah estendeu a mão para a tatuagem nas costas expostas de Bryce.

— Devemos?

Mas Bryce se mexeu de novo... e, daquela vez, o poder de Micah não a alcançou antes que ela agarrasse um livro na estante e o segurasse com força.

Luz dourada irrompeu das páginas, uma bolha contra a qual a mão de Micah golpeou de modo inofensivo. Ele empurrou. A bolha não cedeu.

Graças aos deuses. Se aquilo pudesse lhe garantir mais alguns minutos até a ajuda chegar... Mas que chances tinha uma matilha do Aux contra um arcanjo? Hunt lutou contra as amarras invisíveis. Esmiuçou a memória em busca de qualquer coisa a ser feita, qualquer um na cidade que pudesse ajudar...

— Muito bem — disse Micah, aquele sorriso insistente enquanto testava a barreira dourada novamente. — Há sempre outras maneiras de fazê-la colaborar.

Bryce tremia em sua bolha dourada. O coração de Hunt parou enquanto Micah avançava pelos degraus do mezanino. Na direção de onde Syrinx se escondia atrás do sofá.

— Não — murmurou Bryce. — *Não...*

A quimera se debateu, mordendo o arcanjo, que o segurava pelo cachaço.

Bryce deixou o livro cair. A bolha dourada desapareceu. Mas, quando ela tentou se levantar com a perna ainda em cicatrização, esta cedeu. Mesmo sintez não a conseguia curar rápido o bastante para suportar o peso.

Micah apenas carregou Syrinx com ele. Até o tanque.

— *POR FAVOR* — gritou Bryce. De novo, ela tentou se mover. De novo, de novo, de novo.

Mas Micah nem mesmo vacilou enquanto abria a porta da pequena escadaria que levava ao topo do tanque do nøkken. Os berros de Bryce não tinham fim.

Declan acessou a câmera no topo do tanque... no momento que Micah abriu a portinhola de alimentação. E jogou Syrinx na água.

78

Ele não sabia nadar.

Syrinx não sabia nadar. A quimera não tinha qualquer chance de sair, de se livrar do nøkken...

De seu ângulo mais baixo, Bryce podia apenas vislumbrar a parte inferior das pernas de Syrinx, frenéticas e desesperadas, conforme ele lutava para se manter na superfície. Ela largou o livro, a bolha dourada se rompendo, e tentou se levantar.

Micah saiu pela porta da escadaria do tanque. Seu poder a atingiu um segundo depois.

A força a virou, prendendo-a de bruços nos degraus acarpetados. Expondo suas costas para o arcanjo.

Ela se contorceu, a dor intensa abafada pela dormência formigante que invadia seu sangue. Syrinx estava se afogando, estava...

Micah assomou sobre ela. Ela estendeu um dos braços na direção da prateleira. Os dedos, formigando, roçaram os títulos. *Sobre o Número Divino; Os mortos-vivos; O livro dos fôlegos; A Rainha de Muitos Rostos...*

Syrinx se debatia e debatia, ainda lutando tanto...

E, então, Micah lançou uma rajada de chamas brancas direto em suas costas. No chifre.

Ela gritou, embora o fogo não queimasse, mas, em vez disso, fosse absorvido pela tinta. Puro poder a invadia, chamas se tornando gelo e crepitando através de seu sangue, como glaciares se expandindo.

O ar na sala parecia se consumir, mais e mais e mais...

Explodiu em uma onda violenta. Bryce gritou, a geada em suas veias chiando em uma agonia escaldante. No andar de cima, vidro se quebrou. Então nada.

Nada. Ela tremia no chão, gelo dormente e labareda ardente percorriam-na em espasmos.

Micah olhou em volta. Aguardou.

Bryce mal conseguia respirar, tremendo enquanto esperava a abertura do portal, o surgimento de algum buraco para outro mundo. Mas nada aconteceu.

Desapontamento brilhou nos olhos de Micah.

— Interessante — comentou ele.

A palavra disse a ela o bastante: o arcanjo tentaria de novo. E de novo. Não importava se ela estivesse viva ou virado uma pilha de polpa autodestruída. Seu corpo ainda abrigaria a tinta do chifre... o próprio chifre. Micah trabalharia em seu cadáver, se precisasse, até encontrar um meio de abrir um portal para outro mundo.

A semifeérica havia descoberto tudo horas depois do ataque do kristallos no cais, quando tinha se observado no espelho. E começado a suspeitar que a tatuagem em suas costas não estava em um alfabeto que não reconhecesse porque *não* era um alfabeto. Não um de Midgard. Bryce havia reexaminado todos os lugares que Danika visitara naquela última semana e visto que apenas o estúdio de tatuagem não fora verificado. Então tinha se dado conta de que o amuleto se fora e ela havia sido atacada. Assim como Hunt havia sido atacado pelo kristallos no parque... depois que tocara na jaqueta de Danika na galeria. Tocado no cheiro da loba, cheio do chifre.

Bryce enrijeceu, lutando contra a pressão invisível do poder de Micah. Seus dedos roçaram na lombada roxo-escura de um livro.

Syrinx, Syrinx, Syrinx...

— Talvez destrinchar o chifre de você seja mais eficaz — murmurou o arcanjo. Uma faca zuniu, livre da bainha em sua coxa. — Temo que isso vá doer.

O dedo de Bryce se enganchou no canto da lombada. *Por favor.*

O volume não se moveu. Micah ajoelhou sobre ela.

Por favor, implorou ao livro. *Por favor*.

O tomo escorregou na direção de seus dedos.

Bryce arrancou o livro da prateleira e abriu as páginas.

Uma luz esverdeada explodiu do interior. Direto no peito de Micah.

Aquilo o lançou através da biblioteca, um tiro direto para a porta do banheiro.

Onde Lehabah aguardava nas sombras, um pequeno livro em mãos, cujas páginas a duende abriu para libertar outro jato de poder contra a porta, fechando-a.

O poder do livro sibilou sobre a entrada do banheiro, selando-a. Trancando o arcanjo ali dentro.

* * *

Ruhn não havia acordado naquela manhã esperando assistir à morte da irmã.

E o pai... O pai de Ruhn não disse nada diante do horror que se desenrolava.

Por três batidas de coração, Bryce ficou deitada nos degraus, conforme a perna terminava de cicatrizar, enquanto ela encarava a porta fechada do banheiro. Teria sido engraçado, a ideia de prender um quase deus dentro de um banheiro, se não fosse tão aterrorizante.

— Ajude-a — grunhiu uma voz estrangulada às costas de Ruhn.

Hunt. Os músculos do pescoço do anjo estavam inchados, lutando contra o controle de Sandriel. De fato, os olhos de Hunt estavam na arcanjo enquanto rosnava:

— *Ajude-a.*

A porta de metal do banheiro, mesmo selada pelo poder do livro, não seguraria Micah por muito tempo. Minutos, se tanto. E a sintez no organismo de Bryce... Quanto tempo a irmã teria até que se rasgasse em pedaços sangrentos?

Lehabah disparou na direção de Bryce no momento que Hunt outra vez grunhia para Sandriel:

— *Vá impedi-lo.*

Mesmo a uma velocidade incrível, Sandriel levaria uma hora para voar até lá. Trinta minutos de helicóptero.

Um som de engasgo encheu o ar quando a arcanjo intensificou a pressão de seu poder, silenciando a voz de Hunt.

— É o território de Micah. Não tenho autoridade para intervir em seus assuntos.

— *Vá. Se. Foder!* — Athalar ainda conseguiu dizer, os olhos castanhos faiscando.

Todos os triários de Sandriel fixaram a atenção letal em Hunt. Mas o anjo não parecia dar a mínima. Não quando Bryce ofegou para Lehabah:

— *Coloque a plataforma de alimentação para funcionar.*

O corte fundo em sua coxa enfim havia cicatrizado, graças à sintez correndo em suas veias. E, então, Bryce estava de pé, correndo.

A porta do banheiro tremeu. Ela nem mesmo olhou para trás enquanto disparava, mancando, para as escadas do tanque. Pegou uma faca do chão. A faca de Micah.

Ruhn precisou se lembrar de respirar quando Bryce alcançou as escadas, rasgando um pedaço da camiseta arruinada e enrolando a faixa em sua coxa para prender a faca. Uma bainha improvisada.

Declan mudou para a imagem da pequena câmara acima do tanque, a água chapinhando pela grade do piso. Um quadrado de 90 centímetros no centro se abria para as sombras, uma pequena plataforma presa a uma corrente ancorada no topo do tanque. Lehabah flutuava perto dos controles.

— A criatura não está atacando — choramingou a duende. — Syrinx está apenas inerte, está morto...

Bryce se ajoelhou e começou a ofegar. Rápido, rápido, rápido...

— O que ela está fazendo? — perguntou a rainha Hypaxia.

— Ela está hiperventilando — murmurou Tharion em resposta. — Para levar mais ar aos pulmões.

— Bryce — implorou Lehabah. — É um...

Mas, então, Bryce tomou fôlego uma última e poderosa vez e mergulhou.

No covil do nøkken. A plataforma de alimentação afundou com ela, a corrente se desenrolando na escuridão, e, conforme os elos passavam por Bryce, ela segurou os anéis de ferro, nadando para o fundo, fundo, fundo...

Bryce não tinha magia. Nenhuma força ou imortalidade para protegê-la. Não contra o nøkken naquele tanque; não contra o arcanjo que estava a um minuto de arrebentar a porta daquele banheiro. Não contra a sintez que a destruiria se o restante não o fizesse.

Sua irmã, sua impetuosa e brava irmã... sabia de tudo aquilo e, ainda assim, foi salvar o amigo.

— É seu Ordálio — murmurou Flynn. — É seu maldito Ordálio.

79

A água gelada ameaçava roubar o pouco ar em seus pulmões.

Bryce se recusou a pensar no frio, na dor persistente da perna curada, nos dois monstros na biblioteca com ela. Um, ao menos, tinha sido contido pela porta do banheiro.

O outro...

Bryce manteve o foco em Syrinx, se recusando a deixar o terror dominá-la, a deixar que lhe roubasse o fôlego conforme se aproximava do corpo inerte da quimera.

Ela não iria aceitar aquilo. Nem por um instante.

Os pulmões começaram a queimar, um aperto crescente contra o qual lutou enquanto carregava Syrinx até a plataforma de alimentação, sua linha de salvação na água, longe do nøkken. Seus dedos se agarraram aos elos da corrente conforme a plataforma voltava à superfície.

Com os pulmões comprimidos, Bryce segurou Syrinx sobre a plataforma, deixando que esta os propelisse para cima, para cima...

Das sombras do fundo rochoso, o nøkken se lançou adiante. Quase sorrindo.

O nøkken sabia que ela iria atrás de Syrinx. Tinha observado-a na biblioteca por semanas.

Mas a plataforma de alimentação rompeu a superfície, Bryce com ela. A semifeérica engoliu o ar doce e salvador enquanto empurrava Syrinx pela borda e ofegava para Lehabah:

— Massagem cardíaca...

Mãos com garras envolveram seus calcanhares, rasgando a pele quando a puxaram de volta. Sua testa bateu na moldura de metal da plataforma antes que a água gelada a engolisse mais uma vez.

* * *

Hunt não conseguia respirar quando viu o nøkken arremessar Bryce contra a parede do tanque com tanta força que o vidro rachou.

O impacto a despertou de seu estupor no momento que o nøkken atacou seu rosto.

Ela desviou para a esquerda, mas a criatura ainda cravou os talões em seus ombros, cortando a pele. Bryce buscou a faca que havia prendido à coxa...

O nøkken tirou a faca de suas mãos, jogando-a na escuridão aquosa.

E estava acabado. Seria a morte da semifeérica. Não pela mão de Micah, não pela sintez em seu organismo, mas pelas garras do nøkken.

Hunt não podia fazer nada, nada, nada enquanto o monstro atacava o rosto da fêmea...

Bryce se mexeu outra vez. Investindo, não para uma arma escondida, mas para outro tipo de ataque.

Ela golpeou com a mão direita o fundo do abdômen do nøkken... e a enfiou dentro das dobras quase invisíveis. Aconteceu tão rápido que Hunt não tinha certeza do que ela fizera. Até que a semifeérica torceu o punho, e a criatura arqueou de dor.

Bolhas saíram da boca de Bryce enquanto ela apertava as bolas do nøkken com mais força...

Cada macho na sala se encolheu.

O nøkken a largou, caindo no fundo. Era a oportunidade de que Bryce precisava. Ela boiou até o vidro rachado, preparou as pernas e golpeou.

O impulso a lançou pela água. O ferimento na cabeça deixava um rastro de sangue a reboque, mesmo conforme a sintez cicatrizava o corte e prevenia que a pancada a deixasse inconsciente.

A plataforma caiu na água novamente. Lehabah a tinha descido. Um último salva-vidas. Bryce pulou como um golfinho naquela direção, os braços à frente do corpo. Um redemoinho de sangue acompanhava cada pernada.

No fundo rochoso do tanque, o nøkken havia se recuperado... e agora arreganhava os dentes para a fêmea em fuga. Raiva ardente brilhava naqueles olhos leitosos.

— *Nade, Bryce* — rosnou Tharion. — Não olhe para trás.

A plataforma chegou ao nível mais baixo. Bryce nadou, dentes trincados. O instinto de inspirar tinha de ser horrendo.

Vamos, rezou Hunt. *Vamos.*

Os dedos de Bryce se fecharam no fundo da plataforma. Então na moldura. O nøkken investia das profundezas, fúria e morte ardendo no rosto monstruoso.

— Não pare, Bryce — avisou Fury Axtar à tela.

Bryce não o fez. Palmo a palmo a palmo, ela escalou a corrente ascendente, lutando por cada centímetro vencido na direção da superfície.

Três metros do topo. O nøkken chegou à base da plataforma.

Um metro e meio. O nøkken balançou a corrente, mirando nos calcanhares.

Bryce rompeu a superfície com um soluço agudo, os braços lutando, içando, içando...

Ela livrou o torso. O estômago. As pernas.

As mãos do nøkken irromperam da água, à procura.

Mas Bryce tinha saído de alcance. E agora ofegava, pingando água na superfície revolta sob o piso de grade. A cabeça havia se curado completamente.

O nøkken, incapaz de suportar o toque do ar, mergulhou abaixo da superfície no momento que a plataforma de alimentação estacou, fechando o acesso à água.

— Puta merda — murmurou Fury Axtar, passando as mãos trêmulas pelo rosto. — Puta merda.

Bryce correu para um Syrinx inerte.

— Nada? — perguntou a Lehabah.

— Não, ele...

Bryce começou a massagem cardíaca, dois dedos no centro do peito ensopado da quimera. Fechou as mandíbulas e soprou nas narinas. Fez de novo. De novo. De novo.

Ela não falava. Não implorava a nenhum dos deuses enquanto tentava ressuscitá-la.

Em uma gravação do outro lado da sala, a porta do banheiro chiava sob o ataque de Micah. Ela precisava ir. Tinha de fugir agora, ou seria explodida em fragmentos de ossos...

Bryce ficou. Continuou lutando pela vida da quimera.

— Não podem se comunicar por rádio? — perguntou Ruhn a Declan e Jesiba. — Não pode nos conectar? — Apontou para a tela. — Dizer a ela que *saia imediatamente dali.*

— Só funciona de um lado — respondeu Jesiba, em tom baixo, o rosto pálido.

Bryce prosseguiu com a massagem, o cabelo molhado pingando, a pele azul sob a luz do tanque, como se ela mesma fosse um cadáver. E rabiscado em suas costas, cortado apenas pelo sutiã preto de ginástica... o chifre.

Mesmo que ela saísse da galeria, que, de algum modo, sobrevivesse à sintez, Micah iria...

Syrinx se debateu, vomitando água. Bryce soltou um soluço, mas virou a quimera, deixando-a cuspir o líquido. A criatura convulsionou, vomitando novamente, lutando por cada respiração.

Lehabah havia pegado uma camiseta da gaveta de uma das mesas no topo das escadas. A duende a deu para Bryce, e a semifeérica a colocou no lugar da sua, arruinada, antes de carregar um ainda fraco Syrinx nos braços e tentar se levantar.

Ela gemeu de dor, quase derrubando Syrinx, quando a perna esguichou sangue na água do chão.

Hunt tinha estado tão concentrado no ferimento da cabeça que não vira o nøkken rasgar sua panturrilha... onde a carne, visível pela legging, continuava meio aberta. Ainda cicatrizando, lentamente. O nøkken devia ter enfiado as garras até o osso se a ferida era tão grave que a sintez ainda tentava fechá-la.

— Temos de fugir. Agora. Antes que ele saia — disse Bryce, sem esperar pela resposta de Lehabah, conseguindo se levantar enquanto carregava Syrinx.

Ela mancava... terrivelmente. E assim se movia, muito devagar, na direção das escadas.

A porta do banheiro se aqueceu de novo, o metal vermelho-incandescente conforme Micah tentava derreter uma abertura.

Bryce ofegava entre dentes, um ssss-ssss-ssss a cada passo. Tentava controlar a dor que a sintez ainda não tinha amainado. Tentava arrastar uma quimera de 13 quilos por um lance de escadas, sobre a perna destroçada.

A porta do banheiro pulsou com luz, faíscas vazando pelas rachaduras. Bryce chegou à biblioteca, deu um passo hesitante na direção da escadaria principal para a sala de exibições, então gemeu.

— Deixe-a — grunhiu o Rei Outonal. — Deixe a quimera.

Hunt soube, mesmo antes de Bryce dar outro passo, que ela não o faria. Que ela iria preferir ter as costas rasgadas pelo arcanjo do que deixar Syrinx para trás.

E ele soube que Lehabah também viu o mesmo.

***

Bryce já havia subido um terço das escadas, faíscas saindo das frestas da porta do banheiro do outro lado da biblioteca, quando se deu conta de que Lehabah não a acompanhava.

A semifeérica parou, ofegante com a dor que nem mesmo a sintez conseguia anestesiar em sua panturrilha, e olhou para a base da escada da biblioteca.

— Esqueça os livros, Lehabah — implorou ela.

Se sobrevivessem, ela mataria Jesiba por sequer fazer a duende hesitar. *Mataria Lehabah.*

No entanto, a duende não se movia.

— Lehabah — chamou Bryce, o nome uma ordem.

— Não vai conseguir a tempo, BB — respondeu Lehabah, baixinho, com tristeza.

Bryce subiu outro degrau, a dor irradiando da panturrilha. Cada movimento abria o ferimento, uma batalha perdida contra as tentativas da sintez de curá-la. Antes, aquilo a enlouqueceria.

— Temos de tentar — argumentou ela, engolindo um grito.

— Nós não — sussurrou Lehabah. — Você.

Bryce sentiu a cor se esvair de seu rosto.

— Você não pode. — A voz vacilou.

— Posso — disse Lehabah. — Os encantamentos não vão segurar o arcanjo por muito mais. Me deixe ganhar tempo para você.

A semifeérica continuou, rangendo os dentes:

— Podemos resolver isso. Podemos resolver juntas...

— Não.

Bryce olhou para trás e viu Lehabah sorrindo com suavidade. Ainda na base das escadas.

— Me deixe fazer isso por você, BB. Por você e por Syrinx.

Não conseguiu conter um soluço doído.

— Você está livre, Lehabah. — As palavras ecoaram pela biblioteca enquanto Bryce chorava. — Negociei sua liberdade com Jesiba semana passada. Os papéis estão na minha mesa. Queria fazer uma festa surpresa... para comemorar. — A porta do banheiro começou a entortar, dobrar. — Eu a comprei e agora a liberto, Lehabah.

O sorriso de Lehabah não vacilou.

— Eu sei — disse ela. — Xeretei os papéis em sua gaveta.

E, apesar do monstro tentando se libertar a suas costas, Bryce engoliu uma risada antes de implorar:

— Você está livre... não precisa fazer isso. Você *está* livre, Lehabah.

No entanto, a duende permaneceu no pé da escada.

— Então que o mundo saiba que meu primeiro ato de liberdade foi ajudar meus amigos.

Syrinx se remexeu nos braços de Bryce, soltando um som baixo e sentido. A semifeérica julgou ser o som da própria alma quando sussurrou, incapaz de suportar aquela escolha, aquele momento:

— Amo você, Lehabah.

As únicas palavras que já importaram.

— E eu sempre vou amar você, BB. — A duende de fogo murmurou: — Vá.

Então Bryce obedeceu. Cerrando os dentes, um grito escapando da garganta, Bryce galgou as escadas com Syrinx. Na direção da porta de ferro no topo. E do tempo que aquilo ganharia, se a sintez não a destruísse antes.

A porta do banheiro gemeu.

Bryce olhou para trás uma última vez. Para a amiga que havia ficado ao seu lado quando ninguém mais o fizera. Que tinha se recusado a ser qualquer coisa que não alegre, mesmo em face da escuridão que engolira Bryce.

Lehabah acendeu como um rubi intenso e começou a se mover.

Primeiro, um erguer de braço. Em seguida, um arco para baixo. Uma pirueta, o cabelo espiralando sobre a cabeça. Uma dança, para invocar seu poder. Qualquer que fosse o grão de poder que uma duende de fogo possuía.

Um brilho irradiou pelo corpo de Lehabah.

Então Bryce escalou. E, a cada passo doloroso, podia ouvir a duende sussurrar, quase entoando:

— Sou descendente de Ranthia Drahl, Rainha das Brasas. Ela está comigo agora e não tenho medo.

Bryce chegou ao topo das escadas.

— Meus amigos estão atrás de mim e vou protegê-los.

Com um grito, Bryce empurrou a porta da biblioteca. Até que se fechou em um estrondo, os encantamentos a selando, cortando a voz de Lehabah, e Bryce se recostou na superfície, deslizando até o piso enquanto soluçava entre dentes.

* * *

Bryce havia chegado à sala de exibições e trancado a porta de ferro atrás de si. Graças aos deuses por aquilo, graças aos malditos deuses.

No entanto, Hunt não conseguia desgrudar os olhos do vídeo da biblioteca, em que Lehabah ainda se movia, ainda invocava seu poder, repetindo as palavras incessantemente.

— *Sou descendente de Ranthia Drahl, Rainha das Brasas. Ela está comigo agora e não tenho medo.*

Lehabah cintilava, brilhante como o coração de uma estrela.

— *Meus amigos estão atrás de mim e vou protegê-los.*

O topo da porta do banheiro começou a enrugar, se abrindo.

E Lehabah libertou seu poder. Três golpes. Perfeitamente direcionados.

Não para a porta do banheiro e o arcanjo atrás dela. Não, Lehabah não podia deter Micah.

Mas 400 mil litros de água, sim.

As faiscantes rajadas de poder da duende se chocaram contra o vidro do tanque. Bem na rachadura que Bryce havia feito quando o nøkken a arremessara ali.

A criatura, sentindo a comoção, se ergueu das pedras. E se encolheu de horror quando Lehabah atacou de novo. De novo. O vidro rachando ainda mais.

E, em seguida, a duende se jogou contra ele. Forçou o corpo contra a rachadura.

Ela continuava a repetir as palavras sem parar. Elas se morfaram em uma só frase, uma oração, um desafio.

— *Meus amigos estão atrás de mim e não tenho medo.*

Hunt recuperou o controle do próprio corpo, o bastante para colocar a mão sobre o coração. A única saudação que podia fazer conforme as palavras de Lehabah sussurravam dos alto-falantes.

— *Meus amigos estão atrás de mim e não tenho medo.*

Um a um, os anjos da 33ª ficaram de pé. Seguidos de Ruhn e seus amigos. E eles também colocaram as mãos sobre o coração enquanto a menor de sua casa forçava e forçava a parede de vidro, queimando como ouro no momento que o nøkken tentava fugir para qualquer lugar onde pudesse sobreviver ao que viria.

— *Meus amigos estão atrás de mim e não tenho medo* — sussurrava Lehabah, sem parar.

O vidro trincou.

Todos na sala de reunião ficaram de pé. Apenas Sandriel, a atenção fixa na tela, não notou. Todos se ergueram e foram testemunhas do sacrifício da duende que trazia a morte para si mesma, para o nøkken... para salvar os amigos. Era tudo o que podiam oferecer, aquela última homenagem e honra.

Lehabah ainda empurrava. Ainda tremia de terror. No entanto, não parou. Nem por um instante.

— *Meus amigos estão atrás de mim e não tenho medo.*

A porta do banheiro se partiu, metal se contorcendo para revelar Micah, brilhando como se recém-forjado, como se fosse rasgar aquele mundo. Ele esquadrinhou a biblioteca, os olhos pousando em Lehabah e na rachadura na parede do tanque.

A duende se virou, as costas encostadas no vidro.

— Isso é por Syrinx — sibilou.

Ela pressionou a pequena palma flamejante contra o vidro.

E 400 mil litros de água explodiram na biblioteca.

80

Brilhantes luzes vermelhas surgiram, mergulhando o mundo em cor tremeluzente. Um rugido veio de baixo, a galeria chacoalhando.

Bryce sabia.

Sabia que o tanque havia explodido, que Lehabah fora varrida com ele. Sabia que o nøkken, exposto ao ar, também havia morrido. Sabia que aquilo apenas atrasaria Micah.

Syrinx ainda choramingava em seus braços. Vidro cobria o piso da galeria, a janela para o escritório de Jesiba, no andar de cima, estilhaçada.

Lehabah estava morta.

Os dedos de Bryce se crisparam em garras na lateral do corpo. A luz vermelha dos alarmes invadia sua visão. Ela deu boas-vindas à sintez em seu coração. Cada destrutivo, furioso e gélido grama.

Bryce rastejou até a porta da frente, vidro quebrado tilintando. Poder, oco e frio, cantava na ponta de seus dedos.

Agarrou a maçaneta e içou o corpo para cima. Abriu a porta para a luz dourada do entardecer.

Mas não a atravessou.

Não foi para isso que Lehabah havia ganhado aquele tempo.

A onda tinha lançado o nøkken no mezanino, onde ele se debatia, engasgando com o ar conforme o oxigênio lhe consumia a pele; tinha até mesmo lançado Micah de volta ao banheiro.

Hunt apenas olhava e olhava. A duende se fora.

— Merda — sussurrava Ruhn.

— Onde está Bryce? — perguntou Fury.

O andar principal da galeria estava vazio. A porta da frente continuava aberta, mas...

— Puta merda — sussurrou Flynn.

Bryce disparava escada acima. Para o escritório de Jesiba. Pura sintez alimentava aquela corrida. Somente aquele tipo de droga podia suplantar a dor. E a razão.

A semifeérica colocou Syrinx no chão quando entrou no escritório... e, em seguida, pulou sobre a mesa. Para a arma desmontada exposta na parede sobre ela.

O rifle Matador de Deuses.

— Ela vai matá-lo — murmurou Ruhn. — Ela vai matá-lo pelo que ele fez a Danika e à matilha. — Antes que sucumbisse à sintez, Bryce iria oferecer aos amigos não menos que aquilo. Seus últimos momentos de lucidez. De vida.

Sabine estava quieta como a morte. Mas tremia visivelmente.

Os joelhos de Hunt cederam. O anjo não podia assistir àquilo. Não iria assistir àquilo.

O poder de Micah retumbava pela biblioteca. Dividia as águas conforme atravessava o recinto.

Bryce soltou as quatro partes do Matador de Deuses presas à parede e as jogou na mesa. Destrancou a porta do cofre e remexeu no interior. Pegou um frasco de vidro e engoliu algum tipo de poção — outra droga? Quem sabia o que a feiticeira guardava ali? — e, então, tirou uma fina bala dourada.

Tinha 15 centímetros, uma das laterais gravada com um sorridente crânio alado. A outra, com duas simples palavras.

Memento Mori.

Lembre-se de que és mortal. Agora pareciam mais uma promessa que uma leve lembrança do Mercado da Carne.

Bryce prendeu a bala entre os dentes enquanto puxava a primeira parte do rifle em sua direção. Encaixava a segunda.

Micah irrompeu das escadas, a morte encarnada.

Bryce se virou para a janela interna. Esticou a mão, e a terceira parte do rifle — o cano — voou da mesa para seus dedos à espera, levada por magia não natural, graças à sintez correndo em suas veias. Alguns movimentos e ela o tinha encaixado.

Bryce correu para a janela estilhaçada, montando o rifle no caminho, invocando a última peça da mesa com um vento invisível, a bala dourada ainda presa aos dentes.

Hunt nunca vira ninguém montar uma arma sem olhar, correndo na direção de um alvo. Como se tivesse feito aquilo mil vezes.

E tinha, Hunt se lembrou.

Bryce podia ter sido gerada pelo Rei Outonal, mas era filha de Randall Silago. E o lendário atirador de elite a ensinara bem.

A semifeérica encaixou a última parte no lugar e deslizou, abaixada, finalmente carregando a bala. Ela derrapou, parando diante da abertura da janela, e ficou de joelhos enquanto apoiava o Matador de Deuses no ombro.

E os dois segundos que levou para Bryce mirar, os dois segundos que levou para tomar fôlego e se acalmar, Hunt soube que pertenciam a Lehabah. Soube que aquele tempo foi o que a amiga ganhara para ela. O que Lchabah tinha oferecido a Bryce, e Bryce aceitado, compreensiva.

Nenhuma chance de fuga. Não, não haveria escapatória de Micah.

Lehabah tinha oferecido a Bryce os dois segundos extras que ela precisava para matar um arcanjo.

Micah explodiu a porta de ferro. Metal se incrustou nos painéis de madeira da galeria. O governador girou na direção da porta da frente. Da armadilha que Bryce aprontara ao abri-la.

De modo que ele não olhasse para cima. De modo que ele não tivesse nem mesmo tempo de olhar na direção de Bryce antes de ela apertar o gatilho.

E a semifeérica enfiou aquela bala na porra da cabeça de Micah.

81

O tempo se contraiu e alongou.

Hunt tinha a nítida impressão de cair para trás, muito embora já estivesse apoiado em uma parede, sem que houvesse movido um músculo.

No entanto, a xícara de café na mesa mais próxima pendeu, o líquido batendo, batendo, batendo contra um dos lados...

A morte de um arcanjo, de um mundo de poder, podia alterar tempo e espaço. Um segundo podia durar uma hora. Um dia. Um ano.

Então Hunt viu tudo. Viu os intermináveis gestos vagarosos de todos na sala, o choque perplexo que ecoava, a indignação de Sandriel, a descrença no rosto pálido de Pollux, o pânico de Ruhn...

A bala do Matador de Deuses ainda se enterrava no crânio de Micah. Ainda atravessava osso e massa encefálica, arrastando o tempo ao passar.

Bryce se levantou na janela destruída do escritório. Uma espada nas mãos.

A espada de Danika... a loba devia tê-la deixado na galeria em seu último dia de vida. E Bryce devia tê-la guardado no escritório de Jesiba, onde permanecera escondida por dois anos. Hunt viu cada mudança de expressão no rosto de Sabine, o dilatar das pupilas, o agitar do cabelo louro platinado conforme cambaleava diante da visão da relíquia desaparecida...

Bryce pulou da janela para a sala de exibições abaixo. Hunt viu cada movimento de seu corpo, arqueado enquanto ela erguia a espada acima da cabeça, então a descia conforme aterrissava.

Podia ter jurado que o aço ancestral cortava o próprio ar. E em seguida Micah.

Partia a cabeça do arcanjo em duas enquanto Bryce cravava a lâmina, aço abrindo caminho pelo corpo. Somente a espada de Danika digna daquela missão.

Hunt saboreou aqueles últimos momentos da vida da semifeérica antes que a sintez a dominasse. Seria o primeiro sinal do fim... aquela loucura, aquela fúria pura, frenética?

Bryce. Sua Bryce. Sua amiga e... tudo o que haviam vivido foi muito mais. Ela era dele e ele era dela, e devia ter lhe dito aquilo, ter lhe dito no saguão do Comitium que ela era a única pessoa que importava, que sempre importaria para o anjo, e a encontraria de novo, mesmo que levasse mil anos, iria encontrá-la e fazer tudo de que Sandriel havia debochado.

Bryce ainda saltava, continuava a cortar o corpo de Micah. O sangue jorrava.

Em um tempo normal, teria espirrado. Mas, naquela realidade alterada, o sangue do arcanjo ascendia como bolhas rubras, lavando o rosto de Bryce, enchendo seu grito.

Naquela realidade alterada, o anjo podia ver a sintez cicatrizar cada corte, cada hematoma de Bryce enquanto ela serrava Micah. Cortava-o ao meio.

Ela pousou no tapete verde. Hunt esperou ouvir osso partido. Mas a panturrilha estava completamente curada. O último presente da sintez antes que a destruísse. No entanto, naqueles olhos... ele não via a bruma da insanidade, do frenesi autodestrutivo. Apenas vingança fria, fulgurante.

As duas metades do corpo de Micah se separaram, e Bryce se moveu outra vez. Outro golpe. Ao longo do torso. E, depois, outro na cabeça.

As luzes vermelhas do alarme ainda apitavam, mas não havia como confundir o sangue em Bryce. A camiseta branca agora estava escarlate. Mas seus olhos continuavam límpidos. A sintez ainda não a controlava.

— O antídoto está funcionando. Está funcionando com ela — murmurou Hypaxia.

Hunt cambaleou então.

— Achei que só tinha mandado o veneno — disse ele para a bruxa.

Hypaxia não desviou os olhos da tela.

— Descobri um modo de estabilizar o veneno em minha ausência, e... enviei o antídoto em vez disso. Uma... precaução.

E eles haviam testemunhado Bryce tomá-lo como a uma garrafa de uísque.

Havia levado três minutos para o antídoto destruir completamente a sintez na clínica de Hypaxia. Nem Hunt nem a rainha-bruxa tiraram os olhos de Bryce tempo o bastante para contar os minutos até a droga ter desaparecido totalmente de seu organismo.

Bryce caminhou calmamente até a dispensa embutida. Pegou um recipiente de plástico vermelho. E despejou todo o galão de gasolina sobre o corpo desmembrado do governador.

— Puta merda — sussurrava Ruhn, sem parar. — Puta merda.

O restante da sala mal ousava respirar alto. Nem mesmo Sandriel tinha palavras quando Bryce pegou uma caixa de fósforos de uma gaveta em sua mesa.

Ela acendeu um e o jogou no corpo do governador.

Labaredas brotaram. Os encantamentos à prova de fogo na arte ao redor cintilaram.

Não haveria chance de salvação. De cura. Não para Micah. Não depois do que tinha feito a Danika Fendyr. À Matilha dos Demônios. E a Lehabah.

Bryce encarava o fogo, o rosto ainda salpicado pelo sangue do arcanjo. E, enfim, ela ergueu os olhos. Direto para a câmera. Para o mundo que assistia.

Vingança encarnada. Ira de coração ferido. Ela não se curvaria a ninguém. O relâmpago de Hunt cantou diante da visão daquele rosto brutal, lindo.

O tempo acelerou, as chamas lamberam o corpo de Micah, queimando suas asas até cinzas. Elas o cobriram como borralho.

Sirenes gritavam do lado de fora da galeria conforme as Tropas Auxiliares chegavam afinal.

Bryce fechou a porta da frente quando as primeiras unidades feéricas e alcateias apareceram.

Ninguém, nem mesmo Sandriel, disse uma palavra enquanto Bryce pegava o aspirador do armário. E apagava os últimos resquícios de Micah do mundo.

82

Uma explosão de gás, disse ela ao Aux pelo interfone, que, pelo visto, não tinha sido informado dos detalhes pelos superiores. Ela estava bem. Apenas uma bagunça particular para resolver.

Nenhuma menção ao arcanjo. Às cinzas que havia aspirado, então jogado em uma lata de lixo nos fundos.

Depois, tinha subido até o escritório de Jesiba para abraçar Syrinx, acariciando sua pelagem, beijando a cabeça ainda úmida.

— Está tudo bem. Você está bem — sussurrava, repetidas vezes.

Eventualmente, a quimera havia adormecido em seu colo, e, quando ela se certificou de que a respiração vinha sem esforço, enfim pegara o telefone no bolso de trás da legging.

Bryce tinha sete ligações perdidas, todas de Jesiba. E uma série de mensagens. Mal compreendeu as primeiras, mas a que havia chegado um minuto antes dizia, *Me diga que está bem.*

Seus dedos pareciam alheios, o sangue latejava nos ouvidos. Mas ela respondeu, *Tudo bem. Viu o que aconteceu?*

A réplica de Jesiba veio um instante depois.

Sim. A coisa toda. Então a feiticeira acrescentou, *Todo mundo na Cimeira viu.*

Bryce apenas escreveu de volta, *Ótimo.*

Ela colocou o telefone no silencioso, guardando o aparelho no bolso, e se aventurou na ruína alagada dos arquivos.

Não havia sinal de Lehabah na biblioteca praticamente submersa. Nem mesmo um borrão de cinzas.

O corpo do nøkken jazia jogado no mezanino, a pele ressecada descamando, uma das mãos em garra ainda presa às barras de ferro da balaustrada do balcão.

Jesiba lançara encantamentos suficientes na biblioteca para que os livros e os pequenos tanques e terrários tivessem sido protegidos da onda, embora seus ocupantes estivessem quase histéricos. Mas o prédio em si...

O silêncio rugia ao seu redor.

Lehabah se fora. Não havia voz em seu ombro, resmungando quanto à bagunça.

E Danika... A semifeérica havia guardado a verdade que Micah tinha revelado. O chifre em suas costas, restaurado e operante outra vez. Ela não se sentia diferente... não teria percebido seu despertar se não fosse pelo terrível poder que o arcanjo havia libertado. Pelo menos, um portal não fora aberto. Pelo menos, tinha cuidado daquilo.

Sabia que o mundo a alcançaria. Chegaria a sua porta, em breve.

E ela, talvez, fosse queimada pelo que tinha acabado de fazer.

Então Bryce se arrastou escada acima. A perna estava curada. Cada dor se fora; a sintez expurgada de seu organismo...

Bryce vomitou na lata de lixo ao lado de sua mesa. O veneno no antídoto havia queimado com intensidade quando o tomara, mas aquilo não a impediu. Não até que não restasse nada além de saliva.

Ela devia chamar alguém. Qualquer um.

Mesmo assim, a campainha não tocou. Ninguém apareceu a fim de puni-la pelo que havia feito. Syrinx ainda dormia, encolhido em uma bola. Bryce cruzou a galeria e abriu a porta para o mundo.

Foi então que ouviu os gritos. Ela pegou Syrinx e correu naquela direção.

E, quando chegou, se deu conta do motivo de ninguém a ter procurado, ou ao chifre tatuado em sua carne.

Tinham problemas bem maiores com os quais lidar.

* * *

O caos imperava na Cimeira. A Guarda Asteriana havia decolado, aparentemente a fim de receber instruções de seus mestres, e Sandriel apenas encarava, boquiaberta, as imagens que tinham mostrado Bryce aspirando, impassível, as cinzas do governador, como se tivesse deixado cair migalhas no tapete.

A arcanjo estava distraída o bastante para que Hunt fosse capaz de se mover, enfim. Ele se sentou no assento vazio ao lado de Ruhn e Flynn. A voz baixa.

— Isso foi de mal a pior.

De fato, o Rei Outonal tinha Declan Emmet e dois outros técnicos em seis diferentes computadores, monitorando tudo, da galeria aos noticiários aos movimentos do Aux pela cidade. Tristan Flynn estava mais uma vez ao telefone, discutindo com alguém no comando das forças feéricas.

Ruhn esfregou o rosto.

— Vão matá-la por isso.

Por assassinar um governador. Por provar que uma duende e uma mestiça humana podiam enfrentar um governador e vencer. Era absurdo. Como um peixinho trucidando um tubarão.

Sabine ainda encarava as telas, tão cega quanto o velho Primo, no momento cochilando na cadeira ao seu lado. Um velho e cansado lobo, pronto para seu descanso final. Amelie Ravenscroft, ainda trêmula e pálida, entregou a Sabine um copo d'água. A futura Prima a ignorou.

Do outro lado da sala, Sandriel se levantou, o telefone ao ouvido. Não olhou para nenhum deles enquanto subia as escadas e saía, seus triários se colocando em formação ao seu redor, Pollux já controlado o bastante para recuperar a arrogância.

Hunt sentiu uma queimação no estômago enquanto se perguntava se Sandriel seria coroada Arcanjo de Valbara em alguns instantes. Pollux sorria com entusiasmo o bastante para confirmar a possibilidade. Merda.

Ruhn olhou para Hunt.

— Precisamos de um plano, Athalar.

Para Bryce. Para protegê-la das consequências de algum modo. Se tal coisa sequer fosse possível. Se os asteri já não estivessem decidindo contra ela, já dizendo a Sandriel o que fazer. Para eliminar a ameaça em que Bryce havia se transformado, mesmo sem o chifre tatuado em suas costas.

Pelo menos o *experimento* de Micah havia fracassado. Pelo menos, tinham aquilo.

— Vão matá-la por isso — repetiu Ruhn, mais para si mesmo.

A rainha Hypaxia se sentou do outro lado de Hunt, lançando ao anjo um olhar de aviso conforme erguia uma chave. Ela a encaixou nas algemas do anjo, e as pedras gorsianas bateram na mesa.

— Acredito que tenhamos problemas maiores em mãos — disse ela, apontando para as câmeras da cidade que Declan havia acessado.

O silêncio tomou a sala de conferências.

— Diga o que acha que é — pediu Ruhn.

O experimento de Micah com o chifre não fora um fracasso, afinal.

83

Bryce deu uma olhada no Portão do Coração, na Praça da Cidade Velha, e correu para casa, Syrinx nos braços.

Na verdade, Micah fora bem-sucedido em empunhar o chifre. E o artefato tinha aberto um portal bem no meio do Portão do Coração, usando a magia nas paredes de quartzo. Bryce dera uma olhada no que saía do vórtice suspenso no arco, e soube que Micah não havia conjurado um portal para algum mundo desconhecido, como fora sua intenção. Aquele levava direto ao Inferno.

As pessoas gritavam diante da revoada de demônios alados e escamosos no portão... demônios do próprio Fosso.

Em seu prédio, ela gritou para que Marrin se trancasse no porão, com quaisquer inquilinos que pudesse encontrar. E que ligasse para a família, os amigos, a fim de avisá-los que fossem para algum lugar seguro — abrigos antibomba se conseguissem — e aguardassem com quaisquer armas disponíveis.

Deixou Syrinx no apartamento, serviu uma enorme vasilha de água e tirou a tampa da lata de comida. Ele podia se alimentar. Empilhou cobertores no sofá, aninhando a quimera no meio, e beijou uma vez a cabeça peluda antes de pegar o que precisava e disparar pela porta novamente.

Ela correu para o telhado, vestindo a jaqueta de couro de Danika, então atou a espada da família Fendyr às costas. Prendeu uma das pistolas de Hunt na cintura da calça jeans, pendurou o rifle do anjo no ombro e enfiou tantos pentes de munição quanto conseguiu nos bolsos. Avaliou a cidade, e seu sangue congelou. Era pior — muito pior — do que tinha imaginado.

Micah não tinha apenas aberto um portal para o Inferno no Portão do Coração. Ele abrira um em *cada* portão. Cada um dos sete arcos de quartzo era uma porta para o Inferno.

Gritos vindos de baixo a alcançaram enquanto demônios disparavam do vazio para dentro da cidade indefesa.

Uma sirene soou. Um grito de alerta... e uma ordem.

Abrigos antibomba se abriram, as grossas portas automáticas deslizando para permitir a entrada daqueles já reunidos. Bryce levou seu telefone ao ouvido.

Juniper, para variar, atendeu ao primeiro toque.

— Pelos deuses, Bryce...

— *Vá para algum lugar seguro!*

— Já estou, já estou — soluçou a amiga. — Estávamos fazendo uma prova de figurino com alguns patrocinadores importantes, e viemos todos para o abrigo no fim do quarteirão, e... — Outro soluço. — Bryce, estão dizendo que vão fechar a porta mais cedo.

Pânico invadiu a semifeérica.

— As pessoas precisam entrar. Precisam de cada segundo que você conseguir.

Juniper chorava.

— Eu disse a eles, mas estão histéricos e não me ouvem. Não vão deixar os humanos entrarem.

— Malditos bastardos — sussurrou Bryce, estudando o abrigo ainda aberto no fim do quarteirão... as pessoas correndo para dentro. Os abrigos podiam ser fechados manualmente a qualquer momento, mas todos seriam trancados em uma hora. Selados até a ameaça ser contida.

A voz de Juniper estalou.

— Vou *obrigá-los* a manter as portas abertas. Mas, Bryce, está... — A recepção falhou, provavelmente conforme ela penetrava mais no abrigo, e Bryce olhou para o norte, na direção dos teatros. A poucos metros do Portão do Coração. — Bagunça... — Outro estalo. — Segura?

— Estou segura — mentiu Bryce. — Fique no abrigo. Segure as portas pelo tempo que conseguir.

Mas Juniper, doce e determinada e corajosa, não seria capaz de acalmar uma multidão em pânico. Especialmente uma vestida de privilégios e convencida do próprio direito de viver às custas de todos os outros.

A voz de Juniper crepitou de novo, então Bryce apenas disse:

— Amo você, June. — E desligou.

Ela mandou uma mensagem para Jesiba sobre as portas do Inferno terem sido literalmente abertas, e, quando não recebeu uma resposta de imediato, adicionou outra, dizendo que estava indo até lá, porque alguém tinha de fazê-lo.

Demônios voavam do Portão do Bosque da Lua para os céus. Bryce podia apenas rezar para que o Covil já tivesse sido fechado. Mas o lugar possuía dezenas de guardas e feitiços poderosos. Algumas partes da cidade não tinham nenhuma proteção.

Foi o bastante para fazê-la disparar do telhado pelas escadas. Descer pelo prédio.

Para as ruas caóticas abaixo.

* * *

— Demônios estão saindo de cada portão — reportou Declan sobre o clamor dos vários líderes e dos gritos de seus respectivos times aos telefones. Os portões agora exibiam vórtices pretos em seus arcos. Como se um invisível conjunto de portas tivesse sido aberto em seu interior.

Ele podia ver apenas seis nas telas, já que o Quarteirão dos Ossos não tinha câmeras, mas Declan imaginou ser muito provável que o Portão da Morte, do outro lado do Istros, abarcasse a mesma escuridão. Jesiba Roga não fez qualquer tentativa de contatar o Sub-Rei, mas manteve os olhos grudado nos monitores. O rosto, pálido.

Não importava, pensou Hunt, olhando por sobre o ombro de Declan. Os habitantes do Quarteirão dos Ossos já estavam mortos.

Ligações estavam sendo feitas... muitas sem resposta. Sabine latia ordens para Amelie, as duas com os telefones colados ao ouvido conforme tentavam se comunicar com os alfas das matilhas da cidade.

Em cada tela da sala de conferências, câmeras de toda Cidade da Lua Crescente revelavam uma terra de pesadelos. Hunt não sabia para onde olhar. Cada nova imagem era pior que a anterior. Demônios que reconhecia com clareza assustadora... o pior dos piores... se derramavam pela cidade através dos portões. Demônios que *ele* havia matado com dificuldade. O povo de Lunathion não tinha nenhuma chance.

Não eram demônios urbanos e sofisticados, como Aidas. Não, aqueles eram os peões. As bestas do Fosso. Seus cães malditos, famintos por presas fáceis.

Em CiRo, as bolhas iridescentes dos encantamentos de defesa já brilhavam. Trancando do lado de fora qualquer pessoa pobre ou azarada o bastante para estar nas ruas. Era ali, na frente dos muros revestidos de ferro dos cidadãos mais ricos, que o Aux tinha recebido ordens de se postar. Para proteger os que já estavam seguros.

— Diga a suas matilhas que há lares indefesos onde são necessárias... — rosnou Hunt para Sabine.

— Estamos seguindo os protocolos — grunhiu Sabine em resposta. Amelie Ravenscroft, pelo menos, teve a decência de corar de vergonha e baixar a cabeça. Mas não ousou retrucar.

— Fodam-se os protocolos — vociferou Hunt, e apontou para os monitores. — Aqueles babacas têm feitiços *e* quartos do pânico em suas vilas. As pessoas nas ruas não têm *nada*.

Sabine o ignorou. Mas Ruhn ordenou ao pai:

— Tire nossas forças de CiRo. Envie para onde são necessárias.

O Rei Outonal cerrou os dentes. Mas disse:

— Os protocolos existem por uma razão. Não vamos trocá-los pelo caos.

— Vocês estão de sacanagem? — exigiu Hunt.

O sol da tarde se esgueirava para o horizonte. O anjo não queria pensar no quanto aquilo pioraria ao cair da noite.

— Não me importo se não querem — gritava Tharion ao telefone. — *Diga que vão para a margem.* — Uma pausa. — *Então diga que levem todos que conseguirem carregar para baixo da superfície.*

Isaiah estava do outro lado da sala, também ao telefone.

— Não, aquela dobra do tempo foi apenas algum feitiço que deu errado, Naomi. Sim, fez com que os portões se abrissem. Não, leve a 33ª para a Praça da Cidade Velha. *Leve-os até o Portão da Praça da Cidade Velha imediatamente. Não me importa se forem todos massacrados...* — Isaiah tirou o telefone do ouvido, piscando para a tela.

O Comandante encarou Hunt.

— O DCC está sob ataque. A 33ª está sendo trucidada. — Ele não sabia se Naomi havia caído ou apenas perdido o telefone na luta.

Ruhn e Flynn discavam número após número. Ninguém atendia. Como se os líderes feéricos restantes também estivessem todos mortos.

Sabine conseguiu contato.

— Ithan... informe.

Sem falar nada, Declan conectou o número de Sabine aos alto-falantes da sala. O ofegar de Ithan Holstrom encheu o recinto, sua localização apitando do lado de fora do enfeitiçado e impenetrável Covil. Rosnados ferozes e sobrenaturais, que não pertenciam a lobos, cortavam suas palavras...

— Estão por *toda parte.* Mal conseguimos rechaçá-los...

— Mantenham as posições — ordenou Sabine. — *Mantenham suas posições e esperem novas ordens.*

Tanto humanos quanto vanir fugiam, crianças nos braços, para qualquer abrigo que conseguissem encontrar. Muitos já estavam fechados, selados pelas pessoas histéricas do lado de dentro.

— Quanto tempo até que a 32ª se desloque de Hilene? — perguntou Hunt a Isaiah.

— Uma hora — respondeu o comandante, olhos na tela. No massacre, na cidade em pânico. — Chegarão tarde demais. — E se Naomi tivesse caído, ferida ou morta... *Merda.*

— Cerque o Portão da Rosa *agora.* Vocês estão *entregando* a cidade para eles — retumbava Flynn ao telefone com alguém.

Hunt observou o banho de sangue e analisou as poucas opções da cidade. Precisavam de exércitos a fim de cercar os sete portões abertos para o Inferno... e encontrar um meio de fechar aqueles portais.

Hypaxia havia se levantado da cadeira. Estudava as telas com uma determinação implacável, então disse com calma ao telefone:

— Armem-se e se preparem. Vamos partir.

Todos se viraram para ela. A jovem rainha não pareceu notar. Apenas ordenou para quem estava na linha:

— Para a cidade. Agora.

— Serão todas mortas — sibilou Sabine.

E chegarão tarde demais, Hunt se absteve de dizer.

Hypaxia desligou e apontou para a tela na parede da esquerda, para as imagens da Praça da Cidade Velha.

— Prefiro morrer como ela do que assistir à morte de inocentes sentada aqui.

Hunt se virou para onde a bruxa havia indicado, os pelos da nuca se arrepiando. Como se soubesse o que veria.

Ali, correndo pelas ruas na jaqueta de couro de Danika, espada em uma das mãos e pistola na outra, estava Bryce.

Correndo não do, mas *em* direção ao perigo.

Ela rugia algo sem parar. Declan se concentrou nas transmissões, mudando de câmera para segui-la pela rua.

— Acho que consigo selecionar seu áudio e isolar a voz do barulho de fundo — disse ele para ninguém em particular. E então...

— *Vão para os abrigos!* — gritava ela. As palavras ecoaram pelos cantos da sala.

Finta, golpe, chute. Ela se movia como se tivesse treinado com o Aux a vida toda.

— *Entrem agora!* — clamou ela, virando-se para mirar um demônio alado que bloqueava o ironicamente dourado sol da tarde. A arma disparou e a criatura guinchou, deslizando para um beco. Os dedos voavam pelo teclado conforme Declan a mantinha na tela.

— Para onde ela está indo? — perguntou Fury.

Bryce continuava a correr. A atirar. Ela não errava.

Hunt observou a área em volta da semifeérica e se deu conta de para onde ela se dirigia.

Para a vizinhança mais indefesa da Cidade da Lua Crescente, cheia de humanos sem magia. Nenhum dom sobrenatural ou força.

— Ela está indo para os Prados — respondeu Hunt.

* * *

Era pior do que qualquer coisa que Bryce houvesse cogitado.

Seu braço estava dormente do coice da arma a cada vez que atirava, sangue rançoso a cobria, e não havia fim para o estalo de dentes; as asas coriáceas; os olhos raivosos e sombrios. A tarde sangrava em um pôr do sol vibrante, o céu logo espelharia o sangue nas ruas.

Bryce disparou, o fôlego afiado como uma faca no peito.

Sua pistola era inútil. Ela não perdeu tempo procurando por munição que não mais possuía. Não, apenas arremessou a arma em um demônio alado que mergulhou em sua direção, desorientando-o, e tirou o rifle do ombro. O rifle de Hunt. O cheiro de cedro e chuva do anjo a envolveu enquanto o carregava, e, quando o demônio deu meia-volta, a mandíbula estalando, ela havia atirado.

A cabeça da criatura explodiu em um jato escarlate.

Mesmo assim, ela continuou a correr, abrindo caminho pela cidade. Pelos poucos abrigos ainda abertos, cujos ocupantes faziam o possível para defender. Para ganhar tempo a fim de que outros conseguissem entrar.

Outro demônio se lançou de um telhado, garras curvas se estendendo na direção da semifeérica...

Ela golpeou para cima com a espada de Danika, rasgando a malhada pele cinzenta da besta, da barriga até o pescoço. A coisa caiu na calçada a suas costas, as asas coriáceas quebrando sob o corpo, mas Bryce já se movia outra vez.

Prosseguia. Tinha de prosseguir.

Todo o seu treinamento com Randall, cada hora passada entre pedras e pinheiros nas montanhas perto de casa, cada hora no salão de recreação da cidade, fora tudo para prepará-la.

84

Hunt não conseguia desviar os olhos da transmissão da batalha de Bryce através da cidade. O telefone de Hypaxia tocou em algum lugar a sua esquerda, e a rainha-bruxa atendeu antes do fim do primeiro toque. Ouviu.

— Como assim, as vassouras foram destruídas?

Declan conectou a ligação aos alto-falantes, de modo que pudessem ouvir a voz trêmula da bruxa do outro lado da linha.

— Viraram estilhaços, Vossa Majestade. O arsenal do centro de convenções também. As armas, as espadas... até os helicópteros. Os carros. Tudo destruído.

Pavor se infiltrou nas entranhas de Hunt conforme o Rei Outonal murmurava:

— Micah.

O arcanjo devia ter feito aquilo antes de partir, discretamente e despercebido. Antecipando mantê-los longe enquanto testava o poder do chifre. E Bryce.

— Tenho um helicóptero — revelou Fury. — Eu o deixei fora daqui.

Ruhn se levantou.

— Então partimos já.

Ainda levaria meia hora para chegarem à cidade.

— A cidade virou um matadouro — argumentava Sabine ao telefone. — Mantenham suas posições no Bosque da Lua e em CiRo!

Cada matilha das Tropas Auxiliares participava da ligação, capaz de ouvir uma à outra. Com alguns toques no teclado, Declan havia conectado o telefone de Sabine ao sistema de som da sala de conferências, de modo que o Aux pudesse ouvi-los também. Mas algumas alcateias haviam parado de responder completamente.

— *Mande a merda de uma alcateia para a Praça da Cidade Velha agora!* — vociferou Hunt para Sabine. Até mesmo no helicóptero de Fury, ele chegaria tarde demais. Mas se ao menos alguma ajuda pudesse alcançar Bryce antes que entrasse sozinha na sepultura que seria os Prados...

— *Não sobrou nenhum lobo para a Praça da Cidade Velha!* — revidou Sabine.

Mas o Primo dos Lobos havia, enfim, despertado, e apontava um dedo nodoso e antigo para a tela. Para a transmissão.

— Resta um lobo na Cidade Velha — disse.

Todos olharam então. Para onde ele havia apontado. Para quem ele havia apontado.

Bryce corria pela carnificina, a espada brilhando a cada golpe e finta e corte.

Sabine engasgou.

— É a espada de Danika que está sentindo, pai...

Os olhos senis do primo piscaram para a tela sem ver. A mão crispada sobre o peito.

— Uma loba. — Ele bateu no peito. Bryce continuava a abrir caminho à força até os Prados, continuava a ajudar qualquer um que fugia para os abrigos, cobrindo sua fuga para a segurança. — Uma verdadeira loba.

A garganta de Hunt se fechou a ponto de doer. Ele estendeu a mão para Isaiah.

— Me dê seu telefone.

Isaiah não o questionou nem disse uma palavra conforme lhe entregava o aparelho. Hunt discou um número que havia memorizado, já que não ousara guardá-lo nos contatos. A ligação tocou e tocou antes de ser completada.

— Imagino que seja importante.

— Você me deve um maldito favor — rosnou Hunt, sem se preocupar em se identificar.

— Ah? — respondeu a Rainha Víbora apenas, humor enfeitando a voz profunda.

* * *

Dois minutos mais tarde, Hunt havia se levantado da cadeira, com a intenção de acompanhar Ruhn até o helicóptero de Fury, quando o telefone de Jesiba tocou.

— É Bryce — anunciou a feiticeira, a voz tensa.

Hunt virou a cabeça para a transmissão de vídeo, e, de fato, Bryce havia prendido o telefone à alça do sutiã, na altura do ombro, provavelmente no viva-voz. Ela serpenteava pelos carros enquanto atravessava os limites dos Prados de Asphodel. O sol começava a se pôr, como se Solas os estivesse abandonando.

— Coloque-a nos alto-falantes e conecte a ligação com as linhas do Aux — ordenou Jesiba a Declan, então atendeu o telefone: — Bryce?

A respiração de Bryce parecia ofegante. O rifle crepitou como um trovão.

— Diga a quem quer que esteja na Cimeira que preciso de reforço nos Prados... Estou me dirigindo para o abrigo perto do Portão Mortal.

Ruhn disparou pelas escadas, direto para o alto-falante no centro da mesa.

— Bryce, é um massacre. Entre naquele abrigo antes que todos fechem... — disse ele.

O rifle ribombou, e mais um demônio caiu. Mas outros invadiam a cidade pelos portões, manchando as ruas com sangue, tão certo quanto o vibrante pôr do sol que agora pintava o céu.

Bryce se abaixou atrás de uma caçamba de lixo para se proteger enquanto disparava de novo e de novo. Recarregava.

— Não há reforços para os Prados de Asphodel — disse Sabine.

— Cada matilha está posicionada...

— *Tem crianças aqui!* — berrou Bryce. — *Bebês!*

A sala caiu em silêncio. Um tipo de horror mais profundo se espalhou por Hunt, como tinta na água.

E, então, uma voz masculina ofegou nos alto-falantes:

— Estou a caminho, Bryce.

O rosto ensanguentado de Bryce se contraiu quando ela sussurrou:

— Ithan?

Mas Ithan repetiu, daquela vez com mais urgência:

— Bryce, estou a caminho. *Aguente firme.* — Uma pausa. Então ele acrescentou: — Estamos todos a caminho.

Os joelhos de Hunt tremeram conforme Sabine berrava para Ithan:

— *Você está desobedecendo uma ordem direta de sua...*

Ithan interrompeu a ligação. E cada lobo sob seu comando fez o mesmo.

* * *

Os lobos podiam chegar aos Prados em três minutos.

Três minutos através do Inferno, através de carnificina e morte. Três minutos de uma corrida desabalada, uma disparada para salvar os mais indefesos entre eles.

As crianças humanas.

Os chacais se juntaram a eles. Os coiotes, os cães selvagens e os comuns. As hienas e os dingos. As raposas. Era o que eram. O que sempre haviam sido. Defensores daqueles que não podiam se proteger. Defensores dos pequenos, dos jovens.

Metamorfos ou animais, aquela verdade jazia gravada na alma de cada canino.

Ithan Holstrom corria na direção dos Prados de Asphodel com o peso daquela herança atrás de si, queimando em seu coração. Hunt rezou para que não fosse tarde demais.

85

Bryce sabia que era sorte cega que a mantinha viva. E pura adrenalina que a fazia mirar com tamanha clareza. Tamanha calma.

Porém, a cada quarteirão deixado para trás enquanto o crepúsculo se intensificava, as pernas se moviam mais lentamente. Suas reações tardavam. Os braços doíam, se tornando pesados. Cada puxar de gatilho consumia mais esforço.

Apenas um pouco mais... era tudo de que precisava. Apenas um pouco mais, até que pudesse se assegurar de que todos nos Prados de Asphodel entrassem em um abrigo antes que o último se fechasse. Já não faltava muito.

O abrigo no meio do quarteirão continuava aberto, silhuetas mantinham posição enquanto famílias humanas corriam para dentro. O Portão Mortal ficava a alguns quarteirões ao norte... ainda uma ponte para o Inferno.

Então Bryce se colocou no cruzamento, embainhando a espada de Danika enquanto, mais uma vez, encaixava o rifle de Hunt no ombro. Tinha mais seis tiros.

Ithan chegaria em breve. A qualquer momento.

Um demônio dobrou a esquina, os dedos em garra abrindo sulcos na calçada. O rifle escoiceou o ombro da semifeérica ao disparar. A criatura ainda caía, deslizando pelo chão, quando ela inclinou o rifle e atirou novamente. Outro demônio tombou.

Quatro balas.

— *Corram! Para o abrigo! Larguem as bolsas e corram!* — Os humanos gritavam ordens atrás de Bryce.

Ela atirou em um demônio planando no cruzamento, na direção do abrigo. A criatura caiu a 6 metros da entrada. Os humanos terminaram o trabalho.

Dentro da boca aberta do abrigo, crianças gritavam, bebês choramingavam.

Bryce atirou de novo. De novo. De novo.

Outro demônio pulou da esquina, correndo em sua direção. O gatilho fez *clique*.

Nada. Fim. Vazio.

A criatura saltou, as mandíbulas se abrindo para revelar fileiras gêmeas de dentes afiados como adagas. Apontados para sua garganta. Bryce mal teve tempo de erguer o rifle e atravessá-lo entre o focinho aberto. Metal e madeira rangeram, e o mundo pendeu com o impacto.

Ela e o demônio foram arremessados contra o calçamento, os ossos da semifeérica em agonia. A besta mordeu o rifle. A arma quebrou em duas.

Bryce conseguiu rastejar para longe conforme a criatura cuspia os pedaços do rifle. Com saliva escorrendo da boca nas ruas ensanguentadas, o demônio avançou sobre ela. Parecendo saborear cada passo.

Com a espada embainhada sob o corpo, Bryce buscou a faca na coxa. Como se adiantasse de algo, como se pudesse parar aquilo...

O demônio encolheu os quadris, preparando o bote.

A terra tremeu atrás de Bryce enquanto ela posicionava o punho, faca inclinada para cima...

Uma espada perfurou a cabeça cinzenta da besta.

Uma espada enorme, de pelo menos 1,20 metro, empunhada por um imponente macho de armadura. Luzes azuis cintilavam ao longo da lâmina. Mais faiscavam pela elegante couraça escura e respectivo elmo. E, no peito do macho, brilhava o emblema de uma naja em posição de ataque.

Um dos guarda-costas feéricos da Rainha Víbora.

Seis outros o deixaram para trás, as pedras da calçada tremendo sob seus pés, armas e espadas em punho. Nenhum estupor induzido por veneno à vista. Apenas precisão letal.

E, com os guardas da Rainha Víbora, lobos e raposas e caninos de toda raça irromperam, se lançando no combate.

Bryce se levantou com dificuldade, assentindo para o guerreiro que a havia salvado. O macho feérico apenas deu meia-volta, e suas mãos protegidas pelo metal agarraram um demônio pelos ombros e o destroçaram com um grito poderoso. Ele rasgou a criatura em dois.

Porém, mais do pior do Inferno ribombou e disparou para eles. Então Bryce libertou novamente a espada de Danika das costas.

Pura força de vontade revigorou o braço da semifeérica, que fincou os pés conforme outro demônio galopava pela rua em sua direção. Metamorfos caninos combatiam demônios ao redor, formando uma barreira de pelos e dentes e garras entre a horda iminente e o abrigo atrás deles.

Bryce driblou para a esquerda, deslizando a espada para cima quando o demônio caiu em sua artimanha. Mas a lâmina não cortou o osso até os órgãos vulneráveis e macios abaixo. A criatura rugiu, girando, e atacou novamente. Ela cerrou os dentes e ergueu a espada em desafio, a besta muito enlouquecida para notar que a semifeérica havia se transformado na distração.

Enquanto o imenso lobo cinzento atacava por trás.

Ithan dilacerou o demônio em uma explosão de dentes e garras, tão rápido e brutal que a surpreendeu momentaneamente. Ela havia se esquecido de como ele parecia enorme naquela forma; todos os metamorfos eram, pelo menos, três vezes maiores que os animais comuns, mas Ithan sempre fora ainda maior. Assim como o irmão.

Ithan cuspiu fora a garganta do demônio e se metamorfoseou, o lobo se tornando macho em um raio de luz. Sangue cobria a camiseta azul-marinho e o jeans, exatamente como empapava as roupas da semifeérica, mas, antes que pudessem conversar, os olhos castanhos brilharam alarmados. Bryce se virou e deu de cara com o hálito fétido de um demônio que mergulhava em sua direção.

Ela se abaixou e golpeou com a espada para cima, o urro da besta quase explodindo seus tímpanos enquanto Bryce a deixava arrastar a barriga pela lâmina. Eviscerando-a.

Sangue salpicou seus tênis, sua legging rasgada, mas ela se certificou de que a cabeça do demônio rolasse antes de se voltar para Ithan. No momento que ele desembainhava uma espada e rasgava outro demônio.

Seus olhares se encontraram, e todas as palavras que ela precisava dizer pairaram ali. Bryce as viu nos olhos do lobo também, enquanto ele assimilava de quem eram a jaqueta e a espada que a semifeérica usava.

Mas Bryce lhe ofereceu um sorriso sombrio. Mais tarde. Se, de algum modo, sobrevivessem àquilo, se conseguissem durar mais alguns minutos e chegar ao abrigo... Então conversariam.

Ithan assentiu, compreendendo.

Bryce sabia que não era apenas adrenalina que a impulsionava quando se lançou de volta à carnificina.

* * *

— Os abrigos fecham em quatro minutos — anunciou Declan para a sala de conferências.

— Por que seu helicóptero ainda não chegou? — perguntou Ruhn a Fury. O príncipe se levantou, acompanhado de Flynn.

Axtar verificou seu telefone.

— Está a caminho de...

As portas no alto do auditório se abriram e Sandriel entrou com um vento de tempestade. Não havia sinal de seus triários ou de Pollux enquanto marchava pelas escadas. Ninguém abriu a boca.

Hunt se preparou quando ela lhe lançou um olhar, sentado entre Ruhn, agora de pé, e Hypaxia. As algemas gorsianas jaziam na mesa a sua frente.

Mas ela simplesmente retornou a seu lugar na mesa central. Tinha preocupações maiores em mãos, presumia ele.

— Não há nada que possamos fazer pela cidade com os portões do Inferno abertos — declarou Sandriel, com a atenção dardejando entre as telas e transmissões e notificações. — Nossas ordens são para permanecermos aqui.

— Somos *necessários*... — começou Ruhn.

— Vamos *permanecer aqui.* — As palavras retumbaram como trovão através da sala. — Os asteri estão mandando ajuda.

Hunt afundou no assento, e Ruhn fez o mesmo ao seu lado.

— Que boa notícia — resmungou o príncipe, esfregando as mãos no rosto.

Deviam ter despachado a Guarda Asteriana, então. E mais reforços. Talvez os triários de Sandriel tivessem ido para Lunathion. Podiam ser babacas psicóticos, mas, ao menos, eram úteis em combate. Porra, o Martelo sozinho seria uma bênção para a cidade naquele momento.

— Três minutos até o fechamento dos abrigos — avisou Declan.

No caos generalizado da transmissão de áudio que Declan havia acessado, o uivo de um metamorfo se fez ouvir, avisando a todos para se protegerem. Para abandonar os limites que haviam estabelecido contra a horda, e correr como loucos para a porta ainda aberta.

No entanto, humanos ainda fugiam. Adultos carregando crianças e animais de estimação disparavam para a abertura, pouco maior que uma porta de garagem. Os guerreiros da Rainha Víbora e uns poucos lobos continuavam no cruzamento.

— Dois minutos — disse Declan.

Bryce e Ithan lutavam lado a lado. Quando um cambaleava, o outro assumia. Quando um agia como isca, o outro executava o demônio.

Uma sirene soou pela cidade. Um aviso. Ainda assim, Bryce e Ithan protegiam a esquina.

— Trinta segundos — contou Declan.

— Vá — implorou Hunt. — Vá, Bryce.

Ela trucidou um demônio, se virando para o abrigo, Ithan a acompanhando. Ótimo, ela iria entrar, então poderia esperar até que a

Guarda Asteriana chegasse para varrer aqueles malditos. Talvez eles soubessem como selar os vórtices nos portões.

A porta do abrigo começou a se fechar.

— Eles estão muito longe — disse Fury, em voz baixa.

— Vão conseguir — vociferou Hunt, mesmo enquanto sopesava a distância entre a porta que se fechava lentamente e as duas silhuetas que corriam para ela, o cabelo ruivo de Bryce como um estandarte às costas.

Ithan tropeçou, e Bryce lhe segurou a mão antes que ele pudesse cair. Um corte feio brilhava no flanco do lobo, sangue lhe empapava a camiseta. Como o macho sequer conseguia correr...

A porta estava fechada pela metade. Mais centímetros a cada segundo.

Lá de dentro, uma mão humanoide com garras segurou a borda. Múltiplos pares de mãos.

E, então, uma loba jovem, de pelo castanho, apareceu, dentes cerrados, rosto lupino, rugindo enquanto lutava contra o inevitável. Enquanto cada um dos lobos a suas costas segurava a porta deslizante e tentava freá-la.

— Quinze segundos — sussurrou Declan.

Bryce corria e corria e corria.

Um a um, os lobos da matilha de Ithan soltaram a porta. Até que apenas a jovem fêmea ainda a segurava, um pé entre ela e a parede de concreto, gritando em desafio...

Ithan e Bryce investiram para o abrigo, o foco do lobo unicamente na porta.

Restavam apenas 90 centímetros. Não havia espaço para ambos. O olhar de Bryce disparou para o rosto de Ithan. Tristeza lhe encheu os olhos. E determinação.

— Não — sussurrou Hunt, sabendo exatamente o que ela faria.

Bryce atrasou o passo. Apenas o bastante para reunir sua força feérica e empurrar Ithan para a frente. Para salvar o irmão de Connor Holstrom.

Ithan se virou para Bryce, os olhos faiscando de raiva e desespero e mágoa, a mão esticada, mas tarde demais.

A porta de metal se fechou com um estrondo que pareceu ecoar pela cidade.

Que *ecoou* pela cidade conforme cada porta de abrigo enfim se fechava.

Seu ímpeto era muito intenso para desacelerar a tempo. Bryce bateu contra a porta de metal, grunhindo de dor.

Ela se virou, o rosto sem cor. Procurando por alternativas, não encontrou nenhuma.

Hunt leu sua expressão. Pela primeira vez, Bryce não tinha ideia do que fazer.

* * *

Cada parte de Bryce tremia quando ela procurou abrigo em uma alcova estreita, o crepúsculo uma vibrante onda de laranja e rubi... como o último grito do mundo antes da noite iminente.

Os demônios haviam prosseguido, e mais chegariam. Logo. Enquanto os portões fossem portais para o Inferno, nunca iriam parar de chegar.

Alguém — Ithan, provavelmente — começou a bater na porta do abrigo a suas costas. Como se para atravessar o metal à unha, para abrir uma passagem a fim de que a semifeérica entrasse. Ela ignorou o som.

Os guerreiros da Rainha Víbora eram lampejos de metal e luz a distância, ainda lutando no fim da rua. Alguns haviam caído, pilhas fumegantes de armadura e sangue.

Se conseguisse chegar ao apartamento, o lugar tinha encantamentos suficientes para protegê-la e quaisquer outros que pudesse levar para dentro. Mas ficava a vinte quarteirões dali. Tanto fazia se fossem vinte quilômetros.

Uma ideia surgiu, e ela a sopesou, cogitando. Poderia tentar. Tinha de tentar.

Bryce inspirou fundo para se preparar. Em sua mão, a espada de Danika tremia como junco ao vento.

Podia dar certo. De algum modo, acharia uma maneira.

Ela se lançou nas ruas escorregadias de sangue, espada em riste. Não olhou para trás, para o abrigo a suas costas, enquanto corria, a memória instintiva do mapa da cidade entrando em ação para guiá-la pela rota mais rápida. Um rosnado rugiu da esquina, e Bryce mal teve tempo de erguer a espada e interceptar o demônio. Ela o decapitou parcialmente, e já estava correndo de novo, antes mesmo que a besta atingisse o chão. Tinha de se manter em movimento. Tinha de chegar à Praça da Cidade Velha...

Metamorfos mortos e soldados da Rainha Víbora jaziam nas ruas. Muito mais corpos humanos ao redor. A maioria aos pedaços.

Outro demônio disparou do céu rubro...

Ela gritou quando ele a acertou nas costas, jogando-a contra um carro com tanta força que as janelas se estilhaçaram. Teve apenas um segundo para abrir a porta do passageiro e entrar antes que a criatura investisse de novo. Atacasse o carro.

Bryce pulou os braços e a marcha, lutando para chegar à porta do motorista. Ela puxou a maçaneta e caiu na rua, o demônio tão concentrado em retalhar os pneus no lado oposto que não a viu sair em disparada.

A Praça da Cidade Velha. Se ela conseguisse chegar à Praça da Cidade Velha...

Dois demônios a perseguiam. A única coisa que podia fazer era correr enquanto a luz começava a desvanecer.

Sozinha. Estava sozinha ali.

86

A cidade começava a se aquietar. Toda vez que Declan checava o áudio em outro distrito, mais gritos haviam sido calados, interrompidos um a um.

Não por calma ou salvação. Hunt sabia.

Os vórtices nos portões continuavam abertos. O pôr do sol dera lugar a um céu púrpura como hematoma. Quando a verdadeira noite caísse, o anjo podia imaginar que tipo de horrores o Inferno enviaria. O tipo que não apreciava a luz, que tinha sido criado e treinado para caçar na escuridão.

Bryce ainda estava lá fora. Um erro, um passo em falso, e acabaria morta.

Não haveria cura, regeneração. Não sem a Descida.

Ela chegou ao limite da Praça da Cidade Velha. Mas não procurou se proteger. Não, ela parecia correr na direção do Portão do Coração, de onde um fluxo de demônios havia saído, como se o Inferno estivesse, de fato, esperando a noite genuína para começar o segundo round.

O coração do anjo ribombava quando ela parou no quarteirão à frente do portão. Quando ela se escondeu em uma alcova de um abrigo próximo. Iluminada pelo poste de primalux ao lado, ela deslizou para o chão, a espada frouxa na mão.

Hunt conhecia aquela postura, o ângulo de sua cabeça.

Um soldado que tinha travado uma batalha dura, digna. Um soldado que estava exausto, mas aproveitaria o momento, aquele momento derradeiro, para se recuperar antes da investida final.

Hunt arreganhou os dentes para a tela.

— *Levante, Bryce.*

Ruhn balançava a cabeça, puro terror em sua expressão. O Rei Outonal não disse nada. Não fez nada enquanto assistia à filha na transmissão que Declan conectou ao monitor central.

Bryce mexeu na camisa em busca do telefone. As mãos tremiam tanto que mal conseguia segurá-lo. Mas ela apertou um botão na tela e o levou à orelha. Hunt também sabia o que aquilo significava. A última chance de se despedir dos pais, das pessoas que amava.

Um leve toque soou na sala de conferências. Da mesa no centro. Hunt olhou para Jesiba, mas o telefone da feiticeira continuava apagado. O de Ruhn também. Todos ficaram em silêncio enquanto Sandriel pegava o telefone do bolso. O telefone de Hunt.

Sandriel olhou para ele, o choque abrandando sua expressão. Cada pensamento fugiu da mente do anjo.

— Passe o telefone para ele — ordenou Ruhn.

Sandriel, para surpresa de Hunt, obedeceu. Com mãos trêmulas, ele atendeu.

— Bryce?

No vídeo, ele podia ver os olhos arregalados da semifeérica.

— Hunt. — A voz soou rouca. — Eu... eu pensei que iria direto para a caixa postal...

— A ajuda está chegando, Bryce.

O puro terror naquele rosto conforme ela observava os últimos raios de sol o destroçou.

— Não... não, será tarde demais.

— Não será. Preciso que se levante, Bryce. Vá para um lugar seguro. *Não* se aproxime desse portão.

Ela mordeu o lábio, trêmula.

— Ainda está aberto...

— *Vá para o apartamento e fique lá até que cheguem reforços.*

O terror histérico no rosto da semifeérica se transformou em certa calma com aquela ordem. Foco. Ótimo.

— Hunt, preciso que ligue para minha mãe.

— Não comece com esse tipo de adeus...

— Preciso que ligue para minha mãe — disse ela, com voz baixa. — Preciso que lhe diga que a amo, e que tudo o que sou é graças a ela. A sua força e sua coragem e seu amor. E que lamento por toda merda que a fiz passar.

— Pare...

— Diga a meu pai... — sussurrou ela. O Rei Outonal enrijeceu. Olhou para Hunt. — Diga a Randall — esclareceu — que me orgulho de chamá-lo de pai. Que ele é o único pai que eu tive.

Hunt podia jurar que algo como vergonha brilhou no semblante do Rei Outonal. Mas o anjo implorou:

— Bryce, você precisa ir para um lugar seguro *agora.*

Ela não fez tal coisa.

— Diga a Fury que eu menti. Que contaria a verdade a ela, eventualmente. — Do outro lado da sala, a assassina tinha lágrimas correndo pelo rosto. — Diga a Juniper... — A voz de Bryce falhou. — Diga a ela que sei por que ela me impediu de pular. Foi para que eu chegasse até aqui... para ajudar no dia de hoje.

O coração de Hunt se despedaçou por completo. Ele nunca soubera que as coisas tinham chegado àquele ponto...

— Diga a Ruhn que o perdoo — pediu Bryce, tremendo outra vez. Lágrimas desciam pelo rosto do príncipe. — Eu o perdoei há muito tempo — confessou Bryce. — Apenas não sabia como contar. Diga a ele que lamento ter escondido a verdade, e o que fiz foi apenas porque o amo e não queria lhe tirar nada. Ele sempre será o melhor entre nós.

A agonia no semblante de Ruhn se transformou em confusão.

Mas Hunt não podia mais suportar. Não podia ouvir outra palavra daquilo.

— Bryce, por favor...

— Hunt. — O mundo inteiro silenciou. — Eu estava esperando por você.

— Bryce, querida, apenas volte para o apartamento e me dê uma hora, e...

— Não — murmurou ela, fechando os olhos. Ela colocou a mão no peito. Sobre o coração. — Eu estava esperando por você... aqui.

Então Hunt não conseguiu conter as próprias lágrimas.

— Estava esperando por você também.

Ela sorriu, mesmo enquanto soluçava outra vez.

— Por favor — implorou Hunt. — Por favor, Bryce. Você precisa ir *agora*. Antes que mais demônios atravessem.

Ela abriu os olhos e se levantou conforme pura noite caía. Encarou o portão no meio do quarteirão.

— Eu o perdoo... por aquela merda com a sintez. Por tudo. Nada importa. Não mais. — Ela encerrou a ligação e apoiou a espada de Danika na parede da alcova do abrigo. Com cuidado, pousou o telefone no chão ao lado da lâmina.

Hunt ficou de pé num pulo.

— *BRYCE*...

Ela correu para o portão.

87

— Não — repetia Ruhn, sem parar. — Não, *não*...

Mas Hunt nada ouvia. Nada sentia. Tudo tinha desmoronado dentro do anjo no momento que ela desligara.

Bryce pulou a grade ao redor do portão e estacou diante do imponente arco. Diante do terrível vórtice preto em seu interior.

Uma leve e alva radiância começou a brilhar a sua volta.

— O que é aquilo? — sussurrou Fury.

A luz tremeluziu, ficando mais brilhante na noite.

O bastante para iluminar as mãos esguias que seguravam uma luz pulsante, reluzente diante do peito.

A luz vinha *de* seu peito... havia sido tirada dali. Como se tivesse vivido na semifeérica o tempo todo. Os olhos de Bryce estavam fechados, o rosto, sereno.

O cabelo redemoinhava ao redor da cabeça. Alguns destroços também flutuavam ao seu redor. Como se a gravidade não mais existisse.

A luz que segurava era tão pura que banhava o restante do mundo em cinza e preto. Lentamente, seus olhos se abriram, o âmbar pulsante como os primeiros raios da aurora. Um sorriso suave, secreto, enfeitou seus lábios.

Seus olhos se ergueram para o portão assomando sobre ela. A luz entre suas mãos se intensificou.

Ruhn caiu de joelhos.

— Sou Bryce Quinlan — disse ela ao portão, ao vórtice, a todo Inferno contido ali. A voz soava serena... sábia e feliz. — Herdeira dos Feéricos Estrelados.

A terra se abriu sob os pés de Hunt conforme a luz entre aquelas mãos, a estrela que ela havia colhido do coração partido, brilhava tão radiante quanto o sol.

* * *

Danika ajoelhou no asfalto, mãos entrelaçadas atrás do cabelo ensopado de sangue. Os dois ferimentos a bala em sua perna tinham parado de sangrar, mas Bryce sabia que os projéteis continuavam alojados na coxa. A dor ao ajoelhar tinha sido insuportável.

— Sua maldita vaca — cuspiu o metamorfo viperino, abrindo o tambor da arma com precisão brutal. As balas estavam a caminho; assim que o cúmplice as encontrasse, aquela arma seria recarregada.

A dor no braço machucado de Bryce parecia insignificante. Tudo aquilo era insignificante face àquela arma.

A moto fumegava a dez metros de distância, o rifle jogado ainda mais longe, na vegetação árida. Adiante na estrada, a caminhonete aguardava, a caçamba cheia com todos aqueles animais apavorados, a caminho sabiam lá os deuses de onde.

Elas haviam fracassado. Sua louca tentativa de resgate havia fracassado.

Os olhos cor de caramelo de Danika encontraram os do metamorfo viperino. O líder daquela terrível rede de contrabando. O macho responsável por aquele momento, quando o tiroteio que havia ocorrido a 150 quilômetros por hora tinha saído pela culatra. Danika estivera pilotando a moto, um dos braços colados à perna de Bryce para se equilibrar enquanto mirava o rifle. Acertava os dois sedãs do metamorfo, cheios de machos igualmente detestáveis, com a intenção de machucar e vender aqueles animais. Estavam chegando perto da caminhonete em fuga quando o macho diante delas conseguira acertar um tiro no pneu da moto.

A moto havia capotado, e Danika tinha reagido com velocidade lupina. Havia envolvido o próprio corpo ao redor do de Bryce e absorvido a maior parte do impacto.

A pele esfolada, a pélvis fraturada... Tudo graças àquilo.

— Bryce — sussurrou Danika, as lágrimas correndo pelo rosto agora que a realidade daquela merda colossal a atingia. — Bryce, eu amo você. E lamento.

Bryce balançou a cabeça.

— Eu não lamento. — A verdade.

E, então, o cúmplice do metamorfo viperino voltou, balas na mão. Seu tilintar conforme eram carregadas na arma ecoou nos ossos de Bryce.

— Amo você, Bryce — soluçou Danika.

As palavras pairavam entre elas. Rasgavam o coração de Bryce.

— Amo você — repetiu Danika.

Danika jamais dissera aquelas palavras para ela. Nem sequer uma vez, nos quatro anos de faculdade. Nunca, para ninguém, Bryce sabia. Nem mesmo para Sabine.

Especialmente, nunca para Sabine.

A semifeérica observou as lágrimas rolarem pelo rosto orgulhoso e valente de Danika. Um fecho se abriu no coração de Bryce. Em sua alma.

— Feche os olhos, Danika — disse, baixinho. Danika apenas a encarou.

Somente por esse motivo. Somente por Danika ela faria aquilo, arriscaria aquilo.

O cascalho ao redor de Bryce começou a tremer. Começou a flutuar. Os olhos de Danika se arregalaram. O cabelo de Bryce ondulou, como se submerso. Como se no espaço profundo.

O metamorfo viperino terminou de carregar a arma e a apontou para o rosto de Danika. Um passo atrás, seu comparsa sorria.

Bryce sustentava o olhar de Danika. Não desviou os olhos enquanto repetia:

— Danika, feche os olhos.

Trêmula, Danika obedeceu. Fechou bem os olhos.

O metamorfo soltou a trava de segurança da arma, sem nem mesmo olhar para Bryce e os detritos que flutuavam até o céu.

— Sim, melhor fechar os olhos, sua...

Bryce explodiu. Luz branca, ofuscante, irrompeu da semifeérica, libertada daquele lugar secreto em seu coração.

Bem nos olhos do metamorfo viperino. Ele gritou, unhando o rosto. Brilhante como o sol, Bryce se adiantou.

A dor esquecida, ela pegou a arma em um piscar de olhos. Então a torceu, de modo que ele a deixou cair em sua palma. Outro movimento e ele estava esparramado no asfalto.

Para onde ela disparou aquela bala destinada a Danika, direto em seu coração.

O cúmplice gritava, de joelhos e unhando os olhos. Bryce atirou novamente.

Ele parou de gritar.

Mas Bryce não parou de queimar. Não enquanto corria até a cabine da caminhonete... em busca da última víbora, então tentando ligar o motor. Danika tremia no chão, as mãos sobre a cabeça, olhos fechados contra a claridade.

O metamorfo viperino desistiu do motor e fugiu da cabine, correndo pela estrada. Bryce mirou, exatamente como Randall a havia ensinado, e esperou pelo tiro perfeito.

Outro estalo da arma. O macho caiu.

Bryce ardeu por um longo momento, o mundo mergulhado em branco ofuscante.

Devagar, com cuidado, ela recolheu a luz para dentro de si mesma. Sufocou-a, o segredo que ela e os pais guardaram por tanto tempo. Do pai. Dos asteri, de Midgard.

De Ruhn.

A pura luz de uma estrela... de outro mundo. De muito, muito tempo atrás. O dom dos antigos feéricos renascido. Luz, mas nada mais que aquilo. Não um asteri, que possuía a energia brutal das estrelas. Apenas luz.

Não significava nada para ela. Mas os dons de Estrelado, o título... sempre significaram algo para Ruhn. E, naquela primeira vez que o encontrara, tinha tido a intenção de compartilhar seu segredo com o irmão. Ele tinha sido gentil, feliz em conhecer uma nova irmã. Instintivamente compreendera que podia confiar a ele seu segredo, aquela coisa oculta.

Mas, então, ela havia testemunhado a crueldade do pai. Visto como aquele dom Estrelado dava ao irmão uma pequena vantagem contra aquele maldito monstro. Constatado o orgulho que o irmão negava, mas sem dúvida sentia, de ser um Estrelado, abençoado e escolhido por Urd.

Ela não teve coragem de dizer a verdade a Ruhn. Mesmo depois que as coisas degringolaram entre eles, ela a escondeu. Jamais diria a ninguém... absolutamente ninguém. Exceto a Danika.

Céu azul e oliveiras se infiltraram no cenário, a cor retornando ao mundo enquanto Bryce escondia os resquícios de sua luz estelar no peito. Danika ainda tremia no asfalto.

— Danika — chamou Bryce.

A loba tirou as mãos do rosto. Abriu os olhos. Bryce esperou pelo terror sobre o qual a mãe a tinha advertido, caso alguém descobrisse o que podia empunhar. A estranha e terrível luz que tinha vindo de outro mundo.

Mas havia apenas admiração no rosto de Danika.

Admiração... e amor.

* * *

Bryce, parada diante do portão, segurando a estrela que mantinha escondida dentro do coração, deixou a luz se expandir. Deixou-a fluir do peito, livre e pura.

Mesmo com o vórtice a poucos metros adiante, o Inferno apenas um passo além, uma estranha sensação de calma a invadiu. Ela havia mantido aquela luz um segredo por tanto tempo, tinha vivido em puro terror de que alguém descobrisse que, apesar de tudo, foi tomada pelo alívio.

Foram tantas as vezes, naquelas semanas, em que tivera a certeza de que Ruhn se daria conta afinal. A óbvia falta de interesse em descobrir qualquer coisa relacionada ao primeiro Príncipe Estrelado, Pelias, e à rainha Theia tinha beirado o suspeito, ela temera. E quando ele tinha pousado Áster na mesa da biblioteca da galeria e a espada cantara, cintilante, ela tivera de se esquivar fisicamente para evitar o instinto de tocá-la, de responder à silenciosa e adorável canção.

Sua espada... era sua espada e de Ruhn. E com aquela luz nas veias, com a estrela adormecida dentro de seu coração, Áster a havia reconhecido, não como uma feérica digna e da realeza, mas como *semelhante.* Semelhante àqueles que a tinham forjado havia tanto tempo.

Os semelhantes se atraíam. Nem mesmo o veneno de kristallos em sua perna tinha sido capaz de sufocar a essência do que era. Bloqueou seu acesso à luz, mas não o que jazia gravado em seu sangue. No momento que o veneno foi retirado de sua perna, enquanto os lábios de Hunt encontravam os seus pela primeira vez, ela havia sentido o dom despertar novamente. Livre.

E lá estava ela, a luz estelar crescendo em suas mãos.

Era um dom inútil, tinha decidido quando criança. Não valia de nada cegar pessoas, como fizera aos capangas do pai, quando foram atrás dela, da mãe e de Randall, como fizera ao Oráculo, quando a vidente espiou seu futuro e contemplou apenas sua luz ofuscante, como fizera àqueles babacas contrabandistas.

Somente a inabalável arrogância feérica e pretensão do pai o tinham impedido de chegar àquela conclusão depois de sua visita ao Oráculo. O macho era incapaz de imaginar alguém que não um feérico puro-sangue abençoado pelo destino.

Abençoado... como se aquele dom a tornasse especial. Não tornava. Era um antigo poder, mais nada. Ela não tinha nenhum interesse no trono ou na coroa ou no palácio que o acompanhavam. Nenhum.

Mas Ruhn... Ele podia alegar o contrário, mas a primeira vez que lhe contou sobre seu Ordálio, quando havia recuperado a espada de seu antigo lugar de descanso em Avallen, Bryce havia visto como seu rosto brilhara de orgulho por ter sido capaz de tirar a espada da pedra.

Então ela o deixara ter aquilo, o título e a espada. Havia tentado abrir os olhos de Ruhn para a verdadeira natureza do pai sempre que podia, mesmo que aquilo fizesse o rei se ressentir ainda mais da semifeérica.

Bryce teria guardado o segredo ardente e brilhante dentro de si até o dia de sua morte. Mas havia percebido o que tinha de fazer por sua cidade. Pelo mundo.

Os últimos filamentos fluíram de seu peito, toda a luz agora abrigada em suas mãos.

Jamais fizera aquilo antes... removera a própria estrela em sua integridade. Tinha apenas brilhado e cegado, nunca invocado seu núcleo ardente de dentro de si. Seus joelhos cederam, e ela rangeu os dentes com o esforço de manter a luz no lugar.

Pelo menos, havia falado com Hunt uma última vez. Não tinha alimentado esperanças de que ele atendesse. Tinha imaginado que a ligação iria direto para a caixa postal, onde poderia falar tudo o que queria. As palavras que ainda não havia lhe dito em alto e bom som.

Não se permitiu pensar no assunto conforme dava o último passo na direção do arco de quartzo do portão.

Ela era uma Estrelada, e o chifre repousava em seu corpo, restaurado e agora cheio de sua luz.

Aquilo tinha de funcionar.

O quartzo do portão era um condutor. Um prisma. Capaz de absorver luz e energia e refratá-los. Ela fechou os olhos, lembrando os arco-íris que enfeitaram o portão no último dia de vida de Danika, quando as duas o tinham visitado juntas. Feito seus pedidos.

Aquilo tinha de funcionar. Um último pedido.

— *Feche* — sussurrou Bryce, trêmula.

E ela lançou sua luz estelar na pedra translúcida do portão.

88

Hunt não encontrou palavras em sua mente, em seu coração, enquanto Bryce impelia sua brilhante luz estelar para dentro do portão.

Luz ofuscante explodiu da pedra cristalina do portão.

Encheu a praça, espraiando por quarteirões. Demônios flagrados em seu caminho gritavam ao ser cegados, então fugiam. Como se lembrados a quem a luz um dia havia pertencido. Como o Príncipe Estrelado tinha combatido suas hordas com ela.

A linhagem Estrelada havia se mostrado verdadeira... duas vezes.

O rosto de Ruhn empalideceu enquanto ele permanecia ajoelhado e assistia à irmã, ao portão resplandecente. Ao que ela havia declarado ao mundo. Ao que ela havia revelado ser.

Sua rival. Uma ameaça a tudo o que esperava herdar.

Hunt sabia como os feéricos resolviam disputas pelo trono.

Bryce possuía a luz de uma estrela, como não tinha sido testemunhado desde as Primeiras Guerras. Jesiba parecia ter visto um fantasma. Fury olhava a tela, boquiaberta. Quando a luz se extinguiu, Hunt prendeu o fôlego.

O vórtice dentro do portão havia sumido. De algum modo, ela tinha canalizado a luz pelo chifre... e selado o portal.

No silêncio atônito da sala de conferências, eles assistiram ao ofegar de Bryce, apoiada na lateral do portão, antes de ela deslizar pelos ladrilhos de ardósia. O arco de cristal ainda brilhava. Um refúgio temporário que faria os demônios pensarem duas vezes antes de se aproximar, com medo de um descendente dos Estrelados.

Mas o restante dos portões da cidade permanecia aberto.

Um telefone tocou... uma ligação externa, conectada aos alto-falantes da sala. Hunt esquadrinhou o recinto, procurando o culpado, e encontrou o Rei Outonal com o telefone nas mãos. Mas o macho, aparentemente, estava furioso demais para se importar com quem ouvia sua conversa. Declan Emmet não deu sinal de sequer tentar tornar a ligação privada quando Ember Quinlan atendeu o telefone e disse:

— Quem é...

— Por todos esses anos você sabia que ela era uma feérica Estrelada e *mentiu* para mim — vociferou o rei.

Ember não se abalou.

— Venho esperando essa ligação por mais de vinte anos.

— Sua *puta*...

Uma risada baixa, sofrida.

— Quem você acha que derrotou seus capangas há tantos anos? Certamente não Randall nem eu. Eles a tinham agarrado pelo pescoço. E nos tinham sob a mira. — Outra risada. — Ela percebeu o que iriam fazer comigo. Com Randall. E ela *cegou* os malditos.

O que cega um Oráculo?

Luz. Luz como a possuída pelos Estrelados.

Bryce ainda estava sentada, apoiada no arco e respirando com dificuldade. Como se invocar aquela estrela, empunhar o chifre, a tivesse consumido.

— Aqueles livros alegavam que havia múltiplos Estrelados nas Primeiras Guerras — murmurou Ruhn, mais para si mesmo. — Eu disse a ela... — Ele piscou, lentamente. — Ela já sabia.

— Ela mentiu porque ama você — grunhiu Hunt. — Para que pudesse manter seu título.

Porque comparado aos poderes de Estrelado que tinha visto em Ruhn... os de Bryce eram abundantes. O rosto pálido de Ruhn se contraiu de dor.

— Quem sabia? — perguntou o Rei Outonal. — Aquelas malditas sacerdotisas?

— Não. Somente eu e Randall — respondeu Ember. — E Danika. Ela e Bryce se meteram em coisa séria na faculdade, e tudo veio à tona. Ela também cegou os machos daquela vez.

Hunt se lembrava da foto na cômoda do quarto de hóspedes... tirada depois do episódio. A proximidade e exaustão das amigas era o resultado não apenas de uma batalha travada e vencida, mas de um segredo mortal enfim revelado.

— Os testes não mostraram poder — argumentou o Rei Outonal.

— Sim — disse Ember, calmamente. — Estavam corretos.

— *Explique-se.*

— É um dom de luz estelar. Luz, nada mais. Nunca significou nada para nenhum de nós, mas para seu povo... — Ember hesitou. — Quando Bryce tinha 13 anos, ela concordou em visitar você. Encontrá-lo, para ver se podia lhe confiar o que possuía, sem que se sentisse ameaçado.

Para ver se ele podia tolerar que tal dom tivesse passado para uma mestiça, e não para Ruhn.

No entanto, o anjo não via nenhum medo no rosto de Ruhn. Nenhuma inveja ou dúvida. Apenas mágoa.

— Mas, então, Bryce conheceu seu filho. E me disse que, quando percebeu o orgulho do príncipe de seu status de Escolhido, ela se deu conta de que não podia tirar aquilo do irmão. Não quando também percebeu que era o único valor que *você* dava a ele. Mesmo que aquilo significasse que seria negado a ela o que lhe era de direito, mesmo que revelar seu dom significasse vantagem sobre você, ela não faria isso a Ruhn. Porque ela o amava mais do que odiava você.

O semblante de Ruhn ruiu.

— *E, então, você a deixou na sarjeta, como lixo* — cuspiu Ember. Ela deu outra risada entrecortada. — Espero que ela finalmente lhe retorne o favor, seu maldito babaca. — E desligou.

O Rei Outonal arremessou a jarra de água a sua frente pela sala, com tanta força que se espatifou na parede.

O sangue de Hunt vibrou em suas veias conforme recordava uma conversa de semanas antes: como ele havia falado sobre dons que, na verdade, não queria ter. Bryce concordara, para sua surpresa, e em seguida parecia ter se contido, antes de fazer piada sobre seu dedo podre para babacas. Disfarçando, escondendo a verdade.

Uma suave mão feminina cobriu a de Hunt. Rainha Hypaxia. Os olhos castanho-escuros brilharam quando ele a encarou, surpreso. Seu poder o atravessava como uma canção calorosa. Uma martelada em cada muro e obstáculo colocado no anjo. E ele sentiu aquele poder se concentrar no feitiço do halo em sua testa.

A bruxa havia lhe perguntado, semanas antes, o que ele faria se ela o removesse. Quem mataria.

O primeiro alvo estava naquela sala com eles. Os olhos dardejaram na direção de Sandriel, e o queixo de Hypaxia desceu, como se em concordância.

Bryce ainda estava sentada, apoiada no portão. Como se tentasse reunir forças. Como se sopesasse como podia fazer o mesmo mais seis vezes.

Demônios em ruas próximas contemplavam a luz estelar ainda brilhando da Praça da Cidade Velha e mantinham distância. Sim, eles se lembravam dos Estrelados. Ou conheciam os mitos.

Aidas descobrira. Vinha observando-a todos aqueles anos, esperando que se revelasse.

O poder de Hypaxia fluía de modo silencioso e despercebido para dentro de Hunt.

Sandriel guardou o telefone no bolso. Como se o estivesse usando embaixo da mesa.

Ruhn também percebeu.

— O que você fez? — perguntou o Príncipe Herdeiro dos Feéricos com uma calma brutal.

Sandriel sorriu.

— Resolvi um problema.

O poder rugia dentro do anjo. Ela havia contado aos asteri tudo o que vira. Não apenas sobre o que brilhava nas veias de Bryce... mas sobre o chifre também.

Com certeza, já estavam mascarando a informação. Rapidamente. Antes que alguém mais pudesse analisar os dons de Bryce. O que as pessoas fariam se soubessem que uma fêmea humana mestiça, herdeira da linhagem dos Estrelados, agora empunhava o chifre no próprio corpo? Capaz de ser usado somente por ela...

A verdade se encaixava.

Foi por isso que Danika tatuara o chifre em Bryce. *Somente* a linhagem Estrelada podia usar o chifre.

Micah tinha acreditado que a sintez e o sangue de Bryce seriam o bastante para permitir que ele empunhasse o chifre, compensando a necessidade de verdadeiro poder Estrelado. De fato, o chifre tinha sido reparado... mas apenas funcionou porque Bryce era herdeira da linhagem dos Estrelados. Artefato e portador haviam se tornado um.

Se Bryce assim o desejasse, o chifre poderia abrir um portal para qualquer mundo, qualquer reino. Exatamente como Micah tinha ambicionado. Mas aquele tipo de poder — ainda mais nas mãos de uma mestiça humana — podia colocar em risco a soberania dos asteri. E os asteri eliminavam qualquer ameaça a sua autoridade.

Um rugido começou a crescer nos ossos de Hunt.

— Eles *não podem* matá-la. Ela é a única que pode fechar aqueles malditos portões — vociferou Ruhn.

Sandriel se recostou na cadeira.

— Ela ainda não completou a Descida, príncipe. Portanto, eles certamente podem. — A arcanjo acrescentou: — E parece que ela está completamente esgotada, de qualquer modo. Duvido que seja capaz de fechar um segundo portão, quanto mais seis.

Os dedos de Hunt se crisparam.

Hypaxia o encarou de novo e sorriu. Um convite e um desafio. A magia da rainha cintilava através do anjo, sobre sua testa.

Sandriel havia avisado aos asteri... então, eles matariam Bryce.

Sua Bryce. A atenção de Hunt se concentrou na nuca de Sandriel.

E ele se ergueu conforme a magia de Hypaxia dissolvia o halo em seu cenho.

89

A sala de conferências tremeu.

Ruhn havia distraído Sandriel, enredado a arcanjo em uma conversa, enquanto a rainha Hypaxia libertava Hunt do poder do halo. Ele tinha sentido a onda de poder no fim da mesa, então visto a auréola de Athalar começar a brilhar, e entendera o que a bruxa, mão sobre a de Hunt, fazia.

Não havia nada além de morte gélida nos olhos do anjo quando a tatuagem do halo se rompeu. A verdadeira face do Umbra Mortis.

Sandriel deu meia-volta, se dando conta, tarde demais, de quem estava agora a suas costas. Nenhuma marca no cenho. Algo como puro terror atravessou o rosto da arcanjo conforme Hunt arreganhava os dentes.

Relâmpagos coroavam as mãos do anjo. As paredes estalaram. Detritos choveram do teto.

Sandriel foi muito lenta.

Ruhn sabia que a arcanjo havia assinado a própria sentença de morte quando não voltou acompanhada de seus triários. E a carimbou com o selo oficial no momento que revelou ter colocado Bryce na linha de fogo dos asteri.

Até mesmo seu poder de arcanjo não poderia protegê-la de Athalar. Do que ele sentia por Bryce.

O relâmpago de Athalar varreu o chão. Sandriel mal teve tempo de erguer os braços e invocar a força de um vendaval antes de Hunt alcançá-la.

Relâmpago irrompeu, toda a sala crepitando com ele.

Ruhn se jogou debaixo de uma mesa, levando Hypaxia com ele. Placas de pedra acertaram a superfície sobre os dois. Flynn xingou ao seu lado, e Declan se agachou, atracado a um laptop. Uma nuvem de detritos encheu o espaço, engasgando a todos. Éter cobria a língua de Ruhn.

Relâmpago brilhou, lambendo e crepitando pela sala.

Então o tempo se alterou e desacelerou, arrastado, arrastado, arrastado...

— *Porra* — dizia Flynn, ofegante, cada palavra uma eternidade e um instante, o mundo tombado de novo, desacelerando e se arrastando. — *Porra.*

Em seguida, o relâmpago sumiu. A nuvem de destroços pulsava e zumbia.

O tempo voltou ao ritmo normal, e Ruhn rastejou de seu esconderijo embaixo da mesa. Ele sabia o que iria encontrar dentro do torvelinho eletrificado. Fury Axtar tinha uma arma apontada para onde a arcanjo e Hunt haviam estado, escombros embranqueciam o cabelo escuro.

Hypaxia ajudou Ruhn a se levantar. Os olhos arregalados enquanto esquadrinhava a nuvem. A rainha-bruxa sem dúvida tinha ciência de que Sandriel a mataria por libertar Hunt. Ela havia arriscado muito ao supor que o Umbra Mortis sairia ileso.

A nuvem de detritos se dispersava, o relâmpago engolido pelo ar carregado de poeira. O risco tinha valido a pena. Sangue salpicava o rosto do anjo conforme suas asas farfalhavam com um vento fantasma.

E de sua mão, segura pelos cabelos, pendia a cabeça decapitada de Sandriel.

A boca ainda aberta em um grito, fumaça serpenteando dos lábios, a pele do pescoço tão dilacerada que Ruhn soube que Hunt a havia arrancado com as próprias mãos.

Lentamente, o anjo ergueu a cabeça a sua frente, como se fosse um antigo herói do mar Rhagan exibindo uma criatura morta. Um monstro.

Ele deixou a cabeça da arcanjo cair. Aquilo quicou e rolou para o lado, fumaça ainda porejando da boca, das narinas. O anjo a havia fritado de dentro para fora.

Todos os anjos da sala caíram de joelhos. Curvaram-se. Até mesmo um atônito Isaiah Tiberian. Ninguém no planeta tinha aquele tipo de poder. Ninguém o vira totalmente livre em séculos.

Dois governadores mortos em um dia. Trucidados pela irmã e pelo... O que quer que Hunt fosse para sua irmã. A julgar pelo espanto e medo no rosto do pai, Ruhn compreendeu que o Rei Outonal se perguntava o mesmo. Se Hunt iria matá-lo em seguida, pelo modo como havia tratado Bryce.

Bryce, sua irmã Estrelada.

Ruhn não sabia o que pensar. Ela havia acreditado que ele valorizava aquela baboseira de Escolhido mais que a ela? E, quando aquela briga acontecera, ela teria deixado as coisas degringolarem para evitar que ele descobrisse a verdade sobre quem era? Havia aberto mão do privilégio e da honra e da glória... por ele.

Todos aqueles conselhos que ela lhe dera sobre o Rei Outonal, sobre o pai ter matado o último Estrelado... A irmã havia vivido com aquele medo também.

Hunt abriu um sorriso selvagem para o Rei Outonal.

Ruhn sentiu uma doentia satisfação ao ver o pai empalidecer.

Mas, então, o anjo se voltou para Fury, que sacudia os detritos do cabelo escuro, e grunhiu:

— Fodam-se os asteri. Traga o maldito helicóptero.

* * *

Cada decisão, cada ordem fluía de um lugar sereno dentro de Hunt.

Ele borbulhava de poder, o relâmpago em suas veias rugia para se libertar sobre o mundo, para queimar e fender. O anjo o reprimiu, com a promessa de permitir que corresse livre assim que chegassem à cidade... mas, antes, precisavam chegar à cidade.

Fury tremia levemente... como se até ela tivesse se esquecido do que ele podia fazer. O que ele havia feito a Sandriel com satisfação primitiva, mergulhando em um lugar de tamanha fúria que houvera apenas seu relâmpago e a inimiga e a ameaça que representava para Bryce.

— O helicóptero está pousando no telhado neste instante — avisou Fury, no entanto.

Hunt assentiu e ordenou aos anjos restantes, sem encará-los:

— Vamos.

Nenhum contestou suas ordens. Ele não tinha dado a mínima quando os anjos se ajoelharam; independentemente do que aquilo significava. Tinha apenas se preocupado em voar para Lunathion o mais rápido possível.

Fury já aguardava na saída, o telefone colado ao ouvido. Hunt marchou atrás da mercenária, atravessando a sala repleta de farfalhar de asas e passos, mas olhou para trás por sobre o ombro.

— Danaan, Ketos... vocês vêm?

Precisava dos dois.

Ruhn se levantou de um salto sem questionar; Tharion esperou até receber um aceno da filha da Rainha do Rio antes de se erguer. Amelie Ravenscroft deu um passo adiante, ignorando o modo como Sabine a fuzilava com o olhar.

— Vou com vocês também — disse.

Hunt assentiu novamente.

Flynn já estava a caminho, sem a necessidade de verbalizar que acompanharia seu príncipe... para salvar sua princesa. Declan apontou para os monitores.

— Ficarei de olho no campo.

— Ótimo — disse Hunt, seguindo para a porta.

O Rei Outonal e o Primo dos Lobos, os únicos Mestres da Cidade presentes, continuaram no auditório, assim como Sabine. Jesiba e Hypaxia teriam de mantê-los na linha. Nenhuma das fêmeas sequer tomava conhecimento da outra, mas tampouco havia animosidade entre elas. Hunt não se importava.

Em silêncio, subiu as escadas, na direção do telhado, os companheiros às costas. Estavam a trinta minutos de helicóptero da cidade. Muito podia dar errado antes de a alcançarem. E quando chegassem lá... seria uma chacina.

As hélices do helicóptero fustigavam o cabelo preto de Fury conforme ela atravessava o heliporto. Flynn seguia logo atrás, estudando o veículo e soltando um assobio de admiração.

Não era um transporte luxuoso. Era um helicóptero militar. Completo, com artilharia em cada uma das duas portas e uma variedade de armas e pistolas em mochilas presas no piso.

Fury Axtar não tinha comparecido àquela reunião na esperança de que fosse amigável. Ela pegou o fone e se despediu do piloto antes de enfiar o corpo esbelto na cabine.

— Vou com você — disse Hunt, apontando para o helicóptero conforme os anjos decolavam ao redor. — Minhas asas ainda não conseguem sustentar o voo.

Ruhn pulou para dentro do helicóptero, atrás de Flynn e Amelie, e Tharion assumiu a metralhadora na porta esquerda. Hunt continuava no telhado, gritando ordens para os anjos de partida a sua volta. *Estabeleçam um perímetro ao redor da cidade. Batedores: investiguem o portal. Enviem os sobreviventes para triagem, pelo menos a oito quilômetros da cidade.* Não se permitiu pensar no quão facilmente reassumia o papel de comandante.

Então Hunt embarcou no helicóptero, assumindo a metralhadora do lado direito. Fury acionava botão atrás de botão no painel de controle.

— Sabia o que aconteceu com Bryce e Juniper no telhado? — perguntou o anjo, a voz rouca.

Aquilo o havia arrasado, ouvir o que Bryce insinuara... que tinha cogitado pular. Ouvir que estivera tão perto de perdê-la antes mesmo de se conhecerem. Ruhn se virou para os dois, a expressão de angústia prova de que sentia o mesmo.

Fury não parou os preparativos.

— Por muito tempo, Bryce parecia um fantasma. Fingia que não era, mas era. — Finalmente, o helicóptero decolou. — Você a trouxe de volta à vida.

90

O corpo todo de Bryce tremia enquanto ela se apoiava no quartzo brilhante do portão, a exaustão prendendo-a ao chão.

Tinha funcionado. De algum modo, tinha funcionado.

Ela não se permitiu se maravilhar com o fato... ou temer as consequências quando o pai e os asteri descobrissem. Não quando não fazia ideia de por quanto tempo sua luz estelar ainda brilharia no portão. Mas talvez aquilo tivesse feito alguma diferença.

Talvez ela tivesse feito alguma diferença.

Cada respiração queimava em seu peito. Não faltava muito agora. Se para a ajuda chegar ou para seu fim, não sabia.

Mas seria logo. Qualquer que fosse o fim, Bryce sabia que seria logo.

* * *

— Declan diz que Bryce ainda está na Praça da Cidade Velha — reportou Fury por sobre o ombro.

Hunt apenas mantinha os olhos no horizonte estrelado. A cidade parecia uma sombra escura, interrompida somente por um leve cintilar em seu coração. A Praça da Cidade Velha. Bryce.

— E Hypaxia diz que Bryce mal consegue se mexer — acrescentou Fury, um tom de surpresa na voz. — Parece que está exaurida. Não será capaz de chegar ao portão seguinte sem ajuda.

— Mas a luz do portão a mantém segura? — berrou Ruhn por sobre o ruído do vento.

— Até que os demônios parem de temer a luz dos Estrelados. — Fury conectou a ligação aos alto-falantes do helicóptero.

— Emmet, o radar está captando três máquinas de guerra a oeste. Alguma leitura sobre elas?

Ainda bem. Alguém mais estava a caminho para ajudar, afinal. Se pudessem levar Bryce a cada um dos portões, e se ela conseguisse reunir luz estelar suficiente para canalizá-la pelo chifre, poderiam acabar com a carnificina.

Declan levou um tempo para responder, a voz crepitando através do alto-falante acima de Hunt.

— Estão registrados como tanques imperiais.

A hesitação do feérico fez Hunt segurar a metralhadora com mais força.

— É a Guarda Asteriana. Com lança-mísseis de enxofre — esclareceu Hypaxia. — A voz ficou incisiva ao se dirigir ao Rei Outonal e ao Primo dos Lobos: — *Tirem suas forças da cidade.*

O sangue nas veias de Hunt gelou.

Os asteri haviam enviado alguém para lidar com os demônios. E com Bryce.

Eles iam explodir a cidade.

Os mísseis de enxofre não eram bombas comuns, feitas de metal e compostos químicos. Eram pura magia, produzidas pela Guarda Asteriana: uma combinação de seus poderes angélicos de vento e chuva e fogo, hiperconcentrados em um invólucro, recobertas de primalux e disparadas por maquinário. Onde caíam, a destruição florescia.

Para torná-los ainda mais letais, eram ornamentados com feitiços para atrasar a cura. Até a dos vanir. O único consolo para qualquer alvo era que os mísseis levavam tempo para ser fabricados, oferecendo algum alívio entre as explosões. Um pequeno, tolo conforto.

Fury apertou alguns botões no painel.

— Unidades Asterianas Um, Dois e Três, aqui é Fury Axtar falando, entendido. Recuem. — Sem resposta. — Repito, *recuem.* Abortar missão.

Nada.

— É a Guarda Asteriana — argumentou Declan. — Não vão obedecê-la.

A voz do Rei Outonal crepitou nos alto-falantes.

— Ninguém no Comando Imperial está atendendo nossas ligações.

Fury inclinou o helicóptero, seguindo para o sul. Hunt os viu então. Os tanques pretos despontando no horizonte, cada um do tamanho de uma pequena casa. A insígnia imperial pintada nas laterais. Todos os três apontados para a Cidade da Lua Crescente.

Pararam nos limites da cidade. Os lançadores de metal no topo entraram em posição.

Os mísseis de enxofre foram disparados em uma curva sobre as muralhas, ardentes com luz dourada. Quando o primeiro atingiu o alvo, o anjo rezou para que Bryce tivesse deixado o portão e encontrado abrigo.

* * *

Bryce engasgou com a poeira e escombros, o peito ofegante. Tentou se mover... em vão. Sua coluna...

Não, era por causa da perna, presa em um emaranhado de concreto e ferro. Ela havia ouvido a explosão um minuto antes, reconhecido o arco de luz dourada como enxofre graças à cobertura de imprensa da guerra em Pangera, e tinha disparado pela praça, na direção da porta da sala de música de tijolos, na esperança de que houvesse um porão, quando ocorreu o impacto.

Seus ouvidos rugiam, zumbiam. Protestavam.

O portão ainda estava de pé, ainda a protegia com luz. Sua luz, tecnicamente.

Aparentemente, o míssil de enxofre mais próximo havia caído na vizinhança. Tinha sido o bastante para danificar a praça, para reduzir alguns prédios a escombros, mas não o bastante para dizimá-la.

Andar. Ela precisava andar. Os outros portões ainda estavam abertos. Ela precisava achar um meio de chegar a eles; fechá-los também.

Ela mexeu a perna. Para sua surpresa, os ferimentos mais leves já estavam cicatrizando... mais rápido do que qualquer outra vez. Talvez o chifre em suas costas ajudasse a acelerar o processo.

Bryce ofegou, entre dentes, tentando outra vez. Haviam lançado enxofre sobre a cidade. A Guarda Asteriana tinha atirado às cegas, por sobre as muralhas, para destruir os portões ou matar os demônios. Mas havia disparado contra o próprio povo, não se importando com quem atingiam...

A semifeérica tomou fôlego. Não serviu de nada para acalmá-la.

Tentou de novo, as unhas arranhando o concreto. Mas, a não ser que cortasse o próprio pé, continuaria presa.

***

A Guarda Asteriana recarregava os lança-mísseis sobre os tanques. Magia hiperconcentrada faiscava ao redor das bombas, como se o enxofre lutasse para se libertar das amarras de primalux. Ansioso para lançar a ruína angelical sobre a cidade indefesa.

— Vão disparar outra vez — sussurrou Ruhn.

— O enxofre caiu basicamente em Bosque da Lua — revelou Declan. — Bryce está viva, mas encrencada. Está presa sob um pedaço de concreto. Mas tentando se libertar.

— *ABORTAR MISSÃO* — gritou Fury ao microfone.

Ninguém respondeu. Os lança-mísseis apontaram para cima novamente, girando para novos alvos.

Como se soubessem que Bryce ainda vivia. Continuariam a bombardear a cidade até matá-la, destruindo qualquer coisa em seu caminho. Talvez na esperança de que, se também derrubassem os portões, os vórtices sumissem.

Uma calma gélida e brutal invadiu Hunt.

— Suba. Tão alto quanto um helicóptero consegue — disse para Fury.

Ela compreendeu suas intenções. O anjo não podia voar, não com as asas fracas. Mas não precisava.

— Segurem-se — avisou ela, e inclinou o helicóptero de súbito. A aeronave subiu, subiu, subiu, todos rangendo os dentes contra a gravidade que os impulsionava para baixo.

Hunt se preparou, recolhendo-se para aquele lugar que o confortou nas batalhas e nos anos passados nos calabouços e arena de Sandriel.

— Prepare-se, Athalar — gritou Fury. As máquinas de guerra pararam, lança-mísseis de prontidão.

O helicóptero sobrevoou as muralhas de Lunathion. Hunt se soltou da metralhadora. O Quarteirão dos Ossos parecia um redemoinho de brumas conforme cruzavam o Istros.

Gratidão brilhava nos olhos de Danaan. Com a compreensão do que apenas Hunt podia fazer.

A Praça da Cidade Velha e o portão cintilante no centro se tornaram visíveis. O único sinal de que precisava. Não havia hesitação em Hunt. Nenhum medo.

O anjo saltou do helicóptero, as asas recolhidas. Uma passagem de ida. Seu último voo.

Bem abaixo, a visão aguçada podia discernir Bryce enquanto a semifeérica se encolhia em uma bola, como se aquilo pudesse salvá-la da morte prestes a explodi-la em pedaços.

Os mísseis de enxofre foram lançados um após outro após outro, o mais perto em um arco na direção da Praça da Cidade Velha, brilhando com letal poder dourado. Mesmo ao mergulhar para a terra, Hunt sabia que o ângulo da bomba era errado; provavelmente explodiria a dez quarteirões de distância. Mas, ainda assim, perto demais. Ainda deixava Bryce dentro do alcance da onda de choque, onde toda aquela energia angelical comprimida a despedaçaria.

O enxofre acertou o alvo, a cidade inteira tremeu sob o impacto profano. Quarteirão após quarteirão se rompendo em uma onda de morte.

Asas abertas, relâmpago em erupção, Hunt se jogou sobre Bryce enquanto o mundo ruía.

91

Ela devia estar morta.

Mas aqueles eram seus dedos, crispados nos destroços. Aquela era sua respiração, para dentro e para fora.

O enxofre tinha devastado a praça, a cidade agora transformada em ruínas fumegantes, mas o portão ainda continuava de pé. A luz da semifeérica havia se extinguido, o quartzo, mais uma vez, de um branco gélido. Fogos crepitavam ao redor, suavizando os danos com seu fulgor.

Choviam flocos de cinzas, se misturando às brasas.

Os ouvidos de Bryce zumbiam de leve, mas não tanto como depois da primeira explosão.

Não era possível. Ela havia acompanhado o arco dourado cintilante do míssil ao passar, percebido que iria cair a alguns quarteirões dali, e que a morte logo a encontraria. De algum modo, o portão devia tê-la protegido.

Bryce se ajoelhou com um gemido. O bombardeio, pelo menos, havia cessado. Restavam apenas alguns prédios de pé. As carcaças dos carros ainda queimavam ao seu redor. O cheiro acre da fumaça se erguia em uma coluna que bloqueava as estrelas vespertinas.

E... e nas sombras, aqueles eram demônios despertando. Bile queimava sua garganta. Bryce tinha de se mexer enquanto ainda estavam caídos.

As pernas não cooperavam. Ela testou os dedos dos pés dentro dos tênis, para verificar se ainda se moviam, mas... não conseguia se levantar do chão. O corpo se recusava a obedecer.

Um torrão de cinzas pousou no joelho rasgado de sua legging.

As mãos começaram a tremer. Não era um floco de cinzas.

Era uma pena cinzenta.

Bryce se virou para olhar para trás. A mente esmaeceu. Um grito irrompeu da semifeérica, de tão fundo que se perguntou se era o som de um mundo retalhado.

Hunt jazia jogado no chão, as costas ensanguentadas, uma pilha calcinada, e as pernas...

Não restava nada de suas pernas, a não ser tiras. Nada do braço direito, exceto sangue espalhado no pavimento. E em suas costas, de onde suas asas brotavam...

Havia um buraco aberto, sangrento.

Ela se moveu por instinto, rastejando pelo concreto e metal e sangue.

Ele a havia protegido do enxofre. De algum modo, tinha escapado de Sandriel e ido até ali. Para salvá-la.

— *Porfavorporfavorporfavorporfavor.*

Ela o virou, procurando por qualquer indício de vida, uma respiração...

A boca do anjo tremeu. De leve.

Bryce soluçou, colocando a cabeça de Hunt em seu colo.

— Socorro! — gritou. Nenhuma resposta além de um latido sobrenatural na escuridão lambida pelo fogo. — Socorro! — gritou ela de novo, mas a voz soou tão rouca que mal se ouvia na praça. Randall havia lhe contado sobre o tremendo poder dos mísseis de enxofre da Guarda Asteriana. Como os feitiços entremeados na magia angelical condensada atrasavam o poder de cura dos vanir por tempo o bastante para que sangrassem. E morressem.

Tanto sangue cobria o rosto de Hunt que ela mal via a pele. Apenas o ligeiro tremular de sua garganta lhe dizia que ainda estava vivo.

E os ferimentos que deviam estar cicatrizando... porejavam e vertiam sangue. Artérias haviam sido rompidas. Artérias vitais...

— *SOCORRO!* — gritou ela.

Mas ninguém respondeu.

* * *

As explosões de enxofre tinham derrubado o helicóptero.

Estavam vivos graças à habilidade de Fury, mas, ainda assim, haviam batido e capotado duas vezes antes de aterrissar em algum lugar do Bosque da Lua.

A cabeça de Tharion sangrava, a mercenária exibia um corte na perna, tanto Flynn como Amelie tinham costelas quebradas, e Ruhn... O príncipe não se preocupou com as próprias feridas. Não quando a noite ardente e fumacenta se encheu de rosnados cada vez mais próximos. Mas o enxofre havia cessado... Pelo menos, tinham aquele alívio. Ele estimava que a Guarda Asteriana precisaria de um bom tempo antes de conseguir reunir energia suficiente para criar mais mísseis.

Ruhn se moveu por pura força de vontade.

Duas das mochilas com armas haviam se soltado e se perdido na queda. Flynn e Fury começaram a distribuir as armas e facas restantes, trabalhando com rapidez, enquanto Ruhn avaliava o estado da única metralhadora intacta que tinha arrancado do piso do helicóptero.

— Temos olhos na Praça da Cidade Velha. — A voz de Hypaxia crepitou pelo rádio, milagrosamente intacto. Ruhn hesitou, aguardando as notícias. Não ousando ter esperanças.

A última vez que havia visto Athalar, o anjo parecia mergulhar na direção de Bryce enquanto a Guarda Asteriana disparava aqueles cintilantes mísseis dourados sobre as muralhas, como um doentio show de fogos de artifício. Então as explosões através da cidade tinham despedaçado o mundo.

— Athalar caiu — anunciou Declan, solene. — Bryce vive. — Ruhn fez uma prece silenciosa a Cthona, agradecendo por sua misericórdia. Outra pausa. — Correção, Athalar está vivo, mas por pouco. Seus ferimentos são... Merda. — Engoliu em seco de maneira audível. — Não creio que haja alguma chance de sobrevivência.

Tharion encaixou um rifle ao ombro, perscrutando a escuridão pela mira telescópica.

— Temos mais ou menos uma dúzia de demônios nos avaliando daquele prédio de tijolos adiante.

— Mais seis deste lado — avisou Fury, também usando a mira de seu rifle.

Amelie Ravenscroft mancava terrivelmente conforme, em um raio de luz, assumia a forma de lobo e arreganhava os dentes para a escuridão.

Se não fechassem os vórtices nos outros portões, restavam apenas duas opções: recuar ou morrer.

— Estão ficando curiosos — murmurou Flynn, sem tirar o olho da mira telescópica de sua arma. — Temos algum plano?

— O rio está a nossas costas — disse Tharion. — Com sorte, meu povo pode vir em nosso auxílio. — A Corte Azul vivia suficientemente abaixo da superfície para ter evitado a fúria do enxofre. Podiam se mobilizar.

Mas Bryce e Hunt continuavam na Praça da Cidade Velha.

— Estamos a trinta quarteirões do Portão do Coração — disse Ruhn. — Seguimos o passeio do rio, então entramos pela Principal. — E acrescentou: — Ao menos, é para onde eu vou.

Todos assentiram com expressão sombria.

Diga a Ruhn que o perdoo... por tudo.

As palavras ecoavam pelo sangue de Ruhn. Precisavam prosseguir, mesmo que os demônios os eliminassem um a um. Ele apenas esperava alcançar a irmã a tempo de encontrar algo para salvar.

***

Bryce ajoelhou sobre Hunt, a vida do anjo se esvaindo lentamente. E no silêncio calmo e acre, ela começou a sussurrar:

— Acredito que aconteceu por um motivo. Acredito que tudo aconteceu por um motivo. — Ela acariciou o cabelo ensanguentado, a voz trêmula. — Não creio ter sido em vão.

Ela olhou para o portão. Com gentileza, deitou Hunt entre os destroços.

— Acredito que aconteceu por um motivo. Acredito que tudo aconteceu por um motivo. Não creio ter sido em vão — sussurrou de novo, se levantando.

Ela se afastou do corpo de Hunt enquanto ele sangrava a suas costas. Ziguezagueou pelos detritos e escombros. A cerca ao redor do portão havia sido retorcida, descascada. Mas o arco de quartzo continuava de pé, a placa de bronze e o dial de joias intactos conforme se ajoelhava a sua frente.

— Não creio ter sido em vão — sussurrou Bryce de novo.

Ela colocou a palma no disco de bronze do dial.

O metal parecia quente sob seus dedos, como estivera quando ela o havia tocado naquele último dia com Danika. Seu poder zumbiu através da semifeérica, sugando a taxa de uso: uma gota de sua magia.

Os portões haviam sido utilizados como dispositivos de comunicação no passado... mas a única razão para as palavras os atravessarem era o poder que os conectava. Todos ficavam sobre linhas ley. Uma verdadeira matriz de energia.

O portão não era apenas um prisma. Era um condutor. E Bryce tinha o chifre na própria pele. Havia provado que ele podia fechar um portal para o Inferno.

— Olá? — sussurrou Bryce no pequeno intercomunicador no centro do arco de gemas do disco.

Ninguém respondeu.

— Se pode me ouvir, vá até o portão. Qualquer portão — pediu ela.

Ainda nada.

— Meu nome é Bryce Quinlan. Estou na Praça da Cidade Velha. E... acho que descobri um modo de parar tudo isso. Como podemos consertar as coisas — disse.

Silêncio. Nenhuma das outras pedras se acendeu para indicar a presença ou voz de outra pessoa, em outro distrito, tocando o disco daquela extremidade.

— Sei que parece horrível no momento — insistiu. — Sei que parece tão, tão ruim, e... Sei que parece impossível. Mas, se você conseguir alcançar outro portão, só... por favor. Por favor, apareça.

Ela inspirou, trêmula.

— Não precisa fazer nada — assegurou ela. — Tudo o que precisa fazer é colocar a mão no disco. É tudo de que preciso... apenas outra pessoa na linha. — Sua mão tremeu, e ela pressionou o metal com mais força. — O portão é um condutor de energia... um para-raios integrado a cada portão da cidade. E preciso de alguém do outro lado, ligado a mim através dessa teia. — Ela engoliu em seco. — Preciso de uma Âncora. Para completar a Descida.

As palavras, um murmúrio no mundo.

A voz rouca de Bryce abafou o som dos demônios se reagrupando a sua volta.

— A primalux gerada quando eu fizer minha Descida se espalhará deste portão para os demais. Vai acender *tudo*, colocar esses demônios para correr. Vai curar tudo o que tocar. *Todos* que tocar. E eu... — Ela tomou fôlego. — Eu sou uma feérica Estrelada e trago o Chifre de Luna em meu corpo. Com o poder de primalux que vou gerar, posso fechar os portais para o Inferno. Fiz isso aqui... posso fazer no restante da cidade. Mas preciso de um elo... e do poder de minha Descida.

Ainda nenhuma resposta. Não havia sinal de vida, além das bestas nas sombras mais profundas.

— Por favor — implorou Bryce, a voz falhando.

Em silêncio, rezou para alguma daquelas pedras preciosas se acender, mostrar que ao menos uma pessoa, em qualquer distrito, iria responder a seu apelo.

Mas havia apenas o nada crepitante.

Estava sozinha. E Hunt, morrendo.

Bryce esperou cinco segundos. Dez segundos. Ninguém respondeu. Ninguém apareceu.

Engolindo outro soluço, ela inspirou, trêmula, e largou o disco.

A respiração de Hunt se tornou difícil e espaçada. Ela rastejou até ele, mãos tremendo. Mas a voz soou calma quando ela mais uma vez deitou a cabeça do anjo em seu colo. Acariciou o rosto ensanguentado.

— Vai ficar tudo bem — disse ela. — A ajuda está chegando, Hunt. As medbruxas estão a caminho. — Ela fechou os olhos, contendo as lágrimas. — Vamos ficar bem — mentiu. — Vamos para casa, onde Syrinx está nos esperando. Vamos para casa. Eu e você. Juntos. Vamos ter aquele para sempre, como você prometeu. Mas só se você aguentar firme, Hunt.

A respiração do anjo chacoalhou no peito. Um som de morte. Ela se inclinou sobre ele, inalando seu perfume, sua força. E, então, disse as três palavras que significavam mais que tudo. Ela as sussurrou em seu ouvido, com tudo o que lhe restava.

A verdade final, aquela que a semifeérica precisava que ele ouvisse.

A respiração de Hunt rareou e enfraqueceu. Não faltava muito.

Bryce não conseguia conter as lágrimas conforme caíam sobre o rosto de Hunt, limpando o sangue em seu rastro.

Acenda, Danika sussurrou para ela. Em seu coração.

— Tentei — sussurrou em resposta. — Danika, eu tentei.

Acenda.

Bryce chorava.

— Não funcionou.

Acenda. Urgência lancetava as palavras. Como se... Como se...

Bryce ergueu a cabeça. Olhou para o portão. Para a placa e as joias.

Ela esperou. Contou sua respiração. *Um. Dois. Três.*

As pedras preciosas continuavam escuras. *Quatro. Cinco. Seis.*

Nada. Bryce engoliu em seco e se voltou para Hunt uma última vez. Ele iria deixá-la, e ela o seguiria quando mais mísseis de enxofre caíssem ou os demônios reunissem a coragem para atacá-la.

Ela inspirou outra vez. *Sete.*

— Acenda. — As palavras encheram a Praça da Cidade Velha. Cada praça da cidade.

Bryce virou a cabeça para encarar o portão enquanto a voz de Danika soava outra vez.

— Acenda, Bryce.

A pedra de ônix do Quarteirão dos Ossos brilhava como uma estrela sombria.

92

O rosto de Bryce se contraiu enquanto ela saltava de pé, correndo para o portão.

Não se preocupou com como aquilo era possível enquanto Danika repetia:

— *Acenda.*

Então Bryce estava rindo e soluçando conforme gritava:

— *ACENDA, DANIKA! ACENDA, ACENDA, ACENDA!*

Bryce pressionou a palma no disco de bronze do portão.

E alma a alma com a amiga que ela não tinha esquecido, a amiga que não a tinha esquecido, mesmo na morte, Bryce fez a Descida.

* * *

Silêncio perplexo tomou a sala de conferências quando Bryce mergulhou no próprio poder.

Declan Emmett não desviou o olhar da transmissão de vídeo que monitorava, o coração acelerado.

— Não é possível — disse o Rei Outonal. Declan estava inclinado a concordar.

— Danika tinha um pequeno núcleo de energia residual, disse o Sub-Rei. Um pouco de individualidade sobrevivente — murmurou Sabine Fendyr.

— A alma de um morto sequer pode servir como Âncora? — perguntou a rainha Hypaxia.

— Não — respondeu Jesiba, com toda a propriedade de uma emissária do Sub-Rei. — Não, não pode.

O silêncio ecoou pelo recinto quando se deram conta do que testemunhavam. Uma Descida solo, sem amarras. Queda livre absoluta. Daria no mesmo se Bryce pulasse de um penhasco na esperança de aterrissar em segurança.

Declan desgrudou os olhos do vídeo e analisou o gráfico em um de seus três computadores... o que mapeava a Descida de Bryce, cortesia do sistema eleusino.

— Ela está se aproximando de seu nível de poder. — Mal um ponto acima de zero na escala.

Hypaxia espiou por sobre o ombro para estudar o gráfico.

— Mas não está desacelerando.

Declan estreitou os olhos para a tela.

— Está ganhando velocidade. — Ele balançou a cabeça. — Mas... ela foi classificada com um nível reduzido de energia. — Quase insignificante, se fosse ser um babaca em relação ao assunto.

— Mas o portão não — argumentou Hypaxia, em voz baixa.

— O que quer dizer? — perguntou Sabine.

— Não creio que seja uma placa comemorativa — murmurou a bruxa. — No portão. — Ela apontou para a chapa presa ao quartzo, o bronze escuro contra a pedra incandescente. — *O poder será de quem der a vida pela cidade.*

Bryce mergulhou ainda mais em seu poder. Passando os níveis normais, respeitáveis.

— A placa é uma bênção — explicou a rainha Hypaxia.

— O poder dos portões... dado por cada alma que já o tocou... cada alma que abriu mão de uma gota do próprio poder — murmurou Declan, a respiração irregular.

Ele tentou, e fracassou, calcular quantas pessoas, naqueles muitos séculos, haviam tocado os portões da cidade. Tinham aberto mão de uma gota do próprio poder, como uma moeda jogada em uma fonte. Feito um desejo com aquele pingo de poder ofertado.

Pessoas de todas as casas. Todas as raças. Milhões e milhões de gotas de poder alimentavam aquela Descida solo.

Bryce ultrapassava nível após nível após nível. O rosto do Rei Outonal ficou pálido.

— Olhe os portões — disse Hypaxia.

Os portões de quartzo por toda a cidade começaram a brilhar. Vermelho, então laranja, em seguida dourado, depois branco.

Primalux irrompeu dos arcos. Seus raios espraiaram em todas as direções.

As luzes fluíam pelas linhas ley entre os portões, conectando-os, assim como as principais avenidas. No formato de uma perfeita estrela de seis pontas.

As linhas ley começaram a se alastrar, acompanhando as muralhas da cidade. Aniquilando os demônios agora a caminho das terras mais além.

Luz encontrando luz encontrando luz encontrando luz.

Até que a cidade estivesse cercada por ela. Até que cada rua brilhasse.

E Bryce ainda fazia a Descida.

* * *

Era alegria e vida e morte e dor e canção e silêncio.

Bryce desaguou no poder e o poder desaguou na semifeérica, que não ligou, não ligou, não ligou, porque era Danika caindo com ela, rindo com ela, enquanto suas almas se entrelaçavam.

Ela estava ali, estava ali, estava ali...

Bryce mergulhou na luz dourada e na canção do coração do universo.

Danika soltou um uivo de alegria, e Bryce o ecoou.

Danika estava ali. Era o bastante.

* * *

— Ela está ultrapassando o nível de Ruhn — suspirou Declan, incrédulo. Que a irmã baladeira do amigo tivesse suplantado o próprio príncipe. Suplantando o maldito Ruhn Danaan.

O rei de Declan continuava imóvel como a morte enquanto Bryce pulverizava a classificação de Ruhn. Aquilo poderia mudar a própria hierarquia feérica. Uma princesa mestiça poderosa, com a luz de uma estrela nas veias... Puta merda.

Enfim, Bryce começou a desacelerar. Perto do nível do Rei Outonal. Declan engoliu em seco.

A cidade estava banhada em luz. Demônios fugiam do fulgor, correndo de volta aos vórtices, optando por enfrentar os portões cintilantes em vez de ficar aprisionados em Midgard.

Luz dardejou dos portões, sete raios se fundindo em um no coração da cidade... sobre a Praça da Cidade Velha. Uma rodovia do poder; da vontade de Bryce.

Os vórtices entre Midgard e o Inferno começaram a encolher. Como se a própria luz fosse abominável. Como se aquela primalux pura e desenfreada pudesse curar o mundo.

E o fez. Prédios destroçados pelo enxofre voltaram ao lugar. Destroços se transformaram em muros e ruas e fontes. Pessoas feridas cicatrizaram.

Bryce desacelerou ainda mais.

Declan rangeu os dentes. Os vórtices dentro dos portões se tornaram cada vez menores.

Demônios corriam de volta ao Inferno através das passagens encolhidas. Mais e mais da cidade se regenerou conforme o chifre fechava os portais. Conforme *Bryce* selava os portais, o poder do chifre fluindo através da semifeérica, amplificado pela primalux que gerava.

— Pelos deuses — sussurrava alguém.

Os vórtices entre mundos se tornaram lascas. Depois, nada.

Os portões estavam vazios. Os portais se foram.

Bryce parou enfim. Declan estudou o número preciso de seu poder, apenas um ponto decimal acima do do Rei Outonal.

Declan soltou uma risada suave, desejando que Ruhn estivesse ali para testemunhar a expressão atônita do macho.

O rosto do Rei Outonal enrijeceu.

— Não ficaria tão convencido, garoto — grunhiu o monarca para Declan.

Declan ficou tenso.

— Por quê?

— Porque aquela garota pode ter usado a energia do portão para completar a Descida a níveis inesperados, mas ela não será capaz de fazer a Ascensão.

Os dedos de Declan congelaram no teclado de seu laptop.

O Rei Outonal riu sem alegria. Não com malícia, Declan se deu conta... mas com algo semelhante a dor. Jamais imaginara que o babaca pudesse sentir tal coisa.

Bryce desmaiou nas pedras do lado do portão. Declan não precisava dos monitores médicos para saber que o coração tinha parado.

Seu corpo mortal havia morrido.

Um cronômetro do sistema eleusino no computador começou a contagem regressiva de seis minutos. O indicador do tempo que a semifeérica tinha para fazer a Busca e a Ascensão, para deixar o corpo mortal morrer, para encarar o que jazia em sua alma e correr de volta à vida, a seu poder completo. E emergir imortal.

Se ela fizesse a Ascensão, o sistema eleusino iria registrar, rastrear.

— Ela fez a Descida sozinha. Danika Fendyr está morta... não é uma Âncora de verdade. Bryce não tem caminho de volta à vida — disse o Rei Outonal, rouco.

93

Era o berço de toda a vida, aquele lugar.

Havia um piso físico sob ela, e Bryce tinha a impressão de um mundo inteiro sobre si, cheio de luzes bruxuleantes, longínquas. Mas aquele era o fundo do mar. A trincheira escura que cortava a pele da terra.

Não importava. Nada importava, afinal. Não com Danika parada a sua frente. Abraçando-a.

Bryce se afastou o bastante para encarar o belo rosto anguloso. O cabelo louro platinado. Parecia o mesmo, até as mechas ametista, safira e cor-de-rosa. De algum modo, havia se esquecido dos traços exatos do rosto de Danika, mas... lá estavam elas.

— Você veio — disse Bryce.

O sorriso de Danika era suave.

— Você pediu ajuda.

— Você... Você está viva? Quero dizer, aqui.

— Não. — Danika balançou a cabeça. — Não, Bryce. Isso, o que você vê... — Ela apontou para si mesma. O jeans familiar e a velha camiseta de banda. — Isso é apenas a faísca restante. O que está repousando do outro lado.

— Mas é você. É *você*.

— Sim. — Danika perscrutou a escuridão turbulenta sobre as duas, o oceano inteiro acima. — E você não tem muito tempo para fazer a Ascensão, Bryce.

Bryce bufou.

— Não vou fazer a Ascensão.

Danika pestanejou.

— O que quer dizer?

Bryce deu um passo para trás.

— Não vou fazer. — Porque ali era onde sua alma sem-teto ficaria, se ela fracassasse. Seu corpo iria morrer no mundo acima, e a alma que ela havia barganhado com o Sub-Rei vagaria por aquele lugar. Com Danika.

Danika cruzou os braços.

— Por quê?

Bryce piscou furiosamente.

— Porque ficou muito difícil. Sem você. *É* muito difícil sem você.

— Isso é baboseira — rosnou Danika. — Então vai simplesmente desistir de tudo? Bryce, estou *morta*. Eu *parti*. E você vai trocar sua vida inteira por esse pequeno fragmento de mim que restou? — Decepção toldou os olhos cor de caramelo. — A amiga que conheci jamais faria isso.

— Era para termos feito isso juntas. Devíamos viver nossas vidas juntas — disse Bryce, a voz falhando.

A expressão de Danika se suavizou.

— Eu sei, B. — Ela pegou a mão da semifeérica. — Mas não foi assim que aconteceu.

Bryce baixou a cabeça, pensando que se partiria.

— Sinto sua falta. A cada momento de cada dia.

— Eu sei — repetiu Danika, colocando a mão sobre o coração. — E eu senti. E vi.

— Por que mentiu... sobre o chifre?

— Não menti — respondeu Danika, com simplicidade. — Apenas não contei a você.

— Você mentiu sobre a tatuagem — retrucou Bryce.

— Para sua segurança — disse Danika. — Para manter o chifre em segurança, sim, mas, sobretudo, para mantê-la em segurança caso o pior me acontecesse.

— Bem, o pior realmente aconteceu a você — disse Bryce, imediatamente se arrependendo quando Danika titubeou.

Mas, então, a loba disse:

— Você trocou seu lugar no Quarteirão dos Ossos por mim.

Bryce começou a chorar.

— Era o mínimo que eu podia fazer.

Lágrimas brotaram nos olhos de Danika.

— Achou que eu não conseguiria? — Ela abriu um sorriso incisivo, doído. — Babaca.

Mas Bryce tremia com a intensidade do próprio choro.

— Eu não podia... não podia correr o risco.

Danika afastou uma mecha do cabelo de Bryce.

— Matei Micah pelo que ele fez — revelou Bryce, fungando. — A você. A Lehabah. — Sentiu um aperto no coração. — Ela... está no Quarteirão dos Ossos?

— Não sei. E, sim... vi o que houve na galeria. — Danika não deu mais detalhes. — Nós todos vimos.

Aquela palavra fisgava. *Nós.*

Os lábios de Bryce tremiam.

— Connor está com você?

— Sim, está. E o restante da matilha também. Eles distraíram os Ceifadores para eu chegar ao portão. Estão os mantendo ocupados, mas não por muito tempo, Bryce. Não posso ficar aqui. — Ela balançou a cabeça. — Connor teria desejado mais para você que isso. — Ela acariciou as costas da mão de Bryce com o polegar. — Não iria querer que parasse de lutar.

Bryce enxugou o rosto novamente.

— Não parei. Não até agora. Mas agora eu estou... É tudo tão *fodido.* E estou tão *cansada* de me sentir assim. Estou farta.

— E quanto ao anjo? — perguntou Danika, com doçura.

Bryce ergueu a cabeça com brusquidão.

— O que tem ele?

Danika abriu um sorriso compreensivo.

— Se prefere ignorar o fato de que tem uma família que a ama incondicionalmente, tudo bem... mas ainda resta o anjo.

Bryce desvencilhou a mão da de Danika.

— Está mesmo tentando me convencer a fazer a Ascensão por um cara?

— Hunt Athalar é somente um cara para você? — O sorriso da loba ficou gentil. — E por que é um sinal de fraqueza admitir que existe alguém, por acaso um macho, para quem vale a pena voltar? Alguém que sei que a faz se sentir como se as coisas não estivessem *nada* fodidas.

A semifeérica cruzou os braços.

— E daí?

— Ele está curado, Bryce — disse Danika. — Você o curou com a primalux.

Bryce expirou, trêmula. Ela havia feito tudo aquilo em uma vã expectativa.

Engoliu em seco, olhando para o chão que não era chão, mas a própria base do ego, do mundo.

— Estou com medo — sussurrou ela.

Danika segurou sua mão outra vez.

— É esse o objetivo, Bryce. Da *vida.* Viver, amar, sabendo que tudo pode acabar amanhã. Torna tudo ainda mais precioso. — Ela segurou o rosto de Bryce entre as mãos e pressionou a testa à da amiga.

Bryce fechou os olhos e inalou o perfume de Danika, de algum modo ainda presente aquela forma.

— Acho que não consigo. Ascender.

Danika se afastou, avaliando a impossível distância acima. Em seguida, a estrada que se estendia à frente das duas. A pista. No final dela, o abismo para a eternidade. Para o nada. Mas disse:

— Apenas tente, Bryce. Uma tentativa. Vou estar com você a cada passo do caminho, mesmo que não possa me ver. *Sempre* estarei com você.

Bryce não olhou para a pista curta demais. O oceano infinito sobre elas, separando-a da vida. Apenas memorizou os traços do rosto de Danika, como não teve a chance de fazer antes.

— Amo você, Danika — sussurrou ela.

Danika engoliu em seco. Inclinou a cabeça, o movimento puramente lupino. Como se ouvisse algo.

— Bryce, precisa se apressar. — Ela agarrou a mão da amiga, apertando-a. — Precisa decidir, agora.

* * *

O cronômetro da vida de Bryce mostrava dois minutos restantes.

O corpo sem vida da semifeérica jazia jogado nas pedras ao lado do portão fracamente iluminado.

Declan passou a mão pelo peito. Não ousava contatar Ruhn. Não ainda. Não podia suportar.

— Não há um jeito de ajudá-la? — sussurrou Hypaxia para a sala silenciosa. — Nenhum jeito mesmo?

Não. Declan tinha usado os últimos quatro minutos para fazer uma busca em todos os bancos de dados, públicos e privados, de Midgard em busca de um milagre. Não havia encontrado nada.

— Além de não ter Âncora — disse o Rei Outonal —, ela usou uma fonte artificial de poder para levá-la até esse nível. Seu corpo não está biologicamente equipado para fazer a Ascensão. Mesmo com uma Âncora de verdade, não seria capaz de ganhar impulso suficiente para o primeiro salto.

Jesiba assentiu em confirmação, solenemente, mas não disse nada.

As lembranças da própria Descida e Ascensão eram nebulosas, assustadoras. Declan tinha ido mais longe do que antecipara, mas, pelo menos, tinha ficado dentro de seu alcance. Mesmo com Flynn como Âncora, ficara apavorado com a possibilidade de não retornar.

Apesar de registrada no sistema como um ponto de energia ao lado de Bryce, Danika Fendyr não era uma amarra à vida, não uma

Âncora verdadeira. Ela não tinha vida própria. A loba era simplesmente o que dera a Bryce a coragem de tentar a Descida solo.

— Eu pesquisei — continuou o Rei Outonal. — Passei séculos procurando. Milhares de pessoas ao longo das eras tentaram ir além dos próprios níveis através de meios artificiais. Nenhuma jamais voltou à vida.

Restava um minuto, os segundos voando no cronômetro.

Bryce ainda não tinha Ascendido. Ainda fazia a Busca, encarando o que quer que existisse em sua alma. O relógio teria parado se ela houvesse começado a tentativa de Ascensão, marcando a entrada na Ponte... o limiar entre a vida e a morte. Mas o cronômetro continuava a correr. Decrescendo.

Mas não importava. Bryce morreria, fizesse a tentativa ou não.

Trinta segundos. Os dignitários restantes na sala curvaram a cabeça.

Dez segundos. O Rei Outonal esfregou o rosto, então olhou para a contagem regressiva. O restante da vida de Bryce.

Cinco. Quatro. Três. Dois.

Um. Dois milissegundos na direção do zero. Verdadeira morte.

O relógio parou em 0,003.

Uma linha vermelha disparou do fundo do gráfico do sistema eleusino, ao longo da pista para o esquecimento.

— Ela está correndo — sussurrou Declan.

* * *

— Mais rápido, Bryce! — Danika corria em seu encalço.

Passo a passo a passo, Bryce disparava para aquela pista mental. Na direção do sempre próximo fim.

— *Mais rápido!* — encorajou Danika.

Uma tentativa. Ela tinha uma única tentativa.

Bryce corria. Corria e corria e corria, os braços como molas, os dentes rangendo.

As chances eram mínimas, a probabilidade, nula.

Mas ela tentou. Com Danika ao seu lado, uma última vez, poderia tentar.

Havia feito a Descida solo, mas não estava sozinha.

Jamais estivera sozinha. Jamais estaria.

Não com Danika em seu coração, não com Hunt ao seu lado.

O fim da pista se aproximava. Ela precisava decolar. Tinha de começar a Ascensão ou cairia no vazio. Para sempre.

— *Não pare!* — gritou Danika.

Então Bryce obedeceu.

Investiu. Na direção daquele derradeiro e letal ponto final.

Ela usou cada metro de pista. Cada último centímetro.

E, então, saltou.

* * *

Declan não podia acreditar que estava vendo o Rei Outonal cair de joelhos conforme Bryce subia, erguida por uma explosão de poder.

Ela transpôs os níveis mais profundos.

— Não é... — murmurou o Rei Outonal. — Não é *possível*. Ela está sozinha.

— Não, não está — murmurou Sabine, enquanto as lágrimas banhavam o rosto implacável.

A força que era Danika Fendyr, a força que dera a Bryce aquele impulso ascendente, desvaneceu.

Ainda assim, o cérebro de Bryce podia ter passado muito tempo sem oxigenação, supondo que ela conseguisse voltar à vida. Mas sua princesa lutava por cada avanço, o poder se alternando, sereia, metamorfo, draki, humano, anjo, duende, feérico...

— Como? — perguntou o Rei Outonal a ninguém em particular. — *Como?*

Foi o velho Primo dos Lobos que respondeu, a voz envelhecida sussurrada por sobre o apitar do gráfico:

— Com o auxílio da mais poderosa força no mundo. A mais poderosa força em qualquer reino. — Ele apontou para o monitor. — O que suscita lealdade além da morte, inabalável apesar dos anos. O que se mantém firme em face ao desespero.

O Rei Outonal se virou para o velho Primo, balançando a cabeça. Ainda sem compreender.

Bryce tinha chegado ao nível das bruxas comuns agora. Mas ainda muito longe da vida.

Um movimento chamou a atenção de Declan, e o feérico se virou para a transmissão da Praça da Cidade Velha.

Coroado em relâmpago, curado e inteiro, Hunt Athalar estava ajoelhado ao lado do corpo sem vida de Bryce. Bombeando seu peito com as mãos... massagem cardíaca.

— Ouvi o que você disse — sibilou ele entre dentes, relâmpago crepitando ao seu redor. *Tum, tum, tum* bombeavam os braços fortes. — O que esperou que eu estivesse quase *morto* para admitir, sua maldita covarde. — Seu relâmpago disparava para dentro da semifeérica, arqueando o corpo do chão conforme tentava reiniciar seu coração. Ele rosnou em seu ouvido: — *Agora venha repetir na minha cara!*

Sabine sussurrou uma frase para a sala, para o Rei Outonal, e o coração de Declan se agitou, ouvindo.

Era a resposta às palavras do Primo. À pergunta do Rei Outonal de como, contrariando cada estatística evidenciada no computador de Declan, sequer estavam testemunhando Hunt Athalar lutar como um demônio para manter o coração de Bryce Quinlan vivo.

Por amor, tudo é possível.

94

Ela era mar e céu e pedra e sangue e asas e terra e estrelas e escuridão e luz e osso e chama.

Danika se fora. A loba havia sacrificado o que restava de sua alma, de seu poder, para lançar Bryce da pista, na direção daquela explosiva Ascensão inicial.

— *Amo você* — havia sussurrado Danika, antes de desvanecer no nada, a mão soltado a de Bryce.

E não havia destroçado a semifeérica, aquele último adeus.

O rugido que tinha soltado não fora de dor. Mas de desafio.

Bryce se propeliu mais alto. Podia sentir a proximidade da superfície. O fino véu entre aquele lugar e a vida. Seu poder se alterava, dançando entre formas e dons. Ela investiu para cima com o impulso de uma cauda poderosa. Serpenteou e se ergueu com um bater de amplas asas. Era todas as coisas... e, no entanto, ela mesma.

E, então, ela ouviu. A voz do anjo. A resposta ao próprio desafio.

Ele estava ali. Esperando por ela.

Lutando para manter seu coração batendo. Ela estava perto o bastante para ver o véu.

Até mesmo antes de ela cair morta ao seu lado, ele havia lutado para manter seu coração batendo.

Bryce sorriu, naquele lugar intermediário, e enfim disparou na direção de Hunt.

* * *

— *Vamos* — grunhiu Hunt, continuando a massagem cardíaca, contando as respirações de Bryce até que pudesse sacudi-la de novo com seu relâmpago.

Não sabia por quanto tempo ela estivera inconsciente, mas a semifeérica estava morta quando ele acordara, curado e inteiro, em uma cidade reconstruída. Como se nenhuma bomba de magia, nenhum demônio a tivessem danificado.

O anjo deu uma olhada no portão cintilante, a luz ardente... a *primalux*... e soube que apenas alguém completando a Descida geraria aquele tipo de poder. E, quando vira o corpo sem vida diante do portão, soube que, de algum modo, Bryce havia encontrado um modo de fazer o ritual, de libertar aquela primalux curativa, de usar o chifre para selar os portais do Inferno nos outros portões.

Então tinha agido por instinto. Fizera a única coisa em que conseguiu pensar.

O anjo a havia salvado, e ela o havia salvado, e ele...

O próprio poder pressentiu sua chegada um minuto depois... a reconheceu, como um reflexo no espelho.

Como ela trazia aquela intensidade de poder, como Ascendia sozinha... pouco lhe importava. Ele havia Caído, ele havia sobrevivido, ele havia suportado cada provação e tortura e horror... tudo por aquele momento. Para que pudesse estar ali.

Fora tudo por ela. Por Bryce.

Mais e mais, o poder se aproximava. Hunt se preparou e lançou outra descarga de seu relâmpago no coração da semifeérica. Ela arqueou no chão, corpo sem vida.

— Vamos — repetiu ele, bombeando seu peito com as mãos mais uma vez. — Estou esperando você.

Estivera esperando por ela desde o momento em que havia nascido.

E, como se o tivesse escutado, Bryce explodiu para a vida.

* * *

Ela estava quente, e ela estava segura, e ela estava em casa.

Havia luz... ao seu redor, dela, em seu coração.

Bryce se deu conta de que respirava. E de que seu coração batia.

As duas coisas pareciam supérfluas. Sempre seriam supérfluas perto de Hunt.

Vagamente, percebeu que estavam ajoelhados na Praça da Cidade Velha. As asas cinzentas faiscaram como labaredas ao envolver os dois, abraçando-a com força. E, dentro do casulo de penas macias como veludo, como o sol contido em um botão de flor, Bryce brilhava.

Lentamente, ela ergueu a cabeça, se afastando apenas o bastante para encará-lo.

Hunt já havia baixado o olhar para ela, as asas desabrochando como pétalas no alvorecer. Não havia tatuagem em sua testa. O halo se fora.

Ela passou os dedos trêmulos pela pele macia. Silenciosamente, Hunt lhe enxugou as lágrimas.

Bryce sorriu para ele. Sorriu para ele com o coração leve, a alma leve. Hunt deslizou a mão por seu queixo, segurando seu rosto. A ternura naqueles olhos apagou quaisquer dúvidas.

Ela pousou a palma sobre o coração galopante do anjo.

— Você acaba de me chamar de maldita covarde?

Hunt inclinou a cabeça para as estrelas e riu.

— E daí se chamei?

Ela aproximou o rosto do dele.

— Pena que toda aquela primalux curativa não o tenha transformado em uma pessoa decente.

— E qual seria a graça disso, Quinlan?

Os dedos dos pés da semifeérica se encolheram com o modo como ele disse seu nome.

— Acho que vou ter de...

Uma porta se abriu no fim da rua. Em seguida, outra e outra. E trêmulos, chorando de alívio ou em perplexo silêncio, os habitantes da Cidade da Lua Crescente surgiram. Atônitos com o que contemplavam. Com Bryce e Hunt.

Ela se desvencilhou do anjo e se levantou. Seu poder um poço vasto e inusitado sob seus pés. Pertencente não só a ela... mas a todos eles.

Bryce olhou para Hunt, que agora a encarava como se não pudesse acreditar nos próprios olhos. Ela pegou a mão do anjo. Entrelaçaram os dedos.

E, juntos, se adiantaram para enfrentar o mundo.

95

Syrinx estava sentado na soleira da porta da frente, ganindo de preocupação, quando Bryce e Hunt saíram do elevador.

Bryce estudou o corredor vazio, a quimera.

— Deixei essa porta trancada... — começou, arrancando um sorriso de Hunt, mas Syrinx já corria em sua direção.

— Explico os *talentos* dele mais tarde — murmurou Hunt, enquanto Bryce conduzia um Syrinx histérico para o apartamento e se ajoelhava na frente da criatura, jogando os braços ao seu redor.

Ela e Hunt haviam ficado na Praça da Cidade Velha por um total de dois minutos antes que o lamento se fizesse ouvir... vindo das pessoas que saíam dos abrigos e descobriam ser tarde demais para as pessoas que amavam.

O chifre tatuado em suas costas fizera bem o trabalho. Nada de vórtices nos portões. E sua primalux — canalizada pelos portões — tinha sido capaz de curar tudo: pessoas, prédios, o próprio mundo.

Ainda assim, não podia fazer o impossível. Não podia ressuscitar os mortos.

E havia muitos, muitos corpos nas ruas. A maioria em pedaços.

Bryce abraçou Syrinx com força.

— Está tudo bem — sussurrou ela, deixando a quimera lamber seu rosto.

Mas não estava tudo bem. De jeito algum. O que havia acontecido, o que ela havia feito e exposto, o chifre em seu corpo, todas aquelas pessoas mortas, Lehabah morta, e ver Danika, Danika, Danika...

As palavras ofegantes se transformaram em arquejos, depois em soluços. Hunt, parado a suas costas como se esperasse por isso, apenas pegou Syrinx e a semifeérica no colo.

O anjo a levou para o quarto, sentando-a na beirada do colchão, mantendo os braços ao redor dela e de Syrinx, que se esgueirou do abraço de Bryce para lamber o rosto do anjo também.

A mão de Hunt encontrou seu cabelo, os dedos se entrelaçando aos fios, e Bryce se aconchegou a ele, absorvendo sua força, aquele cheiro familiar, maravilhada que tivessem chegado até ali, de algum modo conseguido...

Ela olhou para o punho do anjo. Nenhum sinal do halo em sua testa, mas a tatuagem de escravizado persistia.

Hunt notou a mudança no foco de sua atenção.

— Eu matei Sandriel — confessou ele, em voz baixa.

Os olhos do anjo pareciam tão calmos... límpidos. Completamente presos aos seus.

— Eu matei Micah — sussurrou ela.

— Eu sei. — O canto da boca do anjo se curvou para cima. — Me lembre de nunca irritar você.

— Não tem graça.

— Ah, sei que não tem. — Os dedos passeavam pelo cabelo de Bryce, casuais e gentis. — Mal pude assistir.

Ela mal conseguia lembrar.

— Como foi capaz de matá-la? De se livrar da tatuagem?

— É uma longa história — respondeu ele. — Prefiro que me conte os detalhes da sua.

— Você primeiro.

— Sem chance. Quero saber como escondeu o fato de que tem uma estrela dentro de você.

Ele encarou seu peito então, como se pudesse vê-la brilhando sob a pele. Mas, quando as sobrancelhas se ergueram, Bryce acompanhou seu olhar.

— Bem — disse ela com um suspiro. — Essa é nova.

De fato, visível pelo decote em V da camiseta, uma chaga branca — uma estrela de oito pontas — marcava a pele entre seus seios.

Hunt riu.

— Curti.

Alguma parte dela também. Mas Bryce disse:

— Sei que é apenas luz dos Estrelados... não seu poder.

— Sim, mas agora você também tem isso. — Ele beliscou sua cintura. — Um bom bocado, pelo que posso sentir. E o maldito chifre... — O anjo correu os dedos por sua coluna para dar ênfase.

Ela revirou os olhos.

— Tanto faz.

Mas o rosto do anjo ficou solene.

— Precisa aprender a controlá-lo.

— Salvamos a cidade e já está me dizendo que preciso voltar ao trabalho?

Ele riu.

— Velhos hábitos, Bryce.

Seus olhos se encontraram de novo, e ela encarou a boca do anjo, tão perto da sua, tão perfeitamente formada. Os olhos, agora fitando os seus tão intensamente.

Tudo tinha acontecido por um motivo. Ela acreditava naquilo. Por isso... por ele.

E, embora o caminho em que a tivessem jogado fosse completamente ferrado e a tivesse levado por sombrios atalhos de dor e desespero... Ali, ali a sua frente, havia luz. Verdadeira luz. Para a qual havia corrido durante a Ascensão.

E agora queria ser beijada por aquela luz.

Queria beijá-la, e dizer a Syrinx para esperar em sua gaiola por um tempo.

Os olhos castanhos de Hunt ficaram quase selvagens. Como se ele pudesse ler aqueles pensamentos em seu rosto, em seu cheiro.

— Temos assuntos inacabados, Quinlan — disse ele, a voz enrouquecida. Ele lançou um olhar para Syrinx, e a quimera pulou da cama e trotou pelo corredor, a cauda de leão sacudindo como se dissesse, *Já era hora.*

Quando voltou a encarar Hunt, Bryce o encontrou concentrado em seus lábios. E se tornou hiperciente do fato de que estava sentada em seu colo. Na cama. Pela rigidez de encontro a sua bunda, soube que ele se dera conta do mesmo.

Ainda assim, não falaram nada conforme se encaravam.

Então Bryce se esfregou de leve contra aquela ereção, arrancando um gemido do anjo. Ela abafou uma risada.

— Basta um olhar ardente e você já fica... o que você me disse há algumas semanas? Todo excitado?

Uma das mãos do anjo acariciou sua coluna outra vez, atenciosa a cada detalhe.

— Tenho estado excitado há um bom tempo. — A mão parou na cintura, o polegar começando uma gentil e torturante carícia ao longo de suas costelas. A cada afago, a pressão crescente entre suas pernas aumentava.

Hunt abriu um sorriso preguiçoso, como se estivesse ciente daquilo. Então ele se inclinou, depositando um beijo na parte de baixo de seu maxilar.

— Está pronta para isso? — perguntou ele contra a pele corada.

— Deuses, sim — murmurou ela. E, quando ele a beijou logo abaixo da orelha, fazendo-a arquear as costas de leve, disse: — Lembro que prometeu me foder até que eu esquecesse meu nome.

Ele moveu o quadril, pressionando o pau contra a semifeérica, queimando-a, apesar da roupa ainda entre os dois.

— Se é o que quer, amor, é o que vai ter.

Pelos deuses. Ela mal conseguia respirar. Não conseguia pensar com aquela boca perambulando em seu pescoço e aquelas mãos e aquele enorme, maravilhoso pau roçando-a. Ela o queria. Imediatamente. Precisava senti-lo, precisava daquele calor e força ao seu redor. Dentro dela.

Bryce mudou de posição e montou o anjo, colando o corpo ao dele. Ela o recebeu por inteiro, satisfeita de notar a respiração tão ofegante quanto a sua. As mãos de Hunt envolviam sua cintura, os polegares a acariciando, acariciando, acariciando, como se ele fosse um motor prestes a entrar em ação sob seu comando.

Ela se inclinou, roçando a boca na dele. Uma vez. Duas.

Hunt começou a tremer com o esforço para se conter conforme deixava que ela lhe explorasse a boca.

Mas a semifeérica se afastou, encontrando o olhar ardente e vago. As palavras que queria dizer pareciam presas na garganta, então torceu para que ele as entendesse enquanto pressionava um beijo na testa agora imaculada. Desenhava uma linha de beijos suaves e ligeiros em cada centímetro de pele antes marcado pela tatuagem.

Hunt deslizou uma das mãos trêmulas de sua cintura e a colocou sobre seu coração agitado.

Ela engoliu em seco, surpresa por sentir os olhos arderem. Surpresa por ver os dele úmidos também. Eles tinham conseguido; estavam ali. Juntos.

Hunt se aproximou, devorando sua boca. Ela o encontrou a meio caminho, braços laçando-lhe o pescoço, dedos se enterrando no cabelo sedoso e grosso.

Um toque agudo encheu o apartamento.

Ela podia ignorá-lo, ignorar o mundo...

Chamada de... Casa.

Bryce se afastou, ofegante.

— Vai atender? — A voz de Hunt soou gutural.

Sim. Não. Talvez.

Chamada de... Casa.

— Ela vai continuar insistindo até eu atender — murmurou Bryce.

Seus membros pareciam enrijecidos quando se desgrudou do colo de Hunt, os dedos do anjo acariciando suas costas conforme se levantava. Ela tentou não pensar na promessa daquele toque, como se ele relutasse em deixá-la ir tanto quanto ela em soltá-lo.

Ela correu até a sala e pegou o telefone antes que caísse na caixa postal.

— Bryce? — A mãe estava chorando. Foi o bastante para jogar um balde de água fria em qualquer desejo que ainda sentia. — Bryce?

Ela soltou o fôlego, retornou ao quarto e lançou um olhar de desculpas para Hunt, que o dispensou com um aceno antes de se ajeitar na cama, asas farfalhando.

— Oi, mãe.

Os soluços da mãe ameaçavam fazê-la chorar outra vez, então continuou andando, na direção do banheiro. Ela estava imunda... os tênis cor-de-rosa quase pretos, as calças rasgadas e sujas de sangue, a camiseta pura ruína. Aparentemente, sua primalux não tinha consertado tudo.

— Você está bem? Está segura?

— Estou bem — respondeu Bryce, ligando o chuveiro. Ajustou para "frio". Ela tirou as roupas. — Estou passando bem.

— Isso é água?

— Meu chuveiro.

— Você salva uma cidade enquanto faz a Descida e não pode me dar atenção?

Bryce riu e colocou o telefone no viva-voz antes de pousá-lo na pia.

— O quanto você sabe? — Ela sibilou para o jato de água gelada enquanto entrava sob o chuveiro. Mas o jorro espantou qualquer resquício de calor entre suas pernas e de desejo inebriante anuviando sua mente.

— Seu pai biológico fez Declan Emmet ligar para me inteirar de tudo. Acho que o babaca enfim se deu conta de que me devia ao menos isso.

Bryce finalmente ligou a água quente enquanto lavava o cabelo.

— O quão puto ele está?

— Furioso, tenho certeza. — E acrescentou: — Os noticiários acabam de divulgar uma reportagem sobre... sobre quem é seu pai. — Bryce praticamente podia ouvir a mãe ranger os dentes. — Sabem o montante exato de poder que você tem. Tanto quanto ele, Bryce. *Mais* que ele. É muita coisa.

Bryce tentou não se deixar abalar com aquilo... onde seu poder a colocava. Guardou a informação para depois. Enxaguou o xampu e pegou o condicionador.

— Eu sei.

— O que vai fazer?

— Abrir uma cadeia de restaurantes com tema praiano.

— Seria muito pedir que tamanho poder lhe desse algum senso de dignidade?

Bryce fez uma careta, muito embora a mãe não pudesse vê-la, e despejou condicionador em sua palma.

— Olhe, podemos adiar todo esse lance de *com grande poder vem grandes responsabilidades* até amanhã?

— Sim, só que em seu dicionário *amanhã* é sinônimo de *nunca*. — A mãe suspirou. — Você fechou aqueles portais, Bryce. E não posso nem falar no que Danika fez por você sem... — A voz falhou. — Podemos falar sobre isso *amanhã* também.

Bryce enxaguou o condicionador. E percebeu que a mãe não sabia... sobre Micah. O que ela fizera ao arcanjo. Ou o que ele fizera a Danika.

Ember continuou falando, e Bryce continuou escutando, enquanto o terror crescia como uma trepadeira em seu interior, se esgueirando por suas veias, se enrolando em seus ossos e apertando.

* * *

Hunt também tomou um rápido banho gelado e se trocou, sorrindo de leve para si mesmo enquanto Bryce fechava o boxe e continuava a conversa com a mãe.

— Sim, Hunt está aqui. — As palavras flutuaram pelo corredor, pela sala, até seu quarto. — Não, não fiz, mãe. E não, ele também não. — Uma gaveta bateu. — *Isso* não é de sua conta e, por favor, nunca mais me pergunte algo assim.

Hunt tinha uma boa ideia do que Ember havia perguntado à filha. E, quem diria, ele estivera prestes a fazer justamente aquilo com Bryce quando a mulher tinha ligado.

Não tinha se importado que a cidade inteira estivesse olhando: ele quisera beijá-la quando a luz do poder da semifeérica tinha esmaecido, quando Hunt tinha baixado as asas para encontrá-la em seus braços, encarando-o como se ele valesse alguma coisa. Como se fosse tudo de que precisava. Ponto final.

Ninguém jamais o olhara daquele jeito.

E, quando voltaram ao apartamento e ele a havia aninhado no colo, em cima cama, e visto o modo como suas bochechas coraram enquanto olhava para sua boca, tinha se sentido pronto para cruzar aquela última ponte com ela. Para passar o dia e a noite toda fazendo aquilo.

Levando em conta como sua primalux o tinha curado, podia definitivamente dizer que estava liberado para o sexo. Louco por isso... por ela.

— Você é pervertida, mãe. Sabia disso? — grunhiu Bryce. — Bem, se está torcendo tanto, por que *me ligou*? Não achou que pudesse estar *ocupada*?

Hunt sorriu, se sentindo endurecer com o tom atrevido. Podia escutá-la discutir o dia todo. Ele se perguntou quanto daquele sarcasmo apareceria quando a despisse de novo... quando a fizesse gemer.

Na primeira vez, ela havia gozado com sua mão. Da próxima... Da próxima... ele tinha *planos* para todas as outras maneiras com as quais lhe arrancaria aquele arquejo ofegante de prazer.

Deixando Bryce lidar com a mãe e exigindo que seu pau se acalmasse, Hunt pegou um telefone pré-pago de sua gaveta de cuecas e ligou para Isaiah, um dos poucos números que lembrava de cor.

— Graças aos malditos deuses — disse Isaiah, quando ouviu a voz de Hunt.

Hunt sorriu diante do alívio incomum do macho.

— O que está acontecendo por aí?

— Por aqui? — Isaiah soltou uma risada. — Que diabo está acontecendo por *aí*?

Muito para contar.

— Está no Comitium?

— Sim, e é um maldito hospício. Acabei de me dar conta de que *eu* estou no comando agora.

Com as cinzas de Micah em um aspirador e Sandriel não muito melhor, Isaiah, o Comandante da 33ª, estava, de fato, no comando.

— Parabéns pela promoção, cara.

— Promoção meu cu. Não sou arcanjo. E esses idiotas sabem disso. — Isaiah vociferou para alguém ao fundo: — Então chame a maldita manutenção para limpar. — Ele suspirou.

— O que aconteceu com os babacas asteri que mandaram o enxofre pelas muralhas? — perguntou Hunt, cogitando voar até lá e soltar seus relâmpagos sobre aqueles tanques.

— Se foram. Já partiram. — O tom sombrio de Isaiah disse a Hunt que ele também considerava uma velha e boa vingança.

— Naomi? — perguntou Hunt, se preparando para o pior.

— Viva.

Hunt murmurou uma prece silenciosa de agradecimento a Cthona por aquela misericórdia. Então, Isaiah acrescentou:

— Olha, eu sei que está exausto, mas pode vir até aqui? Sua ajuda seria bem-vinda. Todos esses concursos de pau na mesa vão acabar bem mais rápido se virem nós dois no comando.

Hunt tentou não se abalar. Bryce e ele nus aparentemente era algo que teria de esperar.

Porque a tatuagem de escravizado em seu punho significava que tinha de obedecer à República, que ainda pertencia a alguém que não a si mesmo. A lista de alternativas não era nada boa. Teria sorte se pudesse ficar em Lunathion como propriedade de quem quer que substituísse Micah, e talvez ver Bryce em momentos fugidios. Se sua saída do Comitium fosse permitida.

Porra, se sequer lhe permitissem *viver* depois do que tinha feito a Sandriel.

As mãos de Hunt começaram a tremer. Qualquer traço de desejo desapareceu.

Ele enfiou uma camiseta pela cabeça. Encontraria um modo de sobreviver... um modo de retornar àquela vida com Bryce que mal tinha começado a saborear. Incapaz de se controlar, olhou para o punho.

Piscou uma vez. Duas.

***

Bryce estava se despedindo da mãe depravada quando o telefone tocou com outra chamada. Um número desconhecido, o que significava que devia ser Jesiba. Então Bryce prometeu a Ember uma conversa no dia seguinte e atendeu.

— Ei.

— É assim que atende todo mundo que liga para você, Bryce Quinlan? — perguntou uma jovem voz masculina.

Conhecia aquela voz. Conhecia o esguio corpo adolescente a quem pertencia, uma casca para abrigar um antigo beemote. Para abrigar um asteri. Ela o tinha visto e ouvido na TV tantas vezes que perdera a conta.

— Olá, Vossa Radiância — sussurrou.

96

Rigelus, a Radiante Mão dos Asteri, tinha ligado para sua casa. As mãos de Bryce tremiam tanto que ela mal conseguia segurar o telefone ao ouvido.

— Contemplamos suas ações no dia de hoje e desejamos expressar nossa gratidão — disse a voz cantada.

Ela engoliu em seco, perguntando-se se, de algum modo, o mais poderoso dos asteri sabia que ela estava enrolada numa toalha, o cabelo pingando no carpete.

— O... obrigada...

Rigelus riu com suavidade.

— Teve um dia e tanto, Srta. Quinlan.

— Sim, Vossa Radiância.

— Foi um dia cheio de surpresas para todos nós.

Sabemos o que é, o que fez.

Bryce forçou as pernas a se mexer na direção da sala. Na direção de onde Hunt estava parado, na porta do quarto, o rosto pálido. Os braços caídos na lateral do corpo.

— Para mostrar quanto estamos gratos, gostaríamos de lhe conceder um pedido.

Ela se perguntou se o enxofre havia sido um *pedido* também. Mas disse:

— Não é necessário...

— Já foi feito. Esperamos que ache satisfatório.

Ela sabia que Hunt podia ouvir a voz na linha conforme se aproximava.

Mas ele apenas estendeu o punho. O punho tatuado, com o *C* sobre a marca de escravizado.

Civitas. Ele estava livre.

— Eu... — Bryce segurou o punho de Hunt, em seguida estudou seu rosto. Mas não foi alegria que viu ali... não conforme ele ouvia a voz na linha e entendia quem lhe dera a liberdade.

— Confiamos que essa graça sirva como um lembrete a você e Hunt Athalar. Com nossos mais sinceros votos de que permaneçam na cidade e vivam seus dias em paz e com contentamento. De que você use os dons de seus ancestrais para sua alegria. E evite usar o outro dom, desenhado em sua pele.

Use sua luz estelar como um truque de magia e nunca, nunca use o chifre.

Aquilo a fazia a maior idiota de Midgard, mas ela perguntou mesmo assim:

— E quanto a Micah e Sandriel?

— O governador Micah se rebelou e ameaçou destruir cidadãos inocentes do império com sua abordagem arrogante da rebelião. A governadora Sandriel teve o que merecia por ser tão relaxada com os próprios escravizados.

Medo lampejou nos olhos de Hunt. Nos dela também, Bryce tinha certeza. Nada jamais fora tão fácil... tão simples. Tinha de haver um porém.

— Essas são, claro, questões delicadas, Srta. Quinlan. Que, se reveladas publicamente, poderiam resultar em muitos problemas para todos os envolvidos.

Para vocês. Vamos destruí-los.

— Todas as testemunhas de ambos os eventos foram notificadas das consequências em potencial.

— Ok — sussurrou Bryce.

— E pela infeliz destruição de Lunathion, assumimos completa responsabilidade. Fomos informados por Sandriel de que a cidade havia sido evacuada, então mandamos a Guarda Asteriana para varrer a infestação demoníaca. Os mísseis de enxofre eram um último recurso, com a intenção de salvar a todos. Foi incrivelmente oportuno que você tivesse encontrado uma solução.

Mentiroso. Um mentiroso milenar e horrível. Ele havia escolhido o bode expiatório perfeito: uma morta. A raiva que faiscou no rosto de Hunt lhe disse que ele compartilhava de sua opinião.

— Foi mesmo uma sorte. — Bryce conseguiu dizer.

— Sim, talvez por conta do poder em suas veias. Tal dom pode ter consequências terríveis se não for usado com sabedoria. — Uma pausa, como se ele estivesse sorrindo. — Tenho confiança de que vai aprender a empunhar sua força inesperada e sua luz com... discrição.

Fique na sua.

— Vou — murmurou Bryce.

— Ótimo — disse Rigelus. — E acha necessário que eu contate sua mãe, Ember Quinlan, para pedir a discrição dela também?

A ameaça se evidenciou, afiada como uma faca. Um passo em falso e saberiam onde atacar primeiro. As mãos de Hunt se fecharam em punhos.

— Não — respondeu Bryce. — Ela não sabe sobre os governadores.

— E jamais saberá. Ninguém nunca saberá, Bryce Quinlan.

Bryce engoliu em seco novamente.

— Sim.

Uma risada suave.

— Então você e Hunt Athalar têm nossa bênção.

A linha ficou muda. Bryce encarou o telefone como se o aparelho fosse brotar asas e voar pela sala.

Hunt se jogou no sofá, esfregando o rosto.

— Vivam discreta e naturalmente, mantenham a boca fechada, nunca usem o chifre, e não vamos matar ninguém que vocês amem.

Bryce se sentou no braço arredondado do sofá.

— Mate alguns inimigos, ganhe o dobro como recompensa. — Hunt concordou. Ela inclinou a cabeça. — Por que está de bota?

— Isaiah precisa de mim no Comitium. Está até o pescoço de anjos que não reconhecem sua autoridade e precisa de ajuda. — Ele ergueu uma das sobrancelhas. — Quer brincar de Babaca Assustador comigo?

Apesar de tudo, apesar do controle dos asteri e de tudo o que aconteceu, Bryce sorriu.

— Tenho o look perfeito.

* * *

Bryce e Hunt deram dois passos no telhado quando ela sentiu um cheiro familiar. Debruçou-se na mureta e viu quem corria na rua lá embaixo. Uma olhada para Hunt e ele a pegou no colo, voando com ela até a calçada. A semifeérica pode ter aproveitado para sentir o perfume do anjo, o nariz roçando no pescoço forte de Hunt.

A carícia dele em suas costas antes de colocá-la no chão lhe disse que ele havia percebido aquele pequeno gesto. Mas, então, Bryce estava cara a cara com Ruhn. Com Fury e Tristan Flynn.

Fury mal se conteve antes de pular em Bryce, abraçando-a com tanta força que seus ossos rangeram.

— Você é uma idiota sortuda — disse a amiga, sorrindo com suavidade. — E uma espertinha do caralho.

Bryce sorriu, a risada presa na garganta conforme Fury se afastava. Mas um pensamento lhe ocorreu, e Bryce estendeu a mão para o telefone... não, o aparelho fora deixado em algum lugar da cidade.

— Juniper...

— Ela está bem. Estou indo encontrá-la agora. — Fury apertou a mão de Bryce, em seguida assentiu para Hunt. — Bom trabalho, anjo.

E, então, saiu correndo, mesclando-se à própria noite.

Bryce se virou para Ruhn e Flynn. O último apenas a encarava, boquiaberto. Mas Bryce olhava para o irmão, completamente imóvel e em silêncio. As roupas estavam rasgadas o bastante para lhe dizer que, antes de a primalux ter curado tudo, ele havia estado em apuros. Havia, com certeza, aberto caminho à força pela cidade.

Em seguida Ruhn começou a balbuciar.

— Tharion foi ajudar a transportar os evacuados para a Corte Azul, e Amelie seguiu até o Covil dos Lobos, a fim de verificar se os filhotes estavam bem, mas nós estávamos na redondeza... estávamos a meio quilômetro quando ouvi o Portão do Bosque da Lua. Ouvi você falando por ele, quer dizer. Havia tantos demônios que não consegui chegar até lá, mas então ouvi Danika, e toda aquela luz irrompeu e... — Ele parou, engolindo em seco. Os olhos azuis brilhavam sob a luz dos postes, o alvorecer ainda distante. Uma brisa soprou do Istros, agitando o cabelo preto. E foram as lágrimas que enchiam seus olhos, a admiração contida ali, que fez Bryce se adiantar. Que a fez abraçar o irmão e apertá-lo com força.

Ruhn não hesitou e jogou os braços ao redor de Bryce. Tremia tanto que ela sabia que estava chorando.

Um raspar de passos lhe disse que Flynn estava lhes dando privacidade; uma brisa com perfume de cedro soprou, sugerindo que Hunt havia decolado para esperar por ela.

— Achei que estivesse morta — disse Ruhn, a voz trêmula como o corpo. — Tipo, umas dez vezes achei que estivesse morta.

Ela bufou uma risada.

— Fico feliz em desapontá-lo.

— Cale a boca, Bryce. — Ele estudou seu rosto, as bochechas molhadas. — Você está... você está bem?

— Não sei — admitiu ela. Preocupação brilhou no semblante do irmão, mas ela não ousou lhe dar nenhum detalhe, não depois do telefonema de Rigelus. Não com todas aquelas câmeras. Ruhn lhe deu uma careta perspicaz. Sim, falariam daquela estranha e antiga luz estelar em suas veias mais tarde. O que aquilo significava para ambos. — Obrigada por lutar por mim.

— Você é minha irmã. — Ruhn não se preocupou em manter o tom baixo. Não, havia orgulho em sua voz. E, caramba, aquilo lhe aqueceu o coração. — Claro que eu tinha de salvar esse seu traseiro.

Ela deu um murro em seu braço, mas o sorriso de Ruhn vacilou.

— Falou sério quando estava ao telefone com Athalar? Sobre mim?

Diga a Ruhn que o perdoo.

— Sim — respondeu ela, sem um segundo de hesitação. — Falei sério.

— Bryce. — Seu semblante ficou solene. — Achou mesmo que eu me importaria mais com essa merda de Estrelado do que com *você*? Acha, sinceramente, que me preocupo com qual de nós dois herdou o dom?

— Fomos nós dois — explicou ela. — Aqueles livros que consultamos diziam que esse tipo de coisa já aconteceu antes.

— Não dou a mínima — disse ele, sorrindo e leve. — Não me importo se sou chamado de Príncipe ou Estrelado ou Escolhido ou nada disso. — Ele segurou a mão dela. — A única coisa de que quero ser chamado, no momento, é irmão. — Acrescentou, baixinho: — Se estiver de acordo.

Ela piscou, mesmo enquanto sentia um aperto indescritível no peito.

— Pensarei no assunto.

Ruhn sorriu antes de seu rosto ficar sério mais uma vez.

— Sabe que o Rei Outonal vai querer vê-la. Se prepare.

— Descolar um poder tão extravagante não devia significar que não preciso obedecer a ninguém? E não é só porque perdoei você que eu o perdoei também.

Ela nunca faria aquilo.

— Eu sei. — Os olhos de Ruhn brilharam. — Mas precisa ficar alerta.

Ela arqueou uma das sobrancelhas, ignorando o aviso, e disse:

— Hunt me contou sobre a leitura de mentes.

Ele a havia mencionado de passagem, assim como o resumo da Cimeira e tudo o que tinha acontecido, no caminho até o telhado.

Ruhn fuzilou Hunt, parado no telhado vizinho, com o olhar.

— Athalar tem a língua solta.

Uma língua que ela pretendia colocar para trabalhar em várias partes do corpo, mas não disse nada. Não queria que o irmão vomitasse em suas roupas limpas.

— E não é leitura de mentes... só conversa entre mentes. Telepatia — continuou Ruhn.

— Nosso velho e bom pai sabe?

— Não. — E, então, o irmão disse em sua mente: *E gostaria de manter as coisas assim.*

Ela se sobressaltou. *Bizarro. Por gentileza, fique fora de minha cabeça, irmão*

Com satisfação. O telefone de Ruhn tocou, e ele olhou para a tela, fazendo uma careta.

— Preciso atender.

Certo. Tinha trabalho a fazer para colocar a cidade nos eixos... a começar pela questão dos mortos. O número de Veleiros seria... Bryce nem queria pensar no assunto.

Ruhn deixou o telefone tocar outra vez.

— Posso visitá-la amanhã?

— Sim — respondeu ela, sorrindo. — Vou colocar seu nome na lista de convidados.

— Sim, sim, você é superpopular. — Ele revirou os olhos e atendeu à ligação. — Ei, Dec. — O príncipe caminhou pela rua, até onde Flynn o aguardava, lançando um sorriso de despedida a Bryce.

A semifeérica olhou para o telhado do outro lado da rua. Onde o anjo ainda esperava por ela, uma sombra contra a noite.

Porém, não mais a Sombra da Morte.

97

Hunt ficou no quartel do Comitium naquela noite. Bryce havia perdido a conta das horas que tinham trabalhado, primeiro à noite, em seguida pelo dia sem nuvens, e enfim até o pôr do sol, quando estava tão exausta que ele havia ordenado a Naomi que a levasse para o apartamento. E, presumivelmente, ordenado que a vigiasse, já que uma silhueta de asas escuras ainda permanecia no telhado vizinho na luz cinzenta do amanhecer e uma espiadela no quarto de Hunt revelara uma cama ainda feita.

Mas Bryce não focou em todo o trabalho que haviam adiantado na véspera, ou no que os esperava à frente. Reorganizar a liderança da cidade, programar os Veleiros para os mortos e aguardar o grande anúncio: qual arcanjo seria escolhido pelos asteri para governar Valbara.

As chances de que seria alguém decente eram quase nulas, mas Bryce não se preocupou com aquilo quando escapou para as ruas pouco iluminadas, Syrinx puxando a coleira enquanto ela guardava o novo telefone no bolso. Ela havia desafiado as probabilidades na véspera, então, talvez, os deuses lhe dessem outra colher de chá e convencessem os asteri a mandar alguém que não fosse um psicopata.

Pelo menos, não haveria mais barganhas de morte para Hunt. Nada mais para *expiar.* Não, ele seria um integrante legítimo e livre dos triários, se quisesse. Ainda não tinha decidido.

Bryce acenou para Naomi, e a fêmea a imitou em resposta. Ela estivera muito cansada no dia anterior para protestar contra um guarda-costas, já que Hunt não confiava nos asteri, em seu pai ou em qualquer outro corretor de poder para manter distância. Depois de deixar Syrinx cuidar das necessidades, ela balançou a cabeça quando a quimera se virou para o apartamento.

— Nada de café da manhã ainda — disse ela, seguindo na direção do rio.

Syrinx uivou seu desprazer, mas trotou ao seu lado, farejando tudo no caminho, até que a fita larga do Istros apareceu, o calçadão vazio àquela hora. Tharion havia ligado na véspera, prometendo o apoio total da Rainha do Rio para qualquer coisa de que ela precisasse.

Bryce não teve coragem de perguntar se o apoio se devia ao fato de ser a filha bastarda do Rei Outonal, uma feérica Estrelada ou a portadora do Chifre de Luna. Talvez às três coisas.

Ela se sentou em um dos bancos de madeira ao longo do cais, o Quarteirão dos Ossos uma muralha retorcida e enevoada do outro lado da água. As sereias haviam atendido ao chamado... ajudado tantos a escapar. Até mesmo as lontras tinham agarrado os menores dos moradores da cidade e os carregado até a Corte Azul. A Casa das Muitas Águas havia mostrado seu valor. Os metamorfos haviam mostrado seu valor.

Mas os feéricos... CiRo fora pouco afetada. Os feéricos sofreram poucas baixas. Não era surpresa, quando seus escudos tinham sido os primeiros a subir. E não se abriram para ninguém.

Bryce afastou aquele pensamento conforme Syrinx pulava no banco ao seu lado, as garras estalando na madeira, e sentava o traseiro peludo perto da semifeérica. Bryce tirou o telefone do bolso e escreveu uma mensagem para Juniper: *Diga à Madame Kyrah que vou à próxima aula.*

Ela sorriu. Por alguns minutos, ela e Syrinx ficaram sentados em silêncio, observando a luz que se vertia em cinza, então no mais pálido azul. E, depois, em um raio dourado sobre a calma superfície do Istros.

Bryce desbloqueou seu telefone. E leu as felizes mensagens finais de Danika uma última vez.

A luz adensou no rio, dourando suas águas.

Os olhos da semifeérica arderam enquanto ela sorria com suavidade, depois lia as últimas palavras de Connor.

Me mande uma mensagem quando chegar em casa.

Bryce começou a digitar. A resposta que tinha levado dois anos, até aquele dia, para escrever.

Estou em casa.

Ela enviou a mensagem para o éter, desejando que encontrasse o caminho através do rio dourado e até a ilha das brumas.

Em seguida, apagou a conversa. Apagou as mensagens de Danika também. Cada movimento dos dedos deixando seu coração mais leve, mais elevado, à luz do sol nascente.

Quando se foram, quando finalmente os libertou, Bryce se levantou. Syrinx pulou na calçada ao seu lado. Ela se virou na direção de casa, mas um cintilar de luz do outro lado do rio chamou sua atenção.

Por um piscar de olhos, apenas um, o alvorecer dissipou as brumas do Quarteirão dos Ossos, revelando a margem gramada, as serenas e ondulantes colinas além dela. Não uma terra de pedra e sombras, mas de luz e verde. E, parados naquela praia adorável, sorrindo para ela...

Um presente do Sub-Rei por salvar a cidade.

Lágrimas começaram a rolar por seu rosto enquanto ela contemplava as silhuetas quase invisíveis. Todas as seis... a sétima tendo partido para sempre, desistido da eternidade. Mas a mais alta, parada no meio com a mão erguida em cumprimento...

Bryce levou a mão à boca, soprando um beijo gentil.

Tão rapidamente quanto se abriu, a neblina voltou a se fechar. Mas Bryce continuou sorrindo por todo o caminho até o apartamento. Seu telefone vibrou, e a mensagem de Hunt pipocou. *Estou em casa. Cadê você?*

Mal conseguiu digitar enquanto Syrinx a rebocava. *Passeando com Syrinx. Chego em um minuto.*

Ótimo. Estou fazendo café.

O sorriso da semifeérica dividia seu rosto em dois quando ela apressou o passo, Syrinx disparando em uma corrida desabalada. Como se ele, também, soubesse o que os esperava. *Quem* os esperava.

Havia um anjo em seu apartamento. Um sinal de que devia ser qualquer maldito dia da semana. Um sinal de que tinha alegria no coração e os olhos na estrada à frente.

EPÍLOGO

O gato branco com olhos como opalas azuis se sentou no banco, no Parque do Oráculo, e lambeu a pata dianteira.

— Sabe que não é um gato de verdade, não sabe? — Jesiba Roga estalou a língua. — Não precisa se lamber.

Aidas, o Príncipe do Desfiladeiro, ergueu a cabeça.

— Quem disse que não gosto de me lamber?

O riso repuxou a boca fina de Jesiba, mas a feiticeira desviou o olhar para o parque silencioso, os imponentes ciprestes ainda brilhando com o orvalho.

— Por que não me contou sobre Bryce?

Ele flexionou as garras.

— Não confio em ninguém. Nem mesmo em você.

— Achei que a luz de Theia estava extinta para sempre.

— Assim como eu. Pensei que tinham se certificado de que ela e seu poder haviam morrido naquele campo de batalha, sob a lâmina do príncipe Pelias. — Os olhos brilhavam com raiva milenar. — Mas Bryce Quinlan carrega sua luz.

— Pode diferenciar a luz estelar de Bryce da do irmão?

— Jamais esquecerei o brilho e o matiz exatos da luz de Theia. Ainda pulsam em meu sangue.

Jesiba o estudou por um longo instante, então franziu o cenho.

— E Hunt Athalar?

Aidas ficou em silêncio enquanto um suplicante passava, na esperança de evitar a multidão que havia lotado o Parque do Oráculo e o Templo de Luna desde que os portais para aquele mundo haviam sido abertos nos portões de quartzo e as bestas do abismo tinham tirado vantagem do fato. Qualquer criatura que havia conseguido retornar estava, no momento, sendo punida por um dos irmãos de Aidas. Ele logo voltaria para ajudar na tarefa.

— Acho que o pai de Athalar teria se orgulhado — respondeu ele enfim.

— Sentimental de sua parte.

Aidas deu de ombros, apesar do corpo felino.

— Sinta-se à vontade para discordar, claro — disse ele, pulando do banco. — Você conhecia melhor o macho. — Os bigodes tremeram enquanto inclinava a cabeça. — E a biblioteca?

— Já foi mudada de lugar.

Ele sabia que não adiantava perguntar onde ela a havia escondido.

— Ótimo — disse apenas.

Jesiba não falou de novo até que o Príncipe do Quinto Círculo do Inferno tivesse se afastado alguns metros.

— Não foda com tudo dessa vez, Aidas.

— Não faz parte de meus planos — assegurou ele, desvanecendo para o espaço entre reinos, a canção sombria do Inferno atraindo-o para casa. — Não quando as coisas começam a ficar tão interessantes.

AGRADECIMENTOS

Este livro foi, desde o início, um tremendo trabalho de amor, e, por isso, tenho muito mais pessoas a agradecer do que caberiam nestas poucas páginas, mas farei meu melhor! Meu infinito amor e gratidão a:

Noa Wheeler, editora extraordinária. Noa, como posso começar a lhe agradecer? Você transformou este livro em algo de que me orgulho, me desafiou a me tornar uma escritora melhor e trabalhou como louca a cada etapa. Você é brilhante e uma colega de trabalho maravilhosa, me sinto honrada em chamá-la de minha editora.

Tamar Rydzinski. Obrigada por me amparar a cada passo dessa (longa, longa) jornada. Você é uma *rainha* foda.

Todo o time da Bloomsbury: Laura Keefe, Nicole Jarvis, Valentine Rice, Emily Fisher, Lucy Mackay-Sim, Rebecca McNally, Kathleen Farrar, Amanda Shipp, Emma Hopkin, Nicola Hill, Ros Ellis, Nigel Newton, Cindy Loh, Alona Fryman, Donna Gauthier, Erica BArmash, Faye Bi, Beth Eller, Jenny Collins, Phoebe Dyer, Lily Yengle, Frank Bumbalo, Dona Mark, John Candell, Yelena Safronova, Melissa Kavonic, Oona Patrick, Nick Sweeney, Diane Aronson, Kerry Johnson, Christine Ma, Bridget McCusker, Nicholas Church, Claire Henry, Elise Burnes, Andrea Kearney, Maias Fjord, Laura Main Ellen, Sian Robertson, Emily Moran Ian Lamb, Emma Bradshaw, Fabia

Ma, Grace Whooley, Alice Grigg, Joanna Everard, Jacqueline Sells, Tram-Ahn Doan, Beatrice Cross, Jade Westwood, Cesca Hopwood, Jet Purdie, Saskia Dunn, Sonia Pàlmisano, Catriona Feeney, Hermione Davix, Hannah Temby, Frainne Reidy, Kate Sederstrom, Jennifer Gonzalez, Veronica Gonzalez, Elizabeth Tzeto. É um privilégio ser publicada por vocês. Obrigada por todo o apoio, e obrigada em especial a Kamilla Benko e Grace McNamee pelo trabalho duro neste livro!

A minhas editoras estrangeiras: Galera Record, Egmont Bulgaria, Albatros, DTV, Konyvmolykepzo, Mondadori, De Boekerij, Foksal, Azbooka Atticus, Slovart, Alfaguara e Dogan Egmont. Muito obrigada por levarem meus livros a seus países e a seus incríveis leitores.

Um imenso abraço e salva de palmas para Elizabeth Evans, a narradora do audiobook que, de modo fiel e adorável, trouxe meus personagens à vida. É um prazer e um privilégio trabalhar com você!

Obrigada ao incrivelmente talentoso Carlos Quevedo, pela arte de capa que capturou de modo tão perfeito o espírito deste livro, e a Virginia Allyn, pelo fantástico mapa da cidade.

Eu não teria conseguido escrever este livro sem meus amigos e minha família.

Então, obrigada, do fundo do coração, a J.R. Ward, por compartilhar sua sabedoria quando mais precisei, por sua inacreditável gentileza e por ser uma inspiração para mim (e por não se importar que cada um de nós tivesse seu Ruhn!).

A Lynette Noni: você é mesmo a melhor. A MELHOR. Suas críticas inteligentes, sua generosidade, sua maravilhosidade em geral... garota, amo você demais.

Jenn Kelly, não sei o que faria sem você. Você se tornou parte da família, e sou grata por você a cada dia! A Steph Brown, minha querida amiga, também fã de hockey e a pessoa que nunca fala sem me fazer sorrir... adoro você.

Obrigada a Julie Eshbaugh, Elle Kennedy, Alice Fanchiang, Louisse Ang, Laura Ashforth e Jennifer Armentrout, por serem verdadeiros raios de luz em minha vida. Como sempre: obrigada a você, Cassie Homer, por tudo! Um enorme abraço e obrigada a Jillian Stein, por toda a ajuda. Um obrigada sincero ao incrivelmente talentoso e descolado Qusai Akoud, por sua visão sagaz e incomparáveis habilidades de criação de websites. E um *imenso* obrigada a Danielle Jensen, por ler e fornecer críticas tão vitais!

Gratidão infinita a minha família (de nascimento e de casamento!) por seu apoio e amor incondicional. (E a Linda, que prefere croissants de chocolate no seu aniversário.)

A meus brilhantes, adoráveis e maravilhosos leitores. Como posso começar a lhes agradecer? Vocês são a razão pela qual faço isso, a razão pela qual saio da cama toda manhã animada para escrever. Jamais vou parar de me sentir grata por todos e cada um de vocês.

A Annie, que sentou ao meu lado/a meus pés/no meu colo enquanto trabalhei neste livro por anos e serviu como inspiração para Syrinx de tantas maneiras. Amo você para sempre e sempre, filhotinho.

A Josh: Não acho que consiga expressar tudo que sinto por você mesmo que tivesse outras 800 páginas à disposição. Você é meu melhor amigo, minha alma gêmea e a razão pela qual escrevo sobre verdadeiro amor. Você me manteve íntegra todos esses anos, ficou do meu lado em alguns dos momentos mais duros que passei, e não tenho palavras para expressar o que isso significa para mim. O dia mais sortudo de minha vida foi aquele em que o encontrei, e me sinto abençoada de tê-lo como marido e como um pai tão maravilhoso para nosso filho.

E, por último, a Taran: Você é, de verdade, a mais brilhante estrela em meu céu. Quando as coisas ficaram difíceis, quando as coisas ficaram sombrias, era em você que eu pensava — seu sorriso, sua risada, seu lindo rosto — e isso me deu forças. Com certeza, você não vai ler isto por um longo, longo tempo, mas saiba que você me dá propósito e motivação e alegria; tanto que meu coração está cheio a ponto de explodir a cada dia. Amo você, amo você, amo você, e sempre terei orgulho de ser sua mãe.

Este livro foi composto na tipografia ITC New Baskerville Std, em corpo 11,5/16, e impresso em papel off-white no Sistema Cameron da Divisão Gráfica da Distribuidora Record.